Le plongeur

Le Quartanier remercie de leur soutien financier
le Conseil des arts du Canada
et la Société de développement des entreprises
culturelles du Québec (SODEC).

Gouvernement du Québec – Programme de crédit d'impôt
pour l'édition de livres – Gestion SODEC.

Le Quartanier reconnaît l'aide financière
du gouvernement du Canada.

Canada

Diffusion au Canada : Dimedia
Diffusion en Europe : La librairie du Québec (DNM)

Dépôt légal, 2016
Bibliothèque et Archives nationales du Québec
Bibliothèque et Archives Canada

ISBN : 978-2-89698-272-1

STÉPHANE LARUE

Le plongeur

roman

COLLECTION POLYGRAPHE

Le Quartanier

Pour Marlène

À Bébert et à Bob

Prologue

La gratte éclaire de son gyrophare la façade blanchie des immeubles. Elle avance lentement sur Hochelaga en tassant la neige devant elle. On arrive enfin à la dépasser et on tourne dans une petite rue mal éclairée. Le ciel est encore bas, sombre et cotonneux. La chaleur confortable de l'habitacle m'endort presque. On entend la voix du répartiteur au CB, mais à peine. Mohammed baisse le son dès qu'on monte dans sa Sonata noire. Il la garde dans un état impeccable. Pas de papier journal tout chiffonné en guise de sauve-pantalon. Pas de vieux gobelets de café ni de restes de repas dans les compartiments sous la radio. Seulement un petit coran à la couverture enluminée et un carnet de factures. Les banquettes de cuir comme neuves. Une odeur fraîche et mentholée flotte dans l'habitacle.

On arrive sur Ontario. La rue est bordée de hauts bancs de neige.

Mohammed ignore un appel sur son cellulaire. Il ne répond jamais quand il est avec un client. Dans ses rétroviseurs supplémentaires, qu'il a accrochés aux extrémités de son pare-brise, je vois son visage calme, ses yeux ridés et tombants sous ses sourcils broussailleux. On roule jusqu'à Sicard puis on tourne à droite. Je n'ai jamais à lui donner d'indications. Mohammed connaît le trajet par cœur, depuis le temps. Mohammed, c'est le 287, le doyen du stand situé au coin de Beaubien et des Érables. Mohammed, c'est le chauffeur qui chaque soir prend dans son taxi la moitié du personnel de bar et de resto qui travaille dans Rosemont. Mohammed, c'est un Algérien de cinquante-quatre ans. Tous les taximans, maghrébins ou non, qui sillonnent le quadrilatère entre Saint-Laurent et l'Assomption, Jean-Talon et Sherbrooke lui doivent quelque chose. Même ceux de la vieille garde qui tiennent encore leur bout chez Taxi Coop lui portent un respect unanime. Quand je prends mon taxi au stand, une fois sur deux, je n'ai plus besoin de dire où je vais; une fois sur trois, je n'ai même pas à donner mon adresse – quel que soit le chauffeur. Ils savent qui je suis parce que je suis un client du 287. Mohammed est généreux comme dix. C'est le genre à se garer pour aider deux personnes en plein déménagement, écrasées sous leur frigidaire dans l'escalier.

Je me souviens d'un soir, il y a deux ou trois ans, on approchait de chez moi, on descendait sur D'Iberville, il devait être une heure et demie. Quand on a tourné sur Hochelaga, je m'étais mis à douter. C'était à l'époque où je fermais seul. À la fin des grosses soirées, j'étais tellement épuisé qu'il m'arrivait d'oublier un ou deux détails du close, de vérifier que les réchauds du passe étaient bien fermés, que les cuisiniers n'avaient pas oublié d'éteindre le four à convection. Ce soir-là, impossible de me rappeler si j'avais bien verrouillé la porte arrière du resto après avoir sorti les poubelles de la salle à manger. Mohammed s'était arrêté devant chez moi. Il me regardait dans un de ses rétros. Je n'étais toujours pas sûr, mais je me suis dit que je devais l'avoir fait par réflexe et je suis sorti du taxi. J'étais resté debout à côté de la voiture, hésitant, la main sur la portière ouverte. Mohammed s'était retourné et avait dit :

— Rembarque, mon ami, on y retourne.

Il n'avait pas rallumé le compteur. Finalement, je n'avais pas barré la porte du resto et la commande de viande n'avait pas été rangée dans la chambre froide. De retour coin Aird et La Fontaine, j'avais tendu soixante dollars à Mohammed.

— Non non non, mon ami. Donne-moi la même chose que d'habitude.

Il n'avait accepté que vingt dollars.

— Ça me fait plaisir, il avait conclu. Tu vas mieux dormir ce soir.

Au fond de la nuit, on tombe parfois sur des êtres comme Mohammed. Après des années à faire les shifts de soir, à me coucher à quatre heures du matin, j'ai croisé tous les spécimens, des fêtards les plus verts que la coke fait jacasser à tue-tête aux désespérés les plus toxiques qui t'aspirent dans leur spirale vénéneuse. La nuit n'appartient malheureusement pas aux gens comme

Mohammed, mais ils la rendent plus hospitalière à ceux qui l'habitent.

On est sur La Fontaine. Il doit être à peu près minuit, minuit et quart. Le taxi freine juste au coin d'Aird. Les pneus crissent dans la neige damée par la gratte. Je paye. Mohammed me dit au revoir et me souhaite une bonne nuit avec sa grosse voix de bûcheron russe. Je sors du taxi en jetant un dernier coup d'œil sur les banquettes. Les lampadaires diffusent une lumière orange. Les véhicules garés de chaque côté de la rue ont disparu sous la neige. Je ferme la portière. Le taxi s'éloigne. Il tourne sur William-David et disparaît. La nuit est douce et feutrée. Je laisse mon blouson de cuir ouvert. Je suis le seul être vivant à des miles à la ronde. La gratte est manifestement passée il y a à peine une heure ou deux. Au loin, je l'entends racler les trottoirs. Je lève les yeux vers les fenêtres sombres de mon appartement en sortant mes clés. Les marches de l'escalier qui montent vers chez moi sont enneigées. On dirait qu'elles sont recouvertes de sucre à glacer.

J'entreprends d'enjamber le banc de neige pour gagner le trottoir. C'est là que je sens une présence troubler le calme de la nuit. J'entends un grognement. Ça vient de l'autre côté de la rue, probablement de l'appartement en face du mien. Je ne me retourne pas. Quelqu'un dévale l'escalier du deuxième d'un pas lourd. Ça grogne encore, dans le but évident d'attirer mon attention. Ce n'est pas la première fois qu'on m'interpelle au milieu de la nuit. Ça a dû m'arriver cent fois depuis que je vis dans Hochelaga, un junkie qui essaie de me vendre une télé qu'il vient de ramasser sur le trottoir, une fille trop jeune, pieds nus, qui me demande si je n'ai pas une smoke, ou cinq piasses, ou de la place chez nous. Alors que je m'apprête à gravir les marches, j'entends derrière moi un « heille ! » lancé d'une voix rauque, d'une voix grave et traînante, un « heille ! » qui sonne comme une mise au défi. Je m'arrête. Je reconnais la voix. Elle n'a pas changé. Je l'ai entendue pour la première fois il y a plus de douze ou treize ans. Je me retourne. C'est lui. Un sourire idiot se forme sur mes lèvres.

Il s'avance maintenant jusqu'à moi, trapu, massif, le crâne rasé, tout droit sorti du passé, d'un bloc, emmitouflé dans un Canada Goose. Il souffle un nuage de fumée dans l'air et lance son mégot d'une chiquenaude. Je zippe mon blouson et je dis :

— Bébert, câlisse.

Il glousse de son rire gras et contagieux et me tend sa grosse main robuste. Je laisse passer quelques secondes, comme pour bien me rendre compte que c'est lui, puis je lui serre la main. Il me déboîte quasiment l'épaule, tellement il a l'air content de me voir. Sa paume est recouverte de corne. Je me mets à rire aussi.

Il a engraissé et son visage a épaissi. Il a encore sa tête d'ogre punk alcoolo. S'il était né à une autre époque, Bébert n'aurait pas fait de vieux os, à travailler et à faire la fête comme il le faisait, sans jamais reprendre son souffle. Ses joues sont bouffies, rougies par l'alcool et le froid. J'ai de la misère à croire qu'un pan entier de mon passé se tient là, presque intact dans la lumière des lampadaires, bien portant, solide comme une stèle ou un baril de rhum.

— Qu'est-ce que tu fais là ?

— J'habite en face de chez vous depuis des semaines, man. Ça fait plusieurs fois que je te vois passer, sans jamais réussir à te pogner.

— Tu t'en allais où, de même ?

Je n'en reviens pas. Bébert, mon voisin d'en face depuis des semaines. Son haleine sucrée se condense en volutes dans l'air froid. Il me tend une bouteille de St. Leger aux deux tiers bue. Son sourire s'élargit de plus belle. Il n'a pas changé. Ses dents ne sont toujours pas réparées. Il lui manque la même canine, qu'il a perdue pendant un black-out de trois jours, après avoir essuyé la plus grosse raclée de sa vie.

Bébert lève la bouteille vers moi. Le goulot vert scintille, ses yeux aussi.

— T'as ben le temps de prendre un coup avec moi.

— J'allais me coucher, mon chum.

Il agite la bouteille devant mon visage. Je ris de bon cœur. Je dis :

— De toute façon, je bois plus de fort.

— Arrête-moi ça !

Je lui prends la bouteille des mains. Je m'envoie une grande lampée et m'essuie la bouche avec la manche de mon blouson. Je m'attends à ce que ça passe comme du javellisant dans l'œsophage. Mais la sensation est bonne, ça allume un feu au plexus. Je prends une autre lampée et redonne la bouteille à Bébert avant que le hoquet ne se déclenche.

— Donne-moi deux minutes.

Je grimpe les marches vers chez moi. J'insère la clé dans la serrure et ouvre avec précaution. J'entre et referme délicatement derrière moi. Il fait chaud jusque dans le portique. Une lueur jaune pâle provient du salon. Ça sent la coriandre et le cumin dans tout l'appartement. J'entre dans mon bureau pour y déposer mon sac et le chat vient se frotter le visage sur mes chevilles pleines de neige. Je traverse le salon et je ramasse la tasse de tisane qui traîne sur la table basse pour aller la porter dans l'évier de la cuisine. Sur le comptoir, il y a une marmite de dhal qui refroidit. J'ai faim et m'en servirais bien un bol. Je passe devant la chambre. Il fait noir comme dans une tombe mais je vois quand même Isabelle qui dort. Elle a rejeté les couvertures. Elle est couchée sur le côté, un oreiller sous la cuisse. Je la regarde un long moment, avant de me rappeler que Bébert m'attend dehors. Je me rappelle aussi les nuits interminables passées avec lui, les brosses de vingt-quatre heures à courir des partys aux quatre coins de la ville. La respiration d'Isabelle est régulière et apaisante. Pendant un instant, j'ai envie de ne pas ressortir. J'ai envie d'enlever mes bottes et d'aller la rejoindre dans le lit. Je baisse un peu le thermostat de la chambre. Je regarde encore ma blonde quelques secondes et je ferme la porte de la chambre. Je reviens sur mes pas dans l'appartement sans faire craquer le plancher. Je sors et barre derrière moi.

Je descends rejoindre Bébert sur le trottoir. La tempête est passée. Les seuls flocons qui tombent encore viennent des branches chargées de neige. Le froid redevient plus tranchant.

— C'est bon. On va où ?

Bébert avale ce qui reste de la bouteille et la lance au loin. Elle retombe et s'enfonce sans un bruit dans un banc de neige. Il se retourne vers moi, le regard éteint. Pendant une seconde j'ai l'impression que son visage se crispe, comme s'il venait de ressentir une douleur vive. Mais très vite il retrouve le sourire.

— Ça va ?

— Viens-t'en. On a en masse le temps avant le last call.

Bébert ouvre la marche d'un pas chaloupé, en Etnies, le manteau dézippé, nu-tête, un halo de condensation qui monte de lui comme d'une roche arrosée dans un sauna.

ON EST À L'ÉPOQUE où dans Villeray, dans la Petite-Patrie, de jeunes tenanciers reprennent de vieux bars et les retapent, les mettent au goût du jour. Cette vague de rajeunissement qui a déferlé jusque sur Masson n'a pas encore frappé Hochelaga. On est à l'époque où la Brassette Letourneux s'apprête à fermer, où le Crazy est placardé, à l'époque où le Davidson n'a pas encore de concurrence sur Ontario. On est à ce moment précis où la rue commence à changer de visage, où les manufactures désaffectées vont devenir des condos, où des fruiteries vont ouvrir dans les anciens locaux des pawnshops, où les jeunes familles se mettent à arriver.

On se choisit une table. L'éclairage est à peine plus tamisé que celui d'une salle d'attente de dentiste. Le mobilier a probablement été racheté à l'encan d'une cafétéria d'usine. À l'arrière, six ou sept old-timers jouent au billard, les manches de chemise retroussées, les avant-bras barbouillés de vieux tatouages pâlis, des joncs à têtes de mort aux phalanges. Ils ressemblent tous un peu au père de Jess, ma première blonde. Un tripeux resté pris dans les années soixante-dix, soudeur quand il arrivait à dessaouler. Trop bum pour être honnête, trop paresseux pour devenir bandit. Les Rock Machine lui couraient après, mais la personne qu'il redoutait le plus, c'était son proprio. Il rentrait toujours chez lui par la fenêtre pour éviter de le croiser. Le genre de bonhomme qui fait pousser de la bad luck dans son garde-robe et sous son évier. Le barman est de leur âge, fin cinquantaine, début soixantaine, et ils l'appellent par son prénom. Réjean, chemise blanche, poche de change en cuir noir autour de la taille. Il y a des salières sur les tables en linoléum jauni, et les murs en préfini de sous-sol de banlieue sont encombrés d'enseignes promotionnelles, en néon, annonçant des bières qu'on ne trouvait déjà plus à l'époque où j'ai bu ma première Bull Max. Deux télévisions pendent au plafond. L'une rediffuse une partie de hockey, l'autre un reportage de fin de soirée sur le baseball. C'est devant celle-là que je suis assis. Je vois un segment où les Yankees sont au bâton. Dans la Ligue américaine, c'est l'équipe préférée de mon père. C'est la seule équipe que je reconnaissais quand j'étais jeune à part les Expos. Le Yankee Stadium est plein à craquer.

Par contraste, ça me remet en tête la dernière game des Expos au Stade olympique. Le stade était presque vide. Pour une fois, c'est moi qui avais emmené mon père. Un client du resto avait donné ses billets de faveur à mon boss. Je venais de faire trois doubles en ligne. Il voulait que j'en fasse deux autres, j'avais failli l'envoyer promener. Il m'avait eu avec les billets. Les Padres avaient lavé les Expos. Mais ça avait valu la peine de venir m'asseoir une dernière fois dans ce stade-là avec mon père, où il m'avait si souvent emmené enfant. On y allait peut-être dix fois par été, si ce n'est pas plus. C'est un de ces étés-là qu'il m'avait donné sa mitte de balle molle. On se lançait la balle des heures après souper, en jasant, parfois jusqu'à ce qu'il fasse noir.

Je bois ma grosse Tremblay dans un petit verre, comme les autres gars dans la place. Bébert boit la sienne au goulot. Il s'est assis pour avoir une vue d'ensemble de l'endroit. Son regard passe en succession rapide du bar aux télévisions, de la porte d'entrée aux joueurs de billard. Il a l'air nerveux tout à coup. Je retire le livre que je traîne dans la poche arrière de mon jeans et le dépose sur la table, à côté de ma bière.

— Faque c'est ton spot, ici ? je lui demande.

— Han, non. Deuxième fois que j'viens.

— Pis t'aimes-tu le quartier ?

— Si t'aimes les putes pis les piqueries, c'est un quartier pas pire.

Il se gratte le ventre. À l'écran, un coup de circuit des Yankees l'absorbe un instant. Ensuite on voit Derek Jeter en entrevue.

— T'exagères. Il doit plus en avoir tant que ça, des piqueries. Ils ont commencé à faire le ménage.

Il paraît qu'il y a même des propriétaires qui mettent le feu à leurs immeubles décrépis pour construire des condos sur les cendres. Il n'y a pas une semaine qui passe sans qu'on entende parler du démantèlement d'un réseau de crack. L'autre jour encore, il y a eu une descente sur Aylwin, le bélier, le SWAT team, la grosse affaire. Mais Bébert m'assure qu'il y a encore tout plein de piqueries dans le quartier. Il raconte même qu'il est rentré dans un crack house à quelques rues de chez nous il n'y a pas trois jours. Ceux qui ne connaissent pas beaucoup Bébert disent qu'il exagère ou que c'est un mythomane. Ses blondes disent que c'est un maudit menteur. Pour ma part, j'ai appris avec le temps que plus ce qui sort de sa bouche semble tiré par les cheveux, plus ça a de chances d'être vrai.

— Qu'est-ce que t'es allé faire dans un crack house ?

Bébert fait tourner son paquet de clopes sur le vernis de la table en lui donnant des pichenottes.

— Rien pantoute, j'étais avec un gars.

Ça s'esclaffe au fond de la salle. On entend le choc sec et sonore des billes percer la musique. Les joueurs lâchent soudain une série de sacres admiratifs. Je me retourne. Le gars qui vient manifestement de jouer est déjà allongé en travers du tapis, concentré comme un tireur de précision en train d'estimer la vitesse du vent.

— La dernière fois que je t'ai vu, tu travaillais dans le Vieux-Port, c'est ça ?

Bébert a le regard dans le flou. Je répète ma question. Il jette de nouveau un œil vers la porte.

— C'était quand, cette fois-là ? il répond enfin.

— Je t'avais vu avec ton staff dans un bar.

— Attends un peu.

Il appuie ses coudes sur la table, le front plissé. Il dit :

— C'est-tu la fois où on s'était ramassés sur le toit, avec l'absinthe de Johnny ?

— Ben non, ça, c'était au moins deux ans avant. Tu sortais avec une tatoueuse.

— Ça me dit rien. Je devais être scrap en crisse. C'était-tu l'hiver ?

— C'était l'été. Il faisait chaud en câlisse, même. C'était au Zinc.

Ses yeux s'illuminent. Il se met à glousser.

— Je m'en rappelle ! Je m'étais réveillé à l'urgence de McGill.

Il y a six ans, j'avais croisé Bébert dans un bar sur Mont-Royal, quelques mois avant que j'arrête de travailler sur le Plateau. Il brossait avec des collègues et la moitié était sur la poudre. Il devait y avoir tout le staff de cuisine et deux busgirls. Je m'étais assis avec eux. Bébert était incontrôlable, volait des bières aux tables voisines en attendant la prochaine tournée, abandonnait toutes les conversations après deux répliques, se faisait des grosses clés devant tout le monde et allait nu-pieds comme si c'était chez eux. Les barmaids le laissaient faire, elles avaient de toute façon perdu le contrôle du bar. Les tables où on était débordaient de verres vides et de pichets entamés, et de la bière nous dégouttait sur les cuisses, c'était le genre de soirée où tout ce qui se trouve sur la table baigne dans une flaque poisseuse. Le sous-chef commandait des tournées de shooters à coups de vingt. J'avais essayé de les suivre. Je connaissais une des busgirls, j'avais travaillé avec elle au Pistou, et elle était venue s'asseoir entre Bébert et moi. Elle avait commencé à me raconter qu'à la dernière vente trottoir ils avaient continué à accepter des clients deux heures après la fermeture et que deux des cooks avaient décidé de dormir dans le resto, sur les banquettes, pour être capables de faire l'open le lendemain. Pendant toute l'heure qu'elle avait passée à côté de moi, elle posait sa main sur mon avant-bras et le serrait chaque fois qu'elle voulait insister sur un détail, et me parlait presque dans l'oreille. On s'était toujours un peu tournés autour, mais j'avais ce soir-là frappé mon Waterloo. J'avais saoulé trop vite et, au moment où elle m'avait demandé si ça me tentait de venir fumer, elle avait un restant de weed, le Jameson m'était remonté dans la gorge. Je m'étais levé en bousculant la table, et j'étais sorti du bar juste à temps. La nausée s'était calmée un moment, mais j'avais fini par vomir devant le McDo quelques rues plus loin, la main appuyée sur la vitrine, devant deux vieux qui tétaient placidement leur café. Bébert ne m'avait jamais vu partir.

— Tu travaillais au Portico, je lui dis.

— Si c'est dans le temps du Portico, ben ça remonte à cinq ans. Peut-être même six. Oui, six.

Bébert arrache l'étiquette de sa bière, un lambeau à la fois.

— Comment t'es arrivé dans le bout ?

Il se rejette sur le dossier de sa chaise, en me lançant un regard rapide.

— Crisse d'affaire, ça.

Ses épaules ont élargi depuis le temps. Ses joues charnues sont encore rouges. Alcool, couperose, il ne s'est jamais trop occupé de lui. Mais il a peut-être arrêté les pilules et le reste.

— J'ai essayé d'ouvrir un resto à Sainte-Agathe, il dit en se frottant l'arrière du crâne. Ça a foiré solide. On s'est fait crosser par un des partners. Sur papier, le gars s'était backé. On a rien pu faire. J'ai même pas été capable de récupérer le cash que j'avais mis là-dedans.

— T'avais mis combien ?

— Ça fait un an et demi, une affaire de même. Anyway, après, je suis revenu icitte, cassé pis en crisse. J'ai mis du temps à me trouver une job correcte. J'ai travaillé pour un ostie de Portugais qui m'a jamais payé mes heures. Man, y a des crosseurs partout. Par-dessus ça, mon coloc a sacré son camp avec trois mois de loyer, ma TV, mon DVD pis une once de hash que j'avais de stashée. Le crisse, quand j'ai emménagé, il me disait avec sa belle tite face de tapette de Laval qu'il payait toujours à temps, pis que j'étais mieux de pas le faire courir après son argent. Ostie de deux faces. Ça faisait des mois qu'il payait pas le loyer. Si je le repogne, je t'envoie ça entre quatre planches. J'ai été obligé de me sauver moi aussi.

Il passe une main sur sa tête chauve. Il ressemble à Frank Black qui jouerait Kurtz dans *Apocalypse Now,* mais aussi un peu à un bouddha sur le speed.

— Depuis cette affaire-là, je squatte d'une place à l'autre. C'est comme ça que je me suis ramassé en face de chez vous, chez mon chum Doug.

Je me souviens de Doug. Pas de père, et il s'était occupé de ses petits frères, mais surtout de sa mère, pendant une dizaine d'années, jusqu'à ce que la maladie de Huntington la cloue définitivement à son lit d'hôpital. Ça lui avait mis un pli amer sur le visage. Il ne disait pas un mot tant qu'il n'avait pas bu, se mettait à gueuler quand il était saoul, et il était pas mal saoul tout le temps. Il commandait son fort à coups de quarante onces dans les spots où il ne s'était pas encore fait barrer. Il partait parfois sur des dérapes de GHB. Il s'était fait arrêter à plusieurs reprises. Accusations de possession simple et de voies de fait. Au Living, il avait défiguré un gars en le frappant avec son plâtre, avec le bras qu'il s'était brisé deux semaines plus tôt en se battant contre un portier.

— Tu travailles où, là ?

— Je travaille pas. Je travaille pus. Ils m'ont clairé à l'automne. Je savais que ça s'en venait. J'ai du chômage encore pour deux mois.

Sa mise à pied cette fois-là n'a pas dû trop mal se passer pour qu'il en parle avec autant de calme. Ça, ou il leur a fait un coup chien en partant, histoire d'être quitte. C'est le genre à aimer se venger. Le soir de son dernier shift au Tasso, il avait débranché les frigos remplis de fruits de mer en closant. Aux Saisons, où il m'avait fait rentrer il y a sept-huit ans, il avait pris tous les couteaux, les pinces, les louches et les avait mis à congeler dans des chaudières d'eau pour être sûr que l'équipe du lendemain commence sa journée à mains nues.

Je prends une gorgée de Tremblay. Le goût de céréales mouillées m'emplit la bouche. Bébert garde un œil sur la partie de hockey, sa grosse main refermée autour de sa bière. Il a maintenant des tatouages jusque sur les doigts, et ses mains ont enflé depuis le temps. Des mains marquées par vingt ans de cuisine, par les brûlures quotidiennes, le couteau à coquillage qui glisse et se plante dans la paume, les mauvais coups de lame qui retranchent les bouts de doigt, par les milliers de shifts passés à écosser, éplucher, émincer, touiller, éviscérer, désosser, hacher, par les manipulations répétitives et interminables d'aliments crus ou en train de cuire, par l'infinie succession des poêlons, par le récurage des comptoirs en stainless et des ronds de poêle en fonte à l'aide de laines d'acier et de dégraisseurs aussi abrasifs que du solvant.

— Tu te cherches une job?

— J'ai des projets. J'ai peut-être un poste dans un hôtel, au Bélize.

— Au Bélize?

Il fait un signe de tête, puis prend une longue gorgée, la tête tournée un peu, pour continuer de voir la game.

— Tu vas pouvoir faire de la voile. T'en fais-tu encore, des fois?

Deux gars entrent juste comme il s'en allait répondre. Bébert les suit du regard, avec un air extrêmement tendu. Deux grands paquets de nerfs, mi-trentaine, genres de yo de fond de ruelle qui ont fini leur secondaire cinq en prison. Sous son manteau Ecko X-large, le premier porte un dossard des Celtics. Tatouage sur la tempe, bottes Timberland délacées. L'autre est en doudoune dézippée, avec un t-shirt de panthère Ed Hardy en dessous et des sneakers Puma rouges. Les gars du fond lèvent la tête de leur partie de billard un instant puis se regardent entre eux avant de se repencher sur la table. Les deux gars se dirigent vers le bar sans se presser. Bébert ne les a pas lâchés des yeux. Je gage qu'il les connaît.

— Toi, il finit par me dire, t'es rendu où ?

— Je travaille avec Fred.

— Therrien ?

— Non, Kazemian.

— Oh. Freddy-E. Il t'a pris en cuisine ?

— Non, en salle. Ça fait un bout que je suis sorti des cuisines.

J'ai fini par en avoir ma claque du salaire merdique et des rushs constants. Tu restes enfermé pendant des heures dans des cuisines minuscules, dans une chaleur asphyxiante, le visage ruisselant de gras et de sueur, devant ta réglette où s'accumulent mille bons de commande, avec toujours moins de temps pour exécuter les plats, que tu finis par envoyer avec hargne. Quand l'occasion de passer en salle s'est présentée, je me suis jeté dessus.

— C'est pour ça que t'es rendu clean-cut, tout rasé, tout propre.

— Rasé, oui, je suis obligé. Ça m'a forcé à m'assagir.

— T'assagir, man, voyons. T'as toujours été tranquille pis à ton affaire.

— C'est sûr qu'à côté de toi, tout le monde est pas mal tranquille.

Bébert éclate de rire. Ça fait comme un croassement très sonore quand il rit. Mais très vite ça retombe, il redevient sérieux, presque. Son regard a l'air de dévier un instant vers les deux gars. Il soulève sa bouteille en l'inclinant. Elle est vide. Je poursuis :

— Je fais de la gérance et du service.

Il a un sourire en coin. Il fait signe au barman. L'un des deux gars, celui aux Timberland, bidouille sur son téléphone, pendant que Puma joue aux machines. D'où je suis, je vois les combinaisons défiler sur l'écran coloré. Le gars joue à *Cloches en folie.* Le résultat s'affiche. Rien de valable sur les lignes horizontales, juste un 7, pas de cloches, pas de cerises.

— Je me débrouille bien, je dis.

— Ça, ça m'étonne pas.

Il n'y a plus aucune trace de raillerie dans sa voix.

— Ah, t'as-tu appris ça, je lui dis, La Trattoria a fermé la semaine passée ? C'est Fred qui m'a dit ça, justement.

— C'est fini, ce genre de place là. Tout le monde est rendu ailleurs.

Le barman s'approche de la table, la tête tournée vers la partie de hockey. Il demande à Bébert :

— La même chose ?

— Oui, mais checke ça, dit Bébert à voix basse, sur un ton de conspirateur. Apporte des 7UP aux deux champions là-bas. C'est sur mon bras.

Le barman, sans changer d'expression, regarde en direction des deux gars puis reporte son attention sur Bébert.

— T'es sûr ?

— Oui oui. Regarde-leur la face. Ça adore le 7UP, ce monde-là.

Le barman fixe Bébert sans rien dire pendant quelques secondes. Ses doigts remuent lentement la monnaie dans sa poche de cuir. Il doit avoir soixante ans bien sonnés. Menton maigre rasé de près, longues rides de chaque côté de la bouche, cheveux gris peignés vers l'arrière. David Carradine dans *Kill Bill*. Il dit :

— C'est drôle, moi je pense qu'y aiment pas ça, eux autres, le 7UP.

— On le saura pas tant que tu leur apporteras pas, han ? dit Bébert avec un grand sourire plein de dents croches.

On entend dans le fond un des joueurs casser de manière explosive. Ça se remet à sacrer. Bébert et le barman se retournent. Quatre billes, l'une après l'autre, tombent dans les poches avec un bruit sourd. Deux des joueurs se tapent dans la main.

— Je pense à ça, là, dit le barman à Bébert. J'en ai pus, de 7UP. Faque je vous amène vos bières, les gars.

Il s'éloigne de nous, se dirigeant vers la table de billard.

— T'as pas changé, toi, han.

— Pourquoi je changerais ? J'ai plein d'amis, pas de défauts, tout va ben.

— Parlant d'amis, tu vois-tu encore Greg ?

— Ça m'étonnerait que j'le revoie.

— Pourquoi ? Il est rendu où ? Il fait quoi ?

Bébert me regarde droit dans les yeux.

— Tu te rappelles-tu ce que je t'ai dit dans le temps sur Greg pis les questions ?

— OK, OK.

Tu parles que je m'en rappelle. Je ris un peu, un peu jaune, et je prends ma dernière gorgée de bière pour faire passer le mauvais souvenir.

— T'as-tu des nouvelles de Bonnie ? je finis par lui demander.

Le barman arrive à ce moment-là et dépose nos deux quilles sur la table. Bébert lui tend un vingt. Le barman lui rend sa monnaie sans dire un mot.

— Ah man, Bonnie. J'ai pas repensé à elle depuis un bout. Ça fait cinq ans que j'en ai pas entendu parler. Elle est retournée vivre en Ontario. Elle est mariée avec un hippie qui fait pousser des légumes bio quelque part dans le sud de l'Ontario. Elle a lâché la cuisine pis toute le reste.

— Mariée ? Ah bon.

— Je suis sûr qu'elle est aussi mêlée qu'avant. Pis toi, t'as-tu des nouvelles de Renaud ?

— Mmm, oui, j'en ai eu.

— Tu le croises-tu des fois ?

— J'ai dû le voir, quoi, deux fois depuis La Trattoria.

— Ben si tu retombes dessus, tu l'enverras chier de ma part.

Je verse de la bière dans mon verre. Je regarde le barman, puis Timberland et Puma assis aux machines. Timberland attrape mon regard et me fait un clin d'œil baveux. Je me retourne vers Bébert.

— Ça va être dur. Y est mort, Renaud.

Je prends une gorgée et réprime un hoquet. Bébert ne réagit pas. Il se renverse en arrière et prend une longue lampée, on dirait qu'il n'a pas bu depuis deux jours. J'ajoute :

— Il est mort l'an passé.

— Ben, qu'y aille chier pareil, l'ostie de trou de cul.

Il part pour se lever. Les pattes de sa chaise grincent sur les tuiles du plancher, mais il se rassoit. Il regarde par-dessus mon épaule. Les deux gars sont en train de s'approcher de la table, du pas le plus lent et le plus nonchalant du monde, pour qu'on comprenne bien que c'est eux autres, les caïds de la place. Je vois à l'expression de Bébert que le programme de la soirée vient de changer. Ou qu'en fait c'était ça dès le départ et qu'il a juste oublié de m'avertir. De loin, ils avaient l'air de deux clowns cheap. Mais debout devant nous autres, avec leurs faces de dégénérés, ils sont pas mal moins drôles. Bébert se recale dans sa chaise comme si c'était lui qui avait décidé de rester plus longtemps. Il lance au barman :

— Amène-nous la même affaire, mais juste pour moi pis lui.

Je ne dis rien, même si ma quille est à peine entamée. Soudain je me rends compte qu'on n'entend plus la partie de billard. En fait, les gars, presque figés, regardent dans notre direction. Pendant quelques secondes, tout le monde est immobile, personne ne dit rien, et « Livin' on a Prayer » joue comme dans le vide, le temps d'un refrain entier, avant qu'un des joueurs se penche de nouveau sur la table. Le coup claque dans tout le bar.

Timberland pose son gin-tonic sur la table et s'assoit sur une des deux chaises libres en s'évachant. L'autre recule un peu et se croise les bras, se plaçant entre nous et l'entrée du bar. Il a la face d'un gars qui vient de mordre dans un citron. J'aurais dû rester chez nous et me réchauffer un bol de dhal, j'aurais dû inventer quelque chose à Bébert et remettre ça à une prochaine fois. À l'heure qu'il est, je serais endormi collé contre ma blonde.

Bébert sourit à Timberland avec insolence. Ça me semble forcé. Il s'étire, les deux bras en V, en mugissant comme un orignal. Je suis de toute évidence l'intrus dans la nouvelle configuration. Je décide de rester assis et de prendre mon mal en patience.

— T'as ben faite de pas choker, dit Timberland.

— Dis-y donc qu'on est pas venus passer la nuite. J'ai les pieds mouillés, câlisse.

Les mains de Timberland sont toutes rouges et gercées, comme celles des livreurs de bière dans le temps des fêtes.

— Mets donc des bottes comme tout le monde, il a dit en se tournant à moitié vers l'autre.

Bébert attaque sa troisième quille. Je le sens bouillonner. Timberland fait semblant de découvrir ma présence. Il me dévisage. Je baisse les yeux. Maudit Bébert.

— T'es qui, toé? On te connaît pas la face.

Il regarde Bébert, avec un sourire débile. Il pue le cendrier.

— Tu t'es amené un petit bodyguard?

Bébert lève la main, la paume tournée vers le gars, un peu comme Magnéto qui arrête une rafale de mitraillette. Je ne l'ai jamais vu tendu et silencieux comme ça.

— Je vais aller vous voir tantôt, on a pas fini, tu déranges, là.

Puma décroise les bras en reniflant. J'ai les aisselles trempées et la sueur me coule le long de la colonne. Je vois le barman qui nous fixe sans plus s'occuper du reste. Timberland se tape sur les cuisses des deux mains en se levant lourdement.

— C'est bon. On va aller faire un petit tour pendant que tu finis ça. T'es mieux d'être là mais qu'on revienne. Tu nous as assez faite niaiser.

Timberland donne une grosse claque sur l'épaule de Bébert puis se dirige vers la sortie. Puma est déjà dehors à s'allumer une clope. Je laisse échapper un soupir de soulagement. Je prends une longue gorgée.

— Crisse, Bébert, t'aurais pu m'avertir.

— Oublie ça, man, c'est pas important.

— C'est qui, ces deux gars là ?

Bébert retrouve son grand sourire croche et dit :

— Man, c'est vraiment cool de te revoir.

1

DES FLOCONS de neige mouillée s'écrasaient mollement sur le pare-brise. On n'entendait que le va-et-vient des essuie-glaces et la rumeur étouffée des voitures qui passaient à côté de nous. Malik s'était garé le long du trottoir, derrière une Tercel qui avait connu des jours meilleurs. Il avait éteint la musique et regardait devant lui. Le ciel commençait déjà à s'assombrir. Il était à peine seize heures. Des gens remontaient Saint-Hubert d'un pas rapide, le cou rentré dans les épaules. Certains avaient les bras chargés de paquets. Les fenêtres des appartements s'éclairaient de jaune et d'orangé. L'atmosphère artificiellement chaleureuse des fêtes régnait sur Mont-Royal devant nous et je ne ressentais rien. En sourdine, on entendait l'idiote musique de Noël que crachotaient les haut-parleurs fixés aux lampadaires. Malik gardait les mains sur le volant. J'ai porté mon gobelet de café à mes lèvres. Il a lâché un soupir, comme s'il se trouvait devant une tâche épuisante et désagréable qu'il ne pouvait plus reporter. Il ne me regardait toujours pas. J'ai brisé le silence qu'il avait imposé en entrant dans Montréal.

— Grand'pa est né dans cette rue. Tu savais-tu ça?

Mon cousin m'a lancé un regard glacial. Il mâchait la même gomme depuis notre départ de Trois-Rivières. Les muscles de son visage étaient tendus. Ça paraissait même dans le gras de ses joues. On aurait dit qu'il était fâché de nouveau, qu'il rejouait dans sa tête la scène de la semaine passée, avant qu'il ne me ramène chez lui par la peau du cou. Il se préparait à me dire ce qu'il avait à me dire. J'en avais une idée assez précise, ce n'était pas la première fois. J'appréhendais ce moment depuis quelques heures, déjà. Je suis resté avachi sur le siège du passager, essayant d'afficher de l'insouciance, mais je savais qu'il aurait raison, encore. Il a enlevé ses mains du volant et a dit en se tournant vers moi :

— Tu comprends-tu que ça commence à être grave? Si c'était rien que de moi, je t'aurais gardé à Trois-Rivières pis tu serais resté chez nous jusqu'au jour de l'An pis t'aurais pas eu un mot à dire.

— Commence pas. Je suis un grand garçon, man.

— Non. T'es encore un p'tit cul. Pis il va falloir que t'enlignes tes flûtes. Je te backerai pas chaque fois. T'es en train de m'embarquer dans tes menteries pis ça m'écœure.

Je me suis retenu de répondre quoi que ce soit. Ça aurait été un manque flagrant de gratitude et de respect. Malik n'avait encore rien dit à personne, sans compter tout l'argent qu'il m'avait prêté. Mais à ce moment-là, dans sa Golf surchauffée, la tentation était grande de sortir et de sacrer mon camp en claquant la portière. Vu ce qu'il venait de faire pour moi, je me suis dit que la moindre des choses était que je me ferme la gueule et que je l'écoute. J'ai soupiré et j'ai acquiescé en hochant la tête. Mon café était froid depuis longtemps, mais je continuais à en prendre de petites gorgées amères, comme si ça allait faire passer le malaise. Je ne l'ai pas regardé. Je contemplais sans m'en rendre compte les cochonneries à mes pieds et entre les deux sièges. Vieux gobelets de McDonald's. Tickets de stationnement chiffonnés, avec le logo de l'UQTR imprimé dessus. Emballages de barres nutritives. Boîtiers de disques compacts qui sortaient de partout comme des cristaux carrés, de Stratovarius, de Rhapsody, de Dream Theater. Restes de repas pris sur la route. L'habitacle était une poubelle, celle d'un gars à l'agenda chargé qui passait son temps à faire des allers-retours entre trois villes, sa blonde et ses études à Trois-Rivières, son père et ses amis à Sherbrooke, et sa mère et le reste de sa famille à Montréal.

Ma pagette affichait 16:11.

— Je vais devoir y aller, là. Dave m'a dit qu'ils m'attendaient pour quatre heures et demie.

— Tu repenseras à ce qu'on a jasé.

— Oui oui.

— Je suis sérieux. Faut que ça arrête.

Il avait monté le ton mais il s'est calmé aussitôt.

— Bon, il a dit en extrayant son portefeuille magané et tout bossu de son manteau de cuir.

Il en a sorti quatre billets de vingt et me les a tendus.

J'ai empoché l'argent.

— C'est la dernière fois que je te prête du cash. Va falloir que tu finisses par piler sur ton orgueil pis que tu parles à tes parents.

Les cheveux sur ma nuque se sont dressés. Je n'ai rien répondu. J'ai jeté un autre coup d'œil à ma pagette. À travers le pare-brise, j'ai aperçu un ado qui quêtait. Il accostait chaque personne qu'il croisait. J'ai reniflé, comme pour me redonner une contenance.

— Pas besoin. Je vais me débrouiller. Je vais régler mes affaires.

Malik a remis ses mains sur le volant et a baissé la tête. Il avait l'air exténué. Les voitures filaient sur Mont-Royal. On entendait le chuintement des pneus sur l'asphalte mouillé. Il s'est redressé.

— Ben, déniaise, alors. Pis arrête de pousser ta luck. Ça va mal finir.

— C'est beau. J'ai compris.

J'ai regardé l'heure une dernière fois.

— Faut vraiment que j'y aille.

— Correct. Je reviens à Montréal après les examens finaux. T'as mon numéro si t'as besoin de parler.

— Je sais.

J'ai pris une autre gorgée de café et j'ai grimacé. J'ai ouvert la portière. Il faisait moins froid qu'à Trois-Rivières. Je me suis tourné vers Malik et je lui ai dit en essayant d'être sincère :

— Désolé pour tout le trouble. Pis merci beaucoup pour l'argent.

Malik a démarré.

— Fais-moi plaisir : fais attention, ostie.

Il m'a tendu la main et je l'ai serrée. J'ai pris mon sac et suis sorti. Sa vieille Golf s'est engagée sur Mont-Royal puis a descendu Mentana. Un peu de brouillard se levait avec la fin de l'averse de neige. Les lampadaires, les phares de voitures et les devantures de commerces perçaient le bleu dense du soir qui enveloppait maintenant tout. Je suis resté immobile un instant, prenant malgré moi la mesure de la solitude vers laquelle je retournais. Les jours passés chez Malik semblaient loin tout à coup. Je me suis dirigé vers le restaurant.

Les passants se multipliaient sur les trottoirs et leurs ombres pressées me frôlaient en me doublant. Un père revenait de la garderie avec ses deux filles. Il leur tenait la main pendant qu'elles racontaient en s'interrompant l'une l'autre quelque anecdote apparemment excitante. Une femme, dans un long manteau crème, m'a coupé en laissant un sillage de parfum vanillé. Elle parlait d'une voix cassante au cellulaire. Les talons de ses bottines claquaient sur le trottoir humide. Un groupe de jeunes ados, leurs cartables jetés sur l'épaule, flânaient en rentrant de l'école. Leurs manteaux ouverts découvraient leur uniforme d'écolier gris, blanc et bleu marine. Je les entendais fanfaronner, leurs voix claires pleines d'intonations, et j'étais presque jaloux de ne plus avoir cet âge-là, de ne plus avoir cette petite routine du soir, le souper chaud qui attend à la maison et les devoirs qu'on bâcle avant une veillée de jeux vidéo. J'aurais changé de place avec n'importe quel passant. Il me semblait que tout le monde vivait une meilleure vie que la mienne, et en même temps je refusais de m'apitoyer sur mon sort. J'ai eu froid jusqu'au creux des côtes. J'ai tenté de ne pas penser à ma situation, de me concentrer sur l'immédiat, de réduire le futur à la soirée qui m'attendait. Malgré moi, je me suis rappelé les discussions des derniers jours avec mon cousin. Ça m'a redonné un peu de courage.

J'ai sorti le bout de papier sur lequel Dave avait griffonné l'adresse du resto. Dave, c'était un ami du cégep. Il voulait se débarrasser de sa job, qu'il haïssait, et j'avais absolument besoin de gagner de l'argent au plus vite. J'étais à la recherche d'un travail depuis deux semaines, mais je n'avais rien trouvé. J'avais séché des cours pour aller à des entrevues. J'avais épluché la section emplois du journal *Métro*. J'avais sacrifié des avant-midi d'étude pour faire des essais désâmants dans un bureau sinistre de télémarketing. Je m'étais gelé les pieds tous les soirs de novembre, sous la pluie froide, à faire du porte-à-porte dans le labyrinthe banlieusard du West Island, sans jamais arriver à vendre un seul système d'alarme. Mon employeur saisonnier n'avait plus de job pour moi. Il m'avait remplacé par un gars qui avait ses cartes.

Dave m'avait mis en garde, comme s'il voulait s'assurer que je comprenais bien toutes les clauses de sa proposition.

— Tu vas voir, c'est de l'ouvrage. Mais la gang est le fun et la bouffe est payée. T'as déjà travaillé en restauration ?

— Non, jamais.

Je savais travailler avec mes mains, par contre. J'avais été helper sur des contrats de rénovation, j'avais nettoyé des maisons de militaires, fait du ramonage et de la démolition. Je préférais passer mes journées à lire et à dessiner, mais le travail physique ne me faisait pas peur.

— Bah. Tu feras le training pis ils verront ben.

— De toute façon il me faut une job.

Dans l'embrasure de la porte du Jean Coutu, un mendiant disparaissait sous un monument de guenilles et d'édredons râpés. J'ai changé de côté de rue pour aller plus vite. Je me forçais à ignorer les quatre-vingts dollars dans ma poche. Mais j'étais hors de danger pour l'instant. Les deux endroits les plus risqués du quartier ne se trouvaient pas sur mon chemin. Le Bistro de Paris à l'ouest sur Saint-Denis et la Taverne Laperrière coin De Lorimier et Mont-Royal étaient trop loin pour que j'aie le temps de faire un détour. J'ai dépassé une papeterie. Toute la marchandise en vitrine était surchargée de décorations de Noël. Je suis passé devant un premier restaurant, puis un bar déjà plein. Un homme grisonnant en est sorti, une femme à son bras. Ils riaient tous les deux. Le rire de la femme était sonore et mélodieux et a résonné pendant que le couple s'éloignait bras dessus bras dessous. Ça m'a fait penser à Marie-Lou et je me suis ennuyé d'elle. Le bar exhalait une odeur de tabac et de bière sombre, rapidement chassée par celle, métallique, du froid, mêlée aux gaz d'échappement des voitures.

J'ai traversé deux autres rues et je suis arrivé devant le restaurant. Seize heures trente. Il faisait déjà nuit. Mon cœur battait un peu plus rapidement. J'ai pris une très grande respiration. Dans le fond, le Bistro de Paris n'était pas si loin que ça. Je n'avais qu'à faire demi-tour et à marcher à peine quelques rues. Je pourrais toujours me trouver du travail plus tard cette semaine. J'ai regardé vers la rue Saint-Hubert et me suis ressaisi, revoyant l'endroit où m'avait déposé Malik, et je suis arrivé à chasser de mon esprit le clignotement des écrans lumineux, les fruits multicolores qui tournoient et le tic-tac des crédits qui s'accumulent à mesure que se succèdent les combinaisons gagnantes.

2

J'ÉTAIS SORTI du bar penaud et vaincu et à sec, laissant derrière moi la machine à laquelle j'étais resté soudé pendant pratiquement trois heures. J'avais faussé compagnie à Marie-Lou pour aller jouer, avec le reste de l'argent qu'elle m'avait prêté pour mon loyer deux semaines plus tôt. Dans le soleil d'octobre, j'avais suivi Ontario jusqu'à Papineau pour aller rejoindre les gars à leur local de pratique. Je marchais en écoutant un mixtape où j'avais enregistré les meilleures tracks du dernier d'Amon Amarth. « Risen from the Sea » venait d'embarquer. J'ai monté le volume à dix. J'essayais de ne pas penser au total de mes pertes d'aujourd'hui. Il me restait moins de deux cents dollars sur ma carte de crédit mais à part ça j'étais cassé. Je n'arrivais même plus à chiffrer à mille dollars près ce que j'avais perdu depuis le mois de mars. J'avais une sorte de best-of mental de mes séances devant la machine, les journées magiques, les gains, les vertiges, les séquences qui te sortent de ton corps, mais je savais déjà que ce petit répertoire mentait comme un arracheur de dents. C'était plus fort que moi. J'allais me refaire la prochaine fois.

Cité 2000 est apparue au loin, entre deux rangées d'immeubles bas et collés l'un contre l'autre. C'était La Mecque des groupes métal québécois, une construction massive d'au moins quatre étages, tassé entre le pont Jacques-Cartier et la tour Molson, qui soupirait ses relents nauséabonds de levure à bière et de céréales fermentées. L'immeuble surplombait les blocs délabrés au sud de René-Lévesque. En voyant que j'approchais, j'ai accéléré le pas. J'étais en retard, et mes trois heures de jeu m'avaient laissé frustré et un peu mêlé, et je suis devenu hyper nerveux en passant la porte. Le hall était vaste comme un entrepôt vide. Les plafonds étaient hauts, soutenus par des colonnes en acier, et le plancher en ciment était peint à l'époxy. Au centre, il y avait un grand comptoir de réception derrière lequel un gardien au visage grisâtre somnolait, le menton appuyé sur le poing. Je me suis avancé vers lui et j'ai bafouillé en lui demandant de contacter les gars de Deathgaze.

— Quel local ?

J'ai hésité avant de donner le bon numéro. Il a pris le combiné du téléphone placé à côté de son registre. Il a appelé un des gars. J'ai attendu une dizaine de minutes en faisant les cent pas.

Alex est descendu me chercher à la réception. Il avait sa veste de jeans noire sans manches et il portait ses brassards de show sur ses gros avant-bras. Ses cheveux jaune paille tombaient en cascade sur ses épaules larges. Il avait laissé pousser sa barbe. On avait un an de différence, mais tout le monde aurait dit qu'on en avait cinq ou six.

— T'as-tu eu de la misère à trouver, coudonc ?

— Non, s'cuse, mon cours a fini plus tard que d'habitude.

Je l'ai suivi dans la cage d'escalier, jusqu'au troisième étage. Il marchait devant moi dans des couloirs larges et pleins de poussière de gypse. Les sons des bands qui répétaient se mélangeaient et mutaient au fur et à mesure qu'on avançait, les screams qui lançaient de longues aiguilles, les growls gutturaux qui montaient comme du sol, les riffs de guitare qui se tournaient autour et se croisaient comme des abeilles géantes, et le pilonnage sourd et métallique des drums qui couvrait tout. J'ai dû sourire idiotement tout le long, lisant les noms de groupes sur les portes massives, Cryptopsy, Anonymus, et bien d'autres que j'ai oubliés, et au détour d'un corridor on est arrivés au local de pratique de Deathgaze.

Alex a poussé la porte et je l'ai suivi à l'intérieur en refermant derrière moi. Leur local était exigu et encombré par des amplis Marshall et des caisses de bières vides. Les murs en espèce de stuc noir étaient poqués par endroits. Ils étaient recouverts de posters d'Immortal, de Cannibal Corpse, de The Haunted. À hauteur d'yeux étaient affichées des vieilles setlists toutes chiffonnées ou des pages de cahiers Canada gribouillées de paroles. Des canettes de boissons gazeuses traînaient partout, tordues ou écrasées. Les gros tapis déroulés sur le plancher étaient tachés et incrustés de miettes de bouffe ou de cendre de cigarette. Il y avait un cendrier plein sur le dessus de chaque caisse de son. Un sofa défoncé, un oreiller jauni de sueur contre un de ses bras, était tassé entre deux étagères qui débordaient de câbles, de rallonges électriques, de pédales et de baguettes de drum. Des fenêtres hautes et grillagées laissaient filtrer une lumière sale. Un sac de hockey avait été lancé dans le fond de la pièce, oublié là depuis le printemps passé, peut-être. Un drum Tama à moitié démonté ramassait la poussière dans un des coins, un autre, immense comme celui de Nicko McBrain, trônait dans le coin opposé. Le drummer gossait sur le hi-hat quand on est entrés, ajustant la hauteur de la deuxième cymbale. Des gros bras noircis de tatouages ratés sortaient de son t-shirt *Transilvanian Hunger* de Darkthrone, duquel il semblait avoir arraché les manches au canif. Il m'a salué d'un signe de tête. Ses cheveux épais et ondulés descendaient sur son visage. Il avait le nez croche et un long pinch comme Dimebag Darrell. L'autre était assis sur un tabouret en fer. Il riffait sur sa guitare débranchée. Il a levé les yeux vers moi, m'a examiné de la tête aux pieds sans dire un mot puis il est retourné à la suite d'accords qu'il travaillait. Il avait la mâchoire triangulaire, pas de barbe et le crâne rasé. Le manche de sa guitare avait l'air d'une brindille dans ses grosses mains de briqueteur. J'ai essayé de trouver un endroit pour déposer mes affaires. J'ai enjambé les étuis de guitares et les fils qui reliaient les amplis et le micro à une espèce de console. J'ai fait bien attention de ne rien accrocher en me déplaçant.

Alex s'est occupé des présentations. Le guitariste s'appelait Mike et le drummer, Sébastien. Il manquait le bassiste, qui avait sa petite pour la semaine. Alex leur avait parlé de moi et leur avait dit que « j'étudiais là-dedans ». Ils pensaient sans doute que j'étudiais en arts. J'étais trop gêné pour rectifier un hypothétique malentendu et c'était sans importance. J'avais apporté un grand cahier rempli de dessins achevés et d'esquisses. Le drummer me l'a pris des mains. Il a lâché quelques compliments bien sentis lorsqu'il est tombé sur un pastiche de la pochette de Iced Earth, que j'avais exécuté avec des traits beaucoup plus gras et brusques que ceux de Travis Smith dans sa phase Marvel.

— On est un groupe death, man, a dit le guitariste. On fait pas du power métal de marde.

Je l'ai regardé pendant une seconde, je ne savais pas quoi répondre. Alex était assis sur un petit siège de drummer. Ça lui donnait l'air d'un adulte recroquevillé sur un tricycle d'enfant. Il a levé sa main vers le guitariste. Il a replacé derrière ses oreilles ses longs cheveux, qui lui tombaient dans le visage. Il faisait toujours ça avant de parler.

— Man, c'est rien que pour nous donner des idées. Il va nous faire de quoi à notre goût. C'est pour ça qu'il est ici.

Alex avait insisté pour que ce soit moi qui réalise la pochette du EP qu'ils sortiraient en début d'année. Je dessinerais leur logo, je ferais les illustrations, je m'occuperais de monter les fichiers et de les envoyer chez l'imprimeur. Il y tenait comme à une vieille promesse. Au secondaire, il était dans quatre bands à la fois et il disait à qui voulait bien l'entendre que ce serait moi qui ferais le design de son premier album.

Alex a pris le cahier des mains du drummer et il a commencé à le feuilleter, comme s'il cherchait quelque chose de précis. On aurait dit qu'il connaissait mon cahier mieux que moi. Il leur a montré des esquisses un peu à la Gimenez que j'avais colorées à l'aquarelle. Il parlait avec la même assurance que dans le temps, quand il devenait le centre du party avec des histoires sans queue ni tête qui faisaient rire tout le monde. Le guitariste avait posé sa King V et le drummer écoutait Alex, les mains sur les cuisses. Il leur tendait mon cahier en expliquant ce qu'il avait en tête, désignait du doigt certains dessins en tapant presque sur la page. Il ne les laissait pas placer un mot. Il m'avait déjà parlé de ses idées et je voyais à peu près ce qu'il voulait, une sorte de paysage océanique où se déploierait un immense poulpe. Le guitariste est resté impassible. Quand il me regardait, je baissais les yeux. Alex a continué son plaidoyer une dizaine de minutes avec une sorte d'excitation joyeuse dans la voix. Il s'est tourné vers moi et m'a redonné le cahier.

— Montre-leur les essais que t'as faits pour le logo.

J'ai sorti une tablette Canson de mon sac. Il me l'a presque arraché des mains. Il l'a ouvert en plein à la page qu'il cherchait. J'avais fait le logo un peu dans le genre de celui de Darkthrone, avec ses lettres rachitiques et dégoulinantes. Le drummer a lâché un sacre d'admiration. Le guitariste a haussé les sourcils. Il a dit :

— C'est pas pire, ça. Pas pire pantoute.

Alex a refermé le Canson et un petit sourire satisfait a plissé ses yeux.

UNE SEMAINE plus tard, Alex était venu me rejoindre au Café Chaos, après mon cours de mise en page. Il m'avait donné rendez-vous là-bas parce qu'il devait rencontrer le booker. J'avais été pas mal impressionné quand il m'avait dit que c'était l'ancien chanteur de Necrotic Mutation. On était restés là le temps d'une pinte ou deux pour jaser de l'illustration puis il avait mis sur la table une enveloppe de dépôt gonflée de billets. Deux mille dollars. C'était l'argent qui servirait à couvrir les frais d'impression et ça incluait aussi mon cachet. Je n'avais jamais reçu un montant semblable d'un seul coup. Ça ou un million de dollars, c'était pareil à mes yeux. Mais pour les gars, ça ne paraissait peut-être pas aussi gros. Alex chauffait un lift dans une shop et les autres membres de Deathgaze travaillaient dans la construction et faisaient déjà de bons salaires.

L'après-midi achevait, il devait être seize ou dix-sept heures. La soirée s'annonçait fraîche. On était allés déposer l'argent dans mon compte à un des guichets automatiques de la succursale de Desjardins qui se trouvait au coin de Plessis et d'Ontario. Mon solde avait grimpé d'un coup, comme les crédits après une séquence particulièrement chanceuse. Le cœur avait manqué me sortir de la cage thoracique. Je flottais à deux pieds du sol, la tête embrumée et le corps parcouru de frissons. Par réflexe, j'avais failli retirer deux cents dollars tout de suite.

Ensuite, comme pour sceller l'entente, on s'était rendus au Pijy's Pub et on avait trinqué. C'était deux pour un sur les pichets. On se tenait souvent là. Tout était fait de cuivre et de boiseries vernies. L'endroit était imprégné d'un persistant relent de boules à mites. Alex et moi, on a continué la discussion entamée au Café Chaos. Il me parlait de la tournée qui s'en venait. Ils iraient peut-être jusqu'à Rimouski. J'avais de la misère à suivre. Un vieillard que je regardais par-dessus l'épaule d'Alex était assis devant une machine. Il avait l'air de gagner gros. C'était intenable d'observer ça avec deux mille dollars dans mon compte. Ma tête bourdonnait. Les projets de tournée d'Alex, ses anecdotes de show, rien de tout ça n'est arrivé à capter durablement mon attention. Ma concentration dérivait. Je ne manquais pas le moindre geste du vieux. Il tapotait l'écran, ajustait ses mises en appuyant sur les touches jaune vif. Je fixais la case de ses gains dans le bas de l'écran. Je pensais à l'argent que je venais de déposer dans mon compte.

On a continué à boire pendant une heure ou deux. Alex payait la tournée. On avait vidé deux pichets et une pinte chacun et je commençais à mâcher mes mots. Lui, il n'était presque pas affecté. Il était bien plus endurant que moi. En secondaire cinq, quand la plupart d'entre nous en étaient à leurs premières brosses, lui tinquait déjà au Chemineaud.

On est sortis du Pijy's dans le soir bleu qui tombait. L'odeur des premiers froids m'a chatouillé les narines. Alex m'a salué et s'est engouffré dans le métro Berri. J'ai remonté Saint-Timothée vers Ontario et me suis arrêté à une cabine téléphonique. J'ai décroché et j'ai attendu quelques secondes avant de composer le numéro de Malik. Il n'a pas répondu. J'ai ensuite téléphoné à mon ancien patron. Je lui ai laissé un message, lui demandant s'il n'avait pas un peu d'ouvrage à me donner. L'instant d'après, le combiné encore en main, j'ai senti mon esprit m'échapper. C'était irrésistible. Dans un mélange de déception et de soulagement, je me suis résigné. Les feuilles mortes roulaient dans la rue ou pourrissaient en tas près des grilles d'égout. Je me suis mis à longer les appartements compacts, les coopératives et les parcs minuscules et solitaires de Centre-Sud. En jetant des regards discrets derrière mon épaule, et en empruntant les petites rues, j'ai refait le chemin vers la succursale de Desjardins au coin de Plessis et d'Ontario. Dans trois ou quatre ans, elle se transformerait en Subway, mais sa disparition ne suffirait pas à effacer le souvenir des gestes que j'ai commis ce soir-là. J'ai retiré trois cents dollars et je suis allé à la Brasserie Cherrier. Je suis rentré sans regarder personne et je me suis installé sur un des tabourets, devant la machine la plus susceptible de payer.

Nous étions le 5 octobre. Je ne le savais pas encore, mais trois semaines plus tard, il ne resterait plus rien des deux mille dollars de Deathgaze. Trois semaines que je passerais à jouer chaque jour et à manquer un cours sur deux. J'aimerais pouvoir dire que c'est à ce moment-là que je me suis ressaisi, que la spirale de déni et de pertes avait atteint son point le plus bas, mais personne ne me croirait. Début novembre, je me retrouverais complètement cassé. Je devais près de six cents dollars à Marie-Lou, que je lui avais empruntés dans le but de payer à mon coloc les loyers d'août et de septembre, mais que j'avais joués à la place. Les dernières semaines à l'appart avaient été tendues. Je l'évitais systématiquement : j'avais mémorisé son horaire de cours et celui de sa blonde pour savoir quand je pouvais être chez nous en paix. Je n'allais plus voir mes parents et n'allais plus prendre de bières avec les amis du cégep.

Quand j'ai compris que je ne payerais pas non plus les loyers d'octobre et de novembre, je me suis sauvé de l'appart. J'ai rempli plusieurs sacs Omer DeSerres de vêtements et de livres, et un carton de matériel de dessin, et j'ai chargé tout ça dans le coffre d'un taxi un soir où mon coloc passait la soirée chez sa blonde. Je me suis réfugié chez Marie-Lou quelques jours en lui disant que je m'étais chicané avec mon coloc. Entre-temps, Vincent, un des seuls amis de Longueuil que je voyais encore, m'avait offert de m'héberger sans rien demander en retour. « Tu peux crasher dans le salon une couple de mois, il m'avait dit. Avec ma blonde, le cégep pis les pratiques de soccer, je suis quasiment jamais là. »

3

ON VOYAIT l'intérieur du restaurant par les carreaux d'une porte de garage toute vitrée, surmontée d'une enseigne en fer où on lisait en typo bâton le nom de l'établissement. LA TRATTORIA. J'ai poussé la porte et je suis entré dans un vestibule spacieux tout en ardoise. J'étais loin de m'attendre à ce genre de restaurant. L'endroit le plus chic où j'étais allé manger dans ma vie, c'était le St-Hubert. Mon père nous y emmenait souvent quand j'étais jeune. La Trattoria n'avait rien à voir avec le St-Hubert. Ni avec le Normandin de Trois-Rivières ni avec le Georges sur Marie-Victorin, à Longueuil. Aucune ressemblance non plus avec les bouis-bouis où j'avais l'habitude d'aller manger avec mes amis après un cours ou avant une veillée en ville. Je m'étais convaincu que j'atterrirais dans une pataterie quelconque, mais je me trouvais dans une espèce de galerie d'art où brillaient des verres à vin.

J'essayais de ne penser à rien et je me suis répété encore une fois que je faisais la bonne chose. Au point où j'en étais, il n'y avait plus trente-six mille solutions et, comme l'avait insinué Dave, on ne me refuserait sûrement pas une job que personne ne voulait à moins d'être mal pris. Et j'étais mal pris en crisse.

Je me suis avancé dans le vestibule et j'ai poussé une seconde porte vitrée. De l'extérieur, la salle à manger m'avait semblé vaste et mal éclairée. Elle était plus grande que je n'avais cru et, même si l'éclairage était tamisé, tout avait l'air de briller, comme poli au chamois. Les chaises ne ressemblaient pas à des chaises de restaurant. On aurait dit les chaises de l'atelier de dessin au cégep. Les tables en bois laqué avaient l'air trop propres pour qu'on mange dessus. Les murs étaient en briques non vernies. Le ciment des joints débordait, un peu comme si on avait fait exprès de bâcler le travail. Deux immenses lustres hyper modernes pendaient au plafond. Ils ressemblaient à des coupoles d'antennes radar décorées de diamants. Le plancher de bois foncé me donnait le goût d'enlever mes bottes avant d'y marcher. Une longue banquette capitonnée en cuir séparait en deux sections la salle rectangulaire. Au fond, on apercevait une cuisine ouverte. Juste à côté, il y avait un grand mur de bouteilles de vin empilées jusqu'au plafond, haut de quinze pieds au moins. Il n'y avait pas encore de clients. Mes mains étaient moites et je les ai essuyées sur mon pantalon.

À cette époque, je ne connaissais rien. Il y aurait eu vingt, cent vingt ou deux cent vingt places, je n'aurais pas su le dire. En réalité, la salle pouvait accueillir soixante-dix clients et le bar qui longeait pratiquement tout le mur gauche de la salle en asseoir une quinzaine de plus.

Un petit groupe d'employés habillés en noir discutaient au fond de la salle, près du mur de bouteilles de vin. Ils se sont tus un instant et ont regardé dans ma direction puis se sont remis à parler. Une jeune femme finissait de disposer sur les tables les ustensiles et les assiettes à pain. Quand elle m'a aperçu, elle a posé la pile de petites assiettes sur le coin du bar et s'est dirigée vers moi. Ses cheveux blonds étaient très courts. Elle aussi était habillée en noir. Elle portait une jupe et son chandail laissait voir ses épaules. Elle avait la peau pâle et les clavicules saillantes. Elle m'a salué. Je lui ai rendu son bonsoir en marmonnant.

— Oui?

Sa voix était claire. Je sentais à son ton que je la dérangeais. Je n'étais visiblement pas un client. J'ai balbutié que j'étais là pour un training pour le poste de plongeur. Elle m'a jaugé un instant. J'essayais d'avoir l'air volontaire et affable, comme on m'avait appris à l'être à l'école privée. Elle devait avoir cinq ou six ans de plus que moi. Peut-être sept.

— La prochaine fois, tu sonnes à l'arrière. Tu vas voir, l'adresse est marquée sur la porte. Suis-moi.

Je l'ai suivie à travers la salle à manger. Toutes les tables étaient impeccablement mises. Les serviettes étaient en tissu et pliées tout égal. Je n'étais jamais entré dans un restaurant pour faire autre chose que manger.

Les employés qui discutaient m'ont fixé comme si je venais d'interrompre un important rituel. Un seul d'entre eux m'a fait un signe de tête. La nervosité commençait à prendre le dessus et me rendait incapable de les différencier. Leurs visages se voilaient d'une espèce de flou. C'étaient tous des gars d'âges différents avec des gueules d'ange, l'allure élégante, décontractés dans leurs chemises cintrées et leurs pantalons bien coupés. Le choc des semelles de mes bottes de travail contre le bois franc du plancher résonnait dans toute la salle. J'avais l'impression de taper du marteau dans une église.

La serveuse m'a précédé le long de la cuisine de service, qui contrastait violemment avec la salle à manger. Sorte de rectangle étroit, elle était plus éclairée qu'un gymnase et au-dessus des fourneaux une énorme hotte émettait un ronronnement sourd. Encastré dans le mur du fond, un gros four à pizza envoyait vers nous une chaleur sèche et intense malgré sa porte fermée. Entre ses pattes étaient amoncelés des dizaines de contenants – seaux en plastique, bacs à salade, récipients huileux –, probablement lancés là pendant le service du midi. La cuisine était divisée en deux stations surmontées de tablettes remplies d'assiettes. Un cuisinier accroupi était affairé devant les frigos ouverts. Avec un marqueur noir, il griffonnait sur un bloc-notes en aluminium. Il ne m'a pas salué.

On a dépassé la cage d'un escalier qui menait au sous-sol. Les murs qui longeaient les marches étaient peints d'un turquoise triste et bariolés de taches de sauce rouge, brune ou verte. Quelques mouches virevoltaient le long des néons qui éclairaient les marches. Je commençais à crever de chaleur sous mon manteau. Une odeur étrangement réconfortante montait du sous-sol. Je l'ai reconnue après un petit instant. C'était celle du bouillon de poulet.

La serveuse s'est arrêtée au seuil d'une pièce dont les étagères étaient encombrées de vaisselle. Ça devait être la plonge. C'était une pièce relativement grande, dix pieds par vingt pieds, peut-être.

Du côté gauche, on avait entreposé la vaisselle propre. Du côté droit, la sale. Au centre, c'était un champ de bataille où gisaient les vestiges du service du midi. Sur une étagère crasseuse en métal haute et large s'entassaient des piles d'assiettes maculées, des chaudrons recouverts de sauce tomate cramée dans lesquels on avait laissé des louches tordues ou des pinces enduites de couches indifférenciées de jus, des récipients au fond desquels croupissaient des légumes en juliennes molasses ou des restes visqueux de marinade, des plaques de cuisson couvertes de gras et de lambeaux de peau de poulet calcinée. Sur le long comptoir de stainless de la plonge, des piles de poêlons croûtés perdaient l'équilibre à côté d'un lave-vaisselle qui bâillait des nuages de vapeur. Au pied d'une des étagères surchargées attendaient un tas d'ustensiles qui trempaient dans un seau rempli d'eau grise. Les murs en tuiles de céramique étaient plus souillés encore que ceux d'une cafétéria de polyvalente après un food fight niveau 99. On remarquait sur les tuiles des nœuds de linguinis trop cuits, des feuilles de laitue brunâtres sur le point de décoller, des grumeaux informes, des éclaboussures de soupe, des giclées de sauce, qui recouvraient le mur d'une couche de plus en plus épaisse à mesure qu'on se rapprochait du sol et qui finissaient par se confondre en une moisissure noire et graisseuse. Une grosse poubelle trônait au milieu du désordre, comme un puits sacrificiel, et le sac noir regorgeait de tout ce que les clients du midi n'avaient pas mangé. L'amoncellement de nourriture gâchée ressemblait aux entrailles d'une bête à la chair luisante et chiffonnée. Une odeur de désinfectant mêlée à une autre, que je n'arrivais pas à identifier, grasse et fétide, emplissait mes narines. Une hotte moins imposante que celle de la cuisine aspirait bruyamment l'air trop humide qui avait entamé depuis longtemps le plâtre du plafond.

Deux cuisiniers se tenaient au fond de la plonge, près de la porte arrière, entrouverte. Du potage salissait leurs pantalons noirs, et le devant de leur chemise blanche était barbouillé comme si un CPE entier s'y était essuyé les mains après une collation particulièrement dégoulinante. Ils fumaient des cigarettes et discutaient en anglais. L'un d'eux avait retiré sa toque de cuistot et la tenait roulée dans sa main.

— Renaud !

Ils se sont tournés vers nous. La serveuse m'a montré du pouce.

— Je pense qu'il est là pour toi.

Son ton m'a semblé encore plus sec que tout à l'heure. Sa voix perçait le vacarme et la musique qui montaient du sous-sol. J'étais sûr que cette fille se serait fait entendre même en plein concert de grindcore.

Renaud a coincé sa cigarette entre ses lèvres et m'a

regardé de la tête aux pieds. Sa toque molle descendait sur son front luisant de gras. Au-dessus de ses joues osseuses étaient enfoncés des petits yeux gris. Il en avait fermé un pour se prémunir contre la fumée de sa cigarette, ce qui esquissait sur son visage un sourire railleur. Même si je n'arrivais pas à déterminer son âge, je me doutais qu'il était mon aîné d'une dizaine d'années au moins. La serveuse s'était éclipsée sans que je m'en aperçoive. L'autre cuisinier a poussé la porte avec sa hanche pour cracher dehors. Des nuages de condensation sont entrés en tourbillonnant avec la nuit froide. Pendant un instant, j'ai eu envie de me faufiler entre les deux cooks pour disparaître dans la ruelle noire. Je me suis retenu de le faire. Parce que j'étais tétanisé par la timidité, mais aussi parce que ça n'aurait pas pris une heure que je me serais retrouvé devant l'écran d'une machine. J'entendais encore dans ma tête la voix de Malik.

— C'est toi, le chum à Dave ? a dit Renaud.

J'ai acquiescé en hochant la tête. Il m'a regardé en silence, l'air d'attendre la chute d'une blague.

— C'est quoi, ton nom ? On t'appellera pas le chum à Dave, quand même.

Je me suis présenté. On s'est serré la main.

— Moi, c'est Renaud. Lui, c'est Jason.

L'autre cuisinier était grand, les cheveux orange coupés ras, le visage impassible et les avant-bras couverts de taches de rousseur. Un pinch taillé très court le vieillissait de trois ou quatre ans. Il avait une tête de Chris Cornell roux. Il a dit « hi » en faisant un léger signe de tête.

J'ai fouillé dans mon sac pour en sortir mon CV. Renaud a tiré une dernière fois sur sa cigarette. Il a expiré la fumée et a dit :

— Fuck ça, tu le donneras à Christian pour tes coordonnées. Moi, j'en ai rien à crisser.

Il a roulé les manches de sa chemise de cuisinier. Il a attaché de nouveau son tablier taché de sang et s'est dirigé vers l'escalier du sous-sol.

— Viens-t'en, c'est par là.

Je lui ai emboîté le pas. Il a dévalé les marches qui menaient au sous-sol. En bas, on est entrés dans une salle bruyante en U, éclairée au néon. Trois autres cuisiniers s'activaient sous le plafond bas encombré de tuyauterie. L'un d'eux rinçait des bottes de persil dans un grand lavabo en acier. Sur les tables de préparation le long des murs en béton se trouvaient en désordre des contenants de plastique remplis de condiments. Une cuistot, que j'avais prise au premier coup d'œil pour un gars, avait commencé à les placer méthodiquement dans des bacs qu'elle transporterait à l'étage, dans la cuisine de service. Un filet retenait les mèches de ses cheveux violets, trop abondants pour tenir sous sa toque. Elle mastiquait un morceau de salade en fredonnant l'air d'une chanson qui n'avait rien à voir avec le beat d'Ice Cube qui jouait à tue-tête. La musique venait d'un ghetto blaster juché sur une tablette, entre les pots d'épices, à l'abri des éclaboussures de sauce, du jus des légumes ou des nuages de farine.

Un troisième cuisinier, penché sur une imposante machine – ça me faisait penser à un banc de scie –, transformait un gros morceau de viande séchée en minces tranches qu'il disposait sur des feuilles de papier ciré. Un autre a surgi de la chambre froide en faisant claquer la porte massive derrière lui. Son tablier était plein d'aubergines et de courgettes. C'était celui que j'avais aperçu accroupi dans la cuisine de service. Il a presque bousculé Renaud qui s'enfonçait dans un couloir encombré de cartons de tomates et de barils d'huile végétale. Je l'ai suivi en enjambant d'autres piles de vaisselle sale. Des moules à gâteau, d'autres plaques de cuisson visqueuses, des pots vides cernés de sauce, des planches à découper rougies par mille entailles. Le cuisinier aux aubergines a donné un coup de pied dans la vaisselle, dans l'intention vaine de redresser l'amoncellement qui ne cessait de s'étaler au pied des tables en acier. J'ai rejoint Renaud. Au bout du couloir, on a débouché dans une pièce commune assez grande, au plafond encore plus bas. C'était la salle des employés. Les murs de pierre étaient cachés par deux rangées de cases bosselées. Au centre de la pièce, une table en bois, semblable à celles de la salle à manger, disparaissait sous des paquets de clopes vides, des journaux éparpillés et des canettes de boissons énergisantes pliées en deux.

— Laisse tes affaires dans le coin. Tu peux te changer ici, sinon les toilettes sont là.

La porte des toilettes était comme coincée entre une machine à glaçons et une étagère où on avait rangé laines d'acier, chiffons propres, rouleaux de papier à main et boîtes de savon. À côté, il y avait deux autres portes. Une donnait sur une dépense; une autre, grande ouverte, sur un genre de salle des machines d'où provenaient un bourdonnement monotone et une odeur chaude de fermentation et d'ammoniac. Sur le mur en face du couloir, il n'y avait qu'une seule porte, ornée d'une plaque marquée BUREAU. Elle était entrebâillée et j'entendais les voix de deux personnes, une femme et un homme, qui se disputaient.

— C'est bon, je suis déjà prêt, j'ai dit en enlevant enfin mon manteau.

Je m'étais habillé pour la circonstance. Je portais le pantalon de travail que j'avais mis sur les petits chantiers l'été d'avant. Il était fait d'un tissu gris un peu moins raide que de la tôle. Je me disais que ça ferait l'affaire pour ce genre de job. Je me pensais bien prévoyant, mais je n'avais pas anticipé à quel point ce tissu deviendrait inconfortable lorsque trempé.

— Tu vas avoir besoin de ça.

Renaud m'a tendu une chemise blanche, un tablier et deux torchons.

— Tu vas trouver tout ça là.

Il a montré une tringle à laquelle pendait une cinquantaine de chemises de cuisinier.

— Si t'es trop trempe durant ton shift, aie pas peur de venir changer de chemise. Il va faire chaud pis frette dans ta plonge. Faut pas que tu pognes la crève.

Une grande femme mince est sortie du bureau en coup de vent. Elle nous a ignorés. Elle était tirée à quatre épingles, les cheveux noirs de jais serrés en chignon. Ses talons hauts martelaient le ciment du plancher et le cliquetis de son trousseau de clés suivait le rythme de son pas rapide. Elle avait la tête baissée sur son flip et, sans ralentir ni regarder autour, elle a crié, sans doute à la personne qui se trouvait encore dans le bureau :

— Pis Christian, tu diras à ton staff de ramasser ses traîneries, c'est pas une chambre de hockey, icitte.

Elle s'est engouffrée dans le couloir en évitant les caisses de conserves et de légumes avec souplesse. Elle irradiait quelque chose de naturellement impérieux. Elle devait avoir entre trente et trente-cinq ans, en tout cas elle n'était pas beaucoup plus vieille que Renaud. Je l'ai entendue lancer une remarque cinglante aux cuisiniers que je venais de croiser, puis elle s'est élancée dans l'escalier, chacun de ses pas résonnant sur le métal des marches.

Un homme trapu au teint rouge brique est sorti à son tour du bureau. Ses cheveux ébouriffés grisonnaient aux tempes. Il traînait les pieds comme un gars qui sort de son lit à midi un jour de congé. Il tenait un verre de bière vide dans sa main droite. Il s'est dirigé vers sa case, l'œil vitreux et un sourire en coin.

— Heille, chef, a lancé Renaud, t'as-tu passé la commande chez Norref? Si tu veux que la bisque soit prête à temps pour le quarante-cinq de la semaine prochaine, faudrait qu'on clanche ça dimanche, gros max.

J'en ai déduit que le chef s'appelait Christian. Il a commencé à se déboutonner. Il s'est tourné vers nous, comme s'il venait tout juste de nous remarquer. Une bedaine de bière saillait entre les pans de sa chemise ouverte. Il a déposé son verre sur le dessus de la case, à côté d'un premier, vide lui aussi.

— Je vais faire ça demain, a répondu le chef. On va être corrects pour dimanche.

J'ai surpris Renaud à rouler des yeux. Le chef a enlevé son pantalon de travail et l'a accroché dans sa case.

— T'as déjà fait ça, de la plonge ?

Le chef m'a posé la question sans me regarder.

— Non, j'ai dit, surpris qu'on m'adresse la parole, comme si j'avais moi-même oublié que j'étais là.

— Pas grave, tu vas voir, c'est pas ben ben compliqué.

Il a kické ses souliers de cuisinier dans sa case. Ça ressemblait à des sabots de paysan en caoutchouc. Il a enfilé un jeans et un t-shirt délavé sur lequel les lettres de FORT LAUDERDALE se lisaient encore.

— Anyway, Dave devrait pas tarder, il va te montrer ça.

— Dave rentre pas à soir, chef, a dit Renaud.

Le chef a ignoré la pointe d'insolence.

— C'est qui, le deuxième plongeur, alors ? Carl ? Eaton ? Aziz ?

— Aziz travaille plus ici depuis un mois, chef.

Christian cherchait quelque chose dans les profondeurs bordéliques de sa case.

— T'en as pas cédulé, a repris Renaud.

Il m'a désigné d'un signe de tête.

— C'est lui tout seul, il a continué, sans cacher son exaspération.

Le chef a fini par trouver sa tuque et a lentement mis son manteau d'hiver.

— Bah, demande à Bébert de lui faire faire le tour, il a dit sans nous regarder. Ça va lui donner l'occasion de justifier son augmentation.

Il s'est approché de moi et m'a pris par les épaules dans une étrange accolade d'adoubement. Je suis resté saisi, je n'ai pas bougé un seul muscle. Il sentait l'alcool.

— Ça va bien aller, mon gars. C'est juste un restaurant.

Il m'a fait un clin d'œil. Puis il a pris ses mitaines sur la table et s'en est allé par où on était arrivés. On l'a entendu saluer l'équipe avant de grimper l'escalier d'un pas pesant.

— Bon, viens-t'en, m'a dit Renaud en me donnant une claque sur l'épaule. Ça va peut-être être un peu roffe si t'es tout seul à soir. On va te faire embarquer sur ta mise en place tout de suite.

J'ai suivi Renaud dans la salle de préparation, plus nerveux qu'à ma première journée d'école. J'ai failli m'enfarger dans une caisse. On a croisé celui qui lavait le persil. Il s'en allait vers la salle des employés, détachant sa veste sans s'occuper de nous. La cook de tantôt s'apprêtait à monter une dernière pyramide de backups – j'ai appris plus tard que n'importe quel récipient d'ingrédients ou de condiments qui servait à ravitailler l'équipe durant le service s'appelait *backup.* La pyramide avait l'air aussi lourde qu'elle. Il ne restait plus en bas que le cuisinier que j'avais vu sortir de la chambre froide. Il recouvrait de papier d'aluminium une grande rôtissoire carrée remplie de gros morceaux de viande encore sur l'os, de bouquets d'herbes, de rondelles de carotte et d'oignon. Ses mouvements étaient sûrs et rapides.

— Bébert ! a crié Renaud par-dessus la musique, plus forte que tantôt.

C'était encore du gangsta rap qui jouait.

— Va falloir que tu *traines* le nouveau.

Bébert a enfourné la rôtissoire puis a refermé les portes du four d'un swing violent. Ce n'était pas le même genre de four qu'en haut. Celui-là, je l'apprendrais bien assez vite, c'était un four à convection.

— J'ai pas le temps pour ces niaiseries-là. C'est Dave qui est censé le *trainer.*

Il essayait encore de faire de l'ordre à coups de pied dans le tas de vaisselle par terre. Renaud s'est frotté les yeux. Il avait l'air contrarié d'avoir à se répéter.

— Dave rentre pas à soir. Christian a genre oublié de le booker.

— Crisse de chef à deux piasses, a craché Bébert. Même pas capable de faire un horaire qui se peut.

Renaud ajustait la température d'une chaudière en stainless haute comme lui, où bouillaient des carcasses de volaille en produisant un gros nuage de vapeur odorante. En le poussant du pied, il a placé un seau sous le robinet de la cuve.

— C'est toi, le sous-chef, c'est à toi de t'occuper du nouveau.

— Donne-moi donc le chinois, a dit Renaud d'un ton sec.

Bébert lui a tendu, en le regardant par en dessous, une sorte de grosse passoire en cône que Renaud a posée sur les rebords du seau. Il a fait couler un peu de bouillon pour en vérifier l'opacité. Son visage grimaçait dans la vapeur. Il a dit à Bébert de relaxer. Il a ajouté :

— J'vais garder Jason le temps que tu montres sa mise en place au nouveau.

Ils parlaient comme si je n'étais pas là.

— Mais fais ça vite. Jays est à son troisième double cette semaine pis on va se faire rentrer dedans à soir.

Sans aucune délicatesse, Bébert a commencé à faire des piles avec les plaques de cuisson qui traînaient au pied d'une des tables.

— Heille, pis il a-tu appelé Québec Linge ? J'espère que oui, parce qu'on a pas assez de ratines pour passer la fin de semaine. Checke-moi ben faire mon service avec des essuie-tout, ostie.

Renaud n'a pas répondu. Il a programmé un chronomètre électronique qu'il a ensuite accroché à sa manche, juste à côté d'une poche où il avait rangé comme dans une ceinture de munitions des feutres de différentes couleurs. Il m'a planté là avec Bébert et a gravi les marches quatre à quatre.

— Fait que c'est toi, le chum à Dave ? J'espère que tu vas être plus vite que lui.

Voulant montrer que j'avais de l'initiative, j'ai ramassé une partie de la vaisselle qui jonchait le plancher et je me suis engagé dans l'escalier.

— Heille, où est-ce que tu t'en vas avec tes skis ?

— Ben, j'apporte ça ? J'vais commencer la vaisselle. Y avait l'air d'en avoir beaucoup.

— Laisse ça là, t'as pas le temps de faire ça tout de suite.

Je revoyais le bordel qui régnait dans la plonge et je me demandais ce qui pressait davantage que de s'attaquer aux montagnes d'assiettes sales et de poêlons qui m'attendaient.

— Viens icitte, t'as d'autres choses à faire avant. J'vais m'occuper de te monter cette vaisselle-là tantôt.

Bébert avait un visage rond et des joues charnues de bambin, mais on n'aurait pas osé les lui pincer. Son menton se perdait dans sa gorge large. Il lui manquait une dent et il remplissait sa veste de cuisinier de sa carrure trapue mais solide. Une bedaine commençait à lui pousser. Ses manches retroussées laissaient voir sur ses avant-bras épais deux ou trois tatouages inachevés. Il n'avait pas de toque comme les autres cuisiniers, il portait une casquette des Indians de Cleveland sur ses cheveux rasés à trois. Son pantalon était trop large pour lui, comme celui d'un rappeur. Il devait avoir vingt-quatre ou vingt-cinq ans à l'époque, pas plus, mais il me donnait l'impression d'être plus vieux que ça.

Il a changé la cassette dans le ghetto blaster. Un mauvais enregistrement de « Hip to Be Square » de Huey Lewis and The News a explosé dans les haut-parleurs.

— T'as-tu vu *American Psycho* ?

J'allais dire que oui mais il ne m'en a pas laissé le temps.

— J'pense que c'est ma scène préférée.

J'ai revu Patrick Bateman en imperméable transparent qui brandissait une hache d'incendie dans son loft tapissé de journaux.

— J'vais te montrer ta mise en place.

Il a ouvert la porte de la chambre froide et a évalué les étagères en disant que c'était l'ostie de bordel dans ce *walk-in*-là.

Puis je me suis accroché : Bébert a débité à toute

vitesse ce que j'avais à faire. Il a lancé sur une des tables en stainless une dizaine de sacs d'épinards. Je devais les trier et les équeuter. Il est retourné dans le walk-in pour rapporter deux cartons cirés qu'il a jetés au pied de l'évier. Je devais choisir une vingtaine de pommes de laitue romaine, le double pour la laitue frisée, les effeuiller, les laver dans l'eau glaciale, les assécher avec une essoreuse encombrante qu'il fallait que je coince contre moi pour l'utiliser.

— Fais-en pour une dizaine de bacs, au moins. C'est con en crisse d'en manquer en plein rush.

Ensuite, je devais changer mon eau et nettoyer l'arugula, que je trouverais dans des caisses en bois, en bouquets couverts de terre. En fait, c'était ce que ma mère appelait de la roquette. Simultanément – j'apprendrais très vite l'art de me multiplier –, je devais ranger le persil et la coriandre au frais et m'occuper au plus vite des *calzones,* des *focaccias* et des *bruschettas.* Je n'ai pas tout de suite compris la distinction entre ces trois choses-là, mais j'écoutais Bébert sans poser de questions. J'ai compris par contre qu'il fallait transformer chacune des trois grosses boules de pâte à pizza qui sentaient le suri en une quinzaine de portions les petits soirs.

— Un soir comme ce soir, t'en fais une trentaine par boule. J'ai checké le livre de réserves pis c'est plein. Faut que tu te grouilles à faire ça, parce que les pâtes doivent avoir le temps de lever une dernière fois avant le service.

J'essayais de tout retenir. Bébert m'a expliqué ensuite comment fonctionnait le gros laminoir électrique. En guise d'avertissement, il m'a raconté presque en riant que, l'été d'avant, une pâtissière s'était broyé la main en la coinçant par accident entre les rouleaux de la machine. Elle s'était ramassée en microchirurgie, ils lui avaient reconstruit la main.

— Une chance qu'elle était jeune, parce que sinon ils l'amputaient.

Ce soir-là, Bébert a pratiquement fait toutes les pâtes à ma place. Il m'a confié sans trop perdre patience que ce n'était pas une technique qu'on pouvait apprendre sur le fly, de même, mais que c'était primordial de la maîtriser rapidement, sans quoi la job se faisait juste pas. Pendant qu'il terminait les focaccias, il a levé les yeux vers l'horloge, ce qui a provoqué une longue série de sacres et d'insultes à l'endroit du chef. L'ostie de raisin aurait dû faire rentrer un autre plongeur pour me superviser.

— Après ta mise en place, tu fais un bon ménage de ta salle de prep. Lave tes tables, balaye et moppe tes planchers, ceux de la chambre froide pis toute, pis tu fais tremper tes planches à découper dans l'eau de Javel.

Tout devenait *mes* affaires. Du moins, tout ce qui touchait les tâches que j'avais à exécuter. Ma vaisselle, mon balai, mes salades, mes pâtes.

— Faut que tu clanches ça en moins de vingt minutes si tu veux pas que ta vaisselle s'accumule trop.

Dans ma tête, j'en avait pour une heure de job, même en me dépêchant. J'ai pensé à toute la vaisselle sale qui proliférait probablement en haut, qui s'ajoutait à toute celle qui encombrait déjà la plonge à mon arrivée, et j'ai essayé de ne pas succomber à la panique.

— Pis tantôt, quand t'auras un break, a dit Bébert en donnant un coup de menton vers la grosse cuve remplie de bouillon et de carcasses de poulet, tu portionneras le fond de volaille dans des seaux de même – il m'en a montré un du pied –, pis après tu vides le steam pot pis tu le nettoies pour qu'il soit nickel.

Dans la cage d'escalier résonnaient déjà les bruits du premier service. C'est une rumeur que j'apprendrais à décoder vite. Portes de four et de frigo qui se referment avec un choc sourd. Ustensiles et porcelaine galvanisée qui s'entrechoquent dans les bacs à vaisselle sale. Ventres de poêlons qui raclent la fonte des ronds du four. Cuisiniers qui se gueulent des temps de cuisson, qui coordonnent les plats chauds et les plats froids. Et derrière, plus lointaine, la clameur de la salle à manger déjà bondée. On a entendu Renaud descendre les premières marches et crier à Bébert de se déniaiser.

— Ta gueule, tapette, je suis après faire ta job!

Bébert avait beuglé sa réponse avec tellement de puissance que je me disais que même les clients à l'autre bout du restaurant devaient l'avoir entendu. Mais en fait je comprendrais très tôt que dans la cuisine ça criait, ça gueulait, et les clients n'entendaient jamais rien de ça. Il a changé de ton pour s'adresser à moi, s'emparant d'un tas de vaisselle.

— Là, vu qu'on est déjà en retard, tu feras ton ménage entre les deux services.

J'ai imité Bébert et j'ai attrapé une pile de plaques de cuisson graisseuses, surmontée d'une rôtissoire pleine de jus de viande gélatineux. J'en avais presque trop pris, je voulais montrer que j'étais travaillant, et j'ai rasé de tout échapper, mais Bébert n'a rien remarqué, il avait déjà le pied sur la première marche.

— Si tu veux, il a dit par-dessus son épaule, tu peux monter la radio et mettre ta musique dans ta plonge.

Une fois en haut, Bébert a essayé de faire de l'ordre dans la plonge. Il sacrait et maudissait l'équipe de jour avec tant de virulence que je n'osais pas parler. Il m'expliquait quoi faire à coups de demi-phrases saccadées et me montrait en vitesse où trouver quoi, où ranger quoi. Il prenait la peine en revanche d'appeler chaque ustensile, chaque morceau de vaisselle par son nom exact, ou en tout cas par le nom que les cuisiniers utilisaient, c'était important que je m'en souvienne, disait Bébert, on passera pas notre vie à tout te répéter.

— T'as déjà lavé de la vaisselle dans la vie ? C'est niaiseux de même.

Il a rempli un nouveau rack de vaisselle sale et à l'aide du gun à plonge il l'a rincé symboliquement avant de le pousser dans le lave-vaisselle.

Il l'a activé en fermant la porte. Un vrombissement assourdissant s'est déclenché. Je m'y habituerais vite. Pendant le cycle de lavage, qui durait moins d'une minute et demie, Bébert me conseillait de remplir le plus de racks possible.

— Perds pas le beat, sinon t'es faite. Si ça rushe et que c'est pas assez propre, checke les savons pis le filtre. Rince bien avant d'envoyer le stock dans la machine pis change ton eau souvent. Essaye d'enlever la marde qui tombe dans le dish pit au fur et à mesure, pour pas boucher l'évier.

Il a bidouillé les commutateurs de la petite boîte de contrôle sur le dessus du lave-vaisselle pour me montrer comment vidanger l'eau.

— Pis ça, c'est super important, il a commencé. Tous les restants d'huile et de marinade, dans les culs-de-poule, les poêles, les assiettes à salade, tu crisses ça dans la chaudière icitte. Sinon tu scrappes la tuyauterie. Pis si y a un refoulement à cause de ça, c'est toi qui vas être pogné pour torcher.

Depuis la cuisine de service, une voix a gueulé qu'on vienne chercher les poêlons sales et qu'on lui en rapporte des propres. C'était Renaud. Bébert m'a dit :

— Viens-t'en.

Il m'a lancé une paire de gants de jardinage toute imbibée de graisse qui traînait sur la desserte. Ensuite il a pris une pile de poêlons propres dans chacun de ses poings et il est sorti de la plonge pour aller rejoindre Renaud. Je l'ai suivi.

L'espace de la cuisine était tout juste assez grand pour que deux personnes y manœuvrent à l'aise; avec Bébert on était rendus six, tous en mouvement dans une mêlée étourdissante. Je me suis mis à suer abondamment, d'un coup, deux rigoles m'ont coulé le long des flancs. Les cuisiniers en pleine action me contournaient et me frôlaient sans me regarder. C'était comme essayer de comprendre une engueulade dans une langue inconnue. En se faufilant, Bébert a déposé les poêlons sous une étagère en stainless, où des salades attendaient d'être ramassées.

— Tu les mets toujours ici, à droite dans le coin, en dessous du passe, il m'a lancé.

Le vacarme donnait le vertige. Le souffle de la hotte, les cuisiniers qui criaient pour se faire entendre, les assiettes qui se cognaient entre elles, le brouhaha que faisaient les voix des clients, la porte du four à pizza qu'on ouvrait et fermait à tout bout de champ.

La chaleur, suffocante, enveloppait tout.

Renaud était aux fourneaux, devant une dizaine de poêles pleines de légumes qui crépitaient ou de sauce qui frémissait. Il en a pris une qu'il a arrosée d'un jet de vin blanc et des flammes ont jailli brusquement devant lui. Il manipulait ses poêlons les sourcils froncés, la sueur au front et le visage crispé. Jason se tenait devant l'étagère du passe. Les lèvres serrées, il attrapait les tickets de commande dès que ceux-ci sortaient de la petite imprimante et les distribuait sur les réglettes des deux stations parallèles de la cuisine, allongeant le bras entre les cuisiniers en mouvement. Il préparait les assiettes et les faisait glisser vers le poste de Renaud, juste à côté de lui, qui y versait des platées de pâtes fumantes. La cuisinière que j'avais vue en bas travaillait dos à Jason, sur une station qui s'étendait entre le four à pizza et la dizaine de ronds allumés du fourneau à gaz. Si elle avait reculé d'un pas, elle aurait heurté Jason. Elle était en train de touiller bruyamment des salades dans des grands culs-de-poule en métal, plusieurs à la fois, puis les dressait et les tendait à Jason, qui les expédiait sur le passe. Quand il lui donnait ses bons de commande, elle les ordonnait sur sa réglette. Elle avait le visage luisant de sueur et ses mèches mauves lui collaient sur le front. Dès qu'une commande était complétée, Jason tapait sur une sonnette qui perçait la cacophonie d'un son limpide. Le cook que j'avais vu en bas manœuvrer le slicer vérifiait des focaccias qui cuisaient dans le four à pizza et criait les temps de cuisson restants qu'il estimait pour chacune d'elles.

— Renaud, câlisse, qu'est-ce qui se passe avec ma trente-deux ? a gueulé un serveur entre deux colonnes d'assiettes propres.

Se déplaçant avec aise entre ses coéquipiers, Bébert m'a dit en criant qu'il fallait venir chercher les poêlons le plus souvent possible. Trois piles s'accumulaient déjà sur la tablette au-dessus du fourneau. Il en a pris un paquet, les mains dans des torchons, et a crié : « Chaud ! Chaud ! » Le cook devant le four à pizza s'est tassé contre la fille des salades et l'a laissé passer. Bébert s'est faufilé hors de la cuisine de service et s'en est retourné vers la plonge.

Suivant l'exemple de Bébert, je me suis glissé entre Jason et Renaud. Une gerbe de flammes a surgi des ronds et j'ai sursauté en m'approchant des poêlons sales. J'ai tendu les bras vers le tas le plus petit, histoire de ne pas risquer de nouveau de.

— Heille, touche pas à ça, a grondé Renaud. Laisse ça là. C'est celles-là que tu prends – il les a tapotées sèchement du bout de sa pince. Ça icitte, c'est à moi. Tu y touches, tu meurs, ostie.

Au lieu de ramasser les poêles sales, je m'en allais prendre celles qui étaient pleines de condiments et prêtes à se retrouver sur les ronds d'un instant à l'autre.

— Enwèye, déniaise. T'es dans mes jambes.

Je n'ai même pas pris le temps d'acquiescer et je me suis exécuté en silence, avec des gestes maladroits et le cuir chevelu qui me picotait. Les poêles étaient encore brûlantes. Je les sentais à travers mes gants. Je suis revenu dans la plonge en les tenant à bout de bras.

— Arrange-toi pour faire un rack de poêles par cycle, a dit Bébert en arrosant les poêles pour les refroidir. Pis frotte-les comme du monde. Si elles sont crottées, on va te les renvoyer. Quand elles sortent de la machine, sèche-les pis huile-les. Ça les empêche de rouiller. Là, j'te laisse, faut que j'aille à mon poste.

Bébert est retourné vers la cuisine de service en gueulant que là on allait rocker ça pour de vrai, c'te rush-là. Je me suis concentré sur mon travail. J'ai rempli un rack d'assiettes et de tasses à café, je l'ai envoyé dans le lave-vaisselle puis j'ai commencé à récurer les poêles du mieux que je pouvais. Au bout de dix minutes de frottage et de décrassage, j'étais presque aussi trempé que si on m'avait enfermé dans un lave-auto en marche. Mes mains se ratatinaient déjà dans la gibelotte du dish pit, le bout de mes doigts était éraflé par la laine d'acier, mes bras s'enlisaient jusqu'aux coudes dans l'eau brune et graisseuse. La vapeur d'eau faisait coller sur mon visage les miettes de nourriture et les éclats d'aliments calcinés qui revolaient sous le jet du gun à plonge. Je comprenais peu à peu pourquoi Dave voulait se débarrasser de ce travail. Mais ça faisait mon affaire, de ne pas avoir le temps de penser à mes histoires. Les assiettes, les marmites et les poêles crasseuses ne cessaient de s'accumuler, peu importe la vitesse à laquelle je les récurais. Tout ça m'occupait la tête. Étrangement, j'avais l'impression de reprendre le contrôle de ma vie.

Je n'avais pas encore terminé de laver mon premier voyage de poêles que Renaud m'appelait déjà pour que je vienne en chercher d'autres. Au moment où j'allais retourner dans la cuisine de service, j'ai entendu une autre voix :

— Dave. Yo, Dave.

Quelqu'un remontait le couloir qui longeait le passe. Le ton de la voix trahissait son stress. On est arrivés face à face. C'était le seul membre de l'équipe de salle qui m'avait salué plus tôt. Un garçon pas tellement plus vieux que moi, un peu plus mince, avec un visage de top model. Sa chemise noire était plus ajustée que celle des autres serveurs, et ses chaussures propres ressemblaient un peu à celles qu'on nous obligeait à porter au privé mais en plus shiny. Il est resté surpris quand il a vu que je n'étais pas Dave.

— Ah, s'cuse, man, il a dit. Moi, c'est Nick.

Il ne m'a pas laissé le temps de me présenter et m'a demandé de faire les ustensiles, comme si ça urgeait plus qu'une transfusion sanguine. Il est reparti en joggant vers la salle à manger.

— Heille, le plongeur, les poêles ! a tonné Bébert.

Je me suis insinué dans la cuisine avec à peine plus d'assurance que la première fois. La cuisinière m'a poussé du coude, les mains pleines d'assiettes sur lesquelles tenaient en équilibre des salades multicolores.

— Move !

Je l'ai évitée de justesse pour enfin atteindre les poêles. J'ai tendu les bras au-dessus des flammes pour les attraper. Renaud vérifiait la cuisson d'une darne de saumon avec ses doigts et venait d'envoyer des portions de linguinis et de fusillis dans quatre poêlons différents, dans lesquels il faisait revenir des poignées de légumes. Il a fait sauter les pâtes sans s'occuper de moi, bougeant autour de moi comme si j'étais un élément du mobilier. Je suis reparti avec ma pile brûlante en esquivant Bébert, qui avait pris le poste de Jason. Il expédiait les plats en décochant des petites insultes aux serveurs qui tardaient à venir chercher leurs commandes sur la longue tablette de stainless du passe devant lui. J'avais vite compris qu'en aucun cas je ne devais toucher aux plats qu'on y déposait, pas même pour les déplacer.

Revenu à mon poste, j'ai fait tremper ma trentaine de poêles et j'ai vidé le seau d'eau poisseuse contenant la montagne d'ustensiles dans la fange du dish pit. J'ai entrepris de les trier et la tâche m'a semblé interminable. Il devait bien y en avoir un millier. Le bruit des chaudrons qui se cognaient, des backups vides qu'on lançait sous le four à pizza et que je ne trouvais pas le temps d'aller chercher, les engueulades des cuisiniers, tout amplifiait le stress qui me gagnait progressivement. L'activité s'intensifiait de l'autre côté, dans la cuisine de service. Je sentais que d'ici une heure je serais définitivement submergé.

J'ai enfin fini de trier les ustensiles, les ai laissés dans la machine le temps d'au moins deux cycles, j'ai rempli en les surchargeant trois racks de poêles et d'assiettes sales.

Une fois les ustensiles propres, je me suis rué vers la salle à manger pour les apporter à Nick. Alors que je passais devant la cuisine, Bébert m'a ordonné de rapporter des assiettes propres et de venir « chercher la marde en dessous du four », qu'un des cooks entre deux commandes tentait d'ordonner en tas. La serveuse blonde qui m'avait accueilli plus tôt m'a intercepté avant que je ne trouve Nick et m'a pris les racks d'ustensiles des mains.

— Il était à peu près temps.

Son ton était plus froid et plus cassant que tout à l'heure. Elle a appelé Nick en retournant sur ses pas.

Derrière elle, j'ai aperçu la salle à manger. Elle était remplie à craquer, comme une salle de concert à guichets fermés, juste avant que les headliners ne montent sur scène. Dans l'éclairage encore plus tamisé qu'à mon arrivée, on ne distinguait qu'une multitude d'ombres qui grouillaient, s'esclaffaient, discutaient, gesticulaient. Des lampions sur les tables éclairaient les traits mobiles et flous des clients innombrables. Des sourires spectraux, des regards insaisissables. Des chemises pâles et des décolletés profonds, tous d'un jaune chaud dans la lumière rare. On voyait les silhouettes des serveurs et des serveuses qui glissaient parmi les tables, vigilants et alertes, comme sans effort.

La femme que j'avais vue sortir du bureau au sous-sol était près du comptoir du bar. Elle faisait payer deux couples tout en donnant des ordres à une barmaid qui se démenait pendant que l'autre, elle, blaguait avec ses clients comme si elle les connaissait depuis toujours. Je ne le savais pas encore, mais il n'y avait qu'une seule barmaid, Sarah, qui se consacrait aux clients. L'autre, la bargirl, s'occupait des cocktails et coulait les bières. Une fois les couples partis, la femme m'a remarqué et m'a fusillé du regard.

— Tu veux-tu t'asseoir au bar ou quoi ? Retourne faire ta job, pis vite. T'as pas d'affaire en avant.

Puis elle est disparue dans la salle à manger avec une guirlande de factures dans les mains. J'ai deviné à ce moment-là que c'était elle, la patronne du resto. Nick m'a fait un pouce en l'air pour les ustensiles qu'il astiquait déjà à grosses poignées.

J'allais retourner dans mes bas quartiers quand j'ai senti qu'un client installé au bar m'observait. Il avait gardé ses verres fumés. Il était immense et chauve, en costume pâle, rasé de très près. Il devait avoir entre cinquante et soixante ans. Il était assis entre deux couples, un verre de blanc et un briquet au butane placés devant lui. Ses mains étaient déposées l'une sur l'autre et des boutons de manchettes ornaient ses poignets massifs. Personne, pas même la barmaid, ne semblait s'occuper de lui. J'ai pensé au Kingpin dans le *Daredevil* de Miller et Sienkiewicz. Ça m'a fait sourire et je suis retourné dans la cuisine.

Je me suis glissé entre la fille des salades et Bébert, me suis accroupi pour aller chercher ce qui traînait sous le four à pizza. La chaleur était insoutenable, et les cooks lançaient des backups vides à l'aveuglette, sans faire attention à moi qui me démenais à tout ramasser. J'ai fait plusieurs allers-retours entre la cuisine et la plonge avec mon fatras. J'essayais de maintenir le rythme, de ne jamais laisser la machine à laver inactive. Bébert venait me porter des bacs de vaisselle de service. Il m'a dit qu'il faisait ça parce que c'était mon premier shift mais qu'il faudrait que je prenne de la vitesse.

J'ai sombré peu à peu dans un état second. Tous mes mouvements devenaient plus instinctifs à mesure que la soirée avançait. Je transformais la vaisselle sale en vaisselle propre, machinalement. Lorsque j'ai regardé l'heure sur ma pagette devenue toute poisseuse dans les poches de mon pantalon trempé, j'ai senti que je perdais un peu le fil. Déjà vingt-deux heures. J'ai pensé à la salle de prep qu'il me fallait encore nettoyer, aux tables – *mes* tables – pleines de pelures de légumes, de farine et de flaques d'huile que je devais laver et à la grande cuve du steam pot remplie de carcasses de poulet que je devais vider et récurer.

Ça devenait étourdissant. Je n'avais jamais eu autant de choses à faire en si peu de temps. Depuis le début du shift, il n'y avait eu aucune accalmie, aucun moment où je sentais que je reprenais le dessus sur les tâches qui se chevauchaient, ponctuées de moments d'urgence qui devenaient de plus en plus intenses.

Je suis allé au sous-sol pour me débarrasser du dossier salle de prep. Après avoir portionné le bouillon comme Bébert me l'avait demandé, j'ai entrepris de vider le steam pot de ce qui restait dedans. Les morceaux de poulet brûlants s'écrasaient entre mes doigts tandis que je frottais les parois de la cuve. Je me suis résigné à pelleter les carcasses à l'aide d'une grosse cuillère – les cooks appelaient ça une araignée. J'envoyais tout ça dans un gros sac de poubelle. La graisse me giclait dans le visage et les éclats d'os me collaient aux bras. L'odeur de volaille m'écœurait et me donnait faim à la fois. Par la cage d'escalier, j'ai entendu Bébert me gueuler de venir chercher d'autre vaisselle sale. Je me suis précipité dans les escaliers, ralenti par les deux sacs que je transportais jetés sur mon épaule. Au milieu des marches, l'un d'eux s'est éventré et s'est vidé derrière moi dans un énorme gargouillis juteux. Des cages thoraciques de poulets, des tronçons de légumes et des lambeaux de chair bouillie ont coulé dans l'escalier comme une marée grasse. J'ai figé. Mes joues ont commencé à brûler. Je me suis passé une main visqueuse sur le visage en regardant la flaque d'immondices se répandre sur les marches. J'ai eu envie de tout sacrer là et de sortir par la porte d'en arrière. J'ai réprimé un sanglot. Je me sentais ridicule. Je me suis souvenu des speechs de mon ancien boss. « Si ta pelle te brise dans les mains, tu pellettes avec tes mains. » Je me suis ressaisi. Je suis allé chercher un porte-poussière. Bébert est apparu dans la cage d'escalier en sacrant. J'étais certain que j'allais me faire clairer sur-le-champ. Il a enjambé les dégâts et est revenu avec un carton de laitues vide.

— Mets un sac à vidange là-dedans, enwèye.

Je me suis exécuté. Il s'est mis à ramasser les débris de poulet bouillants avec ses mains. J'ai laissé le porte-poussière de côté et je l'ai imité en tentant d'aller aussi vite que lui.

— Tu mettras du gros sel dans les marches, ça va éponger le gras. Tu passeras le balai pour ramasser le reste de la marde pis tu mopperas les marches ben comme il faut avec le dégraisseur.

Il m'a laissé terminer. Il a filé dans la chambre froide, en est ressorti avec un backup de saumon fumé, puis il est remonté deux marches à la fois dans la cuisine de service, comme si l'accident n'avait jamais eu lieu.

IL DEVAIT approcher minuit. La clameur de la salle à manger semblait avoir diminué. J'empilais mes assiettes propres sur l'étagère pendant que les cuisiniers m'apportaient les derniers backups vides et les autres récipients huileux qui avaient été lancés sous le four pendant le dernier rush de la soirée. J'avais un ultime coup à donner. Un peu plus tard, Bébert est arrivé dans la plonge presque vide de vaisselle sale. Il a posé une pinte de bière rousse sur une des tablettes où on rangeait la vaisselle propre. Sa veste de cuisinier était déboutonnée et découvrait un marcel usé. Avec ses lèvres, il a pincé une cigarette pour la tirer du paquet puis a craqué une allumette d'un seul doigt. Je remplissais le seau de la moppe avec de l'eau chaude et du savon dégraisseur. Il m'a observé un instant. Il a tendu le paquet vers moi. Je lui ai dit que je ne fumais pas. Il a haussé les épaules. Il s'est mis à parler en retenant la fumée de sa cigarette.

— La bière est pour toi, by the way. Tu la mérites, je pense ben.

Je faisais de l'ordre dans le bac à tasses à café.

— Pas pire pantoute, pour un premier shift. Va vraiment falloir que tu prennes de la vitesse mais t'as l'air de savoir où c'est que tu t'en vas.

Juste quand j'allais le remercier, j'ai failli échapper une pile de soucoupes.

Bébert s'est mis à glousser. Il restait appuyé contre la porte et l'entrouvrait pour souffler sa fumée dehors. Renaud l'a appelé en lui criant qu'on n'était pas au Club Med, ici.

— J'suis pas ta pute, man. Donne-moi deux minutes.

Bébert a jeté sa cigarette à moitié fumée par l'interstice de la porte, qu'il a refermée d'un geste brusque. Il m'a donné une tape sur l'épaule.

— T'as l'air d'avoir du nerf. J'espère que t'as pas trouvé ça trop rushant.

— Non, non, j'ai dit.

Il a fait un signe de tête vers la cuisine.

— Bon. Je vais aller lui fermer la gueule, à lui, pis je m'en viens t'aider à finir ça. La cuisine est fermée, mon chum.

J'ai attendu qu'il soit parti pour prendre une gorgée de ma pinte. Finalement, j'avais bien plus soif que je ne le croyais et je l'ai calée en deux longues gorgées. La bière ne m'avait jamais semblé aussi désaltérante.

Lorsqu'il est revenu, Bébert a zyeuté le verre vide et a eu un petit ricanement.

— T'as pas l'air vieux mais t'as déjà le coude léger.

Il a déposé un seau plein d'ustensiles et une marmite cabossée sur la desserte enfin vide.

Son regard a changé. Ses yeux clairs m'évaluaient.

— Qu'est-ce que tu fais après ?

— Qui ça ? Moi ?

— Oui, toi, tata.

— Ben, euh, je sais pas.

Bien sûr que je le savais. Il fallait que je rentre à l'appartement de Vincent. C'était une des conditions de Malik. Je devais rentrer direct après le travail et ne pas m'accrocher les pieds dans les bars.

— On s'en va prendre une bière, tu viens avec nous autres ?

J'ai hésité. Bébert a fait un petit sourire baveux en me voyant chercher mes mots.

— Je pense que je vais rentrer. Je squatte chez un chum à Ahuntsic et c'est pas à la porte.

Le dernier bus passait dans moins d'une heure. Les quatre-vingts dollars de Malik dormaient dans mon portefeuille. Le rush de la soirée me les avait presque fait oublier, mais là j'y repensais, c'était inévitable. J'ai commencé à nettoyer mon dish pit.

— Pogne un bus de nuit, man. Y en a genre trois qui remontent par là-bas. Enwèye, clanche le close pis amène-toi avec nous autres.

4

DANS LA SALLE, il ne restait plus que cinq ou six couples qui parlaient à voix basse, éclairés par les lampions comme par des braises mourantes et isolées. Derrière le bar, Nick n'en finissait plus d'astiquer des verres à vin. La patronne n'était plus là. La serveuse qui m'avait accueilli au début de la soirée imprimait les rapports de ventes qu'elle pliait en longues ribambelles de papier. Elle s'appelait Maude. Un des serveurs comptait sa caisse au bout du bar, assis devant un cendrier. À l'extrémité opposée, l'équipe de cuisine poireautait en terminant sa bière staff. Quelque chose s'était détendu, les visages et les corps semblaient s'être relâchés, et ça s'entendait jusque dans le son des voix, plus graves et plus posées. La barmaid et la cuisine s'envoyaient des craques en ricanant et faisaient allusion à des gens que je ne connaissais pas.

Je suis allé discrètement m'asseoir avec eux. Ma présence n'a pas troublé leur discussion. Je me suis accoudé au bar en attendant de voir où la soirée se poursuivrait. La fatigue commençait à me rattraper et se propageait dans mes membres. La nervosité des premières heures était retombée. J'avais les mains toutes gercées à cause de l'eau et des détergents. J'écoutais d'une oreille les conversations croisées.

La cuisinière était méconnaissable habillée en civil. C'était une petite punk rockeuse. Elle portait un t-shirt *Killers* de Maiden. Ses cheveux descendaient en mèches pointues le long de ses joues et semblaient plus mauves encore sans le filet et la toque qui les avaient dissimulés toute la soirée. Elle s'appelait Bonnie. J'apprendrais plus tard que c'était une Ontarienne débarquée à Montréal il y a trois ans. Elle racontait une histoire que j'avais du mal à suivre tellement elle cassait le français et mâchait ses mots. Jonathan et la barmaid Sarah l'écoutaient. Jonathan, c'était le garde-manger qui avait travaillé à côté du four à pizza. J'avais passé la soirée dans ses jambes.

À ce que j'ai fini par comprendre, Bonnie racontait la fois où, marchant sur Sainte-Catherine, elle s'était fait siffler par deux morons en char et qu'elle leur avait lancé son latté à moitié plein quand ils étaient repartis sur la verte. Alors qu'on s'esclaffait, Renaud nous a souhaité une bonne veillée en boutonnant son manteau. Ses cheveux brun cendré en bataille lui donnaient une tête d'ado qui a vieilli trop vite. Bébert lui a fait un doigt d'honneur, un sourire narquois aux lèvres, où pointait un mégot brûlant. Pendant qu'elle parlait, je détaillais le visage de Bonnie. Ses pommettes étaient picotées de petites taches de rousseur et des pattes d'oie apparaissaient quand elle souriait. Elle avait un petit nez aplati et elle se mâchouillait la lèvre inférieure quand elle écoutait une histoire. Elle avait une cicatrice près de l'œil droit et une autre qui descendait de sa joue gauche jusqu'au bas de sa mâchoire.

Bébert a poussé son verre de bière vide sur le zinc en direction de Sarah pour quémander un refill. Elle a roulé des yeux et a dit à la bargirl de lui en servir une dernière.

— Je punche tout, Bébert, tu le sais, a lancé Sarah en pianotant sur l'écran de commande.

Elle avait ma taille et de longs cheveux noirs qu'elle attachait en queue de cheval, qui tombait droite entre ses épaules délicates. Ses yeux étaient légèrement bridés et une moue naturelle lui donnait souvent l'air de s'ennuyer. Elle devait avoir à peine trois ans de plus que moi, mais elle me traitait comme si une décennie nous séparait.

— Pis les bières de Christian, les punches-tu toutes, elles avec ? a répondu Bébert d'un ton baveux.

La bargirl a coulé deux pintes. Elle en a posé une devant Bébert et une devant moi. J'ai balbutié en ne sachant trop si je devais accepter le verre. J'avais déjà eu ma bière staff plus tôt. Elle s'est présentée en souriant. Jade, qu'elle s'appelait, et elle m'a souhaité la bienvenue dans l'équipe. Nick nous a jeté un regard de côté en swingnant le linge blanc sur son épaule pour commencer à ranger les verres. Jade me faisait penser à quelqu'un. Je l'ai remerciée pour la pinte et me suis renfoncé dans mon manteau. J'ai bu ma bière rapidement pour sentir l'effet de l'alcool et me dégêner. Jade a demandé quelque chose à Sarah et est allée au sous-sol. On entendait maintenant Jonathan qui jasait de Grandeur Nature avec sa voix de flûte soprano. Visiblement, Bonnie l'écoutait juste par politesse.

À l'autre bout du bar, Maude et le serveur qui comptait sa caisse s'obstinaient à propos d'une commande à annuler. Elle s'est rapprochée de nous et nous a foudroyés du regard. Elle semblait avoir hâte qu'on lève le camp. Jonathan a cessé de parler et a avalé une dernière gorgée. Nick a accéléré la cadence, triant et rangeant les verres qui restaient.

— Vous savez ce que Séverine pense du lambinage au bar.

Bébert a vidé sa pinte d'un trait en grommelant que c'était correct, qu'on décâlissait. J'espérais que Jade remonterait avant qu'on parte, pour pouvoir la saluer. Nick nous a dit en levant les yeux qu'il viendrait nous rejoindre.

— Grouille-toi, y est déjà presque une heure.

Quelques clients s'attardaient en discutant avec animation, comme s'ils avaient toute la soirée devant eux.

Dehors, un froid humide nous a accueillis, c'était repassé sous zéro. Bébert a sorti deux king cans de Bleue Dry de son sac à dos.

— Une petite pour la route ?

Il a donné la première à Bonnie et s'est ouvert la seconde. Elle a pris une longue gorgée et me l'a passée.

J'ai saisi la canette, glaciale dans ma main nue. J'ai soufflé un « thank you » inaudible. Elle n'a pas réagi. Une faible neige s'était mise à tomber. L'avenue était encore bien vivante. Des groupes de fêtards hélaient des taxis, se déplaçaient mollement d'un coin de rue à l'autre, agités à tout moment de hoquets de rires. La saison des partys de bureau commençait.

Dès la première lampée, la Bleue m'a verni la bouche de son goût âcre et métallique. Ça tranchait avec les deux rousses que je venais de boire. J'ai levé les yeux vers le ciel cotonneux. L'alcool commençait à me ramollir agréablement. De gros flocons lourds et rares traversaient le halo jaune des lampadaires. Je me suis dit que, peu importe où je me retrouverais ce soir, je ferais comme si Malik était à côté de moi.

Bonnie et Bébert discutaient en s'échangeant une clope. Je les suivais en silence, me sentant presque en sécurité avec eux. Jonathan essayait de me faire parler, plus jovial qu'un moniteur de camp de jour. Il avait encore une baby face, et une barbe clairsemée et duveteuse lui descendait sur les joues. Il me disait que pour un premier shift je m'étais vraiment bien débrouillé. J'ai répondu en disant que j'avais fait de mon mieux. Il m'a demandé dans quoi j'étudiais, si j'avais travaillé dans un autre restaurant, d'où je venais. Je répondais en parlant vite, de nouveau nerveux, mais il n'y avait pas grand-chose à dire. Ça se résumait à peu près à graphisme, non, Longueuil. Jonathan m'a regardé en disant « OK, cool », en prenant la canette de bière à son tour.

J'avançais en regardant le ciel, en essayant de ne pas penser aux quatre-vingts dollars dans ma poche. Je voyais presque devant moi les couleurs vives de l'écran. J'ai pris une autre gorgée de Bleue en me disant que tout irait bien. Le dessus de la canette puait la fumée de tabac. Tant que j'étais avec eux, tout irait bien. De toute manière, Malik m'aurait encouragé à sortir prendre une bière et à voir du monde.

NOTRE PETITE BANDE a débarqué dans un bar que je ne connaissais pas. Ça s'appelait le Roy Bar. On a franchi la lourde porte et une dizaine de clients ont salué mes nouveaux compagnons, comme s'ils les attendaient. Notre arrivée était un peu trop remarquée à mon goût, je ne savais pas où me mettre, je me sentais de trop. Un des barmans a enlacé Bonnie dans ses bras noircis de tatouages et l'a levée de terre. Il m'a fait penser à une version plus baraquée des bums qui s'estropiaient l'été durant au skatepark de Boucherville. L'endroit me faisait d'ailleurs penser au skatepark. Les murs étaient abondamment graffités et des haut-parleurs cabossés jouaient du Pennywise. Un énorme requin marteau en plastique pendait au-dessus de la table de billard. Des drop-out, capuches rabattues et fourches de pantalon aux genoux, se disputaient des parties de huit. Des téléviseurs diffusaient en boucle de vieilles vidéos de skate. La moyenne d'âge de la clientèle ne devait pas dépasser trente ans. Les piliers, eux, tous alignés au bar, avaient la mi-trentaine, maximum, et ressemblaient à un band de punk rock après son set.

On s'est installés à une grande table ronde couverte d'autocollants promotionnels de marques de skate. Je sentais mes boxers encore trempés par l'eau de vaisselle. Je devais exhaler une odeur de graisse fétide. J'ai jeté mon sac entre les pattes d'une chaise. J'ai déposé discrètement sur la table le livre que je traînais dans ma poche arrière et je me suis assis avec le projet ferme de le rester jusqu'à ce que le bar brûle ou que la soirée disparaisse dans un trou noir. J'étais épuisé mais je me sentais presque bien. La pression était toute retombée.

Bébert est allé faire son tour, saluant pratiquement tous les clients, serrant des mains ou distribuant des props et des low five. Il évoluait d'un groupe à l'autre comme un seigneur dans son fief. On entendait son rire grave éclater un peu partout. J'ai regardé autour de moi. J'ai vu avec soulagement qu'il n'y avait aucune loterie vidéo. J'ai expiré doucement tout l'air que j'avais dans les poumons et les muscles de mon dos se sont relâchés. J'ai déboutonné la chemise de bûcheron que je portais sous mon manteau en guise de doublure.

Le barman qui avait embrassé Bonnie est arrivé à notre table. Il a distribué des pintes de bière rousse à tout le monde. C'est Bébert qui offrait la première tournée.

Nick nous a rejoints vingt minutes plus tard, emballé serré dans un manteau de cuir à huit cents piasses. Ni Jade ni aucun autre membre de l'équipe de salle ne l'accompagnait.

— Ça a fini à combien ? a demandé Bébert.

— Six mille deux, mon gars ! a répondu Nick.

— Faque t'as fait la piasse. Tu vas nous payer des shooters, han, mon cochon ?

Bébert a ricané et a fait signe au barman.

— Yo, Sam, dix vodkas. Mets ça sur son bill.

Puis Bébert s'est tourné vers Nick.

— J'ai hâte qu'on tasse Christian. On va vous prendre une cut, mes osties.

Nick lui a fait un doigt d'honneur en grimaçant. Il a enlevé son foulard et son manteau, qu'il a jetés sur le dossier de la chaise, et s'est assis à côté de Bonnie.

— You look nice tonight, elle a dit.

Pendant une seconde, il a perdu son assurance. Je ne sais trop pourquoi, mais je m'en suis réjoui. En même temps, je me suis dit que j'aurais sûrement réagi de la même façon et qu'il devait avoir une longueur d'avance sur moi avec Bonnie. Peut-être même qu'ils se fréquentaient. J'ai pris une longue gorgée. Le bar était maintenant presque plein et les discussions devenaient plus bruyantes, Bébert et Jonathan se parlaient en criant, comme s'ils étaient encore dans la cuisine de service. Les shooters de vodka sont arrivés. On n'avait pas sifflé la première tournée que Bébert en commandait déjà une autre, du Jack, et sur lui, cette fois.

À mesure que les pintes et les shooters s'accumulaient et que tout le monde autour de la table commençait à être saoul pour de vrai, je me suis senti décoller de ma chaise, comme dématérialisé. Tout avait perdu toute gravité. Bonnie était en train de massacrer une joke dans son français approximatif, Bébert et Jonathan étaient déjà crampés. Nick avait appuyé son bras sur le dossier de la chaise de Bonnie. Des amis à Jonathan étaient apparus entre-temps. Ils se préparaient à trinquer, ils avaient commandé une tournée d'Irish Car Bomb. Ici, ils appelaient ça des Val-Alain, parce qu'un des barmans avait pris le champ à Val-Alain après en avoir bu toute la soirée dans un bar de Québec. Les gars se contaient des anecdotes de cuisine, la voix éraillée d'avoir trop crié durant le service. Ils travaillaient au Tasso, m'avait dit Jonathan. Il ne parlait plus de Grandeur Nature mais de sa recette de côtes levées à la bière noire. Un de ses amis s'esclaffait parce qu'un cave de serveur avait commandé un jarret d'agneau saignant. Bébert avait l'air obsédé par Christian, il n'en revenait pas de son incompétence. J'étais sûr qu'il en rajoutait. Nick faisait oui de la tête en égrenant une cocotte de pot dans le creux de sa main, sous la table. Je restais silencieux dans mon odeur de benne à ordures. Je les regardais consumer la joie d'être passés à travers un autre rush. J'avais déjà bu plus d'alcool qu'à mon dernier party de cégep. Mais pour eux, ça avait l'air d'une soirée ordinaire. Du Rancid jouait à tue-tête. Bébert s'est tourné vers moi en s'allumant une cigarette.

— C'est-tu bon ? il a demandé en ramassant le livre sur la table.

C'était *La trace de Cthulhu* d'August Derleth. Je l'avais trouvé au Colisée du Livre. C'était une illustration de Tibor Csernus en couverture.

— C'est pas pire. Tu connais Lovecraft ?

Il a remis le livre à sa place en tirant sur sa clope.

— J'aime pas vraiment lire. Mais j'avais une ex qui lisait pas mal. Elle avait lu toutes les Kun… ça finit en « a », là.

— Kundera ?

— C'est ça, Kundera.

— J'en ai jamais lu. Je lis plus de la science-fiction et du fantastique.

— Dave m'a dit que tu faisais de la bande dessinée. C'est-tu vrai ?

— Dave t'a dit ça ?

Je jetais des coups d'œil à Bonnie par-dessus les pintes sombres sur la table. Elle fixait Bébert, et lui, il évitait son regard. Il faisait mine de suivre sur la télé le parcours de Rodney Mullen. Bonnie commençait à avoir du mal à rester droite sur sa chaise. Nick avait carrément passé son bras autour de ses épaules. Elle ne se donnait plus la peine de parler en français.

— Oué, il m'a dit que t'étais hot en dessin.

— Y exagère. J'étudie en graphisme au cégep.

— Ah. OK.

— J'ai déjà un premier contrat. Je vais faire le design d'une pochette de CD.

— Cool.

— C'est pour un groupe. Ça s'appelle Deathgaze. Tu connais-tu ça ?

Bébert a fait signe que non en soufflant sa fumée.

— À quel cégep tu vas ?

— Au Vieux.

Bébert a éclaté de rire.

— T'es allé là aussi?

— Oué.

— T'étudiais en quoi, toi?

— En foutage de troubles. J'dealais pis j'dropais des pills. C'est pas mal tout ce que je faisais là-bas.

Il a continué de rire et a topé dans le cendrier.

— En tout cas, pour un étudiant, t'as l'air d'être fiable. T'as ben faite ça à soir. Je veux pas parler à travers mon casque mais tu vas nous être ben utile.

Je n'ai rien trouvé à répondre. L'alcool m'assommait de plus en plus. Pendant une seconde j'ai oublié où j'étais. Tout s'est tamisé. Les ampoules au-dessus du bar et contre le mur ont perdu de leur éclat. Leur lumière est passée du jaune à l'ambré à l'ocre à l'agate. Les télévisions ne diffusaient plus que de la neige. L'air s'est alourdi. La fumée de clope saturait la place. Une barmaid a annoncé le last call, debout sur le comptoir. J'ai relevé la tête. Je me suis demandé si je ne m'étais pas endormi. Bonnie était rendue au comptoir, perchée sur un tabouret. Elle jasait avec le barman. Ce n'était pas clair qui cruisait qui. Nick fixait sa pinte, dépité, le regard vide, un joint coincé entre la tempe et l'oreille. Bébert a tapé sur la table de ses paumes ouvertes.

— On va aller finir ça dans un after.

— On va-tu au Aria? a demandé Nick.

Je me suis levé de ma chaise avec peine. On est sortis en même temps, Bébert, Nick et moi.

Dehors, il ne neigeait plus. Une mince couche de neige crissait sous nos pas. Le froid s'immisçait dans mon linge encore mouillé. Jonathan et ses amis marchaient derrière Nick, qui avait allumé son joint. Bébert allait devant, les mains enfoncées dans son manteau ouvert, une clope au bec. On l'entendait rapper quelque chose. J'avais du mal à les suivre. On a traversé Saint-Denis. Bébert a envoyé chier une voiture de police qui l'avait frôlé en tournant sur Roy. J'ai aperçu trois coins de rue plus au sud le bus de nuit qui montait. J'ai pris congé d'eux en chancelant vers l'arrêt le plus proche. Le vent me fouettait et mes vêtements commençaient à geler sur moi. J'étais soulagé de ne pas avoir à attendre trop longtemps, j'aurais sans doute pogné le rhume. Sa forme massive et lumineuse a ralenti en longeant le trottoir et s'est arrêtée en soupirant. Je suis monté et je suis allé m'affaler sur les sièges du fond. J'ai sorti mon walkman de mon sac à dos et j'ai mis cinq minutes à démêler le fil des écouteurs. J'étais étourdi, mais ce n'était pas désagréable. J'ai jeté un œil par la fenêtre. Saint-Denis refusait de s'éteindre, même passé trois heures. La guitare de Neil Young me larmoyait dans les oreilles, c'était le long intermède de instrumental de « Change Your Mind ». Il me restait juste un peu de lucidité et j'étais content de moi. J'avais une job et je n'avais pas tout dépensé l'argent de Malik. Juste une vingtaine de piasses, pas plus, et je n'avais pas joué.

Sur le banc en face, deux filles pas tellement plus vieilles que moi se racontaient en riant une anecdote interminable. Un vieil homme fixait un point invisible devant lui, ses mitaines oubliées sur sa cuisse. Quelques sièges plus loin, un homme d'une quarantaine d'années somnolait dans sa chienne bleu marine, le manteau sale et ouvert sur un ventre énorme, une main épaisse posée sur sa boîte à lunch de plastique. Son visage basané était rougi par le froid. On a passé Rosemont et je me suis mis à cogner des clous, les bras serrés contre ma poitrine, marinant dans des odeurs d'huile d'olive brûlée et de savon dégraisseur.

5

LES ENNUIS avaient commencé fin septembre, bien avant que je ne me retrouve en catastrophe à vivre chez Vincent.

Délaissant de plus en plus mes travaux de cégep, j'avais joué mes loyers d'août, puis de septembre, puis d'octobre, au long d'après-midi lents et engourdis, assis devant une machine de vidéopoker, dans des tavernes quasiment vides ou des bars de danseuses, au Fun Spot sur Ontario passé Amherst, à L'Axe sur Saint-Denis au sud d'Ontario ou, quand je sortais de chez Marie-Lou vers treize heures, à la Brasserie Cherrier pas loin du Lafleur. Je buvais de la bière qui goûtait le détergent et je brûlais billet de vingt après billet de vingt, jusqu'au dernier vingt-cinq cents, à espérer qu'enfin, dans les neuf cases de l'écran, les cloches formeraient une croix et que la banque se viderait dans mes mains. Non seulement je ne gagnais presque rien, mais pendant ces trois mois-là j'avais perdu davantage que dans les six mois qui avaient précédé. Je n'avais pas encore compris la formule. Plus tu joues, plus tu perds. Je jouais tous les jours.

Octobre avait été un mois pénible, tendu, où les poussées d'angoisse se mêlaient aux élans d'euphorie. Les manigances pour ne pas payer mes loyers. Le deux mille dollars de Deathgaze. Les rages de jeu qui avaient suivi, plus violentes encore que celles qui m'avaient fait perdre toutes mes économies de l'été. Un crescendo d'intensité puis une chute subite. Novembre était arrivé. Ma fuite de l'appart et les menaces de Rémi. Les après-midi, seul chez Marie-Lou, à fouiller dans ses affaires pour lui voler ses pourboires et aller les jouer. La recherche d'emploi désespérée. Les cours manqués qui s'accumulaient. Plus rien ne m'intéressait. Je ne pensais plus qu'à ça. Jouer. Surtout durant les longues soirées pluvieuses, perdu dans le West Island ou à LaSalle, à faire du porte-à-porte, à espérer réussir à vendre au moins un crisse de système d'alarme pour en toucher la commission. Le chef d'équipe nous le répétait. Une vente, cent dollars. Deux ventes, trois cents dollars. Niaiseux de même. Je ne vendais rien, jamais rien. Je finissais la soirée maussade, mon manteau trempé par la pluie glaciale, congelé de la racine des cheveux jusqu'au bout des orteils, plus exténué qu'après un douze heures sur le chantier, l'esprit au point mort, les écouteurs silencieux sur les oreilles, avec une espèce d'acouphène faible mais continu qui m'enveloppait à partir du moment où le chef d'équipe nous débarquait au métro Lionel-Groulx jusqu'à ce que je rentre chez Marie-Lou ou chez Vincent. C'était tout le temps quand la journée avait épuisé toutes ses possibilités et que je me retrouvais encore une fois les mains vides que mes dettes venaient me hanter. Dans ma tête, il n'y avait pas d'autre solution. Je devais jouer. Je devais me refaire.

Un soir, autour du 10 novembre, j'ai flanché. J'ai appelé Malik.

— Ça va pas ? il a dit en entendant le son de ma voix.

Vincent était chez sa blonde. Je suis allé m'asseoir dans le sofa avec le sans-fil.

— Passes-tu à Montréal bientôt ? j'ai demandé.

Malik se déplaçait. Je l'ai entendu fouiller dans ses tiroirs de cuisine.

— Peut-être en fin de semaine, pourquoi ? T'es-tu correct ?

Un bruit d'assiette qu'on dépose dans l'évier, le jet d'eau du robinet. Je l'attrapais sûrement juste après le souper. Ma bouche était sèche. Je n'avais rien mangé depuis le matin. Je me suis raclé la gorge et j'ai demandé :

— On pourrait-tu se voir, tu penses ?

— Ben, c'est sûr, voyons. Depuis quand on se voit pas quand je passe à Montréal ? Crisse, t'es ben bizarre.

Il rangeait de la vaisselle, ouvrait et fermait ses armoires de cuisine. J'ai visualisé son appart. Je voulais être chez lui, loin de Montréal, loin de ma vie. On se ferait des nachos dans le four, on boirait un peu de bière, on écouterait des films ou on jouerait aux échecs. Il m'entendait chercher mes mots. Tous les bruits ont cessé à l'autre bout du fil.

— Qu'est-ce qui se passe ? Qu'est-ce que t'as ?

J'ai pris une grande respiration.

— Je suis dans la marde. J'ai besoin d'argent.

Il a gardé le silence pendant un moment. Je l'ai entendu soupirer presque imperceptiblement.

— T'as besoin d'argent ? il a dit enfin.

J'ai eu des bouffées de chaleur. J'étais assis sur le bout du sofa. Il m'a demandé pourquoi.

— C'est compliqué, c'est pour ça que je veux te voir. Je me suis fait crisser dehors de l'appart. Je suis vraiment mal pris.

— Han ? C'est quoi, cette affaire-là ? T'es où, là ?

— Je peux pas tout t'expliquer au téléphone.

Ma voix commençait à trembler.

— Je suis chez Vincent, j'ai continué. Faut qu'on se parle en vrai. Ça va coûter cher en interurbain, sinon. Quand est-ce que tu descends à Montréal ?

— Demain, s'il faut. Dis-moi quelle heure.

— Ben… je sais pas. T'as-tu des cours demain ? Je veux pas te déranger.

— Mon cousin est pas mal plus important que mes cours. Dis-moi quelle heure.

On s'est fixé un rendez-vous le lendemain, en après-midi. Il avait des affaires à régler à l'université en matinée. Il filerait à Montréal ensuite. Il pourrait être là vers quatorze heures. Il passerait me prendre chez Vincent. On irait jaser quelque part pas loin. J'étais soulagé. Malik accepterait sûrement de me prêter un peu d'argent. J'avais presque hâte. J'étais tellement crevé que j'ai dormi d'un sommeil profond, sur le sofa, tout habillé.

Le lendemain, je me suis mis à l'attendre à partir de midi. Il est arrivé un peu en retard, vers quatorze heures trente. Quand je suis monté dans sa Golf, c'était *Symphony of Enchanted Lands* qui jouait pour la dix millième fois, peut-être. On a roulé sous la pluie, à travers la ville, un peu au hasard. Il était content de me voir. Il avait l'air de vouloir me changer les idées. On s'est arrêtés à une rouge.

— Tu sais où tu veux aller? T'as-tu faim? Moi, j'ai pas encore dîné.

J'ai proposé qu'on sorte de Montréal et qu'on aille au Georges, à Longueuil. J'avais faim. Tout ce que j'avais avalé dans la journée, c'est deux toasts au beurre de pinotte et un fond de Sunny Delight.

Il est allé prendre le pont Jacques-Cartier par Papineau. J'ai eu un frisson quand on a croisé Ontario. Mais déjà, en sortant du pont, je respirais mieux. Malik a lu dans mes pensées. Il a pris par les petites rues au lieu de suivre la 132 jusqu'à Roland-Therrien. On s'est garés devant l'ancien local du bar laitier. Ici aussi, il mouillassait. On est entrés dans le restaurant. La serveuse, chemise blanche et ceinture de barmaid, lisait le journal, assise près de la caisse. À part deux camionneurs grisonnants qui jasaient en mangeant leurs clubs sandwichs, on était seuls. On s'est pris une banquette contre le mur couvert de photos encadrées. Le proprio à la pêche. Le proprio avec Céline Dion devant un hôtel. Le proprio et son fils avec Ginette Reno. Le proprio avec Claude Blanchard devant une Cadillac blanche. Le proprio avec Peter Falk dans un genre de casino.

Malik a tout de suite commandé un café.

— Bon, faque conte-moi ça. Ça avait l'air sérieux, ton affaire.

Il a pris deux sachets de sucre et les a vidés dans sa tasse, puis il a ajouté une crème. J'ai feuilleté le menu longtemps. Je le connaissais par cœur. J'ai demandé :

— Tu sais déjà ce que tu veux ?

— Oui, il a dit. OK, dis-moi ce qui se passe.

J'ai posé le menu sur la table. La serveuse est revenue. Elle a pris nos commandes. Un pizza-ghetti pour moi et un sous-marin pour Malik. J'ai regardé dehors. De l'autre côté de la 132, le fleuve était gris et triste. Au loin, le mât du Stade olympique disparaissait dans les nuages de pluie.

— Rémi m'a sacré dehors de l'appart.

Je savais que Malik me fixait. J'ai continué à regarder dehors.

— C'est le bordel depuis la rentrée, dans cet appart-là. Y a un des chums de Rémi qui crashe tout le temps dans le salon. Ils font le party quasiment tous les soirs. Je lui ai dit de me rembourser au moins la moitié de mes loyers de septembre pis d'octobre, vu que l'autre occupe presque tout mon espace, en plus de bouffer ma bouffe. Mais il a rien voulu savoir. Il a dit que si j'étais pas content je pouvais sacrer mon camp.

Malik s'est frotté le front et il a reniflé.

— T'es-tu sur le bail ?

— Non.

— Hmm.

Il a mis une crème de plus dans son café.

— Je suis dans la marde, j'ai dit. J'ai pus une cenne pis j'ai pus d'appart.

Je jouais avec un coin du napperon en papier. Mon ventre gargouillait. Je commençais à suer. Ça coulait le long de mes côtes. J'en avais trop mis. Malik a toussoté.

— Ton ami Alex, tu m'avais pas dit qu'il te payerait pour la pochette de son disque ?

— Oui, mais ils me payeront pas avant que ça soit fini. Ça va être après les fêtes, genre.

— Ah bon.

Malik a pris une gorgée de café. Il était calme, le visage détendu. Moi, j'étais nerveux à mort, mais j'essayais de ne rien laisser paraître.

— Ton loyer de novembre, lui ? Pis celui de décembre ?

Je voulais que les plats arrivent. J'ai commencé à déchirer ma napkin en morceaux.

— Je les avais donnés d'avance à Rémi. Ça non plus, il veut pas me les redonner.

— C'était combien, ta part de loyer ? Trois cents ? Quatre cents ?

— À peu près quatre cents. Avec l'Hydro.

Il a hoché la tête. Il avait fini son café.

— Pourquoi tu me poses toutes ces questions-là ? J'ai pus une cenne. Ça sert à quoi de parler de l'argent que j'ai pus ?

— T'as travaillé comme un débile cet été. Combien t'as fait ? Quatre mille ?

— Ben non, pas tant que ça.

Mon cœur cognait dans mes tempes. Malik a posé sa tasse vide.

— T'étais payé onze piasses de l'heure, pis t'as fait du quarante heures de mai à août. Je m'en souviens, t'arrêtais pas de m'en parler. Moins les impôts, ça doit donner à peu près ça. Quatre mille. Pis j'estime à la baisse, là. Même si Rémi t'as volé seize cents piasses de loyer, pis même si t'as dépensé une couple de cents pour manger pis prendre une bière avec tes amis, veux-tu ben me dire comment t'as fait pour pus avoir une cenne ? On est même pas rendus en décembre.

On aurait dit qu'il faisait déjà sombre à l'extérieur. L'air se densifiait, se comprimait contre nous, contre moi. Les nuages de brouillard entraient dans le resto et tourbillonnaient autour de nous. Je l'ai regardé dans les yeux.

— J'ai besoin d'argent, man.

Les plats sont arrivés. Il a tassé son assiette de la main sans même y toucher.

— Pourquoi t'as besoin d'argent ? T'es censé en avoir encore dans ton compte.

J'ai pensé à *Cloches en folie.* Je n'avais plus faim. Des couleurs vives clignotaient devant mes yeux ouverts.

— You hou, je te parle.

Il était en colère. Une colère sourde et calme.

— Anyway, je te prête pas une cenne si je sais pas comment t'as fait pour dépenser tout ton argent. Tu vas m'expliquer ce qui se passe avant que je perde patience. Ça tient pas debout, ton affaire.

Je ne voyais plus rien. Dehors, une obscurité brumeuse était tombée. Elle avait tout avalé, le fleuve, l'autoroute, le stationnement. Je me suis senti vide et lourd à la fois. J'ai baissé la tête et j'ai dit :

— J'ai toute joué. J'ai toute perdu.

Nos plats refroidissaient. J'ai levé la tête. Peut-être que je pleurais. Je ne m'en souviens plus. Malik a froncé les sourcils, comme s'il avait mal compris.

— T'as toute joué? Qu'est-ce que tu veux dire, t'as toute joué?

J'ai pris une grande respiration et je lui ai parlé des machines. Il a écouté, les bras croisés, appuyés sur la table, l'air abasourdi. Il s'attendait à un aveu, mais pas à celui-là. Je lui ai dit que je ne savais plus quoi faire. Malik s'est frotté le visage et les yeux, les lèvres serrées. Il a soupiré. Il s'est levé et il est allé prendre l'air cinq minutes. Quand il est revenu, il a commencé à piquer son sous-marin avec sa fourchette.

— C'est vraiment n'importe quoi, il a dit en mastiquant. Qui est au courant?

— Personne, j'ai hésité. Personne sauf toi pis Marie-Lou.

— À elle, tu lui as demandé de l'argent?

Je n'arrivais toujours pas à prendre une bouchée de mon assiette. Je n'ai rien répondu.

— Elle sait-tu que t'as joué son argent?

Il s'était mis à manger avec appétit. Il ne me quittait pas des yeux.

— Non, j'ai répondu. Elle le sait pas. Elle pense que c'est pour me dépanner. Je lui ai promis que je le lui rendrais au plus vite.

Malik s'est essuyé la bouche avec une napkin.

— Va falloir que t'en parles à tes parents.

— Non. Je peux pas faire ça.

Malik réfléchissait. La serveuse est venue le débarrasser et m'a demandé si mon plat était à mon goût. J'ai dit que oui.

— Faut que je remonte à Trois-Rivières ce soir. Je vais te prêter un peu d'argent pour que tu te débrouilles d'ici vendredi. Mais tu vas garder toutes tes factures, même si c'est pour un ostie de paquet de gomme. Vendredi, je reviens en ville. Pis là, tu montes avec moi à Trois-Rivières pour une couple de jours. On va te changer les idées pis on va se parler dans le blanc des yeux. D'ici là, tu vas faire de l'ordre dans tes affaires pis tu vas te trouver une job.

— Je suis déjà en train de chercher.

— Cherche plus fort.

Il a demandé d'autre café à la serveuse.

— Dois-tu de l'argent à Vincent aussi ?

— Oui, un peu.

— Câlisse.

Il avait l'air découragé.

— Bon. Enwèye, mange, là.

La sauce bolognaise du spaghetti m'écœurait et me donnait faim en même temps. J'ai commencé à picorer dans mon assiette. Il a levé la tasse à la hauteur de ses lèvres.

— Je veux plus jamais que tu me mentes en pleine face de même.

J'ai fait oui de la tête.

J'ai réussi à tout manger. Il a payé pour nous deux

et m'a ramené dans Ahuntsic. On n'a pas dit un mot du voyage. On est restés une dizaine de minutes devant l'appart de Vincent. Je savais qu'il passait la soirée chez lui et ça me rassurait. On voyait de la lumière par la fenêtre du salon. Malik fouillait dans ses CD.

— Là, essaye de t'occuper la tête. Avance ton projet avec ton ami Alex, rattrape le retard que t'as pris dans tes cours, dessine, lis, n'importe quoi. Mais faut absolument que tu te gardes la tête occupée. Pis tiens-toi loin des tavernes, tabarnac. OK?

Des gouttelettes ruisselaient sur la fenêtre de la portière.

— Oui, t'inquiète.

J'avais la voix éteinte. Mes muscles me faisaient mal. J'avais l'impression de couver une grippe.

— Donne-moi le numéro de Vincent pour que je puisse te rejoindre. Je vais t'appeler jeudi soir.

— Ben, t'as déjà mon page, non?

— Donne-moi son numéro, je te dis.

Son ton était redevenu cassant. Je le lui ai donné.

Je me suis attardé un moment dans la chaleur de l'habitacle. Nos regards se sont perdus dans les lumières diffuses des feux de circulation, plus loin sur Henri-Bourassa. J'ai eu envie de pleurer. Malik s'en est rendu compte. Il m'a pris l'épaule.

— Heille heille heille, commence pas à brailler dans mon char, il a dit. Ça va aller, man.

Je l'ai remercié pour tout et je suis sorti de l'auto. Malik est sorti lui aussi.

— Attends, viens ici.
Il s'est approché et m'a serré dans ses bras.
— À vendredi.
— Oui, j'ai répondu, à vendredi.

6

JE ME SUIS réveillé sous un rouleau compresseur. La lumière du jour filtrait, grise, dans la pièce, par les fentes des stores vénitiens. Le frigidaire ronronnait comme un moteur de tondeuse. J'ai roulé sur moi-même, encore à demi conscient. J'entendais les voitures passer sur Henri-Bourassa avec un bruit mouillé. J'ai ouvert mes paupières bouffies et me suis frotté longuement le visage et les yeux. Je me suis étiré pour sortir ma pagette des poches de mon pantalon de travail, en tas avec ma chemise de bûcheron au pied du sofa. Mon pantalon était encore humide et poisseux. Quinze heures quarante. Ça voulait dire que j'avais manqué deux autres cours. Ça ne me dérangeait presque plus. Je me suis sorti ça de l'esprit. Je me suis redressé péniblement, tout ankylosé, et me suis assis en m'aidant avec les bras. J'ai bâillé en essayant de voir si Vincent était là. Ses bottes ne se trouvaient pas sur le tapis de l'entrée. Ma gueule de bois était moins sévère que je ne l'avais anticipé, mais j'avais mal aux muscles, j'étais courbaturé comme au lendemain de mon premier jour de chantier l'été passé. J'empestais encore la friture et l'eau de moppe. Je me suis levé du sofa en grimaçant et j'ai tiré sur un de mes jeans, dont la patte sortait de mon sac à dos, et l'ai enfilé. J'ai erré un moment dans l'appartement sombre et silencieux. J'ai jeté un coup d'œil dans la chambre de Vincent, son lit avait été fait à la va-vite, puis je me suis souvenu l'avoir entendu partir ce matin. Du linge sale encombrait le bench press. Sur la commode trônaient des fioles d'eau de Cologne Givenchy, un trophée d'athlétisme, des chaînes en or et une photo de Janine, sa blonde. À terre, son sac de sport grand ouvert et, à côté, une paire de souliers de soccer intérieur maganés. Le jour morne éclairait faiblement la pièce en désordre. Je suis allé à la cuisine pour fouiller dans le frigo – presque vide. Un poivron ratatiné, des condiments, un reste de macaroni chinois dans un Tupperware, deux Molson Dry et un vieux deux litres de Sprite. J'ai pris la grosse bouteille verte, l'ai décapsulée, le sifflement gazéifié était presque inexistant, et j'ai bu quelques longues gorgées flates en fouinant dans les armoires à la recherche de quelque chose à manger. Sur le comptoir, un petit baril de protéines en poudre. Pas de céréales, pas de pain, pas de fruits. J'ai fini par me rabattre sur des biscuits Fudgee-O trouvés dans une armoire, et suis retourné dans le salon avec la boîte.

Après de longues minutes d'hésitation, je me suis assis à l'ordinateur. J'ai accédé à mon compte Hotmail et j'ai retrouvé le courriel d'Alex. Il était daté d'une semaine déjà. Je l'ai rouvert et l'ai lu une seconde fois. « Salut man. J'espère que ça va, "l'inspiration". Ha ha ha. Entk. On a hâte de voir tes affaires. Je t'ai envoyé les lyrics que tu m'avais demandés. Mike aimerait ça voir comment ça avance. Au moins le logo ? »

Les deux dernières phrases m'ont redonné des frissons dans le bas du dos. J'ai relu le courriel une autre fois, comme si entre les lignes m'apparaîtrait une solution. J'ai pris une grande respiration et j'ai cliqué sur *reply* et j'ai tapé ma réponse très vite, en expirant un mince filet d'air. « Salut Alex, Je suis dans le jus de fin de session mais j'ai eu le temps d'avancer un peu sur l'illustration et le logo. J'ai appelé une couple d'imprimeurs. J'en ai trouvé un qui va nous faire ça dans vos prix. J'ai rien scanné encore mais j'ai hâte de vous montrer ça. À plus. »

J'ai appuyé sur *send* et j'ai fermé Explorer et je me suis relevé tout de suite.

L'appartement semblait plus vide et plus déprimant encore. Des bruits étouffés venaient des profondeurs de l'immeuble, conversations inaudibles, craquements du plancher, chasse d'eau, rumeur fantôme qui ne suffisaient pas à me convaincre que d'autres aussi se réveillaient au milieu de l'après-midi, pendant que tout le monde travaillait ou étudiait. Je me suis posté un instant devant la fenêtre du salon, qui donnait sur Henri-Bourassa. Le deux litres de Sprite encore à la main, j'ai regardé l'averse de neige triste et les voitures qui roulaient sur l'asphalte détrempé de gadoue anthracite. De l'autre côté du boulevard s'élevait une tour de HLM. Des décorations de Noël clignotaient sans joie aux balcons plus petits que des clapiers. Je commençais à émerger et le jour mourait déjà dans un crépuscule bleuâtre. Mon corps était engourdi et douloureux en même temps. Mon estomac gargouillait, le chocolat artificiel des biscuits passait mal. Je suis allé ramasser ma pagette devant le sofa et suis revenu me planter devant la fenêtre. Seize heures quarante-deux. J'ai reconstruit de mémoire ma soirée de la veille au resto. Je faisais défiler les différents visages des gens que j'avais rencontrés. Je me suis rappelé celui de Jade. Je me suis trouvé niaiseux d'avoir bafouillé devant elle. Puis celui de Bonnie l'a éclipsé, avec son rictus boudeur et ses cicatrices. Elle me faisait penser un peu à Marie-Lou.

Je me suis éloigné de la fenêtre. La bouteille de Sprite était vide. J'ai essayé de lire quelques pages du Derleth que j'avais commencé, mais j'ai posé le livre sans avoir été capable de finir un paragraphe.

Je suis allé me doucher. Ma peau était encore grasse d'huile et recouverte de miettes d'aliments carbonisés. Je cherchais en moi quelque chose, une dérobade géniale, une contre-attaque, quelque chose comme un firewall, qui bloquerait ce que je sentais monter lentement. J'ai dit à voix haute sous le jet d'eau brûlante : « Ce serait le fun que Vincent revienne direct ici après ses cours. »

Lorsque je suis sorti de la salle de bain, l'appartement était plongé dans l'obscurité précoce des soirs d'hiver. Je me suis habillé et j'ai vérifié ma pagette pour voir si on ne m'avait pas laissé de message. Marie-Lou voulait savoir comment mon training s'était passé. Je n'ai pas trouvé le courage de la rappeler. Je me suis installé sur la table de la cuisine avec une tablette Canson et mes crayons graphite. J'ai essayé de dessiner un peu, mais tout ce que je traçais était laid et raté. J'ai renoncé après trente minutes.

Dix-sept heures quarante. Vincent n'était toujours pas rentré du cégep et je commençais à me sentir anxieux et fébrile. La crise se préparait. De temps à autre, des palpitations me prenaient quelque part dans la poitrine, et mes tempes devenaient bouillantes. Pas de message. Pas de Vincent.

J'étouffais. J'ai fouillé dans mon pantalon de la veille et j'en ai sorti l'argent qu'il me restait, à peu près soixante dollars. J'ai empoché les clés, enfilé mon manteau et mis mes écouteurs.

Dans le couloir s'entremêlaient des odeurs de lessive, d'oignons frits et de pisse de chat. Mes pas résonnaient malgré la vieille moquette commerciale, grisâtre et toute râpée. J'ai boutonné ma chemise de bûcheron, je suis sorti du bloc et j'ai débouché dans l'air froid et humide. C'est là que j'ai lancé ma musique. Avec « Killers » de Maiden dans les oreilles, j'ai marché d'un pas rapide sur Henri-Bourassa, me dirigeant vers le métro comme si quelque chose de malveillant me suivait à la trace. J'ai monté le volume de ma musique pour assourdir le bruit des voitures et peut-être aussi les voix dans ma tête. Je suis passé devant des buanderies à l'éclairage blafard, des salons de coiffure aux vitrines pleines de photos de mannequins aux couleurs délavées par les années et le soleil, un dépanneur bordélique et miteux, et la taverne que j'avais repérée il y avait quelques semaines. J'ai croisé des femmes haïtiennes emmitouflées dans huit épaisseurs de manteaux, le visage aux trois quarts disparu sous un foulard de laine; des journaliers, aussi, qui marchaient en fumant, une grimace de froid leur donnant un air contrarié. Leur ceinture de travail pendait sous leur anorak et rythmait leur pas d'un cliquetis métallique.

Je gardais les mains enfoncées dans les poches de mon manteau et je fronçais les sourcils, le visage fouetté par les bourrasques lourdes de neige fondante. J'ai dépassé la taverne. La lumière de l'enseigne LOTERIE VIDÉO m'a irradié jusque sous l'épiderme. Une grisante poussée de vertige m'a étourdi, et j'ai senti comme de fines et caressantes aiguilles sous mes paupières. Je me suis contenu et j'ai continué jusqu'à la pizzéria à quatre-vingt-dix-neuf cents, près du métro.

Je suis entré dans le local trop éclairé. Derrière le comptoir, deux bonhommes à la peau foncée regardaient un soap américain. Je leur ai commandé mon souper et j'ai dévoré mes deux pointes de pizza au bacon en essayant de lire une page des *Robots* d'Asimov. Je l'avais emprunté à mon père la dernière fois que j'étais allé souper. Je tripais sur Caza et c'est lui qui en avait illustré la couverture.

À côté de moi, des élèves de secondaire un ou deux piaillaient à qui mieux mieux en mélangeant le français et l'anglais; une mère en sari violet sermonnait son plus vieux qui tourbillonnait autour des tables, en pleine surdose de sucre. J'avais apporté le Asimov pour faire changement, mais ça rentrait encore moins bien que le Derleth. J'ai senti ma pagette vibrer dans la poche de mon jeans. Un message vocal. J'ai calé ma root beer et me suis dirigé vers le téléphone public dans l'entrée de la pizzéria. Deux nouveaux messages vocaux.

D'abord, c'était Christian qui me demandait de rentrer le lendemain, pour seize heures. Ensuite, c'était Vincent, que j'entendais mal et qui voulait s'assurer que j'avais bien les clés. Il m'avertissait qu'il passerait la nuit chez Janine. J'ai étouffé un sacre et j'ai raccroché sans prendre le temps de vider ma boîte vocale. J'ai poussé la porte vitrée et me suis retrouvé de nouveau sur le trottoir. J'avais l'impression qu'il faisait plus froid. L'humidité s'insinuait dans mon manteau. J'ai regardé autour de moi les passants qui se pressaient sous la neige qui tombait plus dru, une succession d'êtres sans visage. J'avais si souvent recherché la solitude, pour dessiner, lire, écouter de la musique; aujourd'hui, rien ne me paraissait plus insupportable.

J'ai commencé à marcher vers l'appartement de Vincent. Dans ma tête j'ai essayé d'organiser ma soirée, ma nuit à venir, de la peupler de choses à faire. Je vais travailler aux illustrations pour le band. Je vais rattraper tous mes travaux en retard. Je vais commencer *From Hell* d'Alan Moore. Je vais faire une game de *Twisted Metal* sur le PlayStation de Vincent. Plusieurs games. Jusqu'à ce que je m'effondre de sommeil.

Je marchais du même côté d'Henri-Bourassa, dépassé par des autobus bondés qui fonçaient vers l'est en faisant gicler la gadoue. Le froid devenait plus mordant. J'ai pensé au temps des fêtes qui approchait, aux retrouvailles de fin d'année. Je pensais à tout ce qui n'allait plus de soi.

J'ai poussé la porte. Les semelles de mes bottes ont claqué sur la tuile. Mes joues brûlaient, mais pas à cause du froid. J'ai marché vers le fond de la salle. J'ai tiré sur le tabouret, je me suis assis, et j'ai glissé un vingt dollars dans la fente de la machine. Elle l'a aspiré du premier coup. J'ai gardé l'autre pour de la bière. J'ai choisi *Cloches en folie* et j'ai lancé ma première mise. Les premiers tours, aucun 7, aucune cerise ne se sont arrêtés dans les cases. Que des fruits sur les horizontales. Rien de payant. Mais je suis resté juché sur le tabouret et j'ai continué à miser.

La serveuse m'a sorti de ma transe. C'est à ce moment que j'ai pris conscience du lieu où je me trouvais. Une taverne sans ambiance, avec des murs blancs couverts de posters de Budweiser, un juke-box qui recrachait la monnaie qu'on y insérait et, au fond, un bar en mélamine noire derrière lequel un miroir semblait sur le point de se décrocher. Deux pompes à bières et quelques bouteilles de fort, à peine un kit de départ. Aucun client. J'ai commandé un bock de rousse à la serveuse, qu'elle m'a apporté sur un cabaret. J'ai payé avec un vingt et j'ai laissé beaucoup de pourboire.

J'ai misé avec la témérité propre aux premiers instants de l'élan. J'ai presque tout perdu, puis j'ai récupéré mon vingt dollars, l'ai perdu de nouveau, et j'ai fini par gagner le double. Mes crédits fluctuaient sur le compteur et moi, j'avais l'impression d'enfler de partout. Je buvais des petites gorgées entre chaque mise. Lorsque la combinaison des cloches en croix est apparue à l'écran, j'ai calé ma bière et j'en ai commandé une autre. Pendant les quinze prochains tours, chaque cloche qui apparaîtrait multiplierait ma mise initiale. Le temps s'est dilaté, comme chaque fois que se déclenche une de ces séquences. Les minutes qui ont suivi ont été longues et électriques, et j'étais soulevé par de puissantes poussées d'euphorie. Mon cœur pompait de la lave, mes yeux ont fondu dans leurs orbites, réduits à deux petits orbes brûlants qui ne percevaient plus que les séquences chanceuses s'accumulant tour après tour.

Puis ça a cessé et j'ai regagné la terre ferme. J'ai compté mes gains et j'ai réussi à me retirer au prix d'un effort surhumain, me détournant de la machine comme si je quittais un jardin de délices. Mes mains tremblaient et j'avais les jambes molles. J'ai imprimé le ticket et l'ai fait changer au comptoir. Deux cent dix dollars. Pas trop mal. Dans un excès d'enthousiasme, j'ai voulu prendre un shooter avec la serveuse, qui faisait deux fois mon âge. Elle nous a servis sans poser de question, habituée à voir des ivrognes, des hurluberlus, des pauvres types de toutes sortes.

Je suis sorti. Le boulevard paraissait maintenant aussi calme qu'une mer de glace. Les bruits me parvenaient de loin, assourdis par les endorphines. J'ai poursuivi mon chemin vers l'appartement, revigoré comme si j'avais dormi trois jours. Je chantais à voix haute ce qui jouait dans mon baladeur. L'anxiété qui m'avait dévoré tout l'après-midi s'était dissipée. J'étais incandescent et béat. Une étoile s'était levée et brillait sur moi d'une lumière unique.

Je suis rentré direct chez Vincent, mon argent en poche. Je ne suis pas ressorti de la soirée. J'ai lu *From Hell* en buvant deux grands verres d'eau, puis j'ai tout éteint dans le salon et me suis étendu sur le sofa pour la nuit, tirant sur moi la couverture de flanelle. J'ai mis du temps à m'endormir, me tournant et me retournant dans ma sueur, sombrant enfin, après une heure ou deux, emporté par le mauvais cinéma de mes rêves agités. Je connaissais cet état, la lente décompensation qui venait inévitablement après l'extase violente de gagner. Vingt dollars, deux cent dix dollars, le montant des gains importait peu. C'est bien ça, le problème. Les comptes du joueur ne s'équilibrent jamais.

7

LE BAR LAITIER se trouvait coincé entre le Georges et le Club International Vidéo Film. On allait là les soirs d'été, après le souper ou en revenant de s'être loué une cassette de Nintendo pour la fin de semaine. Le local était minuscule, il y avait tout juste la place pour contenir la machine à crème glacée molle, qui faisait un bruit de moteur quand on s'en servait, le comptoir de la caisse et les frigos remplis de chaudières de crème glacée. Je prenais toujours celle aux pistaches. C'était si exigu qu'on se demandait chaque fois ce que l'espèce de jeu d'arcade foutait dans un des coins, à part priver d'espace des clients qui attendaient leur tour pour commander. Sur chacune des faces, on voyait un grand valet de pique, et sur l'écran en couleur huit bits un jeu de cinq cartes, qui changeait à intervalles réguliers. Personne n'y jouait vraiment. La fois que j'avais pitonné sur les touches en attendant mon cornet, ma mère m'avait dit de lâcher ça, que c'était un jeu vidéo pour les adultes. Ça me semblait absurde. Je trouvais que ça avait l'air d'un jeu plate : les cartes, c'était plate, point, et en faire un jeu vidéo, ça ne rendrait pas ça plus amusant. Je regardais l'écran, les as de cœur rouge fraise et les rois de pique mauves clignotaient faiblement, tout ça paraissait tellement triste et morne à côté de *Mega Man* et de *Final Fantasy.*

De toutes les fois où on est allés se chercher des cornets, je n'ai vu qu'une seule personne y jouer. Une femme, fin quarantaine, était assise sur un tabouret devant l'écran. Jambes croisées, un coude sur le dossier, elle fumait des Player's. Je les avais reconnues à l'odeur, c'était la marque d'un de mes oncles qui venait souvent à la maison. Elle sirotait un café dans un gobelet en styromousse. Elle avait les cheveux crêpés, ses poignets étaient chargés de bracelets argentés qui s'entrechoquaient au moindre mouvement, et sa peau était bronzée comme celle d'un snowbird en visite à Noël. Elle avait l'œil mi-clos dans la fumée de sa cigarette. Elle appuyait sur les touches de temps à autre, sans presse, comme au terme d'une longue réflexion.

Juste quand on allait ressortir avec nos crèmes glacées, elle a ramassé son briquet de plastique jaune et son paquet de cigarettes et elle est descendue de son perchoir. Ses gougounes claquaient sur les tuiles. Elle a parlé au commis avec une voix éraillée. Il lui a donné de l'argent. Elle l'a glissé dans sa sacoche en s'allumant puis elle est sortie devant nous. J'ai demandé à ma mère qu'elle m'explique ce qui venait de se passer. Elle m'a dit que la femme avait sûrement gagné. J'ai regardé le jeu d'arcade un long moment puis on est sortis avec nos cornets à la main.

CES MACHINES-LÀ ont fini par être remplacées par d'autres, celles de Loto-Québec. Elles avaient perdu leur allure de jeu d'arcade et ressemblaient davantage à des machines à sous. Pas le genre de machines à sous qu'on active à l'aide d'une grosse manette, toutes mécaniques comme des horloges et qu'on imagine rutilantes, au coffre de métal rouge laqué et à l'écran de verre derrière lequel tournoient les fruits, les 7, tous de couleurs aussi vives que celles des billes de billard. Non. Les machines de la première flotte que Loto-Québec a déployée dans tous les bars de la province ressemblaient en fait à la version jeu vidéo des machines à sous des parquets de casino. En tout cas, elles avaient le même pouvoir hypnotisant. Au début des années deux mille, j'avais commencé à les voir partout. Elles étaient alignées en rang, le long des murs des bars, des brasseries, des tavernes, près des tables de billard, comme des distributrices de boissons gazeuses.

Les jeux défilaient à l'écran, chacun avec ses propres couleurs, irradiantes, des rouges cramoisis, des jaunes pétants, des verts fluorescents. C'était suffisant pour attirer le joueur et le faire s'asseoir sur le tabouret, devant la machine, juste pour une partie. Ça a été suffisant pour m'attirer moi et me faire m'asseoir sur le tabouret, devant la machine, pour je ne sais plus combien de parties. On insérait son argent et ça se convertissait en crédits. J'avais l'impression que c'étaient des vies dans un jeu vidéo. Mais Loto-Québec a changé ça au cours des années. On oubliait trop facilement le montant qu'on allait perdre. Ensuite, on choisissait un jeu sur l'écran tactile puis les touches en plastique s'allumaient comme les voyants jaunes sur le tableau de bord du *Nostromo,* dans *Alien.* On pouvait ajuster sa mise et activer la loterie en appuyant sur les touches ou faire la même chose en tapotant l'écran. On pouvait même précipiter l'arrêt du tournoiement numérique de la loterie. Loto-Québec a aussi changé ça. Ça donnait l'impression qu'on pouvait influer sur le hasard et ça rendait encore plus hypocrite la mise en garde contre le jeu gravée sur une plaque au-dessus de l'écran. Le danger de ces machines, c'est qu'il était possible de remporter des sommes considérables en ne misant pas grand-chose. Les machines de Loto-Québec prenaient tout : des gros billets de cent dollars jusqu'au dernier vingt-cinq cents qui traînait au fond de ta poche. Parce que ces machines-là, au contraire de leurs ancêtres de bar laitier et de dépanneur, proposaient plusieurs jeux, *Keno, Poker, Les 7 frimés, Cloches en folie* et plein d'autres. Pour certains jeux, les mises minimales étaient de cinq sous; pour d'autres, de vingt-cinq sous. Mais il n'y a pas de mise trop basse pour t'empêcher de fantasmer la possibilité de te refaire. J'ai déjà gagné cent quatre-vingt-quatre dollars en insérant une seule pièce de deux dollars dans la fente. J'ai déjà aussi perdu une semaine de paye en deux heures. Dans les premières années où Loto-Québec a pris le contrôle des vidéopokers, les machines se sont introduites presque partout. Aujourd'hui, on en trouve moins dans les bars, et je suis presque sûr que Loto-Québec a modifié les algorithmes qui régissent ses loteries vidéo pour que les gains soient moins fréquents et plus petits. Je n'irai pas vérifier. Ce que je raconte ici dans ce livre, je ne suis pas assez idiot pour m'y exposer une nouvelle fois, après toutes ces années. De toute façon, quelle que soit la taille des gains, quelle que soit leur fréquence, les dégâts sont les mêmes sur les joueurs.

8

J'AVAIS PASSÉ la nuit à revoir les mêmes images, à tourner en rond, à ressasser les mêmes préoccupations. Noël qui s'en venait et le temps que je passerais avec ma famille. Ma nouvelle job de fou. Malik qui se faisait du souci pour moi. Les gars au local et mon illustration qui n'avançait pas. Marie-Lou qui s'était fâchée quand je lui avais avoué que je jouais. Les dettes, les promesses, les mensonges. L'argent, les dettes. Il aurait fallu que je gagne dix fois plus la veille, mais aucune machine ne payait autant. Je savais que je venais de manquer à ma parole, en quelque sorte de mentir à Malik, et la culpabilité me rongeait.

J'avais sombré au matin, épuisé, dans un sommeil trouble, rêvant en boucle que je gagnais puis perdais puis gagnais, dans des bars que je n'avais jamais visités mais que j'étais persuadé de connaître depuis toujours. Marie-Lou essayait de me retrouver et je sortais chaque fois par la porte du fond sans jamais pouvoir réclamer mes gains.

J'ai bâillé en m'étirant. Je n'ai pas osé sortir la liasse de billets enfoncée dans la poche de mon jeans. La télévision restée allumée sans le son jetait une lueur bleuâtre dans le salon. Le frigidaire venait de se remettre à bourdonner. On entendait le silement régulier des automobiles qui roulaient sur Henri-Bourassa. Ma pagette affichait 10:21, il fallait que je bouge. Je me suis levé du divan et j'ai fouillé dans un de mes sacs de plastique à la recherche de vêtements propres. Le chauffage central soufflait dans l'appartement cette chaleur sèche qui provoque des saignements de nez. Je n'étais pas certain que le travail au restaurant me conviendrait à long terme, mais dans l'immédiat il n'y avait pas d'autres solutions. Surtout, ça me garderait occupé. Je n'avais aucune garantie que Vincent passerait chez lui aujourd'hui et j'avais égaré le numéro de sa blonde. J'ai essayé son cellulaire, bien qu'il soit toujours à court de minutes. Pas de réponse. J'ai laissé un message puis je suis allé me doucher. J'avais l'impression que j'avais gardé sur ma peau les odeurs de l'avant-veille, que j'empestais encore ce mélange de jus de vidanges, de détergent et de friture.

En sortant de la douche, j'ai vu qu'on m'avait laissé un message sur ma pagette. Je l'ai pris avec hâte, certain que c'était Vincent.

J'ai reconnu la voix de Malik et j'ai dû m'asseoir pour écouter ce qu'il disait. Il me demandait des nouvelles et m'annonçait qu'il serait en ville plus tôt que prévu. Il arriverait le surlendemain, finalement, et disait que ça serait bien qu'on se voie. Je pouvais le rappeler quand j'en aurais le temps. J'ai raccroché et j'ai réfléchi un instant. J'ai décidé d'attendre avant de le rappeler. Ma niaiserie de la veille pesait encore trop lourd pour que je sois capable de lui parler. Je l'appellerais demain ou plus tard aujourd'hui.

J'avais faim. Je suis retourné jeter un coup d'œil dans le frigo. Rien à manger. Il fallait que je parte bientôt si je voulais avoir le temps d'avaler quelque chose avant de rentrer à la job. J'ai pensé à Bonnie. J'ai enfilé un de mes derniers jeans propres et un t-shirt de Maiden, histoire d'afficher mes couleurs, si l'occasion se présentait. J'espérais qu'elle travaillerait ce soir.

J'ai commencé à me ramasser. J'ai fouillé dans mes cassettes, qui encombraient la table basse, parmi les boîtiers de jeux de PlayStation et mes cahiers de dessin. J'ai sorti de mon walkman le mixtape que Marie-Lou m'avait donné, elle y avait mis Dark Tranquillity, The Haunted, In Flames et Samael. J'ai choisi un mixtape usé à la corde, sur lequel j'avais enregistré mes tracks favorites du *Chemical Wedding* de Bruce Dickinson, entrecoupées d'un ou deux morceaux de *Sleeps With Angels* de Neil Young, d'une longue pièce de blues, « In Memory of Elizabeth Reed » des Allman Brothers, puis de « Sleeping Village » et « Warning » tirés du premier Sabbath. J'ai changé les piles de mon walkman et j'y ai inséré la cassette.

Dans mon sac à dos, j'ai enfoncé mon pantalon de travail raidi par les restes de nourriture, une paire de boxers de rechange, au cas où je finirais encore trempé après le shift, et un t-shirt supplémentaire, tant qu'à y être, pour porter sous ma chemise de travail. Je ne voulais pas me faire avoir deux fois.

La faim commençait à me donner la migraine. Dans la pile d'horaires de bus qui traînait sur le meuble de l'entrée, j'ai trouvé celui de la 69 et j'ai vérifié l'heure de la prochaine. J'ai fait un dernier tour du salon pour m'assurer que je n'oubliais rien. Au pied du sofa, sous un bol de chips vide, j'ai aperçu le Derleth. Je l'ai ramassé et l'ai glissé dans la poche arrière de mes jeans. J'ai attrapé ma chemise de bûcheron et mon manteau. Le sac passé sur l'épaule, j'ai quitté l'appartement en verrouillant derrière moi.

Le froid était vif. L'humidité de la veille s'était dissipée. Le soleil brillait bas. C'était de ces journées où on sentait le soir se préparer à tomber dès midi. Les bancs de neige étaient bleus et les murs des bâtiments, orange. Une mère et ses trois enfants attendaient déjà le bus. J'ai augmenté le volume de mon walkman pour assourdir le reste. Je pensais constamment à la liasse de billets dans ma poche. La 69 a fini par arriver. Une dizaine de passagers sont descendus, mais le bus restait plein à craquer. J'ai laissé la mère monter en premier et l'ai aidée avec la poussette. Je me suis trouvé une place, entre un monsieur dont le gros visage couleur ciment sortait du col de son paletot comme une excroissance informe et une Haïtienne d'environ mon âge, en leggings léopard, qui se disputait sur son cellulaire.

Rendu à Henri-Bourassa, je me suis laissé porter jusque sur le quai du métro, entraîné par le flot de voyageurs. Le train est arrivé après quelques instants. J'ai réussi à m'asseoir et j'ai essayé de lire un peu pendant le trajet. Je n'ai pas eu le temps de parcourir dix lignes, le cahotement du wagon me donnait la nausée. La reprise de « The Wizard » par Rob Halford a épuisé ses dernières mesures, puis « The Book of Thel » a embarqué. L'intro a produit sur moi le même effet qu'à ma toute première écoute. J'ai chuchoté les paroles dans mon coin. Je suis descendu à Mont-Royal. Les gargouillis dans mon ventre s'intensifiaient et je devenais impatient tellement j'avais faim. J'ai gravi les escaliers roulants à toute vitesse et suis sorti dans la lumière orangée. Les gens marchaient d'un pas rapide, le nez caché dans leur foulard. Les vendeurs de sapins avaient dressé leur stand et déjà l'odeur de conifère moisi envahissait les alentours de la station de métro. Des employés de la Ville fixaient des décorations de Noël aux lampadaires. J'ai repéré l'endroit où Malik m'avait déposé deux jours plus tôt. J'avais l'impression que ça faisait une semaine déjà.

J'ai aperçu la caisse Desjardins presque en face du métro, coin Rivard. J'ai décidé d'aller déposer mon argent. Il serait davantage en sécurité dans mon compte que dans mes poches. C'était loin d'être une garantie mais c'était mieux que rien.

Je suis entré et c'était bondé. Un seul guichet fonctionnait. Je me suis ajouté à la longue file de clients qui patientaient. Un vieillard se faisait expliquer comment déposer un chèque par un des commis. Une dizaine de minutes ont passé et rien n'avait bougé. J'ai laissé tomber. J'avais trop faim. Je repasserais après avoir mangé.

Au Fameux, j'ai engouffré une poutine italienne puis, rassasié, j'ai lu un peu, profitant de la chaleur du deli. Quand la serveuse m'a apporté la facture, je me suis dit que, tant qu'à être dans le coin, je pourrais bien aller zyeuter les nouveaux arrivages au Millenium ou au Free Son avant de me rendre au travail.

C'est en sonnant à la porte arrière du resto deux heures plus tard que je me suis rendu compte que j'avais oublié d'aller déposer mon argent. J'ai sacré à voix haute juste au moment où Renaud m'ouvrait la porte.

— Les nerfs, le jeune. Fâche-toi pas. Il fait pas si frette que ça.

J'ai balbutié quelque chose pour tenter d'expliquer que je ne sacrais pas après lui.

— C'est bon, c'est bon, enwèye, rentre, il a dit sans m'écouter.

J'ai pénétré dans l'éclairage brutal de la plonge. La machine à laver bâillait grande ouverte, on entendait une lente pluie de gouttes d'eau, un rack plein séchait. La plonge se trouvait dans un état encore plus bordélique que la première fois. Tout ce qu'on avait entassé sur la desserte et empilé à côté, au sol, semblait glacé de gras, verni d'huile usée, couvert de croûtes séchées ou cramées. Le gun à plonge pendait au-dessus du dish pit comme le cou brisé d'un dindon géant. Une odeur de fruits de mer cuits montait de la cave. Jason est venu déposer un tas de vaisselle de prep dans un coin encore libre du plancher. Ses cheveux roux étaient trempés de sueur sous sa toque de cuisinier. Il est retourné vers la cuisine de service en courant. On entendait le vacarme des poêlons qui s'entrechoquaient, des portes de frigo qui claquaient, des bons de commande qui s'imprimaient en chuintant. J'étais déjà étourdi.

— C'est bon, t'es en avance, a dit Renaud. On a de la job par-dessus la tête.

Le service du midi avait été particulièrement intense. On avait déjà les deux pieds dans les partys de bureau, m'expliquait Renaud alors que je le suivais à la salle de préparation. Là aussi régnait un vacarme aliénant.

Jonathan m'a salué sans interrompre ce qu'il faisait. En lui rendant le bonsoir, j'ai manqué m'enfarger dans les amoncellements de plaques de cuisson, de culs-de-poule et de seaux huileux. Dans une chaudière de plastique placée entre ses pieds, il mélangeait de la vinaigrette ou de la mayonnaise avec une espèce de mixette grosse comme un bazooka. L'engin était aussi bruyant qu'une scie ronde. Tout ça s'ajoutait au vrombissement du four à convection et à celui de la hotte qui surmontait le steam pot. Dans la cuve bouillonnait un liquide rosé. L'odeur de homard était puissante, écœurante presque. Entre les tronçons de céleris, des carcasses rouges pointaient dans l'écume rose-orangé qui frémissait à la surface. J'appréhendais déjà le nettoyage.

Bonnie n'était pas là. Peut-être qu'elle n'était pas encore arrivée. Un grand cook que je n'avais pas rencontré lors de mon premier soir était penché sur une des tables de préparation. Ses longs avant-bras maigrichons sortaient des manches de sa veste de cuisinier qu'il avait retroussées jusqu'aux coudes. Il portait une casquette des Red Sox. Il était occupé à déposer des boulettes de farce sur des bandes de pâte qu'il coupait ensuite pour en faire des carrés. Dave se tenait à côté de lui, ses cheveux blonds roulés en chignon sous un filet. Il flottait dans sa chemise de plongeur toute souillée de nourriture. Il s'affairait à refermer les carrés pour en faire des raviolis et suivait difficilement la cadence imposée par le cuisinier qu'il assistait. J'ai observé l'opération avec piété et fascination, comme un gamin découvrant le secret de la Caramilk.

Quand Dave m'a aperçu, son visage s'est détendu avant de s'illuminer. On aurait dit que j'étais apparu pour le délivrer d'une fin horrible. Il a voulu me serrer la pince avec ses mains toutes collantes de jaune d'œuf.

— Heille, dude, regarde ce que tu fais.

Le cuisinier remettait de la farine sur la table, le ton un peu rieur.

J'ai entendu Renaud m'appeler depuis la salle des employés. J'ai fait un signe de tête à Dave qui s'est remis à l'ouvrage et me suis empressé de rejoindre le sous-chef.

Le couloir qui menait à la salle des employés m'a fait penser à la coursive d'un vaisseau spatial ou peut-être à une galerie dans un abri nucléaire tellement il était encombré de tuyaux, de caisses d'aliments et de cuves remplies de liquides de toutes sortes.

Renaud triait des torchons en ratine dans la salle électrique à côté des toilettes. Il faisait sécher les moins souillés et se débarrassait des autres dans une grosse poche en jute. Deux serveurs étaient attablés et comptaient leurs caisses, l'air sévère comme pendant un examen de fin de session. Le chef est sorti du bureau en marcel, encore coiffé de sa toque. Il s'est exclamé en me voyant, comme si on était de vieux amis qui ne s'étaient pas vus depuis une secousse. Il s'est approché de moi et m'a donné une claque molle dans le dos. Un des serveurs a levé les yeux et lui a jeté un regard excédé.

— Apparemment que t'as sauvé le navire l'autre soir?

Son haleine était encore sucrée par l'alcool et ses yeux huileux brillaient au-dessus de ses pommettes rougeaudes. Il était manifestement saoul. Je n'ai pas su quoi lui répondre. À moitié caché dans le débarras, Renaud m'a adressé une espèce de sourire en coin.

— As-tu apporté tes infos? m'a demandé le chef. Viens ici, je vais rentrer ça dans le système et on va te donner ton numéro de punch.

Il s'est traîné les pieds jusqu'au bureau et s'est jeté dans le fauteuil à roulettes. Il s'est penché vers l'ordinateur. Malgré son état, il tapait rapidement au clavier. Il a entré toutes les informations que je lui ai transmises et m'a expliqué en me donnant mon numéro de punch qu'il m'augmentait tout de suite d'un dollar de l'heure.

— T'as l'air fiable et travaillant. On a besoin de bonhommes comme toi.

J'ai voulu renchérir pour le convaincre que j'étais là pour ça, travailler fort. Je détestais quand je m'entendais forcer la note, mais je n'y pouvais rien. Le chef m'a regardé avec des yeux de morue et m'a coupé la parole.

— On est au milieu de la période de paye. Tu vas donc être payé jeudi prochain pour les heures que tu vas faire jusqu'à dimanche. Les autres, ça sera sur celle d'après.

J'ai acquiescé en effectuant quelques brefs calculs mentaux.

— Bon. On se voit tantôt, avant que je parte. Change-toi, y a de la job. Y a Carl qui rentre en deuxième.

— Carl ?

— Oui, Carl, l'autre plongeur. Il va être là vers six heures.

Ça me rassurait de savoir que cette fois-ci je ne serais pas seul à me taper toute la besogne.

— Renaud ! il a lancé. Tu vérifieras la liste de mise en place en finissant ce soir. Bob va rentrer deux heures plus tôt demain matin.

Renaud n'a rien répondu, encore en train de trier les linges et les tabliers. Les serveurs avaient fini de compter leur caisse et se changeaient en parlant de leurs projets de soirée. Ils avaient la mi-vingtaine. Ils se promenaient en pieds de bas et en boxers. L'un d'eux cherchait du déodorant dans une des cases. Le plus grand s'appelait Denver. L'autre, plus jeune que lui d'un ou deux ans peut-être, s'appelait Guillaume. Ses cheveux luisaient de gel et il sentait trop fort le parfum. Denver se servait de Guillaume comme d'une espèce de faire-valoir. Il lui parlait en se brossant les dents et faisait des allers-retours entre sa case et la salle de bain des employés. Les deux jasaient sans s'occuper de moi. Denver racontait sa fin de soirée avec une des barmaids du Diable Vert. Guillaume lui disait de ne pas se faire des idées, elle ne le rappellerait jamais. Renaud les écoutait, l'air découragé. Je les observais du coin de l'œil, attendant qu'ils libèrent les lieux pour me changer.

Dave est arrivé à son tour. Il s'est débarrassé de son filet, qui avait l'air de le tourmenter plus qu'une couronne d'épines. Il m'a répété ce que le chef m'avait dit cinq minutes plus tôt.

— En tout cas, t'as fait une bonne impression sur l'équipe. Bébert m'a parlé de toi hier. Y est ben content que ça soit toi qui me remplaces.

J'ai pris les compliments comme une garantie supplémentaire. Ma place dans l'équipe semblait assurée. Dave s'est dévêtu en vitesse, dévoilant son corps maigrelet et blafard, bloqué quelque part avant la puberté. Il a lancé sa chemise dans la poche de linge sale, près des cases, avant de passer un t-shirt trop grand pour lui. Il s'est excusé pour toute la vaisselle qu'il me laissait, m'a demandé si on se croiserait au cégep avant la fin de la session, j'ai répondu que oui et il m'a souhaité bonne chance, avec une expression désolée sur le visage, avant de disparaître dans l'escalier de secours. Je ne l'avais pas remarqué le soir de mon training. Il semblait fuir quelque chose.

Je me suis changé aussi rapidement que lui et me suis précipité dans la salle de préparation.

J'ai voulu m'attaquer aux pâtes à focaccia tout de suite, mais le laminoir était encore monopolisé par le cook à casquette des Red Sox. Il s'est présenté, avec un grand sourire.

— Moi, c'est Robert, mais tu peux m'appeler Bob.

Il a deviné ce que j'allais lui demander et il a dit :

— Pas de stress, j'en ai vraiment pour pas longtemps.

Il s'est retourné pour palper les balles de pâte qui attendaient dans leurs bacs sur le dessus des frigos.

— Anyway, il a repris, ta pâte a pas fini de lever. Dave l'a startée une heure trop tard. Commence tes salades. M'as te donner un p'tit coup de main pour les tables mais que j'aye terminé ça.

Avec adresse, Bob a tiré une longue langue de pâte du laminoir et l'a solidifiée avec un peu de farine. C'était sûrement la dix millième fois qu'il faisait ce geste. Il avait ajusté le laminoir spécifiquement pour sa tâche. Il avait enlevé quelques pièces et on voyait le mécanisme fonctionner, les rouleaux et l'engrenage. Je me suis rappelé l'histoire de Bébert, la fille qui s'était scrappé la main là-dedans, et j'ai eu un frisson.

Je me suis occupé des salades. J'ai fait couler l'eau glaciale dans les grands lavabos et j'y ai jeté les pommes de laitue romaine. Le bruit de la hotte s'ajoutait à celui des rouages grinçants du laminoir. Bébert s'est glissé derrière moi pour me lâcher un « heille ! » de baryton à deux pouces de l'oreille. J'ai sursauté et j'ai fait volte-face en échappant des feuilles de laitue. Il était là, le manteau ouvert, avec son grand sourire troué à la canine droite, les yeux cramoisis, il avait sans doute passé une nuit plus ou moins blanche. Un flacon de Red Bull dans sa main exhalait une odeur de bonbon. Il a gloussé.

— Aie pas peur, man !

J'ai ramassé la laitue par terre.

— T'as décidé de garder la job ? Bonne affaire, ça.

Le chef a traversé la salle de préparation, les cheveux

gras et en bataille, sa tuque dans une main et un verre vide dans l'autre.

— T'es en retard, Bébert.

— Ah, je sais pas, chef! Ça fait deux semaines qu'y a pas d'horaires d'affichés. C'est ben difficile de savoir si on est en retard ou pas, tsé.

Bébert s'est dirigé vers la salle staff en passant devant son chef sans le regarder. On l'a entendu ricaner tandis qu'il s'éloignait dans le couloir. Le chef l'a fixé d'un œil noir mais n'a rien dit. J'ai continué mes affaires en me faisant tout petit. Il ne nous a pas salués. Il a gravi les escaliers d'un pas lourd et fatigué qu'on entendait malgré le chevrotement du laminoir et le souffle de la hotte.

Bob a terminé ses raviolis avec la calme rapidité qui laisse croire que les choses se font toutes seules. Il manipulait la pâte avec une habileté qui ne vient, je m'en rendrais compte assez vite, qu'après des années d'expérience. Ses gestes étaient d'une précision mécanique mais il avait le visage plus détendu que s'il regardait une game de hockey un samedi soir. Je l'ai tout de suite trouvé cool, ce gars-là.

Dès que le laminoir a été libre et nettoyé, j'ai préparé les pâtes et les salades en alternance. Ça gueulait déjà à l'étage pour que je leur apporte les premières batches de focaccias et de calzones. J'ai augmenté ma vitesse d'exécution et j'ai tenté de maintenir un rythme soutenu pour ne pas me faire submerger par la vague d'ouvrage qui finirait forcément par déferler. J'ai tenté de me concentrer sur une tâche à la fois, sans perdre de vue la longue liste de choses à faire qui ne cesserait de croître à mesure que la veillée avancerait. Il ne fallait pas seulement tout faire, il fallait tout faire à temps, quand ce n'était pas en même temps. Je me sentais déjà débordé et je venais juste de commencer.

Alors que j'étais occupé à pétrir mes focaccias, Renaud, qui se trouvait à quelques pas de moi, a lancé quatre ou cinq sacres bien sentis, comme s'il s'était échappé une enclume sur le pied. Je me suis tourné vers lui. Il commençait à faire couler le contenu du steam pot dans des chaudières de soixante litres. Ses yeux étaient plissés au-dessus de ses joues osseuses dans un rictus de colère.

— Câlisse, c'est pas une bisque, c'est du Bovril au homard ! Y a ben trop salé ça.

Il a gueulé à personne en particulier qu'il faudrait bien un camion entier de crème pour diluer tout le sel. Il a soupiré de façon théâtrale. Il s'est essuyé le front avec la manche de sa veste. Il a continué de maugréer entre ses dents comme si le chef était devant lui, l'insultant, lui disant en substance et en boucle de lâcher la crisse de boisson.

Bob est repassé par la salle de prep, propre et changé, un autre modèle de casquette des Red Sox sur la tête et une clope déjà au bec.

— Heille, Bob, goûte à ça.

Il a goûté la bisque et a éclaté d'un rire franc et joyeux, qui détonnait à côté de la furie hargneuse de Renaud. Visiblement, il avait l'habitude de ce genre d'étourderie.

— Stresse pas, mon Renaud, m'as m'occuper de ça demain matin. Allez, ciao.

Il lui a mis une main sur l'épaule avant de s'en aller.

Renaud a baissé la tête en signe de découragement. J'ai couru à l'étage avec un premier lot de pâtes. Je n'avais pas fait plus d'un pas dans la cuisine que Jonathan me les a arrachées des mains en me remerciant, comme si je lui avais apporté de l'eau en plein désert.

Le bruit de la salle à manger déjà pleine à craquer se mêlait au vacarme de la cuisine. Le premier service était bien entamé. Les bacs à vaisselle de salle débordaient. Les ronds du four étaient couverts de poêlons qui grésillaient et fumaient. Je me suis demandé comment Bébert faisait pour les différencier et se rappeler quels ingrédients iraient dans quoi. Il gueulait à une serveuse de venir lui dire c'était quoi, l'ostie d'extra qu'elle voulait à la cinquante-trois. Jason, les sourcils froncés, expédiait les plats sur le passe avec un calme rassurant.

Ça me paraissait encore plus intense qu'à mon premier shift, comme si l'effet de nouveauté s'était dissipé et que je prenais la pleine mesure du chaos qui régnait dans la cuisine de service. J'étais déjà saoulé par le bruit et la danse incompréhensible de leurs mouvements.

Bébert lançait des directives de sa voix puissante, un peu comme un capitaine de baleinier dans une tempête. Il faisait toujours deux choses en même temps, voire trois. Il retournait les crevettes dans une poêle tout en examinant les ingrédients dans celles qui attendaient d'être lancées sur les ronds. Sans quitter ses poêles du regard, il questionnait Jonathan en criant, qui lui gueulait des temps de cuisson en retour. Bébert prenait de la place dans la cuisine. Même s'il était au chaud, rien ne sortait sans qu'il ne voie le plat passer, y compris ce qui sortait du froid. Tout se coordonnait au quart de tour au son de ses ordres qui tonnaient par-dessus le vacarme.

J'allais retourner au sous-sol pour terminer ma mise en place quand Bébert m'a crié de venir chercher la pile de poêlons, tant qu'à être là ! Son ton était incisif. Il ne blaguait plus. Il s'était fait absorber par le service et rien d'autre n'avait plus d'importance.

Je suis allé déposer tout ça à la plonge. C'est à ce moment que je suis tombé sur Carl, mon coéquipier pour la soirée. Je ne l'avais pas vu arriver. C'était comme s'il s'était matérialisé là, sans que personne le remarque. Il avait un visage rond et imberbe. Il portait une casquette à l'envers et devait avoir mon âge. Il rangeait tranquillement des assiettes propres. La quantité de vaisselle sale semblait avoir doublé depuis que j'étais là. J'ai garroché les poêlons encore brûlants dans un coin et je me suis présenté.

— Ah, cool, il a dit sans me regarder ni me serrer la main, moi c'est Carl. Tu peux continuer ça ?

Il a incliné la tête vers la desserte qui débordait de toutes parts.

— Faut que j'aille faire un appel.

Il n'a pas attendu ma réponse et a enfilé le manteau accroché près de la porte, celui que tout le monde utilisait pour aller fumer dehors. Il a sorti son flip de sa poche et a disparu dans la ruelle. J'ai pensé à mes salades qui trempaient au sous-sol et à l'état désespérant de la salle de préparation, qu'il fallait torcher. J'ai pensé aussi à la dernière batche de pâtes à calzone que je devais préparer. J'ai décidé de m'attaquer aux montagnes de vaisselle quand même, le temps que Carl revienne. J'ai envoyé un premier rack d'assiettes et de tasses à café dans la machine puis j'ai sauté sur les poêlons. Pas ceux que je venais d'apporter, ceux qui attendaient là probablement depuis le milieu de l'après-midi, enduits de sauce au fromage. Je n'avais même pas rempli une moitié de rack qu'une voix a aboyé sur un ton menaçant : « Mes ustensiles, tabarnac ! »

Je me suis retourné en sursautant, comme si on me surprenait les culottes à terre. Le gars était visiblement plus vieux que moi. De dix ans au minimum. On voyait du gris dans ses cheveux ras. Je n'arrivais pas à estimer son âge. Ce devait être le gérant. Une barbe de deux jours lui noircissait les joues, sa chemise était mal ajustée et, dans son col ouvert, on voyait une lourde chaîne en or. Une montre massive pendait à son poignet. Il a jeté un coup d'œil aux étagères, pour vérifier si ce qu'il cherchait s'y trouvait, puis il a planté un regard scintillant de colère sur moi. Je me suis transformé en statue de sel.

— Y est où, ton partner ? Je lui ai demandé les ustensiles y a vingt minutes !

Il continuait de ratisser les étagères, bougeant les tas d'assiettes avec des gestes furieux et impatients.

— Vas-tu falloir que j'y demande ça à coups de claques sur la gueule, pour qu'y embraye ?

Par réflexe, je m'en allais répondre que je ne savais pas, mais je me suis retenu de justesse. J'ai aperçu à ce moment-là le gros seau de plastique qui débordait de couteaux et de fourchettes. La totalité des couverts du resto aurait pu s'y trouver, tellement il y en avait. J'ai entendu le ronronnement du laminoir que j'avais laissé rouler tout seul au sous-sol. Les poêlons cognaient et raclaient les ronds du fourneau à gaz. Les cuisiniers se criaient des commandes sans discontinuer. La sonnette du passe tintait à chaque instant, on aurait dit qu'une main tremblante de parkinson s'acharnait dessus. J'ai regardé vers la porte entrouverte qui donnait sur la ruelle. Tout s'est mis à ralentir et j'ai vu noir un instant, comme quand on se lève trop vite. Je n'entendais plus rien. Puis le réel m'a rattrapé. Je me suis tourné vers le gérant.

— Donne-moi deux minutes, je te clanche ça.

J'ai attrapé le seau et l'ai vidé d'un coup dans le dish pit. Le gars est reparti vers la salle aussi furieux qu'il en était venu, sacrant à qui mieux mieux de sa voix rauque et haut perchée à la fois. Je me suis dépêché de trier les ustensiles, avec la peur aux tripes. Je les ai passés trois fois à la machine, sourd à tout le reste, essayant d'occulter toutes les tâches qui s'accumulaient. Le dernier cycle se terminait à peine que déjà l'ouragan de *câlisse* et de *crisse* faisait de nouveau irruption dans la plonge. Le gérant s'est emparé des ustensiles comme si c'était un défibrillateur et qu'il s'en allait réanimer sa mère.

— Je m'en viens, ma gang de singes, je m'en viens.

Une chose m'a paru certaine : peu importe qui ces singes étaient, je ne voulais pas faire partie de leur gang jamais. Lorsqu'il est sorti de mon champ de vision, mes voies respiratoires se sont décrispées et je me suis mis à mieux respirer, et les muscles de mes cuisses se sont détendus. J'ai attendu de désengourdir un instant puis je suis allé jeter un œil dehors, pour voir ce que Carl pouvait bien foutre. La ruelle était déserte. J'ai sacré rageusement dans l'air froid et suis rentré en laissant la porte entrebâillée.

En revenant dans la salle de préparation, j'ai eu l'impression de marcher sur les ruines encore fumantes de Rome après le passage des Wisigoths. Je me suis ressaisi. Renaud rangeait dans la chambre froide des bacs remplis de linguinis et de farfalles qu'il venait de précuire. Je n'ai pas osé lui mentionner que Carl était introuvable. J'ai décidé de finir les pâtes à calzone en vitesse en me disant que j'allais essorer les salades quand je me serais débarrassé du plus gros de la vaisselle. J'ai entendu Bébert gueuler quelque chose dans la cage d'escalier. J'étais certain que ça me concernait, mais j'avais presque terminé. J'ai augmenté la cadence, faisant attention de ne rien bâcler non plus. Bébert serait bien capable de me renvoyer les refaire en entier s'il en trouvait une ou deux de moches. La pâte à calzone était plus délicate que l'autre et se déchirait à tout bout de champ. Des bouffées de chaleur me venaient sans cesse alors que je commençais et recommençais, un peu plus nerveux chaque fois. Bébert a gueulé de nouveau :

— Renaud, arrête de te crosser pis déniaise, câlisse !

La porte du walk-in a claqué. Renaud lui a hurlé de calmer ses nerfs. Il s'en venait. J'ai empilé mon dernier voyage de pâtes juste à temps pour remonter sur les talons de Renaud.

Dans la plonge, j'ai retrouvé Carl, son cellulaire coincé entre sa joue et son épaule, en train de ranger la vaisselle que j'avais nettoyée durant son absence. Il parlait de prix et de quantités dans cette espèce de langage codé que j'avais déjà entendu dans la bouche des amis de ma première blonde. Il a raccroché et m'a annoncé frais comme une rose qu'il allait fumer une clope un petit cinq minutes. Je l'ai regardé sortir encore une fois, trop pris de court pour réagir. Je suis resté planté là, la bouche ouverte. Son sans-gêne, son je-m'en-foutisme total m'impressionnaient.

J'ai envoyé deux racks dans la machine et j'ai jeté un coup d'œil à l'état des opérations dans la cuisine de service. Renaud était maintenant devant les fourneaux. Il était accoudé sur une des tablettes du passe des desserts, pour l'instant vide, guettant quelque chose dans la pénombre chaleureuse de la salle. Bébert était de retour au passe. Il ravitaillait son frigo en backups frais en chantant une comptine où Renaud tenait le rôle d'un cochon d'Inde en voie de se faire castrer. Le sous-chef n'écoutait pas, immunisé contre les niaiseries de Bébert.

Jonathan s'assurait que les croûtons grillaient à point dans le four à pizza. Jason attendait, une pince à la main, assis sur le frigo du garde-manger, les yeux vides, perdu dans ses pensées, abruti par le premier rush de la soirée. Leur calme était presque paniquant. Une tempête se préparait. L'air chargé, électrique, avançait vers nous depuis la salle où ça grouillait dans la noirceur orangée. Quelque chose allait éclater, c'était imminent. Mais pour l'instant, le creux s'étirait, les gestes avaient le même délié que d'habitude, mais sans la vitesse. La cuisine de service, comme un seul organisme autorégulé, économisait son énergie. Sous le souffle puissant de la hotte, on entendait le cliquetis lointain des couverts et les verres tinter et la rumeur des discussions.

J'ai lancé un coup d'œil timide dans la salle à manger, par-dessus la tablette où était accoudé Renaud, et j'ai aperçu, à l'autre bout du bar, une file de clients qui attendaient leurs places. J'ai profité de l'accalmie pour ramasser le plus de vaisselle sale possible. J'ai fait une razzia sous le four. Bébert, pas stressé pour une cent, m'a demandé de rapporter des poêlons propres et des assiettes à pizza « avant qu'on se fasse défoncer ». Il comptait des yeux les personnes du groupe qui se massait à l'entrée en jouant avec une pince et s'est remis à chanter la comptine du cochon d'Inde.

Je suis retourné dans la plonge, accueilli par une bouffée d'air froid. Le gérant revenait de la ruelle. Il empestait la cigarette et se frottait les bras pour se faire du feu de chien. Carl le suivait, en le suppliant sur un ton pleurnichard.

— Come on, Greg. Come on.

— Oublie ça, ti-coune. Qu'est-ce que tu veux que je fasse avec ton out ? Tu me prends pour qui ? Un bénévole, ostie ?

— Ah, Greg, come on.

— Enwèye, retourne dans ta cour d'école.

Greg est reparti vers la salle à manger en ricanant d'un des rires les moins chaleureux que j'aie pu entendre dans ma vie. J'ai empilé les bacs à vaisselle sale sur la desserte derrière moi et je me suis remis à l'ouvrage, présumant que Carl allait s'y remettre lui aussi.

Mais il a ignoré ma présence et a ramassé son cellulaire qui traînait sur une des tablettes pour disparaître une fois de plus dans la ruelle. J'ai regardé autour de moi. Il se foutait de ma gueule. J'essayais d'imaginer la dynamique qui s'était établie entre Dave et lui et je commençais à comprendre pourquoi mon chum était si pressé de se débarrasser de sa job.

Les beuglements de Bébert m'ont rappelé de les ravitailler en assiettes et en poêlons propres. Je leur en ai apporté des grosses piles. Je n'en revenais pas de la lourdeur des assiettes de service en porcelaine galvanisée.

— Échappe pas ça, toi, a dit Renaud, encore accoudé à une tablette du passe. T'as une semaine de paye dans les bras.

Il me regardait faire en fronçant les sourcils. Les assiettes m'ont tout à coup semblé plus lourdes encore et j'ai failli en faire tomber une ou deux en hissant la pile sur la tablette du garde-manger.

J'ai donné un autre coup dans la plonge, déterminé à garder la tête hors de l'eau. Carl revenait puis repartait, soit dehors, soit vers la cuisine, avec de petites piles de vaisselle propre. Il rangeait sans presse ce qui sortait de la machine et me renvoyait les morceaux qu'il jugeait encore sales. Il était loin d'être aussi minutieux quand c'était son tour d'être au dish pit.

Je continuais le travail sans rechigner, le visage dur, faisant abstraction de tout, en essayant de ne pas céder à mon irritation croissante. Je me suis concentré sur les amoncellements de vaisselle sale et j'ai fini par rattraper le retard après une trentaine de minutes.

Je me suis chargé des ustensiles du deuxième service avant même que Greg ne me les demande. Lorsqu'il les a trouvés dans l'étagère, bien triés et propres, il a pris la peine de s'arrêter pour me dire que j'étais « un warrior, pas un retaillon comme ton chum, là ». Je ne savais pas s'il parlait de Dave ou de Carl. Peut-être qu'il parlait des deux. Peu importe, je préférais être dans ses bonnes grâces. Sans que je sache exactement pourquoi, sa présence me rendait fébrile et tendu, et je me mettais à surveiller chacun de mes gestes. Je m'en voulais, mais c'était comme ça. Il exsudait quelque chose qui se rapprochait d'une absence totale d'empathie. On aurait dit qu'il y avait chez lui une charge comprimée qui menaçait à tout moment d'exploser.

La prolifération de vaisselle sale commençait à s'endiguer. Carl était retourné dehors fumer une cigarette ou faire je ne sais quoi d'autre, pour la quatorzième fois d'affilée. J'ai pris une grande respiration et je suis redescendu au sous-sol. Je me suis donné quinze minutes pour terminer tout ce que j'avais laissé en plan.

Juste quand je commençais à me dire que le pire était fait, je me suis souvenu de la cuve du steam pot que j'ai retrouvée pleine de carcasses cramoisies, de tronçons de carottes bouillies et de moitiés d'oignons cramées.

C'est ça que j'ai attaqué en premier. J'ai d'abord enlevé le gros de la marde en le jetant dans des sacs doublés. Je les avais préalablement déposés dans des caisses de carton vides, comme Bébert me l'avait montré. J'ai fait tremper la cuve dans l'eau chaude et un demi-litre de dégraisseur. Pendant ce temps, j'ai essoré les salades et j'ai balayé le plancher plein de trognons de légumes, de farine grise et d'éclaboussures de sauce. Puis j'ai nettoyé la cuve en me dépêchant. Je l'ai frottée avec une laine d'acier qui m'entamait les mains. L'odeur de détersif et de fruits de mer m'écœurait plus que celle d'une latrine de bord d'autoroute en pleine canicule.

Ma pagette s'est mise à vibrer alors que j'avais encore la tête dans la cuve. J'ai jeté un œil à l'écran. Il était déjà vingt et une heures quinze. J'avais un nouveau message vocal et me suis souvenu que je n'avais pas rappelé Malik.

J'achevais de mopper les planchers quand Bébert a traversé la salle de préparation, une assiette de pâtes dans une main et sa casquette imbibée de sueur et de gras dans l'autre. Il a poussé un sifflement d'admiration exagérée en me voyant au travail.

— C'est pas à ton partner de faire ça, d'habitude ?

— De faire quoi ?

Je continuais de mopper vigoureusement le sol, comme je l'avais appris de mon ancien boss quand il m'avait surpris à étendre la saleté dans un local qu'on venait de rénover.

— C'est le deuxième rentré qui fait la salle de préparation d'habitude. Juste avant que le premier parte.

— Que le premier parte ?

J'avais arrêté de mopper.

— On close pas à deux ?

— À trois tant qu'à y être ? Le premier arrivé part vers dix heures. Juste après que le deuxième ait fait la salle de préparation pis qu'il se soit pris un quinze minutes pour bouffer.

Je ne bougeais plus. Bébert m'a regardé de la tête aux pieds.

— Qu'est-ce que t'as ?

— Rien, j'ai dit. C'est correct.

J'ai vidé l'eau de ma moppe dans l'évier et je me suis précipité à l'étage.

La cuisine profitait d'une autre accalmie. Caché derrière ses pipettes d'huile et de vin blanc, Renaud espionnait un couple de femmes assises au bar qui rigolaient dans leurs cocktails rose fluo. Jason, toujours aussi silencieux, avait pris la place de Bébert au passe et préparait des portions de pâtes en prévision d'un autre rush. Les bacs à vaisselle de service étaient pleins. Carl blaguait avec Jonathan, tous deux appuyés contre le frigo du garde-manger. Carl m'a aperçu.

— Cool. T'as fait ça vite. J'vais pouvoir y aller.

Je n'ai même pas eu le temps d'ouvrir la bouche qu'il m'a coupé.

— Oué, je sais, ça serait à moi de closer mais je me suis arrangé avec Christian pour ce soir.

Il s'est sorti un calzone du four à pizza et se l'est servi dans une grande assiette. L'odeur de la pâte croustillante et des poivrons grillés m'a fait saliver. Il s'est versé deux bonnes louches de sauce tomate dessus. Mon estomac gargouillait.

— Je te revaudrai ça, man.

Il a filé devant moi, son repas à la main. Il m'a tapoté l'épaule en passant. Je crevais de faim. Je l'ai entendu descendre les marches du sous-sol. Une colère mêlée d'impuissance commençait à bouillonner en moi. Jonathan a évité mon regard. Renaud continuait à lorgner les deux clientes.

Je suis retourné à la plonge, étourdi par la faim. La vaisselle s'y était accumulée pendant mon absence. Carl avait dû laver deux assiettes et un poêlon, gros max. J'ai changé les sacs à ordures déjà pleins et je m'apprêtais à reprendre la tâche là où Carl ne l'avait pas vraiment commencée. Bébert est arrivé dans la plonge et a déposé son assiette vide sur la desserte. Il a fait de la place dans une des étagères de vaisselle propre pour y installer la chaîne stéréo compacte de la salle de préparation. Il a syntonisé la radio à COOL FM. C'était *La voûte à Babu* qui jouait.

— Tiens. Mets-toi de la musique, ça va t'aider à clancher ça.

Il s'est traîné les pieds jusqu'à la porte et l'a entrouverte. Il s'est allumé une cigarette et m'a regardé travailler un moment. Malgré la faim qui me tordait le ventre, je redoublais d'efforts et de vitesse, comme pour le convaincre que je n'étais pas un fainéant.

— Il se pogne le cul un peu, han?

Je récurais un poêlon en aluminium. Le fond était plâtré d'une couche calcinée de gorgonzola. Ma sueur dégouttait dans l'espèce de mousse brune puante que je faisais lever avec ma laine d'acier.

— Qui ça? j'ai répondu en continuant ce que je faisais.

— Laisse faire, « Qui ça? »

Il a écrasé dans le cendrier sur l'étagère près de la porte.

— J'vais en parler à Renaud.

En s'en retournant vers la cuisine, il a monté le son de la chaîne stéréo. C'était « Aerials » de System of a Down.

— Lâche pas, mon chum. Pis la prochaine fois que l'autre te fait une crosse de même, tu mets ton pied à terre, OK ?

J'ai envoyé un rack débordant de poêlons dans ma machine.

Bébert est revenu dix minutes plus tard avec une assiette qui débordait de pâtes fumantes.

— Tiens. Prends cinq minutes pis bouffe ça.

J'ai figé, hypnotisé par la nourriture.

— C'est quoi ? j'ai demandé par politesse.

J'étais affamé et je n'aurais pas pu toffer une minute de plus sans me mettre à bâfrer à pleines mains, fuck les couverts.

— Des linguinis carbonara. Ça met de la mine dans le crayon, tu vas voir.

J'ai regardé le plat comme on regarde son premier coucher de soleil. C'étaient les pâtes les plus riches sur le menu. Trois louches de sauce crème réduite, parmesan, bacon, poulet grillé et jaune d'œuf.

— Enwèye, bouffe.

Je me suis pris une fourchette propre et j'ai vidé l'assiette en quelques secondes. Bébert m'a regardé dévorer mon repas.

— Oublie pas de mastiquer, man.

On entendait Renaud ronchonner après Bébert depuis la cuisine de service.

— Bon, a dit Bébert, un dernier coup, pis ça va être ça qui est ça. Let's go.

J'entamais la période la plus intense de la soirée, pour moi en tout cas. La vaisselle de préparation, celle de service et celle de la salle s'accumulaient en quantité incroyable à mesure que le shift achevait et que la fermeture de la cuisine approchait. Entre vingt-trois heures et une heure du matin, il y avait une escalade effrénée de tâches à accomplir.

Ça commençait par le staff de salle qui venait me harceler pour que je nettoie les derniers couverts de la soirée, sans quoi ils ne pourraient les astiquer et s'acquitter ainsi de la tâche ultime de leur close – les soirs où Greg travaillait, je m'en débarrassais le plus vite possible; les soirs où c'était Nick, je priorisais les tâches les plus chiantes avant de m'y mettre. Même les busboys et les bargirls, le premier échelon de l'équipe de salle, gagnaient au moins deux fois ce que je gagnais en une soirée. Je n'allais quand même pas alourdir mon fardeau pour alléger le leur. À mon deuxième soir, je ne savais pas encore tout ça, mais je l'ai appris très vite. Pas le choix. J'ai expédié les derniers couverts vitesse supraluminique. C'était fait avant que quiconque de la salle puisse venir me réclamer quoi que ce soit. Je tenais à tout prix à ne pas fâcher Greg.

Ensuite, on m'a envoyé pêle-mêle tous les ustensiles de cuisine, un fatras de pinces, de louches et de roulettes à pizza. Jason et Bébert sont aussi venus me porter un casse-tête de seaux en acier cernés de sauce

– les insertions – et une plaque percée de cercles. C'est ce qui composait une partie de ce que Bébert appelait la table chaude, le bac d'eau bouillante, encastré, où s'inséraient les seaux.

On m'a apporté les planches à découper du garde-manger et du passe, tellement longues et encombrantes qu'elles étaient un calvaire à nettoyer. À ça se sont ajoutés les cendriers de la section fumeur, des milliers de tasses à espresso, le récipient de marc de café que Sarah est venue déposer au sommet de ma pile de bacs pleins. Puis tout ça a culminé par le récurage des rectangles en fonte – *les notes du piano,* comme Renaud me l'a appris – qui recouvraient les ronds du fourneau à gaz.

Quand j'ai eu fini tout ça, j'ai balayé le plancher de la cuisine de service – les cuisiniers ne passaient qu'un balai très symbolique en finissant – et le plancher de ma plonge. A suivi la moppe à grande eau mélangée de dégraisseur pour faire lever tout le gras qui s'était accumulé sur les tuiles de la cuisine durant le service et diluer toute la marde incrustée entre les tuiles de la plonge. Il fallait que je repasse cinq ou six fois parce que quelqu'un gâchait toujours ma moppe en venant chercher quelque chose dans ma plonge, un bac de tasses propres, des assiettes à pain, n'importe quoi. C'était à croire qu'ils faisaient exprès.

Les lumières de la cuisine de service avaient diminué d'intensité et la hotte était éteinte. J'ai fait le tour des poubelles pour les vider. Le staff de cuisine placotait au bout du bar en buvant leur pinte de fin de shift. J'avais hâte de finir. Je suis allé lancer mes derniers sacs à ordures dans la benne et le froid m'a pris au corps – mes bras et ma chemise étaient trempés d'eau grasse et d'éclats calcinés. La sueur dévalait le creux de mon dos et mes flancs et le choc thermique m'a fait frissonner. Je fantasmais une douche brûlante et savonneuse.

Je suis revenu à l'intérieur juste au moment où Jade venait me porter ma bière de fin de shift. Elle m'a fait un sourire qui m'a paralysé sur le pas de la porte.

— Je t'avais pas vu. Tu vas bien ?

Je n'ai aucune idée de ce que je lui ai répondu. Ça devait être un amas de voyelles inintelligibles. Elle a éclaté d'un rire clair.

— Bois ta bière, je pense que tu la mérites.

Elle est repartie tranquillement vers le bar. Ses cheveux bouclés se promenaient d'une épaule à l'autre. L'odeur de son parfum est restée un instant avant de s'évanouir dans les vapeurs de savon à plancher. L'effet du sortilège s'est dissipé puis j'ai pris une longue gorgée de rousse.

Bébert a traversé la plonge de son pas chaloupé, changé et prêt à sortir. Greg le suivait, encore pompé comme en plein service.

— Y en a pas un câlisse de solide, il disait, pas un câlisse. Rien que des crisses de singes.

— Tu sais ben que c'est toutes des têtes brûlées, à cet âge-là.

Bébert cherchait son paquet de cigarettes. Greg portait un manteau de cuir noir épais qui lui descendait sur les cuisses. Sa montre argent brillait dans l'interstice entre sa manche et son gant, lui aussi en cuir. À travers ses cheveux en brosse, j'ai remarqué une cicatrice qui lui lézardait le dessus du crâne. Une odeur de menthe et de poivre le suivait. Dans ses fringues de soirée, il avait l'air d'un client friqué. Il m'a lancé un clin d'œil et m'a dit « ciao, warrior », avec la voix d'un gars qui avait crié toute la soirée. Bébert m'a fait un props en me souhaitant une bonne fin de shift. Il s'est allumé une clope avant de sortir. Quand ils ont ouvert la porte arrière, j'ai vu Bonnie qui attendait dans la ruelle orange et noir avec une de ses amies, une punkette enfoulardée avec les deux poings enfoncés dans son Perfecto. Elles m'ont jeté un coup d'œil amusé. J'ai fait semblant de ne pas les voir. J'étais crotté au-delà du ridicule et je préférais ne pas avoir à jaser avec du monde tout arrangé pour aller veiller, alors que je me déplaçais dans un halo de jus d'ordures.

La porte s'est refermée et j'ai entendu leurs exclamations s'assourdir à mesure qu'ils s'éloignaient. J'ai éteint la chaîne stéréo et la hotte. Des rires et des bribes de discussion provenaient du bar. Je suis descendu au sous-sol. J'ai eu un moment de faiblesse et je me suis arrêté au milieu du couloir. Quelque chose comme un mélange de solitude et de tristesse m'était tombé dessus, et j'ai pris une grande respiration. J'ai ricané pour me secouer mais ma voix m'a semblé sinistre. La salle de préparation était vide. Nettoyée, elle semblait bien plus vaste. Je suis passé devant le tableau de mise en place. La liste des choses à faire a retenu mon attention. Je ne pouvais pas croire qu'on devait exécuter toutes ces tâches en un quart de travail. J'ai lu en détail tout ce que Bob devait abattre le lendemain en rentrant et j'ai eu mal à la tête pour lui.

Sous la colonne d'indications, quelqu'un lui avait laissé une note. Dans un français à l'orthographe approximative, ça disait que tout était beau pour la bisque. C'était signé Renaud.

Je me suis enfermé dans les toilettes des employés pour me laver les bras et le visage. La pièce était si exiguë et le lavabo si minuscule que je devais me livrer à des acrobaties pour arriver à me décrasser un minimum. Mais rien n'y a fait. J'ai continué de me sentir huileux et puant. J'ai enfilé mes sous-vêtements secs avec un sentiment de délivrance. En transférant ma pagette d'un pantalon à l'autre, je me suis rappelé que j'avais un message à prendre. Je me suis dit qu'il faudrait que je téléphone à Malik, mais je n'en avais pas la force.

Vu que je travaillais le lendemain soir, j'ai laissé l'essentiel de mes affaires dans un coin.

Je suis retourné à l'étage. Il ne restait plus de clients dans la salle à manger, et quelques employés de salle s'étaient agglomérés au bar. Tout le staff de cuisine était parti. Il y avait Maude, détendue et souriante. Elle était transfigurée. Un des serveurs de soir, il s'appelait Julien, je crois, fumait une cigarette, assis sur un des tabourets, son col de chemise déboutonné. Il avait des cheveux blonds en brosse. Je lui donnais au moins cinq ans de plus que moi. Sarah parlait d'un gars qu'elle avait rencontré la veille au Café Central et qu'elle avait ramené chez elle. Denver, tout juste revenu du Diable Vert, son manteau de cuir encore sur le dos, faisait tourner du vin dans un verre en suivant la discussion avec un sourire amusé. Jade essuyait des flûtes à champagne en chantonnant tout bas. Il y avait trop de staff pour que j'ose lui adresser la parole. La patronne était là elle aussi et sa simple présence m'a donné envie de déguerpir. Elle portait un grand chemisier blanc et ample et un jeans ajusté rentré dans ses bottillons de cuir. Ses cheveux noirs étaient défaits ce soir-là. Elle parlait les deux mains posées sur le comptoir du bar, une bouteille de vin devant elle. Elle taquinait Sarah avec son histoire de gars et faisait rire tout le monde. Elle m'a intercepté alors que je me dirigeais vers l'entrée du restaurant. Je pensais qu'elle allait me dire de sortir par la porte arrière.

— Tu te punches pas out ? elle a dit, arrêtant son geste, la bouteille de rouge inclinée vers son verre.

— Me puncher out ?

— Oui. Te puncher out.

Son regard m'a fendu en deux alors que je luttais pour saisir l'évidence qu'elle me brandissait sous le nez. Presque toute l'équipe de salle m'observait, Jade avait baissé la tête, et le regard de Maude passait de Séverine à moi, comme devant un match de tennis. Julien et Denver me fixaient avec un petit air moqueur.

— Christian t'a donné un numéro, non ?

Je me suis souvenu du début de la soirée. Oui, le chef m'avait donné un numéro que je devais rentrer dans l'ordinateur de commande au début de mon shift. Je devais le composer de nouveau en terminant. Sauf que, aussitôt la soirée commencée, ça m'était sorti de la tête.

— Oui. Mais il m'a pas montré comment ça marchait.

Séverine a eu l'air fatiguée tout d'un coup et elle a soupiré un peu. Denver et Sarah se sont remis à parler.

Julien s'est allumé une autre cigarette, qu'il a partagée avec Maude. Séverine leur a versé du vin. Elle s'est servie à son tour avant de se diriger vers l'ordinateur au bout du bar.

— Viens ici.

Elle a retroussé les manches de son chemisier sur des avant-bras finement musclés et m'a dit comment m'y prendre. Ses indications étaient précises mais sa main filait à toute vitesse sur l'écran, faisant glisser le bracelet de sa petite montre en or rose sur son poignet. J'avais connu des gens plus patients qu'elle. Son eau de toilette devait valoir plus que ma paye de la semaine. Elle n'a pas réagi à ma puanteur. Je voyais presque nos deux auras olfactives se rencontrer et s'entrechoquer. La sienne citronnée et fraîche, presque sucrée, la mienne musquée, chargée d'odeurs de cuisson, d'aliments calcinés, d'ordures et de savons détergents. Son parfum m'enveloppait, nuée d'anges capiteux qui dégommaient molécule par molécule les émanations soufrées de mes diables grimaçants. Elle a pris un air sérieux puis a dit :

— Si t'oublies de te puncher in, je vais oublier de te payer tes heures. Donne-moi celles de cette semaine. Je te fais une faveur, pour ce coup-là. Je vais les rentrer tout de suite.

Maude et Julien m'observaient toujours. Jade aussi. Elle avait fini d'essuyer ses verres. C'était son regard qui était le plus insupportable.

— Bon. C'est beau. Tu peux y aller.

Les joues brûlantes de honte, je suis reparti vers l'entrée, j'ai poussé la première porte, mais la seconde, au bout du vestibule, a refusé de s'ouvrir. Elle était verrouillée. J'avais le cuir chevelu comme piqué de mille aiguilles microscopiques. J'ai reparu dans la salle à manger. Le staff discutait en buvant du vin. La patronne m'a pulvérisé du regard, j'ai été réduit à une petite fumée grise.

— Qu'est-ce qu'y a, encore ?

J'ai marmonné que c'était barré.

— Quoi ?

Elle s'en venait vers moi de son pas délié et sonore. Mes oreilles étaient aussi rouges que mes joues, je le sentais. Je me suis raclé la gorge et j'ai répété ma phrase, maudissant mentalement ma timidité.

— La clé est dans la serrure. Ouvre tes yeux. Allez, bye !

Elle a fait un geste de la main, comme pour me chasser, puis elle est retournée vers les autres.

Évidemment, la clé était dans la serrure. J'ai déverrouillé et je suis sorti dans la nuit claire. J'ai marché entre les groupes de passants jusqu'à une cabine téléphonique. J'ai glissé un vingt-cinq sous dans la fente puis j'ai composé le numéro de ma boîte vocale.

— Vous avez. Un. Nouveau message. Trois. Messages archivés.

J'ai écouté le message le plus récent. Je m'attendais à entendre la voix de Malik. Mais c'est celle de Rémi, mon ancien coloc, qui a explosé dans le combiné. Les poils de ma nuque se sont dressés. « Câlisse, tu vas-tu finir par retourner tes appels ? Ça fait depuis mille ans que tu me dois trois mois de loyer pis tu vas me les payer.

T'as disparu où, sacrament ? T'es mieux de donner signe de vie, sinon… »

J'ai raccroché avant d'entendre la fin. Sinon quoi, Rémi ? je me suis dit à moi-même. Sinon quoi, han ?

Depuis que j'avais atterri chez Vincent avec mon histoire toute faite, j'espérais que Rémi finirait par laisser tomber ou qu'il ne me chercherait pas dans toute la ville. Comme bien d'autres choses depuis six mois, je pensais que ça aussi, je n'avais qu'à l'ignorer pour que ça disparaisse.

La main encore sur le combiné glacé, j'ai repensé à tout ce qui m'avait contrarié durant la soirée. J'ai sorti l'argent de mes poches et j'ai compté ce que j'avais sans me cacher des passants. L'écran du téléphone public affichait 00 : 27. Mon cœur s'est mis à battre plus vite et j'ai senti une vague d'engourdissement se propager de ma poitrine jusqu'à l'extrémité de mes membres. Mes doigts tremblaient et mes bras étaient comme de la chiffe. J'ai hélé un taxi qui passait à ma hauteur. Il s'est arrêté quelques mètres plus loin, les phares arrière rougeoyant dans la nuit ambrée. J'ai joggé dans la gadoue jusqu'à la voiture, ai ouvert la portière et me suis coulé à l'intérieur. J'ai donné mes indications sans les entendre, comme si une autre voix les avait articulées dans un film muet.

Le taxi a filé sur l'avenue. L'éclairage combiné des enseignes au néon, des devantures de boutiques et des marquises de patateries me donnait l'impression d'être la bille de plomb d'un jeu de pinball. L'obscurité de l'habitacle s'animait et se colorait au gré de la course. De la musique classique sortait des haut-parleurs, à bas volume, du violoncelle qui égrenait ses notes à un rythme régulier. Sur le tableau de bord, j'ai vu reluire la couverture ouvragée d'un petit coran racorni. Ma tante en avait un similaire. Le chauffeur a tourné sur Christophe-Colomb et a accéléré, on a croisé Rachel qui grouillait de jeunes fêtards, on a longé le parc puis on est descendus jusqu'à Ontario. Il m'entraînait dans l'est du centre-ville, où je ne risquais pas de tomber sur personne qui me connaisse, où j'aurais, me mentais-je alors, la paix.

9

LE BOUNCER me reconnaissait moins parce que je lui donnais un pourboire avec le cover charge que parce que je ne cadrais pas tout à fait avec la clientèle qu'il était habitué de voir les gros soirs. Un gars de mon âge qui venait ici seul et à pareille fréquence ne manquait pas de se faire remarquer, d'autant que je restais indifférent aux attractions principales de l'endroit.

Le portier avait la carrure d'un acteur porno qui benche trois cents livres. Son polo blanc lui collait au torse comme un maillot de cycliste et ses cheveux platine, coupés ras sur son crâne, devenaient fluorescents sous le rayonnement ultraviolet de la lumière noire. Une fois mon cinq dollars enfoncé dans sa patte d'ours imberbe, il m'a fait un signe de tête doublé d'un sourire affable qui laissait mal imaginer toute la violence que je l'avais vu déployer quand il foutait à la porte un client insistant ou qui faisait du trouble. Il ne m'a pas demandé où je voulais m'asseoir, il connaissait mes habitudes.

J'ai traversé la salle sans prêter trop attention à ce qui pouvait se passer sur la scène autour de laquelle presque tous les clients étaient assis, le cou cassé. Leurs visages flous s'effaçaient dans la pénombre comme ceux des personnages d'une toile de Francis Bacon. Du coin de l'œil, je me voyais évoluer dans la salle, suivant sur les murs en miroir mon image, mes cornées chatoyantes trouées de puits noirs, ma silhouette aux contours sombres et nébuleux se diffractant contre celles, multipliées derrière moi, de deux filles nues en bottes de latex blanches qui tournoyaient sur les planches chromées de la scène. L'endroit empestait le désinfectant et les eaux de Cologne de pharmacie. Une version courte de « I Just Want You » d'Ozzy Osbourne, les basses dans le tapis, assourdissait tout le reste. Mon rythme cardiaque augmentait sous l'effet de pics d'adrénaline sans cesse plus aigus à mesure que j'approchais du bar. En attendant que la serveuse vienne me voir, j'écoutais les bribes de conversation autour. Un client un peu plus vieux que moi, à la fois trop confiant et mal à l'aise dans son costard, était penché dans les cheveux de la danseuse assise à ses côtés. Tant flirteuse que baveuse, elle contrôlait les avances en esquivant les questions idiotes et les mains trop curieuses du yuppie tout en essayant de le convaincre d'aller jaser en arrière, dans les isoloirs. Il lui a presque crié à l'oreille, d'une voix pâteuse : « Dis-moi donc ton vrai nom, là. Tu peux me le dire, à moi, j'ai rien à voir avec les autres losers icitte, là. »

J'ai arrêté d'écouter quand la barmaid est venue me voir. Elle se déplaçait à grandes enjambées derrière son bar. Elle était plus grande que moi, blonde, avec des ridules aux coins des yeux sous son maquillage. Elle m'appelait toujours « mon noir ». J'ai commandé deux bières et je me suis enfin tourné vers les machines. Mon corps s'est détendu comme si la courroie qui le tenait ramassé sur lui-même venait de lâcher. Je me suis senti légèrement euphorique et tout est devenu net et scintillant.

Une seule machine était occupée. J'ai consulté le gros lot en prime des trois autres et j'ai choisi celle dont le montant était le plus élevé. C'était la plus susceptible de payer. J'ai déposé une de mes Budweiser sur la tablette, près du cendrier, et j'ai pris une longue gorgée de l'autre. Elle était glacée, désaltérante, goûtait le plaisir pur. J'ai sorti ma liasse de billets de ma poche de jeans et me suis assis sur le tabouret. L'écran à deux cent cinquante-six couleurs a embrasé quelque chose de logé profond dans mon crâne et, les joues brûlantes, j'ai déplié la liasse, en ai tiré un premier vingt dollars et l'ai inséré dans la machine. J'ai choisi mon jeu préféré sur l'écran tactile, *Cloches en folie*. J'ai commencé avec de petites mises, pour évaluer la fréquence des bonnes combinaisons. Mon astuce, c'était de durer le plus longtemps possible, en attendant que les combinaisons payantes deviennent régulières. C'est évidemment l'astuce de n'importe quel accro à ces machines-là. Je pouvais passer un ou deux billets de vingt dollars avant d'augmenter mes mises. J'ai senti la transe s'intensifier et, après une autre longue gorgée pétillante, je me suis mis à gager de façon plus téméraire. Une nymphette en paréo vert fluo est venue se poster à côté de moi. Je n'ai pas quitté l'écran des yeux.

— C'est quoi ton p'tit nom, toi ? Moi, c'est Sandra.

Pour ce tour-là, j'avais augmenté la mise à cinq dollars, la mise maximale. J'ai appuyé sur l'écran.

— T'as l'air seul. Veux-tu qu'on aille faire un tour en arrière ?

Elle tendait sa main pour que je la serre.

Avec un effort surhumain, je suis arrivé à lui répondre quelque chose, mais de très loin. À l'écran, dans chacune des neuf cases, les citrons, les 7, les cloches, les cerises, les oranges défilaient à toute vitesse. Je surveillais le rouge des 7 et le jaune des cloches. Je me mordais l'intérieur de la bouche, souhaitant de toutes mes forces qu'ils s'arrêtent dans chacune des cases de l'écran. J'ai appuyé de nouveau pour que les mises arrêtent de tourner. La fille s'est effacée dans le violet profond de la salle, s'éloignant vers les ombres assises aux tables. Dans les neuf cases, les symboles commençaient à s'immobiliser. Les 7 se sont multipliés, j'en comptais deux, trois. Une cerise, qui bonifierait les gains. Un autre 7, puis un cinquième. Une bouffée de chaleur a irradié tout mon corps. Mes conjonctives ont épaissi et mes globes oculaires pulsaient derrière. Le poil sur mes bras s'est dressé. Les chiffres affichés au compteur restaient illisibles, tournant à toute vitesse sur leur essieu numérique, le nombre des crédits ne cessant d'augmenter. Ma mâchoire s'est contractée. J'ai inspiré profondément puis j'ai porté la mise au maximum. J'ai pris une gorgée de ma deuxième bière et j'ai appuyé de nouveau sur l'écran. La loterie a redémarré. J'ai frappé la vitre de l'index et du majeur. Bar, orange, orange, raisin, 7, bar, citron, cloche, cerise. Aucune combinaison payante, mais grâce au 7 et à la cerise, j'ai récupéré ma mise. J'ai fait tourner les roulettes une autre fois, sans toucher à ma mise, et j'ai retenu mon souffle un long moment. J'ai fixé l'écran, comme sur mes gardes. Encore une fois, je l'ai tapé du bout des doigts d'un coup rapide pour que la loterie ralentisse et s'arrête. Mes ongles ont fait un bruit sec sur l'écran. Les symboles ont commencé à se figer dans les cases, un à la fois. Les muscles de mon dos se sont crispés. J'ai lâché un long soupir puis j'ai calé presque toute ma bière. J'ai regardé autour de moi mais je n'ai rien vu, tout était embué de vapeur ultraviolette. À l'écran, les 7 occupaient six des neuf cases. Mon nombre de crédits s'est multiplié et a grimpé à trois cent vingt dollars – deux cent quatre-vingts dollars de plus que ce que j'avais mis dans la machine. J'étais sur une lancée. Une euphorie sourde a magnifié toutes mes perceptions, mais je me suis contenu, jouant de prudence, et j'ai baissé un peu la mise. C'était assez pour faire un autre gain appréciable si je sortais une bonne combinaison et trop peu pour entamer la taille de la cagnotte que je venais de récolter si j'en sortais une mauvaise. J'y suis allé pour un dernier tour. Aucune combinaison. J'ai arrêté là. Je me suis levé avec empressement et j'ai fait imprimer mes gains. J'ai flotté jusqu'au comptoir, incapable de contenir ma fébrilité. J'ai donné le ticket à la serveuse et elle est revenue avec l'argent qu'elle avait pris dans la caisse. Elle a empilé les billets de vingt sur le comptoir. J'ai commandé une autre bière, lui ai donné un billet à elle et un autre au bouncer qui était venu se chercher un coke. Au bout du bar, j'ai reconnu Cherry. J'ai eu un pincement dans la poitrine. J'ai baissé les yeux un instant. Elle était assise avec un client. Ce soir-là, elle portait une perruque rose. Elle buvait son gin-7UP habituel en tirant sur la paille comme on tire sur un fume-cigarette. Elle m'a salué d'un signe de tête discret, tout en continuant de prêter l'oreille à ce que le quinquagénaire lui racontait. L'homme a commandé autre chose à la barmaid. À cause de l'éclairage, on voyait toutes les pellicules saupoudrées sur les épaules de son veston foncé. J'ai pris ma bière et je suis allé m'asseoir dans un coin pour laisser le temps à l'adrénaline de se diluer dans mon sang et savourer la lente descente qui succédait au climax.

Le corps relâché au fond de ma banquette, fourbu comme si j'avais nagé deux cents longueurs, j'ai vu Cherry quitter les tabourets du bar. L'homme l'a suivie. Ils ont disparu dans les isoloirs du fond. Mon regard vacant errait parmi les clients et les filles en maraude. La danseuse qui était venue me voir pendant que je jouais ne s'est pas réessayée. Elle allait elle aussi d'une table à l'autre, juchée sur ses escarpins de quatre pouces, à petits pas rapides et saccadés.

À la table voisine, trois dealers de Berri vidaient leur deuxième bouteille de vodka, qu'on avait mise sur la glace, comme du champagne. Deux danseuses les accompagnaient. Elles s'esclaffaient complaisamment chaque fois que l'un d'eux disait quelque chose. L'une d'entre elles avait les seins refaits et ajustait son soutien-gorge rose radioactif toutes les trente secondes. L'autre se frottait le nez à intervalles réguliers, sans s'en rendre compte.

Je me perdais dans la réflexion des miroirs. Mon image multipliée, étrangère. Je ne me reconnaissais pas, la peau lumineuse comme quelque poisson des profondeurs sous les ultraviolets, mes cheveux se diluant en coulures de goudron le long de mes tempes, les traits de mon visage indistincts, recouverts d'un film glutineux. J'ai cligné des yeux en frissonnant. Je ne me reconnaissais pas. Les gars d'à côté ont hurlé quelque chose. Je me suis retourné lentement, en prenant une longue gorgée de bière phosphorescente. La danseuse en rose tenait un shooter coincé entre ses seins. Un des pushers l'a attrapé entre ses dents et a renversé la tête en arrière en gargouillant de la gorge. J'ai pris ma dernière gorgée de bière avec le ti-cul fiévreux échoué au fond de sa banquette, déplié en versions de lui-même dans les miroirs là-bas, de l'autre côté de la salle.

10

QUAND la fin de semaine mon père m'emmenait chez Sam The Record Man, sur Sainte-Catherine, on partait tôt de Longueuil, parce que, sinon, impossible de se trouver du stationnement à distance de marche. C'était souvent le dimanche matin, juste après sa tournée à l'hôpital. Je me souviens d'un dimanche en particulier. Je ne devais pas avoir plus de douze ans. On marchait en silence sur les trottoirs du centre-ville, dans le soleil froid de la fin octobre. Je sentais le billet de vingt dollars raide dans la poche avant de mon jeans. C'était mon budget. J'avais droit à un disque.

Les vitrines du magasin étaient encombrées de cartons remplis de matériel promo et d'affiches délavées. Ça sentait le vieux tiroir et la poussière de sous-sol d'église. Ça sentait aussi le café froid, c'était la même odeur qui émanait du local des profs, à l'école. Les bonhommes qui tenaient la place avaient des têtes de bluesmen irlandais.

Le plancher, mou par endroits, était croche. Un prélart usé le recouvrait en entier et chuintait sous nos pas. Ça ressemblait davantage à un marché aux puces qu'à un disquaire et les bacs où s'entassaient les vinyles et les CD longeaient les murs irréguliers. Les pièces semblaient avoir été annexées au magasin à coups d'agrandissements plus ou moins improvisés, un peu comme si en augmentant son inventaire le magasin avait envahi les locaux limitrophes. Mon père naviguait là-dedans comme s'il avait créé cet univers-là. Il savait où tout se trouvait, il s'arrêtait devant les dernières parutions et les importations, parcourait les bacs du bout des doigts, ramassait parfois une rareté et l'examinait, l'air concentré et grave, en se jouant dans la barbe. Ensuite, il disparaissait à l'étage, là où le rayon jazz était plus grand que tous les autres regroupés. Moi je survolais le rayon rock alternatif où on trouvait un peu n'importe quoi, le rayon où iraient mourir les Better Than Ezra, les Big Wreck, les Third Eye Blind, les Marcy Playground, et tous ces autres bands apparus dans la deuxième moitié des années quatre-vingt-dix puis retournés au néant à la veille de l'an deux mille. Cette fois-là j'avais hésité quelques minutes devant les derniers albums des groupes que les cinq ou six skateux de mon école écoutaient dans leurs discmans, ceux qui fumaient des smokes dans la cage d'escalier qui donnait sur la cour arrière. Pennywise, Rancid, NOFX, mais l'affaire, c'est que je n'aimais pas vraiment ça. Je ne suis pas resté là longtemps. J'ai attendu que mon père gravisse les marches, et d'être hors de sa vue. Puis je suis allé dans le rayon métal.

J'avais toujours été impressionné par les pochettes, ça me rappelait les couvertures des vieux paperbacks de mon père, ceux que je ne lisais pas encore à ce moment-là parce qu'ils étaient en anglais, mais que je tournais et retournais dans mes mains pendant des heures, les feuilletant devant les bibliothèques de mon père au sous-sol, admirant les illustrations, imaginant les univers qu'elles représentaient. À cette époque le métal entrait dans sa phase dormante. Beaucoup de groupes s'étaient séparés au début des années quatre-vingt-dix, le trash métal américain s'était adouci et commercialisé, perdant beaucoup de fans, les Scandinaves étaient plus ou moins connus sur la scène nord-américaine, tout le monde tripait sur Nirvana, le punk rock allait se répandre comme une traînée de poudre et, à mesure que le gangsta rap se populariserait, les Tupac Shakur et les Ice Cube allaient remplacer les Axl Rose et les Peter Steele de ce monde. Sam The Record Man avait un rayon plus fourni que le Music World où on allait parfois, mes amis et moi, quand on flânait à la Place Longueuil. Peut-être aussi que le rayon métal du Sam avait l'air aussi fourni parce qu'à douze ans je n'y connaissais pas grand-chose encore. Tout ce que je savais du métal, c'est que le dernier concert de Metallica avait viré à l'émeute à cause d'Axl Rose, qu'un de mes amis écoutait du Helloween en cachette parce que sa mère trouvait ça trop violent, et que mon cousin Malik ne jurait que par un band : Iron Maiden. Entre les Cannibal Corpse, les Megadeth, les Sepultura, les Mercyful Faith, c'est lui que je reconnaissais chaque fois que je fouillais dans ce rayon. À cause du nom, évidemment, mais aussi à cause des illustrations des pochettes, où on voyait toujours le même personnage squelettique. Mon cousin m'avait dit que ce personnage s'appelait Eddie. Sur chaque pochette, il avait l'air d'être au cœur d'aventures impossibles. Sur l'une, c'était un cyborg brandissant un fusil laser; sur une autre, une statue de pharaon aux yeux de flammes; et, sur une autre encore, il s'enlevait un fœtus du ventre pendant qu'il se désintégrait au-dessus d'une mer d'icebergs. J'étais aussi fasciné que devant les romans du *Cycle de Tschaï* de Jack Vance ou les Philip K. Dick illustrés par Tibor Csernus.

Avant que mon père redescende avec l'habituelle pile de CD dans les mains, j'ai choisi l'album où Eddie surgissait de la terre devant une pierre tombale, frappé par la foudre, dans un crépuscule bleu et jaune. Je suis allé en vitesse me mettre en ligne à la caisse, sous le coup de l'impulsion, comme si j'étais en train de faire un mauvais coup. C'est le premier album métal que j'ai acheté. Ça m'a fait plus d'effet que de voler un *Playboy.*

J'ai attendu mon père une dizaine de minutes, dansant d'un pied sur l'autre, d'impatience et de nervosité. J'avais glissé le sac qui contenait mon CD dans la poche de mon anorak. J'avais hâte de l'écouter, mais j'avais peur de voir ce que mon père en penserait.

Il est arrivé au comptoir de la caisse avec une demi-douzaine de CD multicolores. Le commis, plus âgé que lui, commentait ce qu'il avait choisi; il lui a demandé s'il avait déjà vu Jack DeJohnette en spectacle. J'ai arrêté d'écouter aussitôt que j'ai compris qu'ils parlaient de jazz. Mon père a fini par payer et puis il s'est envenu vers moi. Il a vu le petit sac de plastique qui dépassait de ma poche.

— Qu'est-ce que t'as acheté ?

J'avais la bouche sèche.

— Tu connais pas ça, c'est sûr.

Le Offspring et le Bad Religion que je m'étais achetés les fois précédentes ne lui avaient rien dit. Il a tendu sa main ouverte. J'ai tiré le sac de ma poche et le lui ai donné en hésitant. Il a sorti l'album et a froncé les sourcils comme s'il avait du mal à lire. Il l'a remis dans le sac et me l'a redonné, sans qu'une seule expression se dessine sur son visage. Je m'attendais à ce qu'il dise quelque chose. Je crevais de chaleur. Il a planté son regard dans le mien. J'étais sûr qu'il me dirait d'aller me faire rembourser.

— Hmm. Tu mettras pas ça trop fort. Je veux pas que ça dérange ta mère.

Il a poussé la porte et je l'ai suivi, les jambes molles, inquiet de savoir ce qu'il pensait de ce que je venais d'acheter.

Une fois chez nous, je me suis enfermé dans ma chambre et j'ai fait jouer le disque dans ma chaîne stéréo. J'ai mis mes écouteurs pour être sûr de ne déranger personne. J'ai pesé sur *play*. Le son d'une foule qui siffle et qui hurle a tout de suite empli mes oreilles. C'était un album live. Ça m'a étonné. Par-dessus les cris des spectateurs, on entendait un discours en anglais et le son d'avions qui décollent. Les premières notes se sont fait entendre, solennelles et dramatiques. La foule s'est mise à hurler plus fort. Les cheveux sur ma nuque se sont dressés. Puis ça a démarré, la foule a hurlé de plus belle et ça m'a gagné moi aussi. J'avais l'impression d'être là. À partir de cet instant, je suis devenu obsédé par l'idée d'aller voir un show de métal. J'ai écouté l'album en entier au moins trois fois de suite, immobile, presque sans cligner des yeux, comme si mon corps canalisait un courant électrique qui me tenait rivé à ma chaîne stéréo. Je n'ai pas ouvert une seule des bandes dessinées que j'avais prévu de lire en l'écoutant. Je ne le savais pas, mais je venais de m'acheter l'album live le plus légendaire de Maiden. *Live After Death,* tiré du World Slavery Tour, qui s'était étendu sur trois cent trente et un jours et cent quatre-vingt-sept spectacles. Je regrettais d'être né trop tard et de ne pas avoir vu le show de cette tournée-là. Surtout qu'au moment où je découvrais Maiden, Bruce Dickinson avait quitté le band. Douze ans et mes goûts musicaux étaient déjà en décalage avec l'époque.

Quelques jours plus tard, un soir de semaine, mon père est rentré de la clinique vers les vingt et une heures. Il s'est réchauffé son souper au micro-ondes et m'a demandé de le suivre au sous-sol, dans la bibliothèque, qu'il appelait aussi sa salle de son.

— Assis-toi, on va écouter quelque chose.

J'ai pris place dans un des fauteuils. Il a sorti un vinyle du coffre où il gardait sa collection. Il m'a tendu la grande pochette. Au premier plan, entre des arbres dégarnis par l'automne, on voyait une femme vêtue de noir, la peau verte, debout devant les eaux mortes d'une douve. Derrière, il y avait une maison aux fenêtres sombres, couverte de lierre, entourée d'un muret, sous un ciel morne. J'ai examiné l'image avec attention pendant que mon père s'affairait sur sa table tournante avec plus de soin encore que s'il cousait des points de suture ou qu'il retirait un éclat de verre de la main d'un enfant. Il a placé l'aiguille sur le disque puis s'est comme épousseté les mains par réflexe avant de prendre son assiette et d'avaler une bouchée de riz au poulet.

Dans les haut-parleurs, le bruit de la pluie qui tombe et le tintement lointain d'un clocher ont remplacé le frottement de l'aiguille sur les sillons du vinyle. Puis un premier accord, grandiose, a tonné et j'ai fait le saut.

Ce n'était pas aussi électrique et galopant que Maiden et les mélodies étaient bien moins entraînantes, mais c'était sourd et grave, et la lourdeur de la guitare et de la basse m'a donné des frissons. J'avais la sensation que tout mon corps vibrait, que je devenais plein d'une force qui se serait trouvée cachée en moi et dont je n'avais jamais soupçonné la présence.

— C'est quoi ?

Mon père avait laissé son repas de côté pour s'adonner entièrement à l'écoute de ce qui jouait.

— Ça s'appelle Black Sabbath, il a dit, par-dessus la musique qui remplissait sa salle de son.

J'ai regardé la pochette de nouveau. Il a continué :

— C'est eux qui ont inventé ça, le heavy métal. Sans Black Sabbath, Iron Maiden existerait pas.

Il connaissait ça, finalement. Évidemment qu'il connaissait ça. Il a monté le volume un peu. Une de ses mains reproduisait les accords sur un manche de guitare imaginaire. Le rythme s'accélérait, ça commençait à donner envie de se lancer partout.

— T'as pas peur de réveiller m'man ?

Mon père s'est tourné vers moi. Il souriait. Il était redevenu le garçon de seize ans qui se rendait au Phantasmagoria tout de suite après ses cours à Stanislas, pressé d'aller fouiller dans les bacs de vinyles remplis de bands prog ou psychédéliques pour trouver l'album qu'il écouterait en boucle dans les semaines à venir.

Le lendemain soir, au retour de l'école, j'ai trouvé, à côté du boîtier de *Live After Death,* le disque compact *Black Sabbath* de Black Sabbath. Vu que ma mère n'était pas encore rentrée du travail, je l'ai écouté en faisant mes devoirs. Je mettrais mes écouteurs quand elle arriverait.

11

J'AVAIS peut-être entendu Vincent se préparer ce matin. Ou cet après-midi. J'étais enfoui dans un sommeil pesant, dans lequel on ne récupère pas. Quand j'ai ouvert enfin les yeux, j'avais du plâtre dans la bouche. Il faisait déjà sombre et j'étais de nouveau seul dans l'appartement. J'étais courbaturé, le bas de mon dos était raide comme du bois. Il était 15 h 34. Je commençais à dix-huit heures. Je me sentais vide et déprimé. Tout me paraissait hostile, étranger, et l'appartement était parcouru de murmures et de craquements. J'ai pensé au paquet de billets de vingt dans ma poche, à ma rechute, aux couleurs indélébiles de l'écran. Je me suis redressé péniblement en position assise, en poussant sur mes bras. Il fallait que j'appelle Malik. Maintenant. Il trouverait ça louche, sinon. Des images tournaient dans ma tête. Appelle-le, je me suis dit faiblement. Je me suis laissé retomber sur le sofa. J'ai entendu une chaise racler le plancher chez le voisin d'à côté. Depuis la cuisine une voix répétait : « Appelle-le. » J'étais debout à la sortie du salon et je regardais vers la cuisine plongée dans une pénombre violacée, zébrée de rouge et de jaune. J'étais dans mes vêtements de plonge. Ils étaient lourds sur moi, paralysants. Mes poches débordaient de tickets de vidéo-poker que je devais changer pour toucher mes gains. J'ai encore entendu la voix. C'était la mienne, mais les mots ne coïncidaient pas avec le mouvement de lèvres de mon double, assis devant une machine qui avait pris la place du micro-ondes de Vincent. « Appelle-le », fredonnait mon visage au ralenti. Je ne savais plus qui je devais appeler. Pris dans mes vêtements qui devenaient de plus en plus oppressants, j'essayais de me mouvoir. Je tentais avec peine d'enfoncer une main dans mes poches pour saisir les tickets avant qu'ils ne s'effritent à cause de mes pantalons trempés. J'ai sursauté sous ma couverture et j'ai ouvert les yeux. J'ai eu l'impression de me réveiller une seconde fois. J'ai repris mes sens graduellement. Je me sentais un peu moins ankylosé. J'ai allongé le bras pour ramasser ma pagette. Il était presque seize heures trente. Il n'y avait personne dans l'appartement. Le salon était plongé dans l'obscurité complète. Je me suis levé pour de bon, ai ouvert les rideaux, allumé le plafonnier, et me suis mis à faire un peu de ménage dans la pièce. J'ai placé mon linge sale en tas en prévision d'une brassée. Les comic books et les livres de poche étaient éparpillés sur le plancher au pied du sofa. J'ai entrepris de remettre de l'ordre là-dedans, les rééditions de *Ghost Rider 2099* que j'avais trouvées au Millenium, les deux premiers *Meltdown,* illustrés par Kent Williams, le dernier numéro de *Sandman* qu'il me restait – j'avais prêté les autres à Marie-Lou –, un Clive Barker – le deuxième volume d'*Imajica* – et un Richard Matheson en anglais que je lisais quelques pages à la fois. Le Derleth devait encore être dans mon sac. J'ai rangé les jeux de PlayStation dans leurs boîtiers et j'ai jeté les contenants d'aluminium maculés de sauce à poutine. J'ai feuilleté mes cahiers de dessin, mais je les ai vite refermés, nauséeux. Mes croquis me rappelaient tout ce que j'avais laissé en plan, tout ce que je sentais s'accumuler comme un nuage toxique au-dessus de ma tête. J'ai lancé les cahiers au fond de mon sac de linge.

J'ai décidé d'appeler Malik tout de suite, pour me débarrasser de ça avant de sauter dans la douche. Je n'avais plus beaucoup de temps avant de devoir partir pour le travail. J'ai décroché le combiné et composé son numéro en regardant par la fenêtre. On ne voyait plus dehors tellement il faisait sombre. Il a répondu presque aussitôt. Sa voix sonnait enjoué. Très vite il m'a annoncé qu'il partait pour Cuba avec sa blonde durant le temps des fêtes. Je m'en voulais de ressentir ça, mais la nouvelle m'a soulagé. Je lui ai parlé du spectacle d'Iced Earth en avril et lui ai proposé qu'on y aille ensemble. Oui, bonne idée, il a dit. Je m'occupe des billets. Puis il a coupé court. Il avait l'air de n'être pas seul, et on s'est fixé un rendez-vous au métro Henri-Bourassa, à midi, le lendemain. Il n'a fait aucune allusion aux quatre-vingts dollars qu'il m'avait prêtés trois jours plus tôt. J'ai raccroché dans un état de fébrilité désagréable. Je redoutais déjà notre rencontre.

12

JE SUIS ARRIVÉ au resto pour dix-huit heures. Je n'avais pas vu la lumière du jour depuis hier après-midi. Je suis entré par la porte arrière, laissée entrouverte par le dernier fumeur. L'odeur de fond de volaille embaumait la ruelle, mais je ne l'associais déjà plus à rien de réconfortant. Elle n'évoquait plus la cuisine de mes parents à la tombée du jour quand je rentrais de l'école l'hiver ou que je revenais d'une journée de snowboard. C'était l'odeur que j'associais maintenant au steam pot à vider, aux sacs à ordures à remplir, à la graisse qui me ruisselait sur le visage et les bras, et aux casseroles à récurer jusqu'à m'arracher les ongles avec la laine d'acier.

J'ai traversé la plonge déjà encombrée, puis j'ai longé la cuisine de service vers la salle à manger et me suis arrêté à l'ordinateur de commande pour me puncher in.

La salle était déjà à moitié pleine. J'enviais les gens assis là qui discutaient et riaient, à attendre leur repas en buvant un verre de vin ou une bière. Les serveuses évoluaient entre les groupes de clients et les tables encore inoccupées, une bouteille de vin à la main. Nick astiquait des couverts et m'a demandé comment j'allais. Je l'ai salué et j'ai entré mon numéro de punch comme la patronne me l'avait montré. Je suis revenu sur mes pas. Dans la cuisine de service, j'ai aperçu Bonnie qui faisait l'inventaire de ses frigos tout en expliquant à un autre cuisinier quels backups d'ingrédients prioriser. Le gars se nommait Steven, il s'agissait d'un ancien collègue à Renaud venu pour un essai. J'ai fait comme si je n'avais pas vu Bonnie. Elle m'intimidait trop pour que je puisse lui parler sans bafouiller. J'allais descendre au sous-sol, mais la patronne, apparue de nulle part, m'a harponné tandis que je posais le pied sur la première marche.

— La prochaine fois, tu te puncheras in une fois changé et prêt à travailler.

Son ton de voix était sec et sans appel. Je n'ai pas eu le temps d'acquiescer qu'elle s'envolait vers la salle à manger. J'ai filé au sous-sol et j'ai croisé Bébert qui s'obstinait avec Jonathan à propos d'une directive laissée par le chef. Ils m'ont dit salut en même temps, sans interrompre leur dispute. Renaud apprêtait les jarrets de veau qu'on servirait plus tard cette semaine au groupe de quarante-cinq qui avait réservé. Un spécimen du menu proposé au groupe était affiché près du tableau de mise en place. Salade composée. Bisque de homard et pétoncle frit. Osso buco ou raviolis farcis aux champignons, sauce aux noix et au bleu. Je n'avais jamais mangé ce genre de choses. Chez nous, ma mère faisait des pâtes, mais pas comme ça, du spaghetti et de la lasagne et des tortellinis sauce rosée, elle faisait aussi des côtelettes de porc, des pains de viande, des rôtis, et des steaks évidemment, beaucoup de poisson blanc, des fois du saumon, des salades, et bien sûr du poulet et du riz frit; c'était pas mal ça. Sauce aux noix et au bleu, ça ne me semblait pas un mélange appétissant. Sur le menu de groupe, Bébert avait barbouillé un pénis à côté du prix, comme il faisait souvent à côté des indications ou des notes que le chef laissait sur le tableau de mise en place. J'avais du mal à comprendre pourquoi tous ces petits gestes de fouteur de troubles étaient tolérés. Surtout par Renaud, que je trouvais rigide avec tout le monde, sauf avec Bébert, qui le testait à répétition ou lui riait au nez. J'aurais ma réponse après des années en cuisine et en salle : un employé même aussi baveux et rebelle que Bébert peut conserver son emploi s'il abat la besogne pendant ses shifts. Bébert l'abattait comme personne, peu importe son état, la plupart du temps, et la vérité est que sa présence et son leadership dans l'équipe permettaient aux gars comme Renaud et Christian de se la couler douce.

Sans aucune conviction, Carl balayait les planchers. Il regardait son flip toutes les deux secondes. Il m'a ignoré. Je suis allé m'habiller en vitesse pour me garrocher sur la vaisselle dès que possible.

À l'étage, j'ai changé les sacs à ordures, ceux des poubelles que les serveurs utilisaient, ceux huileux et suintants de la cuisine, et les miens, pleins des restants du midi. Bonnie expliquait au nouveau comment lire et distribuer les bons de commande sur les réglettes. Elle m'a salué d'un petit signe de tête, entre deux phrases au français incertain. Je suis retourné à la plonge, galvanisé par cette marque d'attention, aussi ténue soit-elle.

J'ai nettoyé le filtre de la machine à laver et j'ai vérifié les savons comme Bébert me l'avait montré le premier soir. J'ai trié les bacs à vaisselle pour alterner les assiettes de service, les poêlons et la vaisselle de préparation. J'ai rincé les plaques de cuisson couvertes de gras de poulet et les rôtissoires enduites de sauce brunâtre et de brindilles de romarin calcinées. Je les ai envoyées dans la machine et j'ai rangé la vaisselle propre pendant le cycle de lavage. Je me suis préparé deux racks de vaisselle de service et, le temps qu'ils ont passé dans la machine, j'ai récuré des poêlons par groupes de dix ou douze. J'essayais de ne jamais laisser la machine vide, de toujours la faire tourner, suivant le conseil que Bébert m'avait donné.

Nick est venu me jaser. J'étais presque heureux de le voir. Il avait l'air crevé. Il s'est assis sur un seau renversé, près de la porte entrebâillée dans le fond de la plonge. Il s'est étiré puis s'est laissé tomber les bras en soupirant. Il s'est frotté le visage avec les deux mains. Il avait les yeux bouffis.

— Gros vendredi soir ? je lui ai demandé en rangeant des assiettes.

— Méchante veillée, oui. Ça fait pas deux heures que je suis debout.

Il a pris la cigarette qu'il avait coincée entre sa tempe et son oreille et s'est mis à chercher son feu dans ses poches. La propreté de sa tenue jurait violemment avec l'état des lieux. Je lui ai demandé si le gérant serait là ce soir.

— Le gérant ? il a dit en se tournant vers moi, les sourcils levés. Quel gérant ?

— Ben, Greg ?

Ses humeurs imprévisibles et explosives me rendaient extrêmement nerveux et je préférais savoir à l'avance si c'était un de ses soirs ou pas.

— Greg est pas gérant pantoute, man. C'est l'autre busboy.

— Sérieux ?

— Certain, il a dit avant de s'allumer. Y a pas de gérant ici anyway.

Je me suis senti stupide. Je n'avais manifestement pas l'œil pour distinguer les postes de la salle. Je les confondais tous. Greg en plus m'avait semblé bien trop vieux pour avoir la même job que Nick.

— Une câlisse de chance que c'est pas lui, le gérant, il a ajouté.

On a continué à jaser pendant qu'il fumait sa cigarette quand j'ai entendu une voix claire.

— Tu aimes ça, le café ?

C'était Jade qui me souriait de toutes ses dents. Elle a déposé une petite tasse sur une des tablettes de vaisselle propre. Ses cheveux foncés étaient remontés en chignon. Elle avait le visage entièrement dégagé. Son sourire lui creusait de petites fossettes dans les joues. Je l'ai remerciée, un peu timidement.

— Bois ça, ça va te redonner des couleurs ! T'as l'air triste.

Elle est repartie vers le bar de son pas tranquille et leste. J'ai essuyé mes mains sur mon tablier et j'ai pris la petite tasse de café. Il y avait comme une sorte de mousse de cuivre liquide sur le dessus. J'ai goûté du bout des lèvres. C'était amer et crémeux en même temps, ça n'avait rien à voir avec le Nescafé que Rémi réchauffait au four à micro-ondes ni même avec le café filtre de chez mes parents. Jade s'est retournée en arrivant à l'ordinateur de commande au bout du couloir et m'a lancé un autre sourire. Nick a ricané. Je n'ai pas répondu, il me testait peut-être. Il a écrasé son mégot dans le cendrier. Il s'est lavé les mains dans un des éviers de ma plonge et a joggé vers la salle à manger.

Cette soirée-là démarrait plus tranquillement que les deux précédentes. J'avais prévu la flemme de Carl et, libéré de la mise en place du début de service parce que j'étais le second plongeur, j'avais pris de l'avance. Je m'étais débarrassé des restes du midi et n'avais laissé aucune vaisselle s'accumuler. Je devenais de plus en plus habile pour manœuvrer dans la cuisine en plein rush sans nuire aux mouvements des cuisiniers et je commençais à savoir intuitivement quand aller chercher les piles de poêlons sales.

Chaque fois que j'y allais, j'attrapais des bribes du service en cours et sentais l'intensité électrique, j'entendais les craques incessantes, les sacres automatiques, les quasi-soliloques de Bébert, ou Bonnie qui bousculait Steven alors qu'il sortait ses premières entrées, Bébert qui écœurait Nick à propos de son feu sauvage ou rechignait devant les assiettes que Renaud expédiait.

— Man, c'est toi qui vas devenir chef pis tu sais même pas réduire tes sauces ?

Avec le bout d'une pince, Bébert a tassé sur le côté l'amas de pâtes dans l'assiette creuse et a montré à Renaud la sauce trop liquide qui s'accumulait au fond.

— Faut que ta sauce colle aux pâtes, man, il a dit. Me semble que c'est l'ostie de base.

Renaud l'a ignoré comme chaque fois, un sourire énigmatique aux lèvres, presque satisfait.

Une fois sur deux, Bonnie me remerciait de l'avoir ravitaillée en assiettes à salade ou à pizza. Chacun de ses « thanks » me mettait un peu plus de bonne humeur. Elle ne levait pas les yeux de ce qu'elle faisait. Elle maniait ses pinces comme une extension de sa main. Dans une suite de mouvements devenus presque automatiques, elle les plongeait dans les insertions du garde-manger et saisissait de petits morceaux de courgettes, d'aubergines, un peu de tomates émondées qu'elle lançait dans un cul-de-poule qu'elle tenait de l'autre main. Elle chantonnait quelque chose à voix basse, pour elle seulement.

Dans la plonge, tout était sous contrôle et je gagnais de la vitesse. Carl a émergé du sous-sol avec la tête d'un gars que rien ici-bas ne préoccupait et il ne s'est même pas excusé lorsqu'il est sorti faire un autre appel. Ça commençait à m'irriter salement, mais je n'ai pas réagi. Je préférais endurer sa fainéantise plutôt que de lui faire face.

Depuis que j'avais mis le pied dans la plonge pour mon training, je n'avais jamais senti que je maîtrisais la situation avant maintenant. La soirée a filé à un bon rythme. À aucun moment je ne me laissais submerger par le travail. On me demandait plus souvent d'aller au sous-sol chercher des backups d'ingrédients dans la chambre froide que de venir ramasser des poêlons sales. Je les rapportais dans la plonge presque au fur et à mesure, avant même qu'ils n'aient le temps de s'empiler.

L'ouvrage s'organisait dans ma tête et mes soucis s'éclipsaient momentanément. Le resto était en train de devenir une sorte de sanctuaire où je ne pensais plus à l'argent, à mes dettes, au jeu.

Carl s'est encore défilé en milieu de shift, mais de manière un peu plus légitime cette fois, puisqu'il était le premier rentré. Jonathan et Renaud aussi étaient partis tôt, juste avant Carl, laissant Bébert et Bonnie s'occuper de Steven, qui essuyait un feu roulant de moqueries, de remontrances, de coups bas. J'étais content de ne pas avoir reçu un tel traitement à mon arrivée.

Carl m'avait quand même laissé avec beaucoup de travail sur les bras, mais, contre toute attente, la salle de préparation était bien nettoyée.

La chaîne stéréo était encore dans la plonge et j'avais mis un mixtape que je n'avais pas choisi au hasard. Quand elle est venue me porter ma focaccia, Bonnie a tout de suite reconnu ce qui jouait.

— You like Maiden ?

Elle avait l'air un peu amusée. Pour la première fois j'ai senti qu'elle s'intéressait à ma personne.

J'ai répondu que oui. C'était « Seventh Son of a Seventh Son » qui jouait. Je lui ai dit que c'était aussi mon album préféré.

— I don't really like *Seventh Son.* Sounds cheesy. I like the first albums better.

Puis avant même que je puisse ajouter quelque chose

elle est retournée en cuisine dans son habit de cook trop grand pour elle. J'ai haussé les épaules et j'ai commencé à manger ma focaccia.

La sonnette arrière a retenti. J'ai interrompu mon repas pour aller répondre. J'ai poussé la porte. Un garçon maigrelet, un peu plus grand que moi, se tenait dans la lumière orange de la ruelle. Il grelottait dans son manteau Avirex, et ses mains étaient enfoncées dans les poches de son pantalon baggy. Il a levé le menton de son cache-cou.

— Carl est-tu là ?

Je m'en allais lui répondre par la négative quand Bébert a surgi derrière moi.

— Qu'est-ce que tu y veux, à Carl, toé ?

J'ai cédé le passage à Bébert. Le gars a reculé, les mains toujours dans les poches.

— Ben… c'est lui qui a mes clés.

— Oué, c'est ça. Là, tu décâlisses pis tu diras à ton chum Carl qu'on chie pas où c'est qu'on mange. Enwèye, scramme.

Bébert a claqué la porte.

— Je commence à en avoir mon truck, de ces niaiseries-là. C'est le quatrième cette semaine.

Il s'est tourné vers moi. Il avait retrouvé le sourire.

— Est-tu bonne, ta focaccia ?

Il a regardé mon assiette, où il restait trois pointes, et s'en est allé en me souhaitant un bon appétit.

La soirée s'est déroulée sans accroc jusqu'à vingt-trois heures trente. Alors qu'on s'enlignait sur le close, un groupe de vingt est arrivé à l'improviste pour s'ajouter aux dernières tables encore en commande. Je l'ai appris par les sacres magistraux de Bébert quand il est venu lui-même chercher ses poêlons dans la plonge.

— Vingt osties de clowns qui arrivent comme si y était cinq heures, il a dit en faisant des piles avec les poêles propres, pis l'autre qui connaît même pas le dixième des plats.

Ma vaisselle était bien avancée. Je lui ai demandé si je pouvais les aider à quelque chose.

— Inquiète-toi pas, man. Tu vas tomber dans le jus toi avec.

Malgré le souffle puissant de ma hotte, j'entendais l'imprimante grincer alors qu'elle débitait les bons de commande. J'ai envoyé un rack dans la machine et j'ai décidé d'aller voir dans la cuisine comment tout ça se tramait.

Le groupe commandait de façon désordonnée, un ou deux plats à la fois, exigeant des extras et des changements compliqués pour presque chaque assiette. Bonnie était au passe et se débrouillait pour préparer les poêlons à envoyer sur les ronds. Elle ne connaissait les plats du chaud que de façon sommaire et ça lui prenait du temps pour assembler les ingrédients dans les poêles. Elle s'aidait en lisant la description des plats sur un spécimen du menu tout taché d'huile et de sauce. Elle oubliait les brocolis ou mettait des échalotes à la place de l'ail. Elle soupirait d'impatience toutes les deux minutes. Bébert finissait de sortir les dernières tables avant le groupe. Il tournait sur lui-même entre le fourneau et la table chaude, où toutes les sauces étaient entreposées. Il dressait et expédiait les plats lui-même, laissant Bonnie préparer les poêlons pour le groupe en supervisant Steven, qui se débattait avec les entrées et les salades en suant comme une bête. Il s'essuyait le front sans arrêt pour que sa sueur ne tombe pas dans la nourriture. La salle était redevenue bruyante, mais de ce vacarme propre aux groupes de fin de soirée que j'apprendrais à reconnaître, avec des voix gueulardes qui surnageaient et des rires très alcoolisés. Du house pulsait dans les haut-parleurs et Séverine avait monté le son un peu. La salle, pratiquement vide il n'y avait pas vingt minutes, s'était transformée en party. D'autres clients s'ajoutaient en désordre au groupe. Derrière Bébert qui bougeait à toute vitesse, à travers les tablettes du passe des desserts, j'apercevais des gens pelotonnés au bout du bar, tous habillés chic, avec leurs sourires scintillants de quadragénaires qui sont en moyens. Ils discutaient, les draguant à fond, avec Jade et Sarah, qui canalisaient leur attention en continuant à préparer les drinks apparemment sans effort. J'ai détourné le regard. J'avais l'impression d'être immergé dans un aquarium et de regarder le reste du monde vivre à travers un mur de verre sans début ni fin.

— Nick, dis à tes serveurs de venir chercher leurs osties d'assiettes. Je dors pas icitte à soir, moi !

Un homme trop bronzé et peigné comme Tintin est venu s'appuyer sur le passe des desserts. Il était saucissonné dans un V-neck turquoise et ses sourcils disparaissaient derrière la monture carrée de ses lunettes. Le sourire satisfait qu'il avait d'étampé sur son visage plein de tics prouvait qu'il n'avait aucune idée de ce qu'il était en train de faire. Il s'est penché de presque tout son torse dans la cuisine, entre deux tablettes du passe. En le voyant, j'ai pensé à ces imbéciles qui entrent dans l'enclos des tigres pour le fun ou pour montrer qu'ils n'ont peur de rien. C'était un ami de la patronne, visiblement coké à mort.

— Heille, Ti-Bert ! T'as-tu le temps de me faire à manger ? Si je te commande ça icitte, ça va-tu aller plus vite ? Tes serveurs sont pas ben vite sur la switch.

Bébert n'a rien répondu. Il a déglacé une des poêles avec la pipette de vin blanc. Une flamme haute de deux pieds a jailli des ronds. Il a passé la poêle tout près de son nouvel ami. Le tata a fait un bond en arrière, s'est cogné la tête contre une tablette en couinant et s'est retrouvé avec ses lunettes dans les mains, il les avait rattrapées de justesse.

— Désolé, man, j'suis occupé ! a gueulé Bébert sans le regarder. Va chialer ça à Séverine. Ostie, tu devrais le voir, que j'suis dans le jus, avec tes barniques à deux mille piasses.

Il a levé la tête tout en ignorant le visage pivoine du gars. Il regardait à travers lui, derrière dans la salle. Il cherchait quelqu'un.

— Nick, câlisse, t'es où ? il a crié. Ring that fucking bell, Bonnie !

Sa voix tonnait comme des coups de canon. Le ronronnement sourd de la hotte, le choc des poêlons, les rires aigus des clients, tout ça ajoutait à la pression que Bébert mettait sur tout le monde. Puis Nick est reparu comme un diable et m'a crié par-dessus le vacarme conjoint de la cuisine de service et de la salle d'aller chercher ma moppe. Je n'ai pas aimé son ton et il s'en est rendu compte tout de suite.

— Y a un problème dans les bécosses, man, il a ajouté, soudain calmé. Ça serait smatte que tu t'en occupes.

Nick s'est chargé les bras d'assiettes fumantes et a disparu dans la salle en se faufilant entre les clients. Je suis allé chercher la moppe, j'ai fait rouler la chaudière jusque dans la salle et me suis frayé un chemin à travers la foule de clients et les nuages de parfums chers. Personne ne se donnait la peine de me céder le passage. Je devais m'excuser, les contourner et les déranger dans leur discussion, forçant parfois un peu ma progression avec la chaudière, sous le regard tendu de Séverine qui m'avait vu apparaître dans la salle. La musique et le bruit enterraient ma voix. Je regardais par terre devant moi et je suis arrivé aux toilettes sans trop renverser d'eau de moppe. J'entendais parler mais j'ai quand même poussé la porte en bois laqué de la première cabine. Je suis tombé sur deux clients en veston et en t-shirt, coiffés comme des acteurs de cinéma, en train de se faire des clés de coke. Ils se sont figés, une expression mongole sur le visage. Ils se sont ressaisis et m'ont jeté un regard méprisant qui m'a donné envie de leur sauter à la gorge, mais ils ont tout de suite repris leur conversation. J'en ai déduit que « le problème » n'était pas ici. Je suis entré dans l'autre cabine. L'eau débordait d'une des toilettes et je n'avais pas apporté le siphon. J'ai traversé la salle de nouveau, crotté dans mon habit de plonge peinturé de giclures de sauce et mouillé d'eau de vaisselle, en me faufilant du mieux que je pouvais parmi les groupes de clients qui jasaient, cocktails à la main. J'avais l'air d'un quêteux à la soirée des Oscars.

Lorsqu'elle m'a vu repasser avec le siphon, Bonnie m'a crié d'aller chercher un bac d'épinards et un bac de frisée au sous-sol. J'ai stocké l'info et je suis retourné dans la mêlée de clients, camouflant le siphon le long de ma jambe. J'essayais de faire abstraction du sentiment d'humiliation et de la colère sourde que m'inspirait malgré moi la situation. J'avais l'impression qu'on me dévisageait, mais en fait on ne s'occupait sans doute pas de moi.

Une jeune femme est venue se remaquiller pendant que je débouchais et torchais la toilette. Une autre est entrée et, quand elle m'a vu, a soupiré avec insistance. Après dix secondes, elle a dit : « Heille, c'est long ! T'achèves-tu ? » J'ai ramassé en vitesse les mottes de papier hygiénique détrempé, j'ai épongé l'eau du mieux que j'ai pu et j'ai reculé avec mon barda, en manœuvrant la chaudière avec le manche de ma moppe, comme un gondolier crasseux.

Je suis retourné dans mes quartiers, furtivement, en essayant de faire le vide dans mon esprit pour empêcher la honte de m'envahir. J'ai parqué chaudière et moppe dans la plonge et j'ai couru au sous-sol pour aller trouver les épinards dans la chambre froide.

C'est à ce moment-là que j'ai craqué. Je me suis mis à crier et à traiter Carl de tous les noms, je rêvais en tremblant que je lui fendais sa petite face de frais chié, de crisse d'ostie de nabot pogne-cul.

Il n'avait préparé aucun bac de salade. Il ne restait qu'un bac de romaine et un bac de laitue frisée. Pas d'épinards, pas de roquette non plus. J'aurais dû m'en douter. Ça voulait dire que je ne pouvais pas en remonter maintenant comme me l'avait demandé Bonnie, ça voulait dire qu'elle tomberait en retard dans ses entrées, que tout serait retardé. Je me suis retenu de faire un trou dans le mur. J'en ai eu les larmes aux yeux. J'ai attrapé le bac de laitue et deux sacs d'épinards et me suis précipité à l'étage. Je n'avais pas le choix de les équeuter et de les rincer en vitesse dans la cuisine.

— Bonnie, j'ai…

— What? elle a dit d'un ton sec.

Elle m'a dévisagé et a froncé les sourcils quand elle a vu mes sacs d'épinards.

— It's Carl. He didn't…

— What the fuck is that? elle a demandé en m'arrachant les sacs des mains pour me les brandir sous le nez.

Elle était rouge de colère.

— Carl, he… il a pas fini sa mise en place.

— It's not my problem, elle a craché. I asked you, you fucked up.

— I'm gonna wash them quick right here.

— Don't get in my way, elle a dit en me lançant un regard glacial. And hurry up. Dépêche, estie!

Elle bardassait ses affaires et jurait en anglais. Je me suis fait tout petit et me suis inséré aux côtés de Steven pour trier mes épinards. Il devait sortir sept salades d'épinards et une quinzaine d'autres entrées en même temps. J'ai commencé à déchirer les feuilles vert foncé et j'ai senti la sueur me dévaler les flancs de plus belle. J'avais les mains qui tremblaient, mais j'allais le plus vite possible, la mâchoire crispée à m'en casser les dents. Bébert avait suivi l'affaire d'une oreille et il m'a dit :

— Clanche les épinards, man. Je vais m'occuper du petit crisse moi-même, inquiète-toi pas.

Il en a profité pour écorcher Christian l'ostie d'ivrogne et Renaud le pas-de-couilles. Je fournissais Steven au fur et à mesure, pour qu'il puisse monter et terminer ses plats. Séverine depuis la caisse jetait des regards incendiaires dans la cuisine. Elle a fait payer un des derniers couples d'avant l'arrivée du groupe puis elle est venue se planter devant le passe. Elle avait détaché ses cheveux, comme la veille en fin de soirée, peut-être parce qu'elle connaissait la plupart des clients du groupe arrivé à l'improviste. Ses cheveux étaient raides, presque plus foncés que ceux de Sarah, plus longs aussi, et tombaient sur ses épaules dénudées. On voyait qu'elle essayait de se contenir, mais elle fulminait. Dès qu'elle a ouvert la bouche, j'ai senti qu'il ne faudrait pas trop l'écœurer avec nos problèmes.

— Qu'est-ce qui se passe avec mes entrées ?

Ni Bonnie ni Steven n'ont répondu, chacun attendant peut-être que l'autre le fasse d'abord et se prenne la première salve de marde.

— Heille, Bonnie Evans, je te parle.

— C'est de la faute à ton ostie de clown de Christian, est intervenu Bébert sur un ton méprisant. Y engage des incompétents qui savent pas faire leur mise en place comme du monde.

— On t'a-tu sonné, toi ? C'est pas à toi que je parle. Flippe tes poêlons pis organise-toi pas pour que je vienne le faire à ta place.

Bébert a continué de travailler en l'ignorant, le visage durci et le geste brusque.

— Grouillez-vous, là.

Elle a frappé avec sa paume sur la tablette en stainless du passe et s'est éloignée, furieuse. Elle avait disparu mais on entendait encore résonner le *ping* aigu de sa bague contre l'acier. Bébert avait les joues écarlates.

— Ostie de crisse de salope, il a lâché.

Il s'est tourné vers moi, presque dépompé déjà, et a dit :

— Tu vas l'aider pour les focaccias, c'est pas trop compliqué. Steven, c'est quoi, tes foc ?

Bébert ne lâchait pas ses poêlons et s'adressait à nous en continuant ce qu'il faisait. Steven a levé les yeux de ses salades. Il s'est essuyé le front puis a déchiffré les bons qui se trouvaient devant lui.

— Euh… foc poulet, foc chèvre et… oui, c'est ça, trois foc poulet pis cinq foc chèvre. Pis une foc basilic.

— C'est bon. Le plongeur va les faire, concentre-toi sur les crostinis pis les salades. Faut que ça sorte *drette-là*. Enwèye.

J'ai eu un vertige, comme si on me propulsait à plusieurs mètres dans les airs. J'ai pris une grande respiration et me suis raccroché aux indications de Bébert. Je suais maintenant presque autant que Steven et devais m'essuyer le visage souvent. Bébert me désignait les garnitures de chacune des focaccias avec sa pince tout en faisant sauter les pâtes dans les poêlons. Il a lancé des steaks de thon sur le gril en fonte et manipulait les légumes brûlants dans les poêles avec ses doigts. Il m'a donné le seau de plastique qui contenait la sauce tomate pour que j'en applique avec la louche sur les focaccias au poulet. Bonnie dressait les assiettes, les lèvres serrées comme si elle se retenait de crier, le regard vide.

J'ai préparé les focaccias le mieux possible, bombardé de consignes par Bébert. Bonnie m'a poussé avec son coude et s'en est emparée pour les glisser dans le four à pizza. En voulant esquiver et Bonnie et la porte du four qui allait s'ouvrir, Steven a accroché Bébert qui tenait un osso buco dégoulinant de sauce entre ses pinces. La pièce de viande s'est échappée des pinces. J'ai réellement eu l'impression qu'elle tombait au ralenti, en genre de bullet time, avec nous quatre autour figés comme des photos. L'osso buco a frappé le plancher sale de la cuisine avec un bruit sourd et mouillé. Il y a eu un moment de silence abasourdi dans la cuisine, sauf pour la hotte qui tirait bruyamment et le brouhaha du groupe dans la salle. Puis Bébert a botté le morceau sous le four, sans lâcher un seul sacre. Il s'est penché dans son frigo dans le même mouvement et en a sorti un autre osso buco. Il a extirpé la pièce de viande de son sac sous vide et l'a balancée dans le four à micro-ondes. Les serveuses partaient déjà avec les plats qui accompagnaient l'osso buco manquant. Il leur a dit que ça prendrait deux minutes pour l'osso. Avec un peu de fond de volaille, Bébert a allongé la sauce qui restait dans la poêle qu'il avait utilisée pour le premier morceau. Il a sorti la viande du micro-ondes, l'a tâtée et a semblé satisfait de la tendreté. Il a dit entre ses dents, s'adressant à un client imaginaire sur un ton baveux, plein de mépris :

— Ça va quand même être meilleur que celui que Renaud t'aurait fait, pis coké comme t'es, anyway, tu verras rien de rien, han, mon crisse de clown ?

Il a immergé la viande dans sa sauce rafistolée. Il a ajouté un peu de sauce tomate puis il a demandé à Bonnie de soigner la présentation.

— Yo ! Bébert, l'osso, ça s'en vient-tu ?

— Amène-moi une bière, Nick.

— Bébert... j'peux...

— Une bière, ostie. Y s'en vient, votre osso buco à 'marde. Bonnie est après le dresser.

Avec des mouvements souples et rapides, Bonnie a placé le morceau de viande en angle, appuyé sur une torsade de linguinis, elle a nappé le tout de sauce puis elle a planté une branche de thym dans la moelle de l'os avant d'essuyer les bords de l'assiette.

Bébert s'est tourné vers moi.

— Va dans la chambre froide et rapporte-moi de la sauce au bleu. Tu vas la trouver avec les autres sauces dans des seaux de même, en dessous des bacs de salade. Si t'es pas sûr, goûtes-y.

Je suis retourné au sous-sol en dévalant les marches quatre à quatre. Une autre surprise m'attendait dans la salle de prep. Je ne l'avais pas remarqué plus tôt, quand j'étais venu chercher les backups : Carl avait omis de nettoyer le steam pot. Des lambeaux de viande avaient séché sur les parois de la cuve remplie à ras bord de carcasses de volaille. Pendant quelques secondes, j'ai songé à déguerpir par la porte de secours de la salle staff. Les autres auraient mis une bonne dizaine de minutes avant de se rendre compte de mon absence. Bébert d'en haut m'a gueulé de me grouiller. Sa voix a résonné dans la cage d'escalier comme dans un porte-voix. Je l'ai entendu se ravitailler en assiettes creuses. Si je me sauvais, quelque chose de mauvais gagnerait encore en moi. J'ai pris une minute pour me calmer puis je suis entré dans le walk-in.

Je n'arrivais pas à distinguer la sauce crème de la sauce au fromage de chèvre de celle au fromage bleu. Ça ressemblait à trois seaux remplis de colle LePage. J'imaginais que le plus gros des trois devait contenir la sauce crème. Pour choisir entre les deux autres, il faudrait que je goûte. Mais hormis le cheddar industriel, le Kraft Dinner et le mozzarella du Pizza Hut, à cette époque-là tout fromage me rebutait et l'éventualité de goûter une sauce au fromage, au fromage bleu en plus, m'écœurait viscéralement.

J'ai pris les deux seaux que je croyais être les bons et je les ai remontés à Bébert. Je lui ai dit que, même en goûtant, je ne pouvais pas faire la différence. Je m'attendais à ce qu'il pète une coche. Mais il n'a rien dit. Il a reconnu la sauce à l'œil.

— Ça, c'est au bleu, pis celle-là au chèvre. Regarde, celle au chèvre fait toujours une croûte sur le top.

Nick lui avait apporté une pinte de bière. Bébert avait retrouvé son sourire joufflu et il m'a renvoyé dans la plonge. Il s'amusait à taquiner Steven, qui jaugeait les focaccias que j'avais préparées. L'orage s'était déplacé vers la salle.

13

JADE est venue me porter ma bière alors que je finissais la vaisselle sous laquelle les cuisiniers m'avaient enterré. Elle n'avait pas l'air ébranlée du tout par la fin de soirée et paraissait aussi en forme qu'au début de son shift.

— C'est pas trop pire, en avant ? j'ai demandé.

— Non, non, elle a dit, avec une voix douce. Ils sont super le fun. J'aime ça quand ça bouge un peu. C'est mortel, sinon.

J'ai vu qu'elle se dirigeait vers le bac de tasses propres et j'ai voulu le prendre pour elle. On s'est foncé dedans. Elle a éclaté de rire, ses mains sur mes épaules, comme pour m'enlever de son chemin.

— Casse pas tout, là ! elle a dit. Bois ta bière.

Elle est retournée vers la salle, le bac de tasses entre les mains. Le bruit de la porcelaine rythmait ses pas à mesure qu'elle s'éloignait de la plonge. J'ai pris une gorgée de ma bière, meilleure que le miel. J'étais probablement cramoisi jusqu'à la racine des cheveux.

Quand je suis arrivé au sous-sol pour torcher la marde de Carl, j'ai trouvé Bébert et Steven en train de finir de nettoyer le steam pot. Ils se donnaient avec zèle, comme si ça faisait partie de leurs tâches et qu'ils voulaient s'en débarrasser au plus vite. J'ai bégayé des remerciements plus sentis encore que si je venais de recevoir une greffe de cœur. Bébert a ricané.

— Sors donc la scrap au lieu de dire des niaiseries.

J'ai monté les sacs à ordures et lorsque je suis redescendu Bébert venait de vider sa deuxième pinte. Il a fait claquer le cul de son verre sur une des tables de préparation. Steven se lavait les bras au gros dégraisseur vert fluo dans l'évier où on faisait tremper les salades. J'aurais dû faire ça depuis le début au lieu de me contorsionner au-dessus du minuscule lavabo des employés.

— Où c'est qu'on va boire ?

Bébert déboutonnait sa chemise de cook.

— Pis toi, Steven, ça te tente-tu, une bière, ou on t'a déjà fait trop peur ?

Le nouveau déroulait ses manches de chemise en réfléchissant, comme si Bébert lui avait posé une question de trigonométrie. Bonnie revenait de la salle des employés, changée, elle avait l'air prête pour monter sur scène et screamer dans un micro. Ses mèches mauves sortaient en bataille de sa tuque de cambrioleuse et son manteau d'armée ouvert laissait voir un chandail des Ramones magané. On apercevait sa peau à travers les trous. Elle tenait une clope king size pincée entre ses lèvres. Elle a dit à Bébert qu'on pouvait aller n'importe où sauf au Roy Bar. Elle ne voulait pas y retourner. Il a demandé pourquoi. Son sourire baveux indiquait qu'il connaissait déjà la réponse.

— I'm getting tired of that place.

— Yeah, right, Bonnie. Sam told me what happened.

Il a ricané. Elle a roulé des yeux. Je me suis souvenu du barman qui l'avait prise dans ses bras, l'autre fois.

— But don't worry, a dit Bébert, he's not working tonight.

Elle lui a donné une bine.

— Fuck you, Bébert. Je veux pas aller là-bas.

Steven est parti se changer après avoir dit qu'il nous suivrait et que l'endroit lui importait peu.

On a entendu Nick dévaler les marches.

— Yo, Nick, tu viens avec nous à soir ?

Il s'est précipité vers la réserve de vin, un lourd trousseau de clés autour du poignet.

— Je sais même pas à quelle heure je finis, man. Sont partis pour la gloire, eux autres en haut.

Bonnie a proposé qu'on aille en face, comme ça Nick pourrait venir nous rejoindre dès qu'il finirait. J'étais content d'être débarrassé du barman tatoué et j'aurais préféré qu'il ne soit pas remplacé par Nick. Bébert a dit à Bonnie que lui et Nick s'étaient fait barrer en face. Une fois, en fin de veillée, Bébert s'était commandé un Canada de Jack Daniel's – un shooter pour chaque province et chaque territoire – et, rendu en Saskatchewan, il s'était mis à lancer les shooters à travers le bar au fur et à mesure qu'il les sifflait. Bébert a raconté l'anecdote comme s'il racontait qu'il avait parlé tout haut dans une bibliothèque. Nick est ressorti de la réserve avec une caisse de lait pleine de bouteilles au bout de ses bras tendus. Il l'a posée par terre et a verrouillé, puis s'est repassé l'anneau de clés autour du poignet. Il a plié les genoux et a repris sa caisse de bouteilles. Tout ça a duré à peine trois ou quatre secondes et il ne se pressait apparemment pas.

— On va aller au Zinc, Nick, a décidé Bébert. Tu te ramèneras quand t'auras fini. Faut que je te pète au pool.

Nick a dit « OK, c'est cool » par-dessus son épaule en grimpant l'escalier, les bouteilles tintaient à chaque pas qu'il faisait.

Steven est revenu changé. Il avait l'air plus vieux. L'uniforme de cuisinier donnait à plusieurs l'air d'ados attardés en pyjama. Je suis allé me laver le visage, les bras et tout le torse dans les toilettes des employés et je me suis changé en vitesse.

Bébert était tellement pressé d'aller boire que je n'ai pas eu le temps de saluer Jade. On est sortis par en arrière. Le froid était sec. J'étais content de m'être changé. Bonnie dans sa veste de cuisinière et Bonnie dans ses jeans troués étaient deux entités semblables et différentes à la fois. Deux créatures jumelles qui existaient dans des univers parallèles. À cause de son look, elle me faisait penser à Marie-Lou quand je l'avais rencontrée.

On a marché un moment dans les ruelles enneigées, des volutes de vapeur autour de nos têtes. Bébert a fait apparaître hors de son sac à dos une bouteille de vin blanc déjà entamée.

— T'as-tu pris ça à la job ? j'ai demandé.

— Voire que j'ai les moyens de m'acheter du vin de snob, a dit Bébert. Attends que je sois sous-chef, par exemple, là je vais me gâter, vous allez voir.

On se l'est partagée à trois, Steven déclinant l'offre chaque fois que son tour arrivait. D'habitude je ne buvais pas de vin blanc. Je trouvais que ça goûtait le jus de pomme trop sûr. Mais là dehors à une heure du matin ça descendait tout seul. Un peu de chaleur se déposait en moi quand Bonnie me tendait la bouteille. Je ne pensais plus aux billets de vingt dollars dans ma poche et ne me représentais pas dans ma tête la carte clignotante de tous les endroits que je connaissais en ville où aller jouer. Bonnie riait des blagues féroces de Bébert qui se défoulait sur le cas de Séverine. Steven nous suivait en silence, les mains dans les poches de son manteau Kanuk. Bébert s'arrêtait de temps en temps pour graffiter ses initiales de tagueur avec la canette de peinture qu'il traînait dans son sac. Bonnie lui répétait de se dépêcher :

— Vite, Bébert, c'est frette.

Arrivés au Zinc, on se sentait déjà un peu chaudasses. J'ai jeté un regard panoramique dans la salle. Pas de machine. Le lieu portait bien son nom : un long bar en zinc s'étendait de l'entrée jusqu'au fond. Les vitrines étaient suintantes de condensation. Les murs sang-de-bœuf et les lampes basses donnaient une ambiance chaleureuse de sous-sol de grands-parents. Les planchers étaient en tuiles de centre d'achat et les tables, bancales. Cette taverne avait manifestement connu le Plateau des années soixante-dix et quatre-vingt.

Bébert a commandé deux pichets et s'est mis next à la table de billard. Je me suis enfoncé dans une banquette. Bonnie s'est assise près de moi. Bébert a servi tout le monde et a entrepris Steven en le soumettant à un interrogatoire serré. Où avait-il travaillé avant ? Avec qui ? Depuis quand connaissait-il Renaud ? Comment il avait trouvé ça ce soir ? Bonnie a écrasé sa clope dans le cendrier au centre de la table et s'est tournée vers moi.

— Hey… So yeah, I yelled at you back there and I'm sorry about that.

Elle a levé son verre.

— Cheers, man.

J'ai frappé le mien contre le sien.

— That's all right, j'ai dit. Carl, he leave widout doing is job. I was hungry after him.

— Angry, yeah, elle a répondu, après une longue gorgée. Nah, really, you did great tonight.

Pendant que Steven et Bébert parlaient de leurs anciennes jobs et s'échangeaient des nouvelles d'un tel et d'une telle que l'un et l'autre connaissaient, Bonnie et moi on a repris la conversation à propos de Maiden sous un angle plus favorable. Je sentais l'odeur de son shampoing qui perçait subtilement celle du tabac et de la graisse de cuisson.

— So you're a die-hard Maiden fan, right ?

— Yes, I do !

— Tu peux parler en français, you know. I understand it well enough. I can't speak it for shit, though. But you already know that, right?

Elle a ramené une mèche de cheveux mauves derrière son oreille toute percée et m'a tendu ses cigarettes. J'ai refusé de la main et elle s'en est allumé une autre. Elle a lancé son paquet d'allumettes sur la table. Il y avait le logo du Café Chaos dessus.

— Oh! You know that place? j'ai demandé.

Elle a topé dans le cendrier en soufflant sa fumée.

— Yeah, why? What do I look like? A tourist?

Elle m'a regardé sans broncher, l'air insultée, jusqu'à ce que je rougisse et me mette à bégayer un genre d'excuse, puis elle a éclaté d'un rire sonore. Elle a posé une main sur mon épaule.

— Just kiddin'.

Elle riait en se cachant la bouche avec l'autre main. J'ai souri et j'ai pris une gorgée de bière.

— J'aime vraiment ce bar-là, j'ai dit. Une des seules places que je connais où ils font jouer du métal à la soirée longue.

— My friends and I always go on Mondays. It's the best night.

— Tu y vas-tu lundi prochain?

— Next Monday? No, I work. But we can go some other time.

Elle a lancé un sous-verre en carton sur Bébert pendant qu'il parlait avec Steven. Il lui a fait un doigt d'honneur sans la regarder. Elle a lâché un petit rire et lui en a lancé un autre. J'ai pris une gorgée de bière en les regardant tous les deux. Elle s'est tournée vers moi.

— À part Maiden, j'ai demandé, quels autres groupes que t'écoutes ?

— Oh. Plein de choses. Older stuff from Megadeth and Metallica. First band I saw live.

— Oh yeah ? When ?

— Lollapalooza '96. With these fuckers.

Elle a montré son chandail. J'ai écarquillé les yeux.

— You still have the t-shirt ?

Je ne connaissais pas vraiment les Ramones. Elle a pris une poffe de smoke.

— Yep. One of the best shows I've ever been to.

— Ah, lucky you, j'ai dit. I was too young to go there.

— Tu connais Suicidal Tendencies ? Man, the guitarist is such a babe.

Elle avait dit ça à voix basse, les yeux vers le ciel et les mains refermées sur une version miniature du gars en question. J'essayais de le visualiser. Je n'avais entendu qu'une ou deux tounes de Suicidal Tendencies. De mémoire, ça ressemblait à Anthrax ou peut-être un peu à Slayer.

— T'aimes-tu ça, Slayer ?

— Some tracks are OK. But I'm not into the heavier stuff that much.

J'ai fait une petite face surprise.

— I know I dress a bit like a metalhead mais je suis une hippie inside. J'ai écouté du métal à cause de ma big sis. She was always laughing at me because I used to listen to Pat Benatar, Heart, Fleetwood Mac, CCR, Jefferson Starship, stuff like that.

Ça me faisait penser à ce qui jouait à CHOM FM, dans l'auto de mon père, quand il me ramenait de l'école primaire. Elle a rapproché le pichet de son verre puis elle s'est replacée sur la banquette pour se servir. Elle avait un air concentré en versant la bière, sa longue cigarette au coin des lèvres. Ça a quand même fait trop de mousse et elle en a renversé un peu. Elle a gloussé en essuyant la table avec la manche de son manteau. Elle est restée un moment dans la lune puis elle a dit :

— I was born two decades too late.

J'ai souri sans qu'elle me voie. Je lui ai dit que moi, ma part hippie se trouvait chez Neil Young.

— Oh ! My mom is such a huge fan.

Sa mère écoutait ça sans arrêt à la maison, quand Bonnie était petite. Elle le faisait jouer sur un vieux tourne-disque. J'ai essayé d'imaginer sa vie d'enfant dans un bungalow d'une banlieue ontarienne. Son père était un gars génial, elle disait, qui aimait le monde, capable de réparer n'importe quoi, et sa mère, une ancienne beatnik qui était peut-être allée à Woodstock, je ne comprenais pas tout ce qu'elle disait. Ça me parvenait en images aux couleurs défraîchies. Je voyais Bonnie, à huit ans peut-être, les cheveux coupés au bol, sur un BMX dans un terrain vague, les genoux de son pantalon salis, en train de courser contre ses frères ou ses petits voisins.

— She would put on *After the Gold Rush* or *Everybody Knows...* and sing all the songs while she cooked.

Sa mère écoutait aussi du Janis Joplin, « when she felt bluesy ».

J'ai commencé à m'emballer un peu. J'ai dit qu'il y avait plus d'intensité dans la voix de Janis Joplin que dans n'importe quel solo de guitare métal. Elle a parlé de Freddie Mercury et des tounes de Queen qu'elle hurlait à tue-tête dans sa douche.

— Singing in the shower is the best thing, elle a dit avant de se raviser. Singing *and* drinking beer in the shower is the best thing.

C'est comme ça qu'on est revenus à Maiden, et j'ai digressé sur Bruce Dickinson. C'était mon idole à cette époque. Je lui ai expliqué comment, durant l'enregistrement de *Chemical Wedding,* il avait astucieusement remplacé les sixièmes cordes des deux guitares par des cordes de basse dans le but d'appesantir le son. Je suis parti dans une envolée sur le concept global de l'album. Ça revisitait l'univers poétique de William Blake. Je lui parlais de chaque chanson en gesticulant. Elle m'écoutait avec une certaine attention, peut-être plus polie que sincèrement intéressée par ce que je racontais. Mais je n'arrivais pas à m'arrêter. L'alcool me montait à la tête. J'ai fini par entendre le trop-plein d'enthousiasme dans ma voix. J'avais l'impression que Bonnie s'éloignait peu à peu, un air gentiment moqueur avait remplacé le sourire de tout à l'heure.

— Did you see Maiden live ? elle a demandé.

— Two times, oui.

Elle a écarquillé les yeux. Puis elle a ouvert la bouche quand je lui ai dit avoir vu le retour sur scène de Dickinson, en 99. Ils n'avaient pratiquement joué que le stock des premiers albums.

— I'm so jealous.

Durant cette tournée-là, elle avait tenté d'aller les voir à Toronto, mais son copain de l'époque n'avait pas réussi à mettre la main sur des billets.

— We should've tried to get ones for another venue, Montreal or even Quebec City. Man, I would've killed to see that show.

J'ai pris une gorgée de bière. Mon surplus d'enthousiasme se dissipait. Steven et Bébert jouaient au billard. Bébert louvoyait autour de la table en évaluant quelle bille il devait essayer de rentrer en premier.

— Pourquoi t'es venue à Montréal?

Elle a tiré une dernière fois sur sa cigarette puis elle a botché dans le cendrier. Elle a froncé les sourcils et a fait une petite moue sérieuse.

— To study. I wanted to get into journalism at Concordia. But I dropped out. Montreal is too much drinking and partying.

— En journalisme? So you love to write?

Elle a montré son verre.

— I love booze more.

Elle s'est remise à rire. Elle m'a lancé un regard complice. À cet instant précis, personne n'aurait pu dire que la fille assise à côté de moi et la cuisinière qui bardassait tout sur son passage étaient la même personne. Je ne l'avais pas encore vue aussi joyeuse. Je m'en allais lui demander ce qu'elle aimait lire.

— Heille, les amoureux!

La voix de Nick m'est parvenue, lointaine. Bonnie s'est tournée vers lui.

— Yo, bitch, what's up ! elle lui a lancé.

Nick s'est installé à notre table avec une pinte de blonde et Bonnie a commencé à le taquiner.

— Why are you still wearing that suit ? You look like a fairy.

Elle tiraillait sa chemise trop ajustée. Il l'a replacée d'un coup avec une grimace agacée. Il me faisait penser aux joueurs de hockey de mon école secondaire qui s'habillaient deux tailles trop petit pour que les manches de leurs polos leur scient les biceps.

Bébert dominait la table de billard. Il éliminait chaque adversaire en trois ou quatre tours. Steven le regardait jouer et commentait ses coups. La glace était brisée entre les deux cuisiniers. Je contemplais Bonnie d'un œil discret pendant qu'elle jasait avec Nick. Il s'est levé pour aller chercher des shooters.

Bébert est venu se rasseoir, un pichet de rousse au poing. Derrière lui, Steven jouait contre deux casquettes blanches pas tellement plus vieilles que moi. Les deux kids avaient l'air de sortir du Rack de Brossard. Steven les a maintenus dans les câbles.

Je glissais tranquillement dans l'ivresse, et l'épuisement me rattrapait. Je me sentais couvert de gras, du front jusqu'aux pieds, excepté les mains, desséchées par les savons abrasifs et la laine d'acier.

Bébert s'est penché vers moi et m'a demandé si j'étais correct. J'ai levé un pouce. Il s'est approché davantage.

— Je sais qu'elle a été roffe, à soir. Laisse-nous nous occuper de Christian, pis après je te promets qu'on te fait rentrer un vrai bon partner.

J'ai haussé les épaules et j'ai répété que j'étais correct. Le signal était encore faible, mais j'ai senti poindre quelque part en moi l'espèce de fièvre qui préludait aux rechutes. J'ai décelé la nuque blanche de Bonnie à travers ses cheveux violets. Elle cherchait une cigarette dans ses affaires. J'ai regardé ailleurs.

Nick est revenu avec les shooters. Il les a distribués, nous en offrant deux chacun. On les a sifflés en criant comme des possédés. Ils ont eu sur moi l'effet d'une droite à la mâchoire. Le début de fièvre s'est dissipé, le signal a disparu. J'étais devenu assez mou pour être hors d'état de me nuire. On était loin des brosses de mon adolescence ou de celles en feu de paille du cégep. J'avais de la misère à m'adapter à la soif de mes nouveaux collègues, à leur descente effrénée.

Bonnie avait rapproché sa chaise de celle de Bébert, qui se moquait de Renaud à demi-mot. Elle lui touchait l'épaule ou la cuisse. L'alcool, qu'il avalait à grandes lampées, ne semblait pas l'affecter, hormis peut-être qu'il colorait ses joues de rouge.

Nick jasait avec Steven maintenant. Ils parlaient d'un certain Gaétan – ou Gates, un boss qui dormait à peu près trois heures par nuit et carburait au champagne et aux amphétamines. Le genre de patron qui entrait dans sa cuisine pour faire la moitié du service comme une tornade, qui se faisait comprendre en lançant des poêles et qui faisait pleurer les serveuses, puis qui s'en retournait en salle gâter ses amis débarqués à l'improviste en plein rush. Ils avaient tous les deux travaillé pour lui auparavant. Nick en cauchemardait encore.

— Durant les trois mois que j'ai été dans cette cuisine-là, j'ai perdu quinze livres, racontait Steven. Ostie, on était toujours understaff pour clancher des deux cents couverts. En plus, le boss venait piger dans la mise en place à la dernière minute pour ravitailler ses autres events. Une fois, un des gars au chaud lui a fait remarquer qu'il pouvait pas partir avec la batche de brochettes, on était déjà super short là-dessus. Ben, Gates, man, il a toute câlissé les brochettes aux vidanges dans la face du kid en lui disant qu'il aurait juste à en faire plus le lendemain.

À mesure qu'ils brossaient le portrait du bonhomme, j'essayais d'imaginer comment ils jugaient Séverine par rapport à lui, quelle place elle occupait dans leur échelle des patrons difficiles. Je n'avais encore pas vu grand-chose de Séverine. J'espérais vraiment qu'elle n'était pas aussi cinglée que lui.

— Yo, Bébert. T'embarques-tu?

Nick montrait le petit morceau de hash qu'il tenait caché dans sa paume. Les yeux luisants d'alcool, Bonnie s'est portée volontaire alors qu'elle se levait pour aller pisser.

— C'est le stock de qui? a demandé Bébert avant de boire une longue gorgée de rousse.

— Greg, a répondu Nick, déjà en train d'égrener.

— OK, good. J'vais t'en prendre une poffe ou deux.

Je me suis penché vers Bébert pour lui demander si Greg était vraiment busboy.

Bébert a ricané un peu, comme s'il s'était souvenu à une ancienne blague.

— Y est pas trop vieux pour être busboy ? j'ai insisté.

— En quoi ça t'intéresse ?

— Ben… je sais pas. Me semble que ça fitte pas. Il a quoi, trente ans, trente-cinq ans ?

Bébert ne souriait plus. Il s'est penché à son tour vers moi.

— Qu'est-ce que tu veux savoir, au juste ?

Je me suis reculé un peu en levant les mains.

— Rien, j'ai dit. Je trouvais juste ça weird. J'étais sûr que c'était un boss.

Le bar devenait de plus en plus bruyant à mesure qu'on se rapprochait de trois heures.

— Deux conseils, man. First, si t'as des questions à propos de Greg, poses-y toi-même. Pose-les pas à personne d'autre. Pis deux, évite donc d'y poser des questions. Il haït vraiment ça qu'on lui pose des questions.

J'ai comme dessaoulé un peu. Bébert me fixait. Visiblement, j'avais dit quelque chose de travers. Je ne comprenais pas quel était le problème.

— J'voulais juste savoir si c'était vraiment un busboy. Je pensais que c'était le gérant ou le patron. Nick m'a dit qu'il était busboy pis je catchais pas. Il me rend nerveux, c'est tout.

Bébert s'est reculé à son tour et a pris une gorgée de bière. Bonnie racontait quelque chose d'intense en donnant des jabs dans le vide et Nick l'écoutait, plié en deux. En me levant pour partir, j'ai voulu donner ma cut sur les pichets à Bébert mais il a refusé. Il m'a souhaité bonne nuit en me disant qu'il ne fallait pas que je stresse avec Greg.

J'ai titubé jusqu'à l'extérieur du bar. Le froid m'a surpris. J'empestais la fumée de cigarette. J'ai marché un moment sur Mont-Royal, qui n'était bruyante qu'à l'entrée des bars qui s'apprêtaient à fermer l'un après l'autre. J'ai hélé un taxi. La voiture s'est arrêtée et j'ai sacrifié un des vingt dollars de ma liasse pour remonter jusqu'à Ahuntsic. Je repensais à ma conversation avec Bonnie. J'espérais ne pas avoir eu l'air trop junior. Je me suis imaginé pendant une pathétique seconde qu'elle prenait le taxi avec moi et qu'on allait chez elle. Dans tes rêves, mon chum. Mais je me permettais de rêver. Il fallait bien, quand même. Je regrettais en tout cas que la discussion se soit terminée en queue de poisson avec l'arrivée de Nick. Ils se connaissaient depuis longtemps peut-être. Je n'étais pas à l'aise comme eux, je n'avais pas leur assurance, leur timing comique. Le taxi filait vers le nord, passant parfois trois feux verts de suite, la voiture donnant l'impression d'aller sur l'eau, portée par une longue houle au milieu de la ville blanche, endormie sous l'ambre glacé, et je me suis laissé somnoler, en route vers le bout de rien du tout, de rien du tout.

14

JE ME SENTAIS bouffi, enflé à cause du mauvais sommeil, et encore plus courbaturé que la veille, avec l'impression que je m'étais pris une raclée. J'ai regardé l'heure sur ma pagette. Dix heures cinquante-trois. De peine et de misère, je me suis tiré du sofa et j'ai fait le tour de l'appartement à pas lents, pour me déverrouiller le squelette. Je suis allé d'une pièce à l'autre, sans but, comme si j'avais oublié ce que je cherchais. La chambre de Vincent était vide, le bordel s'accumulait et ça sentait encore le déodorant et le shampoing. La cuisine avait l'air tout aussi désespérément dégarnie et glauque, et j'ai pensé à la cuisine de chez mes parents, avec le pain sur le comptoir, le panier de fruits, le frigo plein d'œufs et de bacon, de confitures et de jus frais. J'adorais me faire des sandwichs toastés aux œufs, avec bacon, laitue, tomate, mayonnaise. Je me suis dit qu'il faudrait que j'achète au moins le minimum, lait, pain, beurre d'arachide, café. Une autre fois : vu l'heure qu'il était rendu, il fallait que je m'active. Je rejoignais Malik à la station Henri-Bourassa dans moins d'une heure.

J'ai lu la note que Vincent m'avait laissée sur la table de la cuisine. Il l'avait coincée sous mon walkman, pour être certain que je la voie. Il demandait si je pensais rester pendant toutes les fêtes et, si oui, si je pouvais l'aider avec le loyer et le bill d'Hydro – le montant que j'étais capable.

Je suis allé me doucher pour de nouveau essayer de dissiper l'odeur de graisse et de cuisson qui me collait au corps et dans les cheveux. Je suis ressorti de la salle de bain en vitesse et j'ai fourré pêle-mêle dans mon sac les affaires dont j'avais besoin pour le shift en soirée et je suis sorti à la course. J'ai attrapé la 69 de justesse.

C'était une belle journée de décembre. La neige restait au sol depuis une semaine. L'herbe grise avait fait place à des blancs éblouissants sous le ciel bleu, qui crissaient sous les pas.

Je suis arrivé au métro une dizaine de minutes en retard. Un record de ponctualité, vu mon état. J'ai repéré la Golf de Malik, il s'était garé dans le stationnement à côté du terminus. Quand j'ai ouvert la portière, les riffs victorieux du dernier Nocturnal Rites m'ont accueilli dans l'habitacle. Je me suis laissé tomber sur le siège du passager. Malik relisait des notes de cours remplies de formules mathématiques.

— Bon. Ça fait changement du Rhapsody.

J'avais de la misère avec ces groupes qui se déguisaient en chevaliers et se photographiaient claymore à la main.

Malik admirait leur maîtrise technique, moi je tiquais sur les textes. Quand ça n'imitait pas l'univers de la Terre du Milieu, ça évoquait le procès-verbal d'une game de Donjons, rimes en boni. Malik a baissé le volume.

— On va où?

Je lui ai conseillé de descendre Berri puis d'aller chercher Saint-Denis. On n'irait pas loin de ma job vu que je travaillais à seize heures.

Les rues enneigées, le soleil bas, les passants qui envahissaient les trottoirs et qui prenaient les magasins d'assaut m'infusaient un peu de l'esprit nostalgique des fêtes. J'aurais aimé rajeunir d'une dizaine d'années et retrouver intacte la fébrilité que je ressentais, enfant, durant cette période de l'année. Malik avait remonté le volume et suivait le beat en tapant sur son volant. Je me suis presque entendu lui demander de me ramener à Trois-Rivières, mais j'ai eu peur que la conversation dérape à partir de là. Ce n'était pas le moment, il préparait ses examens et moi j'étais en train de ne pas me rendre compte que ma session était foutue. Je préférais ne pas y penser, ne pas en parler, et je n'ai rien dit. J'ai essuyé la buée de la fenêtre et j'ai regardé défiler les façades déjà assombries dans la lumière hivernale. C'était « Hell and Back » qui jouait, la seule toune de Nocturnal que j'avais enregistrée sur un de mes mixtapes.

Au Fameux, on s'est installés dans une des banquettes le long des fenêtres. Malik s'est commandé un club sandwich et un café filtre, j'ai pris une poutine italienne et un coke. J'avais besoin de me remplir l'estomac. Je commençais à être étourdi.

— Tu pars quand pour Cuba ?

— Le 21, a répondu Malik en se roulant les manches. Je reviens le 28 ou le 29.

La serveuse nous a apporté nos boissons. J'ai bu une longue gorgée, le sucre m'a fait du bien. Le restaurant était aux deux tiers inoccupé, quelques personnes lisaient *Le Journal de Montréal.* Un étudiant assis en face de moi sur l'autre banquette mangeait un hamburger en lisant un gros recueil de notes spiralé. Dehors, de l'autre côté de la rue, dans l'entrée du Bily Kun, des bonhommes en chienne bleu marine fumaient des cigarettes et buvaient du café en discutant.

— Tu vas chez tes parents le 24 et le 25, a dit Malik en vidant deux crémettes dans sa tasse de café.

— Oui, faudrait bien.

— C'était pas une question. Tu vas chez tes parents à Noël.

Il a pris une gorgée du bout des lèvres. Il a grimacé et a remis du sucre.

— J'ai pas envie d'y aller.

— Pis, ça ?

Il s'est accoudé sur la table, les doigts entrelacés, il regardait dehors. Ses yeux étaient cernés, mais il semblait en forme, venait de se raser. Il a tourné la tête et m'a fixé.

— Ta mère arrête pas de répéter à mon père qu'elle a pas assez de nouvelles de toi. Fais donc un effort.

J'ai regardé ailleurs sans cacher mon irritation. J'ai décidé de lui rendre ses quatre-vingts dollars avant qu'il n'en fasse mention. J'ai déposé une enveloppe de guichet automatique sur la table. Il a eu la réaction qu'il avait quand, pendant une partie d'échecs, je jouais un coup irréfléchi.

— C'est bien, il a dit.

— Tu vois. Mon cas est pas désespéré.

J'ai mis la paille de côté et j'ai bu au goulot.

— J'ai jamais dit ça.

Il n'a pas touché à l'enveloppe. Il tenait sa tasse devant ses lèvres et prenait de petites gorgées régulières.

— T'es sûr que t'en auras pas encore besoin ?

— Non, c'est bon, ils ont déjà commencé à me payer.

— Déjà ?

— Oui, je suis arrivé en plein milieu d'une période de paye, ça fait que le chef m'a payé ma première semaine cash.

— Sérieux ? Ils te payent en dessous de la table ?

— Non, pas en dessous de la table. Pour le reste des heures, il a dit qu'ils vont me faire des chèques.

Je jouais avec la paille de plastique en parlant. Le ciel s'assombrissait déjà et la chaleur sèche des calorifères électriques faisait du bien. On sentait que dehors le froid prenait aux os juste à voir les gens rentrer le cou en marchant. La tasse de Malik était déjà vide. Il a toujours bu son café à toute vitesse, il l'aimait brûlant.

— Je me remets sur la bonne track tranquillement, j'ai continué. Je paye ma part à Vincent, aussi.

La serveuse a rapporté du café. Malik s'est éclairci la voix avec le même raclement de gorge que notre grand-père quand il s'invitait dans une conversation.

— Pis tes cours ?

— Je vais m'en sortir, je pense bien. La job aide à me structurer.

— C'est pas mal de gros progrès en une semaine, ça.

— Je me suis donné un coup de pied dans le cul. Y était temps.

On a entendu klaxonner à plusieurs reprises. On s'est retournés. Un mendiant était penché au milieu de la chaussée couverte de gadoue, comme s'il cherchait ses lunettes entre les automobiles qui le contournaient rageusement.

— C'est pas trop, les deux en même temps ? a dit Malik.

— Non. Ça me tient loin des machines. Ça me garde occupé.

Nos plats sont arrivés et on a attaqué aussitôt. Je lui ai demandé comment se passait sa fin de session. Il était déjà à la recherche d'un stage pour l'été prochain. Il travaillait sur une armure pour les démineurs, un gros projet qui chevaucherait les sessions d'automne et d'hiver. J'ai imaginé la Power Armor du Enclave dans *Fallout 2.* J'avais hâte qu'il me montre ça. Il m'a demandé comment allaient mes projets à moi. Avec mes tracas en voie d'être réglés, j'étais capable de m'y consacrer de nouveau. Alex était vraiment excité par mes illustrations et il parlerait de moi à d'autres groupes qu'il connaissait. Malik a levé sa tasse avec un petit air fier sur le visage.

J'ai pris un café après ma poutine et on a discuté pendant presque deux heures. On a fait des plans pour le printemps, les shows à voir, et il m'a donné mon billet pour Iced Earth. In Flames passerait bientôt à Montréal.

On irait peut-être aussi une fin de semaine chez son père en Estrie pour faire de la raquette. Il répétait que ça m'aiderait de sortir de la ville, d'aller dans le bois un peu. Ces lointains projets ouvraient un espace rassurant dans mon esprit, un espace où mes problèmes seraient réglés, où je pourrais envisager le lendemain sans angoisse, et sans le désir de jouer non plus. Il m'a demandé si j'avais une fille en vue. Je lui ai dit que je ne savais pas trop.

— Ça te ferait du bien, non ?

— Sûrement. Mais c'est pas ça la question.

L'itinérant de tout à l'heure était réapparu. Il était maintenant monté sur le toit d'un char stationné. On voyait qu'il criait quelque chose. Aucun passant ne lui prêtait attention. Je me suis tourné vers Malik.

— De toute façon, j'ai pas envie de parler de ça.

La serveuse a déposé les factures sur notre table. J'ai comme été pris de panique l'espace d'une seconde. Je ne pouvais pas payer sans exposer ma liasse de billets, épaissie par mes derniers gains. Avant que je n'aie à me livrer à quelque tour de prestidigitation, Malik a pris mon addition et a payé pour nous deux.

Il m'a déposé devant le restaurant et a continué sur Mont-Royal pour aller prendre Papineau. Le ciel avait viré à l'indigo profond et le froid condensait les haleines. J'ai frissonné, sortant ma pagette pour regarder l'heure. J'ai vu que j'avais un message. Je me suis rendu à la cabine téléphonique qui se trouvait devant le Second Cup et j'ai composé le numéro de ma boîte vocale. J'ai reconnu la voix d'Alex. D'un coup, ma salive est devenue acide et mon cœur s'est mis à cogner dans ma poitrine.

« Fait que, man, on voulait savoir quand est-ce que tu pensais nous montrer tes esquisses. On aimerait ça voir comment ça avance. Mike commence à être stressé avec ça, surtout que t'as choké la dernière fois. J'ai ramé pour te backer. J'peux les calmer, mais là, mets-y du tien. Enwèye, j'te fais confiance là-dessus. Donne des nouvelles. On sera pas en ville cette semaine mais passe au local la fin de semaine prochaine. OK ? Bye, man. »

J'ai effacé le message aussitôt après l'avoir écouté, comme si, du même geste, j'effaçais la pression, l'échéance, ma dette, mes mensonges, mes conneries, le monde entier. J'ai pris une grande respiration. J'avais le goût de rappeler Malik et de tout lui déballer. J'ai pris une autre longue et profonde respiration puis j'ai retrouvé un peu de sang-froid. J'ai raccroché et j'ai traversé la rue.

15

J'AI SONNÉ à la porte arrière et un petit homme jovial m'a ouvert. Il devait mesurer cinq pieds deux, ses cheveux étaient noirs comme de l'encre et sa peau olivâtre devenait plus foncée sur ses joues rasées de près. La plonge était exceptionnellement propre. Il achevait de ranger la vaisselle de service et j'ai vu qu'il travaillait avec méthode. Il s'est présenté dans un anglais élémentaire. Il s'appelait Eaton. Je me suis présenté à mon tour. Il a répété mon nom plusieurs fois, comme pour le mémoriser, mais sans jamais pouvoir le prononcer comme il faut. Je me rendrais compte dans les semaines qui suivraient qu'il massacrait le nom de tout le monde. Bébert, c'était Cuckoo Guy; Bob, c'était The Bob – il plaçait régulièrement des déterminants devant les noms propres –; Jonathan devenait Chinatown; Bonnie, Bobbie; et Steven, Estevan. Il faisait sans doute ça pour se venger de toutes les fois où on avait massacré le sien, avant qu'il choisisse le surnom d'Eaton. Moi, c'était Laloo. Au cours des shifts qu'on ferait ensemble, je lui demanderais plusieurs fois son vrai nom. Il éluderait ma question avec un sourire narquois ou des blagues dont je comprendrais l'esprit sans saisir exactement ce qu'il disait. Au bout d'une semaine, il finirait par me le révéler, son nom : Bramata Burudu.

Ce soir-là, je lui ai demandé pourquoi il s'était rebaptisé Eaton. Il m'avait raconté l'affaire en essuyant des assiettes. Dans un des premiers restaurants où il avait travaillé en arrivant au Québec, on lui avait demandé de se trouver un nom « moins compliqué ». Le lendemain de cette demande barbare, il était passé par le métro McGill et en débouchant sur Sainte-Catherine il était tombé devant « this big tall building » sur lequel on lisait en grandes lettres CENTRE EATON et où on se bousculait presque pour entrer. Il en avait conclu que ce devait forcément être un lieu d'une importance monumentale, nommé sans doute d'après quelque grand homme, et c'est ce nom-là qu'il avait choisi.

Il terminait son shift et avait tout rangé, et on pouvait quasiment se regarder dans le stainless du dish pit tellement c'était propre. Je n'avais jamais vu la plonge dans un tel état. Elle avait l'air deux fois plus grande.

Au sous-sol, j'ai croisé Bébert. Il avait l'air d'ajuster la température du four à convection, une bouteille de Bawls à la main. L'odeur du guarana a percé celle des savons, des poivrons grillés et du basilic réduit en pesto. Bébert m'a donné une grosse tape dans le dos et m'a demandé comment j'allais.

— Top shape, man.

La salle de préparation était dans le même état que la plonge. Eaton et Bob n'avaient rien laissé traîner. Tout avait été récuré de fond en comble.

Dans la salle des employés, j'ai trouvé Greg qui se changeait en engueulant quelqu'un au cellulaire. Quand il criait, on aurait dit qu'il combattait une extinction de voix. Dans l'éclairage agressant des néons, ses rides précoces étaient plus apparentes, et ses cheveux plus gris. Il n'avait pas l'air de se ménager. Bébert est entré sur ces entrefaites et lui a tendu une bouteille de Bawls et m'a demandé si j'en voulais une.

— C'est ben meilleur que le café, man.

Renaud est sorti du bureau en roulant sur sa chaise, des feuilles dans les mains. Il travaillait sur les horaires.

— Tu vas voir, il a dit à mon intention, ça va être un peu intense ce soir. J'espère que t'es en forme. On a le groupe de quarante-cinq. Ça se peut que tu finisses plus tard, ils arrivent vers dix heures et demie.

Il mâchouillait son crayon comme si c'était un bâton de réglisse. Il m'a conseillé de me débarrasser de la mise en place le plus vite possible. Je pouvais faire un peu moins de pâtes que d'habitude, parce qu'après vingt-deux heures on n'attendrait plus que le groupe et que ni les calzones ni les focaccias ne seraient au menu.

— Yo, Renaud, Christian est-tu déjà parti ? a demandé Bébert qui cherchait quelque chose dans sa case.

— D'après toi ?

Renaud s'est donné un élan avec les pieds et est retourné dans son bureau en roulant jusqu'à l'ordinateur.

— Capote pas avec ce que cet ostie-là te raconte, m'a

dit Bébert en faisant un signe de tête vers Renaud. Ça va être un shift comme un autre. On a pas peur de ça, les groupes de cinquante.

Bébert est sorti de la salle des employés d'un pas relax. Greg continuait de s'énerver dans son cellulaire, la chemise déboutonnée et fusillant du regard quelque chose qui n'était pas devant lui. Il est resté silencieux quelques secondes puis il a interrompu la voix qui plaidait dans l'appareil :

— Là tu me contes des affaires que je me câlisse, man. Non, man, non. Là, tu le rappelles drette-là, pis... heille, ostie, j'ai pas le temps de dealer avec tes crisses de niaiseries... C'est dix ou c'est rien. Tu lui dis ça. Pis crisse, rappelle-moi pas pour me dire que ça a chié.

Pendant que l'autre crachotait à l'autre bout du fil, il a boutonné sa chemise et l'a glissée dans son pantalon dans de grands gestes énervés, puis il a ramassé la bouteille de Bawls et s'est dirigé vers l'escalier, un pan de chemise flottant derrière lui.

— Heille, sacrament, ça te tente-tu de passer la fin de semaine à l'urgence, toé ?

Il marchait d'un pas sautillant et semblait sur le bord de perdre la voix. Il a évité Bonnie en bondissant dans les marches. Elle s'est traîné les pieds jusque dans la salle des employés. Il était cinq heures du soir passées, mais elle portait des gros verres fumés quand même. Ses mèches mauves lui retombaient sur les joues comme de longues griffes lumineuses. Elle ressemblait à une héroïne cyberpunk, Molly Millions tout droit sortie de *Neuromancien*, ou à Kei après son duel contre Tetsuo.

Elle avait l'air d'avoir dormi dans sa baignoire ou sur son tapis d'entrée. Elle a ouvert sa case et elle a jeté ses clés sur la table. Elle sirotait un café immense à coups de gorgées minuscules. Elle a enlevé son manteau comme si elle se défaisait péniblement d'un cocon d'araignée géante ou d'une armure encombrante. Elle ne m'a pas salué. Je ne lui ai pas parlé non plus.

— Good morning, Bonnie, a dit Renaud, toujours assis devant l'ordinateur, t'es pas mal en retard, han ?

— Yeah, whatev, elle a dit d'une voix enrouée et inaudible.

J'ai fini de me changer, j'ai mis mes affaires dans l'ancienne case de Dave et je suis allé rejoindre l'équipe dans la salle de préparation.

Malgré le ménage que Bob et Eaton avaient fait avant de partir, le désordre s'installait de nouveau. Caisses de légumes vides, cartons cirés défoncés, récipients graisseux de pesto ou de fromage à la crème, plaques de cuisson, bacs de pâtes, mandolines obstruées de juliennes de carottes, spatules couvertes de vinaigrette. Apparemment qu'on appelle ça des maryses, mais Bébert appelait ça des lèche-culs.

Jonathan faisait des allers-retours entre sa table de prep et la chambre froide, les bras chargés de légumes à transformer. Depuis la dernière fois, il avait rasé sa barbe clairsemée. Je regardais les montagnes de tomates, de courgettes et d'oignons qui s'étalaient sur sa table et celle d'à côté, et je me disais qu'il ne terminerait jamais sa mise en place à temps. Les préparatifs pour le groupe ne faisaient que s'accumuler, et il répétait entre ses dents à la manière d'un mantra que c'était complètement cave de prendre un groupe aussi tard, et encore plus cave de faire deux services complets avant que le quarante-cinq arrive. J'ai lavé deux fois plus de salades pour rattraper ce que Carl n'avait simplement pas fait la veille.

Renaud était venu voir comment ça avançait. Il restait planté au centre de la salle de prep. Il se frottait la tête sous sa toque, l'air hagard, pas trop certain de savoir à qui il fallait assigner quelle tâche. Puis il disparaissait dans la chambre froide, pour bardasser on ne savait quoi, j'entendais des couvercles de plastique qu'on ouvrait et refermait, le dessous des chaudières pleines de sauce qui frottait le sol en ciment quand on les tassait. À tout bout de champ, il appelait Jonathan, qui allait l'aider un moment et revenait poursuivre sa mise en place avec des gestes brusques et impatients. Je me concentrais sur mes laitues, comme si ça me tenait à l'abri de ce qui s'en venait.

Bébert et Jason se démenaient à l'étage, je visualisais maintenant avec assez de précision ce qu'ils faisaient, juste à entendre les bruits de la cuisine de service, poêlons sur le rond ou lancés sous le four à pizza, assiettes sur le passe, clochette frappée, prenant note presque malgré moi des commandes qu'ils se lançaient. Ils essuyaient la première vague de réservations que Séverine avait concentrées à la même heure, pour maximiser le volume avant le groupe. Elle tassait des walk-in par-dessus ça. On entendait distinctement Bébert sacrer jusqu'au sous-sol.

Le chef n'avait pas laissé d'instructions claires et ça se sentait. Bob avait planché toute la journée sur certains aspects de la mise en place et, mal informé, il en avait omis d'autres. Le chef avait mis l'accent dans ses rares consignes sur le menu du groupe en oubliant qu'on ferait deux services complets avant. Il n'était pas dix-huit heures qu'on manquait déjà de légumes marinés, les bacs de champignons étaient vides, on entamait les derniers backups de poulet et de crevettes. Jonathan essayait de rattraper le retard et je lui donnais un coup de main entre mes salades. J'ai déchiré le reste de mes pleurotes et l'ai ensuite aidé à trancher des poitrines de poulet en lanières qu'il faudrait mariner en vitesse. Utiliser un aussi gros couteau me rendait nerveux et la texture gélatineuse de la volaille crue m'écœurait au plus haut point, mais ce n'était pas le temps de faire le difficile. Bonnie est venue nous rejoindre après avoir passé un millénaire dans la salle staff. Son teint paraissait encore plus verdâtre à cause de sa chemise de cook et elle avait l'air encore plus à l'ouest que Renaud. Carl est passé comme un fantôme avec sa tête de fainéant maussade. Lui aussi, il était en retard. On s'est ignorés mutuellement.

J'essayais de ne pas m'énerver en voyant le boulot s'accumuler. J'entendais la vaisselle s'entrechoquer en haut. Je ne pouvais pas faire plus vite pour les salades, un des éviers étant occupé par les pétoncles qui dégelaient.

À l'étage, le gros du premier service les frappait de plein fouet.

— Je m'en crisse que c'est pas ta table, sors-la pareil, a retenti la voix de Bébert. Je referai pas les plats deux fois.

— Mais je sais même pas où ça va, disait Sarah.

— Regarde le fuckin bon. Pis sors la table.

— Non, mais je veux dire…

— Heille ! Sors la table !

Sarah qui répondait aux aboiements de Bébert, les éclats de voix des serveurs, les sacres de Greg, le bruit des assiettes qu'on expédiait sur le passe, le claquement sourd de la porte du four à pizza, tout ça parvenait jusqu'au sous-sol comme une série de secousses violentes, la première d'un millier d'autres.

Jonathan était en train de perdre patience, il avait l'air dévoré par la tension, et sacrait et s'irritait de tout et de rien. Il surpassait presque Bonnie, qui avait pourtant la mèche très courte. Ça ne lui ressemblait pas. Bonnie, quant à elle, terminait sa réquisition en silence. Elle empilait laborieusement les bacs et les insertions remplis d'ingrédients pour les focaccias et les salades sur une plaque de cuisson propre, pour tout monter en un seul voyage. Mais elle n'a pas eu le temps de finir et s'est ruée aux toilettes. On a entendu Renaud lui demander si elle ne prendrait pas deux ou trois shooters d'apple-Jack alors qu'elle se vidait l'estomac dans la cuvette.

J'ai achevé de trancher le poulet. Jonathan m'a dit sur un ton neutre que les lanières étaient un peu trop grosses mais que ça irait. Il m'a expliqué comment préparer la marinade, mais Bébert qui gueulait dans la cage d'escalier me déconcentrait. Il criait à Bonnie de monter son stock pis pas demain. On aurait dit que ça brassait encore plus fort en haut. L'impression générale était que quelqu'un tapait sur des casseroles pendant qu'un chœur de forcenés criait un mélange de sacres et de noms de plats sur un beat de chocs acier-céramique assourdissant. Un poltergeist s'était emparé de la cuisine de service et tout avait l'air de voler et de s'entrechoquer en tout sens. Je suis allé fouiller dans le walk-in pour trouver les ingrédients de la marinade, certain que Carl se traînait les pieds dans la plonge, avec son maudit cell soudé à l'oreille.

Je suis ressorti du walk-in juste au moment où Jonathan se coupait en émondant des tomates. Il a lancé un ou deux « ostie de tabarnac » rageurs. Il a fait de la place dans l'évier pour nettoyer sa coupure.

— Voyons, ostie d'eau chaude, enwèye, coule, câlisse.

Renaud a lâché ce qu'il faisait sur l'autre table de prep et est allé chercher la trousse de premiers soins. Il avait peur du sang et m'a demandé d'aider Jonathan à panser sa plaie qui pissait rouge sous le filet d'eau. Jonathan s'est séché la main et je lui ai enveloppé l'index dans la gaze, puis il s'est mis une capuche de latex sur le doigt – ça ressemblait à un bout de gant de chirurgien – et a continué son travail sans s'apercevoir que je m'étais trompé entre la poudre de chili et la cannelle pour la marinade. Je n'ai rien dit. Je ne voulais pas qu'il pète sa coche pour de bon. De toute façon, c'était tellement le bordel que je ne pouvais pas me figurer que quelqu'un s'en rendrait compte.

J'ai laissé Jonathan et Renaud à leur sort et j'ai monté un voyage de vaisselle sale à l'étage. Sans aucune surprise, j'ai trouvé la plonge vide. Vingt piasses que Carl magouillait dans la ruelle. En revanche, l'ouvrage ne s'était pas trop accumulé. Trois racks remplis d'assiettes et de soucoupes propres trônaient sur la rampe de sortie de la machine. Je les ai rangées, mais la vaisselle m'a semblé grasse au toucher. J'ai envoyé un autre rack à laver. Au milieu du cycle, je me suis rendu compte que l'eau de la machine était glaciale. Je l'ai vidée et l'ai remplie de nouveau. L'eau était toujours froide. J'ai lancé un autre cycle de lavage. Rien à faire. L'eau ne changeait pas de température. Je suis allé jeter un œil à l'extérieur pour avertir mon coéquipier. Il était emmitouflé dans le manteau de fumeur, le cellulaire sur l'oreille, assis peinard dans l'escalier en fer forgé d'un condo voisin. Je lui ai fait signe de venir. Il m'a répondu d'un regard en montrant son téléphone. Je n'avais jamais vu un sans-cœur comme ça avant. Je suis rentré.

Je suis allé dans la cuisine en ressentant un début de panique. Je ne savais pas ce qui se passait, je me disais qu'on arrangerait ça sans doute assez vite, en ouvrant une valve ou quelque chose du genre. Mais sous cette surface à peu près confiante, une alarme sonnait, quelque part, faiblement. La cuisine de service fonctionnait à plein régime, malgré un début de soirée cahoteux. Bonnie avait l'air d'une aubergine passée date qui s'agitait comme une diablesse dans l'eau bénite. Elle a fait comme si je n'étais pas là. Jason l'aidait à dresser des salades et leurs gestes étaient un peu moins contrôlés et lestes que d'habitude. Je m'étais attendu à trouver Bébert plus stressé : il disposait des poêlons pleins d'ingrédients sur ses ronds, en hochant de la tête et en chantant à voix basse, un écouteur enfoncé dans son oreille gauche. Il dissimulait un walkman sous sa veste de cuisinier. Je l'ai appelé deux fois avant qu'il ne se retourne vers moi pour me débiter les « Ten Crack Commandments » de Notorious B.I.G.

— Bébert, Bébert, écoute, je l'ai coupé. C'est-tu normal que l'eau de la machine soit frette ?

Il a enlevé son écouteur d'un geste sec.

— Quoi ?

J'ai répété ma question.

Il a crié à Jason de prendre son poste et s'est précipité au sous-sol en me bousculant sur son passage. J'ai dévalé les marches sur ses talons.

Jonathan était encore dans la salle de prep, les yeux rouges, affairé à la mise en place. Il reniflait et avant qu'on dise quoi que ce soit il nous a dit que c'était à cause des échalotes.

Je suis allé voir ce que Bébert faisait, penché à côté de la citerne du chauffe-eau. Il bidouillait quelque chose sous la cuve couverte de peinture écaillée. Renaud est arrivé avec l'air du gars qu'on réveille à trois heures du matin pour une niaiserie. Bébert a levé la tête vers lui. Une grosse veine pulsait dans son front en sueur. Son écouteur pendouillait sur son ventre, crachotant le rap de Biggie. Le fun était fini.

— La fuse est dead, man, il a dit. Le pilote se rallume pas. Pas d'eau chaude.

— Ostie. J'espère que Séverine a le numéro du réparateur.

Renaud est reparti vers le bureau. Bébert est retourné à l'étage en galopant. J'ai décidé d'aller donner un coup sur la vaisselle. J'ai passé chaque rack deux fois pendant que Carl rapportait les poêlons et ravitaillait les cuisiniers avec une lenteur de mollusque.

Quand Greg est venu chercher le bac des tasses à café, je me suis raidi. Il chialait à propos d'une cliente. Il a traversé la plonge en deux enjambées, un vrai coup de vent, en disant qu'il allait la lui « verser dans la face, son ostie de tisane, la crisse de vieille bitch ». Carl a essayé de lui poser une question, mais Greg lui a répondu sèchement par une autre question, à savoir s'il se fermait la gueule, des fois, ou s'il fallait lui montrer comment. Il s'est tourné vers moi juste avant de s'enfoncer dans le couloir. Il m'a lancé :

— Dis donc à ton chum que j'suis mieux de pas manquer d'ustensiles talheure.

J'ai redoublé de vitesse, mais après trois ou quatre racks je me suis rendu compte que la vaisselle sortait grasse et encore pleine de sauce, peu importe le nombre de cycles qu'on lui faisait faire dans la machine.

— Arrêtez ça, les gars.

Renaud était venu porter d'autre vaisselle sale et il nous regardait tous les deux avec une face que je n'ai pas aimée.

— Les savons s'activent pas sans eau chaude. Allez vous chauffer de l'eau dans le steam pot, transvidez-la dans cet évier-là pis lavez tout à mesure.

— À la main ? j'ai dit.

— Oui, à la main.

— C'est-tu une joke ? a demandé Carl.

Renaud a fait comme si Carl n'avait pas parlé.

— Déniaisez-vous, il a conclu, vous allez l'avoir dans les dents tantôt, sinon.

Je savais pour ma part qu'on l'aurait dans les dents de toute façon; eau chaude, eau froide, j'avais l'impression que ça ne changeait plus grand-chose. Il approchait dix-neuf heures. On avait encore un service entier à traverser avant que le groupe arrive. Au rythme où ça irait, laver tout ça à la main, le quarante-cinq mangerait dans des assiettes sales. On ne s'en sortirait pas. Mon ventre s'est noué en une masse douloureuse, hypersensible, comme si j'avais avalé une énorme braise ou un guêpier en furie. Dès que Renaud a tourné les talons, je suis descendu au sous-sol pour commencer à faire chauffer l'eau et terminer mes salades.

Quinze minutes plus tard, je remontais avec des chaudières lourdes d'eau bouillante qui éclaboussait les marches. Carl était à son poste, collé à la porte entrouverte, regardant la vaisselle s'accumuler avec ses yeux de poisson mort. Il fumait une cigarette en jouant mollement à *Tetris* sur son cellulaire. Quand il m'a vu, il s'est levé et a rangé son téléphone dans ses poches. Il a fait mine de s'activer autour de la desserte pleine de vaisselle sale, sa cigarette encore aux lèvres. Je lui ai apporté les rôtissoires desquelles Renaud avait retiré les osso buco et lui ai conseillé de les faire tremper tout de suite dans le dégraisseur pur.

— Ça sera déjà ça de fait, j'ai ajouté.

— Man, c'est pas toi mon boss.

Il m'a répondu sans me regarder, en train d'empiler des assiettes sales et d'organiser le travail selon son système de fainéantise maquillée. J'ai pris une grande respiration et je n'ai rien dit de plus.

Le deuxième service a chevauché le premier. Je faisais des excursions calculées en cuisine, où une autre rafale de commandes venait de les surprendre. Séverine remplissait sa salle coûte que coûte. Elle était épuisante à voir aller, partout à la fois, souriant aux clients qui entraient, circulant dans la salle une bouteille à la main, préparant des cocktails couleur bonbon derrière le bar, surgissant dans la cuisine pour aider à sortir les tables, jamais déconcentrée. On avait l'impression à la regarder évoluer d'un bout à l'autre de la salle à grands pas déliés, sans fatigue apparente, que le restaurant était une projection de son esprit, une sorte de carte vivante, de simulation où elle se mouvait comme dans un éden dont nous étions les enfers chauffés à blanc. Renaud de fait avait remplacé Bébert devant les ronds et celui-ci l'aidait en lui mettant plus ou moins des bâtons dans les roues, en le forçant à augmenter la cadence et à tenir un rythme que Renaud n'avait jamais pu atteindre même dans ses meilleurs jours. Bébert expédiait les plats plus vite que jamais, beuglant qu'il n'y avait « pas personne ici à soir qui allait le mettre dans le jus, OK ? ». Il était intraitable avec Jason, qui pourtant compensait la torpeur de zombie de Bonnie, qui semblait sur le point à la fois de s'évanouir et de mordre quelqu'un. Malgré tout, je n'arrivais pas à détacher mes yeux d'elle. À sa place je me serais effondré dès le début du shift. En fait, j'aurais probablement été incapable de me sortir du lit, avoir été dans l'état où je l'avais vue arriver. Bébert passait par Renaud quand il avait des choses à lui demander, et elle ne lui adressait pas davantage la parole. Séparés par à peine un mètre, ils bougeaient tous les deux comme si l'autre n'existait pas.

Je voyais la quantité de poêlons propres baisser, celle des assiettes aussi. Il fallait qu'on accélère si on voulait arriver à fournir aussi vite que la machine à laver. Je suis retourné essorer ma dernière batche de laitue frisée et régler le cas de la roquette, qui commençait déjà à manquer.

J'ai croisé Jonathan dans les marches, qu'il gravissait lourdement, le regard vide.

Les pétoncles dégelaient toujours dans leur bain d'eau glacée. Ça m'a obligé à utiliser un seul évier. J'ai pris une éternité pour nettoyer et essorer la roquette même si j'allais le plus vite possible, entre autres parce que je redoublais de soin. Je voulais m'éviter les foudres de Séverine, qui était tombée sur une batche pleine de sable et m'avait bien fait comprendre qu'on était dans un restaurant, ici, pas au Jardin botanique.

Quelqu'un a dévalé les marches à toute vitesse. Greg est apparu, il venait chercher du vin pour « des zoufs qui savent même pas boire ». Je regardais l'heure toutes les dix minutes. Je cherchais à me débarrasser de la fin de ma prep pour monter prêter main-forte aux autres au plus vite. Puis, dans les clameurs du service et le choc des poêlons, j'ai entendu la voix geignarde de Carl.

— Yo, Bébert, j'me taperai pas toute la job pendant que l'autre se crosse en bas.

Le poil s'est dressé sur ma nuque et je me suis mis à trembler.

— Heille, on a pas le temps pour ton chialage de tapette, lui a crié Bébert.

J'ai arrêté tout ce que je faisais et j'ai tendu l'oreille. Carl a renchéri, il était pas là pour travailler pour deux, parce que moi j'étais pas capable de suivre.

— Ah, ferme donc ta yeule, là, a encore dit Bébert.

Mes joues commençaient à brûler. Je savais que quelque chose était sur le bord de m'arriver, mon cœur battait à tout rompre. J'ai entendu quelqu'un descendre. J'ai reconnu le pas de Carl. J'ai lâché mes laitues et je suis allé l'attendre en bas de l'escalier, au centre de la pièce. Il est apparu au pied des marches, affichant sa face de paresseux suffisant. Il avait encore son crisse de cellulaire à la main. Quelque chose s'était contracté en moi, sous une pression impossible. Carl allait me dire quelque chose mais je l'ai attrapé par le col de sa chemise et je l'ai entraîné vers moi pour lui montrer l'évier plein de roquette, en lui demandant si j'avais l'air de me crosser ou pas.

— Lâche-moi, ostie de fif, il a dit en se débattant.

Il m'a repoussé avec plus de force que je l'en croyais capable. Je l'ai poussé à mon tour. Il a volé dans le tas de plaques de cuisson et de chaudières de sauce qui traînaient encore au pied d'une des tables de préparation. Il s'est redressé et s'est jeté sur moi, le visage empourpré par la colère, en postillonnant des menaces aigres de petit coq. Il m'a attrapé par le col à son tour et je l'ai pris à la gorge à deux mains et j'ai comprimé sa pomme d'Adam. Je me sentais la force et surtout le désir puissant et viscéral de le tuer là, de l'étrangler jusqu'à ce qu'il se chie dans les culottes. Ses mains ont lâché ma chemise de plonge pour se refermer sur mes avant-bras, mais il n'arrivait pas à dénouer mon étreinte. Les poches sous ses yeux bleuissaient déjà.

— Lâche-moi, crisse de débile, il a réussi à gargouiller en me crachant à moitié dessus.

Il a commencé à frapper mes avant-bras et j'ai serré davantage. Je ne sentais rien, mais j'avais l'impression familière que j'enflais de partout, l'adrénaline ruisselait dans mon corps et mes vaisseaux sanguins se dilataient à mesure que j'écrasais sa trachée.

— Que je t'entende pus jamais dire que je me pogne le cul, je lui ai dit d'une voix sourde et rauque. T'as-tu compris, mon estie de microbe ?

Sûrement alerté par le vacarme de notre altercation, Greg a surgi du cellier pour nous séparer. Il a entraîné Carl loin de moi et lui a dit de se calmer d'une voix sèche. Carl était accroupi et avalait de l'air avec un râle dans la gorge et s'est mis à tousser en s'appuyant sur ses genoux, le visage écarlate, on aurait pu croire que sa peau violacée et luisante allait éclater et que le sang giclerait partout. Ça m'aurait fait du bien. Il a arraché son tablier et a recommencé à m'insulter, là c'est lui qui tremblait, de rage, jappant tout ce qui lui passait par la tête, complètement absorbé par son rôle de caïd à deux piasses. Il me criait après par-dessus l'épaule de Greg qui le repoussait vers la salle des employés, comme un arbitre au hockey. Il répétait en criant à tue-tête que je ne savais pas qui il était et qu'il allait m'arranger ça, c'était promis.

Greg le poussait toujours, lui disant « là, tu te calmes, ti-coune ». Je reprenais mes sens, les nerfs à vif et la nausée qui montait déjà. J'entendais Carl qui n'arrêtait plus de sacrer et de cracher ses menaces de gangster et lançait des objets partout dans la salle staff et frappait dans les cases.

— Arrête de t'énerver, man, a dit Greg, tu vas me faire pisser dans mes shorts.

Carl continuait à tout bardasser quand le coup de fouet soudain d'une gifle a ramené le silence. Il n'y avait que le bruit de la hotte du sous-sol qui ronflait.

— Là, mon p'tit crisse, a dit Greg sur le même ton sec et sans appel, tu scrammes.

J'ai entendu Carl ramasser ses affaires en vitesse et déguerpir par la porte de secours.

Quand Greg est venu se planter devant moi, c'est de la honte que je ressentais. Elle avait remplacé la colère. Je respirais profondément, pour faire passer le mal de cœur.

Il m'a demandé si j'étais correct, le sourire aux lèvres. Il a répété que j'étais un warrior et m'a remercié de lui avoir donné l'occasion de sacrer une claque à Carl.

— Faisait longtemps que je voulais lui fendre sa face de petit sans dessein.

J'ai hoché la tête, comme par réflexe, sans entendre ce qu'il me racontait. J'ai essayé de me ressaisir, mais j'avais encore le souffle court. Je me suis rendu compte que j'étais en nage. Greg m'a laissé à mes pensées, ramassant plusieurs bouteilles de vin blanc, et il a grimpé les marches d'un pas leste. À l'étage, je l'ai entendu éclater de rire.

— Heille, vous savez pas quoi ? Le nouveau vient de crisser une volée à l'ostie de retaillon.

Il s'est remis à rire.

Trente secondes plus tard, Renaud dévalait les marches. Il m'a trouvé adossé contre l'évier alors que j'essayais encore de me calmer. Il a regardé autour de lui, les yeux écarquillés et la bouche entrouverte. Ses manches étaient roulées sur ses avant-bras maigres et veineux. Je l'ai vu déposer un verre de bière sur une des tables de préparation. J'avais envie de disparaître.

— C'est pour toi, il a dit après quelques secondes à me fixer en silence.

Je n'ai pas bougé.

— Désolé, man. J'aurais dû m'occuper de lui ben avant.

Il m'a donné une tape sur l'épaule.

— Le réparateur s'en vient. Tu vas ravoir de l'eau chaude. En attendant, fais ce que tu peux. Jonathan pis moi, on va t'aider entre les rushs.

Ma gorge s'est nouée. Je me suis senti faible, drainé, au bord des larmes. J'ai ravalé un sanglot de justesse. Renaud me fixait, l'air d'avoir tout son temps pour moi. Je ne sais pas pourquoi, mais j'ai pensé à Marie-Lou, à Malik et à tout le reste. Quelque part en moi une sorte de stress animal se réveillait, et je me suis mis à repenser à l'argent, à mes dettes, à Alex, à Rémi, aux mensonges que je racontais à tout le monde.

— Je finis mes salades pis j'arrive, j'ai réussi à articuler.

— C'est bon.

Renaud a eu l'air rassuré. Il m'a serré l'épaule, cette fois-ci, en me regardant par en dessous. Puis il s'est retourné, a vérifié l'état des pétoncles, pour ensuite monter lentement. Je l'ai entendu soupirer de lassitude dans l'escalier.

16

LA PÉNURIE de vaisselle propre dans laquelle nous avait enfoncés le manque d'eau chaude m'a empêché de m'inquiéter longtemps du retour de Carl, que j'imaginais faire irruption dans la plonge, accompagné par deux ou trois de ses chums, pour me sacrer une volée en règle. Mes mains tremblaient encore quand je me suis remis à la tâche.

Dès qu'il en avait l'occasion, Jonathan venait me ravitailler en eau chaude. Il fallait changer l'eau de l'évier presque après chaque batche de vaisselle. Elle se souillait rapidement malgré les puissants savons qu'on avait dilués dedans et qui m'écorchaient les mains à la longue. On utilisait la machine qu'on remplissait d'eau bouillante le temps d'un cycle ou deux pour nettoyer les poêles plus récalcitrantes. Bébert me les apportait, en se dandinant et en chantant des refrains de gangsta rap, surexcité par quelque chose qui le faisait flotter au-dessus du bordel. Jonathan avait toujours la mine basse et, quand il sortait de son silence, on sentait qu'il avait une boule dans la gorge. Il essuyait la vaisselle pour ménager son doigt coupé et moi je m'occupais de frotter et de rincer.

On lavait les ustensiles un par un. Les serveurs et les serveuses venaient m'en quémander, certains d'entre eux s'en faisaient des réserves, cachées dans leur tablier. Mais c'est à Greg que je les donnais, surtout. Il les recueillait comme un métal précieux, me félicitant à coups d'épithètes guerrières chaque fois que je lui en refilais une poignée propre. Il disparaissait ensuite en salle et comme un contrebandier les distribuait aux serveurs qui le payaient le mieux. Les fourchettes et les couteaux étaient devenus une denrée rare et indispensable. Le staff de salle se les arrachait pour dresser de nouvelles tables dans les différentes sections et accueillir de nouveaux clients.

Passé un certain point, je suis devenu aveugle à la quantité de vaisselle sale qui continuait à me tomber dessus, tentant de me concentrer sur les morceaux nécessaires au service, priorisant ce qui était le plus susceptible de manquer rapidement. Jonathan m'aidait comme il pouvait.

J'allais de temps à autre ravitailler la cuisine en vaisselle propre. Là, le manque d'eau chaude n'avait rien ralenti. Le grésillement des viandes, de l'ail et des oignons dans l'huile des poêlons, le crachotement du vin de cuisson ou de la crème dans les sauteuses brûlantes, le souffle de la hotte, les ordres en franglais que tous se donnaient formaient un vacarme qui rendait fou si on y restait prisonnier plus que cinq minutes, contourné ou poussé sans ménagement par les cooks.

Tout se faisait à une vitesse forcenée. Renaud dressait avec une économie de gestes et de soin les assiettes qui sortaient par demi-douzaines. Bébert, toujours chantonnant, les yeux vitreux et les pupilles dilatées, manipulait avec ses doigts à même les poêlons les aliments en pleine cuisson. La chaleur étouffante augmentait chaque fois qu'on ouvrait le four et tout le monde travaillait avec des rigoles de sueur qui lui dévalaient les tempes. Je voyais les yeux de Maude ou de Sarah luire derrière le passe dans l'obscurité de la salle lorsqu'elles venaient chercher leurs plats. Plus loin, vers l'avant, dans le tumulte des tables animées entre lesquelles filaient les serveurs, les bras chargés d'assiettes, Séverine accueillait les clients avec un sourire chaleureux, détendu, leur montrant un côté d'elle que nous, on voyait rarement. Elle allait les asseoir et manœuvrait entre eux avec une élégance déliée que la cohue générale n'affectait pas. Tout se déroulait sans trop d'incidents dans la salle pendant qu'en arrière on manquait d'eau chaude et qu'un réparateur facturait temps double, couché sous le chauffe-eau, que l'ouvrage s'accumulait, que je gardais un couteau d'office caché dans mon pantalon d'un coup que Carl retontirait avec sa gang de bons à rien, pendant que Bonnie vomissait dans la poubelle de la cuisine entre deux commandes et que Bébert à intervalles réguliers prenait de longues gorgées d'une king can de Bleue qu'il dissimulait dans un sac brun et rangeait sous la tablette des pipettes d'huile d'olive. Il avait vu que j'avais vu et, montrant ses dents toutes maganées dans un grand sourire de boucanier, il m'a envoyé chercher un backup de sauce au fromage bleu.

— Vas-tu la reconnaître, ce coup-là ?

LE RETOUR de l'eau chaude a produit le même effet psychologique que le retour de l'électricité après la crise du verglas, en ce qui me concerne en tout cas. J'ai installé le radio dans la plonge et j'ai mis le mixtape le plus brutal que j'avais trouvé dans mon sac pour attaquer les strates d'assiettes et de chaudrons qu'on avait laissés s'accumuler. Jonathan est retourné en cuisine pour prendre la place de Bonnie, que Renaud avait renvoyée chez elle. Renaud n'était pas regardant pour ce genre de chose – et pour bien d'autres, je l'apprendrais. Il avait laissé Bonnie briser l'une des conventions implicites qui existaient au sein de tout staff de restauration. C'est une règle de solidarité élémentaire : personne ne s'absente le lendemain d'une cuite, surtout quand la brosse, tu l'as virée avec tes collègues et que tu sais que la soirée sera exceptionnellement occupée.

J'étais en train de frotter mes poêlons quand quelqu'un a monté le son pendant que « Killing Fields » de Slayer démarrait.

— Parle-moi de ça, un kid qui écoute de la bonne musique.

Je me suis retourné. Greg headbangait en triant

les ustensiles propres dans leur rack. Il avait l'air relax, comme si on ne sortait pas à peine d'une catastrophe.

— J'les ai vus en 95, à l'Auditorium de Verdun. Ça bûchait en ostie. Ça slammait tellement fort qu'y a du monde qui sont partis en ambulance.

Je n'aurais jamais deviné que Greg était un métalleux. En se révélant sous ce jour-là, il me faisait moins peur. Il m'a confié plus tard dans la soirée qu'il avait joué de la basse pendant plusieurs années et qu'il avait même donné des shows avec son band au Café Chaos.

Il approchait vingt-deux heures et j'étais venu à bout du plus gros de la vaisselle, sauvé par le fait que Séverine avait cessé d'accepter des nouveaux clients autour de vingt et une heures trente afin de réserver les places nécessaires pour installer le groupe de quarante-cinq.

Ne l'ayant pas entendue arriver à cause de la musique, je l'ai vue se matérialiser dans ma plonge quand je me suis retourné. J'avais l'impression d'accueillir une dynaste de sang royal dans un taudis. Je suis allé baisser la musique. On aurait dit que j'étais gêné d'écouter ça devant elle. Ses cheveux étaient lissés sur sa tête et rattachés à l'arrière en chignon de samouraï. Ses sourcils minces étaient froncés. Elle avait l'air agacée. Elle a passé les étagères en revue. J'étais petit dans mes culottes. Je m'attendais à ce qu'elle m'engueule à propos de l'état de la plonge ou à cause de la bousculade avec Carl. Elle s'est plutôt mise à réarranger mes piles d'assiettes propres avec plusieurs mouvements brefs et méthodiques.

— Aide-moi, elle m'a dit sans me regarder.

Je me suis essuyé les mains sur mon dernier linge propre. Elle m'a expliqué quelles assiettes de service je devais descendre au sous-sol. C'est là que seraient dressées les salades et la bisque qui seraient servies en entrée. Elle a pris une lourde pile. Elle m'a regardé un instant. Son front s'était détendu. Son parfum ne capitulait pas devant les relents nauséabonds de la trappe à graisse et des sacs à ordures. Elle m'a souri. De petites fossettes sont apparues dans le creux de ses joues, qui paraissaient plus pâles à cause du noir de ses cheveux.

— Pour la panne de chauffe-eau, elle a commencé, marquant une pause au milieu de la phrase, t'as bien fait ça.

Elle avait déjà tourné les talons et s'éloignait vers la cuisine de service sur ses longues jambes de sprinteuse, avec sa pile d'assiettes.

— Bébert, elle a dit, tu dresseras les osso buco là-dedans.

Je me suis activé. J'ai apporté les bols à soupe et les assiettes à salade au sous-sol. Renaud s'occupait de réchauffer la bisque. Jonathan avait le doigt gros comme une ampoule de cent watts, mais ça n'avait pas l'air de l'incommoder ni de le ralentir, il mélangeait dans les plus gros culs-de-poule qu'on avait les feuilles de laitue avec la vinaigrette. Maude avait placé de longs plateaux sur les tables de préparation.

— Mets les bols à salade là-dessus, elle a dit. Y en rentre au moins neuf par torpille.

Je ne savais pas de quoi elle parlait mais j'ai présumé

qu'il était question des cabarets. Séverine est descendue sur ces entrefaites. Jonathan déposait une portion de salade dans chacun des bols que j'avais disposés sur les torpilles et Renaud les décorait d'une julienne de légumes multicolore et d'un bouton de capucine. Maude passait un linge sur les rebords des assiettes pour essuyer les éclaboussures de vinaigrette. On bougeait autour de la table de préparation sans jamais se bousculer, nos gestes coordonnés dans une drôle de chorégraphie spontanée. Séverine a inspecté chaque assiette de salade avant que Denver et un autre serveur que je n'avais pas vu souvent s'emparent d'une torpille chacun et la hissent sur leur épaule d'un geste synchronisé. Ils sont montés avec les premières salades. Denver n'était pas revenu chercher la dernière torpille que déjà Maude me demandait de m'occuper des bols à soupe, cette fois. Elle a passé un linge sur les torpilles revenues vides et m'a aidé à placer les bols.

— Bon. On clanche les bisques, là, a dit Séverine.

Renaud avait fini de décorer les salades et s'en allait à l'étage avec les pétoncles dégelés pour que Bébert les poêle, mais Séverine l'a arrêté juste avant.

— Heille, Renaud, elle a dit, t'as-tu goûté à ça ?

Son visage était impassible, ses joues paraissaient dures comme de l'ivoire. La hotte s'est arrêtée toute seule et je me demande si un des néons n'a pas explosé sous la tension qu'on sentait dans l'air.

— Goûte.

J'ai vu Renaud goûter la bisque comme je l'avais vu la goûter à mon deuxième soir, alors qu'il la portionnait, et j'ai compris à ce moment précis quel genre d'homme était mon sous-chef. Il a fait comme s'il était frappé de surprise et de dégoût, exactement comme quelques jours plus tôt. Son jeu était parfait. Il a répété les mêmes mots dans le même ordre, comme s'il goûtait la bisque pour la première fois. Mais cette fois-ci, il a ajouté que Christian lui avait dit qu'elle était correcte. Maude a goûté elle aussi et a grimacé. Renaud a continué :

— Ostie, il faut toujours passer derrière lui.

J'avais l'impression d'entendre un téteux de prof dénoncer un camarade de classe.

— Ben, vous êtes pas passés derrière lui, ce coup-là, han ?

Renaud a bafouillé quelque chose, mais Séverine avait arrêté d'écouter et ne le regardait même plus. Elle regardait la cuve où se trouvait la bisque. Elle a ordonné à Renaud de lui apporter une chaudière de sauce crème et elle a entrepris elle-même de réchapper la bisque, sans même passer un tablier, perchée sur ses bottes à talons hauts, encore dans son veston cintré, avec ses bijoux qui cliquetaient sur sa camisole en soie. Renaud l'a regardée faire, avec une expression morne et imbécile, les yeux ronds dans ses orbites creuses d'insomniaque.

— Maude, dis aux gars de ralentir le service des entrées pis d'attendre un dix minutes de plus au moins avant de débarrasser. Qu'ils en profitent pour vendre plus de vin.

Maude est partie à l'étage en coup de vent. Séverine s'est tournée vers Renaud pendant qu'elle dosait la crème dans la cuve du steam pot. J'étais certain qu'elle finirait par s'éclabousser, mais ses gestes étaient si sûrs, si précis, qu'on se serait sentis en sécurité même si elle avait manipulé de la nitroglycérine.

— Qu'est-ce que t'attends ? Apporte les pétoncles en haut.

Renaud s'est réveillé puis il s'est sauvé à l'étage avec les fruits de mer. Il ne restait plus que Jonathan et moi en bas avec elle. Je craignais que d'une minute à l'autre je devienne son bouc émissaire et mon esprit cherchait un trou noir où je pourrais disparaître. Jonathan s'est trouvé quelque chose à faire avant que Séverine ne lui dise de se dégourdir. Il a rincé les culs-de-poule dans l'évier puis il s'est mis à fouiller dans l'espace de rangement sous les tables de préparation pour trouver des pichets en plastique gradués. Je m'en allais demander à Séverine si elle voulait que je fasse quoi que ce soit, mais elle m'a devancé.

— Continue de brasser à ma place, elle a dit d'une voix posée, je reviens dans trente secondes.

Elle a grimpé l'escalier à toute vitesse, ses pas claquant puissamment sur le revêtement en fer des marches. La rumeur s'était intensifiée à l'étage. Le grondement de la salle pleine à craquer enterrait quasiment le rire de Bébert et les paroles de Renaud.

Séverine est redescendue effectivement trente secondes plus tard dans une avalanche de talons hauts. Elle a renvoyé Jonathan à l'étage pour qu'il aide Bébert à préparer le service des plats principaux.

— Faut tout faire soi-même, elle a dit, faut toujours tout faire soi-même, ici. C'est hallucinant.

Maude est revenue dans la salle de préparation.

— C'est bon, Séverine, tout le monde est relax, le petit retard paraîtra pas tant que ça. Ça picole en masse, y ont l'air de s'amuser, tout est beau.

Séverine m'a gardé avec elle, je l'assisterais dans le service des bisques. Renaud est redescendu avec une grande poêle crépitant de pétoncles gros comme des petits yoyos. Ça sentait vraiment bon. Un pichet du liquide rose et brûlant dans chaque main, on remplissait les bols dans lesquels Renaud déposait un pétoncle frit. Maude chargeait les torpilles et tout ça disparaissait à l'étage, sur l'épaule des serveurs. La chaîne de montage était tellement absorbante que je ne pensais plus à rien d'autre, je versais de la bisque rose dans les bols blancs, comme un robot habillé de guenilles puantes. Dès que la dernière torpille de bisques s'est envolée à l'étage sur l'épaule de Maude, Séverine m'a demandé de nettoyer les tables qu'on avait utilisées puis d'aller voir Renaud pour savoir s'il n'avait pas besoin d'aide.

Cinq minutes plus tard, une chaîne d'assemblage similaire s'organisait dans la cuisine de service, où on préparait les osso buco et les raviolis. Jonathan avait changé d'humeur et sa cadence avait encore accéléré. Bébert et lui semblaient avalés par le même tourbillon. Seul Jason gardait sa face de statue en triant les décorations à placer sur les assiettes dressées. Renaud distribuait les commandes sur les réglettes du chaud avec l'aide de Maude. Une mèche de cheveux gras collée sur son front osseux lui donnait un air de petite frappe rockabilly vieillie trop vite. Il regroupait les bons par table. Maude lui donnait l'ordre dans lequel il fallait sortir tout ça.

Greg est passé le long de la cuisine en demandant « si ça faisait la job ». Il a lancé sa question entre les tablettes du passe où on réchauffait les assiettes qui recevraient les osso buco. Je me demandais de quoi il parlait.

— Mets-en, Greg, a répondu Jonathan.

Sa voix de soprano sonnait encore plus aigu que d'habitude. On aurait dit qu'il avait l'index et le majeur coincés dans une prise de courant. Greg lui a fait un clin d'œil. Renaud s'est tourné vers l'équipe.

— OK, les filles, on se concentre, là. Table cinquante, sept osso, neuf pâtes. Table cinquante et un, trois osso...

Je les ai laissés poursuivre le service pour m'attaquer aux bols de bisque et de salade vides qu'on empilait déjà sur la desserte.

Il approchait vingt-trois heures trente quand Bébert est venu me trouver dans la plonge pour me donner des retailles d'osso buco avec une double portion de linguinis. J'avais oublié ma faim à cause de mon empoignade avec Carl et du rush qui avait suivi. Mais là, mon estomac a presque été pris d'une crampe quand j'ai vu l'assiette arriver. Il n'y a rien de pire que de travailler dans les restes de nourriture en crevant la dalle. La viande était tellement cuite qu'elle fondait presque. J'ai avalé mon repas en quelques bouchées brûlantes et je me suis remis à la tâche.

Vers une heure du matin, j'achevais de passer la moppe. Bébert et les autres s'étaient changés et prenaient leur bière staff regroupés au bout du bar. La cuisine était redevenue silencieuse, mais dans la salle le groupe continuait de fêter. La musique pulsait, assourdissante, par-dessus les rires et les éclats de voix. Séverine aidait les barmaids pendant que les serveurs débarrassaient les clients qui quittaient peu à peu leurs places pour discuter entre eux ou prendre des digestifs au bar.

J'ai terminé le ménage de la cuisine et je me suis arrêté un moment pour les regarder à travers le passe. Ils sortaient tous d'une revue de mode ou d'une publicité d'agence de rencontre. Ils étaient tous beaux et belles. Mes fringues trempées et éclaboussées de graisse me démangeaient. Je me disais que je ne ferais jamais partie de ce monde-là, et qu'aucun d'eux ne s'était jamais retrouvé à quatre pattes les bras dans une trappe à graisse qui déborde ou à frotter des chaudrons jusqu'au milieu de la nuit, la face pleine de miettes gluantes. Mais dans le fond, qu'est-ce que j'en savais ? Je me suis ressaisi et j'ai terminé mon close.

À mesure que je sentais approcher la fin de ce shift interminable, et que la plonge et la cuisine redevenaient propres, mon esprit s'est remis à fantasmer la suite de la soirée sans trop m'en rendre compte, je voyais les cloches tourner devant mes yeux, les cerises, les combinaisons tomber en place, et de longs frissons d'anticipation me traversaient le corps, alors même que, sur un autre plan, dans une partie plus engourdie de mon esprit mais beaucoup plus bruyante, je me racontais que je rentrerais chez Vincent tout de suite après le shift. Mais en moi quelque chose se préparait déjà, se préparait à me donner ce qui ne pouvait être que l'aboutissement de tout ce que je venais d'endurer. Je redoutais le moment où je refermerais la porte derrière moi, seul dans la ruelle, avec tout mon argent sur moi. Je le redoutais et en même temps je m'arrangeais pour ne pas perdre une seconde de plus.

— Tu viens avec nous autres? m'a lancé Bébert en surgissant dans la plonge.

— Ça dépend. Vous allez où?

— Un spot le fun.

Je finissais de ranger ma vaisselle.

— OK, d'abord.

J'ai ressenti un soulagement intense. J'en ai presque eu les larmes aux yeux. J'ai commencé à empiler les racks vides.

— T'es-tu correct? a dit Bébert. Tu fais une drôle de face.

Greg est apparu dans l'entrée de la plonge, changé lui aussi. Il portait un t-shirt d'équipe de basket sous son manteau de cuir.

— Dépêche-toi, le kid. On décrisse.

Un joint tremblotait entre ses lèvres pendant qu'il parlait. Il a traversé la plonge et a poussé la porte avec son dos. Il s'est allumé et j'ai senti une odeur de mouffette se répandre autour de nous. Bébert l'a suivi à l'extérieur, et Jonathan aussi, sautillant presque.

— OK, j'arrive, j'ai dit en éteignant le lave-vaisselle.

Je me suis changé encore plus vite que d'habitude pour aller les rejoindre. Lorsque je suis arrivé pour me puncher out, Renaud m'a interpellé, assis au bout du bar, en train de finir sa bière staff. Jason fumait une cigarette en silence, à côté de lui, ses avant-bras croisés comme les pattes d'un grand félin qui digère.

— Demain t'as off, mais après-demain, tu vas devoir faire le jour et le soir. Je vais essayer de trouver un autre plongeur le plus vite possible. En attendant, ça se peut que tu doives patcher les trous.

J'ai acquiescé de la tête en composant mon numéro d'employé sur l'écran.

— Heille, ça va-tu ?

— Oui oui, j'suis correct.

Je lui ai dit salut d'un signe de la main et je suis parti.

Dans la ruelle, j'ai trouvé une Monte Carlo noire qui ronronnait. Greg était au volant. Les bagues sur sa main luisaient à travers les vitres teintées. Les basses faisaient vibrer la carrosserie. La portière côté passager s'est ouverte, on a entendu plus clairement le loop de « Big Poppa » de Notorious B.I.G. Bébert a expiré un nuage de fumée.

— Crisse, c'était ben long, il a dit, t'es-tu allé lire un livre ?

Je suis monté et on a roulé une dizaine de minutes. J'étais dans un vidéoclip de rap. Les gars jacassaient par-dessus le beat. Jonathan racontait l'histoire de la bisque, le cul au bout de son siège, hululant presque, encore plus énervé que tantôt. Il était penché vers l'avant, la main accotée sur le dossier du conducteur, son pansement blanc fraîchement remplacé lui faisant un doigt de Mickey Mouse. Il avait l'air de montrer quelque chose dehors, dans la nuit.

— T'aurais dû voir la face de la boss.

— Moi, c'est la face de Renaud que j'aurais voulu voir, a dit Greg, en doublant une voiture. J'suis sûr qu'il a chié dans ses culottes.

Bébert a renchéri en disant que les heures de Christian étaient comptées. On sentait le mépris dans sa voix. Greg a répondu qu'on ne serait pas mieux avec Renaud comme chef.

— C'est un ostie de deux faces, il a dit. Je les flaire à des miles à la ronde.

— Heille, Bébert, a lancé Jonathan, c'est-tu vrai que Christian boit le vin de cuisson ?

— Oué, man. Il coupe ça avec du coke.

Bébert a mouillé le joint qui brûlait trop vite à son goût.

Personne n'a reparlé de ma chicane avec Carl et ça faisait mon affaire. J'ai repassé l'épisode dans ma tête, éprouvant une honte confuse et persistante. Les shifts d'après, j'allais aussi rester avec la peur de le voir revenir pour se venger de l'affront que je lui avais fait subir. Dans ma tête, c'était clair qu'il était juste un petit dealer miteux, mais il connaissait certainement des gros bras qui me casseraient la gueule comme rien.

Greg a viré dans une petite rue et a dépassé un taxi garé en double en le traitant de singe.

— Le set de ton chum est à quelle heure ? a demandé Bébert, retenant une touche.

— On l'a raté mais les autres sont OK.

— Yo, checke, y a du parking, là.

On est descendus de la Monte Carlo, les portes s'ouvrant en même temps comme deux gros élytres d'acier noir. Il ne faisait pas trop froid. On a remonté une petite rue et on a débouché sur Rachel, pleine des lumières des phares et des restos qui se reflétaient sur l'asphalte mouillé. Greg et Bébert marchaient devant moi, Jonathan suivait en piaillant, devenu une espèce de version comic book de lui-même. Greg sifflait des passantes qui s'en allaient à La Banquise et blaguait avec Bébert dont le rire grave et caverneux fusait au milieu des bruits nerveux de moteurs et de klaxons. Greg parlait des trois filles qu'il fréquentait en même temps. Bébert disait qu'il n'en avait pas trouvé une capable de suivre son beat. J'avais l'impression d'être sous l'aile des terreurs de l'école. Ça m'a rappelé nos sorties clandestines à L'Exclusif, à Longueuil, avec les frères Hubert et leurs nervis pas de tête que personne n'osait regarder de travers.

Quand on est arrivés au bar, il y avait une petite file. Les doormans ont salué Greg. Ils ont rigolé ensemble un instant puis on nous a laissés passer. À l'intérieur, ça bouillonnait. Ça n'avait vraiment rien à voir avec le Roy Bar ou le Zinc. C'était plein mais l'ambiance était tamisée, enveloppante. On voyait des silhouettes massées dans des banquettes profondes, devant des tables basses pleines de bouteilles de fort ou de champagne. Les lampes étaient comme des lucioles de science-fiction d'où émanaient des lueurs froides. Le bar, au centre, tranchait la salle en deux. Devant des bouteilles qui scintillaient comme des fusées, le staff flottait dans un éclairage bleuâtre qui descendait sur eux en gaze vaporeuse. Les grappes de clients se faisaient et se défaisaient. Ils ressemblaient à ceux du restaurant, mais en plus jeune et en plus relax.

Je suivais Greg et Bébert qui naviguaient dans la foule en s'aidant du tranchant de l'épaule. Je m'excusais tous les trois pas, transpirant de partout. Jonathan traînait de la patte, encore moins agile que moi pour se faufiler, son doigt pansé levé devant son visage, pointant dans les airs. J'ai manqué accrocher une serveuse qui portait au bout de son bras un cabaret chargé de drinks à vingt piasses. Je me faisais l'impression d'être sale et gauche, et d'avoir été parachuté dans un pays dont je ne connaissais ni les us et coutumes ni la langue.

Greg saluait des gens d'au moins quinze ans plus vieux que moi comme s'ils se trouvaient dans une cafétéria de polyvalente. Il a serré la main du barman. On aurait dit un minotaure qui aurait pris le temps de s'épiler les sourcils. Greg a embrassé les deux barmaids, qui paraissaient extatiques de le voir, plus énervées que des groupies au bras de Lemmy Kilmister. Il a croisé deux autres filles qui discutaient au bar, fringuées, minces, avec de grands sourires parfaits et enjôleurs, qui elles l'ont salué avec une sorte de lenteur alanguie. Jamais dans cent ans je ne me serais figuré qu'une d'elles puisse m'adresser la parole. Il leur a dit quelques mots à l'une et à l'autre, la main posée au creux des reins de celle à qui il venait de faire la bise. Il a donné l'accolade à cinq ou six Noirs qui jasaient ensemble, tous accotés au bar. On s'est approchés d'une banquette. Des amis de Greg étaient assis là, accompagnés de trois filles. Greg s'est penché pour embrasser les filles puis il a serré la main à ses chums. Il a fait signe à Bébert de nous installer là avant de continuer sa tournée jusqu'à la cabine du DJ. Il connaissait apparemment tout le monde. Il avait déjà salué trois fois plus de personnes qu'il y avait de noms dans mon carnet de téléphone.

Sur la table basse, deux bouteilles de champagne trempaient dans des seaux à glace. J'ai failli en renverser une avec ma botte en me croisant les jambes. Je me suis enfoncé dans la banquette en cuir. Jonathan servait de paroi étanche et protégeait les filles de mon odeur de vidanges. Elles ont salué Bébert et ont serré nos mains, à Jonathan et à moi, sans vraiment nous demander nos noms. Je commençais à me demander si je n'allais pas mourir sur place en me disant que, dans un endroit comme ça, une seule bière me ruinerait.

Bébert jasait avec les amis de Greg, les bras déployés sur le dossier de la banquette, à l'aise comme chez lui. L'un d'eux, un Haïtien de deux cent quatre-vingts livres que tous appelaient Ziggy, tenait un gin-tonic minuscule dans ses mains grosses comme des gants de baseball. L'autre, haïtien aussi, s'appelait Kasper. Il était mince et chauve. Il avait des diamants aux manches et aux oreilles. Il empestait le parfum. Ça devait couvrir ma puanteur. Bébert avait l'air de bien les connaître. Ils parlaient d'une fin de soirée récente et d'un certain Rick qui avait récolté ce qu'il méritait.

Greg est revenu et a jeté son manteau sur le dossier de la banquette avant de s'asseoir à côté des filles. Une serveuse a émergé de la foule qui dansait pour déposer une bouteille de vodka Belvedere dans un seau à glace sur notre table. Greg nous a servi l'alcool dans de petits verres pleins de glaçons. Jonathan jetait des regards émerveillés un peu partout. Il a bu un premier verre d'un coup. Bébert, exalté pendant tout le shift, décantait enfin, peut-être calmé par les joints qu'il s'était fumés. Il jasait de musique avec Ziggy, et Greg parlait avec les filles et Kasper. De temps en temps, il glissait des mots en créole dans la discussion. Bébert a fini par se tourner vers moi. J'étais accroché à mon verre comme à une bouée de sauvetage. Je me faisais petit et discret. Il m'a demandé si j'étais tranquille de même à cause de l'affaire avec Carl.

— Non, non. C'est pas ça.

Il a pris une gorgée de vodka sans me lâcher des yeux.

— Penses-tu qu'il va venir me repogner?

Il a pris une autre gorgée.

— Aie pas peur, il a dit. J'suis sûr qu'y aura même pas les couilles de venir chercher son quatre pour cent.

Je buvais mon verre en retenant mes frissons. Le goût ne me revenait pas, en fait je ne voyais pas trop ce que ça goûtait, à part l'alcool. J'espérais me saouler rapidement, ça se boirait plus facilement ensuite. Jonathan, lui, ne se ménageait pas, il buvait comme un chameau. Greg le laissait se servir à sa guise, trop occupé avec les filles. L'une d'elles ressemblait à Lauryn Hill et je me forçais pour ne pas la regarder trop souvent. Jonathan a commencé à me parler, d'un débit rapide et mou en même temps, racontant de manière éparpillée tout ce qui lui passait par la tête, c'était une sorte d'autobiographie sur *fast forward,* un récit de gars saoul et TDAH, en gros j'ai appris qu'il avait grandi à Val-d'Or, qu'il achevait son cours d'hôtellerie et qu'il patentait lui-même ses armes en mousse pour aller se battre sur le mont Royal le dimanche matin, qu'il était un féru de fantasy, écoutait Rush, Eminem et Radiohead. Ses sourcils faisaient des accents circonflexes au-dessus de ses yeux grands ouverts. De temps à autre, il se frottait l'arrière de la tête, ébouriffant ses cheveux châtains et gras. Il a sauté du coq à l'âne comme ça pendant vingt minutes pratiquement sans reprendre son souffle. Il s'est mis à parler de *Fellowship of the Ring,* puis de *Two Towers* qui sortait en salle la semaine d'après. Je l'ai perdu lorsque j'ai mentionné la première adaptation, le film d'animation de Bakshi, en 1978. Il m'a regardé pendant quelques secondes, la lippe molle, puis il a vidé son verre de vodka, s'est resservi. Il m'a tapoté la poitrine en m'interrompant, pour que je me taise, et il est reparti sur ses Grandeur Nature, la cotte de mailles qu'il s'était fabriquée, anneau par anneau. Je n'ai rien dit, l'écoutant d'une oreille. J'entendais Bébert parler d'onces et de livres. Il avait l'air relax, parlait en forçant la voix un peu pour se faire entendre malgré le beat lent et lascif, sorte de toune reggae pas de paroles noyée dans les basses et les échos extraterrestres. J'enviais Bébert d'être à l'aise dans une foule aussi checkée. Sa casquette des Indians ombrageait ses yeux et sa barbe négligée le vieillissait de quelques années. Son t-shirt Everlast et ses jeans tachés de peinture en aérosol étaient un affront à n'importe quel dress code en ville.

L'odeur piquante du tabac se mêlait au sucre de la vodka qui m'était resté dans la bouche. Les filles s'étaient levées pour aller danser. Ziggy et Kasper aussi. Jonathan s'était tourné vers Bébert et lui racontait je ne sais quoi, visiblement encore plus animé et décousu que tantôt. Je me demandais où était disparue son humeur maussade du début du shift. Je me suis penché vers Greg qui finissait d'écouter les messages sur son cellulaire en se couvrant l'autre oreille de la paume. J'ai mis deux bonnes minutes à rassembler le sang-froid nécessaire pour poser ma question.

— Ça fait que c'était comment, le show de Slayer ?

— Le show de Slayer ?

Greg s'est servi de la vodka et a jeté deux glaçons dans le verre, faisant gicler l'alcool sur sa main.

— Oué, j'ai continué, tsé, là. Tu me disais. À l'Auditorium de Verdun.

Greg allait pour répondre mais son cell a vibré. Il l'a déplié et s'est levé sans s'excuser. Il a disparu dans la foule. Je me sentais cave.

Une des filles est revenue s'asseoir sur la banquette en face de moi. Elle m'a souri en lissant sa robe d'un geste souple. J'ai eu un réflexe nerveux, que j'ai heureusement réprimé. J'avais failli lui envoyer un petit signe de la main, comme un imbécile, comme quand on aperçoit un ami dans le métro sur le quai en face. Je sentais que j'avais le visage cramoisi. La chaleur n'aidait pas. Je gardais ma chemise carreautée refermée sur mon t-shirt pour éviter que mon odeur de jus de plonge se répande partout autour. Je crevais, j'étais plus trempé qu'une moppe.

— Non, non, man, a dit Bébert à Jonathan, en faisant non avec ses mains à répétition, comme un arbitre un peu trop crinqué. Écoute. Écoute, non, ferme-la deux secondes, là. Faut pas que tu la laisses te marcher dessus. Elle va faire ce qu'elle veut avec toi, sinon. Va falloir que tu te calmes pis que tu lui sacres la paix pendant une couple de jours, pis que t'essayes de rebooter ça. Pis arrête de l'emmerder avec tes histoires niaiseuses d'épées en mousse pis de village médiéval. Je veux dire, c'est une skateuse, crisse.

Bébert lui avait pris l'épaule dans sa poigne énorme. Ça n'a pas été long que Jonathan s'est retrouvé avec le caquet bas. Son gros doigt pansé pointait devant lui, blanc fluorescent, alors qu'il tenait son verre vide, la tête penchée, comme vaincu. Il était affalé sur ses genoux, le corps tout ramolli, groggy et saoul à parts égales. Ils avaient l'air de parler de Bonnie, mais je n'en étais pas totalement certain.

J'ai fait semblant de regarder le monde qui dansait dans la même vague hypnotique, sous l'éclairage sombre qui baignait tout d'une lueur saphir. Le trip-hop, je ne trouvais pas ça si mal, en fin de compte. Dans la foule, j'ai cru voir pendant une seconde le visage de Marie-Lou, avec ses mèches qui lui descendaient le long des joues, mais ce n'était pas elle. Il faut absolument que je la rappelle, je me suis dit. Greg était au bar et prenait des shooters avec un grand mince dont les biceps distendaient les manches de veston. Il avait la gueule d'un boxeur en fin de carrière.

— Comment tu t'appelles? Moi, c'est Mélissa.

L'amie de Lauryn Hill a tendu sa main vers moi, au-dessus des verres. Je me suis présenté.

— S'cuse, j'ai pas entendu.

J'ai dit mon nom un peu plus fort et elle l'a répété en ajoutant qu'elle était enchantée, sans mieux l'avoir compris.

— T'es un ami à Greg ?

— Ben, je travaille au même resto que lui.

J'ai entendu Bébert dire à Jonathan de se calmer sur l'alcool, que ça rendait pas invincible, ces pilules-là.

— T'es serveur ? a dit Mélissa.

Ses grands yeux foncés brillaient sous son toupet taillé droit.

Je ne la trouvais pas aussi jolie que sa chum Lauryn Hill, mais ça me paraissait quand même irréel qu'une fille comme ça se mette à me jaser à brûle-pourpoint.

— Non… cuisinier, j'ai dit, en espérant que les gars ne m'entendraient pas.

— Ah, cool, j'aime ça, les gars qui savent faire à manger.

Elle devait croire que j'étais plus vieux. Elle m'a dit de venir danser avec elle, mais je n'étais pas assez saoul pour accepter.

— Tant pis !

Elle m'a fait un clin d'œil avec un petit air rieur et elle est allée rejoindre ses amies. La vodka rentrait de plus en plus facilement.

Jonathan commençait à cailler et s'était recroquevillé sur lui-même. Il fixait quelque chose sur le vernis de la table, un reflet, un mirage, le scintillement d'un fantasme qui s'évanouissait. J'ai demandé à Bébert ce que Bonnie avait aujourd'hui.

— Elle la joue roffe ces temps-ci.

J'ai pris une grosse gorgée de vodka glacée. Ça passait tout seul, là.

— C'est-tu sérieux avec le gars du Roy Bar?

Il m'a fait une face semi-étonnée, semi-moqueuse.

— Pourquoi tu veux savoir ça, man?

— Ben. Tsé. Pour savoir.

Il s'est mis à ricaner comme une scie à chaîne qui démarre et s'est allumé une clope. J'ai pris une autre gorgée. Celle-là est rentrée de travers. J'ai tout fait pour ne pas m'étouffer et garder une contenance. J'ai toussé dans mon poing, les yeux remplis d'eau.

— Touche pas à ça, man.

— À quoi?

— T'as vraiment un œil dessus?

Son rire s'était calmé. Il n'en restait plus qu'un sourire un peu narquois.

— Bonnie? Ben… euh…

— Arrête ça tout de suite. T'es pas un gars pour elle.

J'ai jeté un œil à Jonathan qui avait l'air de méditer, mais qui était en fait sur le point de crasher.

Quand il parlait en retenant sa fumée, Bébert sonnait toujours un cran plus sérieux.

— Tu viens pas de dire la même chose à Jonathan?

— Han?

— Ben, au sujet de Bonnie.

— Non, man. On parlait de sa blonde.

Greg est revenu s'asseoir, excité. Il s'est penché vers la table basse et s'est servi un autre verre. Il s'est mis à discuter avec Bébert. Je faisais semblant de ne pas les écouter.

— Tu dis à ton chum de laisser la porte débarrée. Si tout va bien, on va lui donner dix. Dis-y aussi que si ça chie y est mieux de nous oublier. Genre, de même pas savoir qu'on existe.

Bébert acquiesçait de plusieurs signes de tête. Ou hochait de la tête pour suivre le beat.

— Allez, cheers, mon B-Bert, a lancé Greg en remplissant nos verres de vodka. Tiens, pour toi aussi, Tom Araya.

Il a levé son verre. On a continué à boire un bon moment. La vodka descendait. Elle goûtait meilleur à chaque nouvelle gorgée. Greg a fini par repartir faire sa tournée. Moi, je commençais à être très saoul, mais pas autant que Jonathan, qui dormait presque sur la banquette. On a décidé avec Bébert que la soirée pouvait finir maintenant. Bébert s'est levé. J'ai fait la même chose, prenant soin de ne pas accrocher les verres sur la table basse. Il a pris son manteau qui traînait sur le dossier de la banquette. Il a cherché des yeux Ziggy et Kasper et les a salués dans la foule en se touchant la tempe avec l'index et le majeur. On a aidé Jonathan à se lever. On a réussi à le sortir sans trop que ça paraisse, avant qu'il ne se vomisse dessus. Il a coopéré en marmonnant je ne sais quoi pendant qu'on l'installait dans un taxi. Bébert a payé d'avance pour sa course et on s'est mis en route vers un libanais ouvert tard.

On est allés jusque sur Saint-Denis, qu'on a remontée en direction du Amir.

On a dépassé un deli ouvert vingt-quatre heures que je n'avais jamais remarqué avant. Par la vitrine embuée, j'ai aperçu un homme dont l'allure m'a frappé. J'ai laissé Bébert prendre un peu d'avance, ralenti dans ma marche. Il portait un costume noir et ses longs cheveux sombres et raides comme ceux d'une femme asiatique étaient passés derrière ses oreilles et retombaient sur ses épaules. Il était assis en tête à tête avec une jeune femme. Mon âge, ou plus vieille un peu, blonde, avec un collier de pitbull autour du cou. Un bol de soupe fumait devant elle. Il l'écoutait. Elle avait les yeux bouffis de larmes. Elle cherchait quelque chose dans sa sacoche. Elle s'est frotté le visage d'une main comme pour venir à bout d'une démangeaison persistante ou pour essayer d'arrêter de pleurer. Lui, le coude droit appuyé sur la table, le visage calé dans sa main, il tenait une cigarette entre son index et son majeur. Sa peau était étonnamment livide. C'était peut-être à cause des néons. La jeune femme ne touchait pas à sa soupe. Elle s'est mise à parler, en gesticulant. À ce moment-là il a tourné la tête vers moi. À peine deux mètres nous séparaient, et une vitre à moitié embuée. Sur ses joues, on voyait les cicatrices que des brûlures ou des blessures au couteau avaient laissées, difficile à dire. Ses yeux disparaissaient dans ses orbites et on aurait dit que le long de ses tempes coulait de l'encre noire, ou du goudron, qui se mêlait à l'étoffe de sa veste. Il a jeté un coup d'œil vers ma droite. J'ai suivi son regard et j'ai sursauté. Bébert se tenait près de moi sur le trottoir, il avait rebroussé chemin et s'en allait m'attraper le bras.

— Man, dévisage pas le monde de même.

Je me suis secoué. On est repartis, les poings enfoncés dans les poches, non sans que je me retourne. La blonde m'a fait un doigt d'honneur.

Au Amir, la file nous a paru interminable tellement on avait faim. Je me suis commandé deux sandwichs et Bébert s'est pris des pommes de terre à l'ail en plus du sien, et on est sortis. On mangeait nos pitas à même le sac.

On est repassés devant le deli. Il ne restait plus que le bol de soupe. C'est là que je me suis mis à penser à la paye qui rentrait le lendemain, et surtout au casino. Apparemment que c'était ouvert toute la nuit. Les gains que je pourrais y faire dépasseraient ce que pouvaient donner les machines. Bébert a brisé le fil de mes pensées.

— T'as-tu encore soif? Viens donc prendre une bière chez nous.

Le froid humide m'enlevait le goût d'attendre le bus de nuit pour retourner dans Ahuntsic et je n'avais pas envie de dépenser un billet de vingt dollars pour autre chose qu'un taxi en direction du casino.

— Enwèye, décide, j'ai frette, a dit Bébert.

Je l'ai suivi jusque chez lui. Il habitait quelque part sur Boyer entre Mont-Royal et Saint-Joseph. Toutes les rues se ressemblaient dans ce coin-là.

On est entrés dans un rez-de-chaussée profond avec des plafonds bas. Le plancher en lattes craquait. Le désordre qui régnait jurait avec les plinthes ouvragées et les portes en bois massif. Son coloc était assis devant un ordinateur, en train de travailler sur un logiciel de mixage, des écouteurs de DJ sur les oreilles. Autour de lui sur le bureau, des tasses de café aux bords cernés, des canettes tordues de Milwaukee's Best et un cendrier débordant de mégots de joints et de cigarettes.

Le salon était encombré de planches de bois sur lesquelles on voyait des portraits graffités en haut contraste. Les proportions des visages étaient approximatives, et graphiquement parlant ça manquait de style; c'était assez pauvre, en fait. Quand il a vu que je les examinais, Bébert m'a dit qu'ils étaient tous de lui. J'ai répondu que ça avait de la gueule et il m'a envoyé chier du tac au tac. Il a traversé le salon et s'est en allé dans la cuisine. Je suis resté à l'attendre. Je l'ai entendu ouvrir le frigo.

— Big, j'pensais que t'étais au Circus à soir, il a lancé d'une voix forte.

Le coloc a enlevé ses écouteurs.

— Han?

— J'pensais que tu mixais au Circus à soir, a répété Bébert en revenant, trois canettes de bière dans la main.

Il m'en a lancé une.

— Veux-tu une bière?

Son coloc a fait non de la tête en s'étirant.

— Oublie ça, man. C'est Nate qui m'a remplacé. Je suis ben trop détruit. J'ai pas dormi depuis trois jours. Le stock de ton chum, c'est malade. Ça a rien à voir avec les Dove ou les Blue Jays à Landry.

Bébert a ricané en débouchant sa bière. Je crois qu'il l'a bue en deux gorgées avant d'ouvrir celle qu'il avait proposée à son coloc. Je me suis affalé dans le divan, lui s'est jeté dans un fauteuil tout râpé. MusiquePlus jouait sur *mute.* Bébert s'est roulé un joint en prophétisant qu'il serait sous-chef dès la semaine prochaine. Séverine congédierait Christian pas plus tard que demain, selon lui. Je l'écoutais, assommé par l'alcool et la bonne chaleur sèche de l'appartement. Son coloc s'est levé de son poste pour aller se chercher des céréales. Je n'avais pas bu la moitié de ma bière que déjà je cognais des clous. Je me suis forcé à rester éveillé. Le coloc faisait écouter à Bébert le morceau sur lequel il travaillait. À la télé, Claude Rajotte détruisait le premier album de la fille d'Ozzy Osbourne. Je me suis endormi tout habillé sur le sofa, dans mon linge qui empestait la cigarette, le détersif, les fruits de mer et la graisse de cuisson.

17

LE CÉGEP ressemblait à une forteresse. À Orthanc, peut-être, ou bien à la Citadelle de l'Autarque. Je me sentais comme Sévérian l'apprenti bourreau avant son bannissement de la tour Matachine. Je prenais l'air dehors sur l'esplanade de l'entrée, In Flames grimpé à neuf dans mes écouteurs. Sous l'appentis en béton, des étudiants en pause fumaient ou placotaient en petits groupes hilares. Ils parlaient des partys de fin de session à venir, des brosses au Saint-Sulpice ou aux Conneries, des examens, de leur fin de semaine, celle qui venait de passer ou celle qui s'en venait, de je ne savais quoi. Tout ça me semblait lointain et leur agitation joyeuse me fatiguait. Le café filtre me brûlait le palais. Mais c'était tout ce que j'étais capable d'avaler.

Je me suis senti vieux, non, vieilli, usé, en décalage temporel, voyageur téléporté dans un autre monde.

Je prenais mon temps. J'essayais de me redonner une

contenance, et un peu de volonté, comme par photosynthèse, le visage tourné vers le soleil froid des premiers vrais jours d'hiver quand Benoît et Éric m'ont vu. Je les avais rencontrés en mise en page, le printemps dernier. Ils étaient avec moi en philo aussi. J'avais aidé Benoît à réviser et finir ses dissertations. Un bon gars, quasiment illettré.

Ils fumaient des clopes avec deux ou trois étudiantes. L'une d'entre elles, les cheveux en dreadlocks et un peu boulotte, racontait une anecdote en gesticulant et elle faisait rire tout le monde. Les deux gars se sont approchés, sourire en coin, comme s'ils avaient découvert une curiosité exotique ou un revenant. J'ai enlevé mes écouteurs.

— T'as ben une tête de déterré, a dit Éric.

Ils ont rigolé. Ils m'ont demandé si je serais correct pour aller au party de fin de session ce soir.

— Je pense pas, non.

— As-tu remis ton travail à Pierre ?

J'ai pris une gorgée et j'ai répondu à Éric.

— C'est ça que je m'en vais faire.

J'avais la gorge enrouée. Je regardais le groupe de filles avec lequel ils étaient il y avait trente secondes. J'ai pensé aux amies de Greg. Aux étudiants assis en rangées dans les salles de classe. Aux acétates, à la cafétéria, aux cahiers de notes. Ça me semblait irréel.

— En tout cas, ça fait longtemps qu'on t'a vu, man, a dit Benoît.

Il se réchauffait les mains dans les manches de son manteau de snowboard et le nez dans son cache-cou.

— J'étais occupé. Nouvelle job.

— T'es-tu correct ?

J'ai vérifié l'heure sur ma pagette et je me suis levé.

— On se revoit aux examens, les gars, j'ai dit avant de remettre mes écouteurs.

Je suis passé entre eux, l'estomac à l'envers et un point douloureux au milieu du front. Ils m'ont regardé m'éloigner. J'ai jeté mon café dans les poubelles. Les visages brillaient comme des plaques phosphorescentes autour de moi. Mes yeux me faisaient mal. Je me suis faufilé parmi les étudiants qui se massaient avec empressement autour des portes vitrées, habités par une animation concentrée qui m'était étrangère. La session achevait. J'ai repassé la soirée de la veille dans ma tête, puis la semaine qui venait de s'écouler. J'avais l'impression que je voyais les souvenirs de quelqu'un d'autre, en tout cas de quelqu'un qui n'avait rien à voir avec cette existence de jour au plein soleil. Ou bien c'était le cégep, les travaux à remettre, ce qui existait le jour, qui était l'affaire de quelqu'un d'autre. J'avais l'impression d'être entré dans une longue nuit hallucinée, de vivre dans une temporalité fiévreuse, tour à tour dilatée ou compressée.

J'ai franchi le vestibule surchauffé. J'ai traversé l'agora bondée qui puait ce mélange de bottes mouillées et de fromage cramé qui émanait des conduites d'aération. Des gens de l'Asso se répandaient en simagrées en encourageant les étudiants à donner pour les paniers de Noël. Un gros roux de l'équipe d'impro gueulait des slogans avec sa voix nasillarde. J'entendais tout ça à travers In Flames et un mal de tête qui menaçait de s'aggraver. Le gars était en boxers et en tuque de père Noël.

Je me suis dirigé vers les escaliers roulants. Ma confiance s'effritait. D'habitude, j'arrivais sans peine à jeter de la poudre aux yeux, je mentais presque avec aisance, surtout quand il fallait gagner du temps, mais ce jour-là je me sentais complètement vide et à nu.

Pierre, mon prof d'illustration, m'a reçu dans le bureau qu'il partageait avec des collègues. Il a rapproché une chaise de la sienne et m'a invité à m'asseoir. Ses mains étaient jointes, ses avant-bras appuyés sur ses cuisses. Il avait l'air déçu. On commençait à se connaître. Il m'avait donné trois cours déjà. Je m'étais distingué dans chacun d'eux, enfin c'est ce qu'il m'avait dit. Il m'a observé un instant, comme s'il évaluait la situation et cherchait quels mots utiliser. Son sourire habituel, chaleureux, était absent. Son visage était neutre, d'une neutralité décourageante. Je ne me sentais pas très fort.

— Tu m'as habitué à autre chose.

Je n'ai pas réussi à soutenir son regard plus que deux secondes.

— Il va falloir que tu prennes ça au sérieux, ta fin de session.

Il s'est retourné et a fouillé dans ses affaires étalées sur son bureau. Des portfolios d'étudiants y étaient empilés, du papier calque dépassait sur les côtés.

— C'est injuste pour les autres, si je te donne d'autres prolongations.

— Je sais. Je suis pas venu pour ça.

J'ai rassemblé mon courage. Je rotais encore la vodka de la veille et ça se mêlait aux relents de café cheap. Il m'a fixé en attendant que je dise autre chose. Mon regard fuyait sur la pile de travaux, sur les tiroirs en métal du bureau, son trousseau de clés, les autres cubicules, le plafond suspendu…

— J'suis venu pour dire que je pourrai rien remettre.

Son regard s'est fait plus insistant, sévère comme je ne l'avais jamais vu. J'ai gardé le silence. À part une douleur lancinante entre les deux yeux, qui commençait à me vriller l'os du front, je ne ressentais rien. Ni honte ni nervosité, rien. Je me sentais lourd et mou.

— Tu *peux* pas finir ? Ou tu *veux* pas ?

Quelqu'un se traînait les pieds dans le couloir. Un rire clair de femme m'est parvenu à travers la porte. Ça se souhaitait joyeux Noël. Je me suis frotté le front d'une main moite, sans répondre.

— T'as des décisions à prendre. Si tu fais rien, ils vont te mettre dehors du programme.

Cette éventualité m'aurait galvanisé quelques mois plus tôt. Là, elle est restée sans effet. Ça viendrait plus tard. J'étais captif d'un bolide scellé hermétiquement qui filait vers le ravin.

— Je sais.

— Fait que t'as rien à me rendre du tout ?

Je ne supportais pas d'entendre la déception dans sa voix. L'envie de pleurer me tenaillait.

— Non.

— T'as rien d'autre à me dire non plus ?

— Non, rien.

Il a croisé les bras et m'a regardé me lever.

— Tu sais quoi ?

J'ai haussé les épaules et j'ai baissé la tête. Il a hésité avant de poursuivre.

— J'ai enseigné à beaucoup de jeunes comme toi. J'en ai vu des meilleurs que toi encore lâcher en plein milieu. Peux-tu me dire, toi, pourquoi c'est souvent les plus talentueux qui se reposent sur leurs lauriers ?

J'avais la main sur la poignée de porte. Je n'ai même pas fait semblant de chercher quoi répondre à sa question. Je regardais quelque part par terre, entre son bureau et ses chaussures, l'esprit saturé par les motifs du granit poli.

— J'espère que tu vas réfléchir à tout ça pendant les fêtes.

— Je vais essayer, j'ai dit en levant la tête.

Je pense que c'est sorti comme un chuchotement. Pierre a remis ses lunettes. Il est retourné à ses affaires. J'ai quitté la pièce en silence. J'étais triste mais quelque chose s'était dénoué en moi. Je me suis senti allégé, presque libéré, mais ça n'a pas duré. Le stress et l'anxiété sont revenus tout de suite. J'ai pensé à Malik, puis aux gars de Deathgaze. J'ai jeté un œil à ma pagette puis j'ai chassé tout le monde de mon esprit et j'ai disparu.

18

MARIE-LOU faisait les après-midi dans une taverne pas très loin du cégep, sur Ontario. Elle restait pour le cinq à sept, moment où ça se remplissait d'étudiants cassés et où la bière tombait en spécial. Évidemment, je ne jouais jamais quand elle était là. On s'était perdus un peu de vue durant ma première année de cégep, quand elle était partie travailler à Field, en Colombie-Britannique. On avait recommencé à se voir plus souvent au cours de la session passée. J'avais dû abandonner ma job en rénovation à la fin de l'été, et à partir de ce moment on ne s'était plus lâchés. Je dormais chez elle plusieurs fois par semaine. Quand je m'étais ramassé dans le trou, incapable de payer ma part de loyer à Rémi, elle m'avait spontanément proposé de me prêter l'argent. J'avais accepté. Je lui avais dit que je la rembourserais vite. Je m'étais mis à rejouer encore plus vite. Des semaines plus tard, quand elle avait compris que j'étais encore plus endetté, j'avais dû avouer où je passais tout mon argent. Elle m'avait alors engueulé comme personne ne m'avait jamais engueulé avant. Elle m'avait dit qu'elle n'avait plus confiance en moi. Elle m'avait dit que j'étais faible. Elle m'avait dit que, si je continuais comme ça, je me ramasserais tout seul. À la fin, voyant l'état dans lequel ça m'avait mis, elle m'avait simplement fait promettre de ne plus jamais jouer. J'avais promis. J'avais promis et je m'étais convaincu moi-même. J'avais cru que j'étais débarrassé, qu'elle m'avait sorti le poison de la tête. Même Malik n'avait pas cette emprise sur moi. Marie-Lou ne m'avait pas mis à la porte ce soir-là. Elle avait dit qu'il y aurait toujours de la place chez elle pour moi, mais qu'il fallait absolument que j'arrête de niaiser. On était fin septembre, il faisait encore chaud, et elle m'avait invité à prendre une bière sur une terrasse. On avait parlé d'autre chose, de mes projets de BD, de ses études en sciences humaines, qu'elle voulait reprendre, du roman de Virginie Despentes qu'elle terminait, et on était rentrés assez saouls et on avait regardé *Donnie Darko* ensemble en passant à travers un sac de brownies. Mais j'avais senti le lendemain que quelque chose s'était brisé entre nous, ou alors c'était en moi, peut-être que j'avais honte, peut-être que je ne supportais pas qu'elle sache. J'avais joué quatre jours après.

Trois mois avaient passé depuis, Malik m'avait lui aussi confronté à mes agissements, et je devais encore plus de quatre cents dollars à Marie-Lou. De temps à autre, je lui redonnais vingt ou quarante dollars, qu'elle acceptait sans un mot.

Je m'ennuyais d'elle. Je me suis dit qu'elle serait heureuse de me voir, d'avoir de mes nouvelles, on ne s'était pas beaucoup vus depuis les quelques jours que j'avais passés chez elle avant d'atterrir chez Vincent.

La taverne s'appelait Chez Maurice. On rentrait par une grosse porte en métal. Il y avait des distributrices de pinottes dans l'entrée. La place sentait vaguement le détergent et la bière flate. Le plancher était terasso et au plafond pendaient des ventilateurs amorphes dont les grandes pales moulinaient la fumée de cigarette. À cette heure-là, c'était encore éclairé par la lumière du soleil qui entrait par les longues fenêtres en verre trempé sur lesquelles on lisait AIR CLIMATISÉ et BIENVENUE AUX SPORTIFS. Quand je suis rentré, Marie-Lou m'a sauté dans les bras. Je n'ai même pas eu le temps d'enlever mes écouteurs. Elle m'a donné deux becs sur les joues. Ça m'a fait chaud au cœur de la voir aussi contente. Je suis allé m'asseoir au bar, dos aux machines qui longeaient le mur de l'entrée.

Les après-midi étaient tranquilles. À part quelques vieux bonhommes à qui il fallait changer la bière une fois l'heure pendant qu'ils flambaient leur allocation aux *7 frimés,* il n'y avait personne à servir. C'était le calme plat.

Marie-Lou m'a servi un bock de rousse.

— Pis, ta nouvelle job?

Je l'ai remerciée pour la bière.

— Ma nouvelle job? C'est comme de travailler dans un dépotoir pendant que les trucks viennent déverser les vidanges.

Elle m'a regardé d'un air compatissant et un peu moqueur.

— Pauvre ti-pit…

— T'es sûre qu'y a rien de dispo, ici? j'ai demandé.

J'ai vu à son changement d'expression que ma question l'avait irritée.

— Oublie ça, elle a tranché. Faque toi, tu trouves que c'est une bonne idée de venir travailler ici.

Elle a pointé le menton derrière moi, vers les machines de vidéopoker. Elle a ajouté :

— Bravo, mon gars.

— T'as raison, j'ai dit. Ça m'est sorti de la tête depuis une couple de semaines.

Elle m'a lancé un long regard. J'ai eu l'impression de devenir écarlate.

— Tant mieux, elle a fini par dire.

Elle est allée puncher quelque chose sur la caisse. Leur système avait l'air rudimentaire à côté de celui de La Trattoria. Ça ressemblait à une caisse enregistreuse de chez McDo.

— Vas-tu aller voir Iced Earth? j'ai dit.

— Non, leur dernier album est de la marde. C'est bizarre que tu me demandes ça, Jess voulait vraiment qu'on y aille ensemble.

Elle m'avait répondu de l'autre bout du bar, griffonnant sur un bloc de papier près d'un verre rempli de monnaie. Elle n'avait pas teint ses cheveux depuis son retour du BC, l'an passé. À travers ses mèches cuivrées, je voyais ses joues hautes et son nez retroussé, qui lui dessinaient un profil d'héroïne de manga. Son boss la laissait travailler avec son piercing. Elle jouait avec, quand elle réfléchissait. Lorsqu'elle a mentionné le nom de Jess, tout mon corps s'est crispé.

— Elle est sortie de l'hôpital la semaine passée, by the way.

— De désintox, tu veux dire…

J'ai évité son regard, certain qu'elle m'en lançait un plein de reproches. Je n'ai pas pu m'empêcher d'en remettre :

— Qu'est-ce que tu veux que ça me foute ?

Elle a fait comme si je n'avais rien dit et elle est allée aux tables. Trois pépères en chemise de travail s'étaient assis. À la face qu'ils ont faite quand elle est venue prendre leur commande, c'était clair que Marie-Lou faisait leur journée. Les manches de son chandail rayé rouge et noir cachaient les tatouages de crânes cornus qu'elle avait sur les bras. Chaque fois que je la voyais, je la trouvais plus belle. En même temps, c'était impossible de savoir qu'elle était une métalleuse. Elle avait appris à transformer son look au travail pour que personne sauf les initiés ne puisse deviner qu'elle écoutait Dimmu Borgir, Darkthrone ou Immortal. Dans les faits on était un peu tous comme ça.

Elle est revenue derrière le bar. Elle a fait tinter les bouteilles de Molson Dry vides en les rangeant dans leur caisse.

— Elle parle souvent de toi. Elle aimerait ça te revoir, ou au moins avoir de tes nouvelles.

J'ai terminé ma bière.

— Jamais, j'ai dit.

Jess, c'est la blonde que j'avais eue de quinze à dix-sept ans. Elle et Marie-Lou étaient des amies d'enfance. Un vrai paquet d'explosifs débarqué par accident au collège où j'allais. Elle m'avait mis le grappin dessus. J'étais devenu obsédé par elle.

— Elle a changé, tsé.

— Oué, parlant de changer, change de sujet, sinon je décolle.

— OK, OK, fâche-toi pas, elle a dit, avant de se pencher et de me regarder carré dans les yeux, en prenant une expression préoccupée, comme un médecin qui examine un hématome.

J'ai ri. Son visage s'est illuminé, comme si elle venait tout à coup de se rappeler une excellente nouvelle.

— Pis ? Comment ça avance, la pochette de disque ?

— C'est presque fini, j'ai dit, en essayant de garder le sourire. Je vois le band la semaine prochaine pour leur montrer un quasi-final.

— Tu vas me montrer ça aussi, han ?

— Mets-en. C'est la meilleure affaire que j'ai faite, en plus.

Elle m'a pris la main, emportée par une sorte d'élan, mais elle s'est aussitôt ravisée, avec une face burlesque. Je n'ai pas réagi. Elle a eu l'air mal à l'aise pendant une seconde, puis elle m'a décoché une espèce de crochet fake à la mâchoire, une droite au ralenti. Je n'ai pas fait un imbécile de moi-même et je n'ai pas dit que je voulais qu'on se réessaye ni que je pouvais venir lui montrer ça dès ce soir. Je lui ai juste commandé une autre bière, heureux d'être là. La vie ne finissait pas tantôt. Son visage a pris un air sérieux, comme chaque fois qu'elle coulait un verre. Ses lèvres s'amincissaient et elle fronçait les sourcils. Elle a déposé le bock devant moi.

— Tu finis tard ?

— Non, pas tard. Un peu après le souper. Pourquoi ?

— Pour rien.

— Je pense partir en Amérique du Sud au printemps.

— Ah ouan ?

J'ai changé de position sur mon tabouret. Elle était en train de préparer un rhum and coke et parlait en regardant dans le verre.

— Je pensais que tu voulais retourner au cégep, j'ai dit.

— Bof. Pas tout de suite.

— Tu partirais combien de temps ?

— Quelques mois, au moins.

— Ah. C'est cool, c'est cool.

Ça m'a décontenancé. J'ai pris une gorgée de bière, en réfléchissant. Elle s'est arrêtée deux secondes devant moi avant d'aller porter sa commande.

— Qu'est-ce que t'as ?

— Rien, j'suis juste fatigué. Ma job.

Elle m'a fait un petit sourire doux et elle est partie avec son cabaret vers une table où un gars avec des tatouages tribaux sur les biceps lisait le journal.

Une fois que mon histoire avec Jess avait été réglée, après être passé à travers les menaces de suicide, les tentatives d'intoxication au Tylenol, les demandes de sa mère ivrogne qui voulait que je laisse une autre chance à sa fille, les crises de larmes au téléphone jusqu'à deux heures du matin, après tout ça, j'avais relancé Marie-Lou. Mais elle était encore avec son chum Gilles. Et ce gars-là me terrorisait. Gilles avait vingt-quatre ans et se faisait enquêter pour revente d'armes. C'est ce que Marie-Lou m'avait conté. Il traînait avec les mongols du métro Longueuil, avec du monde comme Maureen, une lesbienne latino haute comme trois pommes : la King-George Family au grand complet lui mangeait dans la main. La première fois que Jess me l'avait présentée, elle portait un gun sous son t-shirt des Lakers.

Le jour commençait à s'assombrir. D'autres bonhommes un peu usés sont arrivés. Quelques jeunes aussi, un peu plus vieux que moi. J'ai regardé les machines du coin de l'œil. Marie-Lou m'a remarqué.

— Toi, tu vas pas recommencer ça, han ?

— Non, non, inquiète-toi pas.

Son visage s'était durci en un instant. Mes joues se sont mises à brûler mais j'ai gardé mon masque. Je me suis souvenu des moments les plus intenses de l'engueulade et j'ai voulu chasser ça de mon esprit.

— Je vais pouvoir te remettre le reste de ton argent ben vite.

— Je m'en fous, de mon argent. Je veux juste plus que tu touches à ces patentes-là.

Son regard me transperçait. J'ai pris une gorgée de bière.

— As-tu fini les *Sandman* que je t'ai prêtés ?

Elle allait me répondre quand Benjamin est arrivé. C'était son boss. Il avait deux fois mon âge. Il se déplaçait avec une sorte de calme confiant, comme s'il avait déjà vu toute sa vie d'avance et que ça avait fait son affaire et que plus rien ne pouvait le surprendre. Il a salué quelques tables de vétérans au passage en échangeant des prédictions sur les games de hockey à venir. Il tenait une boîte pleine de bouteilles d'alcool sous le bras. Il portait un long paletot noir, ça lui donnait un peu l'air de John Constantine, et une cigarette brûlait au coin de ses lèvres.

Benjamin a salué Marie-Lou puis s'est mis à fourrager derrière le bar. Il lui a répété de ne pas mélanger les importées vides avec les Molson. Benjamin parlait d'une voix neutre, jamais très forte. C'était un grand mince, un rouquin taciturne, avec un front large et osseux. Les poches sous ses yeux lui donnaient un air endormi et détaché de tout. Ce n'était pas, au premier abord, le gars le plus avenant du monde. Si ce n'était de Marie-Lou, il ne m'aurait probablement jamais adressé la parole.

Une fois, j'étais venu l'attendre le temps qu'elle finisse son shift et je m'étais apporté un Stephen King. Sans aucune introduction, sans même me dire allo, Benjamin m'avait conseillé de lire Jack Ketchum ensuite. Je lui avais dit que je ne le connaissais pas. Lui qui ne disait jamais de phrases de plus de trois mots, il était devenu volubile comme un prophète en pleine épiphanie. Il m'avait jasé de livres pendant une heure. Il m'avait suggéré des Dashiell Hammett, des Elmore Leonard ou des James Ellroy, dont je feignais de connaître le nom. Il m'avait conseillé de ne pas les lire en traduction. Je lui avais dit que j'avais commencé *It* en anglais. Selon lui, lire des traductions, c'était pire que d'écouter les films d'action doublés en argot qui passaient à TQS le dimanche après-midi.

— Ça se peut, tu penses, un hillbilly qui parle comme Vincent Cassel ?

— T'as raison, non.

J'aurais été bien en peine de dire ce qu'était un hillbilly.

Deux ou trois ans plus tard, quand j'avais commencé à lire l'édition française de *Naked Lunch,* cette discussion m'était revenue en tête. C'était tellement mal traduit que c'en était illisible.

Au moment où j'ai rencontré Benjamin, il ne faisait plus que trois choses. Il boxait en amateur. Il s'occupait du bar. Et il lisait des quantités monstrueuses de livres. Quand Marie-Lou me l'avait présenté, il terminait sa quatrième année dans les AA. Sa période d'alcoolisme avait été particulièrement éprouvante. Dans ce temps-là, il servait au Peel Pub des marées d'anglos descendus là pour se saouler jusqu'à oublier le nom de leurs mères. Benjamin était capable de finir son shift de service vers minuit, d'aller boire ses quatre cents dollars de pourboire avant le last call puis d'emprunter vingt piasses à un ami pour prendre son taxi en fin de soirée. Il avait maintenu ce régime pendant des années. Sa vie d'alors avait été une longue brosse. Vers la fin, il buvait en moyenne un vingt-six onces par jour rincé par une caisse de douze. Il buvait sa vodka tablette, avant même d'avoir mangé quelque chose. Il avait tout arrêté d'un coup, le lendemain du soir où, tellement fini, il était tombé de son balcon en essayant de déverrouiller sa porte d'entrée.

Benjamin s'est approché et m'a serré la main, il avait la poigne brusque, et rugueuse comme du papier sablé. Il a inspecté mon *Chtulhu,* qui traînait à côté de ma bière.

— Encore en train de lire des contes de fées ?

Un rare sourire lui a relevé les joues.

— Marie m'a dit que t'as commencé à La Trattoria.

— Oui, ça fait une semaine.

— Greg travaille-tu encore là ?

Benjamin souriait toujours. Il lisait la quatrième de couverture.

— Tu connais Greg ?

— Oui. Drôle qu'il soit encore vivant.

— Y a l'air de faire le party pas mal fort.

— On peut dire ça de même, oui.

— D'où tu le connais ? T'as déjà travaillé avec ?

— Je l'ai connu dans mon ancienne vie.

Il a reposé le livre sans rien ajouter et s'est mis à vider la caisse qu'il avait apportée. Il changeait les becs verseurs des bouteilles vides et les installait sur les nouvelles bouteilles de rhum et de gin. Quand il a retiré le bec du quarante onces de Jack, un relent de vernis à bois m'a chatouillé les narines. Je me suis toujours demandé comment Benjamin faisait pour travailler dans un environnement où l'alcool coule à flot, sans jamais succomber. Quand je lui avais posé la question, il avait dit :

— C'est pas facile mais c'est simple. T'as juste à te dire que t'es capable de faire la journée sans t'ouvrir une bière. Le lendemain, ça compte pas. Tu deales avec demain une fois rendu demain.

J'ai jeté un œil aux machines. Les fruits et les cloches

défilaient sur les écrans. C'est à ce moment-là qu'un grand monsieur est rentré. Il semblait un peu plus vieux que Benjamin, la mi-quarantaine peut-être, il avait la barbe poivre et sel et des rides rendaient son regard comme attristé. Benjamin s'est redressé derrière le bar.

— Ah, Mohammed !

Benjamin avait rarement l'air aussi content. Ça se traduisait par une petite hausse de ton et une surprise à peine discernable, quelque part dans sa voix. Mohammed a eu un grand sourire, ses yeux tombants se sont plissés, il lui a serré la main avec sa patte géante. Avant qu'il ait pu commander quoi que ce soit, Benjamin avait posé un Perrier devant lui. Il m'a présenté et Mohammed m'a serré la main, comme si j'étais un homme de son âge.

— Mon ami, vous ne dormez pas assez, il m'a déclaré. La nuit, c'est aussi pour dormir.

Il avait une belle voix profonde et feutrée. Je n'ai pas su quoi répondre. Je n'étais pas sûr s'il se payait ma tête ou non. J'ai eu l'impression qu'il savait tout ce qu'il y avait à savoir sur moi. Je me suis raclé la gorge et j'ai fini par dire :

— Je vais essayer de m'en souvenir.

Mohammed m'a fait un clin d'œil et a choqué son Perrier contre ma bière.

— C'est le chauffeur le plus fiable en ville, a dit Benjamin.

— Oh, arrête.

Mohammed a salué Marie-Lou et lui a aussi serré la main. Il avait quelque chose de réconfortant et de cérémonieux en même temps. Ils ont jasé un peu. On aurait dit qu'il parlait à sa nièce ou à la fille d'un ami proche dont il était très fier. Il a écrasé la tranche de citron dans le fond de son verre. J'apprendrais des années plus tard que c'est Mohammed qui avait ramassé Benjamin le soir de sa chute de deux étages et qui l'avait conduit à l'hôpital. C'est ce jour-là que les deux étaient devenus amis. Mohammed passait régulièrement dire bonjour. Marie-Lou est repartie vers les tables.

Benjamin et lui étaient en train de parler de résultats sportifs, de boxe surtout. Benjamin lui a parlé de ses gageures. Mohammed l'a réprimandé gentiment. Ça avait l'air d'être un refrain entre eux. Mohammed avait un accent du Maghreb et employait des expressions québécoises avec autant de naturel qu'un bonhomme de Joliette.

Je n'avais jamais vu Benjamin interagir ainsi avec personne. Je savais qu'il jouait et qu'il pariait. Il courait les games de poker qui avaient lieu à l'aube. Il m'avait raconté quelques fois ses fins de nuit. Le genre de game où les barmans cokés essayaient de bonifier leur pourboire en se mettant all in à neuf heures du matin. Benjamin n'avait jamais perdu, pas une fois. Je lui avais demandé au début de l'été si je pouvais l'accompagner à une partie et il avait juste dit non, sans s'expliquer, sans lever la voix, sans me faire la leçon ni rien, juste non.

J'ai payé mes bières à Benjamin en m'assurant que Marie-Lou ne verrait pas ma palette de billets. Quand je me suis levé pour partir, elle m'a donné un bec sur chaque joue et m'a serré contre elle, encore plus fort que quand j'étais arrivé. Je l'ai serrée très fort aussi, je l'aurais gardée contre moi toute la soirée, mais notre étreinte s'est dénouée après quelques secondes. On n'en était plus là. C'était peut-être mieux comme ça. Elle m'a fait promettre de lui donner plus de nouvelles. J'ai mis mes écouteurs et je suis sorti en envoyant la main à Benjamin.

Dehors, la nuit était déjà tombée. Des flocons minuscules, comme du verre pilé qu'on saupoudrait sur la ville, flottaient dans l'air. J'ai monté le son de mon walkman à huit et la rumeur de la circulation s'est éclipsée. «The other side of the platinum door; another day in quicksand; still feel close to nowhere; I hope this is the right way.» In Flames, je n'en finissais plus d'écouter *Clayman.* J'ai marché un moment sur Ontario, jusqu'à l'arrêt de la Saint-Denis qui remontait vers le nord. J'ai longé le Terminus Voyageur. Des autobus attendaient dans le stationnement. J'ai eu envie de partir pour Trois-Rivières. J'avais encore l'odeur de Marie-Lou sur moi quand la 30 est arrivée.

J'ai fait le trajet en somnolant et je n'ai bougé que pour changer la cassette de bord dans mon walkman. J'ai regardé autour de moi. Un gars de mon âge, les sourcils rasés et tout vêtu de Karl Kani, parlait à sa blonde au cellulaire. Il répétait les mêmes excuses en quinze versions différentes. Une Asiatique se laissait tanguer contre la fenêtre, surchargée de paquets. Deux collégiennes en jupes écossaises, aux manteaux matelassés couleur aluminium, se partageaient les écouteurs du même discman. Un gars à la barbe longue mais clairsemée était absorbé dans la lecture d'un roman *Star Wars.* Juste à côté de lui, une Noire pas plus vieille que moi, le visage fermé, fixait l'extérieur sans cligner des yeux. J'ai monté le son de mon walkman.

En rentrant j'ai trouvé Vincent assis dans le lazy boy du salon, en train de terminer un repas surgelé, un deux litres de Sprite à ses pieds. C'était sombre dans l'appartement. Il regardait la partie de hockey. Il portait un vieux short de soccer et le t-shirt d'éducation physique de notre école secondaire. Ça nous faisait comme des jaquettes, mais sur lui le tissu était tendu sur ses pectoraux. Je me suis affalé sur le sofa qui me servait de lit. L'odeur de la veille empestait encore mes vêtements. Un mélange de friture et de fumée de cigarette. Je n'avais pas la force de me changer. J'ai pris une gorgée de Sprite.

— J'ai pas encore de cash pour toi... mais ça va venir.

— Pas de trouble, man. Tant que tu y penses.

Il a lancé la boîte de son repas sur la table basse.

— Penses-tu que je peux te voler un Michelina's ?

— Oui, mais pas ceux au fromage. Prends-en un sauce tomate.

Il ne lâchait pas la partie des yeux. La lumière de la télé bleuissait sa peau noire. Je suis allé me réchauffer un surgelé.

— T'as fini tes exams ?

J'ai parlé par-dessus le vrombissement du four à micro-ondes.

— Pas encore, toi ?

— J'ai rendu mon dernier travail aujourd'hui.

— Nice.

Je suis revenu m'asseoir avec mon souper brûlant. J'ai demandé à Vincent de me réveiller quand il se lèverait, le lendemain.

— T'es sûr? Je me lève à six heures et demie.

— Oué, faut que je sois à la job pour huit heures à peu près.

Je suis allé me doucher puis je suis revenu m'endormir devant la game de hockey.

19

CHAQUE FOIS que Marie-Lou me parlait de Jess, je culpabilisais. Quand je me suis levé le lendemain de ma visite Chez Maurice, c'est à Jess que j'ai repensé. D'habitude, quand j'y pensais, c'était confus, mais ce qui en ressortait, c'était surtout le soulagement de ne plus être avec elle. Cette fois-là par contre il y avait une nostalgie étrange, peut-être parce que ma relation avec Marie-Lou était en rade depuis plusieurs semaines et qu'elle se méfiait sans doute de moi à présent, même quand elle avait l'air heureuse de me voir. L'impression que j'avais, c'est que le jeu lui faisait peur, ou plutôt l'effet que le jeu avait sur moi. Aujourd'hui, je sais qu'elle en savait plus que moi-même sur ma dépendance. Quand elle me voyait, elle s'efforçait de ne pas trop y penser, de ne pas me soupçonner en permanence, et elle se retenait de me brasser ou de me faire la leçon. Cet après-midi-là, qu'elle me parle de Jess soudainement, ça m'a rappelé notre première rencontre, trois ans plus tôt. C'est justement par Jess que je l'avais connue, Marie-Lou. C'était l'hiver, et Jess et moi, ça n'allait pas fort. On se chicanait souvent. Je m'en souviens, c'était vers l'époque où sa mère avait fait une rechute. C'était un vendredi et Jess m'avait donné rendez-vous au métro Longueuil pour qu'on fasse de quoi avec sa gang d'amis. Elle me donnait souvent rendez-vous là. Elle évitait le plus possible de passer du temps chez elle.

J'étais accoudé sur la balustrade, un peu caché par la rangée de téléphones publics. La foule remontait du quai en courant presque dans les escaliers en béton. Tout le monde était pressé d'attraper son autobus, les étudiants, les gens qui rentraient du travail. Des groupes de yo attendaient leurs amis, massés autour du dépanneur au centre du métro Longueuil. « One » de Metallica jouait dans mes écouteurs. Une odeur de poussière de ciment, de vieux mégots et de poulet frit flottait dans l'enceinte du terminus. Le volume de mon walkman à neuf, j'avais jeté des regards discrets vers la gang de bums qui flânaient près des portes vitrées du McDo. Je savais qui ils étaient parce que Jess les connaissait tous. Maureen n'était pas encore là. Si ça se trouve, elle dormait toujours. Tant mieux, parce qu'elle me terrorisait. Chaque fois qu'elle débarquait, même la racaille devenait nerveuse. Maureen arrivait avec les vrais fouteurs de troubles, ceux qui habitaient sur King-George et que personne ne regardait dans les yeux. Quand Jess me l'avait présentée – c'est la seule fois qu'elle m'avait adressé la parole –, j'avais bégayé une ou deux phrases insipides.

Je n'avais jamais vu un regard aussi frontalement sauvage et sur le qui-vive.

Ça devait faire quinze minutes que j'attendais. J'ai regardé vers la gang pour la dixième fois peut-être, voir si Jess n'était pas enfin arrivée. Elle avait compris qu'elle pouvait me faire poireauter. Il y avait Luc, le dealer de Gérard-Filion, et deux ou trois satellites avec des faces de ti-culs désabusés. Luc, il vivait pratiquement ici. Il habitait juste à côté, dans le *Port-de-Mer.* J'ai reconnu Théberge, qui faisait la loi de l'autre bord de la track, dans Fatima. Lui et les frères Hubert étaient toujours à couteaux tirés. Il y avait Frantz qui faisait son show, racontait des menteries en gesticulant, sa fausse Rolex qui gigotait sur son poignet, ses yeux vitreux contrastant avec l'espèce de danse de Saint-Guy qui le levait de terre. Il s'appelait Frantz le Québe, parce que c'était le seul Haïtien du coin à parler sans l'accent. Évidemment, le grand Goupil était là aussi, avec son front d'éléphant, son manteau Tommy Hilfiger dézippé en permanence et son col de polo relevé. Je savais qui il était parce qu'il était venu péter la gueule au caïd de notre école au début de l'automne. Tout le monde disait qu'il avait été impliqué dans une fusillade, derrière un 14-17 de Brossard. La rumeur avait été confirmée par le plus vieux des frères Hubert. Goupil avait l'œil sur Jess, c'était flagrant. Pour lui, j'étais une quantité négligeable. J'ai regardé l'heure sur l'écran d'un des téléphones. Jess était maintenant en retard de vingt minutes. Si moi j'avais le malheur d'arriver deux minutes après l'heure de notre rendez-vous, elle me sautait dans la face. Le refrain d'« Accident of Birth » se répercutait dans mes oreilles. Je l'ai répété à voix basse, comme pour me donner de l'assurance.

J'ai jeté un coup d'œil dans le McDo, par-dessus mon épaule. Des gens faisaient la file pour commander. J'ai repéré un gars de mon âge, seize ans, pas plus. Long manteau de laine noir, cheveux noués en queue de cheval, lunettes fonds de bouteilles, duvet blond plein les joues. Il était plongé dans un livre de campagne de Donjons et Dragons. Un gros sac à dos était posé à ses pieds, sûrement rempli de manuels de DM, de dés à vingt faces, de cartables et de pousse-mines. Je savais exactement ce qu'il ferait de sa soirée. Sa blonde méprisante et soupe au lait ne le traînerait pas dans un party de gens trop vieux qui fument des juicy à la chaîne, il n'irait pas acheter de la bière avec des fausses cartes, il ne serait pas la risée d'une gang de drop-outs gelés ben raide, il n'aurait pas à s'occuper de sa blonde qui après sa première quille irait coller le grand Goupil puis après sa deuxième se pognerait avec tout le monde, il ne serait pas obligé de la ramener chez elle beaucoup trop tard dans l'appartement miteux de sa mère paquetée et de son beau-père donneur de claques ou de coups de poing, selon comment il filait, il n'aurait pas à l'écouter dire pour la vingtième fois qu'elle se suiciderait, qu'elle le crisserait là, qu'il était trop pogné, trop jeune, trop plate. Ce gars-là n'aurait pas à endurer le chantage émotif des fins de soirée qui n'en finissaient plus de tourner au vinaigre. Non, ce gars-là se commanderait un trio et le mangerait sur le pouce avant de monter dans le bus. Ce gars-là finirait de réviser ses notes de maître de jeu sans anxiété, il jouerait toute la nuit avec ses amis, il aurait du fun, plus de fun que je n'en avais eu dans les six derniers mois. Ce jour-là, j'aurais donné cher pour changer de place avec lui. Pas de blonde entourée de bums, pas de petites humiliations répétées, rien à prouver à personne.

Jess est enfin arrivée. Elle m'a vu de loin et a agi comme si je n'étais pas là. Mon cœur a bondi dans ma poitrine. Ça me faisait ça chaque fois que je la voyais. Elle a salué tout le monde, sautant dans les bras des gars, rayonnante devant Goupil qui la serrait contre lui avec un rictus de dégénéré. C'était à croire qu'elle ne s'était maquillée pour personne d'autre. J'avais toujours envie de disparaître quand elle faisait ça. Quand elle était avec eux, elle devenait méconnaissable. Rien à voir avec la Jess que je connaissais. Rien à voir avec la fille qu'elle était quand on était seuls ensemble. Je me demandais ce qu'elle leur trouvait tous, à ces crisses-là. À mon avis, ils se foutaient pas mal d'elle. La fille qui s'occupait de sa mère toujours entre deux rechutes, qui ne s'en laissait montrer par personne et voulait s'en sortir à tout prix, ils n'avaient aucune idée c'était qui. La Jess qui me bottait le cul en dessin, qui nous organisait des soirées de films d'horreur, la Jess qui avait lu plus de Stephen King que moi, qui se démenait pour finir son secondaire et s'en aller en animation au cégep, cette Jess-là, elle s'évaporait d'un coup en leur présence.

« Accident of Birth » achevait et je n'étais toujours pas prêt à aller vers eux. Jess portait le manteau que je lui avais acheté au Château pour sa fête, avec mes économies de l'été dernier, et ses jeans qui moulaient ses fesses plus qu'une paire de collants. Elle continuait son petit tour de reine des bums, feignant toujours de ne pas m'avoir vu. Elle ne viendrait pas me voir, c'est moi qui devrais aller la rejoindre. Quand je ne le faisais pas, elle finissait par venir vers moi, mais en crisse comme si je l'avais insultée, et on s'engueulait devant tout le monde, et Théberge, Goupil et le reste de la gang se payaient la traite et riaient de nous, mais surtout de moi.

Les premiers accords de « Dead Skin Mask » ont fait vibrer mes écouteurs et m'ont descendu le long de la colonne. Des excroissances tranchantes ont lentement poussé partout sur mon corps, comme si ma peau se changeait en chitine blindée. J'ai monté le son à dix. Je suis resté là pendant plusieurs minutes à écouter les paroles sèches et impérieuses de Tom Araya, à me retenir de headbanger, à laisser les guitares et le martèlement de la batterie me traverser le corps, puis j'ai levé la tête. C'est là que j'ai remarqué que Jess était venue accompagnée d'une autre fille. Elle avait les cheveux courts et pourpres, coupés aux oreilles à peu près, sauf deux mèches qui lui descendaient sur les joues, et elle avait un piercing dans la lèvre inférieure. Elle portait ses jeans rentrés dans ses Doc. Son chum – grand, casquette blanche, jeans déchirés aux genoux, l'âge de Goupil ou de Théberge, peut-être – la tenait contre lui, enfermée dans ses bras. Ils ne fittaient pas ensemble. Le dernier accord de « Dead Skin Mask » s'est étiré comme le son d'un électrocardiogramme qui ne détecte plus de pouls, puis les roulements de drum de « Rust in Peace… Polaris » se sont déclenchés. Les guitares ont embarqué, et une nouvelle vague de frissons m'a parcouru. Je me suis rapproché d'eux, soulevé par les riffs de Megadeth.

— T'es là, toi ? a dit Jess d'une voix cassante, comme déjà tannée de me voir.

Les bums m'ont à peine regardé. Mais son amie s'est présentée.

— Ah, c'est toi, le chum de Jess. Moi, c'est Marie-Lou. Jess arrête pas de me parler de toi.

Je lui ai serré la main. Ma paume était moite, et la sienne était lisse et sèche. Sa poigne était étonnamment vigoureuse, je sentais les os de sa main comprimer la mienne. Son chum m'a jaugé de la tête aux pieds. Il portait un manteau de cuir trois quarts et puait la cigarette. Il avait l'air plus vieux encore que ce que je ne pensais. Je lui donnais vingt ans, à cause de ses joues bleuies par la barbe. Jess a lancé une pointe à Marie-Lou puis elle m'a tiré vers elle pour me frencher devant tout le monde. Elle faisait toujours ça quand une fille m'adressait la parole. Elle aussi sentait, et goûtait, la cigarette. Je me suis défait de son étreinte, empêtré dans le fil de mes écouteurs qui étaient tombés quand elle avait mis ses mains autour de mon cou.

La gang voulait bouger. Le chum de Marie-Lou l'a embrassée et lui a dit qu'il irait nous rejoindre plus tard. Il est sorti du côté du stationnement, en marchant d'un pas un peu nonchalant. On a suivi Luc dans le *Port-de-Mer.* Il devait ramasser son stock chez lui. On est sortis du terminus pour acheter des Colt 45 au dépanneur et on s'est tous mis en marche. On est allés chez Frantz. Il vivait dans un trois et demie minuscule dans sur Sainte-Hélène. On s'est installés dans le salon, sur le sofa défoncé et les chaises qu'on a prises de la cuisine. Les murs étaient jaunis de nicotine et Frantz avait pendu des draps à la place des rideaux. Les filles qui étudiaient aux adultes avec Jess sont arrivées presque tout de suite après nous. Je n'en connaissais pas une. Il y en a qui se sont assises dans le salon, d'autres sont restées dans la cuisine, s'accotant sur le comptoir. Frantz avait déjà allumé un rond et sorti les couteaux. Luc a distribué son hash en s'en vantant comme si ça guérissait le sida. Ça parlait fort par-dessus la musique. Théberge a mis *Wu-Tang Forever* dans le système de son. On entendait les peaux des haut-parleurs vibrer avec les basses.

Je suis resté toute la soirée en retrait, assis sur un sofa en tétant ma 1.18 pendant que d'autres jacassaient à tue-tête dans la fumée des joints pleins de coke. Jess dansait en se frottant sur Goupil, j'essayais de faire comme si ça ne me dérangeait pas. Théberge fumait joint sur joint en crachant des glaviots épais par la fenêtre entrouverte de la cuisine. Il coupait ses poffes avec des gorgées prises dans une petite bouteille de Bacardi. Il jasait avec une fille qui se faisait des lignes de mess. Ils s'obstinaient sur les circonstances de la mort de Biggie Smalls. Elle en parlait comme si on lui avait volé un rein. Le chum de Marie-Lou est arrivé avec une caisse de vingt-quatre, à peine quinze minutes après que la voisine de Frantz était venue cogner pour se plaindre du bruit.

Juste quand je pensais que tout le monde avait oublié ma présence, Marie-Lou est venue s'asseoir à côté de moi avec une Smirnoff Ice. Je portais mon chandail de

Maiden. C'est celui que je mettais par-dessus mon uniforme, à l'école, et qui faisait sourire la gang d'Haïtiens parce qu'ils pensaient que ça avait rapport avec l'album de Ghostface Killah. Marie-Lou l'a pointé du doigt et m'a dit que ses grands frères écoutaient ça et qu'elle aussi en écoutait des fois.

— T'écoutes du métal ? j'ai dit.

Elle a fait un petit oui en buvant une gorgée. J'ai eu un grand sourire. Ça ne se pouvait presque pas. À mon tour j'ai remarqué son t-shirt, qu'elle portait sous une chemise carreautée noir et rouge. J'y ai vu le nom d'un band écrit en lettres toutes hérissées et illisibles – du black métal.

— Quels groupes ?

Elle s'est mise à les énumérer. Elle en écoutait pas mal plus que moi, en fait. J'en connaissais la moitié et j'avais entendu parler des autres, Opeth, Dark Tranquillity, Death, Dimmu Borgir, du stock que Malik n'écoutait pas, Martyr et Quo Vadis aussi. Apparemment, un de ses frères était l'ami d'un des membres fondateurs. Triper sur le métal dans ces années-là, entre 1993 et 1999, c'était comme vivre sur une île déserte – 1993, c'est l'année où Metallica change de son, où Guns N' Roses se sépare, où Bruce Dickinson quitte Maiden, où le grunge est à son apogée, où le indie rock et le punk rock explosent, et où le hip-hop commence sa longue ascension, accumulant les classiques. Il faudra attendre les années deux mille et l'arrivée progressive des bands européens sur le marché nord-américain pour que le métal revienne en force, et encore. Mais au début 99, je faisais mes découvertes isolé dans mon coin. Personne autour de moi n'écoutait ça. Je découvrais un groupe à la fois, un album à la fois. Quand j'avais fait le tour d'un band et que mes mixtapes étaient saturés de chansons que je connaissais par cœur, je téléphonais à Malik pour qu'il me conseille, mais je venais rapidement à bout de ses suggestions. Après *Live After Death,* j'avais acheté tous les albums de Maiden, en commençant par *Powerslave* et *Piece of Mind.* Puis j'avais découvert les plus anciens, avec Paul Di'Anno qui chantait comme un punk au bout de sa voix. J'avais absorbé tous les Megadeth en commençant par *Countdown to Extinction,* puis j'étais devenu accro à *Rust in Peace,* dont la pochette représentait un meeting secret dans un hangar d'Area 51. Ça m'avait préparé pour Slayer, qui donnait l'impression d'avoir traduit les histoires de Clive Barker en riffs de guitare. Sauf que, durant cette période-là, ces bands ne produisaient presque plus. Je priais pour que Metallica retrouve le son de *Master of Puppets,* ou que Bruce Dickinson sorte d'autres albums solos. C'était comme de s'enfoncer dans une caverne sans lampe de poche. Il n'y avait personne pour me conseiller, j'achetais souvent à l'aveuglette et je n'avais pas d'amis avec qui partager mes trésors quand j'en trouvais. Ce soir-là, c'était la première fois depuis que j'avais découvert Maiden que je rencontrais quelqu'un – mis à part Alex et Malik – qui aimait et connaissait le métal pour de vrai. L'appart avait disparu. Je n'entendais plus le gros Puff Daddy qui jouait sur la chaîne stéréo, il n'y avait plus qu'un bruissement inaudible sur lequel se détachait la voix de Marie-Lou. On a jasé pendant un long moment, je ne sais plus combien de temps. Je me rappelle qu'elle s'était relevée à quelques reprises pour se rapporter une Smirnoff pendant que ma grosse bière tiédissait entre mes genoux. Chaque fois qu'elle se levait, je me disais qu'elle irait se rasseoir ailleurs, avec son chum ou les amis de Jess, que ça en resterait là, mais non, elle se laissait retomber sur le sofa à côté de moi en cognant sa bouteille bleu pâle contre la mienne, et on ressortait du temps et du monde. Même quand son chum est venu l'avertir qu'il partait faire une livraison, elle est restée là avec moi, presque sans interrompre le fil de ce qu'elle me racontait. Elle se replaçait sans cesse les mèches derrière les oreilles quand elle parlait. Ses incisives étaient un peu reculées derrière ses canines. Ça lui donnait un air espiègle. Des fois, elle jouait nerveusement avec le piercing qu'elle avait dans la lèvre. Elle me regardait dans les yeux en parlant, toujours avec un sourire en coin, elle était assise sur sa jambe repliée, un peu tournée vers moi, et ses mains bougeaient tout le temps. Elle avait fini par tomber dans la Colt 45, elle aussi, apparemment qu'il n'y avait plus de Smirnoff Ice. Elle avait vu plusieurs bands en show avec ses frères et je ne perdais pas un mot de ce qu'elle me racontait. Je ne pensais plus à Jess, qui devait être sortie sur le balcon ou partie au dépanneur. Deux de ses amies dansaient debout sur la table du salon comme dans un vidéoclip de LL Cool J. Je ne comprenais pas ce que Marie-Lou faisait dans cette gang-là. Je ne comprenais pas d'où elle sortait. Depuis qu'Alex avait été mis à la porte, j'étais le seul à l'école qui écoutait du métal. On était quasiment huit cents élèves et j'étais le seul métalleux. Le poil du collège, c'était moi. La plupart du temps, j'avais l'impression d'être Hellboy prisonnier sur Terre. Je vivais dans un monde où le métal s'était évanoui d'un coup, s'effaçant devant Tupac, Snoop Dogg ou DMX d'un côté, et Millencolin, NOFX ou Lagwagon de l'autre. Mais là, l'impensable s'était produit, je venais de trouver une semblable.

La discussion s'est interrompue quand des rires ont fusé du couloir qui longeait la cuisine. J'ai entendu la voix de Jess s'exclamer de manière indistincte par-dessus la musique. Frantz a gueulé quelque chose en ricanant. Il y a eu un bruit de porte qui claque, des pas et des chocs sourds contre le mur. J'ai entendu la voix de Jess encore mais on ne comprenait pas ce qu'elle disait. Je me suis levé et je me suis faufilé entre les filles dans le salon pour aller voir ce qui se passait. Marie-Lou m'a suivi. Jess était rendue dans la salle de bain. Sa tête était enfoncée dans la toilette. Théberge était appuyé contre le cadre de porte. Il a dit sur un ton un peu découragé :

— J'y ai dit, de pas en prendre, que c'était plus fort que de la mess, mais c'est une ostie de tête de cochon.

Jess a levé la main vers lui pour lui faire un doigt d'honneur. Elle était livide. Théberge s'est tourné vers Luc dans la cuisine, qui faisait chauffer ses couteaux sur les ronds du poêle.

— C'est-tu toé l'cave qui lui a donné de la ké?

— Pantoute, il a répondu en déposant une miette de hash sur un des couteaux.

Il faisait la face du petit bonhomme Krispy Kernels.

J'ai entendu le rire niaiseux de Goupil dans le salon. Il a lancé :

— Elle a pas arrêté de me fatiguer.

— Faque c'est toé, l'gros, qui y en as donné, d'abord ? lui a répondu Frantz aussi sec.

Il secouait la tête, découragé, les yeux injectés de sang. Une amie de Jess, une rousse avec des pantalons à pattes d'éléphant, est venue scèner par-dessus l'épaule de Théberge. Jess vomissait maintenant ses tripes, envoyant chier tout le monde quand elle reprenait son souffle, moi y compris, de cette voix rageuse que je connaissais bien. J'ai posé ma bière à moitié vide par terre. J'ai essayé de la relever, de l'aider à marcher, elle m'a repoussé en m'insultant mais elle est tombée sur moi. Elle s'est redressée en s'accrochant à mon t-shirt qu'elle a manqué de déchirer. Frantz est ressorti de la salle de bain comme si ça ne le concernait plus. Marie-Lou s'était reculée pour nous laisser de la place. Plus personne ne s'occupait de Jess. Je l'ai soutenue jusque dans le salon. Des têtes se sont levées dans la fumée de joint, le grand Goupil et Théberge se sont regardés avec un air entendu. J'ai installé Jess sur une chaise de cuisine devant la porte et j'ai commencé à ramasser ses affaires disséminées dans l'appart. Marie-Lou a aidé Jess à s'habiller, qui ne voulait rien savoir de boutonner son manteau et lui disait de la lâcher, qu'elle l'étouffait. On est partis tous les trois et Marie-Lou a décidé de venir attendre le bus avec nous au coin de la rue. Jess était repartie dans les vapes, assise sur un banc de la ville, la tête renversée vers l'arrière. Marie-Lou essayait de la tenir éveillée en lui frottant une main et en lui parlant doucement. On a continué à jaser un peu pendant que Jess revenait lentement à elle. Quand le bus est arrivé, Marie-Lou m'a donné son numéro de téléphone pour qu'on puisse reprendre notre conversation un de ces quatre. Elle me suggérerait d'autres noms de groupes à essayer. Elle m'a aidé à faire monter Jess dans le bus, qui rouspétait qu'elle était capable toute seule. J'ai regardé Marie-Lou s'éloigner par la fenêtre sale. On s'est assis sur les sièges en avant, où il faisait plus sombre, et Jess s'est mise à somnoler contre la fenêtre. Elle m'a pris la main. Son visage semblait apaisé, ses traits étaient relâchés, et j'entendais sa respiration lente et profonde, comme si tout son corps profitait d'un répit de l'exaltation, de la colère, de la jalousie, des désirs et des dégoûts violents qui se l'arrachaient de plus en plus du matin au soir. À un moment, sans ouvrir les yeux, elle m'a dit en murmurant de mettre ma musique et de lui prêter un écouteur pour qu'elle puisse l'écouter elle aussi. J'ai souri. Pour la première fois de la soirée, de la semaine peut-être, j'ai reconnu Jess. L'autre avait disparu. Comme chaque fois, je me disais qu'on serait corrects, qu'on finirait par être bien, que c'était juste une mauvaise passe, qu'on irait bientôt en appart à Montréal et que sa maudite famille toxique la laisserait en paix. Ce n'est pas ça qui arriverait. Je me racontais des histoires, je venais de rencontrer Marie-Lou, j'avançais avec la main sur les yeux. Ça deviendrait une spécialité.

20

Ce matin-là, j'ai eu l'impression de sortir d'un sarcophage après deux mille ans de coma. Je ne m'étais pas levé aussi tôt depuis le début de la session, depuis l'été d'avant, même, quand je travaillais sur la Rive-Sud avec mon ancien boss et qu'on retapait des vieux appartements qui sentaient la pisse de chat.

J'avais fini le café de Vincent quelques jours plus tôt et j'avais oublié de nous en racheter. Je suis donc resté amorphe tout le long du trajet qui m'a mené de l'arrêt de bus aux portes du resto. Je me suis souvenu des listes de mise en place au tableau et je me demandais comment j'arriverais à tout finir à temps. J'avais tellement peur d'arriver en retard que je n'avais pas déjeuné.

C'était étrange de partir au point du jour et de rejoindre le flot des travailleurs qui d'habitude terminaient leurs journées quand je commençais la mienne. C'était comme de revisiter un endroit que la mémoire a déformé avec le temps. Je suis arrivé au travail encore endormi, avec une faim dévorante. Bob était déjà là. Il pétait le feu. Il était en train de démarrer la cuisine en chantonnant un air de Meat Loaf. Il inventait les paroles au fur et à mesure et ça rendait la toune d'un ridicule tordant.

— Est-tu roffe à matin ? T'as l'air de vouloir un café, toi.

Bob m'a montré comment utiliser la machine à espresso. Je regardais le mince filet de café noir couler dans la tasse blanche, hypnotisé, pendant qu'il m'expliquait comment chauffer le lait.

Les chaises étaient à l'envers sur les tables dans la salle à manger. Le jour entrait discrètement en jetant des traits jaunes sur le mur de briques et CHOM FM jouait faiblement dans les haut-parleurs.

— Ça a l'air que t'as remis le petit fatigant à sa place ? J'aurais voulu voir ça. Ça faisait deux mille fois que je disais à Renaud de s'en débarrasser.

Bob a activé la hotte avant de faire chauffer le four à pizza. Il a passé en revue le contenu des frigos de service puis on est descendus se changer. Séverine était déjà dans le bureau. Elle nous a dit bonjour sans lever la tête de ses papiers.

Bob a déverrouillé le cadenas de sa case.

— Renaud m'a dit que t'étais vite. Fait que je vais te laisser aller tout seul pas mal toute la journée pour la prep que t'as à faire.

Séverine a poussé la porte du bureau pour l'entrouvrir davantage.

— Bob, elle a dit, est-ce que Christian t'avait prévenu que Jason rentrait pas à midi ?

Bob s'est esclaffé en guise de réponse. Il a lancé son t-shirt dans sa case puis il s'est glissé dans sa veste de cuisinier.

— Pas grave, il a répondu en me regardant d'un air complice, le plongeur va m'aider pour le service.

Il a chaussé des vieux Vans tout salis de sauce. J'ai enfilé ma veste et mon pantalon, encore moites d'il y a deux jours, que j'avais laissés dans l'ancienne case de Dave.

Bob m'a demandé de le suivre. On est allés dans la chambre froide. Il a vérifié les backups entreposés sur les étagères, il a viré ce qui était gâté et il a fait la rotation des stocks en me disant que c'était primordial. Il commençait ce qui semblait être sa routine de début de journée. En déplaçant des seaux, il a lancé quelques pointes à voix haute à l'endroit de Renaud ou de Christian. On est sortis en refermant la grosse porte. Je suis resté à côté de lui pendant qu'il inscrivait sur le tableau de mise en place la liste des choses à faire durant la journée. Il m'a indiqué ce dont je devais m'occuper en premier en prenant le temps de tout m'expliquer en détail.

Ensuite, on est allés dans la salle de prep. Il m'a montré comment activer la levure dans l'eau tiède pour préparer la pâte à pizza qui servait aux calzones et aux focaccias. Il fallait réunir la farine, les œufs, le sel et l'huile dans la cuve du malaxeur commercial. Ça ressemblait à un batteur à œufs géant. Bob a ajusté la roulette du cadran à quinze minutes.

— Quand ça sera prêt, il m'a expliqué, assure-toi que la machine est bien arrêtée avant de ramasser la pâte. Cette affaire-là, ça peut t'arracher un bras.

Il fallait faire deux ballots de pâte et les laisser lever sur le dessus des frigos.

— Vers trois heures, tu feras la recette en double pour les pâtes du soir.

La fatigue se dissipait mais je crevais de faim. J'en avais presque la nausée. Je me disais qu'il était temps que j'arrête d'attendre comme un innocent que Vincent fasse l'épicerie. J'étais en train de devenir le genre de gars qui me tombait sur les nerfs. Le genre de gars qui revient de chez ses parents chaque dimanche soir avec une épicerie et des plats cuisinés. J'ai commencé mes tâches doucement, en m'appliquant, regardant Bob de temps à autre pour voir s'il approuvait ou non ce que je faisais. Lui, il avait l'air aussi à l'aise que s'il avait été dans sa cuisine. Il allait d'un pas relax. Tout semblait organisé dans sa tête et il n'avait qu'un mouvement ou deux à faire pour s'acquitter de ses tâches. Il portionnait les viandes, enlevait les arêtes des poissons, tranchait les filets d'espadon en steaks, s'occupait des pestos et mélangeait la sauce crème dans le steam pot les yeux presque fermés. Il faisait trois choses en même temps sans que cela paraisse, en racontant des anecdotes de service ou de party. Il parlait pour deux mais ce n'était pas agaçant, il aimait raconter, il aimait parler, sorte de conteur-né ou de stand-up pas pressé d'arriver à son punch line. Ça allégeait la monotonie des tâches les plus répétitives.

J'avais eu raison de croire qu'il y aurait beaucoup à faire. Pour ma part, avant le coup de onze heures, je devais avoir épluché quatre poches d'oignons, qui devaient peser au moins la moitié de mon poids chacune, avoir fait la même chose avec des échalotes grises, et les avoir passés au robot. Il fallait déshabiller les bulbes un à un avec le couteau d'office. Les yeux me brûlaient, je pleurais des larmes acides, les conjonctives en feu, comme si j'avais nagé trente longueurs sans lunettes de natation.

Après les échalotes, je devais trancher des courgettes en long, des aubergines en rondelles, épépiner des poivrons et les trancher en lamelles. Quand il a vu que je m'embourbais dans mes tâches, Bob m'a montré comment tenir mon couteau et comment trancher des aliments sans y laisser des bouts de phalanges. Il m'a aussi montré comment économiser mes mouvements, comment me tenir debout devant les tables de préparation pour ménager mon dos.

— Penche-toi pas de même, il m'a dit en me donnant une petite claque pour que je me redresse. Garde le dos droit, sinon tu seras pas capable de te lever demain matin.

Ensuite, je devais faire mariner certains légumes et en griller d'autres. L'odeur des poivrons cramés me resterait collée dans le nez des heures durant. J'avais à peine le temps de préparer la marinade des aubergines que les ballots de pâte avaient levé. Par chance, je devais les préparer en moins grande quantité que le soir, mais tout de même, ça m'a mangé une trentaine de précieuses minutes. Le temps filait à toute allure, et la perspective de devoir épauler Bob pour le service du dîner me stressait. Il n'y avait pas assez de secondes dans une minute, pas assez de minutes dans une heure.

Alors que je pressais une caisse de citrons, Bob est arrivé avec trois assiettes pleines d'œufs brouillés, de tomates tranchées et de bacon. Il a déposé la mienne sur le plan de travail en stainless et il est allé en porter une à Séverine dans son bureau. J'ai tout laissé de côté pour attraper mon assiette, les mains collantes de jus de citron, et je me suis mis à manger avec mes doigts, presque sans mastiquer.

— Y est donc ben bon, ce bacon-là, j'ai dit.

— C'est pas du bacon, dude, c'est de la pancetta.

Il picorait dans son déjeuner tardif, un œil sur la sauce crème qui frémissait dans le steam pot.

— Termine cette caisse-là, pis ensuite tu vas faire dégeler les crevettes. Comme ça, tu vas pouvoir les clancher après le service du midi.

Il approchait onze heures. À l'étage, on entendait les clients qui commençaient à arriver. Le bruit des pattes de chaises et celui des pieds de tables qu'on déplace, le tintement des verres et des ustensiles. J'ai englouti mon assiette en trois minutes.

Bob a pris le temps de finir la sienne, puis il a coupé la chaleur du steam pot avant de disparaître dans l'escalier, nos plats vides à la main. J'ai pressé le reste de mes citrons et je suis allé le rejoindre. J'ai monté un peu de vaisselle de préparation pour tenter de prendre de l'avance, ou plutôt pour rattraper le retard que j'avais sans doute pris. J'étais en train d'envoyer quelques racks dans la machine quand il m'a appelé.

Il disposait les bons de commande sur les réglettes du chaud et du froid et m'a expliqué comment tout allait se passer.

— Le jour, on a un menu réduit.

Il m'a glissé un spécimen de la carte du midi sous les yeux. Je prendrais le poste que Jonathan occupait le soir.

— Fait que prépare-toi cinq focaccias de chaque sorte, prêtes à aller au four, tu tomberas jamais dans la marde. Tu vas pouvoir te concentrer sur les salades. À part elle ou elle – il a pointé du doigt deux plats sur la carte –, tu peux pas les mélanger d'avance, la vinaigrette va brûler les feuilles. Checke, tous les ingrédients sont marqués en dessous, en petit.

Il a appliqué le même système de son bord de la cuisine. Il a chargé les tablettes au-dessus du four de poêlons remplis des ingrédients des quatre plats de pâtes proposés au menu. Tout pouvait arriver en même temps, assurait-il, et on ne se ferait surprendre par rien. Il a mis plusieurs osso buco à cuire, même s'il n'y en avait que deux en commande.

— Le truc, c'est de faire le plus chiant en double, qu'il me disait en déglaçant une poêle. Au mieux tu te fais jamais pogner les culottes baissées, au pire tu le passes en bouffe staff. Anyway, souvent, le plus chiant, c'est ce que les clients commandent le plus.

J'ai repensé à l'osso buco que Bébert avait dû cuire en catastrophe l'autre fois.

Ça n'avait rien à voir avec le soir, où plusieurs services se succédaient. Le midi, c'était un gros service. Tout rentrait d'un coup. Et quand ça a commencé, j'ai eu l'impression d'être lâché dans le vide avec un parachute défectueux. Mais Bob était partout. Il m'a montré comment lire les bons le plus efficacement possible et quoi prioriser sans jamais se ralentir.

— Tu vas voir, bosser avec moi, c'est ben plus relax qu'avec Renaud.

Je déchirais des feuilles de salade dans un cul-de-poule. Mes mains tremblaient un peu.

— Je trouve pas ça si pire, je t'avoue, travailler avec lui.

— C'est parce que tu l'as jamais vu tomber dans la marde. Pis je te souhaite pas de voir ça.

Tout le long du service, Bob m'a donné des consignes claires. C'était presque télépathique. Je préparais les portions de pâtes. Ce n'était pas compliqué. Contrairement au soir, où on avait plus d'une quinzaine de pâtes différentes au menu, le midi il n'y avait que des linguinis et des tortiglionis. Même si les bons se multipliaient sur ma réglette, j'arrivais à garder la tête hors de l'eau. Quand je perdais de la vitesse, Bob me donnait un truc ou une astuce pour m'aider à accélérer le rythme. Il lançait plusieurs tables à la fois. Il poêlait des tranches de prosciutto ou de calabrese. Il faisait revenir les bases composées d'ail et d'échalotes, parfois avec des légumes qu'il jetait sur le feu comme des ingrédients magiques. Il déglaçait au vin blanc plusieurs poêles à la fois. Il ajoutait les sauces, les faisait réduire à l'œil. Ses gestes s'enchaînaient avec souplesse. Tout avait l'air facile. Il expédiait les assiettes à coups de six ou sept. Au lieu de sonner la clochette, il criait les commandes, faisant semblant que c'étaient des spéciaux dans une pataterie. Un numéro 4 avec frites sur le side, un numéro 13 pas d'oignons. Les plats sur le passe partaient en un éclair. Le gars était smooth à mort, tout en travaillant hyper vite, comme si le rush n'arrivait pas à le rattraper. Ça me fascinait de le voir aller, et tout ça dans la bonne humeur, sans la tension agressive du soir.

À la première accalmie, il m'a envoyé porter les poêlons sales au lavage et m'a demandé d'en rapporter des propres. J'ai paniqué un peu en pensant à toute la vaisselle qui devait déjà s'être accumulée.

Mais les bacs étaient anormalement vides. Les serveuses n'avaient sûrement pas tout débarrassé. Elles aussi avaient l'air dans le jus.

Quand je suis entré dans la plonge, Eaton était là, calme, en train d'essuyer des assiettes, le dish pit encore plus propre que ce matin. Il m'a vu et son visage a brillé d'un sourire de fausses dents. J'étais encore plus enchanté que lui. J'avais cru que je devrais m'occuper de la vaisselle en plus du reste.

On est passés à travers le service sans diminuer la vitesse. J'attrapais peu à peu le tour de main. Bob blaguait avec les serveuses, expédiait les plats dans une série de mouvements où aucune seconde ne se perdait. Il avait l'air de franchement s'amuser. Puis la cadence a commencé à diminuer, les commandes se sont raréfiées, le bruit des couverts sur les assiettes et le bavardage des clients s'atténuaient enfin.

Vers quatorze heures, le pire était derrière nous, ça se préparait à finir. J'ai laissé Bob dans la cuisine de service. J'avais encore à m'occuper des crevettes pour le soir.

Il fallait les décortiquer et les mariner. Une crevette à la fois, il fallait retirer la mince carapace puis trancher la chair dorsale pour arracher le tube digestif noir de marde. Ça me rendait fou. Mes doigts étaient tout collés de viscères et j'en mettais un peu partout, peu importe le nombre de fois que je m'essuyais sur mon tablier. Juste quand j'allais jeter les carapaces aux poubelles, Bob qui venait de descendre m'a intercepté, avec la face d'un gars qui en voit un autre balancer des diamants bruts dans un égout.

— Dude, jette pas ça ! Avec quoi tu penses qu'on va faire le caramel aux fruits de mer ?

Ben oui, bonne question. En fait, je devais conserver les retailles de presque tout. Les trognons de légumes servaient de base pour les bouillons, les rognures de poivrons au pesto ou au coulis.

Après avoir lancé la deuxième batche de pâtes à focaccia et à calzone et pendant que les crevettes trempaient enfin dans leur marinade, on s'est arrêtés pour manger. Eaton nous avait cuisiné des pâtisseries indiennes avec des retailles de pâte à calzone. Bob appelait ça des samossas. C'était très épicé, presque trop, mais j'étais tellement affamé que j'avais l'impression de n'avoir jamais rien mangé d'aussi bon.

On s'était installés dans la plonge, assis sur des caisses de lait. Bob fumait une cigarette. Sa casquette des Red Sox reposait sur son genou et son tablier était chiffonné sur une des tablettes. Il nous obligeait à prendre un quinze minutes pour bouffer. Le soir, je n'avais jamais droit à un tel luxe.

Je l'ai remercié pour sa patience durant le service et la manière dont il m'avait guidé durant le rush. Je lui ai demandé pourquoi il n'était pas chef.

— Ici, c'est comme des vacances pour moi.

J'ai mastiqué en silence sans oser dire que, pour ma part, je trouvais la job crevante. Il m'a raconté qu'il s'était tellement fait chier pendant des années qu'il ne voulait plus rien savoir du stress et des responsabilités.

— Avant de me ramasser ici, je travaillais dans un club privé avec un chef facho qui garrochait nos plats à la plonge en plein jus si l'exécution lui plaisait pas. Et fuckin rien lui plaisait.

Avant ça, il avait été entremétier dans un restaurant où la mise en place de jour était tellement massive qu'il n'en dormait pas.

— Tu faisais de l'insomnie, genre?

— Oui, mais le pire, c'était pas ça. J'avais des crises d'eczéma jusque dans la face. Mes partners étaient tellement stressés qu'ils se faisaient dégueuler avant le service. Moi, j'étais pas capable de manger autre chose que des pommes. Toute le reste, ça passait pas. Ostie, je passais *cinq* sacs de granny smith par semaine. Anyway, qu'est-ce que t'aurais voulu que je mange, on travaillait seize heures en ligne, pas de break, juste un petit deux minutes pour prendre deux poffes de smoke. Y avait toujours de quoi à faire, clarifier les bouillons, avancer ta mise en place pour le reste de la semaine. Pis on se faisait rentrer dedans tous les maudits soirs. Pas de place pour l'erreur. Les clients payaient leur steak quarante-cinq piasses et se commandaient des plateaux de fruits de mer à quatre cents piasses. C'était *n'importe quoi.*

Il a éclaté de rire, un peu comme s'il ne pouvait pas croire les choses qu'il me racontait.

— Quel restaurant c'était, ça?

— Un gros resto, dude. Un spot strass et paillettes. Genre Bono est déjà venu manger au bar.

— Sérieux? j'ai dit en riant. Bono, là?

J'ai mimé des lunettes fumées.

— Lui pis plein d'autres, René Angélil, Robert de Niro.

— Pourquoi tu restais dans une place de fou de même?

Eaton lavait la vaisselle sans rien dire. Il nous souriait de temps en temps, sans comprendre un seul mot de notre discussion.

— Parce que j'étais jeune pis c'était pas mal la meilleure job que je pouvais trouver à l'époque.

— Tu devais faire de l'argent, à travailler en malade comme ça?

— Hé boy, non, il a dit en soufflant sa fumée. Je gagnais des pinottes.

— Mais pourquoi t'es pas allé ailleurs, quand t'as vu combien c'était payé?

— Quand on t'offre un salaire de marde peu importe où tu vas porter ton CV, tu choisis l'endroit le plus prestigieux. Tu te rabats sur le fait que tu travailles dans une place hot. Anyway, c'est pas n'importe qui qui pouvait travailler dans ces cuisines-là. Ça se pilait dessus à l'entrée. Man, je t'en parle pis j'ai des frissons. J'arrivais à dix heures tous les matins et j'avais à peine le temps de finir ma mise en place pour le service de six heures. On était dix dans la cuisine. On était dans la marde de la première table jusqu'à la fermeture. Ensuite, pour décompresser, on se garrochait au bar et on buvait comme des trous. Quatre heures du mat, dodo, neuf heures tu te lèves, pis tu retournes à la job en courant. Horaire de débile mental. Mais tsé, y a Bono qui vient manger au bar, fait que tu te dis : moi aussi, j'y touche un peu, à la gloire. En fin de compte, c'est ça, ton salaire : le standing de la place.

Il racontait son histoire en gesticulant avec ses bras maigres.

— Comment ça s'est fini ?

Il a lancé son mégot à l'extérieur, en poussant la porte du bout du pied. Je faisais descendre le samossa à grandes gorgées de Sprite.

— J'tombé dans la poudre. À force d'être lendemain de veille, y avait rien comme une couple de tracks pour te remettre drette pour le service. Pis pour te permettre de continuer à boire après ton shift. Ensuite, j'ai perdu ma blonde, trente-deux livres pis ben des chums. À un moment donné, j'ai crashé pis j'ai toute lâché pendant deux ans. Maintenant je travaille selon mes conditions, avec du monde que je respecte pis qui me respecte. Ça fait dix ans que je connais Séverine. C'est une amie. C'est pour ça que je suis ici.

— Christian est-tu correct avec toi ? j'ai demandé, avant de prendre une autre bouchée de samossa.

J'ai essuyé mes doigts jaunis par le cari sur mon tablier.

— Christian… Man, ce gars-là, c'est triste. J'ai connu Christian y a des années, quand y était sous-chef. Une crisse de brute, pour un cook. Sérieux, c'était un solide. Mais depuis que sa fille est morte de la leucémie, y est en chute libre. J'ai une boule dans la gorge chaque fois que je le croise. Parce qu'en plus y a perdu sa femme l'hiver passé. Là, c'est un genre de fantôme. Une chance que Séverine a les deux pieds dans son restaurant, sinon ça partirait en couille, tout ça. Je lui ai souvent dit ce que j'en pensais. Mais c'est pas mon resto. Elle travaillerait ben moins fort si elle avait un chef moins mêlé. Pis Christian serait franchement mieux s'il prenait un grand break de tout ça. Mais des fois, la job, c'est tout ce qui te reste.

Bob s'est étiré, comme s'il était en plein soleil. Il s'est tapé sur les cuisses.

— Enwèye, on repart ça.

Il a attaché son tablier autour de sa taille.

— Thanks for the food, Eaton.

Bob a rincé son assiette avec le gun à plonge et s'est emparé de deux piles de poêlons propres, les uns en taule, les autres en aluminium. Il est retourné vers la cuisine. Je l'ai entendu rigoler avec les serveuses qui faisaient sécher leurs liteaux sous le réchaud du passe.

Le changement de shift approchait. L'équipe de salle qui avait fait la journée partait tranquillement. Je me sentais comme un élève qui tarde à terminer un long examen en classe alors que tous ses camarades se lèvent pour remettre leur copie révisée ou sont déjà sortis. À mesure que l'après-midi achevait, la liste de mise en place avait l'air de s'allonger sur le tableau. Pas le temps de souffler, et en plus la préparation du soir m'attendait, le sous-sol ressemblait à un premier appartement au lendemain de la pendaison de crémaillère.

J'ai compris qu'il était déjà seize heures quand Jonathan est arrivé. Il avait la mine basse, encore. Il a traversé la salle de préparation sans saluer personne, ses gros écouteurs sur les oreilles. Bob était venu me rejoindre au sous-sol. On écoutait encore CHOM FM. C'était le poste de radio que mon père préférait. On parlait des anciens animateurs et aussi de tous ces groupes des années quatre-vingt-dix qui n'avaient pas survécu à leur premier single. On en faisait la liste en riant, en essayant de trouver le plus obscur et le plus raté de tous. Smash Mouth. Matchbox Twenty. Chumbawamba. Bob sortait les plus mauvais sans interrompre le ravitaillement des backups du chaud. Il se préparait déjà pour la soirée. Lui aussi faisait un double. J'étais curieux de voir si le service du soir serait aussi fluide que celui du midi. Bob installait une autre atmosphère dans la cuisine. C'était moins survolté qu'avec Bébert. Eaton m'aiderait jusque vers vingt et une heures. C'était le deal en attendant qu'on trouve un remplaçant de soir à Carl.

Bonnie est arrivée à son tour, plus souriante et plus en forme que la dernière fois que je l'avais vue. Elle est venue me voir pendant que je lavais mes salades, avant même de se préparer pour le shift. Ses joues étaient encore rougies par le froid. Elle a sorti un mixtape de son sac et me l'a tendu en disant : « That's for you, man. » Dans le boîtier elle avait inséré une sorte de livret en accordéon qu'elle avait fait elle-même. C'était un collage de flyers de shows et elle avait écrit les titres dans une calligraphie de tagueuse.

— I've put some good stuff on it. Hope you like it.

Elle a dû voir que j'étais surpris et content. Ça l'a fait sourire. J'ai cherché un endroit propre pour déposer la cassette. Je l'ai remerciée dans mon anglais défaillant, mais elle a semblé comprendre. Elle est partie vers la salle des employés avec son petit air amusé, ses cheveux mauves en bataille sous sa tuque.

J'ai essoré ma laitue romaine. J'avais envie de faire jouer le mixtape, mais je ne voulais pas paraître trop enthousiaste.

Pendant que je m'affairais au laminoir, Jonathan coupait des tomates cerises, l'air piteux. J'ai dû lui demander deux fois comment il allait avant qu'il ne me réponde.

— S'cuse, je t'avais pas entendu.

— T'as pas l'air de filer. T'es-tu correct ?

— Oué. J'suis juste fatigué. C'est toffe, les cours pis la job en même temps.

J'allais lui dire que je comprenais mais je me suis retenu. Qu'est-ce que j'en savais vraiment ? Il étudiait à l'ITHQ du lundi au vendredi et travaillait cinq soirs par semaine ici.

J'ai fini mes pâtes et mes salades en vitesse. Après tout ce que j'avais abattu pendant la journée, me débarrasser de ces deux tâches-là était presque une farce. En plus, Eaton m'a donné un coup de main pour nettoyer la salle de préparation. Il n'arrêtait jamais de travailler. Il n'avait jamais besoin d'augmenter la cadence. Il passait à travers n'importe quelle charge de travail comme dans du beurre.

Je suis monté à l'étage. La fatigue commençait à m'amortir. La cuisine de service était plus silencieuse que d'habitude. Bonnie et Bob discutaient en travaillant. Ils parlaient en anglais. Ils avaient l'air d'avoir des amis communs. Ils se racontaient leurs versions respectives d'un party récent. Il s'était passé plein d'affaires cocasses. Un gars s'était embarré seul sur le toit. Une fille avait dégringolé les marches de l'entrée en dégueulant, aspergeant les murs de vomi rosâtre à mesure qu'elle poursuivait sa chute. Bob enfilait les anecdotes du party en amplifiant ce que chacune avait de comique. Bonnie n'arrivait pas à conter les siennes en entier. Elle avait de la misère à terminer ses phrases tellement elle riait. Je ne pouvais pas m'empêcher de la regarder, caché derrière mes piles de poêlons et d'assiettes propres.

Je suis allé scèner près de l'ordinateur de commande pour demander un coke en fontaine à Maude. Jade n'était pas là. La salle n'était qu'au tiers pleine. Par les vitrines du resto, je voyais la neige tomber à gros flocons. J'entamais ma dixième heure de travail. Mon esprit commençait à flotter. Je glissais dans une autre dimension, où tout semblait plus feutré et lent, dans une dérive mollement houleuse.

La soirée a filé ainsi sans embûches. Brouhaha amorphe de la salle au loin, bruits routiniers de la cuisine, voix affairées des cooks avec en arrière-plan l'espèce de monologue décousu de Bob, qui leur jasait ça sans lever le ton tout en callant les tables. Vers vingt et une heures, j'ai été envahi par une torpeur abrutissante. J'avais l'impression d'être au resto depuis la veille. Les bruits s'étouffaient, mes gestes se répétaient, sériels et presque inconscients. Je m'oubliais à mesure que j'envoyais les racks dans la machine, que je triais les ustensiles, que je frottais le mur en tuiles. Mes pensées s'engourdissaient. J'imaginais d'improbables paysages miniatures dans les méandres de sauce et d'aliments mouillés du dish pit.

Nick venait troubler mon somnambulisme pour me demander des ustensiles ou des tasses à café ou simplement pour venir fumer. On discutait un peu.

— Man, c'est mort à soir. On fera pas une cenne.

J'étais en train d'empiler des soucoupes dans un bac pendant qu'il finissait sa cigarette.

— Combien tu fais d'habitude ?

— Je sais pas. Cent, cent vingt, cent cinquante piasses ? Pour une bonne soirée, là. Pourquoi tu veux savoir ça ?

Je pensais à Greg et aux tournées que je l'avais vu payer le soir de la cuite à la vodka. Cent cinquante piasses, c'était pas mal, en une soirée, mais pas assez pour jouer à la rock star toute la nuit.

— Pour savoir.

— Toi aussi, tu veux monter en salle ? Ton chum Dave arrêtait pas de gosser Maude pour savoir si on pouvait pas lui faire un training.

Porter leurs chemises ajustées, leurs pantalons serrés et leurs souliers pointus et cirés, circuler dans la salle bondée les mains pleines d'assiettes ou devoir faire des courbettes aux tables – ma plonge semblait préférable à tout ça, même si on n'y gagnait que des pinottes.

— Bof, non, c'est pas pour moi.

— Ça a pas l'air d'être pour toi, en effet.

Il m'a fait un petit sourire baveux avant de s'en aller avec son bac de tasses et de soucoupes.

Eaton m'a aidé jusqu'à vingt et une heures trente.

Le seul vrai rush de la soirée est survenu vers les vingt-deux heures. Ça n'a pas eu l'air de stresser Bob. C'était un groupe d'environ trente personnes qui revenaient d'un spectacle. Les commandes, toutes en direct, relevaient presque exclusivement du poste de Jonathan. Il devenait nerveux et sacrait tout bas, à mesure que sa réglette se chargeait de bons. Bob callait les plats comme si c'était des numéros de bingo. Toutes des focaccias et des salades différentes, un vrai tour du menu. Exactement ce qu'on aurait fait si on avait voulu écœurer Jonathan par exprès. Renaud était du genre à laisser le garde-manger se débrouiller et aurait profité de l'accalmie au chaud pour zyeuter la salle ou fumer une clope, mais Bob lui a donné un coup de main.

— Fais les foc, moi je vais faire les salades. Après, t'iras prendre une poffe de smoke.

Vers les vingt-trois heures, la salle s'est mise à se vider peu à peu. Bob m'a demandé si j'avais faim, j'ai dit que je crevais de faim, et il m'a invité à venir me faire mon repas moi-même, en profitant pour m'apprendre les rudiments de la cuisson des pâtes. Il m'a montré comment déglacer le fond de la poêle quand les oignons et l'ail commençaient à dorer, comment bien saisir les crevettes. Il m'a appris comment réduire les sauces pour qu'elles adhèrent aux pâtes.

— C'est pas Renaud qui va te montrer ça. À moins que tu veuilles manger de la soupe aux linguinis. Ou bien que tu veuilles faire bouillir tes crevettes au lieu de les saisir.

En mangeant mon repas, j'avais de la misère à croire que je l'avais cuisiné moi-même. Je trouvais ça meilleur que chez mes parents.

Pas longtemps après, Bob m'a apporté la dernière vaisselle de cuisine, pour éviter que tout se concentre à la fin et que je doive redoubler d'efforts, comme ça, exténué au bout de cette longue journée, alors que mes batteries étaient pratiquement vides.

— Bon. T'es-tu tanné de jouer au restaurant, là ? Moi je commence à l'être. Ça fait pour aujourd'hui. Viens-tu prendre une bière avec nous autres après ?

Finalement, sortir après le shift avait l'air d'être un rituel partagé et peut-être indispensable. Ce n'était pas juste l'habitude de Bébert. J'ai réussi à terminer mon close avant le leur. Jonathan et Bob avançaient un peu de mise en place pour le lendemain, au sous-sol. Bonnie s'était sauvée sans même terminer sa bière staff. Je pensais avoir un moment pour discuter avec elle. J'ai bu ma pinte de rousse au bout du bar, pendant que Maude jasait avec deux clients au bar.

Séverine programmait quelque chose dans l'ordinateur. Son regard était si intense que je croyais qu'elle allait faire exploser l'écran. Puis elle a lentement levé les yeux vers l'entrée. Je l'ai entendue dire « fuck » entre ses dents.

Je me suis tourné pour voir ce qui l'avait fait sacrer. Un géant chauve, le crâne quasiment ciré, la tête et la gorge tout d'une pièce comme un monolithe. Des grosses mains sortaient des manches de son manteau noir. Il portait un joyau à l'auriculaire. Une des serveuses l'a embrassé sur ses deux joues crevassées de vieilles cicatrices d'acné. Séverine a mis un sourire comme on met un masque pour aller accueillir l'homme tout en restant de son côté du bar. Ses talons claquaient moins fort que d'habitude. L'ogre parlait d'une voix basse et roulait ses « r ».

— Séverine, comment tu vas, ma belle ?

C'était étrange. Séverine avait l'air d'une gamine devant lui. Sa voix était devenue douce. On ne l'entendait jamais parler comme ça.

— Qu'est-ce que je te sers, Piotr ? Tu veux un verre ?

— Non, j'ai pas le temps.

Il s'est installé, une fesse sur un tabouret. Il a déboutonné la veste de son complet avant de planter son regard dans celui de Séverine, qui l'a soutenu. Son sourire ne pâlissait pas.

— Je veux savoir, Séverine, est-ce que Greg est là, ce soir ?

— Non. Il travaillait pas. Pourquoi ? Tu veux que je lui fasse un message ?

— Ah, non. Je voulais juste le saluer en passant.

L'homme a étiré ses lèvres épaisses en une grimace qui se voulait avenante. Je me souvenais de lui, je l'avais vu assis au bar, à ma première soirée. Difficile d'oublier un homme de cette stature, vêtu avec autant de recherche. Derrière le bar, je voyais que Séverine se tenait droite sur ses jambes légèrement espacées, comme si elle s'apprêtait à parer une attaque sournoise.

— Allez, ma belle, à bientôt.

Il s'est levé lentement puis a quitté le resto en saluant les serveuses. Le sourire a disparu du visage de Séverine. Elle a attendu un instant, sans doute pour être sûre que l'homme était bel et bien parti, puis elle a foncé vers l'escalier du sous-sol, se glissant entre Bob et Jonathan qui venaient de remonter, changés. Ils parlaient du portionnement inégal des osso buco que Renaud avait préparés.

— Bon ! a dit Bob en se punchant out. Qui qui a soif?

21

On a marché un moment sur Mont-Royal. L'avenue était plus tranquille que d'habitude. On est montés dans le premier taxi qui passait. Bob et Jonathan se sont assis sur la banquette arrière. Je me suis assis en avant. En bouclant ma ceinture, j'ai vu Bob lire le nom du chauffeur sur son immatriculation.

— On s'en va Champlain pis Ontario, monsieur Jacques.

Champlain et Ontario. Les deux mots ont résonné dans ma tête en écho. La fatigue de la journée s'est dissipée tout d'un coup. J'ai pensé à toutes les loteries vidéo qui s'alignaient dans les bars sur Ontario. J'ai réprimé un frisson. J'ai tenté de me rassurer en regardant Bob et Jonathan. Je me suis dit que, tant que j'étais avec eux, j'étais en sécurité.

— Un de mes colocs chille au bar. On va aller le rejoindre.

— Lequel ? a demandé Jonathan.

— Desrosiers.

— Cool. Ça fait longtemps que je l'ai pas vu.

Le taxi a descendu Amherst puis, tout en bas, il a tourné à gauche, du côté du marché. À l'heure qu'il était, la bâtisse ressemblait à une ruine étrange. Ça faisait penser aux décors urbains de Druillet. Entre les colonnes de briques, à l'abri du vent, des clochards dormaient, assis dans de grosses couvertures. On est passés devant le Fun Spot. On a croisé la succursale de Desjardins coin Plessis. Plus on avançait vers l'est, plus les tavernes avec des écriteaux LOTERIES VIDÉO se multipliaient. J'ai fermé les yeux. J'ai essayé de me concentrer sur ce que les gars se racontaient.

Des deux côtés de la rue, il y avait des commerces désaffectés aux réclames ternies par le soleil dans la vitrine, et des feuilles mortes et des prospectus publicitaires chiffonnés qui s'amoncelaient dans les entrées. On est passés devant le local vide d'un ancien magasin de meubles. Dans les fenêtres salies, des cartons sur lesquels on lisait VENTE FINALE en lettres délavées ne tenaient plus que par un coin. Il y avait des salons de massage aux noms vaguement érotiques, des coiffeurs à l'air abandonné, des pawnshops aux devantures bleu et jaune, avec des vitrines grillagées et des marquises qui affichaient la phrase ACHETONS OR.

Le chauffeur s'est arrêté à l'intersection que Bob lui avait indiquée. Juste à l'ouest, une quincaillerie oubliée montrait dans ses vitrines un désordre pire que celui de l'entrepôt d'un Zellers après le Boxing Day. Bob a réglé la course. On est sortis tous les trois en même temps, et le taxi a continué sur Ontario. On entendait pas très loin le bruit des voitures qui descendaient Papineau pour s'engager sur le pont.

Le bar se trouvait sur le côté nord de la rue. Un gars pas vraiment plus vieux que moi, un maigrichon en survêtement de sport, fouillait dans les poubelles. Il marchait d'un pas rapide en se parlant à voix haute. Il avait l'air trop préoccupé pour avoir froid. Deux hommes en talons hauts et en minijupe nous ont interpellés alors qu'on se dirigeait vers le bar. Bob leur a répondu que ce soir il ne pouvait pas, sa blonde était à la maison. Ils ont éclaté d'un rire usé par la cigarette. En haut de la rue De Champlain se dressait la silhouette noire et massive de l'hôpital Notre-Dame.

On est entrés dans le bar, Bob ouvrant la marche. Une rangée de machines qui faisaient clignoter leurs écrans de jeu m'attendait. Mes tempes se sont comprimées et j'ai senti mes côtes se serrer.

L'endroit était plus grand que l'extérieur ne le laissait croire. Le local faisait penser à un sous-sol d'église qu'on aurait transformé en taverne clandestine. Ça avait l'air plein même si les clients étaient plutôt rares. Assis aux tables, il y avait un couple d'hommes au crâne rasé et à la barbiche toute blanche et taillée, et une gang de gars d'à peu près mon âge. Leurs visages anormalement amaigris leur donnaient tous un air de goules égarées. Ils se partageaient un pichet en silence. Au fond du bar, quelques mastiffs d'une quarantaine d'années jouaient au billard. Ils avaient des bras larges comme des jambons toupie et des doigts gros comme des saucisses. Ils étaient en jogging et en chandail de football.

Un gars plus petit que Bob, avec une tuque Thrasher, était assis au bar. Il avait une barbe d'une semaine. Je lui donnais vingt-sept ou vingt-huit ans à peu près. Il regardait la partie de hockey qui était rediffusée, les bras croisés devant une grosse Laurentide et un paquet de cigarettes. Il s'est retourné quand Bob a dit son nom. C'était lui, Desrosiers.

Bob a salué son coloc et le barman puis il me les a présentés. Le barman s'appelait Martin. Épaules larges, début trentaine peut-être, barbe forte, avec une chemise carreautée aux manches roulées sur ses gros avant-bras. On aurait dit un roadie de groupe rock. On s'est assis au bar, à côté de Desrosiers. Bob a commandé pour moi et Jonathan.

— Non, moi je veux un pichet, Bob. J'ai pas d'école demain.

Martin a débouché les bières avec le pli de son coude et il a coulé le pichet de Jonathan, un œil blasé sur l'écran de télé. Il nous a servi la bière. Il a demandé des allumettes à Bob et s'est allumé un cigarillo.

Le goût de la Laurentide m'a rappelé celui des premières gorgées de bière que je volais à mon père durant les fêtes de famille, quand j'étais petit. J'ai demandé à Bob :

— C'est ici, ton bar ?

— Oui, je viens ici de temps en temps pour décompresser. C'est à côté de chez nous pis c'est tranquille. Des fois, j'suis tanné des spots où tu peux pas t'entendre jaser.

Desrosiers parlait avec Martin de son prochain voyage de chasse. Quand Bob s'est joint à leur discussion, ça a changé de sujet. Ils se sont mis à parler du pool de hockey que Martin avait organisé. Bob menait par plusieurs points. J'ai essayé de me concentrer sur ce qu'ils disaient pour oublier les machines. Elles étaient presque toutes libres.

Je n'avais pas pris trois gorgées que Jonathan avait vidé son pichet. Il s'en est commandé un autre aussitôt. Sa langue se déliait peu à peu. J'ai essayé de le travailler sur les raisons de son humeur maussade.

— J'suis correct, man, il a dit. Je suis juste ben fatigué.

— Come on.

— Je te le dis, j'suis correct.

Il s'est tourné vers Desrosiers et il a demandé :

— On joue-tu une ou deux games ?

Jonathan a montré la table de billard qui venait de se libérer. Il portait encore un pansement au bout de son doigt. Desrosiers a demandé de la monnaie à Martin puis ils se sont dirigés vers la table, leurs consommations à la main.

— Ton coloc est-tu cuisinier lui aussi ? j'ai dit à Bob.

— Il a déjà été chef dans un Red Lobster, mais là, il fait rien que skater.

— Skater ? Genre, il gagne sa vie en skatant ?

— Oué, presque.

Je me suis rappelé les skateux de mon école secondaire. Les plus talentueux d'entre eux gravitaient autour d'un certain Pierre-Luc Gagnon. J'ai demandé à Bob si son coloc le connaissait.

— Ben oué, c'est un de nos chums.

C'était drôle, on aurait dit que le fait que le monde semble aussi petit me donnait l'impression que Bob et moi, on se connaissait déjà depuis un moment. À moins que ce soit son attitude détendue qui mettait tout le monde à l'aise.

Jonathan est venu se commander un troisième pichet de bière, un sourire hilare sur le visage, le regard un peu vague. Il a rejoint Desrosiers d'une démarche houleuse. Je me suis tourné vers la table de billard. Ils n'y étaient plus. J'ai eu un genre de crampe entre les poumons puis une bouffée de chaleur m'a irradié jusqu'au bout des doigts : Desrosiers et Jonathan jouaient aux machines. Le temps s'est arrêté. Je ne pouvais pas les quitter des yeux. Puis Bob a claqué des doigts devant ma face.

— Heille, dude, ça va ?

— Euh, oui oui, s'cuse ! Qu'est-ce que tu disais ?

— Je te demandais si ça te tenterait pas de monter en cuisine ? Ça serait pas mal mieux que de laver de la vaisselle.

Je l'ai regardé, un peu surpris. Il a continué :

— T'as l'air d'avoir une bonne tête pis de savoir ce que tu fais.

J'entendais les gars s'exclamer joyeusement. Ils se faisaient des high five. Je les imaginais frapper la cagnotte ou faire exploser les crédits à coups de séquences chanceuses. Ma bouche était devenue sèche. J'ai essayé de me concentrer sur la discussion avec Bob.

— Je sais pas. Renaud m'a dit que ça lui prendrait du temps, trouver un autre plongeur pour remplacer Carl.

— Fuck Renaud, man. Y a de la misère à faire monter ses mayonnaises, imagine-le pas trouver un plongeur rapidement. En tout cas, tu me le diras, si ça t'intéresse. Au pire, je te ferai rentrer dans le resto d'un ami.

Jonathan et Desrosiers sont venus réclamer leurs gains. Cent vingt-sept dollars. J'ai eu le vertige puis mon cœur s'est mis à battre très fort, cognant dur contre mes tympans. Je n'entendais plus que ça. Je voyais tout embrumé.

Jonathan a ricané en comptant sa part de billets. Il a annoncé qu'on prendrait des shooters pour fêter ça. Il parlait en lettres attachées, la mâchoire molle. Martin nous a servi les deux tournées de Jack. J'ai dû m'accrocher au bar pour empêcher le deuxième shooter de ressortir. Desrosiers, lui, a bu ça comme du jus de pomme. Il s'est allumé une cigarette. Ses petits yeux brillaient au-dessus de ses joues brunes de taches de rousseur. Bob s'est tourné vers lui en replaçant sa casquette sur sa tête.

— J'ai faim, moi. T'as-tu faim, toi ?

— Non, man. Anyway, le smoked meat est fermé à c't'heure-là.

— Parlant de fermer, ça va être mon last call, les boys, a dit Martin.

Jonathan lui a tendu un vingt dollars.

— Non, toi, je te sers plus de pichet. Une dernière bière, that's it.

Jonathan a bafouillé quelque chose. L'une de ses paupières avait l'air plus lourde que l'autre. Martin lui a coulé une Bleue Dry dans une petite flûte et lui a dit qu'il la lui offrait.

J'ai demandé à Jonathan s'il voulait partager un taxi avec moi. La course serait longue jusqu'à Ahuntsic.

— J'ai pas envie de rentrer chez nous, il a dit d'une voix traînante.

— Dude. Come on. Il ferme, va falloir y aller.

Bob a donné une tape dans le dos de Jonathan, comme pour l'encourager.

— Non, man. Je m'en vais pas d'icitte.

Jonathan a avalé la moitié de sa bière d'une seule lampée. Il montait le ton. Bob essayait de le raisonner en lui parlant lentement.

— Je rentre pas chez nous, a dit Jonathan. Je m'en vais pas nulle part.

— Dude, arrête ça, faut que t'ailles te coucher, je pense.

— Je veux plus dormir chez nous. Ostie.

Son regard a erré dans le vague puis il a crié, en cognant violemment son verre sur le zinc du bar pour ponctuer chaque syllabe :

— Je dormirai plus chez nous tant qu'elle sera pas revenue !

La bière lui avait revolé sur la main et dégouttait du comptoir. Bob et Desrosiers se sont regardés, avec le genre de grimace qu'on fait quand on voit quelqu'un se casser la gueule en vélo. Jonathan a frappé son verre du dos de la main. Avec des réflexes de ninja, Martin a attrapé le verre au vol, de justesse. Il l'a déposé lentement dans le lave-verres. Son visage s'est assombri. On sentait que sa patience s'amenuisait.

— Ah pis elle peut ben être où ce qu'elle veut ! a continué de crier Jonathan. J'm'en crisse !

Desrosiers a pris Jonathan par les épaules pour le calmer.

— Lâche-moé, toé !

Il s'est débattu en faisant de grands moulinets avec les bras. Il a foncé dans une table en se dirigeant vers la sortie. Bob a dit à Martin en parlant tout bas : « On s'occupe de ça, man. » Ils se sont serré la main.

On est sortis tous les trois. Desrosiers a rattrapé Jonathan juste avant qu'il ne soit happé par une voiture. Il a fait des doigts d'honneur aux automobilistes puis il s'est attaqué à une poubelle à coups de pied. Il a fini par perdre l'équilibre et s'est ramassé sur le trottoir glacé. Il est resté sur le dos et il s'est mis à pleurer de rage. Ses sanglots le secouaient comme des spasmes. Bob et Desrosiers l'ont aidé à se relever. Il reniflait bruyamment et il gémissait comme s'il s'était fait très mal. Son visage était bouffi et couvert de larmes et de morve.

Bob et Desrosiers habitaient à deux cents mètres, sur De Champlain, juste en face de la morgue de l'hôpital Notre-Dame. On a fait le chemin lentement en aidant Jonathan à marcher droit. La petite neige avait cessé et le froid était revenu, plus mordant. On s'est arrêtés un instant pour que Jonathan vomisse un peu.

— Ça va aller, mon chum, lui a dit Desrosiers en lui tapant gentiment dans le dos.

Ça a pris presque vingt minutes juste avancer d'un coin de rue. On est arrivés devant la porte de leur appart et Jonathan a vomi une autre fois dans la neige, et quand il s'est ressaisi on est rentrés tous les quatre. L'appartement était fait en long. Une vingtaine de paires de souliers, des chaussures de skateboard pour la plupart, longeaient le mur du couloir de l'entrée. J'ai demandé si c'étaient ceux de Desrosiers.

— Ha ha, non. Ça, c'est à Bob. C'est un fétichiste des shoes.

J'ai retiré mes bottes et je les ai placées à la suite de la collection de chaussures. Le couloir ouvrait sur une des chambres et débouchait sur le salon. C'est là que Bob et Desrosiers ont amené Jonathan. Ils ont détaché ses grosses Sorel puis ils lui ont retiré son manteau. Il s'est laissé faire, encore secoué de temps à autre par un sanglot. Ils l'ont installé sur un des sofas du salon. Bob lui a apporté une couverture et un bol, au cas où il vomirait encore. Je les ai regardés faire, ma chemise de bûcheron encore sur le dos.

Le salon ressemblait à l'intérieur d'une chambre d'ado. Ça faisait un peu drôle, vu l'âge des deux colocs. Sur un des dossiers des sofas, une grosse pile de t-shirts, le cintre encore au col. Il n'y avait que des marques qui auraient fait saliver la gang de skateux de mon secondaire. En allant suspendre les affaires de Jonathan sur les crochets de l'entrée, Bob a vu ma face impressionnée.

— T'inquiète, c'est pas du stock volé. Desrosiers se fait souvent payer en *merch.* Des fois, c'est un peu exagéré.

Sur la table basse trônait un bol à pop-corn rempli de cocottes de pot. Desrosiers s'est assis et, d'un même mouvement, a attrapé la télécommande. Il a allumé la télé. RDS était syntonisé. Il a fouillé dans les tiroirs de la table pour trouver du papier et son égreneuse.

— T'en veux-tu ? Ça vient de ma récolte de cet été.

— Ah. Non merci. C'est smatte, mais je touche plus à ça.

Le weed me rendait catatonique dès la première poffe, conspirationniste-paranoïaque dès la deuxième.

— Lui, y est toute naturel. Pas de marde dedans. Je le fais pousser sur les terrains de mon père, dans le Nord.

La cuisine, étroite et profonde, n'était séparée du salon que par un comptoir en linoléum. Voyant que j'étais encore debout au milieu du salon, Bob m'a invité à m'asseoir sur un des tabourets près du comptoir pendant qu'il nous cuisinerait un late-night lunch.

— Tu vas voir, on est pas au Miami, ici.

Il a fouillé dans son frigo pour sortir deux jarrets d'agneau dans des sacs sous vide et un cinq cents millilitres de jus de veau. J'ai demandé :

— T'as piqué ça à la job ?

Il était encore penché dans le frigo.

— Piqué ? Ben non. C'est ma recette que Séverine utilise. Pis c'est moi qui les ai fait cuire. Normal que je me prenne une cut. Yo, Desrosiers ? T'as toute bu la broue, mon estie ?

— Peut-être, je sais pas.

Desrosiers était enfoncé dans un des sofas. Il jouait à *Grand Theft Auto III* en fumant son joint. Dans l'autre, Jonathan s'était assoupi, le visage enfin calme. Il ronflait.

— Si t'as vraiment soif, il me reste de la vodka que j'ai rapportée de mon trip en Chine, a dit Desrosiers sans quitter son jeu des yeux.

— T'es malade, j'veux pas devenir aveugle.

En fouillant dans son bac à recyclage qui débordait,

Bob m'a raconté que Desrosiers avait passé six mois en Chine l'année d'avant avec d'autres skaters professionnels, dans le cadre d'un événement promotionnel. Il y avait une petite usine en face de l'hôtel où il séjournait. Chaque matin, un homme arrivait aux portes avec un carton rempli de fioles qu'il vendait à chaque ouvrier. Le stock s'écoulait en vingt minutes. Un jour, par curiosité, Desrosiers est allé s'en acheter une. Bob m'a montré le flacon vert avec des idéogrammes inscrits au feutre noir dessus. Il était presque plein. C'était le genre de fort qui s'évapore sur la langue avant même qu'on puisse l'avaler. Il n'y avait qu'une seule gorgée de prise, celle de Desrosiers. J'étais pas mal sûr que la petite bouteille resterait pleine très longtemps.

Bob a récolté six ou sept corps morts de Johnnie Walker dans le bac à recyclage. Des dix onces et des vingt-six onces.

— On va peut-être être capables de se faire un petit verre avec les fonds, han ?

Pendant que l'eau des pâtes bouillait et que le jus de veau épaississait, Bob a réussi à récupérer presque deux onces de whisky. Il les a versées dans des verres des Expos.

— S'cuse, il reste juste ça de propre.

Il avait Marquis Grissom et moi Larry Walker. Il a mis une glace dans chaque verre en disant qu'on n'était pas censés boire ça de même.

— À l'heure qu'y est, ça va être moins roffe.

En effet, l'alcool était plus doux que je ne pensais. Bob a dressé les plats, presque comme si on était au resto. C'était le premier jarret d'agneau que je mangeais de ma vie. C'était hallucinant. La viande, hyper goûteuse, se détachait de l'os toute seule, et la sauce du jarret se mêlait aux fettucinis, que Bob avait mélangées à la pince dans un bol de service avec de l'huile d'olive, de l'ail, du zeste de citron et du persil frais. En me voyant me régaler, Bob a dit :

— Un autre truc pour jamais tomber dans la marde durant le service : nourris bien le plongeur.

Il a levé son verre pour qu'on fasse un toast.

— Desrosiers, t'es sûr que t'as pas faim ? Y en a en masse.

Desrosiers a répondu qu'il était correct. Il pigeait à intervalles réguliers dans un gros sac de Cheetos, absorbé par son jeu vidéo. Jonathan dormait toujours aussi dur.

Bob m'a demandé si j'allais à l'école et en quoi j'étudiais. J'ai dit que j'allais au Vieux, en graphisme.

— Cool, ça. Une de mes ex travaille là-dedans. Elle gagne bien sa vie.

J'ai parlé de Deathgaze et du projet de pochette d'album. Bob m'a dit qu'un de ses anciens collègues avait un groupe qui roulait pas mal, que ça arrivait souvent, dans ce milieu-là, que des gens aient des sidelines artistiques. Bob connaissait tout le monde et il avait des anecdotes à raconter sur tout le monde. On aurait dit que pour chaque année de vie il en avait passé deux devant les fourneaux. Il m'a conté la fois que tous les cooks s'étaient sauvés en plein service, alors que la salle était pleine à craquer, parce que le proprio n'avait payé personne depuis un mois. Il a parlé aussi de ce resto sur Saint-Laurent qui engageait des mannequins plutôt que des serveuses. Elles ne disaient jamais un mot aux cuisiniers et se trompaient à tout bout de champ en apportant les mauvaises assiettes aux mauvaises tables. Il y avait aussi la fois que des agents de l'immigration étaient débarqués dans la cuisine en plein service, équipés de carabines et de vestes pare-balles, pour arrêter tous ceux qui n'avaient pas leurs papiers. Puis il s'est retrouvé à faire un palmarès des chefs les plus maniaques, en commençant par celui qui se brûlait la chair du cou avec ses pinces chauffées à blanc, juste avant le premier service, pour se mettre dedans, avant de passer aux gérants de salle les plus crinqués.

— Le pire, c'était le gérant du Galatée. Dude, tu comprends pas. Il pouvait loader la salle jusqu'à installer du monde au plafond ou faire manger des clients pour un trois services, debout, au comptoir. Il drivait les serveurs jusqu'à leur donner le shake. Il était partout en même temps, tight pis toute, une vraie machine. Mais en fin de veillée, des fois, il se transformait en monstre. Je l'ai déjà vu se faire deux grosses barres de même, sur le comptoir à côté des pompes à bières. Il les a sniffées d'une shot pis il s'est mis à dégueuler dans le lavabo de service, devant des clients qui finissaient leurs digestifs. Il s'est rincé la gueule avec du Jack comme si c'était du Listerine pis il est allé porter des factures à une table comme si de rien n'était.

À un moment donné, je lui ai demandé s'il avait arrêté la coke.

— T'arrêtes jamais la poudre, man. Même si tu penses

que t'as arrêté, t'as pas vraiment arrêté. Tu prends juste des pauses. C'est des phases.

Durant la période où il était au plus creux, il pouvait passer des nuits entières à faire l'aller-retour entre le spot de son pusher et son appartement, achetant sa poudre un quart à la fois tout en se convainquant que c'était la dernière dose avant longtemps. Le manège se poursuivait jusqu'au dernier vingt piasses. J'ai pensé au refrain de « Master of Puppets » : « Come crawling faster. Obey your master. Your life burns faster. »

Your life burns faster. J'ai réfléchi à ce que moi je faisais brûler à coups de vingt piasses. Ce n'est pas ma vie que je faisais brûler ; ce n'est pas mon corps qui subissait les ravages de mes conneries. Ce qui brûlait, c'est tout ce que je touchais. Argent, chums, amies, projets. Tout finirait par disparaître, je le savais. Mais je continuerais à jouer quand même. Pendant une seconde, j'ai eu envie de téléphoner à Malik, mais tard comme ça, il se serait beaucoup trop inquiété, il aurait été capable de partir de Trois-Rivières en pleine nuit.

On a vidé nos assiettes. Bob les a déposées dans l'évier et on est allés s'échouer dans les sofas. On n'avait plus d'alcool. Bob s'est roulé un joint et l'a fumé avec Desrosiers qui commençait à se fossiliser dans les coussins. J'ai écouté les gars discuter. Bob s'exprimait en gesticulant, Desrosiers les mains croisées sur son ventre et la tête renversée sur le dossier du sofa. Ils parlaient d'histoires qui s'étaient passées au Peace Park. Ça avait l'air d'un lieu halluciné où se côtoyaient dans une étrange harmonie skaters, junkies et itinérants.

Bob et Desrosiers se connaissaient depuis très longtemps, depuis l'enfance presque. Ça se sentait. J'ai pensé à mes amis. Ce n'était pas parti pour bien finir. Je me suis dit qu'il fallait absolument que je donne de l'argent à Vincent dès demain pour le loyer.

Il approchait cinq heures trente. L'ébriété s'était dissipée pour laisser place à une fatigue irrésistible. La journée qui venait de passer m'a soudainement paru avoir duré une semaine. J'ai jeté un coup d'œil à Jonathan et je me suis dit qu'il fallait que j'aille me coucher moi aussi. J'ai remercié Bob et Desrosiers pour leur hospitalité. Je suis sorti dans l'aube qui sentait l'hiver. Je suis parti à la recherche d'une bouche de métro. Déjà, la ville s'activait et je marchais dans les rues à rebours de la journée qui commençait. Je croisais les manutentionnaires, les caissières, les camelots, les journaliers puis les premiers employés de bureau.

Les yeux me piquaient de fatigue. Après deux coins de rue, je me suis rendu compte que j'avais mis mes écouteurs sans avoir pesé sur *play*. Je me suis arrêté dans un abribus. Discrètement, j'ai compté l'argent qu'il me restait. J'ai fait des calculs. J'ai estimé ce que ça donnerait avec ma paye. On était loin des deux mille dollars que Deathgaze m'avait avancés. J'ai pesé sur *play* et j'ai entendu James Hetfield hurler : « Your life burns faster. Obey your master. Master ! Master ! »

J'ai soupiré et j'ai continué d'avancer sur Ontario dans l'aurore bleue et glaciale.

22

LA FUMÉE des clopes et des joints s'élevait en volutes épaisses dans les hauteurs de la mezzanine. Plus on avançait, plus la foule était compacte. Marie-Lou et moi, on avait réussi à se faufiler assez près de la scène. On était énervés comme des enfants la veille de Noël. À ma droite, entre les épaules et les têtes, j'ai aperçu la crinière blonde et hirsute d'Alex qui était resté avec ses amis, près de la table de *merch.* Une chance que lui aussi venait au show. Jess ne m'aurait jamais laissé y aller seul avec Marie-Lou. Elle pétait des coches depuis le milieu de l'été parce qu'on se parlait trop souvent.

J'ai regardé autour de moi dans la lumière chaude qui tombait des hauts plafonds de la salle. Des kids de quatorze ans surexcités, avec des moustaches de duvet et des t-shirts trop grands, les cheveux pas encore assez longs pour headbanger; du monde début vingtaine, aussi, les gars en marcel sous leurs Perfecto, les filles avec des tatouages sur les bras, les lèvres noires, des ceintures de balles autour de la taille, les cheveux foncés et lisses; des couples d'à peu près trente ans, beaucoup plus vieux que moi en tout cas, qui portaient des chandails de tournées qui avaient eu lieu quand j'étais à la maternelle. Incapable de dire d'où sortait toute cette faune. J'avais l'impression que tous les métalleux de la province se trouvaient tout à coup rassemblés ici.

Un grondement répété est monté de la foule. Le Métropolis s'est mis à trembler. Je le sentais dans chacun de mes os et dans mon plexus. Puis la foule s'est mise à scander « Megadeth ! Megadeth ! » dans un chœur qui gagnait en puissance à chaque cri. Je me suis mis à crier moi aussi. L'électricité se propageait entre les bras levés par centaines. Puis ils ont baissé les lumières de la salle et ça a hurlé plus fort encore. J'ai frissonné jusque sous les talons. Marie-Lou s'est allumé un joint puis a levé son poing en faisant un signe de devil. Des vrombissements telluriques ont excité la foule de plus belle puis, dans un jet de lumière bleue, les gars de Static-X sont apparus sur scène : quatre démiurges forcenés grésillant d'énergie pure. Les deux guitaristes et le bassiste sautaient sur place. Déjà en transe, ils décochaient des riffs aigus, dissonants et portés par des claviers apocalyptiques. Au fond, le batteur headbangait derrière ses cymbales qui étincelaient dans les jeux de lumière mauve et cyan. Les musiciens rebondissaient aux quatre coins de la scène comme des balles de caoutchouc. Le chanteur-guitariste, les cheveux dressés dans les airs avec de la colle, se tenait debout sur les moniteurs, irradiait les spectateurs. Ça crépitait de plasma autour de lui, mais ce n'était pas suffisant pour conquérir la foule. On n'avait rien à crisser du band qui ouvrait. On était là pour voir Megadeth et on le faisait savoir entre chaque chanson, en gueulant plus fort chaque fois, si bien que, quand Dave Mustaine monterait sur scène, on aurait tous déjà perdu la voix à force de l'appeler. Static-X a failli finir son set plus tôt pour céder la place aux headliners. Le gérant de tournée est même venu parler au micro pour nous prier de bien vouloir les encourager pour les deux tounes qui leur restaient. Mais rien n'y a fait. Quand l'entracte est arrivé, et que les lumières de la salle se sont rallumées, je ne tenais plus en place. La foule s'est calmée pendant quelques minutes puis on a recommencé à scander « Megadeth ! Megadeth ! » avec la puissance d'une révolution en marche. C'était assourdissant. Quand la salle s'est de nouveau assombrie, Marie-Lou a crié d'excitation et souriait en me serrant le bras pour me partager son enthousiasme. Elle s'est tournée vers moi. Je voyais ses dents briller dans la semi-obscurité.

— Me-ga-deth, man ! j'ai lu sur ses lèvres.

Les techniciens finissaient de changer l'équipement sur scène. Au-dessus des têtes ébouriffées, j'ai aisément repéré Alex. J'ai hurlé son nom. Il m'a vu à son tour et m'a fait un pouce en l'air puis un signe de devil.

Les techniciens ont quitté la scène l'un après l'autre. Les lumières de la salle ont baissé jusqu'au noir. Les cris de la foule ont fusé, encore plus aigus. On a enfin entendu les premiers accords de « Holy Wars » dans les amplis. Ça sonnait cent fois plus fort que les guitares de Static-X, c'était comme un séisme, un volcan vomissant mille tondeuses rugissantes. Le drum a enchaîné. Je l'ai senti dans ma cage thoracique comme si on me martelait de coups de poing. Des explosions pyrotechniques nous ont brûlé les rétines, puis la basse et la deuxième guitare ont embrayé. L'onde de choc a fouetté la foule déjà gonflée à bloc, qui s'est ruée dans le mosh pit comme une marée d'Orques dans le gouffre de Helm. Les fans s'embarquaient dessus, bodysurfant déjà, se bousculant et headbangant. Dave Mustaine est apparu dans sa chemise blanche, ses longs brassards aux avant-bras, recroquevillé sur sa guitare, le visage perdu dans sa crinière rousse qu'il agitait mollement en suivant le rythme. Quand il s'est avancé au micro, on ne voyait que sa bouche grimaçante entourée de ses cheveux cuivrés. Ellefson et Friedman avaient pris d'assaut l'avant de la scène, mitraillant la foule de notes acérées comme des scies rondes. Après « Holy Wars » ils ont poursuivi avec « In my Darkest Hour », court répit, avant de revenir à la charge avec « Reckoning Day », que la foule a accueillie en hurlant, au paroxysme d'une espèce de folie de fin du monde. J'ai regardé Marie-Lou. Elle m'a regardé aussi et ses prunelles brillaient dans l'obscurité zébrée de rayons de lumière verte et bleue. Je lui ai souri, pris d'une joie violente et irrésistible. La foule la pressait contre moi quand ça bardait en avant. Des fois elle avait les yeux rivés sur la scène, d'autres fois elle headbangait en hurlant les paroles des chansons, qu'elle connaissait toutes par cœur. Il fallait qu'on se recule pour ne pas être aspirés par le tourbillon du pit. Quand « Hangar 18 » a embarqué, elle s'est déchaînée pour de bon. Elle s'est lancée dans la mêlée, a grimpé sur les corps agités qui se rentraient les uns dans les autres, puis elle s'est laissée porter par la foule, les bras dressés dans les airs, culbutant sur la mer humaine jusqu'au pied de la scène. Je l'ai suivie des yeux, estomaqué. Le mosh pit a pris de l'ampleur et s'est emparé de moi et j'ai absorbé les flux de folie et d'énergie qui zigzaguaient autour. La transe m'avait avalé et je ne savais plus distinguer le haut du bas ni où mon corps s'arrêtait, j'étais devenu la vague houleuse et hurlante de sons et de corps suants. Ça pulsait dans tout le Métropolis. Presque par miracle, j'ai retrouvé Marie-Lou, en plein milieu de « She-Wolf ». Elle saignait du nez et elle l'essuyait avec son poignet comme un enfant qui a le rhume. Un sourire hilare lui fendait le visage et dévoilait ses canines proéminentes. Son front et ses joues étaient humides de sueur. Sa camisole d'armée lui collait sur le corps. Elle a hurlé en brandissant le poing en me voyant, les veines du cou gonflées. Elle m'a entraîné plus loin dans le pit, jusque dans l'œil du cyclone, elle et moi brûlant du même feu. La foule était une masse informe de bras et de jambes qui se resserrait violemment sur nous et qu'on repoussait en gueulant à l'unisson les paroles de « Symphony of Destruction ». L'air manquait, les riffs nous rentraient dans la chair, des gerbes d'énergie cosmique allaient surgir par nos yeux, nos doigts, notre bouche. On allait se consumer en nuées gazeuses.

La fumée des clopes et les nuages de poussière formaient un brouillard à travers lequel on voyait la silhouette crispée de Dave Mustaine qui headbangait lui aussi en nous transperçant d'un autre solo effilé et serré comme une pluie de flèches. La basse et le drum nous submergeaient dans un roulement tonitruant. Je perdais presque la carte tellement tous mes sens étaient surstimulés.

Après le rappel, le calme est retombé graduellement et la masse a fini par se fragmenter en individus distincts, repus et couverts de sueur. Mais il restait une sorte de tension dans l'air. Une toute petite étincelle et l'incendie reprendrait avec deux fois plus de fureur. Je n'entendais plus rien à cause du bourdonnement des acouphènes. Marie-Lou avait l'air exténuée, le visage et la cou violacés comme si elle venait de courir dix kilomètres. Ses yeux noirs luisaient au-dessus de ses pommettes rouge vif. Elle m'a tenu le bras pendant qu'on se dirigeait vers la file du vestiaire. Dehors, malgré nos manteaux, le froid de novembre a glacé nos corps encore trempés. Elle m'a emmené à l'écart, à trois ou quatre mètres des portes. Elle a fait mine de chercher son paquet de cigarettes.

— Tiens, c'est pour toi.

Elle m'a tendu une cassette.

— Ça va te faire l'oreille pour du stock plus heavy.

Elle a souri. J'ai pris la cassette et je l'ai observée, l'air un peu idiot, comme si j'allais deviner, juste comme ça, ce qu'elle avait enregistré dessus. Je l'ai remerciée puis elle a continué à sourire. On s'est regardés un moment dans les yeux. Elle a eu un air amusé ou fier, j'avais de la misère à dire lequel, comme si elle venait de découvrir quelque chose de secret sur moi.

— Heille, les amoureux.

J'ai entendu la grosse voix d'Alex dans le nuage de sifflements et de grésillements qui me voilait l'ouïe. Il s'est approché et nous a regardés, l'air pas trop sûr, comme s'il venait de nous surprendre les culottes baissées.

— Ça vous tente-tu de venir avec nous autres ?

Il a montré sa gang du pouce.

— Ah, non, man. Faut que je rentre.

— Come on, man. C'est vendredi.

— J'ai promis à Jess que j'irais chez elle après le show.

— Crisse, y est quasiment minuit. Elle est sûrement couchée. Elle est toujours sur ton cas. Toi pis moi, on se voit jamais.

— Je sais, man, mais anyway, j'ai pas mes fausses cartes, j'ai dit en haussant les épaules.

Il s'est tourné vers Marie-Lou.

— Pis toi, ça te tente-tu ?

J'étais sûr qu'elle accepterait de les suivre.

— Non, je vais rentrer moi aussi. Je travaille de bonne heure demain matin.

Il nous a regardés de ses yeux gris acier, du haut de ses six pieds deux, comme si on était ses petits cousins trop sages. Il m'a serré la main en silence et s'est penché pour donner des becs timides à Marie-Lou, avant de partir vers les Foufs avec sa gang de poils. De dos, avec son manteau de cuir tout patché, il avait l'air d'un motard. Il ne se faisait jamais carter, lui.

On s'est acheté des pointes de pizza à une piasse et on a remonté Sainte-Catherine jusqu'au métro Berri. Marie-Lou avait retrouvé des forces. Elle disait qu'à part ses frères, personne ne voulait jamais l'accompagner dans des shows comme ça. Mes tympans étaient encore à vif mais j'entendais tout ce qu'elle me racontait. Sa voix claire perçait le bourdonnement. On a jasé de musique tout le long du trajet de Berri à Longueuil. Elle m'a répété qu'elle avait hâte que je lui dise ce que je pensais du mixtape. Le métro Longueuil avait l'air d'une cathédrale abandonnée en pleine construction, les foutues rénovations menaçaient de ne jamais s'achever. Nos voix se creusaient d'échos dans les couloirs encombrés de feuilles de gypse et de tôle. On aurait continué à jaser toute la nuit si on avait pu.

Quand elle est montée dans la 16, elle m'a dit qu'il fallait remettre ça et qu'elle surveillerait les shows à venir.

— C'est certain qu'on se reprend, j'ai dit.

En attendant la 71 qui se rendait chez Jess, j'ai repassé la soirée entière dans ma tête. J'ai tourné et retourné le boîtier de la cassette entre mes mains. Pour un peu, malgré mes oreilles qui silaient, malgré la fatigue, je l'aurais écoutée tout de suite. J'avais l'impression que ma vie commençait, que le temps s'était multiplié par dix, que je voyais maintenant en Technicolor.

Quand j'y repense, presque quinze ans plus tard, j'en ai le souffle coupé. Tout le bonheur insouciant qu'il y avait dans cette seule minute. Mais ce n'était rien à côté du jeu. Je m'en rendrais compte avant longtemps. Un an et des poussières, du temps à tuer entre deux cours, le

Fun Spot et ma première machine de vidéopoker. C'est tout ce que ça prendrait. Là, je connaîtrais le vrai vertige. Ça serait tellement intense, tellement grisant, que je ne saurais pas ce qui m'arrivait avant de tout perdre, même ce qui ne m'appartenait pas.

23

J'AI DORMI tard, jusqu'au lendemain après-midi. Vincent avait fait attention de ne pas être trop bruyant dans ses allées et venues entre la cuisine et sa chambre. En me réveillant, je me suis senti plein d'une envie de me reprendre en main. Vincent était cloîtré dans sa chambre et planchait sur ses travaux de session. J'en ai profité pour aller à l'épicerie et faire le plein de plats surgelés et de boissons gazeuses. J'ai aussi acheté des œufs, du bacon et du lait écrémé – celui que Vincent buvait – et, en revenant, je nous ai commandé de la pizza.

Peut-être que c'était les histoires de coke de Bob qui m'avaient travaillé. Je n'avais jamais touché à la poudre, mais à cause de Jess, qui avait fini par tomber là-dedans, comme son père, je savais que c'était une dépendance intense. Si Bob avait réussi à arrêter, ou du moins à prendre une pause, comme il disait, j'étais sans doute capable d'arrêter de jouer. Si des gars comme Bob ou Benjamin arrivaient à surmonter leur addiction, pourquoi moi je n'en serais pas capable ? J'ai pensé aux conseils de Malik. Il fallait que je me remette à faire ce que j'aimais, que je me recentre, répétait-il. Après avoir avalé deux pointes de pizza, j'ai sorti mes cahiers de dessin. J'ai fait de la place sur la table du salon, je les ai étalés devant moi et j'ai commencé à esquisser des visages, des mains, des corps. D'abord à la mine, traçant avec mon 2B et ombrant avec mon 6B, puis avec mes craies. J'étais moins rouillé que je ne l'aurais cru. C'était encourageant. J'ai pensé à Deathgaze. Ma session de cégep était peut-être à l'eau, mais c'était encore possible de réaliser la pochette du groupe à temps. J'ai pensé à toute la confiance qu'Alex avait mise en moi. Je ne voulais pas le décevoir. On resterait chums longtemps, lui et moi, comme Bob et Desrosiers. Je suis entré dans une rage de dessin. J'ai sorti mes feutres. Des pages de cahier et des feuilles de papier calque se sont mises à joncher le plancher, avec des fragments d'illustrations crayonnés dessus. J'avais du fusain et du graphite plein les mains. Mes cahiers étaient tous ouverts sur la table basse, tous noircis de croquis. Des silhouettes de créatures sous-marines en haut contraste, des temples submergés infestés de crustacés monstrueux, toute une mythologie cauchemardesque inspirée en partie de Lovecraft.

La soirée filait et les esquisses plus avancées s'accumulaient. J'avais réussi à retrouver l'état de flottement grâce auquel je pouvais créer sans que mon esprit s'égare dans des culs-de-sac d'angoisse. On aurait dit que je renouais avec quelque chose que j'avais presque oublié. Parfois, Vincent sortait de sa cachette pour venir chercher une pointe de pizza. Chaque fois, j'entendais les aboiements de DMX fuser par la porte de sa chambre. Il en profitait pour jeter un œil à ce que je faisais ou pour me poser une question de grammaire ou de conjugaison. J'ai continué sur ma lancée jusqu'en fin de soirée. Vers vingt-deux heures, Vincent est venu s'installer dans le salon après sa douche, vêtu d'un short de basket et d'un marcel immaculé. Il était visiblement content de sa journée. On s'est fait quelques games de *Twisted Metal* puis on a écouté des *Seinfeld* jusqu'à ce qu'on s'endorme, lui dans le lazy boy, moi sur mon sofa.

J'ai bien dormi cette nuit-là, même si j'ai rêvé que j'étais tout seul au resto pour faire la plonge, la cuisine et même le service en salle.

Le lendemain, quand j'ai ouvert l'œil, Vincent était déjà enfermé avec ses travaux. Je me suis levé avec le même entrain. Je nous ai préparé à déjeuner et après j'ai lavé la vaisselle. Par la fenêtre, on voyait le bleu éclatant du ciel. À cause des arbres nus et de la neige qui était tombée, tout avait l'air plus lumineux. Ça faisait du bien d'être debout avant midi. Je sentais une joie fébrile monter en moi, un peu comme à la veille des vacances de Noël quand j'étais petit. Je me suis préparé du café et je me suis remis à dessiner. J'ai trié les essais de la veille pour ne retenir que ceux qui pourraient servir de base pour l'illustration en couverture. Dans la dizaine d'esquisses retenues, celle du dieu-poulpe m'a semblé la plus intéressante. L'album de Deathgaze s'appellerait

Soul Claimer. Je me suis dit qu'avec cette créature-là je tenais peut-être quelque chose de fort et qui correspondait aux idées et aux goûts d'Alex.

J'ai passé la fin de la matinée à faire des essais et des tests pour leur logo de nom de band. J'ai sorti mes cartes à gratter; il me restait assez de gouache noire pour toutes les recouvrir. J'en ai ensuite gratté la surface avec mon brunissoir, m'inspirant des calligraphies qui caractérisaient les logos des groupes de black métal que Marie-Lou écoutait. J'ai conçu un logo dans ce style zébré et cryptique, qui rendait les noms quasiment illisibles, et dont les lettres ressemblaient à des pattes d'araignée poilues, à des branches d'arbre tordues ou à des ligatures maléfiques. J'ai essayé d'autres pistes. Sur des fonds que j'avais noircis au fusain ou au crayon gras, j'ai écrit « Deathgaze » au liquide correcteur, travaillant avec des éclaboussures et des coulures, un peu comme sur les logos de Bloodbath et de Darkthrone. Je ferais les retouches et la finition dans Photoshop, une fois toutes les versions scannées.

J'ai continué comme ça jusqu'en après-midi, m'arrêtant à peine cinq minutes pour manger un reste de pizza froid, porté par le même élan, jusqu'à ce que ma pagette vibre. C'était un message vocal. J'ai hésité à le prendre. J'avais l'impression que ce serait une mauvaise nouvelle.

C'était Renaud. Il fallait que je rentre le lendemain. Le plongeur en training n'avait pas fait l'affaire. Il m'a demandé de rentrer plus tôt parce que j'allais encore être seul pour la soirée. Quand j'ai raccroché, j'ai regardé le salon, transformé en atelier : des feuilles partout, des feutres, des crayons, et des craies Rembrandt éparpillés à travers la pièce. Sur le plancher s'étalait mon espèce de mood board, composé de photos marines découpées dans des *National Geographic* et de photocopies de gravures anciennes, que je traînais avec moi depuis que j'avais pris le contrat.

Je n'avais plus le cœur à dessiner, je me suis simplement mis à ranger et à trier, jetant ce qui n'avait plus d'intérêt, rassemblant les images qui seraient à numériser. J'ai sauté dans la douche puis je suis allé me rasseoir dans le salon, en boxers et en bas de laine, avec mon Asimov. Je ne bougerais pas de là de la soirée. Les voitures filaient sur Henri-Bourassa, leur bruit assourdi sous la chute de neige, et je me sentais apaisé. Je lisais, mon esprit était clair, j'aurais arrêté le temps si j'avais pu.

24

LES DEUX journées de congé m'avaient paru une éternité. Quand je suis arrivé au resto, j'ai eu l'impression qu'une semaine s'était écoulée. La porte de la plonge était entrouverte et je n'ai pas eu besoin de sonner. Assis sur un seau en plastique, Jonathan fumait une cigarette. Quand il m'a vu entrer, il a sauté sur ses pieds. Il avait meilleure mine qu'il y a quelques jours.

— S'cuse-moi pour l'autre soir, il a dit, je sais pas ce qui m'a pris.

— Ben, man, t'étais triste, j'ai dit. Ça arrive à tout le monde.

— J'sais ben, mais c'est pas une raison pour virer fou.

Je m'en allais lui demander si ça s'était réglé avec sa blonde, mais il m'a devancé :

— En passant, tu sais pas quoi ?

Avec sa voix haut perchée, on aurait dit un petit gars qui allait se vanter d'un mauvais coup.

— Non, quoi?

— Christian a été viré. Ils ont eu une longue discussion dans le bureau qui s'est finie en engueulade.

— Qui ça, «ils»? j'ai dit.

— Ben, lui pis Séverine, a dit Jonathan en me regardant comme si c'était l'affaire la plus évidente du monde.

— Renaud était pas avec eux?

— Renaud? Pfff. Non. Il est jamais là quand il faut, lui. En tout cas, je te dis, ça gueulait fort. Je pensais pas que Christian pouvait s'énerver de même. On les entendait gueuler à travers la porte, même jusque dans la salle de prep. Bébert avait raison, man. Christian était tout le temps chaud raide sur la job.

Jonathan s'est mis à tout m'expliquer en détail. Je me suis demandé s'il n'en inventait pas un peu. À l'écouter, c'était à croire qu'il avait assisté à la scène de mise à pied. Toutes les deux phrases, il se frottait le menton, là où sa barbe duveteuse commençait à repousser. Apparemment que l'histoire de la bisque, c'était rien qu'une goutte dans l'océan – sans doute suffisante pour faire croire à Renaud qu'il avait réussi son putsch. C'était plus grave que ça. Ce que Bob m'avait dit à son sujet a résonné dans ma tête à mesure que Jonathan me racontait l'histoire un peu en désordre et en se dépêchant, comme s'il ne voulait pas se faire surprendre. Durant les six derniers mois, Christian s'était largement servi dans la réserve de fort. Il arrivait déjà saoul le matin. Il avait fait des erreurs dans les payes. À la fin de la discussion, Séverine avait proposé de le mettre en arrêt de travail pendant six mois, le temps qu'il aille chercher de l'aide. Elle le réengagerait s'il se reprenait en main. Christian avait refusé.

— Il est sorti du bureau en silence. Il avait l'air d'avoir pris un coup de vieux tout à coup. Il a crissé son camp sans dire un mot à personne.

Jonathan a fait une pause. Il a regardé une pile d'assiettes propres en fronçant les sourcils. Puis il a hoché la tête lentement.

— Je l'avais jamais vu fâché, il a dit enfin. Même pas un peu. Là, il l'était. Il avait arrêté de gueuler, mais il avait une face que tu voulais pas être dans son chemin. Je me suis dit : soit il va en tuer un, soit il va se tirer une balle.

Un cuisinier que je n'avais jamais vu, un gars dans la mi-vingtaine, chauve et bâti, est venu chercher des poêlons propres dans la plonge. Jonathan a éteint son mégot dans le cendrier près de la porte et il est retourné dans la cuisine de service en attachant son tablier autour de sa taille.

J'aurais pensé que le congédiement de Christian aurait mis Bébert de bonne humeur. Quand je suis arrivé au sous-sol, je l'ai trouvé tout seul en train de sacrer.

— T'es là, toi ? a dit Bébert sans me regarder. Bienvenue au Renaud's Shitshow, man.

— Qu'est-ce qui se passe ? j'ai demandé.

— T'as-tu vu Renaud, toi ?

— Non.

— Ben, c'est drette ça qui se passe. Depuis que Séverine a crissé le chef dehors, on a quasiment pas vu Renaud ici dedans. M'en vais me taper trente-deux heures en deux jours pis j'te gage un brun que j'y verrai pas la face.

Crisse, il me laisse tout seul pour former son chum pendant qu'y faut que j'm'occupe de toute.

— Son chum ? Steven ?

— Non, man. L'autre. T'as pas vu le nouveau ? On dirait un néonazi fourré à la créatine.

En parlant, il a sorti une plaque de crèmes brûlées.

— Checke ça, monsieur envoie des affaires au four, y met pas de timer pis y crisse son camp sans rien dire à personne. Ostie de tata.

Bébert a balancé la plaque tout entière dans les poubelles, l'eau du bain-marie et les ramequins avec. C'était le deuxième lot qu'ils rataient. Il a refermé les portes du four avec violence. La tête dans la cage d'escalier, il a gueulé quelque chose à Jonathan, qu'on entendait s'activer dans la cuisine de service.

— Crisse, je peux pas tout checker, il a dit, un peu comme s'il s'adressait à un spectateur anonyme.

En regardant les éclats de porcelaine briller au fond du sac de poubelle, dans le mélange bruni et cramé et les écrabouillures de légumes, j'ai compris quel genre de soirée ça allait être.

Je me suis changé en vitesse. La salle staff était en désordre. Christian n'avait même pas vidé sa case. Ses vieux pantalons de cuisinier et ses souliers de travail étaient restés à leur place et ils le resteraient plusieurs jours avant de se ramasser au chemin, avec d'autres objets perdus.

Je suis monté à l'étage. Ça ne m'avait pas sauté aux yeux quand j'étais rentré, mais la plonge était dans un état lamentable. On aurait dit que personne n'avait lavé de vaisselle depuis la veille. Tout avait été jeté là, garroché avec frustration et abandonné tel quel, comme si ça se nettoierait tout seul. Je n'avais pas encore commencé et j'avais déjà l'impression d'avoir le shift dans le corps.

Je suis allé me puncher in. Je suis resté un moment devant l'ordinateur, à regarder la salle à manger. J'enviais le staff de service qui n'avait pas à travailler dans les restes de nourriture qui te revolent jusque sous les paupières, la gibelotte graisseuse et l'eau glacée. Dans l'entrée, deux couples attendaient qu'on leur assigne une place. Les hommes avaient des foulards en soie, qui pendaient entre les pans ouverts de leurs manteaux noirs, et leurs chemises blanches immaculées brillaient presque. Les femmes ressemblaient à Séverine, en plus insouciant et plus âgé. Elles portaient des manteaux de fourrure. Je les trouvais chanceux eux aussi et je me suis dit que, quand j'aurai réglé mes affaires, je devrais venir souper avec Marie-Lou.

Jade était accroupie derrière le bar. Elle finissait de mettre du vin blanc au frais. Elle m'a aperçu par-dessus la porte du frigo. Son air concentré s'est effacé derrière un grand sourire. Elle est venue vers moi, en courant presque, comme si elle avait une grande nouvelle à m'annoncer. Ses cheveux étaient remontés en chignon, un peu à la japonaise.

— Comment tu vas, toi ? elle a dit en me préparant un allongé que je n'avais même pas demandé.

— Ça va, j'ai dit, ça a fait du bien, deux jours de congé collés.

Pendant que Jade activait la machine à espresso, je

me suis tourné vers la cuisine de service. J'ai vu Steven qui ravitaillait le frigo du passe avec les backups qu'il avait montés du sous-sol. Il avait l'air nerveux et cerné. Renaud venait de réapparaître, sortant d'on ne sait où. Il rapportait des poêlons propres de la plonge. Quand il est arrivé à la hauteur du passe des desserts, je lui ai demandé à la blague c'était quoi, le nom de l'ouragan qui avait sévi à la plonge.

— Pas trouvé de plongeur encore, il a répondu sans me regarder.

L'air agacé, il bousculait les seaux de sauce dans la table chaude. Il ne s'était pas rasé depuis quelques jours et sa barbe s'étendait de sa grosse pomme d'Adam jusqu'en haut de ses joues osseuses. Il a dit d'un ton sec :

— Si t'avais pas crissé Carl dehors, on serait pas pognés de même.

J'étais estomaqué qu'il ose me dire ça.

— Écoute-le pas, m'a dit Jade tout bas en me donnant mon allongé. Il est stressé à cause des changements.

J'ai versé une crème dans mon café. Elle s'est mise à me dévisager, encore plus souriante.

— Qu'est-ce qu'y a ? j'ai demandé.

— T'aurais pas envie qu'on aille prendre un verre après la job ?

— Euh… oui. Quand, ça ?

— Ben, après la job, elle a répété avec un petit rire. Tantôt, là.

De son côté du passe des desserts, Nick nous surveillait en astiquant les assiettes à pain. Il tendait l'oreille. Je jouais avec la soucoupe de mon espresso. Les grands yeux de Jade m'enveloppaient. J'ai pris une gorgée de café et je me suis raclé la gorge.

— OK, oui. Si on finit pas trop tard.

— Cool, elle a dit en me serrant le bras, ça va être le fun.

Elle est retournée, le pas léger, s'occuper des commandes de drinks. Je l'ai regardée un instant, elle a gardé le sourire aux lèvres en coulant ses bières et en versant ses verres de vin. Nick m'a fait un clin d'œil. Je me suis éloigné vers la plonge. Je ne savais pas quoi penser. Ça me tentait vraiment, mais en même temps j'hésitais. Il faudrait que je parle un peu de moi. Il faudrait encore que j'invente des histoires. Je suis allé lancer ma mise en place en me convainquant que Jade changerait d'idée avant la fin de la soirée. Si jamais l'invitation tenait toujours une fois rendu au close, je trouverais le moyen de ne pas trop sentir les ordures.

Pendant que je m'occupais de mes laitues, Bébert ventilait sa colère en complétant les tâches que Renaud n'avait pas faites durant la journée. Il travaillait pour trois. Malgré sa mauvaise humeur, il a monté toute la vaisselle de préparation à la plonge. Il s'est même chargé du steam pot.

— Tu pourras dire à ton nouveau chef que Bébert, ben c'est pas un ostie de lâche.

Vingt minutes plus tard, je suis remonté avec les focaccias. Renaud était au chaud et guidait le nouveau, qui s'appelait Vlad. Steven était au passe. C'était la première fois que je le voyais à ce poste-là. Il distribuait les bons de commande et callait les plats, avec un peu plus d'aise et d'assurance que son air fatigué ne me l'aurait laissé croire. On aurait dit qu'il était préoccupé par quelque chose. J'ai donné mes focaccias à Jonathan. La cuisine entrait dans un service lent qui contrastait avec les vagues de rush des soirées passées. Ça m'a laissé le temps de reprendre le contrôle de la plonge.

Quand je dis que Renaud guidait Vlad, c'est un bien grand mot. Vlad savait déjà tout : il n'avait besoin que de quelques indications paramétriques. Le garde-manger avait l'air d'une farce à ses yeux et je le voyais bouger dans la cuisine avec une agilité que personne n'avait ici. Ses gestes étaient exacts et suivaient un ordre depuis longtemps planifié. Il essuyait son couteau après chaque utilisation avec la grâce martiale du samouraï, son tablier demeurait immaculé tout le long du service, il ne faisait aucun mouvement brusque, ne bardassait rien. Il venait lui-même chercher ses assiettes à l'arrière. Il arrivait au travail la barbe et le crâne fraîchement rasés. Il ne discutait pas. Il économisait les paroles autant que les mouvements. Quand il venait chercher quelque chose à la plonge, c'était comme s'il se lançait à la rencontre d'un ennemi juré. Avec lui, tout avait l'air plus sérieux, tout semblait une question de vie ou de mort. Rien à voir avec Jonathan ou Bonnie, encore moins avec Bob ou Bébert. Il n'avait pas commencé son premier shift et il connaissait déjà le menu par cœur. Un dimanche soir où on serait les deux seuls à travailler, il viendrait me porter un plat dans la plonge en disant :

— Tiens.

— C'est pour moi ?

— Tu vois des clients ici ? Oui, c'est pour toi. Bon appétit.

Il avait apprêté un steak de thon – il y en avait un de trop – en suivant une de ses recettes et il l'avait dressé comme s'il le servait à un client VIP. Au centre de l'assiette, le steak de thon tenait en équilibre sur des légumes glacés ramassés en un petit socle jaune, rouge et vert. Il avait légèrement nappé le poisson d'une espèce de salsa qui ressemblait à de la relish. Il en avait mis quelques gouttes ici et là aux extrémités de l'assiette.

D'habitude, le poisson, du saumon surtout, je ne mangeais ça que trop cuit, frit, en pâté ou noyé dans la sauce. Le thon que Vlad avait préparé goûtait le bœuf grillé sur le barbecue. C'était tellement bon que, malgré ma faim, j'ai pris le temps de savourer chaque bouchée. Après toutes ces années, je peux encore affirmer qu'un de mes meilleurs repas à vie, je l'ai mangé assis sur un seau de savon, l'assiette sur les genoux, dans une plonge qui empestait le javellisant et les huiles usées.

LA SOIRÉE avançait à un bon rythme. Mes deux jours de congé m'avaient requinqué. Je passais plus facilement à travers l'ouvrage, qui semblait moins pénible que les autres soirs. C'était peut-être aussi dû au fait que mes allers-retours entre la plonge et la cuisine devenaient de plus en plus efficaces. Je commençais à anticiper le travail à abattre plutôt que de me faire surprendre par lui. Je ne tombais plus dans le jus, *j'habitais dans le jus,* comme disait Bonnie dans son français original, quand elle voulait dire qu'on gardait notre sang-froid même quand il y avait deux mille commandes sur la réglette.

La salle à manger ne s'est jamais vraiment remplie. Les serveurs avaient le temps de venir s'en griller une à la plonge. Il y avait ça de drôle : peu importe qui prenait un cinq minutes pour fumer, tous avaient l'habitude de me jaser un peu pendant que je me démenais dans les assiettes sales ou que je vidais mon dish pit des amas de nourriture qui y flottaient. Ça donnait lieu à des conversations qui pouvaient s'étendre sur plusieurs soirs et ça menait parfois à des révélations un peu intimes, comme si, en fumant leur cigarette, ils se parlaient à eux-mêmes ou que j'étais leur confident accidentel. Denver me contait les derniers développements avec la barmaid du Diable Vert. Guillaume stressait parce qu'il attendait des résultats de dépistage. Sarah ne savait plus quoi faire de son copain. Nick essayait toujours de me faire croire que des clientes étaient après lui, mais ce soir-là il n'a pas manqué de me taquiner au sujet de Jade :

— La bargirl qui *date* le plongeur. N'importe quoi.

Maude, elle, évacuait en cinq ou six poffes toute la pression accumulée durant le service. Elle me racontait des petites anecdotes tirées de ses dix ans en restauration. Ça faisait dix ans qu'elle fumait. Une fois, après un service particulièrement intense, son chef lui avait offert une cigarette. « Une smoke pis on y retourne », il avait dit. Elle l'avait prise même si elle ne fumait pas, de peur de devoir tout de suite retourner dans la salle si elle la refusait. Pour beaucoup d'employés, fumer, c'est la seule raison de prendre une pause.

Vers les vingt heures, ça a été le tour de Bébert.

— Première fois que je m'assois aujourd'hui, crisse.

Il avait dépompé, comme s'il venait de se faire un hit avec le hash de Greg. C'est à ce moment qu'il est tombé sur le petit cahier de dessin que j'avais apporté. Il traînait sur une des tablettes, entre deux piles de vaisselle propre, près de mon tablier de rechange. Je l'avais gardé là pour noter ou griffonner des idées, au cas où elles me viendraient pendant que je travaillais. Je me suis rendu compte qu'il le feuilletait quand il s'est exclamé d'admiration.

— Heille, j'ai dit, laisse ça là, man.

Je me suis avancé pour le lui reprendre. Il m'a repoussé d'une main en éloignant le cahier de l'autre.

— Wô, stresse pas, j'le saloperai pas.

Il tournait les pages délicatement, un œil fermé pour le protéger de la fumée de cigarette. Ça lui donnait l'expression d'un diamantaire qui évalue la qualité d'une pierre.

— T'es fort, man. Je l'aime ben, celui-là, il a dit en tournant le cahier vers moi.

Il m'a montré un des croquis qui représentaient l'immense dieu-poulpe lovecraftien que je pensais finaliser pour la pochette de Deathgaze. Il a parcouru lentement le reste des pages. Ça me rendait nerveux. J'avais peur qu'il me juge ou qu'il pense que je n'étais qu'un petit étudiant en arts. Il a commenté d'autres dessins, s'attardant aux plus gores d'entre eux. Il les a comparés aux pochettes d'album de Deicide, un groupe que son cousin aimait bien. Il a déposé le cahier où il l'avait trouvé.

— On va-tu prendre une bière à soir ? j'ai demandé, en remplissant un rack de poêles.

— Tu sors pas avec la petite Jade après ? il a dit en retenant sa fumée.

— Ah. C'est vrai. J'ai pas décidé si j'y allais ou pas.

Il m'a regardé par en dessous, l'air de croire que je le prenais pour un cave.

— C'est ça, oui.

Il a jeté son mégot par la porte entrouverte. Il a continué :

— Anyway, pas à soir, man. Moi, j'ai déjà fini. M'en vais rejoindre des chums. J'vais laisser les osties de clowns closer avec toi. On se reprendra. Je suis pogné icitte toute la semaine. J'embarque dans un dix jours en ligne.

— Tu finis-tu plus tôt parce que c'est Steven qui est au passe ?

Il m'a lancé un regard glacial. Tout à coup, il m'a paru plus mauvais que Greg dans ses pires journées.

— Qu'est-ce que tu veux dire, man ?

Son ton était sec. J'étais tourné vers lui, ma laine d'acier dans une main et une poêle toute encroûtée dans l'autre.

— Ben, je sais pas, c'est pas toi qui es au passe, d'habitude ?

Il m'a regardé de la tête aux pieds. Puis il s'est détendu.

— Renaud veut qu'il pogne la twist au plus crisse. Le

gars est pas encore rodé. C'est pas vrai que je vais faire le passe sept soirs sur sept. Je te l'dis, je vais me ramasser au chaud ben vite. Ça va être moi, le chef de soir.

Il a déboutonné sa veste de cuisinier et il a disparu au sous-sol pour se changer.

LA SOIRÉE a filé sans le moindre incident. Passé vingt et une heures, j'étais seul avec Steven et Vlad. Avec Vlad dans l'équipe, tout se faisait deux fois plus vite. Je l'ai vu dès notre première fermeture ensemble. La minute que les commandes ont cessé de rentrer, il s'est attaqué au close comme si sa vie en dépendait. Il a laissé son poste plus propre qu'un bloc opératoire. Il s'est même occupé de nettoyer la salle de préparation au sous-sol – mais pas pour me rendre service. Il l'a fait parce que ça devait être fait. Je me suis demandé où Renaud avait pu trouver un cuisinier d'un style aussi différent du sien. Je me demandais surtout sur quelles bases tenait leur amitié.

Quand j'ai passé la moppe dans la cuisine, j'y ai mis encore plus de soin que d'habitude. Je voulais accoter la minutie de Vlad. Après mon close, je me suis douché comme j'ai pu dans les gros éviers de la salle de préparation. Je me suis savonné jusqu'aux aisselles avec le dégraisseur à main vert alien. Je me suis rincé le visage plusieurs fois sans réussir à enlever le film graisseux qui me recouvrait le front et les joues. Je me suis épongé avec du papier brun. Mes cheveux sentaient la friture, les épices et la trappe à graisse, mais je n'allais quand même pas me shampouiner.

Je me suis changé puis je suis monté à l'étage. L'horodateur affichait 23:23 quand je me suis punché out. J'avais rarement fini aussi tôt.

Steven achevait sa bière staff en silence et Vlad était déjà parti. Il avait l'air du gars pressé d'aller se coucher pour revenir travailler le lendemain. Une pinte de rousse m'attendait au bar. Jade l'avait déposée en face d'elle pour pouvoir me parler durant son close. Maude discutait avec deux clients qui traînaient. D'après moi, c'étaient des habitués, ils ne se gênaient pas pour lambiner en finissant leur bouteille de vin. Ça devait être un vin cher. Ils le buvaient dans de grands verres hauts sur pied. J'ai demandé à Maude à quoi ça servait, de boire dans des verres de même.

— Ça, c'est des verres à shiraz, elle a dit en les regardant. C'est pour faire respirer le vin. Le vin, ça se passe dans la bouche, mais ça se passe en premier dans le nez.

J'ai haussé les épaules. Pour moi, ça sentait tout pareil, mais je ne lui ai pas dit. Elle est retournée voir ses clients. Ses cheveux blonds en mèches courtes et acérées descendaient sur ses joues minces. Il y avait quelque chose de dur et de beau dans son visage. C'était la première fois que je prenais le temps de l'observer.

Comme Séverine, elle était quelqu'un d'autre en compagnie des clients. Ou peut-être qu'elle était elle-même, qu'elle était dans son élément. Elle riait souvent, souriait beaucoup. Les deux clients se disputaient son attention alors qu'elle les resservait sans qu'ils s'en rendent compte, vidant peu à peu dans leurs verres le reste de l'interminable bouteille. Ils avaient les dents bleues à cause du vin et parlaient trop fort. J'ai fini par comprendre qu'ils en étaient à leur troisième bouteille. C'est Maude qui dirigeait la discussion. Elle leur posait des questions, les relançait, s'éclipsait quand bon lui semblait, revenait au moment clé pour leur vendre un digestif. Elle avançait le ménage du bar sous leurs yeux sans même donner l'impression de travailler. Je la regardais manœuvrer. Je me disais que je serais incapable de faire son travail.

J'ai jasé avec Jade le temps qu'elle astique ses derniers verres. Quand elle ne disait rien, elle avait l'air de chanter quelque chose dans sa tête. Elle a mis une dizaine de minutes à terminer ses affaires. En pliant son liteau, elle m'a demandé :

— Veux-tu qu'on aille de l'autre côté ? C'est tranquille. On va pouvoir jaser.

Ses épaules nues sortaient du col échancré de son chandail. J'ai pris une gorgée de bière.

— C'est correct pour moi.

Nick est venu jeter son sac et son manteau sur un des tabourets. Il s'est assis à côté de moi, une pinte à moitié vide à la main et un grand sourire baveux sur le visage.

— Vous allez où ?

Jade s'est tournée vers lui en roulant des yeux.

— T'es encore ici, toi ?

— J'espère qu'y est encore ici, a dit Maude en s'arrêtant à notre hauteur, il a pas encore rangé la commande de vin.

Les deux lambins étaient enfin partis. Ils n'avaient même pas pris deux gorgées de leurs digestifs. Elle a mis leurs verres dans le lave-verres.

— Heille, fuck ça, Maude.

Elle nettoyait le zinc à l'endroit où les deux bonhommes étaient installés. Elle a dit d'un ton faussement nonchalant :

— T'as raison. Fuck ça, han? Greg va s'en occuper demain.

Maude avait prononcé les mots magiques. Nick s'est raidi. Son visage est devenu livide. Il a avalé son fond de bière puis il a disparu au sous-sol.

Jade a jeté un regard circulaire sur le bar pour vérifier si elle avait vu à tout, puis elle m'a pointé du doigt, comme si j'étais la dernière tâche qu'il lui restait à rayer de sa liste, et elle a dit :

— Tu m'attends ici, j'arrive.

Un mélange de hâte et de nervosité me brûlait les joues. J'ai fini ma bière avant que Jade ne remonte quelques minutes plus tard. Ses épaules avaient disparu sous un col roulé en tricot beige. Elle s'est punchée out. On a mis nos manteaux en lançant un au revoir à Maude qui commençait à imprimer les rapports de la soirée. On est sortis, Jade la première.

Jade m'a agrippé le bras juste avant qu'on traverse la rue congestionnée de taxis. L'odeur de son parfum s'est mêlée à celle des gaz d'échappement. J'ai essayé d'avoir l'air naturel, mais ça m'a fait drôle.

On n'a pas eu long à faire. Le bar était vraiment en face du resto. Je lui ai ouvert la porte. Elle m'a fait des yeux.

— Je sais comment ça marche, une porte.

Elle a souri et elle est entrée la première.

Il y avait beaucoup de monde et la moyenne d'âge

était plus élevée qu'au Roy Bar ou au Zinc. C'était décoré de boiseries acajou, l'éclairage était bas et chaud. Derrière le bar, des dizaines de bouteilles de whisky luisaient comme de longs joyaux ambrés. Les clients étaient trop vieux pour que je tombe sur quelqu'un que je connaissais. Au comptoir, des quinquagénaires au visage fatigué buvaient leur scotch en y trempant les lèvres une fois toutes les quinze minutes. J'ai cru reconnaître ma prof de français du cégep en train de discuter avec une amie. Assis aux tables pleines de pichets de bière sombre, il y avait des trentenaires qui jasaient de politique ou de sport. Je me sentais un peu plus à ma place qu'à l'espèce de lounge où Greg nous avait amenés l'autre fois. Je n'ai pas vu de machines.

Jade s'est dirigée vers une table près de la fenêtre. J'ai enlevé mon manteau en espérant que ma douche manuelle avait éliminé autant que possible les odeurs de gras de vaisselle et de sueur refroidie. Elle s'est assise devant moi, détendue, la fatigue d'après shift qui brillait dans ses grands yeux.

Un serveur est venu nous voir dans un bruit de petite monnaie. Elle lui a demandé ce qu'il tenait comme vins blancs au verre. Il lui a décrit deux ou trois produits. Elle a fait une petite grimace, comme si quelqu'un allait échapper un paquet très fragile. Elle a commandé une pinte de bière blanche. J'ai pris une rousse, comme d'habitude. Les bières sont arrivées assez vite, Jade a payé la tournée. J'ai recommencé à me sentir nerveux. Je regardais autour de moi. Je me frottais les mains. J'avais un peu d'eczéma autour des jointures, sûrement parce que mes mains étaient dans l'eau à longueur de soirée. Jade a touché mon avant-bras.

— Déstresse, elle a dit. T'inquiète, il viendra pas nous déranger.

J'ai fait semblant de comprendre. Elle a ajouté :

— Nick est barré ici lui avec depuis la soirée avec Bébert.

Je me suis souvenu de l'histoire des shooters lancés à travers le bar.

— Ah, ça me stressait pas.

Elle me regardait dans les yeux. J'ai essayé de me calmer. J'ai souri. J'ai pris une gorgée de bière. J'avais de la misère à regarder les gens dans les yeux. Elle a brisé la glace.

— Est-ce qu'ils vont te monter bientôt en cuisine ?

— J'en ai aucune idée.

J'ai pris une autre gorgée. Elle m'a fait signe de m'essuyer la bouche avec un petit sourire en coin.

— J'aimerais ben ça, en tout cas, j'ai ajouté. C'est sûr que ça serait plus gratifiant que de laver de la vaisselle. Mais tsé, les restaurants, c'est nouveau pour moi. Faut commencer en bas de l'échelle, j'imagine.

— Bah, l'échelle, tu pourrais la monter plus vite que d'autres.

Elle m'a demandé ce que je faisais dans la vie, si j'allais à l'école. J'ai dit que j'étudiais en graphisme. Elle a pris un air approbateur.

— Ma grande sœur étudie là-dedans, elle aussi. Elle est à l'UQAM.

Avec le pouce et l'index, elle a écrasé la tranche de

citron qui décorait son verre pour la faire juter dans sa bière. Elle a essuyé ses doigts avec sa bouche.

— Tu aimes dessiner, alors?

— Oui.

Elle a fait un signe de la main. Elle attendait que je continue.

— J'écris des affaires pis je les illustre, aussi.

— De la bande dessinée?

— Oui, genre.

— Cool. Moi, je fais du modèle vivant des fois.

— Tu dessines toi aussi?

J'ai appuyé un de mes coudes sur la table en rapprochant ma chaise.

— Han? Non, non. Je suis pourrie en dessin. Je pose.

J'ai imaginé Jade nue au centre d'une classe. Mes lobes d'oreilles se sont mis à chauffer. Je n'ai pas pu réprimer un petit air surpris.

— Ça paye bien, elle a dit en regardant dans la salle pleine.

Je me suis retenu de lui demander si ça la gênait de faire ça. Vu le ton sur lequel elle me l'avait dit, c'était sûr que non.

— Et toi, qu'est-ce que tu fais de bon à part le resto?

— Bah, plein de choses.

Elle a commencé à tout me conter en détail. Elle parlait calée dans sa chaise, une main entre ses cuisses croisées. Elle était un peu plus vieille que je ne pensais. Elle avait vingt-quatre ans et elle était très impliquée dans une troupe de danse brésilienne. En plus de ça, elle chantait dans un groupe de jazz.

— Ce qui est cool avec le service, c'est que ça te permet de concentrer tes heures et de quand même faire un salaire qui a de l'allure. Moi, ça me laisse du temps pour le reste. Surtout qu'avec le band, ça s'en vient sérieux. On va peut-être partir en tournée au printemps avec le groupe.

— En tournée?

— Oui, des dates au Québec et en Ontario pis quelques shows sur la côte est, aux États.

— Wow! Combien de temps?

— Trois ou quatre semaines.

Son histoire de tournée, ça m'a rappelé Deathgaze et le EP dont ils auraient besoin pour leurs spectacles cet hiver. J'ai chassé ça de mon esprit. Ma bière descendait. Jade me regardait, avec son sourire légèrement moqueur, comme si elle s'attendait à ce que je dise quelque chose de niaiseux.

— Mais… ça achalera pas ton chum que tu sois partie longtemps comme ça?

Elle a poussé un petit rire.

— J'ai pas de chum.

La place a continué de se remplir. Malgré le bruit des discussions qui devenaient de plus en plus agitées, on se comprenait parfaitement. Il devait approcher minuit et demi. Elle observait le monde qui entrait, me soufflait qu'un tel venait souvent au resto, avec une autre femme que celle qui l'accompagnait en ce moment, qu'une autre était déjà partie sans payer. Maude avait déjà giflé un des bonhommes assis au fond parce qu'il lui avait pincé une fesse.

Je lui ai demandé comment c'était d'avoir à toujours interagir avec des inconnus, d'être prise derrière un bar, obligée d'être gentille.

— Ça se fait tout seul. C'est vraiment moins pire que tu peux l'imaginer. Le bar, c'est comme un stage. C'est ton show. Les clients veulent ton attention. Ils sont là pour toi.

D'autres bières sont arrivées et elle m'a invité encore une fois.

— Ça te tenterait pas d'essayer ça, le service ?

Travailler en service me semblait aussi impensable que devenir télékinésiste.

— Au resto ?

— Peut-être pas à La Trattoria, mais dans une autre place ? Ça serait encore mieux que la cuisine.

— J'ai jamais fait ça, j'ai pas d'expérience.

— Il faut que t'essayes. T'es pas laid, t'as l'air de savoir comment te tenir, t'es débrouillard. Je suis sûre que tu ferais un bon busboy.

Je l'écoutais comme si elle parlait de quelqu'un d'autre. Le service pouvait être une excellente solution financière, surtout pendant mes études, elle a dit. J'ai avoué que je n'y avais jamais réfléchi, d'autant que Marie-Lou m'avait rentré dans le crâne que c'était impensable sans expérience.

Jade m'a demandé si j'avais une blonde. J'ai eu l'air d'hésiter avant de répondre que non. Je suis redevenu nerveux. Ça bouillonnait dans ma tête. Je trouvais Jade encore plus attirante alors qu'on était là, tranquilles, après le shift, à prendre un verre. Je ne pensais plus à

Marie-Lou. Je ne pensais plus à Bonnie. Ses joues commençaient à rougir sous l'effet de l'alcool. Elle a enlevé son col roulé. En dessous, elle portait une camisole vert forêt qui moulait sa poitrine. Elle a dévoilé de nouveau ses épaules. Quelque chose m'a fouetté en dedans. Un sentiment de faiblesse s'est répercuté dans tout mon corps. J'étais mal à l'aise sur ma chaise. J'avais de plus en plus chaud. Jade me parlait des endroits dans lesquels elle avait travaillé avant d'arriver à La Trattoria et je perdais le fil de la conversation. Ma bière était presque terminée. J'ai eu un long frisson d'appréhension que j'ai essayé de réprimer. Il me restait deux bonnes gorgées au moins. C'était assez pour qu'elle ne commande pas une tournée pendant mon absence. Sa bière n'en était qu'à la moitié.

— Excuse-moi, faut que j'aille pisser.

Je me suis levé et je me suis glissé entre les tables, j'ai sorti ma pagette de ma poche : 01:11. J'avais encore du temps. Je me suis vidé la vessie et je suis retourné m'asseoir, la pagette dans la main. J'ai fait semblant d'effacer des messages. Je lui ai parlé sans quitter l'appareil des yeux, comme si un message urgent sollicitait mon attention. C'était surtout pour éviter son regard.

— J'suis vraiment désolé, mais je vais devoir y aller. Mon coloc est embarré dehors pis sa blonde est pas en ville.

— T'es pas sérieux, elle a dit. C'est ben plate, ça. Je peux t'attendre ici, si tu veux.

Je me suis frotté le visage.

— Non, attends-moi pas, j'habite loin. J'habite sur Henri-Bourassa.

Quand j'ai levé les yeux de ma pagette, j'ai vu que Jade était demeurée souriante. Ça avait surtout l'air de l'amuser. Elle m'a mis une main sur le bras.

— C'est pas grave. On se reprendra.

Elle a ramassé son col roulé et l'a remis d'un geste souple. La forme de ses seins s'est évanouie sous l'épaisseur du tricot. Ça irradiait en moi, un peu comme une douleur sourde. Je ne pensais plus qu'à une chose.

On est sortis en se faufilant dans un groupe qui entrait de manière désordonnée. J'ai hélé un taxi aussitôt. J'ai fait exprès de ne pas lui offrir de la déposer. Elle m'a dit au revoir en me donnant un long baiser sur la joue. Je me suis répandu en excuses et je lui ai promis qu'on se reprendrait dès que possible. En me glissant sur la banquette arrière de la voiture, j'ai cru l'entendre dire sur un ton railleur que, la prochaine fois, elle ne me laisserait pas me sauver.

J'ai dit l'intersection au chauffeur de taxi. Je me suis frotté les jointures tout le long du voyage. J'arrachais la peau séchée par l'eczéma avec mes ongles. J'ai fermé les yeux pour me calmer, mais je ne voyais qu'une chose.

Je suis entré en répétant le rituel. Le bouncer m'a fait un sourire fluorescent et a dit que ça faisait longtemps qu'il m'avait vu. J'étais trop fébrile pour lui répondre quoi que ce soit. L'action qui se déroulait sur la scène m'est parvenue réfléchie par les miroirs. J'ai flotté entre les chaises et les tables chromées. Quand je suis arrivé au comptoir, la barmaid m'a reconnu et a débouché mes deux Budweiser sans que j'aie à les commander. J'ai payé avec un vingt dollars et lui ai laissé toute la monnaie en pourboire.

Je me suis posté devant la machine sans enlever mon manteau ni prendre le temps de m'asseoir sur le tabouret. J'ai glissé un billet de vingt dans la fente. Je fondais sous mes vêtements. J'ai choisi *Cloches en folie.* Les premières donnes, j'ai joué en misant gros, mais je n'ai fait que des petits gains. Le tic-tac électronique des crédits qui fluctuaient m'engourdissait jusqu'au bout des doigts. Ça faisait du bien. Ça bourdonnait dans ma tête. Je lévitais à cinq pouces du sol. En moins de vingt minutes, j'ai brûlé presque cent dollars. Toujours aucun gain, mais perdre ne me faisait rien. C'est jouer qui comptait. C'est de ça que j'avais besoin.

J'ai misé le montant maximal et j'ai fait tourner la loterie. Les rouges, les jaunes, les verts, les violets, les orange clignotaient devant moi. Ça a duré cent ans. Mille ans. Quelque chose m'écrasait la cage thoracique. La loterie a enfin ralenti et les 7 ont envahi le quadrillage de l'écran, rougissant huit des neuf cases. Une série de frissons a alourdi mes paupières et ramolli mes muscles un à un. L'effet s'est amplifié quand, le coup d'après, six 7 se sont arrêtés dans les cases. Malgré mes pertes précédentes, je venais de faire un gain de deux cent trente dollars. C'était peu. C'était rien. Mais j'avais eu ma séquence gagnante, je repartais avec plus. J'ai imprimé le ticket et je suis allé réclamer mes gains.

J'étais encore un peu sonné quand une des filles m'a abordé. Elle a dit qu'elle s'appelait Angélique. Elle avait des hanches fortes et galbées sous le tissu de sa minijupe. Des seins lourds remplissaient son soutien-gorge jaune néon. L'odeur de son fixatif brûlait l'intérieur de mes narines. Quelques minutes plus tard, on était dans l'isoloir. Elle se frottait lascivement sur moi et mes mains se promenaient maladroitement sur ses fesses et ses seins. J'étais encore assommé par la séquence chanceuse que je venais de connaître. Je ne pensais plus à Jade. Je ne pensais plus.

J'ai fait danser Angélique pour une quarantaine de dollars puis je suis retourné m'asseoir aux machines.

Il était deux heures trente. J'avais brûlé la moitié des gains que j'avais faits plus tôt. J'ai misé agressivement, au paroxysme d'une euphorie nerveuse, électrique. J'étais certain que la fameuse combinaison des cloches en croix allait se former sur l'écran, mais ça ne venait pas. J'ai encore frimé les 7, cinq cases sur neuf, cette fois-ci. Le nombre de mes crédits a légèrement augmenté. Pendant une seconde, je me suis vu, pitoyable et hagard. Tout défaillait. Il fallait que je m'en aille. J'ai regardé autour de moi. Il n'y avait que des ombres tranchées par les rayons phosphorescents et les black lights. Un groupe de clients en chandails de hockey sifflaient une Noire qui retroussait son cul, à genoux sur la scène.

Il fallait que je m'en aille.

Ce qui était vraiment terrifiant, c'était de trop perdre et de ne plus pouvoir jouer. J'ai hésité. J'étais soudé à la machine. J'ai activé la loterie pour un autre tour. Les fruits se sont mis à défiler à l'écran. Mes yeux étaient secs et brûlants. Je les ai fermés. Quand je les ai rouverts, neuf symboles de lingots d'or clignotaient. Toute la cagnotte amassée par les joueurs précédents s'est ajoutée à mes crédits. Ça m'a foudroyé. J'ai calé ma troisième Budweiser comme du Gatorade pendant que la machine imprimait mes gains.

J'ai compté et recompté tous mes billets. J'étais trop sonné pour y voir de l'argent. C'était de la pure potentialité, la matière précieuse grâce à laquelle je pouvais jouer. C'est pour cette raison que je ne voulais pas y toucher pour autre chose que le jeu. Malgré les centaines de dollars que j'avais sur moi, me payer un taxi jusque chez Vincent me semblait un gaspillage sans nom, pire qu'un sacrilège.

J'ai pris le bus de nuit qui remontait Saint-Denis à partir de Berri. Je reprenais contact avec la réalité. La fièvre qui s'était emparée de moi alors que j'étais avec Jade s'est atténuée. Le calme s'installait en moi.

Quand je suis descendu de l'autobus, Henri-Bourassa brillait tristement dans la nuit comme un avant-poste fraîchement déserté. J'ai marché jusque chez Vincent, dans le bruit de mes pas, insensible au froid que le vent me soufflait dessus depuis le parc Ahuntsic vide et blanc, ponctué de rares arbres nus et noirs. Les nuages bas fermaient la nuit jaune. J'étais le seul être humain.

Devant la porte du bloc appartements, j'ai fait le tour de toutes mes poches deux fois. Je n'avais pas les clés. J'ai dégrisé d'un coup. Par chance, la porte du vestibule était mal fermée. Je suis entré au chaud et j'ai sonné et sonné chez Vincent. Aucune réponse. Il était probablement chez Janine. Il aurait fallu que je l'appelle. Il y avait une cabine téléphonique à cinquante pieds de chez lui, mais je ne pouvais pas ressortir. Je risquais de m'embarrer dehors pour de bon. Je me suis senti découragé, à bout. Je suis allé me blottir pas loin de la grille de la chaufferette. Je me suis endormi derrière la boîte à circulaires, la tête contre les genoux et mes écouteurs de walkman sur les oreilles.

25

J'AI DORMI par tranches de dix minutes en rêvant en boucle qu'on me surprenait en train de somnoler, ramassé comme un clochard dans un coin de l'entrée. Vers les cinq heures trente peut-être, j'ai sombré dans un sommeil plus profond, mais il a été brusquement interrompu par le bruit de la porte de l'immeuble, qui se refermait avec fracas. Quelqu'un était entré et a traversé le vestibule en vitesse. J'avais le goût de la Budweiser dans la bouche, j'empestais la fumée de cigarette et mon chandail sentait le parfum cheap de la danseuse.

Il approchait six heures trente. Je me suis levé, transi et courbaturé, les membres lourds de fatigue. J'étais épuisé, mais dormir davantage m'était impossible, pas là en tout cas, et j'avais trop faim pour attendre Vincent.

Je suis sorti du vestibule. Il faisait encore nuit noire à l'extérieur. Je suis resté un instant sur le pas de la porte d'entrée. Le froid a pénétré profondément sous ma chemise de bûcheron, jusque dans mes os. J'ai frissonné. Les piles de mon walkman étaient mortes. La liasse que j'avais enfoncée dans une de mes poches avait pris des proportions monstrueuses. Je l'ai sortie et l'ai regardée quelques secondes. Je compterais plus tard. J'ai replacé l'argent dans ma poche de jeans. Je me suis mis à marcher.

Henri-Bourassa était noir et orange sous la lumière des lampadaires. Des silhouettes arpentaient les trottoirs, momifiées dans de gros manteaux. Déjà nombreux, les bus et les voitures filaient vers la réalité. On aurait dit qu'il n'y avait personne au volant. Le ciel était cotonneux, opaque, sans traces d'aube. La fatigue que je ressentais rendait ce paysage incompréhensible, comme si les cycles habituels du jour et de la nuit venaient de dérailler pour de bon.

J'ai pris un bus, je ne sais plus lequel, bondé de somnambules qui empestaient la lotion après-rasage, la sueur, le déodorant et la mousse coiffante. Mes paupières se fermaient toutes seules. J'ai prié pour qu'un siège se libère.

Dans le métro, j'ai somnolé de la station Henri-Bourassa jusqu'à Berri-UQAM, pleine de relents de pizza et de café à la vanille française. Ça m'a rappelé mes débuts de session de l'année précédente, dans le temps où je me levais à l'heure des poules pour aller à tous mes cours.

J'ai déjeuné au Dunkin' Donuts, le regard absent. J'ai mastiqué mille ans chaque bouchée de mon croissant gras, qui débordait d'œufs, de fromage et de jambon. Ensuite, j'ai erré dans la station en croisant des mendiants à peine plus vieux que moi, le visage amoché et la voix chevrotante, qui m'ont quêté de la monnaie ou des clopes.

J'ai flâné dans le Jean Coutu de la Place Dupuis. J'ai acheté des piles neuves pour ressusciter mon walkman puis je me suis traîné jusqu'au cégep pour m'affaler sur un des sofas du café étudiant.

Pelotonné dans un des divans défoncés, oublié dans la foule d'étudiants qui transitaient par le café, mes écouteurs sur les oreilles qui voilaient les bruits et les conversations, j'ai enfin sombré dans un sommeil au fond duquel s'est effacée toute la soirée de la veille. C'était comme si un mauvais sort était conjuré.

J'ai passé la journée caché dans mon manteau sans déranger personne, dormant par périodes d'une ou deux heures, comme ça, jusqu'à la fin de l'après-midi, où j'ai trouvé le courage d'appeler Vincent. Je voulais lui demander de passer au resto pour venir me porter la clé de l'appartement et du linge propre. J'ai réussi à le contacter après deux tentatives. Il était désolé pour ma mésaventure. Il avait l'air de croire que c'était de sa faute. Il a voulu savoir à quelle heure je préférais qu'il passe.

J'exhalais encore un mélange de fumée froide et de parfum de danseuse. C'était insupportable. Je suis allé me laver le visage à la salle de bain. Deux étudiants parlaient d'une grève à venir, au printemps sûrement. L'un d'eux portait un keffieh avec une casquette de chemineau sur laquelle on lisait MORT AUX EXPLOITEURS. Ils sont sortis sans même me remarquer.

L'heure avançait. Il fallait que j'aille travailler. Ça me tentait autant que de me jeter dans une souffleuse en marche. J'aurais préféré disparaître de la surface du monde, me blottir sur le sofa chez Vincent et ne plus me relever.

— T'AURAIS DÛ arriver plus tôt, gars. T'as un training à soir. Je t'avais averti, a dit Renaud quand je suis entré dans la plonge.

Il fumait une cigarette. J'ai répondu qu'il ne m'avait jamais parlé de training. Il m'a envoyé promener. Il était de mauvaise humeur et semblait lui aussi épuisé. Ses cheveux brun pâle avaient l'air gris. Les traits de son visage osseux étaient tendus.

J'ai croisé Bébert dans la salle staff. Il s'appliquait du Old Spice sur les aisselles. On aurait dit qu'il venait de se lever et que la salle des employés, c'était sa chambre. Il a avalé un cachet blanc craie.

— T'es-tu sur les Wake-Ups ? j'ai dit.

Je suis allé chercher une chemise de travail propre.

— Ouin, genre.

— Tu travailles à soir ?

— Je travaille tout le temps, man, il a dit. Trois doubles en trois jours. Ça va être de même jusqu'à ce que Steven pis Vlad soient capables de runner leur show tout seuls.

Le training est arrivé pendant que je finissais de me changer. Il s'appelait Lionel et devait certainement avoir quarante ans passés. Les présentations n'étaient pas faites qu'il me traitait déjà comme si on avait gardé les cochons ensemble. Il lui manquait les deux incisives du haut et ça transformait tous ses « ch » en « s ». Il me suivait comme un chien de poche, touchant à tout, un enfant dans un magasin

— C'est-tu des pizzas que tu fais, là ? J'ai travaillé cinq ans pour un Grec qui faisait de la pizza. La meilleure pizza en ville. On sortait six cents pizzas par samedi soir…

Il m'a dit qu'il avait fait du temps en dedans, un peu comme on parle d'un voyage autour du monde. Là, il cherchait une deuxième job. Il travaillait dans un entrepôt le jour.

— T'auras pas besoin de te casser le *boiler* avec moi, j'ai un diplôme là-dedans, laver de la vaisselle. Quand je travaillais pour le Grec, j'en lavais en tabarnac, de la vaisselle.

Il me rappelait les gars avec qui j'avais travaillé lorsque j'étais apprenti sur les jobs de rénovation. Ses blagues me décourageaient, mais son entrain excusait presque tout.

Je lui ai fait faire le tour en lui expliquant le plus efficacement possible la liste des tâches qu'on avait à remplir. Il acquiesçait à tous mes conseils, le sourire aux lèvres, comme si je l'émerveillais à force de tours de magie. Je l'ai laissé commencer les laitues. Je suis monté me puncher in.

Dans la cuisine de service, Bébert était sur le cas des deux nouveaux. Vlad organisait son plan de travail dans son coin et ne répondait que par des signes de tête ; Steven, lui, était coincé dans les câbles. Bébert ne le lâchait pas, le houspillait à coups de « qui t'a montré ça d'même ? » et de « c'est pas comme ça que tu fais ça ».

J'ai longé la cuisine jusqu'à l'ordinateur de commande. Bonnie n'était pas là. Pas de traces de Jade non plus. Ça m'a soulagé un peu.

Dans la salle à manger, il n'y avait que trois tables d'occupées. À l'une d'entre elles, deux hommes en veston-cravate discutaient, des papiers éparpillés autour de leurs verres de vin. Apparemment qu'ils étaient là depuis midi. En entrant mon numéro de punch, j'ai demandé à Sarah si elle pouvait me faire un café.

— Veux-tu un court ou un long ? elle a dit en plaçant la tasse sur la barista.

J'ai entendu la voix railleuse de Nick.

— Pis ? C'est-tu une bonne botte, la p'tite Jade ?

Sarah est restée figée avec la tasse d'espresso dans la main, ses yeux en amande écarquillés.

— Voyons, Nick, elle a dit, qu'est-ce qui te prend ?

Elle le regardait comme s'il était un gamin de trois ans qui venait de lâcher un chapelet de sacres.

Nick en a rajouté :

— Y as-tu mangé les seins, au moins ?

Je me suis tourné vers lui, la mâchoire serrée. Les phrases se bousculaient dans ma tête. La honte se mêlait à la colère. Mes mains tremblaient. J'ai tout gardé en moi. Je suis resté planté là, incapable de bouger. Tout ce que je pouvais faire, c'est le foudroyer du regard. Mais ça n'a pas effacé le sourire baveux de sa face de beau gosse.

— C'est pas de tes câlisses d'affaires, ça, Nick. Ferme donc ta yeule pis shine tes ustensiles.

La voix de Bébert avait sonné comme un coup de semonce. Il était là, le coude appuyé sur le passe, près de la jarre à biscottis. J'ai jeté un dernier regard à Nick et, quand Sarah m'a donné mon café, je me suis retiré à la plonge sans dire un mot. Les images de la veille me sont revenues, vives et nettes. J'ai revu Jade marcher vers chez elle en remontant Mentana alors que je m'engouffrais dans le taxi. Je savais que de rejouer la scène dans ma tête ne changerait rien.

Mon café a refroidi sur l'étagère de vaisselle propre sans que j'en boive une gorgée. La soirée s'est déroulée sans aucune complication. J'ai laissé Lionel presque tout faire. Il me bombardait de questions. Les réponses me semblaient d'une évidence incontournable, mais le sérieux, le ton expert et l'air soucieux avec lesquels il les posait me le rendaient presque sympathique.

Nick n'est pas venu fumer une seule clope de la veillée. C'est Denver ou Sarah qui venaient chercher les ustensiles, ou bien j'envoyais Lionel les porter à l'avant. Depuis la plonge, j'ai entendu Bébert agacer Nick à plusieurs reprises en lui demandant comment on se sentait quand on se faisait couper l'herbe sous le pied par le plongeur. Moi, je repensais à la veille, et tout ce qui me venait, c'était un profond sentiment de honte.

Vers vingt heures, quelqu'un a sonné à la porte arrière. J'ai ouvert. Vincent se tenait au milieu de la ruelle, tout rentré dans son gros manteau Nautica. Son visage s'est illuminé quand il m'a vu, comme lorsqu'on reconnaît un ami dans un show. J'ai abandonné Lionel quelques minutes. J'avais l'impression de ne pas avoir vu Vincent depuis des mois.

— T'as pas rushé pour trouver ?

— Non, c'était pas compliqué. Où est-ce que t'as dormi ?

— Sur le sofa de Marie-Lou.

Il m'a donné mes affaires : un t-shirt, une paire de boxers, des chaussettes et mes clés. Il avait tout mis ça dans un petit sac d'épicerie qu'il m'a tendu avec une discrétion exagérée, comme s'il commettait un geste illégal.

— Qu'est-ce que tu fais après ton shift ? Tu veux venir me rejoindre ? Je vais être au Saint-Sulpice avec la gang d'admin.

Il parlait la tête un peu renversée vers l'arrière et la nuque rentrée dans les épaules pour se prémunir contre le froid.

— Ah, cool, j'ai dit. Mais en fait je sors avec les gars à soir.

J'ai fait un signe de tête vers la porte. Il se balançait d'un pied sur l'autre, le regard insistant.

— T'es sûr ?

Je savais pourtant qu'endurer ses chums en administration le temps d'un pichet ou deux puis rentrer avec lui en prenant le dernier bus, c'était la meilleure chose qui pouvait m'arriver après ce shift-là.

— Ça se peut que je finisse tard anyway.

— C'est toi qui vois, man. Tu peux m'appeler si tu changes d'idée, j'ai mis des minutes dans mon cell.

Il a sorti sa main nue d'une de ses poches. Je l'ai serrée, puis on s'est fait un props, comme on en avait pris l'habitude au secondaire. Il s'en est allé, les épaules encore plus rentrées. Je l'ai regardé jusqu'à ce qu'il tourne le coin de la ruelle. J'ai regretté de ne pas lui avoir rendu tout ce que je lui devais, juste là. J'ai songé à l'appeler avant qu'il ne soit rendu trop loin, mais ne l'ai pas fait.

Je suis retourné dans l'humidité de la plonge. Lionel remplissait un rack de vaisselle. Il emboîtait les poêles et les assiettes avec une minutie démesurée. Quand il m'a vu, il a voulu me rassurer, un grand sourire accentuant les rides précoces qui sillonnaient son visage, en me disant que lui aussi, il avait des « amis noirs » et qu'ils étaient « vraiment cools ». Je n'ai pas eu la force de réagir. J'ai fait un petit hochement de tête et je suis allé ravitailler les gars en poêlons propres.

Je me suis posté dans l'entrée de la cuisine de service. Entre les tablettes du passe des desserts, j'ai vu que Greg était assis au bar. Il ne travaillait pas. Il fumait une cigarette en discutant avec Sarah. À ses côtés, son ami Kasper buvait un Bloody Caesar. Quand il prenait une gorgée, le bracelet de sa montre en or glissait jusqu'au milieu de son avant-bras.

La salle à manger était au tiers pleine. J'ai cherché Nick des yeux mais il n'était pas là. Dans la cuisine, Bébert avait retrouvé son entrain habituel. Avec la tête il battait la mesure d'un beat imaginaire. Il gérait ses ronds couverts de poêlons. Il chantait à tue-tête des paroles de Black Taboo qu'il adressait à Steven. Le pauvre essayait de l'ignorer. Il préparait les poêles en lisant les bons de commande. Ses mains tremblaient et il s'essuyait le front nerveusement toutes les deux minutes. Vlad, lui, ne s'occupait ni de Bébert ni de Steven. Il n'avait aucune commande de son côté. Il en profitait pour décrasser son poste, toujours avec cette espèce de sérieux militaire sur le visage.

Greg m'a aperçu et m'a fait signe de venir. Habillé en civil, il m'intimidait encore plus. Je me suis avancé jusqu'à l'ordinateur. Il m'a demandé comment j'allais. Kasper m'a salué en levant son verre. Il se souvenait de moi. Il avait les yeux huileux et le sourire facile. Bébert a interpellé Greg de sa voix aussi puissante qu'une corne de brume.

— Heille, man, veux-tu du bleu dans tes pâtes ?

Greg lui a fait un pouce en l'air en guise de réponse. Je me suis rapproché du bar. À voix basse, pour que Bébert n'entende pas, je lui ai demandé :

— Greg, tu connais-tu Benjamin Laurier ?

Il s'est tourné vers moi, les sourcils légèrement froncés, en me regardant par en dessous. Son sourire avait disparu. Kasper s'est raclé la gorge et m'a lancé un regard dubitatif. J'ai eu froid le long de la colonne. J'aurais dû me la fermer.

— Pis toi ? il a dit, tu le connais-tu ?

— Euh… ben oui.

Kasper nous écoutait, les mains croisées devant son verre vide.

— Comment ça, tu connais ce gars-là ?

Je n'entendais plus les niaiseries de Bébert ni le bruit des poêles sur les ronds ni les discussions des clients.

— C'est un ami. Mon ancienne blonde travaille pour lui.

Quelque chose a changé dans le visage de Greg. On aurait dit qu'il venait de reconnaître quelqu'un.

— Ah ouan ? Un ami ?

Il m'a regardé longtemps. De la tête aux pieds, en hochant un peu la tête. Je voulais retourner dans la plonge. Pas parce que j'étirais de façon exagérée le temps que je pouvais passer là, près de la salle à manger, sans raison valable, mais parce que le nom de Benjamin l'avait fait réagir et je n'arrivais pas à déterminer si c'était une bonne chose.

— Un ami, han ? il a dit, enfin. C'est bon.

Greg nous a comptés du doigt.

— Sarah ! Apporte-nous des shooters.

— De la Belvedere ? elle a demandé.

— Oui, cinq Belvedere. Envoies-en un à l'ostie de malade, là, a dit Greg en montrant Bébert. Pis un pour le warrior ici.

Sarah a fait refroidir l'alcool dans un shaker et elle l'a versé dans les petits verres, qu'elle a distribués. Greg en a ramassé deux et m'en a mis un dans la main.

— Tiens, man. Celui-là, y est pour toi, m'a dit Greg.

— J'pense pas que Séverine serait…

— Je me crisse ben de ce que Séverine pense. Tu vas boire ce shooter-là avec nous autres.

Greg m'a pris l'épaule. Sa main osseuse avait une poigne plus robuste qu'une pince-monseigneur.

— Faque tu connais les frères Laurier, toi. Le monde est petit.

Je n'ai jamais su d'où Greg et Benjamin se connaissaient et je n'ai jamais pu dire si ça a joué en ma faveur ou non, mais chose certaine, ça avait piqué sa curiosité, peut-être dans le bon sens.

Par-dessus le passe, Bébert a crié : « Santé, mes osties ! » Les gens assis plus loin au bar se sont tournés vers nous avec des faces de bibliothécaires devant des ados turbulents. La vodka est descendue sans brûler. Je n'ai même pas grimacé. Sarah a avalé son shooter comme de l'eau puis elle est repartie avec les verres vides d'un pas presque dansant. Elle a fait le tour de ses clients en distribuant des sourires, s'assurant que tout était à leur goût. Kasper la reluquait de loin. Greg a répondu à son cellulaire et ne s'occupait déjà plus de moi.

Je suis reparti dans la plonge, le cœur léger. Lionel se racontait des histoires en marmonnant. Il parlait aux assiettes et aux chaudrons. Je l'aurais laissé fermer s'il avait su comment. Je me sentais vidé. Mes muscles étaient encore courbaturés à cause de ma mauvaise nuit.

Ma pagette a vibré. Un message vocal. J'espérais que ce ne serait pas Alex. J'ai repensé à la veille et je me suis promis que, le lendemain, je me reprenais en main pour de bon.

La soirée s'est déroulée lentement. C'était mort. Lionel insistait pour s'occuper de tout. Je m'emmerdais.

Plus tard, Bébert et Greg sont venus fumer une clope dans la plonge pendant que j'entamais mon close. Ils discutaient à mots couverts.

— Ça se passe pas vite de même, a dit Greg. Patiente un peu, man. Tu vas voir, tu seras pas déçu.

Je faisais semblant de ne pas écouter. Greg a demandé à Bébert s'il voulait aller au Stereo. Bébert lui a répondu que ça dépendait qui mixait. Greg s'est lancé dans une série d'anecdotes sans jamais parler du DJ. Ça s'est conclu sur une histoire qui semblait à moitié inventée où Ziggy démolissait la face d'un dealer contre la porte des chiottes.

J'ai mis une quarantaine de minutes à fermer. Je lambinais, amorti par la fatigue. D'avoir laissé Lionel travailler à ma place toute la soirée m'avait ramolli. Quand je suis arrivé pour me puncher out, Greg et Kasper étaient encore assis au bout du bar. Bébert les avait rejoints. Ils s'obstinaient avec Sarah à propos du meilleur after-hour. Greg avait l'air de connaître tous les endroits où tu pouvais te faire du fun après trois heures. Je me suis installé discrètement à leurs côtés pour boire ma bière d'après shift. Je les observais, eux et la salle. Bébert, branché sur le deux cent vingt, répétait à tout moment qu'il avait soif. Greg a payé sa facture en sortant une liasse huit fois épaisse comme la mienne. Elle était bourrée de billets bruns et de rouges. Ça me semblait maintenant clair que Greg n'était pas seulement busboy. Je me trouvais naïf de l'avoir cru. Sarah l'a embrassé sur les joues et lui a demandé de faire attention. Ils ont enfilé leurs manteaux. Lorsqu'il est passé à ma hauteur, Bébert m'a attrapé la tête en cravate.

— Tu viens-tu avec nous autres ?

UNE DEMI-HEURE plus tard, Greg stationnait sa Monte Carlo qui empestait le hash sur Ontario près de Saint-Denis.

On n'était pas loin du Saint-Sulpice. Je me suis croisé les doigts pour ne pas tomber sur Vincent.

On allait rejoindre des amis de Bébert dans un bar que

je ne connaissais pas. Normalement, ça m'aurait rendu nerveux, mais entre Bébert et Greg, plus rien n'était intimidant. Greg n'arrêtait pas de répéter qu'il n'en revenait pas que je connaisse les Laurier. Chaque fois, je disais que c'était surtout Benjamin que je connaissais. Greg faisait comme s'il n'entendait pas.

Le bar, style Foufounes électriques en moins punkeux, était vaste, sombre et enfumé, et puait la vieille bière séchée par terre. Ça grouillait de gens début vingtaine. Le décor, le mobilier, tout avait l'air abîmé par des années de party. On marchait dans le sillage que Greg créait dans la masse compacte des clients. Il devait certainement être le plus âgé dans la place. On s'est pris une table près de la section du fond, où on célébrait un anniversaire ou une fin de session. En tout cas, ça gueulait fort. Greg m'a demandé ce que je voulais boire. Il est parti vers le bar. Il a serré la main du barman et la barmaid l'a embrassé. Ostie, il connaissait vraiment tout le monde. Il est revenu avec une tournée de shooters de vodka. La serveuse nous a apporté nos bières. Il lui a filé un cinquante dollars en lui disant que c'était beau. On s'est envoyé les shooters. L'alcool m'a assommé tout de suite. Je sentais ma bouche déjà pâteuse quand les amis de Bébert sont arrivés. L'un d'entre eux s'appelait Doug, était bâti comme un champion d'UFC à la retraite. Un autre portait une casquette des Yankees, un gros diamant à l'oreille et une chaîne en or par-dessus son t-shirt blanc. Des idéogrammes chinois étaient tatoués sur ses avant-bras. Bébert a fait les présentations. La casquette s'appelait Mick ou Mitch, je n'avais pas bien entendu. Greg et lui se sont tout de suite engagés dans une conversation que la musique trop forte et la fatigue m'empêchaient de suivre. Ça avait l'air sérieux et pas net.

Une toune des Foo Fighters jouait à tue-tête, une des rares que Marie-Lou aimait, la seule peut-être. J'ai repensé aux quelques semaines passées avec elle dans son deux et demie, à manger des soupes Lipton, à regarder des films jusqu'à ce qu'on s'endorme l'un sur l'autre. La dernière nuit chez elle, j'étais resté éveillé à regarder son épaule et sa nuque blanches luire dans le noir. J'étais bien, au milieu d'une nuit sans heures, allongé près d'elle, et quand le matin était arrivé je l'avais serrée contre moi. Ça faisait tellement longtemps qu'on n'avait pas fait quelque chose ensemble. Le lendemain, elle avait été particulièrement joyeuse, rassurée d'apprendre que Vincent m'hébergerait le temps que je me vire de bord.

Greg commençait à s'énerver. Il expliquait quelque chose à Mick-Mitch et traçait avec son index des schémas imaginaires sur la table. De temps à autre, Bébert s'introduisait dans la discussion, se penchant vers eux en s'appuyant sur son coude, comme s'il glissait une confidence à l'un ou à l'autre. On percevait sa voix sonore par-dessus le vacarme, mais on ne comprenait jamais qu'un mot ou deux. Kasper restait muet, détendu, les mains croisées sur le ventre, comme si les jeux étaient faits et qu'il n'avait plus qu'à attendre les résultats. Il ne touchait presque pas à sa bière. Moi, je buvais la mienne trop vite. La serveuse est passée près de nous, pour voir si on avait besoin de quoi que ce soit. Le conciliabule l'a ignorée. Je lui ai commandé une autre pinte et je suis allé pisser en attendant qu'elle revienne. J'ai traversé la salle. C'était encore plus rempli que tout à l'heure, un mélange de punkeux de banlieue, de monde que je voyais au cégep, et aussi beaucoup de casquettes blanches en polo qui buvaient à même leurs pichets.

Quand je suis sorti des toilettes, quelqu'un m'a bousculé.

— Pis, c'est-tu l'fun, brosser sur mon bras?

Je me suis retourné, un peu mou sur mes jambes. J'étais plus saoul que je ne le croyais. Ça m'a pris un instant avant de reconnaître la face carrée de Rémi, un autre avant de comprendre qu'il était avec un de ses amis.

— Fuck you, man, j'ai dit, essayant de me glisser entre eux.

Son ami, un joueur des Spartiates, m'a poussé contre le mur. Un grand blond qui avait la stature d'un gorille mais la face d'une poupée Bout d'chou. Personne autour ne nous prêtait attention.

Ça paraissait que Rémi avait répété son petit texte des jours durant, en prévision du moment où il me tomberait enfin dessus. Il m'a fait des menaces de gars qui ne s'est jamais battu, m'a montré l'ATM qui clignotait au fond de la salle, derrière le monde et la fumée, et m'a dit d'aller retirer tout ce que je pouvais. Je n'ai même pas eu le temps de penser à une réponse. En fait, j'étais trop surpris pour penser. J'ai essayé de trouver quelque chose à dire, mais en vain. J'ai bégayé comme un cave et Rémi me fixait, son visage tout près du mien. Puis j'ai entendu la voix haut perchée de Greg, un cran plus menaçante que d'habitude. Il s'est interposé entre mon ancien coloc et moi, et Rémi a dû reculer. Lui et le gorille blond ont vite perdu leurs manières de durs. Une seconde plus tard, Bébert a tonné :

— Heille, qu'est-ce qui se passe icitte ?

Bébert m'a poussé à l'écart de Rémi et s'est placé aux côtés de Greg, qui s'est tourné vers moi.

— Qu'est-ce qu'y te veulent, ces osties-là ? T'es connais-tu ?

— Non, j'les connais pas pantoute.

Le cuir chevelu me picotait. Je voyais l'expression sur le visage de Greg et je savais que je devais faire attention à ce que je dirais. J'ai enchaîné :

— Ils disent que je leur ai piqué une bière.

Rémi a écarquillé les yeux.

— Quoi ? a dit Greg en s'approchant du gars. T'es en train de dire que mon chum, c't'un voleur ?

La face de mon ancien coloc se décomposait à mesure que celle de Greg s'en approchait. Il a répété sa question. Le gorille avait maintenant l'air d'un cochon d'Inde géant. Je me sentais sur le bord de chier dans mes culottes à leur place.

— Heille, le singe, j't'ai posé une question. Tu cherches-tu mon chum ?

Quand Greg a dit que j'étais son chum, j'ai eu l'impression qu'une bulle d'invincibilité m'enveloppait. La scène me semblait irréelle. C'était comme un cauchemar qui tourne bien. Malgré tout, j'avais honte, et j'avais peur pour Rémi, mais pendant une seconde j'ai joui de la situation. Rémi a levé les mains pour calmer Greg. Bébert a dit :

— Tu cherches-tu notre chum, oui ou non?

Je voyais Rémi disparaître entre les épaules de Greg et de Bébert. Il avait l'expression d'un gamin de cinq ans que sa grande sœur force à regarder un film d'horreur. Il essayait de s'expliquer, mais Greg lui coupait la parole à tout bout de champ, sabotant exprès tous les efforts qu'il déployait. Le Spartiate a essayé de placer un mot. Ça n'a fait qu'énerver Greg davantage. Bébert a dû s'interposer pour calmer le jeu. Il a répété plus calmement les mêmes menaces que Greg, ajoutant que ce n'était pas moi qui leur avais piqué de la bière, et qu'ils décâlissent. Greg a poussé le gros blond contre le mur. Il avait l'air d'avoir perdu le contrôle et de simplement vouloir donner une raclée à quelqu'un. Tout son corps était ramassé et vibrait presque sur place. Kasper est arrivé, Doug à sa suite. Le cœur me battait dans les tempes. J'étais paralysé. Rémi a dit :

— C'est cool, man. C'est cool. On veut pas de trouble.

Ça fonctionnait autant que si on avait voulu éteindre un feu en l'aspergeant d'essence. J'ai espéré qu'un bouncer nous verrait et se pointerait. Les épaules, les têtes se sont massées devant moi. Doug regardait la scène avec un sourire satisfait. Rémi et son chum ont fini par disparaître de mon champ de vision. J'ai perdu le fil de ce qui se passait. Je n'ai pas bougé, je ne les ai pas regardés s'en aller. En fait, j'imagine qu'ils sont partis. C'est devenu flou. Bébert m'a ramené sur terre en me donnant une tape dans le dos.

— Crisse, la prochaine fois, viens nous chercher.

Je suis retourné m'asseoir, les jambes flageolantes. Autour de la table, les choses ont repris leur cours comme si rien ne s'était passé. Je me sentais encore fébrile, comme après mon empoignade avec Carl. La nervosité ne s'est pas estompée. Même après deux autres pintes, même une fois dehors, alors qu'on se rendait vers un autre bar.

J'ai suivi Bébert et Greg au Stereo, où on ne m'a laissé entrer que parce que j'étais avec eux. Les portiers n'avaient pas l'air d'approuver ma tenue. Mes jeans râpés et ma chemise de bûcheron qui dépassait de mon manteau ne cadraient absolument pas avec le dress code.

C'était bondé de gens qui dansaient, plus blastés que des derviches après dix heures de transe. La foule était impraticable. Derrière une forteresse de haut-parleurs, un DJ mixait du techno et ses basses étaient si puissantes que je craignais que mes os s'effritent. Les murs devaient être vernis à l'époxy pour que la peinture résiste aux vibrations. Les stroboscopes laissaient apercevoir des métrosexuels aux chandails moulants et des filles couvertes de glitter. On est arrivés au comptoir après avoir traversé la jungle ondulante de corps, de bras et de jambes.

Greg a échangé quelques mots avec le barman. La jugulaire lui sortait du cou pendant qu'il lui gueulait dans l'oreille. Bébert m'a filé un Red Bull.

— Bois ça, ça va te faire du bien, j'ai lu sur ses lèvres.

Mon regard errait parmi les gens qui dansaient sous l'effet de la MDMA ou d'autres pilules dont j'ignorais le nom. Je me suis dit que la dope devait être nécessaire pour qu'ils atteignent tous ce genre d'état d'abandon.

Trois filles sont apparues à côté de moi. Elles étaient nues sous leurs robes courtes et légères. Elles me dépassaient de trois pouces et leurs sourires scintillaient autant que les bijoux qu'elles portaient. L'une d'elles m'a posé une question que je n'ai pas entendue à cause de la musique trop forte. Ça ne devait pas être gentil. Elles ont éclaté de rire toutes les trois et se sont évanouies dans le magma mouvant des silhouettes sur la piste de danse.

Quand je me suis tourné vers Bébert, Greg avait disparu. Bébert scannait l'endroit en sirotant son Red Bull. Sa casquette était rabattue sur son front. Ses dents maganées lui donnaient un sourire narquois. Il regardait les gens danser. J'avais encore de la misère à croire ce qui venait de se passer.

Je n'ai pas eu le temps de terminer ma boisson que Greg est réapparu. Il avait l'air furieux. Il a gueulé de quoi dans l'oreille de Bébert, qui a approuvé d'un signe de tête. Bébert m'a tapé sur l'épaule et a montré la sortie.

On a fait un autre tour de char. Greg s'époumonait, comme si la musique était encore aussi forte qu'au Stereo. Il parlait à Bébert d'un gars qui s'appelait Kovacs. Il répétait que ça ne marcherait pas de même et qu'il y avait une balle dans son .32 exprès pour lui, l'ostie de tabarnac.

— Qu'il essaye de monter chez nous, voir, il pourra même pas mettre un pied sur le *porch* que j'vais lui tirer dans le front.

Bébert essayait de le calmer, mais ça ne servait à rien. C'est là qu'il a appelé le gars par son prénom. Piotr. Ça m'a frappé. Je me suis souvenu de l'homme qui était venu voir Séverine, l'autre soir. Les tympans me silaient.

J'étais soudé à la banquette arrière. J'étais devenu un élément du décor. Ils ne s'occupaient pas de moi. Ils déblatéraient à propos de gens que je ne connaissais pas. Greg envoyait chier passants et voitures à travers son pare-brise.

Je les ai suivis jusque dans un house party, le genre que j'avais seulement vu dans les films. C'était dans un appartement immense, Saint-Denis et Sherbrooke. Les plafonds étaient striés de guirlandes de lumières de Noël. Il y avait un DJ dans chaque pièce. Elles étaient toutes bondées, d'un nombre incalculable de fêtards, débarqués des quatre coins de la nuit, tous gavés de pills ou de poudre. Ça dansait sur les tables. Ça faisait des tracks sur les rebords des meubles et ça pigeait dans les baggies comme dans des sacs de bonbons.

Dans la cuisine éclairée de lumière rouge, deux des locataires s'étaient improvisés barmans. Ils vendaient de la bière tablette ou du fort dans des verres en styromousse avec le même aplomb qu'un crieur d'encan. Dans ce qui pouvait être le salon, des MC se chamaillaient dans des joutes de rap. Mon préféré, c'était un anglo d'environ vingt-cinq ans, une moustache à la Marcel Proust, des yeux minuscules sous des fonds de bouteilles, une petite laine sur le dos et un nœud papillon sous son col de chemise. Je l'ai écouté mettre en pièces à coups de vers géniaux et imparables un autre gars perdu dans un survêtement de velours qui ressemblait à un pyjama. Sa voix grasse et rugueuse à la fois compensait ses rimes faibles, que l'autre ne manquait pas de ridiculiser. J'étais appuyé sur l'arche qui séparait le salon de la cuisine. Une fille aux cheveux rouge feu est sortie de la foule et m'a bousculé alors qu'elle titubait en direction des toilettes. Elle envoyait chier une de ses amies dans son charabia d'ivrogne. Elle est tombée par terre et s'est relevée, sans que personne aille l'aider, et elle a continué son chemin vers la salle de bain.

Je me suis rapproché de Bébert et de Greg. On s'est commandé des bières. Bébert connaissait un des colocs. Greg était redevenu calme, farceur même. Il était dur à suivre. Il a réglé avec un billet de cinquante. J'ai pensé à mon argent. Même en comptant la prochaine paye, je n'en aurais pas assez pour payer les frais d'impression de la pochette. J'ai pris une longue gorgée de Molson Export. Ça ne servait à rien de me reprendre en main si je n'arrivais pas à livrer la pochette aux gars. J'avais besoin de plus d'argent et je n'avais plus beaucoup de marge de manœuvre. J'ai senti une pointe d'angoisse mêlée d'excitation. Le casino était ouvert toute la nuit. J'ai pris une autre gorgée de bière et j'ai recentré mon attention sur ce qui se passait. Bébert venait de retrouver ses amis qu'on avait rejoints plus tôt au bar, Doug et la casquette des Yankees. Une fille qui s'appelait Nancy s'était jointe à eux. Elle avait les cheveux rasés, les paupières fardées à l'excès, des biceps de boxeuse, une camisole trop grande avec le logo de Wu-Tang sérigraphié dessus. Elle affichait continuellement une moue de défi. Elle s'éclipsait de temps à autre des conversations que les gars menaient pour faire un ou deux mouvements de danse. Quand elle parlait, ils se taisaient tous.

D'autres gens se sont massés dans la cuisine. On s'est agglutinés près d'un des comptoirs. Ils débordaient tous de bouteilles vides. J'essayais de suivre ce que Doug racontait. Il parlait de la fois où Bébert avait pissé sur un char de flics juste avant de se faire passer les menottes. Rien à faire. Je perdais le fil de la conversation. J'ai pris mon courage à deux mains et je me suis approché de Greg.

— Heille, Greg… S'cuse, euh…

Il s'est penché vers moi en tendant l'oreille.

— Qu'est-ce que tu dis ?

— Cherches-tu du monde ?

Il m'a regardé un instant.

— Si je cherche du monde ? De quoi tu parles, man ?

— Ben, je veux dire, sur tes jobs. Tu cherches-tu du monde ?

Son visage s'est éclairé d'un sourire railleur.

— Sur mes jobs, han.

Il a pris une gorgée de bière et s'est essuyé la lèvre supérieure.

— Pourquoi tu me demandes ça ? Tu te cherches du travail ?

J'allais répondre que oui, mais Bébert n'avait pas manqué un mot de ce que je venais de dire.

— Heille, le kid, il a dit. T'en as déjà une, une job.

Greg a levé la main.

— Interromps-le pas, Burt, y est assez vieux pour savoir ce qu'y veut.

J'ai marmonné que la plonge, ça payait pas le crisse et que j'avais besoin d'un petit extra. Greg m'a écouté, visiblement amusé par ma demande. Il a dit qu'il connaissait ça, les petits extras. Bébert m'a regardé dans les yeux et a dit d'un ton encore plus ferme :

— On va te faire monter en cuisine à la place. Ça va être meilleur pour ta santé.

Même lorsqu'il s'était interposé entre moi et Rémi tout à l'heure, Bébert n'avait pas été aussi tranchant. Personne n'a rien dit pendant quelques secondes. On entendait le beat, les rappeurs et les cris des fêtards qui fusaient du grand salon. Greg m'a tapoté l'épaule. La conversation s'est reformée autour de Mitch. J'ai compris qu'il connaissait Bébert depuis longtemps et qu'ils avaient été colocs à un moment donné. En plein milieu d'une anecdote qui parlait de trafic de hash en voilier et de courses de chars volés à Châteauguay, il s'est fait une clé de poudre qu'il a rincée avec une gorgée de bière. Mitch relatait son histoire comme un conteur chevronné, brodant les détails, plaçait des jokes çà et là. Bébert ricanait et Doug écoutait, les paupières lourdes, probablement fatigué de l'entendre raconter ça pour la centième fois. Nancy corrigeait les faits de temps à autre. Greg avait encore disparu. Ma bière commençait à m'écœurer tellement elle était chaude. Je suis allé faire la file pour pisser.

Cinq minutes, peut-être dix, et ça ne bougeait pas d'un pouce. J'ai fini ma bière de peine et de misère et je l'ai gardée dans mes mains. Je ne savais pas où la déposer. Quelqu'un est sorti de la file pour aller frapper dans la porte des toilettes. Il a gueulé :

— Êtes-vous après fourrer, coudonc ?

Bébert est venu me rejoindre. Après trente secondes, il s'est tanné.

— Fuck ça. Viens-t'en. On va pisser dehors.

Je l'ai suivi, me trouvant un peu niaiseux de ne pas y avoir pensé avant. On a traversé deux pièces pleines de monde. Les basses d'« Hypnotize » de Notorious B.I.G. allaient fendre les peaux des haut-parleurs. J'ai aperçu Greg en train de danser, les mains sur les hanches de deux filles.

On est sortis de l'appartement et on a descendu l'escalier de l'entrée. Les bruits de la rue sont montés vers nous en même temps que le froid. On est allés dans une ruelle juste à côté. Un gars sans manteau soutenait son ami qui dégueulait contre le mur. Il avait l'air de pleurer.

— Ouin, les gars, a croassé Bébert, grosse veillée.

Ils l'ont ignoré.

Je me suis trouvé un mur de ciment et Bébert s'est appuyé contre une benne à ordures. L'urine faisait des nuages de vapeur.

— Écoute-moi, man, a dit Bébert, y a l'air ben smatte, Greg, mais y est pas dans l'équipe des gentils. Arrange-toi jamais pour te mettre dans une situation où tu lui devrais quelque chose. C'est pas pour toi, ces affaires-là.

— Qu'est-ce que t'en sais ? j'ai dit en achevant de pisser.

Il s'est rezippé et a craché par terre.

— Oublie ça. Rien qu'à voir on voit ben.

J'ai reniflé. Il m'a fixé puis il a pointé son index vers moi.

— Touche pas à ça. T'es plus wise que ça.

Il était sérieux, là, encore plus sérieux que tantôt, plus sérieux que je ne l'avais jamais vu. Il prenait ça à cœur en maudit. On est sortis de la ruelle.

Les deux gars qu'on venait de croiser étaient tournés vers la rue, figés devant le clignotement des lumières rouge et jaune. Deux ambulances étaient garées devant l'appartement du party. On s'est approchés. On a vu quelqu'un fendre la foule qui s'agglutinait dans les marches de l'entrée. J'ai reconnu Doug, en chevalier servant du fin fond d'Hochelaga, qui venait à la rencontre des ambulanciers, avec dans ses bras la fille qui m'avait bousculé à notre arrivée. Elle avait la tête renversée en arrière. Du vomi luisait sur son visage et sa gorge, et ses cheveux trempes étaient collés sur son front.

— Bon, ça a l'air que le party est fini, a dit Bébert.

— On attend-tu les autres ?

— Non. Les coches vont sûrement débarquer. Ça me tente pas pantoute de les voir.

Bébert m'a entraîné au Lafleur à côté du carré Saint-Louis. Sur place, une dizaine de boneheads attendaient pour commander. Bébert n'était pas plus patient que dans la file des chiottes, vingt minutes plus tôt.

— Une chance que Greg est pas avec nous autres. Il peut pas s'empêcher de se battre quand il voit des skins. Une fois qu'on brossait au Yer'Mad, il en a forcé un à enlever les lacets de ses bottes. Tsé, les lacets blancs, là ?

— Ses lacets ? Pour quoi faire ?

— Pour se les enrouler autour du poing pis le varger dans la face jusqu'à tant qu'a soit en gibelotte.

— Vraiment ? j'ai dit à voix basse.

— Oui, pis va pas penser que c'est cool. J'essaye de t'avertir, là

La file n'avançait pas. J'ai pensé aux machines. Puis l'idée du casino est revenue m'obséder.

— Bon, c'est trop long icitte, a conclu Bébert. Il me reste un peu de pizza chez nous pis deux-trois bières. Qu'est-ce que tu fais?

— Je pense que je vais prendre un taxi.

— Voyons, man. Chille chez nous le temps que les métros rouvrent. T'arrêtes pas de chialer que tu fais pas assez d'argent. Gaspilles-en pas non plus, t'sé. Laisse faire le taxi pis viens-t'en chez nous.

Il m'a tapé dans le dos et on est sortis du Lafleur. Le froid devenait humide. On était à quinze bonnes minutes de marche de chez Bébert. Quand on est arrivés chez lui, j'ai trouvé son coloc au même endroit que la dernière fois, assis devant son ordinateur, derrière un rempart de gobelets de café, de sacs de chips chiffonnés et de canettes de bière vides qui s'était étalé tout autour de lui.

Bébert est allé chercher la boîte de pizza dans le frigo et l'a lancée sur la table basse. Il tenait un filet de canettes de Milwaukee's Best. Il s'est jeté sur un sofa en grognant de fatigue. Il a allumé la télévision.

— Yo, Pete, les films sont-tu en retard?

Son coloc n'a rien répondu. Bébert a pris la télécommande du lecteur DVD. Le menu de *Reservoir Dogs* est apparu à l'écran. Il a montré la boîte en carton toute tachée de sauce.

— Manges-en.

J'ai ouvert ma canette de bière et j'ai pris une gorgée. Bébert a commencé à égrener du pot.

— Ça fait que t'as passé la veillée avec la p'tite Jade hier soir?

Il a sorti son papier Zig-Zag puis il s'est mis à se rouler un joint d'une seule main.

— Ouin, genre.

— Ça s'est pas passé comme tu voulais?

J'ai pris une autre gorgée, je fixais la boîte de pizza.

— Ça se passe jamais comme je voudrais.

C'est exactement le genre de réponse qui mettait Malik de mauvaise humeur. Je m'ennuyais de Malik.

— Ah, ça, a répondu Bébert en finissant d'enfoncer le cut, c'est un peu tout le temps de même.

Il y a eu silence. La bière goûtait acide.

— T'es sérieux, à propos de me faire monter en cuisine?

— Dès que j'embarque comme sous-chef, c'est réglé.

Il s'est allumé. L'odeur de mouffette s'est répandue dans la pièce.

— Quand tu vas être sous-chef, tu vas-tu encore avoir besoin de l'aide de Greg?

— De l'aide de Greg?

Il a tiré sur son joint. Il me regardait l'œil mi-clos, à travers son nuage de fumée.

— C'est pas de l'aide, il a continué. On s'échange des services, mettons.

— Ouin. C'est ça.

J'ai hoché la tête lentement. Il a tiré un bon coup et a retenu la fumée. Il a dit :

— Moi, des chances, j'en ai gaspillé en crisse. Des fois, je suis obligé de tricher.

— Qu'est-ce qui te dit que j'en ai pas gaspillé moi aussi, des chances ?

Bébert a ricané.

— Ça m'étonnerait pas mal, ça. Ça se voit dans ta face que t'as grandi au soleil. Pis c'est ben correct de même. Cherche pas le trouble. T'as pas besoin de ça.

Je me suis redressé dans le divan. J'allais rétorquer quelque chose mais il m'a coupé :

— À ton âge, j'étais polytoxicomane et je dropais plus de pills en une semaine que t'en droperas probablement dans toute ta vie. J'étais dans le crew du plus gros vendeur de chimique à Châteauguay. J'ai traîné avec assez de p'tits crosseurs et de p'tites retailles pour savoir que t'es pas framé de même.

— J'ai fait mes mauvais coups, moi aussi.

— Oué, des mauvais coups, il a poussé dans un petit rire en soufflant sa fumée. C'est quoi, t'as mis une patate dans le muffler de ton prof de math ? Écoute, mon chum, t'es un gars brillant. T'as besoin d'être dépanné ? Tu veux faire un peu plus de cash ? On va te monter en cuisine. Mais à moins que t'aimes vraiment ça, faire de la bouffe, reste pas là longtemps. Concentre-toi sur tes études pis tes dessins.

Bébert a attrapé une pointe de pizza. Son coloc avait l'air pétrifié devant son ordinateur.

— Toi, t'aimes-tu ça, faire de la bouffe ? j'ai demandé.

— J'adore ça.

— C'est-tu ça qui t'a sorti de ta vie de drogué ?

— C'est pas la cuisine qui va me sortir de cette vie-là.

Il a rigolé en topant dans une canette vide qui traînait sur la table.

— C'est ma mère qui m'a appris à faire de la bouffe. C'est elle qui m'a donné le goût. Je suis fixé là-dessus depuis que je suis kid. Je lui ai juré que j'ouvrirais mon resto avant mes trente ans.

— Qu'est-ce qu'elle fait, ta mère ? Elle est cook ?

— Non. Elle avait une galerie d'art.

— Elle avait ?

— Je sais pas ce qu'elle fait maintenant. On se parle pus depuis cinq ans.

Bébert a jeté la croûte froide sur le carton gras. À l'écran, Steve Buscemi pétait sa coche parce qu'on l'obligeait à s'appeler Mr. Pink.

L'idée du casino me restait en tête. J'ai essayé d'imaginer quel genre de personne c'était, la mère de Bébert. Je lui ai quêté une poffe.

— T'es sûr ? C'est pas du weed pour les tapettes.

Tant mieux.

26

LE LENDEMAIN a été une journée brumeuse, alourdie par un épais brouillard descendu du ciel pour effacer la ville et moi avec. J'avais mal partout. Deux nuits de suite à dormir sur la corde à linge, c'était sans pitié.

Je suis retourné dans Ahuntsic avec la 30 en mangeant un vingt morceaux de McCroquettes pour essayer de me remettre l'estomac à l'endroit.

C'est seulement une fois chez Vincent que j'ai eu le courage de prendre mes derniers messages vocaux. J'en avais un autre des gars de Deathgaze. Alex avait l'air de retenir sa colère. Il parlait d'une voix cassante. Je n'ai pas osé l'écouter jusqu'à la fin.

Marie-Lou m'avait laissé un message, elle aussi. Elle me demandait comment j'allais et si j'avais gardé ma job. Il fallait que je passe au bar la voir ou bien qu'on s'organise bientôt une veillée pour écouter des films. Elle avait de quoi à m'annoncer. J'ai écouté le message deux fois. Sa voix me faisait du bien.

Vincent n'était pas là. Il était je ne sais où, en train de réussir sa vie. J'ai fait un tas avec mes cahiers de dessin et je les ai cachés sous le sofa. Je me suis dit que je m'y remettrais plus tard. Je n'avais pas le cœur à ça.

J'ai somnolé jusqu'au soir. J'ai rêvé à une fille, sorte d'hybride de Jade et de Marie-Lou, que j'essayais de retrouver dans des bars presque vides qui communiquaient tous par un dédale de couloirs qui rappelaient ceux de mon école primaire. Je n'y rencontrais que des inconnus amnésiques qui n'arrivaient jamais à prononcer une phrase intelligible. Je finissais moi aussi par oublier qui je cherchais.

Quand je me suis réveillé, je n'avais aucune idée de l'heure qu'il était. Il neigeait. Par la fenêtre, on voyait de gros flocons tomber dans le faisceau des lampadaires. Je me suis senti seul, vide et triste. J'ai pensé à tout ce qui s'était passé dans les dernières semaines. J'ai pensé à Trois-Rivières. J'ai tiré la couverture sur moi et me suis recouché.

DANS LA SEMAINE qui s'en venait, j'allais enchaîner une série de shifts en continu. Je m'apprêtais à en faire six en cinq jours. Je m'étais arrangé avec Renaud pour ne pas avoir de journée off. Au travail, j'aurais la tête constamment occupée. Ça faisait l'affaire de Renaud, car Lionel ne s'était pas pointé à son troisième shift. Je suis retombé dans un marathon de trainings. Plusieurs candidats sont passés dans ma plonge.

D'abord, il y a eu Hervé, un alcoolique repenti, mince et discret comme une ombre. Il travaillait aussi bien qu'Eaton. Le training s'était bien déroulé. Il avait promis de revenir le lendemain, mais n'avait jamais redonné signe de vie. Après Hervé, Renaud a mis à l'essai un étudiant en techniques de l'informatique. Il s'appelait Jérémy. Un verbomoteur qui me saoulait avec son stage qui s'en venait l'été prochain ou avec ses programmes pour cracker les bases de données de la GRC. Un hacker-né incapable de nettoyer une poêle comme du monde. Il n'arrêtait pas de parler, il détaillait ses disponibilités pour le poste jusqu'en mars de l'année d'après, il donnait le nombre exact d'heures, quasiment à la minute près, il demandait sur quel système roulait l'ordinateur de la caisse. Je l'ai renvoyé chez lui après deux heures. Renaud a fait semblant de prendre ses coordonnées et lui a assuré qu'il le rappellerait, juste pour le faire taire. Ensuite, ça a été le tour de Jean-Charles, un mythomane de cinquante ans qui avait tout fait, tout vu, tout vécu. Il avait vécu en Californie, au Venezuela, en Suède et en Sibérie. Il avait été correspondant durant la guerre du golfe Persique et à Kahnawake pendant la crise d'Oka. Il avait fait le Vendée Globe trois fois. Il savait qui était derrière les attentats du 11 septembre. Il revenait justement de Kaboul.

— Pourquoi tu postules pour être plongeur, d'abord?

— Ah, c'est parce que j'ai été chef dans plusieurs restos à New York dans les années quatre-vingt. J'avais le goût de revenir aux sources.

C'était le genre de gars constamment dans la lune, le genre qui range sa pinte de lait dans l'armoire et ses clés de char dans le compartiment à viandes du frigo. Par mégarde, il a jeté une assiette cassée dans un sac à vidanges, qui s'est déchiré sur lui au moment où il l'envoyait dans la benne à ordures. Renaud a dû mettre vingt minutes à lui expliquer que ça ne marcherait pas, pour la job. Après, Jean-Charles l'avait menacé de poursuivre le resto pour atteinte à sa réputation. Il connaissait du monde au Parlement.

Après cette série de champions là, je suis tombé sur Eduardo, un Brésilien de dix-huit ans. Délivrance. Il était tout juste débarqué de São Paulo et son oncle l'hébergeait en attendant de se trouver un appartement. Il arrivait au resto volontaire, prêt à tout, comme si son séjour au Canada dépendait de son embauche. Les bacs à vaisselle se vidaient en un éclair et le dish pit était toujours nickel, peu importe à quel point ça bardait en avant. Il y a eu Basile aussi, un kid de seize ans, réservé et ponctuel comme une horloge. Il abattait le travail sans presse avec une efficacité de machine. Il canalisait les rushs avec un calme étonnant et faisait disparaître l'ouvrage quand on avait le dos tourné. Il allait à Stanislas, le collège privé par où mon père et mon grand-père étaient passés. Moi aussi, j'étais allé au privé, mais sur la Rive-Sud. Je me reconnaissais un peu en lui.

On a embauché Eduardo et Basile. En avoir deux nous donnerait un lousse, avait dit Renaud.

— Des bons plongeurs, ça se trouve pas à tous les coins de rue.

Quant à moi, je me suis permis d'espérer qu'il engageait deux plongeurs dans le but de mettre à exécution le projet de Bébert de me faire monter en cuisine bientôt. Je ne savais pas encore que ses plans étaient d'une tout autre nature.

LES SOIRÉES de l'avent ont filé, toutes juste assez occupées pour qu'on arrive à minuit essoufflés sans pourtant se sentir épuisés. Pour ma part, c'était peut-être que le métier commençait à rentrer. Par contre, les clients restaient tard, particulièrement les groupes d'amis de Séverine qui se pointaient dix minutes avant la fermeture de la cuisine pour commander des plats qui n'étaient pas au menu et faire la fête jusqu'après les heures. Je me souviens d'avoir dû nettoyer la salle de bain des hommes, le lendemain d'un de ces partys-là. Quelqu'un avait dégueulé ses pâtes telles quelles dans l'urinoir. J'avais trouvé un seau de Moët & Chandon rempli de bile brunâtre. L'esprit des fêtes de fin d'année ne s'emparait pas de tout le monde de la même façon.

Les débuts de semaine, j'étais avec Vlad, Steven et Bébert. On voyait rarement Renaud. Il se contentait des shifts de jour que Bob ne faisait pas et balançait tout le reste à Bébert, qu'on n'avait toujours pas promu sous-chef.

Je n'ai croisé Bob qu'une ou deux fois. Il m'a promis qu'on prendrait une bière la prochaine fois qu'on close-rait ensemble. Le reste de la semaine, je le partageais avec mes deux nouveaux collègues et la vieille garde : Bébert, encore; Jason qui venait de donner son deux semaines pour aller travailler au Latini; Jonathan, triste et effacé; et Bonnie, continuellement lendemain de veille. Je ne savais plus comment me comporter avec elle. Plus j'étais avenant, plus elle me répondait avec une impatience noircie de méchanceté. Elle était pire avec Bébert. Sauf que lui, ça lui passait soixante pieds par-dessus la tête. Ce n'est pas quelqu'un qui se laissait affecter par ce genre d'attitude. De toute manière, la job l'avalait tout entier, et le rythme effréné avec lequel il enfilait les doubles en les entrecoupant de nuits de brosse l'avait fait bas-culer dans une autre réalité, dans une vie de rock star en tournée ou de soldat au front, ou quelque chose du genre. C'était essoufflant de le voir aller. Il sortait prati-quement tous les soirs après la fermeture. Je l'accompa-gnais dans ses virées pour me sauver des machines, et de Jade aussi, je ne sais trop pourquoi. Elle ne m'avait pas encore réinvité, mais je craignais qu'elle le fasse. En même temps, j'étais le seul de nous deux à savoir ce qui s'était vraiment passé. J'envoyais quand même Basile en avant nous chercher du café ou du coke, je buvais ma bière staff pendant ma fermeture et je sortais par l'ar-rière avec Bébert et Jonathan.

Bébert combattait la fatigue perpétuelle à coups de pilules, que Greg lui refilait. Plus la soirée avançait, plus il devenait imprévisible, toujours sur le point de péter les plombs. Je me souviens d'un soir, il était rendu à sept ou huit shifts d'affilée, écœuré par la fermeture interminable il s'était fait une clé de kétamine en pleine cuisine, devant l'œil rond des serveuses.

— Je suis quand même pas pour prendre du retard sur mes chums à cause d'une gang de clowns qui veulent pas manger à l'heure du souper.

Bébert faisait souvent de la kétamine pour inaugurer sa nuit de brosse. Ça précipitait l'effet d'ivresse qu'il maintenait ensuite en avalant un flot ininterrompu de bière dans lequel se diluaient au passage un ou deux speeds, histoire de ne pas crasher totalement non plus.

Quand on n'allait pas veiller avec Jonathan et ses potes au Zinc, on se ramassait au Roy Bar. Mais peu importe où on allait, je suivais Bébert. Être en compagnie d'un gars qui se brûlait avec autant d'acharnement, ça me détournait de mes tentations à moi.

Le dernier soir de ma série de shifts, je suis resté au bar pour boire ma bière staff. Bébert et Nick allaient au Stereo et je ne voulais pas les suivre. Ce n'était pas du tout mon genre de spot. C'est là que Jade est revenue à la charge. Lorsqu'elle entrait dans un rayon de moins de deux mètres de moi, ça me faisait un effet implacable : je devenais fébrile, nerveux, comme quand le besoin de jouer descendait sur moi. La même poussée irrésistible dans le fond de la poitrine. Elle n'avait rien à voir avec les métalleuses ou les punkeuses sur lesquelles je tripais d'habitude. Elle éveillait en moi un désir que je n'avais pas ressenti souvent. Elle dégageait quelque chose de lascif et d'intimidant à la fois. Elle m'a gardé au bar, le temps de faire son close. Vlad et Steven n'avaient pas traîné, et Sarah jasait avec un couple de touristes.

— Tu fais quoi après-demain ?

— Renaud m'a donné off.

Je déchirais un sous-verre en miettes.

— Ça te tente-tu de faire de quoi ?

— Comme ?

Elle a pris une gorgée du vin blanc qu'un client lui avait offert.

— Mes amis donnent un show. Tu pourrais m'accompagner ?

— Un show de quoi ?

— Du jazz. Mais c'est quand même funky, tu vas voir.

— Ça pourrait être le fun.

Elle m'a servi une autre bière sans que Sarah la punche. C'était peut-être une stratégie pour gagner du temps. Je l'ai regardée ranger les verres derrière le bar. Elle a ouvert les portes des frigos et a vérifié ce qui restait. Elle était encore plus belle quand elle prenait cet air sérieux et concentré, ses sourcils froncés au-dessus de ses grands yeux presque fâchés alors qu'elle comptait les bouteilles.

Il restait assez de clients pour empêcher le staff de salle de vraiment entamer la fermeture. C'était une mauvaise idée que je reste. J'ai donné à Jade l'excuse du dernier métro. Elle m'a laissé son numéro sur un bout de papier.

— Appelle-moi s'il y a quoi que ce soit.

On se rencontrerait le surlendemain vers vingt heures, directement au bar où le spectacle aurait lieu.

J'ai marché jusqu'à la station Mont-Royal. Le froid

était sec, les sons clairs, ultradéfinis. On aurait dit que de la poudre de cristal flottait dans l'air. La tête me bourdonnait.

À cette heure-là, les métros passaient toutes les vingt minutes. J'ai sorti *La trace de Cthulhu* et j'ai relu la même page cinq fois, j'ai vu Abel Keane refaire cinq fois le trajet vers Innsmouth. Rien à faire. J'étais incapable de me concentrer. J'ai glissé le livre dans la poche arrière de mon pantalon.

On entendait le lointain ronronnement des trains. Une odeur de poussière et de boisson gazeuse renversée flottait dans la station. Des échos faibles se répercutaient dans le tunnel. Ça m'a fait penser à la grande chambre vide et oubliée d'une nécropole. Des drifters de toutes espèces transitaient par ici. Des spectres dodelinaient de la tête sous la lumière crue, oscillante des néons.

À côté de moi, deux Asiatiques discutaient en anglais. Eux aussi, ils avaient fini leur journée de travail. Ils portaient des fringues démodées, peut-être achetées à l'Armée du Salut. Leurs manteaux étaient sales aux coudes et aux poignets. Une casquette délavée du Festival de Jazz sur la tête, l'un essayait d'emprunter de l'argent à l'autre. Pas très loin, une vieille dame somnolait dans un manteau trop grand pour elle, la main sur la poignée de son caddie. Le métro est arrivé. Les portes se sont ouvertes. On est montés à bord. La dame est restée sur son banc, sans bouger, toujours somnolente. « Change Your Mind » jouait dans mon walkman.

LE LENDEMAIN, je me suis réveillé tôt – neuf heures – et je me suis senti habité d'une force étrange, j'avais l'impression d'émerger d'une longue catatonie. C'était peut-être l'effet d'être en congé, ou la présence de Vincent dans l'appart. On s'est fait à déjeuner – des œufs brouillés, du bacon pour une armée, des toasts au beurre de pinotte – et on a mangé en jasant et en écoutant du Dr. Dre. J'ai ressenti un regain d'énergie qui me donnait de nouveau l'envie de mettre de l'ordre dans ma vie. Je me suis refait du café et je suis allé m'installer dans le salon.

J'ai sorti mes cahiers de dessin. J'ai étalé les esquisses que j'avais retenues devant moi. Le paysage marin au centre duquel flottait l'immense poulpe me semblait la plus prometteuse. Il ne me restait plus de cartes à gratter. Il me restait deux ou trois feuilles de carton glacé dans mes affaires. Je les ai toutes minutieusement recouvertes de crayon de cire blanc puis je les ai enduites de gouache noire. Vincent est venu jeter un œil à ce que je faisais en buvant un shake. Quand la gouache a été sèche, j'ai commencé à en travailler la surface avec le revers de mon exacto ou avec la pointe sèche d'une plume à calligraphie, que j'utilisais surtout pour ce genre de chose. Je grattais la couche de gouache pour révéler le blanc dessous. J'ai travaillé là-dessus tout l'après-midi, jusqu'à ce que l'obscurité s'installe dehors. Je n'ai pris des pauses que pour me préparer d'autre café, manger une poignée de chips ou aller pisser.

Vers cinq ou six heures, Vincent est venu me demander si je voulais du St-Hubert. Il était encore nu-pieds, en marcel et en pantalon Adidas. Quand il a vu la pieuvre monstrueuse au centre de la feuille, il a sifflé d'admiration. Les tentacules étaient enroulés comme des boas constrictors autour de corps humains tout déformés.

— C'est vraiment sick, il a dit.

— Ah, j'l'ai pas finie, encore. Faut que je donne un peu plus de volume aux tentacules et j'veux faire une espèce de temple immergé en arrière-plan. Il me reste l'aura vaporeuse autour de sa tête. Ça va la faire ressortir.

Je me suis essuyé les mains, pleines de poussière de gouache noire. J'ai regardé ce que j'avais fait. Ce n'était pas n'importe quoi, j'étais assez content de ce qui apparaissait. De toute la journée je n'avais pas pensé une seule seconde aux machines.

Le poulet est arrivé. Vincent s'était commandé une cuisse et une poitrine, et moi, des filets panés. Après souper, pendant que Vincent regardait la partie de hockey, j'ai passé en revue mes essais de typo cryptique que j'avais réalisés pour le logo de Deathgaze. Il y en avait de vraiment bons. L'un d'eux en particulier, dont les lettres ressemblaient à des pattes de mygale, irait très bien au-dessus de la tête du monstre.

Le lendemain, je me suis levé tôt. J'étais comme sous l'effet de l'adrénaline. Je rencontrais Jade en soirée, mais j'avais quand même le temps de travailler à mon illustration. J'étais sur une bonne lancée. J'ai ramassé ma pieuvre et mes « Deathgaze » en calligraphie démoniaque et j'ai glissé ça le plus délicatement du monde dans mon sac à dos. J'avais laissé mon portfolio en cuir chez Rémi. J'ai fouillé dans mes affaires pour retrouver ma disquette ZIP puis, sans même déjeuner, je me suis enfui au cégep, où j'avais accès à de l'équipement.

Arrivé là-bas, je suis allé dans un des locaux réservés aux étudiants du programme de graphisme. Quand je suis entré, je me suis rendu compte que l'odeur d'acétone mêlée à celle de plastique et le ronflement rassurant des ordinateurs m'avaient manqué. J'avais l'impression de ne pas avoir mis les pieds là depuis six mois au moins. Il y avait cinq ou six étudiants disséminés dans le local, tous pâles à cause de la fin de session. On aurait dit que le temps ici s'écoulait à une vitesse différente. Quelqu'un m'a demandé ce qui arrivait avec moi. Un autre, en train de fignoler son projet final, m'a demandé si je n'avais pas un peu de colle caoutchouc.

Je me suis connecté à un des postes et je suis allé scanner mes dessins et mes essais typographiques. J'ai tout numérisé à 400 DPI, pour avoir du jeu. J'avais six ou sept heures devant moi. Ce n'était vraiment pas assez pour arriver à quelque chose de définitif, mais ce serait suffisant pour produire une version qui ferait patienter les gars du band. J'ai passé la journée dans Photoshop à calibrer les contrastes de ma pieuvre, à nettoyer mes essais calligraphiques, à les rendre plus acérés en les étirant légèrement. J'ai essayé divers emplacements pour le logo. Vers les quinze heures, j'étais arrivé à deux versions préliminaires du cover. Ça avait assez de gueule pour qu'Alex comprenne que ça se concrétisait. J'ai pris une grande respiration, j'ai tout sauvegardé sur ma disquette, j'ai compressé les fichiers pour me les envoyer par courriel. Ensuite, j'ai rédigé un long message à Alex dans lequel je me suis répandu en excuses. J'ai mis mon manque d'assiduité sur le dos de ma nouvelle job, à laquelle j'avais encore de la misère à m'adapter. J'ai joint les deux versions en JPEG et je lui ai envoyé le message. Je me suis senti soulagé. J'ai regardé l'heure dans le haut de l'écran. Il me restait plus ou moins quatre heures avant mon rendez-vous avec Jade. J'étais fier de moi et j'ai eu l'idée de passer voir Marie-Lou, là, maintenant. On était mercredi. D'habitude, elle travaillait. Je me suis arrêté au Pita Pit pour m'attraper un sandwich à emporter et je suis sorti. Il tombait de gros flocons qui restaient accrochés aux tuques et aux cheveux des filles que je croisais sur Ontario. Pour la première fois depuis des semaines, j'avais hâte aux fêtes.

JE VENAIS de finir mon sandwich quand je suis entré Chez Maurice. Sur les murs, on avait installé des guirlandes de lumières. C'est Diane qui servait. Elle avait une quarantaine d'années, peut-être moins. Elle riait comme une corneille et lançait des farces plus grasses que mes collègues cuisiniers. Elle nous taquinait toujours, Marie-Lou et moi, et nous parlait comme si on était mariés. Benjamin était derrière le bar. Il lisait un livre placé entre un gobelet de café et un cendrier plein, son grand front appuyé sur sa main. Il a levé les yeux vers moi.

— Qu'est-ce que je te sers?

Il me posait toujours cette question en guise d'entrée en matière. Il la posait avant même de demander des nouvelles ou comment on allait. Il a posé un sous-verre devant moi, sur le zinc cabossé. Je lui ai commandé un bock de rousse.

— Sais-tu à quelle heure Marie-Lou commence ?

— Oh, Marie-Lou travaille pas aujourd'hui. Elle s'est fait remplacer.

— Ah, OK.

L'air un peu endormi, il cherchait son briquet, une clope au bec.

— T'étais venu la voir ?

— Oui pis non. Je passais et j'avais du temps à tuer.

Il a pris une poffe de cigarette.

— J'y pense, il a dit. J'ai quelque chose pour toi.

Il est descendu à la cave. J'ai bu une gorgée de rousse. Elle était fraîche. J'ai relaxé, jetant un regard autour. La salle était pleine d'habitués bedonnants avec des barbes de deux jours. Diane comptait sa monnaie au bout du bar en placotant avec une de ses amies, coiffée exactement comme elle, style Marie Carmen dans le vidéoclip de « L'aigle noir ». Sa ceinture de barmaid déposée sur son cabaret ressemblait à la carapace d'une créature marine.

Benjamin est remonté avec un livre.

— Tiens, lis ça. C'est bon. Tu me diras ce que t'en penses. Le film sort la semaine prochaine. C'est un vieux livre, ça date de la fin des années vingt. C'est Scorsese qui l'a adapté.

J'ai lu le titre. *The Gangs of New York: An Informal History of the Underworld,* d'Herbert Asbury. L'auteur ne me disait rien, mais j'avais capoté sur *Cape Fear, Casino* et *Goodfellas.*

— C'est en anglais. J'peux pas lire ça.

Son gobelet de café s'est arrêté à mi-chemin.

— Tu sais ce que je t'ai dit à propos de ça. Force-toi, tu vas voir, c'est pas vraiment difficile. Si tu comprends l'anglais, tu sais lire en anglais.

— C'est ben smatte, mais j'ai même pas commencé l'autre que tu m'as prêté.

— Pas grave. Garde-le le temps qu'y faut. Je les ai déjà lus deux fois.

On a jasé un peu. Il m'a servi une deuxième bière. Ma langue se déliait et j'ai contrevenu à la mise en garde de Bébert. De toute manière, il n'était pas là pour m'entendre.

— C'est qui, Greg?

— Qui ça? Normandeau?

— Oui. Comment tu l'as rencontré?

Il se frottait les mains en me jaugeant, un peu comme s'il essayait de décider s'il me conterait l'histoire ou non.

— Disons qu'il en doit une à un de mes frères.

— Lequel? Simon?

J'avais vu Simon quelques fois. Un bâton de dynamite verbomoteur qui possédait deux bars. Un sur Saint-Laurent et un dans le Village gai.

— Non, il a dit avec un petit rire. François.

Je n'avais jamais vu François. J'en avais seulement entendu parler. Marie-Lou le connaissait un peu. C'était une version de Benjamin plus costaude et encore moins bavarde. Apparemment qu'il avait déjà fait de la prison.

Il ne m'a finalement pas donné plus de détails sur Greg. Un client s'est approché du comptoir.

— Tu diras à ta serveuse que j'ai jamais bu tout ça, il a dit.

L'homme avait la fin quarantaine, des grosses mains sortaient de sa chemise carreautée doublée pour l'hiver. Il s'est appuyé contre le bar, près de moi. Il sentait l'alcool et la poussière de plâtre. Il brandissait son bill. Benjamin le lui a pris des mains.

— Montre-moi ça, Marcel.

L'homme continuait de grommeler, insultant Diane en répétant que les femmes, ça ne sait pas compter. Benjamin a jeté un œil attentif à la facture.

— Hmm. Tout a l'air correct, elle a rien oublié, il a dit en lui tendant le bill. Oublie pas le tip.

Marcel l'a repris et l'a chiffonné. Il est devenu rouge comme si on lui avait échappé un parpaing sur le pied. Benjamin est resté de marbre derrière son bar.

— Je payerai pas ça, a dit Marcel. Ta serveuse sait pas compter.

— Combien t'as bu de bières, alors ?

Marcel s'est mis à hésiter.

— Ben, c'est ça, nous autres, on les a toutes comptées, tes bières. Pis on les a écrites sur ta facture. Si tu veux, je peux même te dire à quel moment Diane est allée te les porter.

— Je payerai pas ça.

Benjamin s'est penché sur son bar, les deux mains devant lui.

— Oui, tu vas payer ça. Écoute, c'est la même histoire chaque fois qu'on te part un bill. T'as bu ces bières-là, tu vas les payer. C'est de même que ça marche.

— Qu'est-ce que tu vas faire si je paye pas?

Marcel devenait baveux. Il s'est mis à sourire, un sourire plein de dents brunes. Benjamin était toujours penché sur son bar, tranquille, pas du tout l'air fâché, pas du tout avenant non plus.

— Tu vas me barrer? a dit Marcel.

Benjamin l'a regardé dans les yeux.

— Fais-moi confiance que oui.

Marcel a soutenu le regard de Benjamin un instant. C'était un homme assez imposant. Ses paupières lourdes ont fini par cligner. Benjamin n'a pas bougé d'un cheveu. Il a continué à le fixer.

— Ouin, c'est ça, il a dit en baissant la tête.

Il a sorti trois billets de vingt de sa poche arrière et les a jetés sur le zinc, devant Benjamin. Il a traversé la pièce en claudiquant, sans rien dire d'autre, il a poussé la grosse porte de métal et a disparu à l'extérieur.

Benjamin m'a rapporté une bière.

— Je te l'offre, c'est ma tournée.

Il n'avait pas l'air ébranlé le moins du monde. En même temps, pas moyen de savoir ce qui se passait derrière le masque impassible qui lui servait de visage.

Il était dix-sept heures quarante-cinq sur la grosse horloge Molson Export. J'ai pris les messages sur ma pagette, d'un coup qu'Alex m'aurait appelé pour me parler des esquisses. J'en étais à ma quatrième bière. Il me restait une bonne soixantaine de piasses. C'était amplement suffisant pour la soirée. J'avais laissé tout le reste en sécurité chez Vincent. Ça m'emplissait d'un sentiment de confiance, de la certitude que rien de grave ne pouvait arriver.

Comme d'habitude, j'avais pris soin de m'asseoir au bar, dos aux machines. Mais je suis passé devant elles en allant aux toilettes. Un peu trop sûr de moi, je m'en suis approché et j'ai tapoté les écrans du doigt pour vérifier les cagnottes. Elles étaient presque toutes vides. Une seule allait payer bientôt. Je suis allé pisser et je suis retourné m'asseoir au bar sans les regarder de nouveau. Rendu à la moitié de ma bière, je me suis mis à faire des calculs. Si je mettais vingt ou quarante dollars, une petite somme, quand même, je pouvais peut-être en tirer cent, cent vingt, ou même deux cents, si j'étais très chanceux. Surtout si la machine était à la veille de payer. Je me suis vu jouer et ma vision s'est embrumée légèrement. Je me suis mordu les lèvres. J'ai cherché Diane du regard. Elle était toujours en train de s'inviter dans les conversations, de s'introduire sans préavis ni politesse dans les discussions, se permettait de me jaser de tout et de rien sans que je lui adresse la parole. Cette fois-là, j'aurais tué pour qu'elle vienne me parler pour la dixième fois de sa vie de « fille de bécyk », de ses brosses d'adolescente au camping à Rouville, du show de Plume en 1983, de la fois où elle et son chum gelés ben raide sur l'acide essayaient de commander des hot-dogs, de sa chum qui sortait avec un striker des Hells. Elle n'était nulle part. Même Benjamin avait disparu.

Des frissons électriques m'ont monté des chevilles jusqu'à la nuque. J'ai fixé mes mains. Elles tremblaient.

Ça ne servait à rien de lutter, et puis dans le pire des cas je ne perdrais pas tant que ça. J'ai pris ma bière et me suis dirigé vers la machine. J'ai rationalisé ma décision en me disant que je le méritais et que je mettrais juste un vingt piasses. Après tout, ça faisait plus d'une semaine que j'étais tranquille.

J'ai grimpé sur le tabouret et j'ai inséré un billet dans la fente qui clignotait. J'ai commencé à jouer. J'ai fait des petits gains, mais chaque fois que j'ai misé plus témérairement j'ai perdu. Je suis resté rivé à la machine avec l'impression de respirer plus profondément que jamais. Un deuxième billet de vingt y est passé. Il ne me restait plus que vingt dollars dans les poches mais, dans l'état de déni exalté où je me trouvais, vingt dollars me semblaient une fortune avec laquelle je pouvais vivre deux mois. J'ai fait monter lentement mes gains à soixante-dix dollars. Il était dix-neuf heures trente. J'avais une éternité devant moi. Je pouvais me rendre à cent dollars. C'était faisable. Je l'avais souvent fait. Si je me rendais à cent dollars, la journée serait parfaite.

Mais j'ai plafonné à soixante-dix dollars. Mes gains égalaient mes pertes à mesure que les séquences chanceuses se raréfiaient.

Vingt heures trente. Je serais juste un peu en retard. Une ombre s'est dressée dans mon angle mort.

— Tu me prends-tu pour une cruche, tabarnac ?

Mes yeux étaient secs et refusaient de quitter l'écran. J'ai reconnu la voix. J'ai manqué me liquéfier dans mon linge. Elle avait rarement ce ton glacial et insulté. Mon cœur s'est mis à battre à tout rompre puis ça a bourdonné dans mes oreilles. Tout a ralenti : les fruits à l'écran, les secondes, la rotation de la Terre.

Marie-Lou se tenait à côté de moi avec une de ses amies. Elles étaient arrangées pour aller veiller. Elle avait mis sa ceinture de balles et ses dix-huit trous. Sa chum avait des piercings dans le nez et le sourcil. Elle avait épais de fard sur le visage. On aurait dit une poupée de porcelaine dans un manteau d'armée kaki.

— T'es vraiment pas gêné. T'es trop occupé pour me voir, mais tu viens jouer dans ma face, à ma job, avec mon argent ? T'as du front en tabarnac.

Ses yeux étaient exorbités. Des plaques rouges s'étaient formées sur ses joues et son front. Sa lèvre supérieure était retroussée dans un rictus de colère qui montrait ses dents. Elle semblait prête à mordre. Je voyais du coin de l'œil les fruits, les 7, les cloches qui défilaient sur l'écran. J'ai essayé de bafouiller des excuses, une explication, que j'étais venu pour la voir.

— Ta gueule.

Elle a foncé vers le bar pour ramasser quelque chose près de la caisse. La semelle de ses bottes claquait sur les tuiles du plancher. Elle est revenue vers moi. Son amie me regardait comme si j'étais un tas de marde dans une flaque de vomi. Une moue dégoûtée tordait ses lèvres maquillées de noir.

— T'es vraiment rien qu'un ostie de menteur, a dit Marie-Lou.

— Marie…

— Crisse-moi patience.

Son amie a poussé la porte. Marie-Lou s'est retournée avant de sortir.

— Garde-le donc, mon argent. Pis que je t'entende plus jamais traiter Jess de junkie. T'es ben pire qu'elle, mon estie. Dire que tu joues au bon petit gars piteux, en plus. Tu me lèves le cœur.

Elles ont disparu à l'extérieur. Je suis resté immobile, comme frappé à mort. J'ai essayé de me ressaisir, j'ai pensé que je devrais me lever et lui courir après. Mais l'argent qui roulait toujours dans la machine m'a retenu sur place plus solidement qu'une chaîne.

Diane est venue me voir pour vérifier si tout était correct. Je lui ai répondu d'un signe de tête sec, sans la regarder. Ma honte s'était transformée en colère. J'ai joué avec agressivité. Mise maximale sur mise maximale, comme pour me saigner à blanc. Les paroles de Marie-Lou se répercutaient dans ma tête. Mes gains ont explosé, avant de chuter. J'ai inséré les miettes de mon dernier vingt dollars dans la machine et j'ai perdu. La machine a refusé mon dernier cinq dollars, trop chiffonné. Je l'ai fait changer par Diane. Deux deux, un une. Puis je suis retourné à ma machine, contre laquelle j'avais incliné mon tabouret, pour la réserver. Benjamin était parti, la nuit était tombée, j'avais froid, j'avais chaud, je me sentais sur le point de crier. J'ai glissé un deux dans la machine.

À vingt-deux heures vingt, j'ai quitté le bar, les poches vides, abasourdi par la violence de ma honte.

27

J'AI PASSÉ la journée du lendemain recroquevillé sur le divan, à regarder des films que Vincent avait loués, *Reign of Fire* puis *Men in Black II*. Les événements de la veille avaient la consistance d'un cauchemar matérialisé dans la vie réelle, et je refusais d'y penser. Les paroles furieuses de Marie-Lou me revenaient, doublées d'une brutalité et d'une colère plus vives encore, comme si mon esprit les exagérait, pendant que Bale et McConaughey dégommaient des dragons dans un futur postapocalyptique. Puis l'image de Jade prenait le relais. Elle m'attendait au bar, regardait sa montre, me gardait une place à côté d'elle, revirait de bord ceux qui l'accostaient, me cherchait du regard, ou faisait je ne sais quoi d'autre en voyant que je n'arrivais pas.

J'ignore où j'ai trouvé la force de rappeler Alex, qui m'avait pagé durant la matinée. Je lui ai téléphoné juste avant de partir pour le travail. La conversation a été brève. Il était sur la job et il avait perdu le ton sec de ses derniers messages.

— Man, ce que t'as fait, c'est vraiment sharp, mais coudonc, t'écoutes-tu tes messages au complet ?

J'étais debout dans le salon, mon sac à mes pieds. Je regardais mon reflet immobile dans la fenêtre qui donnait sur Henri-Bourassa assombri.

— Euh, ben oui, je les écoute, pourquoi ?

— T'as compris qu'on va avoir besoin de ça plus vite que prévu ? Vas-tu être capable de faire l'intérieur de la pochette à temps ? On a signé trois grosses gigs en janvier. On veut absolument pouvoir vendre le EP sur place.

J'ai écarquillé les yeux et j'ai tenté de ne pas paniquer.

— Ah, ça. Oui, j'avais compris. Ça va être prêt à temps.

Et j'ai lancé une date au hasard, sans même réfléchir.

En raccrochant, j'ai repris mes esprits. Finir la pochette, c'était une affaire. Payer l'imprimeur *cash on delivery*, c'en était une autre. Je suis tout de suite allé compter l'argent qu'il me restait. J'ai refait le calcul trois fois pour être sûr. Avec mon autre chèque de paye qui rentrerait sous peu, il me manquait quand même cinq ou six cents dollars. J'ai repensé à la centaine de piasses que j'avais gaspillée la veille. Je me suis mis à chercher des solutions, élaborant toutes sortes de plans invraisemblables et de combines délirantes. Ce fatras d'élucubrations m'a placé devant un constat assez laid : j'allais gâcher l'occasion que représentait le contrat de Deathgaze. Par le fait même, tout le monde verrait que j'étais une joke, que j'étais un faible et un menteur. C'est ça qui était le plus insupportable.

EN RETOURNANT au resto après ma journée de congé, je me suis juré que je ne jouerais plus. Je me suis discipliné. Je rentrais tous les soirs directement après le travail, en prenant l'avant-dernier métro en direction d'Henri-Bourassa.

Je n'ai croisé Jade qu'au retour de ses jours off. Elle m'a ignoré. Les interactions que le travail nous obligeait à avoir ressemblaient à celles qu'on a avec un guichet automatique ou une machine distributrice. Je n'ai pas essayé de m'expliquer. Donner les raisons de mon absence me semblait pire que de subir son indifférence, et son indifférence m'apparaissait comme la juste conséquence du lapin que je lui avais posé. Je n'allais tout de même pas inventer un nouveau mensonge pour me justifier.

Alors que je me faisais plus discret et plus effacé au travail, Bébert, lui, devenait de plus en plus incontrôlable. Il était cassant, dépouillé de son côté drôle, baveux pour le fun. La fatigue le rattrapait. Sur ses quarts de travail, il restait malgré tout le plus fiable de tous – à part Vlad, peut-être. Sauf qu'il perdait patience à tout bout de champ. Il médisait maintenant autant de Renaud qu'il avait médit de Christian. Il s'acharnait sur Steven, le mitraillait de piques et de remarques désobligeantes. Steven était devenu sa cible de prédilection, c'est comme ça qu'il se vengeait de Renaud.

— Mais que tu le voies, tu diras à ton chum qu'être chef, c'est pas watcher de la porn dans le bureau à la journée longue.

Une fois, Vlad lui a dit d'un ton glacial de ne pas parler dans le dos du chef. Il évitait d'habitude de contredire Bébert et de répondre à ses coups de gueule. Bébert l'a envoyé chier aussi sec. Il a rétorqué que Renaud pourrait s'appeler chef quand il se claquerait les soixante heures que lui se tapait week in, week out.

— En attendant, il a dit de sa voix la plus sonore, on va l'appeler crosseur, c'est-tu correct avec toi, ça ? Crosseur en chef, si tu veux.

Il ne lâchait pas le morceau et l'injuriait devant n'importe qui, même Séverine.

— Mais que ton chef revienne de vacances, j'vais t'en prendre, moi, des vacances. Des osties de longues vacances.

— Je te paye pas pour dire de la marde sur mon staff, a répondu Séverine sur un ton étrangement calme. Je te paye pour sortir les assiettes. Si t'as de quoi à dire à Renaud, mets tes culottes, crisse, pis va lui dire.

— Va falloir qu'y sorte de sa cachette pour ça.

Renaud s'était effectivement évaporé. Il ne s'occupait plus que des commandes, faisait un peu de bureau, et quittait le resto avant la fin du service du midi, laissant tout en plan, aux bons soins de Bébert, qui attendait encore d'être nommé sous-chef.

J'étais le seul que Bébert épargnait. Il venait ventiler sa colère dans la plonge en étirant ses pauses cigarette. Il avait l'impression que tous se liguaient contre lui. Il ne se laisserait pas framer, qu'il disait, et ses plans pour échapper à un tel sort variaient d'une fois à l'autre. Un soir, il m'a juré qu'il allait knocker Renaud, l'attacher dans dix pieds de corde à bateau et le crisser dans une poche de hockey pour le larguer du haut du pont Champlain. Quand il se défâchait un peu, il disait qu'il ferait peut-être mieux d'aller négocier sa promotion directement avec Séverine. Il faisait de moi un confident, un genre d'allié secret qu'il prenait à témoin. Cette confiance soudaine qu'il avait en moi m'est devenue de manière aussi soudaine quelque chose de très précieux. Je me suis dit que lui, il faudrait que je m'arrange pour ne jamais le décevoir.

28

JE M'ÉTAIS entendu avec Renaud pour travailler le 31 décembre et le 1er au soir. Ça me donnait une bonne raison de ne pas aller voir ma famille au jour de l'An, mais je n'échapperais pas à Noël. Même s'il était à Cuba, Malik l'apprendrait si je me défilais et m'en voudrait profondément.

Le 24, je suis parti de chez Vincent en après-midi.

Quand j'ai débouché en haut de l'escalier au métro Longueuil, je me suis retrouvé au milieu d'une marée de gens pressés par les derniers préparatifs du réveillon. Le McDonald's était plein. Depuis qu'on avait achevé les rénovations, la racaille qui avait l'habitude de flâner près des téléphones publics avait déserté les lieux. Du côté du débarcadère de taxis, des amis de longue date se sautaient dans les bras ou se faisaient la bise, les mains alourdies par des valises et des sacs divers. J'ai traversé toute cette agitation joyeuse en me laissant contaminer, j'avais presque le cœur léger et je me rendais compte que j'avais hâte de revoir mes parents.

C'est la 20 qui m'a ramené chez nous. Elle a emprunté la 132 pour longer le fleuve, qui n'avait pas encore gelé. Les eaux miroitaient sous le soleil bas et les berges étaient recouvertes des premières neiges qui n'avaient pas fondu. Le quartier de mon adolescence était lui aussi enneigé. Je suis descendu quelques arrêts plus tôt, près du passage piétonnier où on avait fumé nos premiers joints et bu nos premières bières. Je voulais marcher un peu dans les rues. Les décorations de Noël abondantes illuminaient les façades des maisons et brillaient sur les plates-bandes balayées par la neige folle.

Mes parents m'ont accueilli comme un grand voyageur revenant d'un long tour du monde. Ma mère m'a sauté dans les bras et m'a serré contre elle, je l'ai serrée dans mes bras aussi, content d'entendre sa voix, de retrouver son odeur. Mon père m'a donné la main. Il souriait dans sa grosse barbe. Les deux étaient tirés à quatre épingles. Puis je suis allé saluer le reste de la famille. Tout le monde était installé dans la grande cuisine. Claude, le père de Malik, était descendu de Sherbrooke. Il m'a donné une poignée de main vigoureuse. Un géant en veston et en col roulé. Il avait l'air content que je sois là. Il y avait Jacques, aussi, le plus jeune frère de ma mère, qui était venu avec ses filles et sa nouvelle blonde. J'étais déçu et soulagé à la fois que Malik soit absent. Il était le seul à connaître les détails de la vie que je menais de l'autre côté du fleuve.

Une fois que j'ai eu salué et embrassé tout le monde, mon père m'a servi une bière.

Il a cogné sa bouteille contre la mienne. J'ai regardé ma mère. Elle riait avec mes oncles. Mon père et moi, on était accotés contre le comptoir, près du four. Ça sentait la pâte à tarte qui cuit et le clou de girofle.

— J'ai du stock à te faire écouter, a dit mon père, un vieux band que tu vas aimer, je pense bien. Ça s'appelle Mountain.

Ma mère servait des crudités, des cornichons et des olives marinées. Mon oncle Jacques la taquinait gentiment, son whisky à l'eau dans une main et son briquet au butane dans l'autre. Mon père m'a donné une petite tape sur l'épaule.

— Ça me fait penser, Malik nous a dit que t'avais eu un contrat d'illustration pour faire la pochette d'un groupe ? C'est ben l'fun, ça.

Je m'en allais prendre une gorgée, mais j'ai arrêté mon geste.

— Quand est-ce qu'il vous a dit ça ?

— Chez Jacques, quand on est allés souper. Tu donnes pas souvent de nouvelles, ça fait qu'on les prend où on peut.

— Ah, OK. Ben, j'ai été super occupé.

— T'aurais pu nous le dire pareil. Ta mère est ben fière de toi. Ça avance comme tu veux ?

— Oui, oui. J'achève. Je vous montrerai ça quand ça sera fini.

Il a encore cogné sa bière sur la mienne. Les adultes jasaient en prenant l'apéro et mes cousines se racontaient quelque chose en se chamaillant. Jacques est intervenu pour leur demander sur un ton joyeux de nous chanter la toune thème de leur pièce de théâtre. La plus vieille des trois a levé les yeux au ciel.

Ma mère avait fait des tourtières, et du ragoût de pattes, pour faire changement. Je l'ai aidée pour le service. Je voyais à toutes sortes de petites attentions dans ses gestes, et dans sa façon de me parler, qu'elle était heureuse de me voir. Elle m'a dit qu'elle m'avait gardé plein de livres qui attendaient d'être catalogués à la bibliothèque. Elle faisait ça depuis que j'étais petit gars. Elle mettait de côté les nouveaux titres qui, selon elle, m'intéresseraient. J'avais lu tous les *Thorgal* et plusieurs bandes dessinées illustrées par Druillet comme ça. À table, elle et ses frères se racontaient des histoires de famille. Ça faisait du bien d'être à la maison. À un moment donné, Claude est allé chercher des bouteilles de mousseux qu'il avait laissées dehors, devant la porte-patio.

— Pis, le grand, comment ça se passe à Montréal, il m'a demandé en nous servant. T'es rendu dans quel coin?

— Ah, j'habite pas loin du parc Ahuntsic, sur Henri-Bourassa.

— Ah oui? T'as déménagé? a dit ma mère, un peu surprise.

— Ben, en fait, j'ai dit en prenant une bouchée de tourtière, j'ai déménagé fin octobre. Vincent a perdu sa coloc pis moi je m'entendais pas bien avec Rémi, finalement. Avec Vincent, ça va ben mieux. On est sur la même longueur d'onde. J'aurais dû partir en appart direct avec lui.

— C'est vrai que c'est un ben bon p'tit gars, Vincent, elle a dit en se levant avec l'assiette vide de Jacques.

Elle est allée vers la cuisinière pour le resservir. Claude a dit que jamais dans cent ans il ne reviendrait vivre à Montréal. Il avait la grosse paix à Sherbrooke. Mon père parlait du chalet avec Jacques. Ils disaient que ça serait une bonne idée de passer les fêtes là-bas, l'an prochain. Il s'est levé pour aller dans le salon changer la musique. Il a mis du Charlie Parker, puis il est descendu chercher du vin au sous-sol.

Jacques n'avait pas touché à son mousseux. Il continuait de se resservir des whiskys à l'eau. Il avait défait sa cravate et roulé ses manches de chemise. Sa blonde picorait en suivant les discussions, son regard passant d'un interlocuteur à l'autre.

— Pis, les études, ça se passe bien ? a dit Jacques en se tournant vers moi.

— Oui, j'ai eu une super session. Mon prof d'illustration est hallucinant. Il dit que je suis vraiment à ma place en graphisme.

— Ça va bientôt être le tour de Julie.

Il a fait une face à sa plus vieille assise de l'autre côté de la table. Elle a soupiré.

— Voyons, p'pa, c'est dans mille ans, le cégep.

— T'as-tu autant de cours la session prochaine ? a demandé ma mère.

— Ça va sûrement être aussi chargé que cet automne. Les profs nous ont avertis, les projets vont être pas mal plus complexes. J'ai hâte.

— T'essaieras de trouver du temps pour venir nous

voir un peu plus souvent. Montréal, c'est quand même pas Sherbrooke.

Elle a fait un sourire moqueur à Claude, qui a haussé les épaules, un petit air désolé sur le visage. Elle a continué :

— Le dimanche, ton père est à la maison, maintenant. Tu pourrais venir souper.

— OK, j'ai dit, je vais essayer. En plus, je vais pouvoir vous faire à manger. J'ai commencé à travailler dans un resto pis j'arrête pas d'apprendre des trucs.

— Dans un resto ? a dit mon père.

Il était en train de déboucher une bouteille de rouge, et il semblait vraiment surpris.

— Oui, je fais un ou deux soirs par semaine.

— C'est pas trop, avec l'école ? Claude a demandé.

Il me regardait, sa fourchette dans une main et son couteau dans l'autre. Quand il mastiquait, ça lui donnait un air sérieux. C'était Malik dans vingt-cinq ans.

— Non, c'est juste correct, j'ai répondu. Ça me fait de l'argent de poche. Je mange pas trop dans mes économies de cet été pis j'ai l'esprit tranquille.

— C'est pas toi qui aurait été prévoyant de même, han, Jacques ? a dit ma mère.

— Mais t'es quand même pas dans la cuisine ? a dit mon père. La recette la plus compliquée que je t'ai vu faire, c'est des sandwichs aux tomates. Je voudrais pas être pogné à manger là.

Il m'a donné une petite tape dans le dos et m'a servi un verre de vin.

— En fait, je suis à la plonge.

— Il me semblait ben, aussi.

J'avais l'impression que le zombie qui s'endettait compulsivement devant des écrans de vidéopoker n'existait plus que dans une région nébuleuse de mon imagination. Mon anxiété s'était dissipée. J'avais de l'appétit, je reprenais de tout et je riais des histoires de jeunesse que ma mère racontait à la nouvelle blonde de son frère. Lui, il regardait ma mère avec le sourire aux lèvres, fier de ses frasques de cadet de la famille, tenant une Player's pas encore allumée entre ses doigts.

Après l'échange de cadeaux, mon père m'a pris à l'écart et m'a amené au sous-sol, dans sa salle de son, comme il le faisait quand il voulait me faire écouter un disque qu'il venait de s'acheter. On entendait les discussions à l'étage, ça s'amusait, ça s'esclaffait dans des bruits de vaisselle qu'on rince. À côté de la bibliothèque, il y avait un gros paquet enveloppé dans du papier brun. C'était clairement lui qui l'avait emballé. Ma mère n'utilisait pas autant de papier collant et n'aurait surtout pas pris du papier kraft pour un cadeau de Noël. Il s'est penché pour le ramasser et me l'a tendu.

— Tiens, il a dit, c'est pour toi. C'est un cadeau spécial.

Une étincelle brillait dans son œil. Il m'a regardé déballer le cadeau en souriant.

Dans la boîte, il y avait plusieurs romans de la collection « Ailleurs et Demain » de Robert Laffont.

— Le premier, il a dit, j'étais pas mal plus jeune que toi quand je l'ai acheté.

Il a retiré quelques livres de la boîte. Il m'en a tendu un. C'était *Dune.*

— Maiden a écrit une toune basée dessus, il a dit. Herbert a refusé qu'elle porte le même titre que son roman.

J'ai éclaté de rire.

— Fais pas semblant que t'as lu des articles là-dessus, j'ai dit. Dans le fond, t'écoutes mes CD quand m'man est pas là, pis t'as entendu le rant de Dickinson sur la version live de « To Tame a Land », han ?

— T'es-tu viré fou ?

Il y avait aussi les six autres volumes du *Cycle de Dune.* Ils étaient tous dans un état impeccable. J'ai eu une boule dans la gorge. Je me suis revu à douze ans. On avait regardé le *Dune* de Lynch quand mon père était tombé sur les premiers tomes de *La Caste des Méta-Barons,* scénarisée par Jodorowsky, que j'avais empruntés à la bibliothèque. Il m'avait raconté que ce film-là, Jodorowsky avait essayé de le faire bien avant que David Lynch n'ait même entendu parler du roman de Herbert. C'est à ce moment-là qu'il m'avait montré les premiers titres de la collection « Ailleurs et Demain », qui m'impressionnait tellement. C'était la rangée de livres argentés dans sa bibliothèque. Ces romans avaient des allures de bibles extraterrestres.

Je les ai sortis de la boîte pour les regarder et les feuilleter. Il y avait aussi *L'effet Lazare,* qu'Herbert avait écrit avec Bill Ransom. Sans que je sache pourquoi, le titre m'avait toujours donné froid dans le dos. Mon père m'a dit de ne pas le lire tout de suite.

— Y a deux tomes avant, mais je les trouve plus. Sont peut-être quelque part au chalet.

Au fond de la boîte, il y avait *Ubik,* de Philip K. Dick. Quand je l'ai pris dans mes mains, mon père a tout de suite vu qu'il avait tapé dans le mille.

— C'est mon seul exemplaire de ce roman-là. Il est à toi maintenant. Prends-en soin.

La couverture chatoyait encore. Il était comme neuf.

— T'es-tu content ?

— Oui, j'ai réussi à dire. Vraiment.

Il avait l'air fier de son coup. On est remontés, moi avec la boîte de livres sous le bras. Je suis allé m'enfermer dans les toilettes du deuxième étage. Je me suis vu dans la glace en me lavant les mains. J'avais mal au cœur et envie de pleurer en même temps. Je me suis jeté de l'eau dans le visage. J'avais le regard éteint, des cernes noirs sous les yeux, le teint gris. Mes parents n'avaient pas fait la moindre remarque.

29

Des jours qui ont suivi le 25 décembre je n'ai vu que les nuits. Je me levais autour de quinze heures pour aller travailler. Eduardo ou Basile ouvraient à seize heures et j'allais les rejoindre vers dix-huit heures. L'horaire m'exposait aux risques de rechute que comportaient les fermetures, mais la compagnie de Bébert et des autres était plus sûre que l'éventualité de me retrouver seul, à vingt-deux heures dans la rue, avec des centaines de bars où m'accrocher les pieds et perdre la tête.

Ces shifts-là ont formé une masse indifférenciée de soirées troubles durant lesquelles le rush du service aidait à cuver la cuite de la veille et qui brillent dans ma mémoire de l'éclat jaune des lampadaires ou de la lumière tamisée des bars enfumés où on échouait, Bébert et moi, tous deux abrutis par les services interminables et l'alcool. Ces nuits n'en formaient plus qu'une seule, longue et creuse, au fond de laquelle j'espérais que Marie-Lou me donnerait signe de vie. En attendant, je m'étais promis de ne plus jouer, comme pour lui prouver que je n'étais pas celui qu'elle pensait que j'étais.

Bébert continuait de me montrer les rudiments du garde-manger, à l'insu de Renaud, quand il avait le temps. Il préférait me voir monter en cuisine plutôt que d'avoir à gérer Steven, qui se transformait en mollusque gaffeur chaque fois qu'il se trouvait dans les parages de Bébert.

— Tu vas voir, man. On va rocker ça, c'te cuisine-là.

Le shift du 31 décembre m'a fait penser à ces journées d'activités libres au secondaire. J'avais passé la soirée entre le dressage de salades en cuisine et le lavage d'assiettes à la plonge. J'avais fait la soirée avec Basile, cool et impassible, comme toujours. Les cooks avaient essayé de le saouler avant la fermeture.

Je me souviens du compte à rebours surréel alors que la cuisine terminait le service, toute titubante à cause des shooters de Godfather que Séverine nous servait sans arrêt. La salle était deux fois trop pleine. Des amis de la patronne, essentiellement. Ils ne portaient plus à terre, dans leurs fringues trop chères qui ont fini par se tacher de vin ou d'autre chose à mesure que la musique et la dope les ébouriffaient. Une des amies de Séverine qui dansait sur le bar était tombée et s'était presque cassé la gueule, renversant drinks et bières au passage; personne ne se donnait la peine de se cacher pour faire de la poudre et certains s'alignaient même des tracks sur le passe des desserts.

Basile s'est occupé du close et de la moppe. Il n'était même pas affecté par tout ce qu'on lui avait fait boire. Moi, je commençais à être gorlot. À un moment donné, Bébert m'a entraîné dehors. On buvait une bouteille de champagne à même le goulot, accotés contre le mur extérieur de la plonge. Il ne faisait pas très froid. Bébert était calme. Il regardait au bout de la ruelle jaune dans la nuit. On entendait des cris de réjouissance au loin, des klaxons, des rires.

— T'es un bon gars, man. T'as la tête à la bonne place. Je te souhaite une bonne année. La meilleure.

Il avait parlé lentement, sans me regarder, puis il m'a passé la bouteille.

— Toi aussi, t'es un bon jack.

Plein de neige s'était accumulée le long des clôtures dans la ruelle. J'ai levé la tête pour regarder vers le ciel. Les étoiles tournaient un peu.

— Je suis content d'être ton ami, j'ai dit.

Bébert a ricané, ça sonnait comme un moteur qui démarre.

— Ton ami ? Des amis, tu vas t'en faire dans ce milieu-là. Mais tu vas voir, tu les garderas jamais longtemps. Prends-les quand ils passent. On change trop vite de job.

Il y avait quelque chose de triste dans ce qu'il venait de dire. La rumeur de la salle nous parvenait par la porte entrouverte. Je me suis demandé si je travaillerais encore ici dans six mois.

— Mais moi aussi, man, il a continué, je suis content d'être ton ami.

Il m'a tapé sur l'épaule et m'a fait un grand sourire, découvrant ses dents détruites.

— Enwèye, on ramasse tout le monde pis on va se péter la face.

30

JE N'AVAIS toujours pas de nouvelles de Marie-Lou. Si j'avais eu un calendrier, j'aurais commencé à marquer les jours de silence d'un X. Les rares fois où j'avais trouvé le cran de l'appeler, j'étais tombé sur son répondeur. Je n'avais pas laissé de message. Je n'avais pas rejoué depuis qu'elle m'avait surpris Chez Maurice.

Mon abstinence avait un effet étrange. J'évoluais désormais dans une espèce de calme à la fois menaçant et sans histoire. Un peu comme quand on passe la journée au soleil sur le bord de la piscine, en juillet, mais qu'au loin le ciel noir laboure le fond de l'horizon, zébré d'éclairs, et qu'on n'entend le tonnerre que longtemps après. J'avais réussi à déposer huit cents dollars à la banque, pour me protéger des risques de rechute, mais aussi pour me convaincre que j'avais récupéré mes pertes pour de bon. J'avais calculé qu'avec ma prochaine paye j'aurais recouvré les trois quarts de l'argent que m'avait remis Deathgaze. J'expliquerais tout à Malik et je lui demanderais de me dépanner une dernière fois, pour combler la différence et payer l'imprimeur. Pour le rembourser, je ferais des doubles tout février et tout mars s'il le fallait. Tout rentrerait dans l'ordre. C'est ce que je me répétais inlassablement depuis la morbide journée du 1er janvier. Je l'avais passée seul dans l'appartement sombre de Vincent jusqu'à l'heure de mon shift, à faire des allers-retours entre le sofa et les chiottes pour me vomir le corps, l'estomac retourné par tout le champagne, l'amaretto et le whisky que j'avais ingurgités la veille.

LE 3 ou peut-être le 4 janvier, je suis rentré en retard. Ça n'a pas eu l'air de déranger Basile. J'étais arrivé à la course au resto, un peu échevelé. Il était assis sur la pile de racks de plastique, à attendre qu'il se passe quelque chose, dans une plonge au repos.

Ce soir-là, Bébert avait congé. Je m'en souviens bien, parce que Bonnie était au passe, un poste qu'elle n'occupait que de manière exceptionnelle, et avec vraiment trop de nervosité et d'impatience. Ça paraissait dans chacun de ses gestes, les poêlons qu'elle lançait vers le chaud, la porte du four qu'elle fermait trop fort, les sacres qu'elle crachait entre les dents.

Je me suis changé dans la salle des employés. La porte du bureau était fermée. J'entendais plusieurs voix. La discussion avait l'air très animée. Finalement, Vlad est sorti du bureau, le visage impassible, comme toujours. Séverine le suivait, déjà en train d'ouvrir son flip. Renaud est sorti le dernier. Quand il m'a vu, une drôle d'expression lui est passée sur le visage, entre la surprise et la méfiance. Il s'est approché et m'a demandé si les deux nouveaux étaient toujours aussi fiables. Il avait l'air de chercher un sujet de conversation. Il était plus amical que d'habitude et me posait des questions qu'il m'avait déjà posées et dont il connaissait les réponses. En me parlant, il faisait de l'ordre sur la table staff, sans me regarder. Il a voulu savoir si j'étais satisfait à la plonge.

— Ben, c'est correct, j'ai trouvé mon beat.

— T'aimerais-tu ça, monter en cuisine ? On pourrait te faire un training, si tu veux.

J'ai fermé la porte de ma case et je me suis tourné vers lui.

— Ah oui ? Quand, ça ? Je suis prêt.

Il n'a pas eu le temps de me répondre. Nick a dévalé les marches pour me gueuler qu'on avait besoin de moi en haut.

— Grouille, y a un fuck avec la machine à verres.

— La machine à verres ? j'ai dit, étonné.

Depuis quand la machine à verres me concernait-elle ? J'ai gravi les marches en finissant de boutonner ma chemise. J'ai longé la cuisine. Vlad, Bonnie et Steven entamaient le service comme trois otages forcés de travailler ensemble pour sauver leur peau. J'ai rejoint Nick, qui se tenait près de la machine à espresso. Il m'a montré l'autre bout du bar d'un signe de tête, un rictus baveux dans le visage.

— Checke : la machine à verres, là-bas.

Jade était assise au comptoir avec un gars. Ils se partageaient une entrée de tomates-bocconcini.

— Ça a l'air qu'il y a des meilleurs réparateurs que toi, han ?

Nick m'a tapoté l'épaule. Je l'ai repoussé brusquement, incapable de contenir ma colère. Il a continué de sourire imbécilement. Je l'ai planté là et je suis retourné dans la plonge.

Je me suis mis au travail en fulminant. Je lançais les poêles et les assiettes dans les racks, j'entrechoquais tout, je cherchais plus ou moins à briser de la vaisselle. J'étais devenu aussi malcommode que Bonnie.

— T'es-tu correct, man ? a demandé Basile.

Il me regardait tout bardasser.

— J'peux m'occuper du dish pit, si tu veux.

— Oué, OK. Attends-moi cinq minutes.

Je suis sorti dans la ruelle prendre l'air. Ça bouillonnait en moi. Je me sentais à vif. La gorge me serrait. Par la fenêtre du restaurant voisin, on voyait des gens se raconter des choses avec des expressions vives et amusées. Je suis resté là longtemps, jusqu'à ce que ma respiration soit moins saccadée et que je me mette à frissonner à cause du froid. En rentrant, j'ai repris ma place au dish pit, et c'est Basile qui s'est occupé de rapporter la vaisselle sale et de ravitailler la cuisine. Nick n'est pas venu fumer de la soirée.

J'AI LAISSÉ Basile partir autour de vingt-deux heures trente, après qu'il a eu récuré la salle de préparation. Il ne me restait qu'à attendre la fermeture. Le close s'est effectué en un temps record, comme chaque fois que Vlad s'en occupait. En venant me porter les insertions de la table chaude et les pots de sauce vides, Bonnie a pris le temps de fumer une cigarette. Elle avait l'air plus calme.

— So… do you like the mixtape?

Je continuais de gosser dans ma vaisselle. Je n'avais pas la tête à ça. Je me suis donné quelques secondes pour penser à ma réponse.

— I like it, actually. Bunch of stuff I'd never heard before. Like Suicidal Tendencies. C'est le fun que t'en aies mis dessus.

— Cool, elle a dit. Glad you liked it. I'll make you some more.

Je rangeais mes piles d'assiettes pendant qu'elle fumait sans se presser. Elle avait cette manière de tenir sa cigarette creux entre son index et son majeur. Elle avait l'air crevée. Elle a enlevé sa toque et ses cheveux en bataille sont retombés en grosses mèches mauves le long de son visage.

— So, what are you doing after work?

Elle a eu l'air surprise.

— Why? Wanna hang out?

J'ai envoyé le bac du dish pit dans la machine à laver et rincé le stainless une dernière fois.

— Sure.

— I'm supposed to meet up with B-Bert at the Roy Bar.

— Cool.

J'ai trouvé ça surprenant. Elle m'avait paru à couteaux tirés avec lui ces derniers temps.

Elle m'a attendu en avant assise au bar le temps que je me change. On a fait le chemin à pied vers le Roy Bar dans la ville étouffée sous une autre bordée de neige. Le ciel nocturne s'était dégagé. Bonnie avait retrouvé un air taquin, jovial même. Au coin de Rivard et Marie-Anne elle m'a poussé dans un banc de neige et a éclaté de son rire clair et maniaque, qui perçait toujours le vacarme des bars. Je l'ai poussée à son tour et on s'est chamaillés un peu.

On a pris par des petites rues qui ressemblaient à des tunnels ouateux. Elle m'a raconté qu'elle espérait pouvoir faire du snowboard durant ses prochains jours de congé. Elle a parlé de l'année qu'elle avait passée à Banff, le party interminable que ça avait été. Elle souriait en relatant tout ça et ça rendait ses cicatrices plus visibles. Elle était belle, mais surtout, quand elle était comme ça, je ne voulais pas arrêter d'être avec elle, j'aurais marché comme ça avec elle jusqu'au fleuve.

Le Roy Bar se tenait sur un coin de rue tranquille et retiré, ce qui lui donnait l'allure d'un bar clandestin. Mais deux fois sur trois, quand on y entrait, c'était l'anarchie. Et c'était le cas ce soir-là. Ça jouait du coude pour aller commander au bar. Les gens se renversaient de la bière dessus à cause des bousculades ivres. Ça racontait des anecdotes en s'égosillant. J'ai repéré Bébert. Il était plus qu'entamé. Il a rugi comme un morse en me voyant. Il m'a donné une accolade vigoureuse, presque brutale. Il n'était jamais affectueux comme ça.

— Heille, mon estie, il a crié, comment ça va ?

Doug était là, lui aussi, un quarante onces de St. Leger posé devant lui sur le comptoir du bar. Il parlait avec Nancy, la fille que j'avais vue dans le house party. Il passait sa langue sur ses lèvres toutes les deux syllabes. Ses pupilles étaient dilatées, grosses comme des dix cents. Bébert maintenait trois discussions à la fois et gueulait des demandes spéciales au DJ recroquevillé sous ses écouteurs, à deux mètres de lui. De l'autre côté du comptoir se démenaient des barmaids tatouées et percées comme des Suicide Girls. Bébert a glissé un petit baggie de pilules dans la main d'un de ses amis, un maigrichon au visage émacié, les cheveux bleachés à la Eminem. Il avait l'œil de la Providence tatoué sur la pomme d'Adam. J'ai essayé de prendre Bébert à l'écart. Au lieu de me suivre, il m'a donné un shooter qui puait le cirage à chaussures.

— Renaud m'a dit qu'il me ferait un training.

Bébert n'écoutait pas, trop saoul ou trop frosté.

— Fuck Renaud, man !

Il a cogné son shooter contre le mien, l'a sifflé sans grimacer et l'a largué nonchalamment sur le comptoir en bois verni. Le petit verre a rebondi quelques fois puis est tombé du côté des barmaids.

Je me suis penché vers lui et j'ai presque crié pour me faire entendre.

— T'as-tu parlé à Renaud pour me faire monter en cuisine ?

— Non, man, il a dit, à moitié attentif. Pas encore.

— Tu lui as rien dit?

— Heille. Je m'en occupe. Fais-moi confiance.

Il a mis ses mains sur mes épaules, comme pour me rassurer. Il était vraiment saoul.

J'ai réussi à commander une pinte de rousse malgré la forêt de bras qui sollicitaient les serveuses puis j'ai cherché Bonnie du regard. Elle n'était même pas venue saluer Bébert. Je l'avais perdue de vue dans la foule, où se mélangeaient les doyens du Peace Park et les dropeux de pills qui attendaient l'heure de se rendre au Aria pour aller danser jusqu'à onze heures le lendemain. J'ai reconnu Desrosiers, le coloc de Bob. Il était accoté au bar en train de discuter avec une fille pas mal plus jeune que lui. Les cheveux platine de la fille sortaient en mèches de la capuche de son hoodie dézippé jusqu'au sternum, laissant voir ses petits seins fermes dans une brassière léopard. Elle parlait avec une main devant sa bouche et on voyait des tatouages sur son poignet.

La place continuait de se remplir. Les pales des ventilateurs malaxaient mollement la fumée de cigarette, qui formait un nuage à un pied du plafond.

J'ai fini par repérer Bonnie. Dans les bras de Sam, son barman. En fait, c'est lui qu'elle était venue rejoindre. Ils se sont frenchés. J'ai repensé aux mises en garde de Bébert, quand il avait joué au grand frère avec moi. J'avais vraiment mal saisi la nature de ses avertissements. Mais là, ça crevait les yeux. En effet, je n'étais pas un gars pour elle : les Sam de ce monde, eux, l'étaient.

Quelqu'un m'a attrapé brusquement par l'épaule. Une bière a tinté contre ma pinte encore pleine.

C'était Desrosiers qui venait de me reconnaître à son tour.

— Yo, dude, ça va ? il m'a hurlé dans l'oreille.

Je lui ai serré la main.

— T'es avec qui ?

— Le monde de la job, j'ai répondu.

J'ai montré Bébert maintenant penché par-dessus le bar en train de piger des quartiers de lime dans un contenant de plastique pour les lancer au DJ. C'est une toune des Beastie Boys qui jouait.

— Bob est-tu avec toi ?

— Non, man, ça fait une semaine que je l'ai pas vu, il a dit.

Il a bu lentement.

— Comment ça ? j'ai crié.

J'étais incapable de cesser de regarder Bonnie, qui prenait des shooters avec Sam et les barmaids.

— J'ai passé la fin de semaine en dedans.

Par-dessus la mer de têtes, Desrosiers a fait signe à la barmaid de lui donner une autre bière. Elle a levé le pouce et l'a servi avant la trentaine de personnes massées autour du comptoir. Ils avaient l'air de se connaître.

Bébert jouait au bras de fer avec Doug, qui l'a couché sans effort. Bébert a ensuite calé le tiers de la bouteille de St. Leger.

— En dedans ?

Desrosiers a pris une longue gorgée de bière.

— Oui, trop de tickets de skate pas payés.

Bonnie et l'autre se sont encore embrassés. J'ai tapoté l'épaule de Desrosiers.

— Je reviens dans deux secondes.

— Pas de trouble, dude.

Je me suis faufilé dans la foule. J'ai pris une lampée de rousse, qui m'a moussé jusque dans le nez. J'ai déposé ma pinte à peine entamée sur une table. Sam a dit quelque chose à l'oreille de Bonnie, qui a éclaté de rire. J'ai poussé la porte du bar et je suis sorti dans l'air humide et froid.

31

Le Saint-Laurent était noir et immense en contrebas et chatoyait de flammes orange frémissantes et de mille lueurs fantastiques. Des décorations de Noël battaient au vent, lugubres, accrochées aux garde-fous du pont de la Concorde. J'étais calme. Je me jetais des regards fuyants dans le rétroviseur, comme pour vérifier que c'était bien moi qui me trouvais sur la banquette arrière. Le taxi roulait, solitaire, ses phares éclairaient la voie d'une lumière blafarde. L'île Notre-Dame se profilait devant. Après avoir quitté le pont, on a roulé sur une route large qui longeait un plan d'eau. À ma gauche, j'ai aperçu les lueurs de la Rive-Sud, qui dansaient dans le brouillard rampant sur le fleuve. Une limousine est passée en sens inverse comme un vaisseau languide et silencieux. Devant, au loin, une forme hérissée, ivoire, illuminait la nuit. Une chaleur apaisante s'est propagée en moi et s'est convertie en cette lente détente qui précède la montée d'adrénaline. Cette sensation ne s'émoussait jamais.

Le taxi m'a laissé sur le parvis du casino, éclairé comme en plein jour. Un groupe de touristes bavardaient dans une langue que je ne connaissais pas autour d'une autre limousine. Les femmes portaient des manteaux de fourrure. Des portiers en gants blancs m'ont ouvert les portes. Je suis entré. Je me suis senti chez moi. J'avais l'impression d'avoir visité cet endroit deux cents fois. J'étais déjà un peu high.

J'ai traversé le rez-de-chaussée. Des bassins et des fontaines séparaient les sections de machines à sous. Je me suis dirigé vers la rangée de guichets où on changeait notre argent. Ça faisait penser à des vieux comptoirs de banque. Derrière des barreaux dorés, des commis en smoking transformaient les billets en jetons. J'ai changé tout le liquide que j'avais sur moi, presque trois cents dollars. On m'a donné des petits écus de plastique. On aurait dit que, sous cette forme, l'argent perdait la moitié de sa valeur.

J'ai fait un tour d'horizon. Des lustres descendaient dans l'espace central ouvert, sur lequel donnaient la mezzanine et les autres étages. Les rampes des balustrades étaient vernies d'or plaqué. Le sol était recouvert d'une moquette épaisse couleur bourgogne. Tout luisait d'un luxe un peu factice, comme vieilli prématurément. Le clapotis des fontaines se mêlait aux palabres lointaines des joueurs éparpillés dans le hall. Un escalier en colimaçon menait aux étages supérieurs. Les marches étaient elles aussi recouvertes du tapis bourgogne. Je les ai empruntées. Par-dessus la rampe, j'ai observé le labyrinthe du rez-de-chaussée. Le son des machines à sous faisait penser à ceux d'un vieux jeu vidéo. Elles n'avaient rien à voir avec celles qu'on trouvait dans les bars. Elles étaient plus massives et semblaient provenir d'une autre époque.

J'ai passé entre des vastes salles à manger remplies de tables drapées de blanc sur lesquelles la coutellerie étincelait même sous l'éclairage tamisé. Elles étaient disposées en un vague cercle et entouraient un petit bar où personne ne servait. Il n'y avait nulle âme qui vive. J'explorais. Les salles à manger se multipliaient de chaque côté, semblables et différentes à la fois, comme dans une maison des miroirs. Elles attendaient en silence des invités qui ne viendraient jamais.

J'ai poursuivi ma visite. J'ai traversé une grande salle de jeux avec des tables de black-jack désertes.

Dans une section surélevée, cinq ou six vieux bonhommes, qui ressemblaient à ceux qui passaient leurs journées devant les vidéopokers dans les bars sur Ontario, étaient installés autour d'un jeu de course de chevaux miniatures. Ils s'époumonaient à encourager leur cheval métallique, penchés sur le petit hippodrome.

L'étage suivant se séparait en trois sections peuplées de joueurs. Une moquette avec des motifs hexagonaux rouges, mauves et bruns recouvrait tous les planchers. On apercevait les lumières du centre-ville par une haute baie vitrée. D'un côté, il y avait des tables de black-jack. Elles étaient presque toutes occupées. Les joueurs qui attendaient qu'une place se libère observaient ce qui se déroulait sur le tapis vert. Certains d'entre eux prenaient des notes. Une femme, début cinquantaine, le visage porcin et les mains boudinées, glissée dans une robe à paillettes trop ajustée, fanfaronnait bruyamment derrière ses tours de jetons. Son rire grinçait comme une porte. Quand elle faisait un bon coup, deux ou trois spectateurs l'applaudissaient, espérant peut-être bénéficier de sa bonne étoile.

Plus loin, il y avait les tables de poker, envahies par une confrérie de joueurs laconiques à l'air blasé. Les mises de départ étaient trop élevées pour moi. J'ai continué à errer. Les sections des salles de jeux se dépliaient, s'engendraient les unes les autres comme dans un rêve.

De l'autre côté, il y avait les roulettes. Là aussi, les mises de départ étaient élevées. Un joueur injuriait un des croupiers. Il venait de perdre une somme probablement plus importante que toutes mes payes de La Trattoria cumulées.

Devant moi, il y avait les tables de baccara. Les mises de départ étaient nettement plus basses que celles des autres jeux. Je me suis installé à l'une d'elles. J'ai déposé mes jetons devant moi. Le croupier m'a souhaité la bienvenue en me vouvoyant. C'était un homme dans la soixantaine, impeccable dans son uniforme. On aurait dit le valet d'un tsar ou d'un kaiser. J'étais entouré d'Asiatiques bedonnants à l'œil triste. Deux d'entre eux m'ont salué par un signe de tête. Une serveuse en chemise blanche et nœud papillon est venue s'informer si je voulais boire quelque chose. J'avais encore dans la bouche le goût de la bière rousse que j'avais bue au Roy Bar. J'ai hésité et j'ai fini par commander une vodka avec de la glace.

Le baccara est simple à comprendre. Ça fait penser à la bataille. Le croupier tire les cartes pour les joueurs et pour la banque. On peut miser du côté joueur, du côté banque, ou prédire l'égalité. On peut faire quitte ou double, ce qui permet de partir de rien et de faire des gains appréciables.

Derrière le croupier, il y avait un panneau électronique qui affichait l'historique des résultats. La vodka est arrivée, noyée dans les glaçons. J'ai pris une gorgée, les tempes brûlantes. J'adorais savourer ce moment d'avant la première mise.

J'ai observé les derniers résultats avant de me lancer. La maison avait gagné cinq fois de suite juste avant que j'embarque. J'ai pris une autre gorgée de vodka et j'ai misé trois jetons de vingt dollars du côté joueur. Le croupier a tiré un quatre pour nous, un cinq pour la banque, un neuf pour nous puis un valet pour la maison.

J'ai remporté la main et j'ai compris que les figures ne valaient rien. Le croupier a distribué les gains aux autres joueurs. Il a fait glisser trois jetons de vingt dollars vers moi. Les poils de ma nuque se sont dressés.

J'ai doublé ma mise initiale : j'ai misé six jetons, encore du côté joueur.

Une dame pour nous. Rien.

J'ai inspiré profondément. J'avais du feu au bout des doigts. J'observais le tapis vert.

Un huit pour la banque. Huit.

Un six pour nous. Six.

Un deux pour la banque. Dix.

Je croyais que ça y était, mais nous avions droit à une troisième carte.

Un cinq.

Onze pour nous, dix pour la banque.

J'ai encore remporté la main. De justesse, cette fois.

On m'a donné six autres jetons, en plus de ma mise. Je les ai placés dans mes réserves, empilées en petites colonnes. J'en ai pris dix et les ai mis au centre de la table pour prédire l'égalité, sans me rendre compte que mes chances de l'emporter étaient minimes.

Un des Asiatiques, un cure-dent pincé entre les lèvres, jouait nerveusement avec ses jetons en fixant le centre de la table. Deux autres ont croisé leurs bras après avoir placé leur mise. Je me sentais observé.

Un roi pour nous. Rien.

Un six pour la banque. Six.

Un as pour nous. Un.

Un quatre pour la banque. Dix.

Un neuf pour nous. Dix.

Égalité.

La table a lâché un cri de surprise. L'homme au cure-dent m'a félicité en anglais. Le croupier aussi, avec une politesse toute contenue, comme s'il s'adressait à un dignitaire. Je n'ai pas compris ce qui arrivait.

Le croupier a déposé huit jetons de cent dollars sur le tapis et les a fait glisser vers moi. Ma mise venait de quadrupler. J'avais les mains qui tremblaient. Ma vue était voilée. Le tableau des scores nimbait le croupier d'une aura pointilliste rouge et jaune.

J'ai essayé de me calmer et j'ai évalué les résultats. J'ai placé deux jetons de cent dollars du côté de la banque. L'adrénaline ruisselait dans tous mes membres.

Un deux pour nous. Deux.

Un cinq pour la banque. Cinq.

Un six pour nous. Huit.

Un trois pour la banque. Huit.

Égalité.

J'entendais mon cœur battre comme des coups de tonnerre dans ma tête. Le croupier a ramassé mes deux jetons. J'en ai remis deux autres, tout de suite, exactement au même endroit. La banque a remporté la main. Le croupier m'a rendu ma mise et les deux jetons que j'avais perdus le coup d'avant, et j'ai pris ça comme un avertissement.

J'ai fait le compte, fébrile, presque incapable de me concentrer. J'avais maintenant mille quatre-vingts dollars en jetons. J'ai recompté deux fois, le souffle court. Sur mon visage, un sourire idiot refusait de s'en aller. C'était impossible. Si j'additionnais à mes gains ce que j'avais dans mon compte de banque, j'avais plus qu'assez pour payer la job d'impression. J'avais presque récupéré ce que j'avais volé aux gars. J'ai recompté encore une fois, pour être sûr. Avec la paye qui s'en venait, j'avais même un peu de lousse. Je pourrais rembourser Marie-Lou quand elle se serait défâchée.

J'ai cherché des yeux un guichet pour changer mes

jetons en liquide. Il n'y en avait aucun à l'étage. Ils ne se trouvaient qu'en bas, dans le hall. Je me suis dirigé vers les marches en longeant la section des roulettes. J'ai jeté un œil vers une des tables. Je m'en suis approché. Une poignée de quinquagénaires étaient penchés sur le tapis quadrillé. La roulette avait quelque chose de fascinant, c'était comme de regarder un feu de camp. Je me sentais comme dans un film, revoyant indistinctement, mouvantes et superposées, toutes les scènes de jeu que j'avais vues dans des James Bond ou chez Scorsese ou d'autres que j'oubliais. Un des joueurs exhalait une odeur poivrée et âcre de cigare. Une montre en or lui pendait au poignet et il surveillait les carreaux rouges, verts et noirs en mâchant une gomme.

La croupière m'a souhaité la bienvenue, tout aussi polie et élégante que celui de la table de baccara. La mise minimale était de cent dollars. J'ai misé un jeton de cent et un de vingt sur le noir. J'avais estimé que je pouvais me le permettre. Quand la bille s'est mise à sautiller avec ce son sec et aigrelet en tournoyant sur la roulette, l'euphorie est revenue, puissante et délicieuse. La petite bille a arrêté sa course sur le vingt et un rouge. La croupière a annoncé des résultats auxquels je ne comprenais rien. Ça m'était égal. L'homme à la montre en or avait doublé sa mise, qu'il avait placée à la seconde douzaine. Il avait aussi gagné huit fois ce qu'il avait placé près du vingt et un, au coin du dix-sept, du dix-huit, du vingt et du vingt et un. La croupière a ramassé les pertes des autres joueurs en passant un râteau doré sur le tapis.

J'ai encore misé sur le noir. Le même montant. La

croupière a fait rouler la bille. Le trente-cinq noir est sorti. On m'a rendu ce que j'avais perdu le tour d'avant. L'euphorie ne se dissipait pas.

J'ai misé en imitant la technique de mon voisin. J'ai mis deux jetons de cent dollars sur la rangée dix-onze-douze et trois autres sur la première douzaine. Les jambes me picotaient, mes genoux s'engourdissaient et menaçaient de se dérober sous moi. La roulette a tourné pendant deux siècles.

La bille s'est enfin arrêtée sur le vingt-cinq rouge. Mes cinq jetons de cent ont été balayés par le râteau. J'ai alors misé un peu n'importe comment : vingt dollars sur le trente et un, soixante sur le noir, cent sur impair, deux cents à cheval sur le seize et le dix-neuf. La bille a roulé. Le zéro est sorti. La croupière a râtelé tous les jetons.

J'ai déposé mes deux derniers jetons de cent sur le tapis et j'ai misé sur les dix, onze, douze, treize, quatorze et quinze. La croupière m'a informé que je gagnerais cinq fois ma mise si un seul de ces chiffres sortait. L'euphorie s'est cristallisée dans tous mes membres et je suis resté immobile. J'ai regardé la bille sautiller entre les numéros laqués de la roulette. J'ai serré le bord de la table jusqu'à me blanchir les jointures. La bille a fini par se loger dans la petite fossette. La croupière a annoncé le numéro gagnant. Je ne l'ai pas entendu. J'ai eu un puissant vertige. Elle a ramassé mes derniers jetons d'un coup de râteau. Les visages autour de moi se sont embrouillés, ceux des autres joueurs et de la croupière, masques flous et blafards.

Une minute plus tard, j'étais devant un des vingt

guichets automatiques Desjardins dispersés sur l'étage, en train de retirer ce qui restait dans mon compte. Je suis retourné à la table de baccara où j'avais joué plus tôt, entouré des mêmes joueurs, dont les expressions ne racontaient rien. Le vieux croupier impeccable m'a salué de nouveau. Je me suis assis et j'ai misé, la tête vide, le regard empli du tapis vert. La banque a gagné. J'ai misé un nouveau jeton de cent dollars, côté joueur.

Un trois pour nous. Trois.

Une dame pour la banque. Rien.

Un quatre pour nous. Sept.

Un huit pour la banque. Huit.

Un as pour nous. Huit.

Égalité.

Le croupier a ramassé mon jeton et ceux des autres perdants.

J'ai reniflé. Un nouveau jeton au centre de la table. J'ai prédit l'égalité. Les cartes sont tombées une à une sur le tapis vert. Sept pour les joueurs. Dix pour la banque. Mon jeton a été balayé par le croupier. J'avais l'impression d'être enveloppé dans un acouphène, coupé du reste du monde, aspiré dans une orbite au fond de la nuit. Je n'aurais pas pu me lever de la table pour aller aider ma mère mourante à dix mètres de moi. Toutes mes facultés ou presque étaient engourdies, comme anesthésiées. J'ai misé en deçà de toute volonté, maintenu en place sur ma chaise par le frisson de milliards d'aiguilles le long de mon épine dorsale. Il y avait les mises, ma main, le tapis vert. Il y avait le lent fonctionnement silencieux du cosmos, les nébuleuses du hasard et le temps qui s'effondrait sur lui-même sans fin. Les joueurs à mes côtés faisaient grimper leurs piles de jetons. Moi, sans bouger d'un millimètre sur ma chaise, j'ai perdu les miens un à un, mes écus de plastique disparaissant comme si je les lâchais dans un trou noir. J'ai misé mon dernier jeton, prédisant l'égalité. J'ai pensé, dans un sursaut abject de mon cerveau délirant, que j'allais me refaire d'un seul coup. C'est le côté joueur qui a gagné. Le croupier a ramassé mon jeton. J'ai cédé ma place à un autre joueur et j'ai erré sans but, les jambes broyées, dans les salles de jeux, à regarder les autres gagner, accumuler des jetons. Je n'arrivais pas à former une seule pensée. Je n'aurais pas su dire comment je m'appelais. J'allais dans le casino, anéanti. J'étais en mouvement, mais à l'intérieur de moi il n'y avait rien, ni sensation ni langage, un abîme de nuit et de vide.

Vers six heures trente, j'ai poussé la porte de sortie du casino, sortie que j'avais mis je ne sais plus combien de temps à trouver. Le froid montait du fleuve, porté par un vent mordant et implacable. J'ai marché, les mains dans mes poches, jusqu'à l'arrêt de l'autobus qui faisait la navette entre le casino et la station de métro Jean-Drapeau. J'ai fait la file derrière une dizaine de dépossédés au regard vitreux et au visage triste. L'aube tardait à paraître et le centre-ville scintillait sur l'autre rive. J'ai fermé les yeux.

32

JE M'ÉTAIS couché tout habillé sur le sofa. J'avais oscillé entre le rêve et la réalité la journée entière. L'appartement était silencieux et sombre. Vincent avait laissé les stores vénitiens fermés. Plusieurs fois, j'avais eu le réflexe, presque en sursautant, de fouiller dans ma cachette à côté d'une patte du divan, à tâtons, pour vérifier si la liasse de billets s'y trouvait encore intacte. Mais il n'y avait plus rien, même pas un billet de cinq dollars.

« Come, we'll play in the fire. » C'était un des vers qu'avait ajoutés Peter Steele à la fin de sa version de « Black Sabbath ». Je la faisais jouer en boucle dans mon walkman, immobile sur les coussins du divan.

Je me suis levé vers quatorze heures trente. Sur la table basse, un numéro de *Hellblazer* était posé ouvert sur mon matériel de dessin. Vincent avait probablement commencé à le lire en mon absence. Ironiquement, c'était le numéro où, sur la couverture, John Constantine fume une cigarette devant une carte de bingo géante. La boîte contenant la série des *Dune* traînait encore dans l'entrée de l'appart. J'étais calme, ou mort, comme un lac l'hiver. Je me suis botté le cul pour me lever et suis allé décailler dans la douche.

GREG était attablé dans la salle staff. Devant lui, un gros sac Ziploc rempli de pilules blanches, toutes estampées d'un happy face. Il les transférait deux par deux dans de petits sachets puis les enfonçait dans la poche d'un sac banane qui ressemblait à une ceinture de barmaid. Il aurait pu être en train de remplir des salières ou le coffret de tisanes, ça aurait été pareil. Il m'a salué sans interrompre sa besogne.

Renaud était dans le bureau. Je me suis habillé puis je suis allé le voir. Le chef jouait au démineur. Il s'est tourné vers moi. J'ai fermé la porte.

— Renaud, je voulais te demander… tu penses-tu que je pourrais avoir une augmentation ?

Ma voix m'a semblé éteinte et lointaine. C'était la première fois que je parlais depuis le casino.

— Une augmentation ? Ça fait même pas un mois que tu travailles pour nous.

Il avait pris une espèce de ton embêté.

— Ben je trouve que j'ai quand même donné beaucoup pour un nouveau que ça fait même pas un mois qu'y travaille ici.

Il a souri en me regardant.

— Tu te prends pas pour une chiquée de gomme, en tout cas.

Ses dents étaient jaunies par des années de cigarette. Je me suis rendu compte que je n'aimais pas son sourire ni sa face osseuse de déterré. Il a continué :

— C'est vrai que tu travailles fort. T'as l'air fatigué.

Mais il y avait quelque chose de forcé et de contenu dans ses paroles. Il a ouvert Maitre'D pour vérifier mes heures des deux dernières semaines.

— J'vais dire comme toi, t'en fais pas mal.

Il a fait défiler les feuilles du chiffrier.

— Ah. Je vois que Christian t'avait déjà donné une bonne augmentation. T'es même mieux payé qu'Eaton. La seule chose qui justifierait une autre augmentation, ça serait de te faire monter en cuisine.

Il a fermé la fenêtre d'un clic de souris. Je jouais nerveusement avec la latte du cadre de porte. Je voulais lui dire que j'avais vraiment besoin de cette augmentation, mais j'avais peur d'avoir l'air désespéré.

— Ça t'intéresse toujours, la cuisine, right ? T'as pensé à ce que je t'ai proposé hier ?

— Oui, ça m'intéresse.

— Donne-moi quelques jours pis on organise ça. Là, va commencer ton shift.

Quand je suis sorti du bureau, Greg avait disparu. La machine à glaçons a rendu de nouveaux cubes et le bourdonnement de la salle électrique m'a semblé plus fort que d'habitude. Je me sentais rouillé et mes yeux picotaient. Je ne savais même pas si j'avais vraiment dormi.

Un souvenir de Marie-Lou m'est revenu. Je me suis revu dans le mosh pit avec elle, au show de Megadeth, il y avait des années. L'odeur de sa sueur, son sourire carnassier, ses yeux comme des braises. Je me suis pressé les mains contre le visage. Je suis allé faire mes laitues.

Je suis monté à l'étage après ma mise en place, que j'avais bouclée avec une sorte de lenteur découragée. Bonnie engueulait Steven dans la cuisine. Elle était amochée et intraitable. Steven n'arrivait pas à placer un mot. Bonnie lançait ses bols à salade sur le poste de Steven en gueulant dessus, il devait attendre le bon avant d'envoyer les plats du deuxième service. Au bout du bar, près de l'ordinateur de commande, Maude discutait avec Greg, elle essayait de le convaincre d'aller chercher quelqu'un. Renaud est arrivé derrière moi, changé, le manteau sur les épaules. Maude a laissé Greg, qui est allé en salle avec une douzaine de verres à vin dans une seule main pour les disposer sur les tables. Elle s'est approchée de Renaud, qui s'était mis à pitonner sur l'écran de l'ordinateur.

— Tu peux pas rester, juste le temps qu'il se pointe ? Juste pour être sûr ?

— C'est pas la première fois qu'il est en retard. Il va arriver. Anyway, vous avez quasiment personne dans le book.

— Voyons, Renaud, tu sais ben que ça veut rien dire. Si Bébert se pointe pas, j'ai personne pour faire le chaud.

— Ben non. Steven est capable.

Renaud a enroulé son foulard autour de son cou.

— Steven ? a dit Maude, sans même se soucier que

le principal intéressé se trouvait à deux mètres d'elle, tu me prends-tu pour une conne ?

— C'est ma journée off, Maude.

Renaud a sorti une cigarette de son paquet.

— Quand t'en feras autant que moi ici, on s'en reparlera. En attendant, bonne soirée. Vous allez être capables, les enfants.

Le visage de Maude s'est crispé d'un coup. J'ai cru qu'elle allait le gifler. Il est parti en lui lançant un petit clin d'œil. Il s'est faufilé à travers un groupe de cinq qui entrait dans le restaurant. Maude l'a regardé sortir, les yeux écarquillés. Greg est revenu vers le bar.

— Pas de stress, fille. Je m'occupe de Bébert.

On me le raconterait quelques jours plus tard mais, peu après mon départ du Roy Bar la veille, apparemment que les choses s'étaient intensifiées pour eux aussi. Pour supporter l'ébriété dans laquelle ils s'enfonçaient – ils avaient éclusé trois quarante onces de St. Leger –, Bébert et sa gang s'étaient gavés de speed. Puis Nelly, une des ex de Bébert, était débarquée et s'était mise à lui jouer dans la tête. Elle avait décidé de lui présenter son nouveau chum tout en essayant de le frencher dès que le gars allait aux chiottes pour pisser ou faire de la poudre. Doug ne l'avait pas trouvée drôle : il les avait sortis tous les deux par la peau du cou, avec la fille qui gigotait au bout de sa poigne comme un lutin arraché à sa tanière. Ils avaient closé le Roy Bar en s'envoyant d'autres pilules. Le bordel s'était poursuivi au Aria, puis chez un de leurs amis, où Nelly était revenue à la charge.

Ce coup-là, Doug n'était plus là pour gérer la situation. La gang avait descendu deux vingt-quatre achetées à l'ouverture des dépanneurs. Bébert avait disparu avec Nelly, quelque part entre midi et treize heures. Pas de nouvelles de lui depuis. Il devait rentrer à quinze heures trente. On s'en allait sur les dix-sept heures.

Greg a mis son manteau et s'est absenté une vingtaine de minutes. Il venait tout juste de partir que le service a commencé, avec une intensité subite, comme si les frigos du quartier en entier s'étaient trouvés vides simultanément et que tout le voisinage avait décidé d'aller souper à La Trattoria pour se dépanner.

Les premières commandes ont pris Steven et Bonnie au dépourvu. Ils n'arrivaient pas à se coordonner. Steven s'occupait du chaud de façon aussi inexpérimentée que Maude l'avait anticipé, démarrait une table à la fois au lieu de grouper les commandes. Irascible comme je ne l'avais jamais vue, des cernes à la place des joues, Bonnie essayait d'encadrer Steven, mais il ignorait sciemment tout ordre qui sortait de sa bouche. Elle était incapable de lui expliquer calmement quoi que ce soit et lui persistait dans l'erreur, par orgueil. Pour passer sa colère, Bonnie bardassait les poêlons qu'elle préparait et les glissait violemment vers Steven alors qu'elle s'occupait du froid et des salades, jurant sans arrêt et se promettant de crisser la job là dès qu'elle le pourrait.

Je n'arrivais pas à ressentir leur détresse. J'étais imperméable à la panique qui les gagnait. Je me suis rappelé une des premières choses que Christian m'avait dites. C'est juste un restaurant.

Maude tentait d'imposer un peu d'autorité et donnait des consignes à Bonnie et à Steven à travers les tablettes du passe. Ça n'avait aucun effet.

En plus, les premières tables ont été nombreuses et exigeantes. De nouveaux clients n'arrêtaient pas d'entrer. Il y avait presque une file d'attente. Denver courait partout, les mains pleines d'assiettes et de paniers de pain. Il replaçait ses cheveux chaque fois qu'il venait chercher ses plats, les sourcils froncés et la bouche serrée, démêlant les bons de commande que Bonnie jetait négligemment sur le passe. J'avais l'impression à la regarder qu'inconsciemment elle aggravait le bordel à dessein, pour tout faire péter en commençant.

Greg a fini par revenir. Il a roulé son manteau en boule et l'a lancé derrière le bar avant de sauter dans le service, l'air de n'avoir rien manqué, comme s'il maîtrisait déjà la situation.

Dix minutes plus tard, Bébert a fait son entrée.

Il est passé par la porte des clients. Maude ne l'a pas lâché des yeux à mesure qu'il traversait la salle à manger en boitant. Il m'expliquerait un peu plus tard qu'il s'était rentré de la vitre dans le pied sans trop savoir comment. La capuche de son manteau d'hiver était rabattue sur sa tête et gardait ses yeux dans l'ombre. Dans sa main droite, il tenait un sac en papier brun duquel sortait un goulot vert débordant de mousse. Il a pris une gorgée devant tous les clients. De la mousse lui a coulé sur la main. Maude le fusillait du regard.

— Il est là, là. Change de face, a lancé Greg en apportant des bouteilles d'eau fraîche aux nouveaux clients.

Bébert s'est punché in puis s'est déplacé en claudiquant jusqu'à la plonge pour venir me trouver. Il a sorti une clope de son paquet d'Export A tout chiffonné. Tous ses mouvements étaient ralentis, comme si son cerveau vérifiait deux fois plutôt qu'une la trajectoire de chacun avant de les approuver. Il a gaspillé une demi-douzaine d'allumettes avant de réussir à s'allumer. Il m'a regardé, l'œil un peu flou et mi-clos, et m'a fait signe de m'approcher. Je n'étais même pas à un pied de lui. Il a fouillé longtemps dans la poche de son jeans. Il a échappé ses clés en extirpant au moins vingt dollars en deux et en une. Le coin d'un baggie déchiré se trouvait parmi les pièces. Il m'a tendu la poignée de monnaie.

— Va au dep. Pogne-moi une douze de Heineken. Si y en a pas, pogne une douze de Bleue, il a dit lentement, d'une voix calme, sereine presque.

Il m'a versé la monnaie dans la paume. Deux ou trois pièces sont tombées par terre. Il a plongé sa main dans la poche de son manteau. Il en a sorti une pilule, qu'il s'est envoyée en prenant une gorgée de sa bière.

— Oublie pas. Si y a pas d'Heineken, tu prends de la Bleue.

Il est parti vers la cuisine. J'ai envoyé un rack dans la machine avant de jogger jusqu'au dépanneur sur Mentana, entre Mont-Royal et Villeneuve.

J'en avais assez pour une douze d'Heineken, mais j'ai choisi la Bleue, cinq dollars moins chère la caisse. Avec la différence, je me suis acheté deux gratteux, imbécilement certain que j'allais me refaire. Je les ai grattés sur place, la douze entre mes bottes de travail. Rien. Même pas un deux piasses pour en acheter un autre.

Je suis revenu dans ma plonge froide, qui était restée telle que je l'avais laissée. Les bacs à vaisselle de service débordaient, mais je savais que je m'en occuperais en vitesse. Dans la cuisine, Steven avait pris son trou au garde-manger, travaillait avec des gestes d'automate muet, comme traumatisé. Bonnie s'occupait du passe, rageant en silence alors qu'elle expédiait sans aucun soin des commandes tout le temps incomplètes. Bébert revenait parmi les vivants, animé d'une drôle de vigueur. Il manipulait les poêlons avec rudesse, peut-être pour compenser la maladresse qui transparaissait dans ses gestes mal coordonnés. Quand il m'a aperçu, il a lancé un rugissement victorieux. Steven s'est tourné vers moi. Il a vu la caisse de bières puis s'est caché le visage d'une main. Bébert s'est ouvert une bouteille avant de larguer la caisse sous la table chaude.

Greg est passé à la hauteur de la cuisine.

— Pis, Burt, t'aimes-tu mes Tylenol ?

Bébert a répondu par une sorte de grommellement d'ursidé. Il a poursuivi le service, moins efficace qu'un quadriplégique, catastrophique, ricaneur et plus baveux que jamais. La face de Steven pâlissait d'une coche toutes les dix minutes. Bonnie tapait du poing sur ses comptoirs et jurait en anglais, des sanglots de rage dans la gorge. Elle était comme folle, j'avais peur qu'elle ramasse un couteau et trucide quelqu'un.

Bébert échappait les poêlons pleins d'ingrédients en

train de cuire, renversait ceux que Bonnie lui préparait, envoyait les mauvaises pâtes dans les mauvaises sauces, lançait sa vaisselle sale sous le four avec une négligence exagérée ou en mimant un mouvement de bowling. Il s'acharnait sur Steven, lui demandait s'il était vraiment capable de flipper les poêlons ou si c'était parce qu'il suçait bien que Renaud l'avait monté au chaud. Il faisait tomber ses pipettes de vin blanc, ses pipettes d'huile, le pichet d'eau de Bonnie dans l'insertion de sauce tomate, sa bière dans la sauce crème. De l'autre côté du passe, on voyait la salle continuer de se remplir. Bébert réparait ses gaffes avec un rire gamin et insolent, qui s'amplifiait quand Bonnie l'envoyait chier, exaspérée par ses conneries d'ivrogne. Il la niaisait à propos de Sam, à la limite de ce qui était admissible, lui demandait si le gars le savait, qu'elle s'essayait sur ses collègues quand il ne la rappelait pas. Bonnie le mitraillait de « fuck you », qu'elle aboyait avec des larmes de fureur aux yeux, en chambardant tout autour d'elle. Maude s'arrachait presque littéralement les cheveux tandis que les clients ne cessaient d'affluer. Elle semblait incapable de retrouver son sang-froid. Elle criait après Bébert, qui lui faisait des fingers en souriant, la gueule molle. Les serveurs se démenaient en salle pour faire patienter les gens qui attendaient leurs plats, que Bébert devait parfois recommencer trois fois, quand il ne les oubliait pas carrément.

Je me suis retiré à l'arrière. Je refusais de prendre part à tout ça – à mes yeux, ça ne changerait rien à la vaisselle que j'aurais à laver ni aux dégâts que je devrais nettoyer. Je me sentais au-dessus de la mêlée, ou loin en dessous. J'avais déjà eu mon lot. Plus grand-chose ne me dérangeait.

Bonnie a fait irruption dans la plonge, pas défâchée d'un iota, les yeux pleins d'eau et le visage rouge.

— Yo, Steven, where the f…

Elle s'est tournée vers moi en disant : « Have you seen Steven ? »

Je lui ai répondu que non, aussi nonchalant que si elle avait voulu savoir si j'aimais la couleur bleue. J'ai envoyé un rack de poêlons dans la machine en lui demandant pourquoi. Sans répondre, elle est retournée en vitesse dans la cuisine, d'où provenait un vacarme toujours plus intense de tôles à pizza qu'on lance sur le dessus du four, de poêlons qu'on entasse sur les ronds et de porte de micro-ondes qu'on ferme violemment.

Je suis descendu au sous-sol pour rapporter de la vaisselle de préparation. Steven se versait du poivre blanc sur une coupure et se faisait un bandage en répétant à voix basse qu'il ne voulait plus travailler avec cet ostie de malade là. Quand il a remarqué que j'étais là, il m'a dit sur un ton très sérieux qu'on ne sortirait pas vivants d'ici.

— C'est juste un ostie de débile, ce crisse de fou là. Je retourne pas dans la cuisine, je te garantis.

Ce n'était pas qu'une impression : sa voix tremblait sous l'effet d'un sanglot qu'il tentait de contenir. Bébert a gueulé dans la cage d'escalier.

— Enwèye, tapette, y a des commandes ! Veux-tu que je te coupe pour de vrai, moé ?

Le désir de voir ce shift insane se terminer s'est enfin fait sentir. J'ai pris Steven par l'épaule.

— Je vais aller faire le garde-manger. Occupe-toi de la salle de prep pis avance la vaisselle, OK?

Je n'ai même pas laissé le temps à Steven de me répondre. Je suis retourné à l'étage avec mon tas de plaques de cuisson surmontées d'insertions empestant le vinaigre à marinade.

Je suis entré dans la cuisine comme on entre dans un ring. Bonnie m'a regardé avec dédain quasiment.

— What the fuck are you doing here, man?

J'ai été sec et direct.

— Simmer down, I'm here to help.

Je commençais à connaître assez ses expressions pour les lui resservir.

Elle s'est calmée tout de suite ou en tout cas s'est détournée de moi. Elle a essuyé des larmes avec son poignet en démêlant les bons de commande qui sortaient de l'imprimante. J'ai fait le tour de ceux qui se trouvaient sur la réglette du garde-manger et j'ai tout trié dans ma tête en me rappelant les conseils que Bob m'avait donnés.

J'ai décongestionné les entrées en même temps que les salades commandées en deuxième service. Je me concentrais à un point tel que les niaiseries de Bébert et ses accidents les plus incroyables ne m'ébranlaient pas. Bonnie avait l'air de prendre sur elle et expédiait les plats avec plus de constance qu'elle en avait eu dans les dix derniers shifts. Elle retrouvait même un peu d'énergie pour gérer Bébert. Mais son cas à lui ne faisait qu'empirer, il était en roue libre. Il rappait du Eazy-E par-dessus son fourneau, « Mothafuck Dre, mothafuck Snoop, mothafuck Death Row… pis mothafuck le resto ! » Il lançait les poêlons cramés sous le four à pizza. Parfois, il accrochait une poêle en attente sur la tablette au-dessus du piano et faisait tomber toutes les autres, dans une cascade de tronçons de brocoli, de lamelles de prosciutto, de tomates cerises et de tranches de poivron. Pendant ce temps-là, des clients repartaient sans avoir reçu leurs plats. Mais ça ne créait aucun répit. D'autres s'installaient à leur place. Les réglettes débordaient de bons. À un moment donné, Bébert a pété sa coche. Il a jeté tous les bons de sa réglette dans les poubelles et a déclaré que tout le monde mangerait des pâtes carbonara, that's it, tabarnac. Tout le monde a figé. Denver, Maude, moi. Bonnie a disparu dans la plonge. Je l'ai entendue frapper à répétition sur quelque chose et hurler de colère. Juste au-dessus du passe des desserts, j'ai vu la face de Maude se ratatiner comme un champignon déshydraté, ses yeux agrandis comme des billes de snooker. J'ai lâché prise. J'ai ignoré la déclaration de Bébert et j'ai continué à m'occuper des entrées et des salades, des commandes que je me rappelais et que je savais faire. Il n'y avait pas d'autre solution pour passer à travers ce cauchemar.

Sur le coup de vingt-deux heures, Bébert avait déjà sifflé toute sa caisse de douze et Greg lui avait filé un pichet de bière en douce pour qu'il ne crashe pas. C'est là que Maude a eu la bonne idée de fermer la cuisine. Elle avait vieilli de dix ans d'un coup et semblait avoir perdu dix litres de sueur.

À la fin de la soirée, la cuisine de service avait l'air d'avoir été pillée puis démolie par des Huns. Bébert s'est éclipsé après avoir foutu toute la vaisselle sale de son poste dans le dish pit, pêle-mêle, dans un gros tas de poêlons, de louches et de pinces. Bonnie a nettoyé la cuisine de service comme elle a pu et Steven m'a aidé à finir de laver la vaisselle. Alors qu'on croyait que tout était enfin terminé, on s'est aperçus que Bébert était tombé dans les marches du sous-sol, avec dans les bras le bac plein de pots de sauce. Il avait tout laissé ça là, les dernières marches inondées de sauce rosée, et avait disparu on n'a jamais su où.

MAUDE m'a servi ma pinte d'après shift. Elle m'a remercié pour l'aide que j'avais fournie en cuisine. Elle m'a promis qu'elle en parlerait à Séverine. Les traits de son visage s'étaient adoucis, elle avait retrouvé sa gueule d'héroïne du futur. Elle ne s'était jamais adressée à moi sur ce ton, encore moins avec cet éclat-là dans les yeux. J'ai senti que je venais d'entrer dans la catégorie des gens qu'elle tenait en estime.

Le rush catastrophique qu'on venait de traverser m'a fait voir ma nuit au casino d'un autre œil. J'ai pensé à Alex, à Marie-Lou. À Malik, aussi, et à Vincent. Je pouvais peut-être encore faire quelque chose. Mais il fallait que j'agisse vite. Il fallait que je trouve de l'argent. J'ai pris une longue gorgée de bière. Il y avait forcément une solution, une manière de transformer les dix cennes en deux piasses. La date de remise que j'avais donnée à Alex se rapprochait. Je pouvais encore retrouver l'argent, il fallait seulement que je pousse ma luck encore un peu. J'ai entendu la voix haut perchée de Greg :

— Pis, le warrior ? Pas trop crevé ?

Il a déposé sa clope dans le cendrier à côté de ma pinte.

Je me suis tourné vers lui dans un sursaut, comme surpris en train de rêvasser par un prof. Sa présence ramenait toujours en moi ce mélange de nervosité et de curiosité.

— Je t'ai entendu jaser avec Renaud tantôt, il a dit. Tu trouves qu'ils te payent pas assez ?

J'ai pris une autre gorgée de bière.

— Non, c'est pas ça. Je suis dans la marde.

Sa main était posée sur le zinc. Il avait un jonc en or à l'auriculaire.

— T'étais-tu sérieux, l'autre soir ?

— Oui, j'ai répondu. J'étais sérieux.

Il ne souriait pas. J'ai bougé sur mon tabouret.

— Bon, il a dit en prenant sa cigarette. J'ai peut-être de quoi pour toi.

— Ah oui ?

— Peut-être ben. Combien tu fais en deux semaines ?

Je lui ai donné le montant de ma dernière paye. Il a souri. S'il avait eu des crocs au lieu des canines, ça ne m'aurait pas surpris.

— Moi je peux te faire faire ça en une soirée.

Mon visage s'est illuminé. Son sourire a disparu aussitôt.

— Mais c'est pas un petit coup de cash. J'veux pas que tu me chies dans 'pelle après une semaine. J'ai besoin de quelqu'un de solide.

Je lui ai assuré que j'étais prêt à tout.

— C'est bon. Va juste falloir que je checke si je peux te truster avant.

— Pas de problème, Greg.

Maude est venue demander une poffe à Greg. Il s'est tourné vers elle.

— Je t'avais dit que c'était une mauvaise idée de le faire rentrer.

— Qu'est-ce que t'aurais voulu que je fasse ? elle a dit en soufflant sa fumée.

— Forcer Séverine à garder l'ostie de deux faces.

— Renaud s'en câlissait. Il voulait pas rester.

— Séverine lui aurait tordu le bras, tu peux être sûre.

— En tout cas – elle s'est penchée vers moi –, une chance que t'étais là, toi. J'étais sûre que Bonnie allait se pousser en plein service.

Je n'ai pas trop su quoi répondre. J'ai haussé les épaules. Greg a regardé l'heure sur son flip.

— Enwèye, man. Finis ta bière. On va aller jaser.

33

LES GENS comme Grégoire Normandeau ne rendent jamais de services, ne font jamais de faveurs. Mais dans ce temps-là j'étais encore trop vert pour le savoir.

J'ai embarqué côté passager dans sa Monte Carlo noire. Si j'avais voulu une seule automobile dans ma vie, ça aurait été ce modèle-là. Les haut-parleurs crachaient du vieux Public Enemy. Greg a brisé la glace en me demandant si j'avais entendu les tracks qu'ils avaient enregistrées avec Anthrax. Un métalleux comme moi, ça devait savoir ça. Les deux bières que j'avais bues au resto m'avaient délié la langue. On a parlé d'Anthrax, du Big Four, puis de la rivalité entre Metallica et Megadeth. Il a répété qu'il trouvait ça étonnant qu'un kid de mon âge connaisse aussi bien les bands sur lesquels il avait tripé, adolescent. Il m'a reparlé du show de Slayer à l'auditorium de Verdun. J'étais incapable de l'imaginer à quinze ou seize ans. J'ai essuyé la buée sur ma vitre.

J'ai frissonné, la Monte Carlo n'avait pas eu le temps de se réchauffer, et c'était humide.

On a viré sur Rachel puis il s'est garé près du lounge où on était allés veiller quelques semaines plus tôt. On était arrivés. Le bar était plein et enfumé. Les banquettes étaient envahies par des yuppies à l'orée de la trentaine, bien mis, qui empestaient l'eau de toilette. Je suivais Greg comme un chien de poche. Des jeunes femmes buvaient des martinis au bar, les lèvres luisantes sous l'éclairage bleu tamisé. Elles me voyaient sans me voir, comme on voit une boîte aux lettres ou une borne-fontaine. Les gens saluaient Greg avec des expressions de joie. Le gars avait l'air *aimé,* et lui cachait bien son jeu. Les aspects plus tranchants de son caractère, son tempérament autoritaire et bouillant, semblaient dormir sous une surface affable. Il avait l'air cool, relax. Toujours le bon mot, bilingue et à l'aise, funny. Je le voyais interagir avec les gens, comme s'il était une vedette qui connaît les usages du monde. J'avais du mal à m'imaginer les histoires que Bébert m'avait racontées. La violence qui paraissait l'habiter à tout moment au resto semblait s'être dissipée. J'essayais de comprendre comment il faisait pour que tout le monde soit tourné vers lui, pour susciter cette sorte d'admiration presque exagérée. Tout le monde était heureux d'être en sa compagnie. Un genre de gentleman. Personne n'avait l'air de remarquer les cicatrices sur son cuir chevelu. Bébert m'avait conté que c'était un Bo-Gars qui lui avait éclaté une bouteille de champagne sur la tête, dans un club, je ne sais plus lequel, au Orchid, je pense. Ça avait fini à coups de poignard. Il ne m'a jamais dit ce qui était arrivé à l'autre gars.

Des femmes de son âge l'embrassaient, deux à la fois, criaient par-dessus la musique qu'elles s'étaient ennuyées, ça faisait trop longtemps, il devait donner plus de nouvelles que ça. Il m'a présenté à certaines d'entre elles et je les trouvais toutes magnifiques et irréelles. Après sa tournée de salutations, on a pris place au bar. Il a commandé une vodka sur glace. J'ai pris la même chose, sans hésiter, sans réfléchir. Il m'a présenté au barman, qui m'a serré la main. Je commençais à avoir l'impression d'être devenu son protégé.

— Fait que ta blonde travaille pour François Laurier?

— François Laurier?

J'ai froncé les sourcils, comme s'il me posait une colle.

— Tu m'as dit que tu connaissais François Laurier à cause de ta blonde.

— Ah, non. C'est Benjamin que je connais. Benjamin Laurier, le frère de François. Mon ancienne blonde – ça a sonné triste et bizarre dans ma tête – travaille pour Benjamin.

— Ah… ah, OK.

Il a pris une gorgée de vodka et a fait claquer ses lèvres. J'ai vu qu'il avait une dent en or. Il s'est tourné vers moi et m'a jaugé un instant.

— Peu importe, il a dit. Ça revient au même.

Il a fait une petite pause, m'a fixé une autre fois, pendant quelques secondes, à moitié distrait. Il suivait le flow de Missy Elliott, c'était « Work It » qui jouait, en drummant avec ses doigts sur le bord de son verre, « And think you can handle this gadong-a-dong-dong ».

— Mercredi soir, il a dit, j'ai un de mes gars qui s'en va faire une commission. Il a besoin de quelqu'un pour le backer.

J'étais à l'horaire au resto mercredi soir, mais je ne l'ai pas mentionné. Je me débrouillerais. À la limite je callerais malade.

— Quel genre de commission ?

Je devais avoir l'air con avec mon air semi-affranchi, semi-téméraire.

— Une commission commission.

Il a pris une gorgée de vodka.

— C'est un truc relax, pas de stress, il a continué. Personne est censé avoir de *piece* sur eux autres.

— Han han, j'ai dit, OK.

C'est seulement rendu à cette phrase-là que j'ai commencé à voir la sérieuse connerie que je m'apprêtais à faire. On n'était pas dans un film avec des ralentis et des arrêts sur image slick. Pas pantoute. Je me suis trouvé vraiment imbécile tout à coup. Je veux dire, *vraiment* imbécile *encore.* J'ai jeté un œil vers la sortie. Deux gars et deux filles entraient. Du monde jasait devant la porte dehors et dégageait des nuages de vapeur. Le courant d'air est venu nous lécher la nuque comme une débarbouillette glacée. Les gars avaient de longs manteaux sombres, ils bougeaient avec des gestes lents et ennuyés. Les filles parlaient entre elles à voix basse, elles étaient vêtues de manteaux clairs cintrés et de hautes bottes de cuir. Bien sûr que les gars comme Greg ne faisaient pas de la business avec des petits slingshots dans leur poche. Mais la solution rapide que cette *commission* pouvait apporter à mes problèmes embrouillait à ce moment-là ma capacité de raisonner et de convenir que ça représentait un plan très foireux. J'étais assis là au bar avec Greg. Je n'étais objectivement pas capable de reculer, de me lever et de partir. Passer pour un lâche aux yeux de Greg me faisait plus peur, on dirait, que l'éventualité de me faire pointer un gun dans la face. Je me disais que le monde tirait du gun pas mal moins qu'on pensait. On était à Montréal. On n'était pas à Bogotá ou à Compton. Un de mes chums m'avait déjà dit au collège que son père, qui était sergent-détective dans la police de Montréal, avait sorti son gun une seule fois dans toute sa carrière. On ne penserait pas ça. Je me disais que ça calmait les esprits, quand tout le monde en avait un dans les culottes. Ça va être correct, j'ai pensé, Greg sait ce qu'il fait.

— Tu vas aller rejoindre Will.

— Qui ça ?

— Will. Tout ce que t'as à faire, c'est d'être avec lui tout le long de la commission. Un peu comme si tu rentrais dans des toilettes publiques avec un chum qui doit aller chier dans un booth pis qu'y faut que tu restes pas loin pendant qu'y fait sa petite affaire. Tu vois ce que je veux dire ?

Il a rigolé.

— C'est dans des toilettes publiques, la commission ?

Greg a arrêté de rire d'un coup.

— Ben non, câlisse, voyons.

Il a regardé quelque chose sur son flip. Il avait l'air très calme, presque reposé. Pas du tout préoccupé. Il avait des rides de rire autour des yeux. On n'aurait pas dit qu'il venait de se taper une soirée de rush.

— Ils vont t'attendre au métro Pie-IX du côté des...

— Ils vont être plusieurs ?

— Mon gars pis son chauffeur. Ils vont être parqués derrière le stand de taxi. Une Civic bleue. Tu les rejoins pour neuf heures du soir. Fais-les pas attendre.

J'ai tout enregistré. La vodka glaciale m'engourdissait les parois de la bouche. Ça se buvait tout seul. Greg nous en a commandé deux autres.

— Tu le lâches pas d'une semelle, compris ?

Il me parlait en me pointant du doigt.

— Compris.

— Si ça se passe bien, on va pouvoir jaser d'autre chose.

J'ai levé mon verre. Il a choqué le sien contre le mien. Je me suis convaincu que son Will ne devait pas être pire que la racaille qui rôdait autour de Jess dans le temps que je sortais avec. Je l'imaginais avec le visage de Gilles, le dealer fou furieux avec qui Marie-Lou sortait, dans le temps. Ça irait. Je suivrais les instructions de Greg à la lettre et ça se passerait bien.

Des filles sont venues nous rejoindre. Je commençais à me sentir un peu exalté. La conversation que je venais d'avoir, mêlée à l'ébriété qui se propageait en moi, me donnait l'impression d'être quelqu'un d'autre, un gars plus vieux, qui aurait déjà fait ses preuves. La Lauryn Hill de l'autre fois s'est assise à côté de moi. Ses cheveux en tresses partaient dans tous les sens. Elle s'est tassée contre moi avec une lueur malicieuse dans les yeux.

— Hé, elle a fait. T'es un chum à Greg ?

J'ai acquiescé d'un signe de tête, en souriant.

Elle ne portait rien sous sa camisole lousse. J'ai vu la moitié d'une aréole sombre. Elle parlait avec un petit accent français. Elle était graphiste. Elle avait fait le cours au Vieux, elle aussi. Elle a dit qu'elle travaillait en web et j'ai essayé d'expliquer que je préférais l'imprimé. J'avais de la misère à me concentrer. Elle m'a parlé de Pierre, mon prof d'illustration. Elle m'a dit que c'était le meilleur prof qu'elle avait eu. J'ai dit que moi aussi. Pendant une seconde m'est revenu notre échange dans son bureau, son visage déçu. J'ai calé le reste de ma vodka. Greg avait fait mettre un vingt-six onces de Belvedere sur la glace. On a bu encore et encore, avec les filles, avec Lauryn Hill qui finirait par comprendre que je n'étais qu'un kid.

Ce qui est certain, c'est que plus l'alcool entrait, moins j'avais l'air de l'intéresser. Elle discutait maintenant avec Greg et deux autres filles. Je commençais à surir sur mon tabouret. La conversation m'échappait par grands bouts. Je flottais un peu à part dans mon ivresse, dérivant doucement sur les beats dub, à la fois excité, saoul et complètement harassé. Je me suis ramassé loin, dans une absence de pensées qui ne me déplaisait pas. Quand j'ai entendu Greg dire qu'ils s'en allaient au Stereo, j'étais encore assez alerte pour comprendre qu'il ne tenait pas à ce que je les suive. Je suis resté vissé à mon tabouret, avec l'air du gars qui va s'en boire un dernier tout seul comme un chef.

— Bonne fin de veillée, là, a dit Greg. Pis je compte sur toi pour mercredi.

Il s'en est allé, accompagné des trois filles. J'ai bredouillé quelque chose, assommé par le fort que je n'étais pas habitué de boire. J'ai voulu me commander un autre verre, mais je me suis rappelé que je n'avais plus un clou. J'ai regardé autour de moi. Depuis mon brouillard, j'observais un à un les visages fendus de sourires, ces gens beaux sur lesquels une bonne étoile brillait sûrement. J'étais redevenu un ti-cul cassé qui lave de la vaisselle. J'ai jeté un œil à ma pagette. Aucun message. J'ai revu le visage tout crispé de Marie-Lou. Il fallait qu'elle me pardonne. Un autre verre m'aurait donné le courage d'aller cogner chez elle. À la place, je suis sorti du lounge et j'ai titubé jusqu'à l'arrêt de la 30, histoire d'attraper la dernière qui montait vers Ahuntsic. Je m'enfargeais dans les bancs de neige en marmonnant. L'odeur du froid humide m'a rappelé les fins de journée, dans la cour d'école, au primaire. J'ai aperçu mon reflet dans la vitrine noire d'un restaurant fermé. Je voyais mon haleine monter en vapeur. J'avais la face molle, affaissée. J'ai pris du temps à me reconnaître. Je me suis fait un peace sign et j'ai poursuivi mon chemin jusqu'à l'arrêt de bus.

34

JE M'ÉTAIS arrangé avec Eaton pour le shift du mercredi soir. Il ferait mon quart de travail et j'assurerais une de ses matinées en échange.

Je me suis pointé au métro Pie-IX une heure d'avance, tellement nerveux que je pensais fendre en deux. L'attente m'a semblé interminable. C'était comme une blind date arrangée sur MIRC, en mille fois plus stressant. Quand Greg m'avait proposé la job devant un verre de vodka, ça m'avait paru facile, niaiseux même, mais là, j'aurais donné n'importe quoi pour être ailleurs. Les alentours étaient tristes et tranquilles. Des passants sortaient du métro de temps à autre, enveloppés dans leurs manteaux et leurs foulards, puis disparaissaient dans la nuit froide.

La Civic bleue a descendu Pierre-De Coubertin dans un raclement métallique, comme si une pièce allait se détacher du moteur d'une seconde à l'autre. Elle s'est garée là où Greg avait dit qu'elle le ferait. Je me suis avancé en direction de la voiture.

Comme prévu, ils étaient deux. Le chauffeur, un jeune gars grassouillet, le menton qui se dédoublait déjà, m'a fait signe avec sa main pleine de bagues d'embarquer de l'autre côté. J'ai contourné la voiture. À côté de lui, sur le siège du passager, un gars a baissé la vitre et s'est sorti la tête un peu, comme s'il voulait cracher à l'extérieur. Quatre ou cinq ans plus vieux que moi. Il m'a jeté un regard méprisant et maussade. Ça devait être lui, Will. Ils écoutaient du vieux Snoop Dogg. Il avait un sourcil rasé de travers, les joues creuses et ses lèvres toutes gercées cachaient mal ses dents de cheval. Il portait une tuque avec une visière, un survêtement de sport, des chaînes en or au cou et une imitation de Rolex au poignet. Il m'a demandé mon nom d'un ton hostile. Le chauffeur me fixait, lui, sans dire un mot. Il avait l'air d'un gros bébé avec une barbiche. J'ai répondu d'un ton sec, pour me donner une contenance.

— Enwèye, embarque, on a pas rien que ça à faire.

Je suis monté. Je m'en allais m'attacher par réflexe, mais je me suis retenu juste à temps. Voire que ces gars-là observaient ce genre de règle de sécurité. Le chauffeur a donné un coup de gaz et la voiture a bondi en avant, manquant de brûler un feu rouge. On roulait au moins vingt kilomètres-heure au-dessus de la limite permise. J'étais certain qu'on se ferait coller d'un instant à l'autre par la police.

— Je sais pas ce que Greg t'as dit, man, mais tu m'écoutes au doigt pis à l'œil. Pis si tu le recroises avant moi, tu lui diras que j'ai pas besoin d'un ostie de chaperon pour opérer.

À notre gauche, la forme immense et lumineuse du stade olympique approchait sous les nuages bas. Par-dessus l'épaule de Will, j'ai aperçu un sac de sport à ses pieds, sous le coffre à gants. J'étais sûr qu'il était plein d'Uzi ou de liasses de billets. Je me suis enfoncé dans la banquette comme un enfant qui regrette d'être monté dans le mauvais manège à La Ronde.

On a roulé jusqu'au bout de Pierre-De Coubertin pour tourner ensuite sur Viau. J'avais l'impression que la suspension allait lâcher sous moi. On a tourné sur Hochelaga. Si ce n'était du nom des rues, je n'aurais eu aucune idée dans quel coin de la ville on se trouvait. On a tourné sur une autre rue encore, on a ralenti, Will a donné ses indications avec l'espèce de ton contrarié qu'il avait chaque fois qu'il ouvrait la bouche et on s'est garés près d'un parc. Une neige fondante commençait à tomber sur les modules de jeu déserts et les balançoires délabrées. Le chauffeur a baissé la musique. Will s'est tourné vers moi.

— Là, man, tu fais exactement ce que je te dis. Essaye pas de fucker le chien icitte.

Il s'est tourné vers le chauffeur.

— Toé, tu me sonnes si y a de quoi.

— No stress, mon chum, a dit le chauffeur en fixant le bout de la rue.

Will est sorti du char en premier, moi en deuxième. J'étais tellement nerveux que ça m'étourdissait. Les choses ont empiré quand j'ai vu ce qui ressemblait à la crosse d'un gun poindre à travers la veste de sport de Will. Il fallait que je me ressaisisse, que je mette un pied devant l'autre, naturellement. Will a pris le sac sur son épaule.

— Enwèye, let's go.

On a remonté la rue. Will jetait des coups d'œil derrière lui toutes les dix secondes. On a longé le parc. Un groupe de kids nous jaugeaient, assis dans les estrades du terrain de soccer blanchi par la neige des derniers jours. J'espérais que tout ça se terminerait au plus vite. De l'autre côté de la rue, trois silhouettes emmitouflées dans des manteaux matelassés regardaient dans notre direction. L'une d'entre elles était appuyée contre une voiture. Will m'a dit de me grouiller.

Sur notre droite se profilait un réseau de blocs appartements en briques brunes, avec des fenêtres pas plus larges que des meurtrières. Le terrain était jonché de morceaux tordus de bicyclettes et de sacs à ordures déchirés. Un vieux divan râpé et renversé gisait sous une légère couche de neige. Il n'y avait personne aux fenêtres.

On est entrés dans l'enceinte des HLM. J'avais de la misère à marcher au même rythme que Will. On a traversé la cour intérieure, toute recouverte de dalles de ciment craquelées. Il n'y avait pas un chat. Je suivais Will sans réfléchir. Je ne savais même pas ce qu'on s'en allait faire. On s'est introduits dans un hall d'entrée exigu et surchauffé. Des cases postales cabossées recouvraient un des murs. Sur l'autre, on trouvait un panneau avec tous les logements de l'unité. Des noms griffonnés au Bic jouxtaient les boutons de sonnettes. Will a appuyé sur l'une d'elles. Ça a fait un son électrique aigre. La porte a fini par se déverrouiller. On s'est engagés dans un dédale de couloirs. Les murs étaient d'un beige désolant et les portes d'appartement d'un turquoise incertain. Le plancher était recouvert d'un tapis commercial grisâtre, picoté de taches et de brûlures. J'ai suivi Will dans une cage d'escalier qui sentait comme le dernier étage de mon école primaire, celui qui avait été désaffecté et qu'on empruntait parfois pour arriver à temps à notre classe, après la récréation. Will a poussé une grosse porte avec un carreau en verre trempé. On a fini par arriver à l'appartement qu'il cherchait. Il a frappé une fois, d'un coup brusque. Il s'est frotté le nez. On a entendu des bruits étouffés qui venaient de l'appartement. Je devais être blanc comme un drap. J'avais l'impression de ne plus être qu'une vibration anthropomorphe qui se déplaçait par ondes radiophoniques. La sueur me coulait sur les flancs, je crevais dans mon manteau, mais je me disais qu'il était trop tard pour me dézipper. Quelqu'un a entrouvert la porte et nous a examinés l'un et l'autre. Il l'a refermée, sûrement pour enlever le verrou, d'après le bruit métallique, puis a rouvert. On est entrés, Will le premier.

Le quatre et demie était minuscule. Les meubles rares étaient en mélamine noire toute rabotée. Ça empestait tellement le hash qu'on aurait sans doute pu récolter de la résine en grattant les murs. Deux filles, les yeux minces et troubles, fixaient la télévision, qui jouait à un volume assourdissant. Elles n'étaient certainement pas plus vieilles que moi. Des pipes en verre noirci traînaient sur la table basse, à côté de bouteilles de Bacardi entamées et de sacs de chips tout froissés. Un gars un peu joufflu, perdu dans un kangourou, une tuque rabattue par-dessus ses sourcils, nous surveillait vaguement, avachi dans un lazy boy. Il ressemblait à s'y méprendre à Raekwon, dans le vidéoclip de «C.R.E.A.M.» Avec la télécommande, il battait une mesure imaginaire sur le bras du fauteuil. Quelqu'un nous a appelés depuis la cuisine, de l'autre côté du salon. Les filles ne nous ont pas accordé un regard, abruties par ce qui jouait à la télé. Jerry Springer essayait de calmer ses invités en pleine bataille générale.

Rien dans cette cuisine ne servait à faire de la nourriture, rien non plus n'y donnait le goût de manger. Les ampoules étaient nues et diffusaient une lumière froide. Le dessus du four servait de débarras. Sur la table, j'ai compté une dizaine de Ziploc tous entassés comme de petits coussins verdâtres. Un Noir mince et musculeux, les cheveux rasés, a salué Will d'un signe de tête excédé. J'ai croisé son regard sans le vouloir. J'étais sûr qu'il le prendrait comme un affront. Il portait un marcel immaculé et des jeans foncés trop larges. Un de ses amis était assis sur un des comptoirs et mâchouillait une paille de McDo. Il nous dévisageait comme pour nous tester. Je me suis vu dans la fenêtre et j'avais l'air petit dans mes shorts. Will a déposé son sac sur la table. Il a sorti deux Ziploc pleins de pilules, identiques à ceux que j'avais vus entre les mains de Greg dans la salle staff. Il les a placés l'un sur l'autre, à côté des Ziploc de pot. Le black en marcel en a pris un puis m'a dit :

— Va attendre dans le salon, man.

J'ai fait ce qu'il m'avait dit. Les deux filles avaient repris conscience. Elles ne m'ont pas plus remarqué. Par contre, Raekwon ne me lâchait pas du regard. Une des filles s'est préparé un hit. À l'odeur qui s'est échappée de la pipe puis à l'effet que ça lui a fait, j'ai compris que ce n'était ni du pot ni du hash. J'ai guetté Will et le Noir en camisole du coin de l'œil. Je les voyais de profil. Il a tendu des liasses de billets attachées avec des élastiques. Will les a prises et les a rangées dans le sac de sport qu'il a rezippé. J'ai regardé ailleurs.

Will a traversé le salon, le sac sur l'épaule.

— Enwèye, on décrisse.

Ça tombait bien, je n'avais aucune intention de niaiser ici. Les filles avaient sombré dans une béatitude comateuse. L'une d'elles tenait encore la pipe dans sa main, la tête rejetée vers l'arrière, sur le coussin, les yeux vides comme ceux d'un cerf abattu.

Une minute plus tard, on a débouché dans la cour intérieure. Je me sentais déjà plus léger. La pression a commencé à diminuer.

Puis tout s'est précipité. Ça nous est tombé dessus d'un coup. J'ai entendu le raclement rythmique de semelles de sneakers sur le ciment humide puis les cris menaçants qui fusaient de toute part. On s'est fait encercler. Ils étaient peut-être cinq, peut-être dix, peut-être quinze. Will a levé les mains, comme pour calmer une foule en délire, puis a rabattu ses bras sur lui, pour se protéger de l'attaque. J'ai eu le même réflexe. Ils nous ont sauté dessus et ont commencé à nous frapper. Les coups arrivaient de partout. Dans les côtes, dans les flancs, sur la tête. Quelque chose m'a brûlé le visage, j'ai essayé de me reculer, je me suis mis une main devant les yeux. On m'aspergeait avec une espèce de liquide. C'était brûlant, et je n'ai pas compris d'où ça provenait. J'avais l'impression que ma paupière droite s'épaississait et se durcissait. Je larmoyais en morvant. C'était mille fois pire que d'avoir de la fumée de bois dans les yeux. La douleur se répandait jusque derrière mon globe oculaire. Tout était flou. Mon œil me faisait tellement mal que tout le reste est devenu d'une importance relative et diffuse. On m'a projeté au sol et on m'a roué de coups de pied. Dans le ventre, sur la mâchoire. Je ne sentais que la brûlure de mon œil et de la peau de mon visage. J'ai fait le mort. De mon bon œil, j'ai aperçu Will, les mains sur les yeux, en train de leur crier qu'ils étaient tous morts, ces crisses-là. J'étais sûr qu'il allait sortir son gun. Je me suis dit dans deux secondes il va en tirer un. Je me suis recroquevillé comme une crevette dans une poêle, avec des douleurs dans le ventre et les côtes, pendant qu'une voix me répétait de ne pas bouger. Je ne voyais que le haut de son visage en contre-plongée. Le reste était masqué par son cache-cou. Il avait un accent anglo.

La gang s'est enfin éparpillée. Will est venu me voir, s'est penché sur moi et m'a demandé si j'étais correct. Ça été la seule fois que je n'ai pas senti de rudesse dans le ton de sa voix.

— C'est bon, ça se toffe, j'ai dit.

— Enwèye, man, lève-toi pis viens-t'en.

À travers mes larmes, je n'arrivais pas à voir où je

mettais les pieds. Je l'ai suivi comme j'ai pu. J'avais le cœur dans les tempes. On a couru jusqu'à la Civic. J'avais l'impression que mon visage était coincé dans un moule à gâteau chauffé à blanc. Le seul bruit qui me parvenait, c'était le son de nos pas de course sur le trottoir recouvert de neige noire et de gadoue. Quand Will a ouvert la portière, le chauffeur s'est exclamé :

— Fuck, man, qu'est-ce qui s'est passé ?

— On s'est fait sauter, man. Drette en sortant de d'là. Les crisses de nègres se sont poussés avec le cash.

Je n'ai pas réagi sur le coup, mais ce n'était pas des Noirs qui venaient de nous attaquer. En tout cas, pas celui qui m'avait tenu au sol. Le chauffeur nous regardait, l'air perplexe, la bouche entrouverte. Il a démarré le moteur.

— Qu'est-ce qui s'est passé ? il a répété.

— Ils nous ont *macés,* les tabarnacs.

Will se frottait le visage pour atténuer la brûlure. Il reniflait bruyamment.

— C'est-tu un set-up, man ? a demandé le chauffeur.

— Je l'sais-tu, câlisse !

— Attends minute, bro, a dit le chauffeur, en se penchant vers son coffre à gants. On va aller les repogner.

Will a frappé sur le dash.

— Ta yeule, on décrisse.

— Voyons, ostie, on peut pas laisser passer ça.

— Heille, gros, j'ai dit qu'on décrissait. Sors-nous d'icitte. J'veux aller me laver la face pis ça presse.

35

JE SUIS resté une bonne heure à macérer dans le Second Cup en face de La Trattoria. J'étais terrorisé à l'idée de rentrer et de me retrouver devant Greg. L'allongé que je m'étais payé avec une poignée de change ne passait pas. La nausée me tenaillait depuis que j'avais ouvert les yeux. Je me suis même demandé comment j'avais fait pour dormir. Je me suis levé et j'ai traversé la rue en frissonnant. Le soir était tombé et la fine averse de neige apparaissait dans le halo des lampadaires et devant les phares des voitures qui passaient avec un bruit mouillé. J'ai remonté par la ruelle et suis rentré au resto le plus discrètement possible. Mon œil droit était injecté de sang et ma paupière était encore enflée. J'avais une large ecchymose sur la mâchoire, du côté gauche. Mes côtes faisaient encore mal, et j'ai eu de la misère à passer ma chemise de travail.

Quand j'ai punché in, Jade a remarqué mon visage et m'a demandé si j'étais correct. Elle avait perdu le ton froid des dernières fois. Je lui ai répondu que ça allait, sans la regarder. J'ai longé la cuisine de service pour retourner au sous-sol. J'ai ignoré les questions de Jonathan et de Bonnie. J'ai commencé ma mise en place en appréhendant l'arrivée de Greg.

Alors que je m'occupais des pâtes à focaccia, j'ai entendu quelqu'un dévaler les marches. C'était Bébert. Il a traversé la salle de préparation d'un pas tranquille, des gros écouteurs sur les oreilles. Il avait l'air frais et dispos, remis de sa cuite désastreuse. Il ne m'a pas vu. Je l'ai entendu bardasser ses affaires. Un trousseau de clés qu'on jette sur une table. Le froissement du manteau qu'on enlève, les bottes qu'on lance dans le fond de la case.

Il est repassé et il est venu me saluer. Quand il a vu mon visage, il a sursauté.

— Wô, man, t'as-tu l'herpès? il a dit. T'as l'œil comme une prune.

— Je me suis réveillé de même. Je pense que je fais une réaction allergique ou de quoi du genre.

Il s'est avancé vers moi pour m'examiner, ses linges de service dans une main. J'ai eu un geste instinctif de recul. Ça me brûlait encore.

— Une allergie à quoi, coudonc?

— Je sais pas, une araignée, peut-être

J'ai répondu sans lever la tête, en envoyant mes balles de pâte dans le laminoir.

— Ça fait-tu mal?

— Non, c'est correct. Ça va passer.

— Pis ta mâchoire ? il a dit. C'est une allergie aux poignées de porte ?

Je me suis senti rougir. Je n'ai rien répondu, feignant de me concentrer sur ma tâche. Il a soupiré. Sans un mot de plus, il a grimpé à l'étage.

EDUARDO rinçait des chaudrons dans le dish pit et je rangeais la vaisselle propre quand Greg est débarqué dans la plonge. Je ne l'avais pas vu arriver. Je m'étais presque convaincu qu'il ne rentrerait pas.

— Viens donc fumer une smoke, man.

J'ai fait signe à Eduardo que je m'absentais deux minutes. Il m'a fait un pouce en l'air. Le nœud dans mon ventre refusait de se dénouer et j'avais les jambes molles.

Greg est sorti le premier sans me tenir la porte. Il s'est accoté contre le mur, en bras de chemise dans le froid, sous l'ampoule qui éclairait la porte arrière. Je gelais. Pas lui. Il m'a regardé de la tête aux pieds.

— T'as l'air amoché.

Son ton était presque railleur. Il s'est allumé. Il a pris quelques poffes et faisait durer le silence. Puis il a sorti sa liasse de cinquante et de cent. Il a fait claquer deux billets de cent entre ses doigts.

— Tiens. Ça, c'est pour toi.

Il m'a tendu l'argent. Il avait l'air de me tester. J'ai fini par prendre les billets. Il s'est penché vers moi.

— Ils t'ont vraiment pas manqué, han ?

Deux tonnes de plomb se sont soulevées de sur mes épaules. Je me suis mis à mieux respirer, mais je suis resté tendu. Je m'attendais à ce que Greg me brasse.

— Tu me demandes pas ce qui s'est passé?

Ma voix était plus faible qu'un souffle.

— Pourquoi je te demanderais ça?

Je ne comprenais pas. Je le regardais en cherchant mes mots. Il était frais rasé, et dans l'air se mélangeaient les odeurs de sa cigarette et de son après-rasage. Il ne semblait ni en colère ni même contrarié.

— Ben… parce que tu…, j'ai commencé.

— T'as-tu fait ce que je t'ai demandé?

J'ai répondu que oui.

— C'est ça qui compte.

Il a tiré sur sa clope. Elle était à peine à la moitié. Il l'a lancée dans la neige en expirant la fumée. Je le trouvais trop calme. Son attitude m'inquiétait.

— Mais là, j'ai dit, Will t'a-tu conté ce qui s'est passé?

— D'après toi? J'ai-tu l'air d'un gars qui sait pas ce qui se passe sur ses jobs?

Je n'ai rien répondu.

— Arrête de parler de ça, il a répondu. T'as fait ce que je t'ai dit de faire. Tu m'as montré que t'es trustable. Donne-moi une couple de jours, pis je vais avoir de quoi pour toi.

Il a ouvert la porte.

— Good job, le warrior.

Greg a bondi dans la plonge et sans ralentir s'est emparé des ustensiles propres. Je suis resté seul dans la ruelle. Je n'avais plus froid. Je ne comprenais rien de ce qui venait d'arriver.

Plus tard, en milieu de soirée, Eduardo m'a demandé dans un anglais étonnamment bon ce que je m'étais fait à l'œil. Je lui ai expliqué que je m'étais battu. Il a mis quelques secondes à répondre, comme s'il analysait ma phrase, l'air surpris, puis son visage s'est illuminé. Il m'a conté que lui aussi s'était battu souvent, chez lui. Au moins une fois par semaine. Puis il m'a expliqué l'origine de la petite cicatrice en croix sur sa joue gauche. Un coup de poignard. Ensuite, énervé, il a défait sa ceinture et a baissé son pantalon. Il voulait me montrer sa cuisse. Deux ronds de peau brûlée, gros comme des cinq sous, à un pouce du bord de son boxer. Deux trous de balle. Ça datait de ses quatorze ans, il a dit en ricanant. J'ai écarquillé les yeux.

— How old are you already?

— Eighteen.

Chaque fois qu'il disait son âge, on le sentait fier. Plusieurs de ses amis étaient morts avant leurs seize ans.

Il m'a dit que c'était comme ça, dans la favela. J'ai cru que la favela, c'était un village du Brésil. À mesure qu'Eduardo me racontait ses exploits, je repensais à ce que j'avais fait la veille. Je me trouvais de plus en plus con de m'être embarqué là-dedans à la légère.

CE SOIR-LÀ, après la fermeture, Bébert m'a emmené au Roy Bar. Il semblait plus tranquille que d'habitude et ça m'a rassuré.

On a fait le chemin en silence. Il ne s'est arrêté qu'une fois dans une ruelle pour taguer un mur. L'air était doux. La petite neige avait cessé de tomber. Les nuages, très bas dans le ciel, étaient éclairés par les lumières de la ville.

Le Roy Bar était presque désert, rien à voir avec la dernière fois. La lumière des téléviseurs donnait des drôles de couleurs au requin marteau qui pendait au plafond. On s'est pris une place au bar.

J'ai commandé une pinte de rousse. Il s'est commandé une grosse Tremblay. Il a payé pour les deux, en insistant. Il s'est mis à parler sans quitter les vidéos de skate des yeux.

— Excuse-moi pour le shift de marde, dimanche. Je l'ai échappée solide.

— C'est pas grave, man. Ça arrive.

— C'est pas supposé arriver.

Il tenait sa bière entre ses grosses mains. Il suivait des yeux les acrobaties des skaters. Quelque part dans son visage, on pouvait encore discerner les traits du petit gars qu'il avait été. Casse-cou, hyperactif, toujours à jaser avec le monde.

— C'est à ton tour de t'excuser, il a dit.

Il regardait toujours l'écran. J'ai fait l'innocent, mais j'ai su tout de suite de quoi il voulait parler.

— Greg m'a tout conté, man, il a dit sur le même ton égal. Je t'avais dit de pas faire de niaiseries avec lui.

Il s'est tourné vers moi et il a pointé le goulot de sa bière vers mon visage.

— Ça a failli te coûter ton œil.

— Capote-pas, j'ai dit. C'était rien que du poivre de Cayenne. J'suis correct.

Ça brûlait encore derrière mon œil. Un peu plus tôt, en me changeant, j'avais vu qu'une grosse plaque violette et jaune s'était formée sur ma hanche gauche. Bébert a soupiré en faisant non de la tête.

— Ostie que t'es naïf.

— Quoi?

— Joue pas au gangster, man. T'es un bon petit gars. Tu vas te faire manger tout rond. T'es pas né dans cette game-là.

— Ça me regarde, Bébert, j'ai dit. Y a pas de problème. Greg m'a dit que tout était beau. J'ai fait ce qu'y fallait. Tout est OK. Son gars lui a tout expliqué.

Bébert s'est mis à rire, de son rire grave de mauvais génie. Il a pris une gorgée.

— Justement, tu sais-tu y est où, son gars?

Je m'en allais balbutier quelque chose.

— Y est à Saint-Luc, man. À l'urgence.

— Ben là, j'ai dit, bullshit. Y était moins amoché que moi, l'autre soir. On s'est juste faite pepper-sprayer pis brasser un peu.

— Tu t'entends-tu parler, man? a dit Bébert. « On s'est juste fait pepper-sprayer pis brasser un peu. » Y a rien là, han? T'as toute compris pis tout est beau, c'est ça?

Il s'était redressé et me fixait, un coude sur le bar et l'autre sur le dossier de son banc. Il ne riait plus du tout. Je savais qu'il avait raison, mais je ne voyais pas où il voulait en venir. Je me demandais surtout ce que Will foutait à l'urgence.

— Ben oui, tata. Vous vous promenez avec quatre mille piasses dans votre sac pis les gars vous jumpent à coup de *mace.* Psschht dans les yeux pis on se chamaille un ti-peu pis that's it? Man, je connais du monde qui se sont fait stabber pour cinquante piasses. Ils vous ont piqué ça, pas de gun, rien.

J'ai cherché quoi répondre. Je m'étais demandé plusieurs fois depuis hier pourquoi Will n'avait pas sorti le sien au moment de l'embuscade. Ça aurait refroidi tout le monde.

— Y étaient peut-être pas si organisés que ça. Peut-être qu'ils ont pris une chance. On doit pas être les seuls à passer par là.

Bébert commençait à me trouver un peu imbécile. Ça se lisait dans sa face. Il s'est frotté le front avec sa main, comme pour chasser un mal de tête.

— Tu sais vraiment pas comment ça marche, ces affaires-là, han? Le gars que vous êtes allés voir hier, c'est le cousin à Kasper. *Personne* dans ce coin-là oserait voler le stock à Greg. Personne oserait le voler, excepté peut-être un de ses gars.

Quelques secondes se sont écoulées, puis ça s'est éclairci. Un détail anodin. Je me suis souvenu du gars qui était penché sur moi pendant que je me faisais tapocher. Je me suis souvenu de son accent, de ses yeux et aussi de la couleur de sa peau. Le gars était blanc comme la coke. Will avait dit : « Les crisses de nègres se sont poussés avec le cash. » Si ça se trouve, j'étais le seul qui avait eu droit au poivre de Cayenne. Peut-être même que Will avait fait semblant d'être aspergé.

— On s'est fait sauter par les chums à Will. C'est ça que tu me dis ?

Bébert a levé les deux mains, paumes en l'air, en grimaçant.

— Ben oui, tabarnac, il a dit. C'est Will qui a patenté ça. Ça faisait un bout que Greg le trustait plus. Ça a juste adonné que t'étais là quand Will a fait son move. Il va sortir de l'hôpital dans le plâtre à grandeur.

Bébert s'est commandé une autre Tremblay. Ma bière rentrait mal.

— Ça aurait pu chier big time, cette affaire-là. T'es chanceux en ostie. Fais-moi une faveur. Tiens-toi loin des combines à Greg.

Je suis resté silencieux, les bras croisés, à fixer ma bière flate.

— J'avais besoin d'argent, man. *J'ai* besoin d'argent.

— Tu veux une meilleure paye ? On va te monter en cuisine, je te le garantis. Mais câlisse, joue pas au gangster. Là, tu vas dire à Greg que tu veux pus rien savoir de ses affaires.

J'ai répondu que je n'étais pas game de lui dire que je ne voulais pas continuer.

— Je veux pas qu'il pense que je suis un chokeux.

Il a fouillé dans la poche de son hoodie et il a sorti son paquet de clopes. Il en a tiré une avec ses lèvres. J'ai songé à lui dire que Renaud m'avait déjà annoncé qu'il me monterait en cuisine, mais Bébert l'haïssait tellement que j'ai préféré me taire.

— C'est bon, il a dit en s'allumant. Laisse faire. M'as lui parler à Greg, moi. Tant que j'vais être pas loin, il va te crisser patience avec ses plans de débile. Astheure, promets-moi que tu vas te tenir loin de ça.

J'ai fait un signe de tête, tout penaud. Il a levé sa bière pour que je cogne la mienne dessus.

On est restés au bar jusqu'au close. C'était mort. On avait la place pour nous autres. On a joué au pool un peu. On a jasé de plein de choses. Il m'a parlé de son adolescence à Châteauguay, de ses premiers trips de buvard. Il m'a raconté comment il avait commencé en cuisine, Calixa-Lavallée, les premières jobs. Je l'écoutais sans me tanner. À la fin de la soirée il m'a dit que, d'ici trois ans, il aurait son propre resto, que le party, c'était ben le fun, mais qu'il fallait passer à autre chose.

— Avec des chums, je pense ouvrir une place de barbecue Southern, du brisket, de la jambalaya, du pain de maïs, du mac and cheese, ce genre d'affaires-là. On aurait même un smoke pit en dehors de la ville. Ce serait pas une place de snobs pis de péteux de broue, là, où le monde viendrait pour shiner. Fuck that. Une place simple.

BÉBERT ET MOI, on s'est séparés coin Saint-Denis et Rachel, pas vraiment ivres.

— À demain, man, j'ai dit.

— Oublie pas ta promesse. J'oublierai pas la mienne.

On s'est fait des props et il est parti de son bord, les épaules ballantes dans son manteau de snowboard.

Le ciel nuageux luisait d'un jaune morne. Je suis resté immobile sur le trottoir un long moment. Je me sentais usé jusqu'à la corde. Je n'ai pas regardé ma pagette.

Je savais que je n'avais aucune nouvelle de Marie-Lou. La neige sur les trottoirs ressemblait à des petites dunes couvertes de cendres dorées. J'ai remonté Saint-Denis jusqu'à Laurier avant d'attraper le bus de nuit. Je me suis assis à l'avant, dans l'obscurité.

36

LE LENDEMAIN, je me suis réveillé avec l'impression d'avoir échappé de justesse à un accident mortel. En sortant de la douche, après m'être brossé les dents j'ai vu dans le miroir désembué que mon œil et le côté gauche de mon visage avaient désenflé un peu. C'était vraiment moins pire que la veille.

Avant de partir pour le travail, je suis entré dans la chambre de Vincent et j'ai laissé un billet de cent dollars sur son bureau, bien visible sur la mélamine noire.

Je suis arrivé au resto pour dix-huit heures. L'odeur de fond de volaille embaumait la ruelle et m'a rappelé mon tout premier shift. J'ai sonné et presque tout de suite Basile m'a ouvert la porte. La plonge était nickel. Il mangeait un plat de pâtes, debout, appuyé contre une des étagères.

J'ai longé la cuisine. Bonnie et Jonathan avaient la mine basse. Je m'en allais leur lancer une craque pour les faire changer d'air. Bébert était à moitié disparu sous la table chaude. On ne voyait que ses jambes, un peu comme celles d'un mécanicien sous un char. Je suis allé me puncher in tout de suite. Séverine n'avait pas l'air d'être là. Au bout du bar, près de l'ordinateur, Sarah et Denver parlaient de quelqu'un au passé, comme si la personne venait de mourir. Je suis repassé devant la cuisine. J'ai salué Bébert, qui s'est extirpé de sous la table chaude. Ce n'était pas Bébert du tout, c'était Vlad. Je me suis tourné vers Jonathan puis vers Bonnie.

— Bébert a pris off?

Ils m'ont regardé, les yeux ronds comme des piasses, comme si j'avais fait une blague raciste. J'ai haussé les épaules.

Je suis allé me changer. Dans la salle des employés, c'était encore le désordre. Des chaussures traînaient partout, des copies défraîchies et chiffonnées du *Voir*, des vestes de cook souillées. La table était parsemée de miettes de tabac. Un briquet vide, une carte d'appel tordue. La case de Bébert était grande ouverte – pas de manteau, pas de vêtements de rechange, pas de sabots. La face de Renaud est apparue dans la porte entrebâillée du bureau. Il m'a dit de venir le voir.

— On te monte en cuisine cette semaine, il a continué. Jonathan va faire ton training.

— Cette semaine?

— Oui, cette semaine. Pourquoi?

Il me parlait en cliquant dans une feuille Excel. Il a dit :

— Bonnie monte au passe avec Steven. Il va alterner avec le chaud. J'ai besoin d'un nouveau garde-manger. Vlad va être au chaud full time. Ça va être lui le chef de soir.

Je n'étais pas sûr d'avoir bien compris. J'ai regardé Renaud, mais il faisait défiler des pages de chiffres.

— Vlad ?

— Oui, Vlad.

— Bébert est-tu parti en vacances ?

— Bébert n'est plus avec nous, il a dit, avec une intonation d'automate phony.

J'étais estomaqué. Il avait prononcé chaque mot comme s'il lisait dans un manuel. Il ne quittait pas l'écran des yeux. Sur le bureau, pas très loin du clavier, le chéquier était ouvert. On venait de faire un chèque. J'ai réussi à lire les détails sur le talon. Alexandre Brière. Le nom ne me disait rien. Renaud a levé les yeux sur moi, presque surpris que je sois encore là. Maudit hypocrite sale. Puis je me suis souvenu où j'avais lu le nom d'Alexandre Brière. Je l'avais lu sur la feuille des numéros de téléphone du staff. C'était le vrai nom de Bébert. Ça m'a donné des frissons dans tout le corps. J'ai vu des étoiles, comme quand on se lève trop vite de sa chaise.

— Bébert n'est plus avec nous ? j'ai demandé, avec mépris, la voix tremblante, sans même me rendre compte que je ressortais sa phrase minable syllabe par syllabe.

— Non, a dit Renaud sans me regarder.

Il faisait toujours défiler ses feuilles Excel, notant par intervalles des chiffres sur un papier à droite de la souris.

— Tu vas commencer la semaine prochaine, il a dit. C'est bon ?

J'ai répondu que oui. J'étais encore sonné par la nouvelle. Je suis sorti du bureau. Dans la case de Bébert il ne restait plus qu'une bouteille de Bawls à demi bue et des canettes d'aérosol MTN 94 toutes tachées de jaune, de noir, de silver et de magenta.

Le premier service s'est déroulé dans une espèce de calme malaisant. Personne ne parlait dans la cuisine de service. On ouvrait la bouche seulement quand c'était nécessaire. Bonnie et Jonathan avaient le caquet bas. Il manquait quelque chose. Moi, j'étais écœuré, j'étais révolté, mais je n'arrivais pas à y penser plus de dix secondes à la fois. Mes problèmes me reprenaient à la gorge. Je suffoquais dans la plonge, oppressé par l'angoisse, triste et fâché à cause du congédiement traître de Bébert, paniqué dès que je repensais à mes affaires. J'étais incapable de me concentrer, de fixer mon esprit sur quelque chose. Je me demandais ce que je dirais aux gars de Deathgaze si je ne trouvais pas une solution vite. Ce que je dirais à Greg si Bébert ne lui parlait pas bientôt. Ce que je dirais à Malik. Je tournais en boucle là-dedans comme un hamster, fixant la porte arrière, aimanté par la sortie. Je me voyais sortir comme un fantôme convulsif et je me retenais de crier. J'ai inspiré profondément. Il fallait que je me calme.

Entre les deux services, Jonathan est venu fumer une clope dans la plonge. Il était morose et avait les mâchoires serrées. Il semblait ailleurs.

— C'était-tu si pire que ça l'autre soir ? il a demandé après quelques poffes.

— C'était l'enfer, j'ai répondu. Je veux pas revoir ça dans ma vie. C'était épouvantable. Mais peu importe, man, Renaud avait pas d'affaire à…

Je n'ai pas pu continuer, je tremblais, complètement bouleversé. Je me suis remis au travail. Tout se mélangeait dans ma tête. À l'extérieur, mon corps exécutait son programme. J'ai rangé les assiettes propres avec des gestes précis, à peine moins rapides que d'habitude. J'expirais par la bouche. Basile chargeait les racks, toujours aussi méthodique et silencieux. Il me jetait des coups d'œil de temps à autre, sans oser me poser de questions. Jonathan était assis sur une caisse de lait, le dos arrondi et les épaules basses.

— C'est sûr que ça va être moins drôle avec Vlad, là, il a dit.

Je n'ai pas répondu. Il a jeté sa smoke dehors et s'est levé. Il a remis sa toque sur ses cheveux châtains tout ébouriffés en soupirant et il est retourné en cuisine. J'ai pensé à Greg. J'allais être pogné pour m'arranger avec lui moi-même. Je redoutais déjà le moment où il me relancerait. Même si Bébert n'était plus là, je ne voulais pas briser la promesse que je lui avais faite. De toute façon, c'était n'importe quoi, Bébert avait raison. Je ne voulais pas de cette vie-là.

En terminant mon shift, pendant que je passais la moppe dans la plonge, j'ai cru entendre le rire sonore de Bébert dans la salle. Quand je suis allé voir, le sourire aux lèvres, je me suis rendu compte de ma méprise. C'était un client assis au bar, un homme dans la cinquantaine, massif, le visage mangé par une barbe grise et touffue. Je suis resté planté là avec ma moppe. Je me suis rappelé ce que Bébert avait dit la veille du jour de l'An. Des amis, j'allais m'en faire dans ce milieu-là. « Mais tu vas voir, tu les gardes jamais ben longtemps. Prends-les quand ils passent. » Tellement vite que tu ne les verras pas disparaître. Bébert avait été mon ami, mon ami du bout de la nuit et mon ange gardien, et je venais de le perdre, et autour de moi il restait ma vie de marde, des dettes, des mensonges, et plus beaucoup de monde.

37

APRÈS le shift, je suis allé casher mon chèque de paye au guichet. J'avais la tête vide. Il n'était pas une heure et je suis descendu sur Ontario. Je suis allé Chez Maurice pour voir si Marie-Lou travaillait. Son silence était devenu insupportable. J'avais besoin de la revoir.

La place était pratiquement vide. Benjamin discutait avec un habitué, un gros ours poivre et sel enveloppé dans une chienne de plombier. Les décorations de Noël encore accrochées au mur jetaient un éclairage triste sur les tables presque toutes inoccupées. Je me suis assis au bar. Benjamin a interrompu sa discussion et s'est approché de moi. Il avait un reste d'œil au beurre noir.

— T'as eu un client difficile? j'ai dit avec un petit rire forcé.

J'ai montré mon œil. Il n'a pas compris tout de suite.

— Ah, ça? Non. J'ai fait du ring au gym. On y est

allés un peu roffe. Toi aussi, t'as l'air poqué. T'as commencé la boxe?

Mon visage n'avait pas totalement désenflé, les ecchymoses étaient encore visibles.

— Pas vraiment. C'est rien.

Ça a été à son tour d'avoir un petit rire forcé.

— Tu viens de finir de travailler?

— Oui.

— Qu'est-ce que je te sers?

— Une rousse, s'il te plaît.

Il a déposé le bock devant moi, sur un sous-verre en carton. Il est allé puncher la bière pour revenir me voir avec un sac de plastique Archambault.

— Tiens. Marie-Lou voulait te remettre ça.

J'ai regardé dans le sac. Mes *Sandman* étaient à l'intérieur. J'ai eu un petit serrement dans la poitrine. J'ai mis le sac à côté de ma bière.

— Justement, quand est-ce qu'elle travaille? Je pensais qu'elle serait là ce soir.

Benjamin a eu l'air un peu surpris. Ça lui a donné une expression étrange, lui qui était en tout temps stoïque.

— Marie-Lou travaille plus ici. Elle est partie en voyage.

Le sol s'est dérobé sous moi. J'ai dû faire une face parce qu'il a tout de suite demandé :

— Elle t'avait pas dit?

J'ai regardé ma bière sans rien répondre.

— T'es-tu correct?

— J'suis juste fatigué. C'était un shift rushant.

Benjamin s'est allumé une cigarette. Il m'a demandé si je comptais monter en salle, à un moment donné. Il a parlé de ses premiers emplois dans le milieu, quand il était busboy dans les clubs sur Prince-Arthur. Il était plus bavard que d'habitude. En temps normal, j'adorais ça quand il me racontait des anecdotes de sa vie d'avant, mais ce soir-là je n'avais pas le cœur à ça. Je voulais lui poser des questions sur Greg, mais la nouvelle du départ de Marie-Lou m'avait embrouillé l'esprit. Je n'avais plus envie de parler. J'ai inventé un prétexte pour me défiler après ma deuxième bière. Il était deux heures sur l'horloge Molson Export et j'avais toute ma paye dans ma poche.

C'ÉTAIT PEUT-ÊTRE la certitude que j'allais encore tout perdre qui a fini par briser mon élan, la certitude que gagner ou perdre ne servait plus à rien. J'aurais pu tout jouer. Je n'aurais pas ressenti grand-chose. Mais je ne l'ai pas fait. Pas grâce à quelque effort de volonté. Par pure fatigue. J'ai abandonné la machine et je suis allé m'asseoir au bar.

— Une autre Bud, mon noir ? a demandé la barmaid.

J'ai fait signe que oui.

Sur le stage, une blonde aux seins refaits glissait le long du poteau, la tête en bas, ses cheveux bouclés ondulant comme des algues, les jambes raides comme les branches d'un compas qui tracerait les paraboles d'un calcul absurde.

J'ai regardé autour de moi. La moquette trouée. Les tables collantes de bière. L'odeur persistante de boule à mites. Les trous dans les murs. Les miroirs gras et poussiéreux. Les black lights cachaient plus ou moins tout ça. La danseuse, sûrement blanche comme du maïs séché en plein jour, avait la peau cuivrée comme la crema d'un espresso.

Tout était en toc, faux, miteux, trompeur, fait pour que l'argent change de main le plus vite possible.

Le bouncer discutait avec le DJ. Des hommes isolés et sans âge, tous seuls à leurs tables, fixaient la scène, l'œil vide, une bière devant eux. Deux danseuses placotaient au bout du bar.

J'ai compté ce que j'avais sur moi. J'ai regardé les machines. Un goût écœurant emplissait ma bouche. Je me suis levé sans finir ma bière. J'ai marché vers la sortie en ressentant le vertige, les trépidations paralysantes du jeu. J'ai accéléré comme quelqu'un qui, sur le point de vomir, se met presque à courir vers les toilettes. J'ai débouché sur le trottoir avec mon manteau dans les mains.

Saint-Denis était pratiquement déserte. J'ai hélé un taxi. Une voiture Coop s'est arrêtée à ma hauteur. Les portières étaient brillantes, sans la moindre trace de gadoue. On aurait dit que la voiture sortait du lave-auto. Je me suis glissé à l'intérieur. Ça sentait frais la menthe. Dans le rétroviseur large, des yeux doux et mélancoliques surmontés de sourcils broussailleux me fixaient avec bienveillance.

— Bonsoir, mon ami. Vous allez bien ?

La voix basse du chauffeur m'a tout de suite dit quelque chose. L'intérieur était confortable et impeccablement entretenu. Je me suis relâché. Les lumières du tableau de bord créaient une atmosphère ambrée, chaleureuse. Dans le compartiment de rangement sous la radio, il y avait un thermos en inox et un petit coran usé qui ressemblait à celui de la mère de Malik.

— Où on va ce soir?

J'ai donné l'intersection près de chez Vincent.

— On y va, mon ami.

Le chauffeur est allé prendre Berri. Il a tourné sur Cherrier pour regagner Saint-Denis et monter vers le nord. On entendait à peine le répartiteur dans la radio. L'habitacle étouffait les rumeurs du dehors. Rendu à la hauteur du Métropolitain, le chauffeur m'a jeté un autre coup d'œil par le rétroviseur.

— Vous avez l'air fatigué, mon ami. Je vous l'ai dit, la nuit, c'est fait pour dormir. Il faut prendre soin de vous.

Je l'ai replacé. Mohammed. L'ami de Benjamin. Le taximan qui l'avait ramassé après sa chute du balcon.

— J'ai juste eu une mauvaise journée, j'ai dit. Mes affaires sont toutes croches.

Je ne voyais pas le bas de son visage, mais ses yeux se sont plissés et des rides sont apparues, il souriait. Il y avait quelque chose de sage et de compatissant dans son regard.

— Les affaires se règlent toujours, mon ami. Ne vous inquiétez pas.

Dans d'autres circonstances, sa phrase banale m'aurait énervé. Mais aujourd'hui, au moment même où il l'a dite, j'avais besoin de le croire. On n'a rien dit d'autre du reste du trajet. Par les fenêtres, les bâtiments défilaient et se ressemblaient tous. Les fenêtres sombres, les corniches des toitures et les escaliers enneigés, les couronnes de Noël encore accrochées aux portes d'entrée.

Mohammed m'a déposé devant l'immeuble de Vincent.

— Bonne nuit, mon ami. Allez dormir, maintenant.

Je lui ai dit merci en arabe, comme Malik me l'avait appris.

Vincent était encore chez Janine. Je me suis couché en rentrant. Mais je n'ai réussi à m'endormir qu'après avoir récupéré le billet de cent dollars que j'avais laissé sur son bureau.

Shokran.

38

IL NE RESTAIT plus qu'une journée avant la date où la pochette de disque aurait dû sortir des presses. Je n'y avais pas retouché depuis que Marie-Lou m'avait surpris à jouer Chez Maurice. Je n'avais pas l'argent pour payer l'impression et, si j'avais envisagé d'envoyer les fichiers chez l'imprimeur pour gagner du temps, j'avais été pris de découragement et ne l'avais pas fait. De toute façon les illustrations n'étaient pas finalisées. Je me sentais pris au piège.

Je suis rentré au travail mort de peur. Je savais que je croiserais Greg éventuellement. Je savais qu'il me proposerait une job et je savais que je ne pourrais pas la refuser.

Je me suis changé lentement. J'étais incapable de me motiver. Renaud est arrivé avec une poche de linge de service. Il s'est mis à séparer les ratines des liteaux, penché sur le sac en jute.

— Renaud, penses-tu que je pourrais prendre une couple de jours off la semaine prochaine ?

Il a levé la tête vers moi. Une grosse veine traversait son front rose.

— La semaine prochaine, gars ? Je t'ai dit que c'était ton training.

Il s'est penché de nouveau sur les linges.

— Oui, je sais, mais c'est que…

Juste à la manière dont il s'est redressé, j'ai vu que je le tannais. Il allait dire quelque chose, mais Séverine est sortie de son bureau. Son visage avait quelque chose d'étrangement défait, bouffi par une fatigue que je ne lui connaissais pas.

— Renaud, faut que je te parle, elle a dit.

Sa voix était moins claire que d'habitude. Elle avait l'air d'avoir le rhume.

Renaud m'a fait un signe du doigt, comme s'il mettait la conversation sur pause, et ils se sont enfermés dans le bureau. Je n'ai pas voulu écouter aux portes, mais après un instant j'ai cru entendre Séverine pleurer.

Je suis monté rejoindre Basile. Il avait mis sa musique. *L'école du micro d'argent* d'IAM. Je l'ai vaguement aidé. Ce n'était pas vraiment occupé. Il se débrouillait parfaitement tout seul, c'est dans une heure seulement qu'on commencerait à y goûter.

Nick est venu chercher les ustensiles. J'étais un peu surpris de le voir.

— C'est pas Greg qui travaille à soir ?

— Non, man. Greg rentre pas.

Nick se tenait au centre de la plonge avec les ustensiles propres dans les mains.

— Il est-tu malade ? j'ai demandé.

Je ne me représentais pas Greg comme le genre de gars qui s'absente pour un mal de gorge ou même parce qu'il a trop fait le party.

— Apparemment qu'il est rentré à l'hôpital cette nuit. Séverine a dit qu'il est aux soins intensifs.

J'ai dévisagé Nick. Même Basile est sorti de sa bulle pour écouter la conversation.

— Une balle dans le poumon. Deux autres dans l'épaule, près du cœur. Y a perdu beaucoup de sang. C'est supposé être dans le journal.

Puis Nick est reparti vers la salle à manger, comme s'il venait de nous apprendre le score d'une game de hockey.

Sur le coup, j'ai paniqué, sans bouger d'un millimètre. Je me suis dit que le set-up de l'autre soir avait rapport avec tout ça. Je me suis assis sur une caisse de lait. Puis je me suis dit que je devais halluciner, ou que j'en avais perdu des bouts.

— T'es-tu correct, man ? a dit Basile.

J'ai fait un geste de la main, à moitié pour le rassurer, à moitié pour qu'il me lâche. Tout s'est mêlé dans ma tête. Je me suis souvenu du gros bonhomme chauve qui était venu voir si Greg travaillait l'autre jour. J'ai revu Séverine debout devant lui. Je me suis aussi souvenu de bribes d'histoires, d'un nom, Kovacs, et des menaces qu'avait proférées Greg dans sa Monte Carlo quand on était repartis du Stereo.

Tout à coup, les mises en garde de Bébert avaient pris une coche de sérieux. Greg était vraiment quelqu'un de dangereux, au sens le plus large du terme. J'ai demandé à Basile d'aller nous chercher des cokes. Je me suis soudainement senti lessivé, privé de toute volonté. D'où j'étais, je voyais le bar. Sarah souriait aux clients en jasant avec eux. Jade, plus belle que jamais, essuyait des verres en donnant de petits coups de hanches, comme si elle dansait discrètement. Les clameurs de la salle sont parvenues jusqu'à moi. Je cherchais sans la trouver la voix puissante de Bébert dans le vacarme de la cuisine. J'en avais assez de tout ça. Basile est revenu avec nos boissons. Je lui ai demandé si ça lui dérangeait de fermer.

39

JE SUIS parti du resto dès que Basile m'a dit qu'il était correct. Plusieurs heures plus tard, Vincent est venu me trouver. Il avait reçu ma dizaine de messages. Sur les cinq derniers, je parlais en lettres attachées. J'étais allé au Café Chaos. Je m'étais installé seul au bar, décidé à boire jusqu'à la cécité. Vincent est arrivé avant que la barmaid me mette dehors. J'avais vidé quatre pichets et, incapable de tenir debout, j'argumentais pour qu'elle m'en serve un cinquième.

Je me souviens de la forme floue de Vincent qui entrait dans le bar. Ses pantalons larges et son gros manteau Nautica juraient avec les vestes à studs, les jeans troués et les ceintures de balles qu'arboraient tous ceux qui étaient attablés. Quand je l'ai vu, j'ai ouvert grand les bras.

— Enfin, t'es là ! j'ai articulé. T'aurais pas un peu de cash pour qu'on se boive un dernier petit pichet ?

J'ai glissé de mon tabouret. Vincent s'est penché et m'a soulevé pour essayer de me remettre debout. Il a regardé la barmaid.

— Je m'en occupe, il lui a dit.

Il a mis mon bras par-dessus ses épaules et m'a transporté jusqu'à l'extérieur. Je me souviens d'avoir vomi dans les marches de l'entrée et de m'être planté sur la glace du trottoir.

JE ME SUIS réveillé le lendemain, amorphe, et aussi poqué et désemparé que si je me réveillais d'une sorte de coma cryogénique. Vincent était là. Il ne m'a pas posé de questions sur les raisons de ma brosse de la veille. Je n'aurais pas su par où commencer. Tout était entremêlé. Il est allé louer des films, des choses qu'on avait déjà vues ensemble mais qu'on aimait revoir. *Menace II Society, Fight Club, Payback, The Blair Witch Project, The Abyss.* On s'est tapé ça en marathon jusqu'à la tombée de la nuit. Il nous a fait de la soupe Lipton et il est allé me chercher du Gatorade au dépanneur. Ma pagette me signalait que j'avais des nouveaux messages vocaux. Deux, en fait. Le premier, c'était des reproches irrités d'Alex, avec Mike qui prenait le téléphone au milieu du message pour me promettre d'une voix de psychopathe qu'il me casserait tous les os de la main, comme ça je ferais plus chier personne avec mes ti-dessins. On entendait les deux gars se pogner et des bruits dans la pièce où ils se trouvaient, puis des chocs, comme si le téléphone tombait sur quelque chose de dur, puis la ligne coupait. J'ai écouté le message avec la face grise et le crâne qui m'élançait et je l'ai effacé. Le deuxième, c'était Malik qui venait aux nouvelles, qui s'excusait de ne pas avoir appelé en revenant de Cuba, il avait été débordé. Il proposait qu'on se voie, il serait en ville dans les prochains jours.

Je l'ai appelé vers vingt-trois heures. Il était joyeux, énervé presque. On s'est fixé un rendez-vous le lendemain, après mon shift. Cette fois-là, c'était prévu à l'horaire que je finisse le premier.

MALIK M'ATTENDAIT au bar du resto. Il avait insisté pour qu'on se retrouve à ma job. Il voulait voir à quoi ressemblait La Trattoria, voir dans quel genre de place je travaillais. Il s'est levé quand il m'a vu arriver d'en arrière. Maude a été surprise d'apprendre que c'était mon cousin. Elle a eu des bons mots à mon sujet, Malik souriait, jetant des regards autour de lui, visiblement peu habitué à ce genre d'endroit branché.

On a fait un tour de char durant lequel il m'a conté son voyage en accéléré. Il m'a demandé de mes nouvelles, mais il n'était pas investigateur comme d'habitude. Tant mieux, je n'avais pas la force de me faire faire la morale.

Il m'a emmené dans un salon de pool sur la Rive-Sud, où on s'était tenus pas mal l'été avant que je rentre au cégep. On a joué quelques parties.

Plus tard, on s'est assis à une table. Malik est allé nous chercher un deuxième pichet et un petit bol de pinottes. La bière passait difficilement. Il m'a demandé comment ça avançait avec Deathgaze. Je suis resté flou, je lui ai dit pour l'essentiel que j'avais terminé l'illustration, qu'il restait des détails techniques. J'ai dit qu'Alex était vraiment content de ce que j'avais fait. Puis je lui ai raconté ce qui s'était passé au resto dernièrement. J'ai parlé de Bébert surtout, et de son congédiement.

— Ça a l'air d'un méchant numéro, ce gars-là.

Malik n'avait pas l'air de comprendre ce que je lui trouvais. Un couple de filles jouaient au neuf à la table de billard qu'on avait libérée. Malik les a regardées un moment. Il était de bonne humeur, le séjour à Cuba et les vacances l'avaient détendu. J'ai reniflé.

— Tu penses-tu que tu pourrais me passer deux cents piasses ?

Malik s'est tourné vers moi d'un coup sec. Son visage s'était assombri. Il n'a d'abord rien dit. Il me fixait, je voyais qu'il réfléchissait et qu'il essayait de se dominer.

— Ma paye est pas avant une semaine et j'aimerais ça donner un coup de main à Vincent pour le loyer.

Il a posé son verre de bière sur la table et il a rapproché sa chaise. Il m'a regardé droit dans les yeux.

— T'es-tu en train de me demander de l'argent pour jouer ?

— J'veux juste donner un coup de main à Vincent.

J'avais pris un air mi-outré mi-déçu, mais je l'ai regretté tout de suite, quand j'ai vu sa réaction. Il a dit :

— T'es en train de me demander du cash pour continuer à jouer.

Son ton était sec et sans appel, et il a secoué la tête lentement en signe de refus. Un muscle s'est tendu dans sa mâchoire. Il a pris une gorgée de bière puis en reposant son verre il a soupiré en se passant la main dans le visage.

— J'ai parlé avec ton chum Vincent, il a dit.

— Quand, ça ?

— C'est pas important. Il m'a dit que tu lui as pas remboursé une maudite cenne de tout ce que tu lui dois.

— C'est pas vrai, ça.

— Tu vas changer de disque tout de suite, il a dit sèchement. T'es chanceux d'avoir un chum de même. Il t'en veut même pas.

J'ai pris une grande respiration. Malik a éloigné son verre de bière. Il a posé ses mains sur la table. J'ai regardé les filles un instant.

— S'il te plaît, j'ai dit. Avance-moi juste cent piasses. Juste ça. J'suis dans la marde. Pis Alex…

J'ai hésité. Malik m'a regardé un peu de travers, les traits toujours aussi durs.

— Quoi, Alex ?

Il a répété sa question plus lentement, comme pour être bien sûr que je la comprenais. J'ai dit, d'un seul souffle :

— Je dois deux mille piasses aux gars de Deathgaze. Faut que je trouve de l'argent vite. Je dois livrer les pochettes imprimées au plus crisse. Je suis déjà en retard.

— Répète ça ?

Là, il a eu un air mauvais. Il avait les coudes appuyés sur la table. Je pensais qu'il allait me sauter dessus. Je ne l'avais jamais vu à cran comme ça.

— Tu m'avais pas dit qu'ils allaient te payer quand la job serait finie?

Je m'en allais répondre quelque chose, mais il a poursuivi, d'une voix hachurée :

— Faque toi, dans le fond, quand t'es venu chez nous en novembre, t'avais déjà tout perdu ça. Pendant qu'on essayait de te changer les idées, tu pensais rien qu'à revenir en ville pis à continuer à jouer? Les promesses que tu m'as faites, c'était de la bullshit, finalement. Pis là? L'argent que je t'ai prêté? Tes payes du resto? T'as tout joué ça aussi?

Je grattais nerveusement les plaques d'eczéma que j'avais sur le dos des mains. Malik s'est rejeté sur sa chaise, les bras croisés en me jaugeant. J'ai détourné le regard.

— Faque tu m'as menti, menti, menti. T'as pas arrêté de me mentir depuis le début. Heille, je te parle.

Je me suis frotté le visage. J'étais incapable de le regarder en face.

— T'es pas le seul à être déçu, j'ai dit.

Il a donné une claque sur la table. Les verres de bière ont failli se renverser.

— Tais-toi. Arrête-moi ça tout de suite.

Il parlait en détachant ses syllabes, la voix tremblante de colère contenue.

— J'ai pus de patience pour ton pleurnichage. Tu me l'as déjà fait, ce coup-là, pis ça marchera pas deux fois.

J'ai baissé la tête. Quand je l'ai relevée, mon visage s'est tordu de manière pathétique et une sorte de gémissement étranglé m'est sorti de la gorge. Les filles qui jouaient au billard à côté de nous ont lâché leur game aussitôt et ont ramassé leurs manteaux et leurs sacoches et sont allées s'installer beaucoup plus loin. Je n'arrivais plus à contenir mes sanglots. Un mal de tête instantané m'a comprimé les tempes. Je m'essuyais la bouche et le nez, qui dégoulinait de morve. Malik me fixait en se tenant le front à deux mains. Il avait l'air complètement désarçonné et dégoûté. Il a expiré longuement.

— C'est vrai, je t'ai menti. J'ai menti à tout le monde. Marie-Lou veut même plus me voir. Je suis pas capable d'arrêter de jouer. Je peux pas me contrôler. Je suis pas capable.

J'avais eu du mal à articuler mes dernières phrases tellement je pleurais et morvais. Malik a jeté un regard derrière moi et a fait un geste de la main à quelqu'un, comme pour dire que ça allait et qu'on nous foute la paix. Il m'a écouté, calmé un peu. Il a versé le reste du pichet dans son verre.

— T'as besoin d'aide, Stéphane.

J'ai essuyé mon visage avec la manche de mon chandail.

— Non, j'ai dit en reniflant. Je vais m'en sortir.

Malik était toujours calé dans sa chaise, le regard posé sur moi.

— Tu viens juste de me dire que t'es pas capable.

— J'ai pas besoin de personne.

Malik a tapé sur la table à nouveau. Il avait l'air sur le point de crier. Il a attendu quelques secondes, sans rien dire, il m'a fixé en réfléchissant. Puis il s'est lancé :

— OK, ça fait. Tu vas te taire pis tu vas m'écouter. Ouvre grand tes oreilles. On va faire exactement ce que je vais te dire. Pas plus tard que demain, tu vas me crisser ça là, cette job-là.

— Ben non ! Je peux pas m'en aller maintenant. Ils vont me monter en cuisine.

— Ils pourraient ben te monter chef ou président, je m'en fous, tu vas me lâcher ça tout de suite. Pis après ça, tu vas aller voir ton chum Alex, pis tu vas tout lui dire.

Je suis devenu pâle.

— Je peux pas faire ça.

— Oh, mets-en que tu peux faire ça, tu *vas* faire ça. Pis je te donne deux jours. Après, tu prends tes cliques pis tes claques, pis tu montes avec moi à Trois-Rivières.

— Qu'est-ce que je vais dire à mon boss ? Je peux pas partir de même. Je peux pas refuser le poste. J'ai besoin de cet argent-là. Faut que je rembourse le band.

— Crisse, tu comprends-tu quand je te parle ? Tu vas sacrer ta job là pis tu vas aller voir Alex pour tout lui dire. C'est ça ou j'appelle tes parents pis je leur raconte tout.

Il s'est reculé dans sa chaise et a scruté mon visage, attendant ma réaction. Je m'efforçais de ne pas perdre contenance. Je n'avais pas besoin de réfléchir pendant cent ans pour savoir qu'il n'était pas question que quiconque parle de ça à ma mère ou à mon père.

— C'est du chantage, j'ai dit. T'as pas le droit.

Ses sourcils se sont levés jusqu'au milieu de son front comme s'il était subitement devenu mime. Il donnait l'impression d'avoir entendu la phrase la plus révoltante et la plus inadmissible jamais prononcée. J'ai regretté tout de suite. Il a jeté un regard circulaire dans le salon de pool, avec l'expression de quelqu'un qui cherche des appuis ou qui veut prendre les gens à témoin d'un phénomène extraordinaire.

— T'as pas l'air de comprendre à quel point t'es dans la marde. C'est pas un problème d'argent, ton affaire.

Il ne me lâchait pas des yeux. Je n'arrivais plus à formuler rien dans ma tête. J'étais épuisé, comme égaré dans un labyrinthe infini. Malik a dit :

— T'es malade. Tu comprends ça, han ? Je veux dire, c'est une maladie que t'as. À soir, tu rentres avec moi. On va dormir chez ma mère. Pis demain, on règle tes affaires.

40

ALEX était parti depuis une bonne demi-heure déjà. J'étais Chez Maurice, où Marie-Lou ne travaillait plus mais où j'étais retourné deux fois, espérant qu'elle s'y trouverait, comme par magie. Je l'ai imaginée dans des ruines mayas, un sac à dos sur les épaules et le soleil qui hâlait sa peau blanche recouverte de tatouages.

Le chauffage ne fournissait pas et le froid de l'extérieur s'immisçait dans la brasserie. Par les fenêtres, le ciel gris et morne des après-midi d'hiver, tous pareils, se confondait presque aux façades décaties des immeubles. Une lumière sale entrait dans le local.

Alex avait écouté mon histoire jusqu'au bout. J'avais lâché le morceau dès le départ. Il était resté grave et silencieux devant moi, sans toucher à sa bière. Mes aveux ont été plus faciles à faire que je le présumais. Quand j'ai eu fini, une sensation de calme m'a envahi. Je me suis senti libéré. Je respirais mieux. J'étais à nouveau capable de le regarder dans les yeux.

— Tu sais pas à quel point je t'ai défendu, il a dit, à quel point je me suis obstiné et pogné avec Mike à cause de toi. On se connaît depuis combien d'années, man ? Mais ça… Ça, c'est vraiment le bout de la marde.

Il ne s'est pas emporté. Il a répété que ça ne se faisait pas, qu'il n'en revenait pas, qu'on ne faisait pas ça à un chum. J'ai commencé à dire quelque chose. Il a fait un geste de la main qui voulait dire ta gueule, sans ambiguïté. Je n'avais pas répété les paroles de Malik, comme quoi c'était une maladie, ni rien de ça. Je ne voulais pas le provoquer. Je voulais que ça finisse au plus vite, avant que la discussion tourne mal.

— Non, man. Dis rien. Oublie toute ça.

Il s'est levé. Il m'a semblé plus grand encore. Sa crinière jaune paille tombait sur ses épaules. Il a mis son Perfecto tout patché. Il avait l'air d'un Hell's. Il a bu sa bière en deux gorgées et il a déposé le verre vide sur la table. Ça a fait un bruit sec.

— Je veux plus jamais te revoir la face.

LE LENDEMAIN, j'ai donné ma démission à Renaud. Je lui ai dit que j'avais une urgence personnelle et que je ne pouvais pas lui donner ses deux semaines.

— Heille, gars. Tu peux pas partir de même, j'ai besoin de toi en cuisine.

— Je sais, j'ai dit. Mais je peux pas rester à Montréal.

— Pourquoi ?

J'ai fait comme Malik m'avait dit de faire et j'ai dit la même chose que je dirais à tous les autres.

— C'est compliqué. Je change de cégep. Je vais vivre à Trois-Rivières.

Ça l'a mis en crisse. Il m'a donné mon quatre pour cent presque avec dédain. J'ai eu congé pour la soirée. Tout à coup, il me traitait comme une chose sans intérêt. Je savais que ma démission soudaine le mettait dans le trouble. Il avait prévu me monter en cuisine à cause des changements de postes qu'occasionnait l'éjection de Bébert. Ça me faisait chier de lâcher le resto. Pour l'argent, un peu, mais surtout pour la gang. Mais ça ne me faisait pas un pli d'écœurer Renaud. Pas après ce qu'il avait fait à Bébert. Avec le recul, quand j'y repensais, les magouilles de Renaud sautaient aux yeux. Il avait préparé ses leurres bien avant que je sois engagé. Il avait fait miroiter le poste de sous-chef à Bébert pour qu'il l'aide à tasser Christian. Il lui avait imposé des doubles et des soixante-dix heures par semaine pendant la transition entre la gouverne de Christian et la sienne. Il avait embauché coup sur coup ses potes Steven et Vlad. Il ne voulait pas simplement se débarrasser de Christian. Il voulait aussi se débarrasser de Bébert, qui l'empêchait d'établir son autorité pour de bon. Le shift catastrophique de Bébert, c'était un prétexte. Renaud le connaissait assez pour savoir qu'il finirait par sauter une coche à travailler autant d'heures en si peu de jours. Il comptait là-dessus pour le mettre dehors. C'était le même genre de stratégie hypocrite que pour le coup de la bisque ratée, qu'il avait feint de découvrir devant Séverine le soir du quarante-cinq. Je n'avais pas halluciné tout ça. Des années plus tard, l'une des dernières fois que je verrais Renaud vivant, par hasard dans un bar après mon shift, il me le confirmerait mot pour mot, dégueulassement, sans aucun regret. Pour lui, c'était pour ainsi dire marche ou crève.

J'ai vidé ma case en silence et j'ai tout mis dans mon sac à dos.

Dans la salle de prep, j'ai croisé Bob, jovial comme toujours, en train de faire des gnocchis.

— Dude, quand est-ce qu'on travaille ensemble, là ? Renaud m'a dit que tu montais en cuisine.

— On travaillera pas ensemble, je pense.

Bob a eu l'air désappointé. Il a enlevé sa casquette des Red Sox pour se frotter le front. Il s'est mis un peu de farine dans les cheveux, sans faire exprès.

— Qu'est-ce que tu me contes là ?

— Je m'en vais.

Il a fait une moue de surprise.

— C'est ben poche, ça.

— Je m'en vais étudier à Trois-Rivières.

— Trois-Rivières ? il a dit, presque ragaillardi. Ben, bonne chance. Si tu cherches de la job là-bas, j'ai un ami qui a un café. J'vais lui parler de toi, si tu veux. Tu m'appelleras mais que tu sois là-bas.

Il a griffonné son numéro de cell au marqueur sur un morceau de papier parchemin. Il avait l'écriture d'un petit gars. Je l'ai remercié et on s'est tapé dans la main.

Je suis monté à l'étage et j'ai longé la cuisine sans qu'on me remarque. Je me suis punché out, à peine vingt minutes après m'être punché in. J'ai jeté un long regard dans la salle. Sarah était en train d'entrer une commande dans l'ordinateur, Nick parlait avec Denver de je ne sais trop qui. J'étais invisible. Le décor brillait d'un autre éclat maintenant. Les bouteilles derrière le bar tout illuminé. Le cellier immense. Les lustres qui m'avaient tellement impressionné la première fois que j'avais mis les pieds dans la salle. Ça avait l'air banal tout à coup. Mon regard a survolé la cuisine où Bonnie s'obstinait avec Jonathan. C'était deux enfants à la garderie. Ça m'a fait sourire. Vlad préparait son poste avec sa minutie militaire. Jade faisait la réquisition d'alcool, penchée dans les frigos du bar. Tout continuait comme si de rien n'était. Je n'avais pas envie de dire au revoir à personne. Je me suis éclipsé vers la plonge. J'ai poussé une dernière fois la porte et j'ai débouché dans la ruelle, le cœur léger. Il ne faisait pas très froid.

Basile fumait une cigarette à côté de la porte.

— T'as commencé à fumer, toi ?

Il a fait un oui timide de la tête. Je lui ai serré la main et je lui ai annoncé que je m'en allais.

— Ah, c'est plate, il a dit. On va-tu se recroiser ?

J'ai répondu que je ne savais pas. Il a eu l'air déçu, mais il a souri, il devait être content pour moi, imaginant que je partais pour quelque chose de mieux. En fait, on se reverrait, oui. Bien des années plus tard, alors qu'il serait devenu propriétaire d'un restaurant. Les nuages étaient rosâtres et gris au loin, au-dessus des immeubles. J'ai mis mes écouteurs et je suis sorti de la ruelle sans regarder derrière moi.

41

MALIK m'a gardé chez lui de la fin janvier jusqu'à la mi-juin. Il m'avait installé dans la petite pièce qui jusque-là lui avait servi de bureau et m'avait aidé à me trouver une job dans un entrepôt. Ça faisait étrange de retrouver la vie de jour, de me lever tôt le matin. Dès la première semaine chez lui, je me suis remis à dessiner. Malik m'avait prêté sa carte de la bibliothèque de l'université pour que j'emprunte des livres. Au début, il déposait mes payes dans son compte pour gérer mon argent. Ensuite, vers le mois de mars, il m'a laissé m'en occuper à nouveau, sans me donner de conseils ni rien. La neige commençait à fondre et les journées s'allongeaient et je me suis retrouvé avec un compte de banque déjà un peu requinqué. Malik refusait que je lui donne quoi que ce soit pour le logement, mais je revenais souvent du travail avec l'épicerie. Je savais que je bénéficiais d'une sorte de deuxième chance, et que peu de gens dans leur vie auront eu la possibilité de trouver asile chez quelqu'un qui veille sur eux. On allait prendre des bières de temps à autre, et un soir Malik m'a emmené dans un bar où, contre le mur du fond, clignotait une rangée de machines. On n'a pas eu besoin d'en parler. Il était content de m'avoir avec lui pour quelques mois et il suivait mon travail en dessin. Quand il avait le temps, on se commandait de la pizza et on regardait des films ensemble, en boxers et en bas de laine. On aurait dit que d'avoir fait de l'ordre dans ma vie, de passer plus de temps seul, tranquille, avait éloigné de moi l'envie de jouer. Je n'étais pas guéri. Mais je savais que ça irait. C'était déjà ça. Je faisais ce qu'il fallait, jour après jour, pour que ça aille. Aujourd'hui je sais que sans l'aide de Malik je n'y serais jamais arrivé.

Je suis rentré à Montréal dans les chaleurs déjà écrasantes de la fin du mois de juin. J'avais l'impression de revenir après des années d'absence.

On était le 27 juin. Je suis sorti du métro Papineau pour descendre Dorion jusqu'à René-Lévesque. Les rues étaient baignées de cette lumière vibrante et or des soirs d'été où le temps s'étire. Je me sentais encore fragile mais j'étais heureux d'être de retour, dans une ville où je recommencerais presque tout à zéro, les études, le travail, les amis. Ça m'a fait étrange de marcher à nouveau dans ces rues-là, si proches de ces bars où j'avais joué tellement de fois.

La tour Molson est apparue, irisée par le soleil qui commençait à descendre dans le ciel. J'ai traversé le viaduc puis j'ai gravi les marches de Cité 2000. L'odeur de levure à bière était toujours aussi insupportable. Dans le hall, deux manutentionnaires poussaient des diables surchargés de boîtes. La porte du monte-charge ressemblait à la gueule ouverte d'un monstre mécanique. Derrière le comptoir de réception était assis un garde de sécurité rondouillet, les cheveux blancs et les joues rouges. Je me suis penché sur le comptoir pour m'adresser à lui. Il faisait un sudoku.

— Ça serait pour voir les gars de Deathgaze.

— Numéro de local ?

Il m'avait répondu sans lâcher son petit livre.

— Le 322, j'ai dit.

Il a cherché les coordonnées dans le registre. Il leur a téléphoné.

— Ils s'en viennent, ça sera pas long.

Je faisais les cent pas quand Mike est sorti de la cage d'escalier. La lumière des néons luisait sur son crâne chauve. Il portait des bottes de travail à demi délacées et un t-shirt élimé de Cannibal Corpse. Quand il m'a reconnu, une expression de dédain ou de mépris lui a déformé les traits.

— Qu'est-ce que tu crisses icitte, toé ?

J'ai levé les mains pour montrer que je venais en paix.

— Je voulais voir Alex. Y est-tu là ?

— Alex est pus dans le band.

Il s'en allait tourner les talons.

— Attends, j'ai dit. Tiens.

Je lui ai tendu une enveloppe.

— C'est quoi ?

— C'est votre argent.

Il m'a arraché l'enveloppe des mains. Il a jeté un coup d'œil dedans et a relevé la tête.

— OK, t'as pus rien à faire icitte, tu peux décrisser.

BENJAMIN n'avait pas eu de nouvelles de Marie-Lou depuis des mois. J'ai quand même voulu lui laisser une enveloppe pour elle, qui contenait ce que je lui devais, mais Benjamin a refusé.

— Je sais même pas si elle va revenir travailler ici. Je pense que t'as des meilleures chances de la revoir que moi. C'est ta chum, après tout.

42

UN PEU avant la fête du Canada, je me suis finalement décidé à aller faire un tour à La Trattoria. Je suis sorti au métro Mont-Royal. La dernière fois que j'avais marché sur l'avenue, les trottoirs étaient couverts de bancs de neige et les décorations de Noël pendaient encore aux lampadaires. Aujourd'hui, elle était bondée de passants en shorts et en sandales, des lunettes de soleil sur le nez.

Je suis entré par la porte d'en avant. J'ai tout de suite reconnu l'espèce de rumeur familière de la salle à manger et celle, comme en dessous, de la cuisine de service. Ils achevaient leur service du midi. J'ai tout de suite reconnu l'odeur des plats qui flottait dans la salle. Je suis resté debout dans l'entrée. En salle il n'y avait que deux serveuses, qui commençaient à remonter les tables laissées vacantes. Je ne les connaissais pas. L'une d'elles est venue me voir, d'un pas vif et décidé, comme si elle m'attendait.

— C'est toi, le nouveau plongeur ? elle a demandé. Faut que tu passes par…

— Euh… non, j'ai dit avec un petit rire, je suis juste venu voir quelqu'un.

C'est là que j'ai aperçu Bob derrière le passe des desserts. Juste quand j'ai essayé de lui faire signe, je l'ai vu disparaître en arrière.

— À qui tu veux parler ? elle a demandé. Je peux aller le chercher.

— Non, c'est bon, je repasserai.

Je suis revenu sur mes pas et suis ressorti sur le trottoir. Je me suis dit qu'en effet je serais mieux de passer par la ruelle. J'irais sonner à l'arrière. J'avais plus de chances de tomber directement sur lui comme ça. Je me sentais fébrile sans savoir pourquoi. Ça m'a fait drôle de voir la ruelle en été sous le plein soleil. Quelqu'un fumait dehors à côté de la porte grande ouverte. Ça ne pouvait pas être Bob, la personne était trop petite. Ma poitrine s'est serrée quand j'ai reconnu Bonnie. Elle s'était rasé la tête et son visage était très bronzé, et ses mains encore plus. Quand elle m'a vu, elle a hésité, comme si elle n'était pas sûre de me reconnaître. Puis, d'un coup, elle m'a fait un grand sourire.

— Hey, man, what are you doing here ?

Elle a lancé son mégot d'une pichenotte et m'a serré dans ses bras. C'est la première fois qu'on se faisait l'accolade.

— Man, it's been forever.

Elle semblait vraiment contente de me voir.

— Je suis venu checker si vous étiez encore ici. I just got back in town. I was away for a few months.

— Bob told me you were in Trois-Rivières.

J'allais raconter l'histoire du changement de cégep, mais je me suis retenu. Je n'avais plus envie de mentir.

— J'avais besoin d'un break, j'ai dit. What are you doing here so early ?

— Oh, I don't do night shifts anymore. Keeps me away from booze. J'ai pas bu une bière depuis deux mois, man !

Elle m'a raconté tout ce qui s'était passé depuis mon départ. Séverine avait fini par virer Renaud, et Vlad avait pris sa place. Je lui ai demandé si elle avait des nouvelles de Bébert. Elle a eu un petit air triste.

— Oh. No, not really.

Son crâne rasé accentuait encore plus la beauté de ses grands yeux verts pleins d'étincelles ocre et turquoise. Ses cicatrices traçaient des lignes décolorées sur sa peau hâlée. J'ai dit :

— In fact, I was here to see Bob. Je pensais pas que tu serais là le jour. I wanted to give him this, so he could give it to you.

J'ai sorti un mixtape de ma poche de jeans. Elle a d'abord éclaté de rire, puis elle a mis sa main devant sa bouche. Elle a retrouvé son sérieux, puis elle a fait une face un peu gênée.

— It's for me ? elle a dit en me prenant la cassette des mains. Good ole' mixtape, man.

Elle a regardé le boîtier. J'avais écrit les titres de toutes les tracks. Elle en a lu quelques-uns à voix haute.

— Woah, lots of stuff, elle a dit. But I know all these tracks and most of them suck.

Elle m'a tendu la cassette en me regardant sans aucune expression sur le visage. Je suis resté bête, la bouche entrouverte. Elle a hurlé de rire.

— Man, you should see your face !

Elle a ri de plus belle, presque pliée en deux.

— I'm kidding, elle a dit. It's sweet of you. I'm gonna listen to this right after work. Merci, Stéphane.

Elle m'a donné deux becs sur les joues.

— Hey, I don't go to Café Chaos anymore but maybe we can go and grab a coffee sometime ?

Juste quand j'allais répondre, Bob est apparu dans la porte.

— Dude ! il a dit sur un ton joyeux. Qu'est-ce que tu fais ici ?

Il avait les bras dans les airs, sa casquette dans une main et des pinces dans l'autre.

J'ai dit que je venais de revenir à Montréal.

— Yo, ça te tente-tu de venir prendre une bière avec nous autres en fin de semaine ? C'est le dernier shift à Jonathan. Il part vivre avec sa blonde à Rimouski.

— Ah, je sais pas, peut-être, j'ai dit.

— En tout cas, dude, laisse-moi savoir.

Depuis la cuisine de service, on a entendu l'imprimante à commandes. Des bons sortaient. Des clients d'après le rush du dîner. Bob a fait un signe de téléphone avec sa main, puis il est retourné en cuisine en remettant sa casquette, et comme en écho Bonnie a remis sa toque de cuisinière.

— Don't be a stranger, man.

Elle est rentrée pour aller rejoindre Bob.

Je suis resté un moment dans la ruelle, à écouter les bruits du service.

UN SOIR, vers la mi-juillet, alors que je prenais une bière avec Vincent et Janine sur le balcon de leur nouvel appart sur Châteaubriand coin Chabanel, j'ai reçu un message vocal. Janine m'a regardé avec un sourire malicieux. Elle avait entendu les deux longs bips. Je n'avais pas mis ma pagette sur vibration, au cas où un employeur appellerait. Plus tôt dans la journée, j'étais allé déposer des CV un peu partout en ville.

— Une petite amie de Trois-Rivières qui s'ennuie? a dit Janine.

— Ça m'étonnerait, j'ai dit.

Vincent est ressorti sur le balcon avec un bol de Doritos et trois Corona fraîches. Il était torse nu, et Janine portait une robe de coton blanc à fleurs. Un vent chaud et sec soufflait à travers les feuilles des arbres, on se serait crus à la mer.

— As-tu besoin du téléphone? a demandé Janine.

Chaque fois que je recevais un message, j'espérais que ce serait Marie-Lou. À neuf heures le soir, ce n'était sans doute pas un employeur.

— Oui, j'ai répondu en me levant. Y est où?

— Dans le salon, à côté de la télé.

Je suis rentré. J'ai composé le numéro de ma boîte vocale. J'ai mis quelques secondes à reconnaître la voix.

Puis j'ai éclaté de rire quand j'ai compris de qui il s'agissait. J'ai réécouté le message cinq ou six fois, tellement j'étais content.

« Heille, mon estie, j'espère que tu vas bien. Ça fait un bout. Je suis allé à La Trattoria l'autre jour pis apparemment que t'as démissionné cet hiver ? En tout cas, si tu cherches du travail, appelle-moi, on a besoin d'un aide-cuisinier à ma job. Prends un crayon : 514 749-9445. C'est mon nouveau cell. En tout cas, rappelle-moi, même si t'es pas intéressé. On ira prendre une bière. Salut, là. »

Épilogue

TIMBERLAND donne un coup dans la porte et sort à son tour. On l'entend dire à l'autre qui s'allume une cigarette : « Y est-tu à la même adresse que l'autre fois ? » Ils disparaissent de mon champ de vision. Je tasse mon livre et ma bière et je me penche au-dessus de la table vers Bébert. Je dis à voix basse :

— C'était qui, ces deux gars là ?

Bébert retrouve son grand sourire de travers et dit :

— Man, c'est cool que je sois tombé sur toi à soir.

— C'est quoi, l'affaire ?

— Pense pas à ça. Je te dis, c'est rien pantoute, juste des clowns qui jouent aux toffes. Cheers, man.

Et il approche sa quille. J'avance mon verre en essayant de déchiffrer son expression, mais il cache bien son jeu. On tchine et on boit. Il s'essuie la bouche, ramasse mon livre sur la table. Il le retourne dans ses mains.

— Toi pis tes livres.

Le barman a recommencé à regarder la game. J'ai l'impression d'être devant une illustration, une photo, tout le monde reprend vite sa place.

— Je te le passe, prends-le.

— C'est-tu bon ?

— Tu triperais. Pars avec.

— Ça raconte quoi ?

— Le gars, c'est un Anglais, on est dans les années vingt, il se retrouve plongeur dans un hôtel à Paris. Pis après ça il se ramasse à vivre avec les vagabonds à Londres.

— Crisse, ça a l'air plate.

— C'est le gars qui a écrit *1984*.

— Oui, je pense que j'ai lu ça, c'était bon.

— Ta yeule.

— J'aimerais ça, mais j'ai pas le temps, man, de lire des livres. Je travaille tout le temps pis je suis tout le temps fatigué.

— Tsé, l'expression « Big Brother » ? Ça vient de *1984*.

— Cool.

— Je te dis, pars avec, tu vas aimer ça. Tu me le redonneras dans une couple de semaines.

— J'aime mieux pas. Je sais pas quand je vais pouvoir te le redonner.

— T'habites en face de chez nous.

— Non, je peux pas partir avec. Je veux dire, qu'est-ce que tu vas faire, pas de livre ?

Il le laisse tomber sur la table.

— Pis toi, tes projets de bande dessinée ?

Je me reverse de la bière.

— J'ai arrêté.

Bébert fait une face longue.

— Je suis parti sur autre chose.

— C'est quoi ?

— J'écris des livres.

— Sérieux ?

— J'ai de quoi qui sort à l'automne chez un éditeur.

— Bravo, mon chum ! Un éditeur, c'est un genre de label, ça ? Ou plus comme un producer ?

— Un peu des deux.

— Pis ça paye-tu, les livres ?

— Ça dépend des ventes. Ça veut dire que mon livre, t'auras pas le choix de l'acheter.

Le visage de Bébert s'illumine. Il lève son verre.

— Mets-en que je vais l'acheter. Pourquoi tu m'as pas dit ça avant ?

Je souris dans ma bière.

— Ostie, j'ai toujours su que les affaires vireraient ben pour toi. Un gars fiable comme ça, la vie finit par le récompenser.

J'ai comme un pincement au cœur. Je me souviens de la promesse que je lui avais faite à l'époque. C'est un peu comme si je l'avais tenue. Peut-être parce que je me l'étais faite à moi-même, aussi.

On continue comme ça pendant quelques minutes sur le même ton. Dehors, Ontario sous la neige est tranquille dans les halos jaunes. J'ai erré sur cette rue-là tellement de fois, plus à l'ouest, avec l'argent qui me brûlait les poches, et mon ventre qui se nouait quand je passais devant un bar où il y avait des machines de vidéopoker.

On entend la sirène d'une voiture de police qui descend une rue quelque part dans Hochelague. Je repense à Greg, à La Trattoria. À Bonnie, à Séverine, à Bob. Je repense à Marie-Lou, à Vincent. Tous perdus de vue, depuis longtemps. Je repense à Malik, surtout, qui est resté à côté de moi toutes ces années-là, que j'ai déçu tellement souvent, qui est resté quand même.

— Pis ça raconte quoi, ton livre?

— Je t'en parlerai une autre fois. C'est de la science-fiction.

— Laisse faire la science-fiction, man. Ça me regarde pas, mais tu devrais écrire un livre sur moi, à la place.

— Ça, tu le lirais, han?

— Tu peux être sûr que je le lirais. Je voudrais savoir comment ça finit, mes histoires.

Je vois son visage tomber. Je me tourne vers l'entrée du bar. Un gros bonhomme s'approche du comptoir et s'assoit à moitié, une fesse sur le tabouret. Il a les cheveux en brosse, des poches brunes sous les yeux, un nez cassé et un visage gras mangé par la rosacée. Il tient un cellulaire dans ses mains boudinées pleines de bagues. Ça jure avec ses joggings gris pâle. Il fixe Bébert d'un regard fatigué. Mes mains redeviennent moites. Timberland et Puma entrent à leur tour. Puma frappe ses pieds par terre à grands coups sonores, pour se débarrasser de la neige. Cette fois-ci, la partie de billard ne s'interrompt pas, les gars continuent à jaser, à se lancer des craques, à s'encourager. Mais je n'entends rien. Je n'entends même pas la musique. Bébert prend une longue gorgée et repose d'un geste brusque sa bière vide sur la table. Il dit :

— J'étais ben content de te revoir, mon chum, vraiment content.

Il se lève lentement. Les pattes de sa chaise grincent sur le plancher.

— Là, va falloir que j'y aille, il me dit.

Je me lève aussi. Le gros bonhomme au bar, Timberland et Puma font comme si on n'existait pas. Bébert me donne une accolade vigoureuse en me tapant sur l'omoplate.

— Take care, man.

Ça se passe tellement vite que je ne trouve pas quoi répondre. Il prend son manteau et jette un œil sur ma quille.

— Assis-toi pis prends le temps de finir ta bière.

Son ton est froid et son regard insistant. Puis il se dirige vers le bar. Je ne m'en étais pas rendu compte, mais Puma est déjà accoté contre la porte de sortie au fond de la salle. Le gros se tient près des machines, à mi-chemin entre le comptoir et la sortie. Le barman les observe tous les quatre en faisant de l'ordre dans ses verres propres.

— Bon, où c'est qu'on sort, les filles ? leur lance Bébert en enfilant son manteau.

Timberland le pousse vers l'arrière de la salle.

— Ta yeule pis avance, ostie.

Bébert prend encore plus son temps. Il fait exprès de staller, vérifie s'il y a du change dans le téléphone public à côté des machines. Les joueurs de billard ne bougent pas, silencieux autour de la table.

— Heille, déniaise, sacrament, dit Timberland en le poussant une autre fois.

Bébert s'esclaffe avec un petit rire baveux. Puma sort, suivi du bonhomme. Bébert et Timberland commencent à monter le ton et à s'envoyer chier. Bébert devant, ils sortent. Les éclats de voix sont vite étouffés par la porte qui se referme.

Après quelques secondes sans ne qu'il se passe rien, un des joueurs s'allonge et vise, un poc ! dur résonne dans le bar jusque dans mes tympans, et la partie continue. Le barman me regarde, à présent. Je suis encore debout à côté de la table, mon verre de bière dans la main. Ça ne rentre plus, mais je me force à prendre une gorgée. Je ramasse mon Orwell et le glisse dans la poche arrière de mon jeans. Le barman reporte son attention sur la partie de hockey. Je prends une autre gorgée, en réfléchissant, encore perturbé par ce qui vient de se passer. Voyant que je n'ai pas bougé, il me regarde de nouveau, sans la moindre expression dans le visage. Je me tourne vers la porte du fond puis reviens sur lui. Il fait un petit signe de tête sec en direction de la porte d'entrée. C'est clair comme de l'eau de roche.

De longues minutes s'écoulent, alors que je danse d'un pied sur l'autre. Le barman m'a déjà oublié, on dirait. Je prends la dernière gorgée de ma bière et pose le verre sur la table. J'embrasse la salle miteuse du regard. Les machines de vidéopoker sont alignées le long du mur comme de vieux robots cubiques et multicolores.

Je zippe mon blouson de cuir. Pendant une seconde je revois la bouille canaille de Bébert telle qu'elle m'est apparue pour la première fois il y a des années.

Je souris et sors par en avant en plissant les yeux dans la poudreuse cristalline.

LE QUARTANIER
COLLECTION POLYGRAPHE

ARCHIBALD, Samuel
Arvida
BAEZ, Isabelle
Maté
COPPENS, Carle
Baldam l'improbable
GRENIER, Daniel
Malgré tout on rit à Saint-Henri
L'année la plus longue
LARUE, Stéphane
Le plongeur
LEBLANC, Perrine
L'homme blanc
PETTERSEN, Geneviève
La déesse des mouches à feu
ROY, Patrick
La ballade de Nicolas Jones
L'homme qui a vu l'ours

COLLECTION ÉCHO

FICTION – FORMAT POCHE

01 Geneviève Pettersen, *La déesse des mouches à feu*

02 Mathieu Arsenault, *La vie littéraire*

03 Hervé Bouchard, *Mailloux*

04 Patrick Brisebois, *Trépanés*

05 Patrick Brisebois, *Chant pour enfants morts*

06 Patrick Nicol, *La nageuse au milieu du lac*

07 Éric Plamondon, *Hongrie-Hollywood Express*

08 Éric Plamondon, *Mayonnaise*

09 Éric Plamondon, *Pomme S*

10 Alain Farah, *Pourquoi Bologne*

11 Patrick Roy, *L'homme qui a vu l'ours*

Ce deuxième tirage a été achevé
d'imprimer au Québec en décembre 2016
sur les presses de l'Imprimerie Gauvin.